U0518369

善書坊

吴克敬文集

初婚

吴克敬 著

陕西师范大学出版总社

图书代号　WX23N2187

图书在版编目（CIP）数据

初婚 / 吴克敬著.—西安：陕西师范大学出版总社
有限公司，2024.1
（吴克敬文集）
ISBN 978-7-5695-3980-6

Ⅰ.①初…　Ⅱ.①吴…　Ⅲ.①长篇小说－中国－当代
Ⅳ.①I247.5

中国国家版本馆CIP数据核字（2023）第232338号

初婚　CHU HUN

吴克敬　著

出版统筹	刘东风
责任编辑	胡选宏
责任校对	姚蓓蕾
特约编辑	王慧子　巩亚男
装帧设计	张潇伊
封面摄影	武　强
出版发行	陕西师范大学出版总社
	（西安市长安南路199号　邮编　710062）
网　　址	http://www.snupg.com
印　　刷	陕西龙山海天艺术印务有限公司
开　　本	880 mm×1230 mm　1/32
印　　张	14.125
插　　页	2
字　　数	351千
版　　次	2024年1月第1版
印　　次	2024年1月第1次印刷
书　　号	ISBN 978-7-5695-3980-6
定　　价	88.00元

读者购书、书店添货或发现印装质量问题，请与本公司营销部联系、调换。
电话：（029）85307864　85303629 传真：（029）85303879

兄（总序）

陈乃霞

兄当年把他点灯熬油呕心沥血泼洒出来的一堆文字梳理了一番，欲出个集子。是夜，我接过手稿约了约，沉甸甸的，使人心酸，使人勾连起早年的一个幻想。我幻想给兄画一幅像，这幅画像在我构思了将近三千六百个日和夜之后，终于画出了一个奇高奇瘦的"人"字。兄而今把他创作出的文学作品整理出来，要出文集了，我抱在怀里，像抱着他养育出来的孩子，孩子成长得健康茁壮，我都要抱不动了。

也真是的，兄怎么就不知"计划生育"呢！二十八本书，像他二十八个血肉丰满的孩子一样。不过挺好，诗仙李白写给扶风人诗歌里的"扶风豪士天下奇，意气相倾山可移。作人不倚将军势，饮酒岂顾尚书期"句子——他智慧地借用了——刚好二十八个字，为他的二十八本书取名，倒也十分恰切。兄是扶风人，兄是有那么点儿李白所说的豪士气。现在我改这篇短文，像十年前一样，依然幻想着给兄画一幅像，那一次我把他画得奇高奇瘦，今日来画，他胖了一些，一个奇高奇瘦的"人"字是他，一个丰满丰硕的"人"还是他。当年我嘻笑着把那个奇写的"人"字拿给兄看，他先是惊疑，不明白这是个什么东西。待兄恍然悟出这东西即他时，便不再言语，燃起一根香烟

（兄在平时是不染香烟的），在朦胧的烟雾中轻声地说："画吧。任你去画。"我不再嬉笑，不再把兄的瘦长条个儿、瘦长条脸、驼背、八字脚当作乐儿，郑重其事地将东西似的"兄"珍存了起来。这一次画的兄，没变那一个"人"字，我像上一次一样拿给他看，他依旧惊疑，不过没有那一次凝重，他只说："我胖了吗？"

瘦还是胖，兄终是我的兄，他的形体可能在变，但他的人是永远不变的。

父亲意外而又意料中走的那年，兄只有十四岁。少年时代的兄生得浓眉大眼，虎虎生气，招人喜爱，更得父亲欢心，整日影跟神随父亲，走召公、到法门，去闯生活大世界。可是父亲走了，在那个秋风扫落叶的晚上，背着"文革"巨大的精神折磨，结束了他一个庄稼把式和乡里人的生命。

兄不明白世事的悲凉。

但悲凉的世事一度压得兄的背直不起来，腰弓了腿弯了，一双四十三码的大脚往外撇，走起路来一摇一摇，给人的印象好辛酸、好苍凉。

兄辍学了。十四岁年纪的人儿，一夜间变得成熟了。这种精神上的成熟和肉体上的稚嫩极不相符，可兄似无感觉。他与母亲相依为命，从老宅搬出来，在村口"新院"里遥望星河的时候，西北风裹着霜雪盖地铺天而降，用树枝撑起的窗洞任母亲怎么封堵，也挡不住寒流的渗透，缺吃短烧的母亲便只有唉声叹气。兄什么话也没说，也未向母亲告别，拿了一根绳子，头也不回地上了乔山。

兄以后的人生就是这么走过来的。生活注定了他的生生不息，锲而不舍。

两日后，兄犹如一只刺猬，蜷缩在一捆柴火下面，让人感觉是柴火垛颤巍巍地进了门。

在他的身后，还有一大捆一大捆的山柴积在借来的架子车上。

乔山上有豹子、有狼、有冤魂野鬼，儿啊，儿是咋过来的？母亲苍白的头摇着，两眼噙着泪水。兄却抹抹脸上的污垢和血痂，很自信地笑了。

兄的生命力不值钱。兄的生命力却呈现出少有的旺盛和适应性。他的人生、他的生命力，几乎包含了广大中国农民不弃生命之苦，一代一代，像泥土、像日月一样追求生命的精神。他没有伟岸，也没有清高。他的人生决定了他的世俗，他的无奈。

兄用他在乔山上练就的一副肩膀、一双手，又学会木匠和漆匠手艺。到他十八岁的时候，已经是扶风北乡那一带叫得响的匠人了。兄为人盖房、打家具，兄打制漆彩的描金箱子和梳妆匣子，是乡左人家娶媳妇嫁女必备的添箱……兄因此吃百家饭，睡百家屋，兄的肚子装满了百家的故事。这些故事在兄的脑子里沉淀、起浮，再沉淀、再起浮。到二十八岁那年，兄感觉到那些个故事的躁动和鼓舞，他是该把它们讲出来了。

兄十四岁失学，兄为练就讲故事的本领吃尽了苦头。

他就是这样一个人，只要是决定要干的事，总是一丝不苟。因为他知道，从做木匠到讲故事，有一段很长的距离，是精神和人格的一种飞跃。要实现这一飞跃，不脱几层皮，不掉几斤肉，是不可能的。那几乎是一个脱胎换骨的过程。

八百里秦川厚土赋予了他一身的豪迈，他赖以生长的乔山，和乔山脚下法门寺的钟灵，又给了他无尽的灵气。尽管乔山与众多大山比起来，只是一个土疙瘩，尽管法门寺也不如其他寺庙雄伟，而只是一座乡村庙宇；但我要说，乔山也还是山，一架无法抹掉的山，法门寺也是寺，一座曾经的皇家寺庙。兄沉浸在他的生活世界里，从《渭河五女》到《状元羊》到《手铐上的兰花花》到《初婚》……兄只管一路讲着他的故事。

讲故事的兄做了"写家"（当地人语）。

做了写家的兄走出了乡村，走进了西安城，凭着一支秃笔，做过西安一家官媒的负责人，后来转行到文艺口，又做起西安文学的当家人；但他依然是个背驼、腿弯、脚八字，依然世俗，依然无奈，依然不得伟岸、不得清高。他无法"洋"起来，即使穿西装打领带，依然是个土包子。因为给他勇气的故乡，山是土包子，地是土地神。

兄和我商量，他的文集不想以数字编目，想要用诗仙李太白《扶风豪士歌》的句子，我同意了。李太白的《扶风豪士歌》是写给一位叫万巨的扶风人的，兄与万巨虽不同代，但扶风人的性格，在兄的身上体现得很充分，兄不吃烟，兄好酒，酒后还真有那么点儿豪士气的。兄选择李太白的这四句诗，给他的文集编目，倒也适合他，同时还可能对他今后的人生起到大的激励作用。

兄不是别人。兄是书的作者吴克敬，我即是兄的婆娘陈乃霞。

我祝福兄，祝福他和他创作地老天荒。

2016年9月9日　再改于西安曲江

目 录

第一章

　　"谁的娃娃谁抱上。"娘亲豆菊芳说这话时眉头皱了一下，任喜过听见了，也看见了，她眼皮子一软，就又滚落一串泪蛋儿。任喜过知道，娘亲豆菊芳说过这句话后，还会继续说的——娘亲豆菊芳把这些话说了好几遍。娘亲豆菊芳说："你是娘身上掉下的一块肉，娘把你抱着，抱大了，抱不动了。娘抱不动你就得寻个人来抱你。我给你说，你还不能怨娘，你要听娘话哩，在娘把你抱在怀里时，你是娘的女儿，娘把你当女儿待哩，乖了是娘的女儿，疯了还是娘的女儿。可你这一出门，就由人家抱了，抱在人家怀里就成了人家的媳妇了，人家就要把你当媳妇待哩。娘说不好，给你寻下抱你的人，抱好了是一辈子，抱不好了还是一辈子，就看我娃的命了。"

　　娘亲豆菊芳给任喜过寻下抱她的人是谁呢？是谷寡婆村的谷梦梦。

　　谷梦梦年前顶着漫天的大雪，来麦禾营村给任喜过"下日子"。那天的雪可真大呀！谷梦梦来到任喜过家里，他几乎就是一个雪人了。任喜过的娘亲豆菊芳欢喜谷梦梦"下日子"，她颠颠地迎住谷梦梦，让谷梦梦站屋门口，自己返身进到屋子，拿起一把扫炕的笤帚，出来给谷梦梦拂扫满身的落雪，把穿新衣戴新帽的谷梦梦从雪中拂扫出来，这才从谷梦梦的手里接过"日子"。"丈母娘爱女婿，前院后院拉母鸡。"渭河沿岸的村子，都是这么说丈母娘的。女婿娃来了，丈母娘拉住母鸡做什么？鸡屁股掏蛋给女婿吃呀。这可有点儿巴结女婿娃的味道了，但你叫丈母娘怎么办呢？疼爱的女子就要交给女婿娃抱了，丈母娘巴结女婿娃，也是为女子好哩。接了"日子"的娘亲豆菊芳，按着一个丈母娘的本分，留谷梦梦在家吃了一顿饭，把谷梦梦喜滋滋打发走后，就给任喜过说了这一通话。此后的日子，娘亲豆菊芳不论手里是忙是闲，逮住任喜过，都要把她说过的这通话，带着十分的歉意，还带着十分的警告，给任喜过再说一遍。初听，任喜过不仅不哭，甚至还嘻嘻地笑。

任喜过笑着说："给自己找理由吧？娘哎，你是不想抱我了，把我往门外推哩。"

娘亲豆菊芳知道任喜过是给她撒娇的，便说："那我给家里栽个桩，把你拴在娘家好了。"

可是"日子"近了，这是谷梦梦下的"日子"。谷梦梦是娘亲豆菊芳给任喜过选定的女婿娃。谷梦梦没敢自己做主，他给任喜过下的"日子"，是他听两家老人商定后下的。这个"日子"可不一般——换帖换来任喜过的生辰八字，封上礼钱，交由算命先生查阅万年历，按照天干地支掐算出来的"日子"，这样的日子是要称好"日子"的。算命先生把好"日子"写在红帖子上，谷梦梦捧在手里，去绛帐镇买了水晶饼、蓼花糖、天鹅蛋等五色礼品，谨慎小心地下给了任喜过，这就把他和任喜过结婚前要走的程序全都走完了。他俩就等着这个好"日子"，放花炮、拜天地、入洞房了。

好"日子"就定在正月初六。在这一天，任喜过天不明就要上路了，也就是说，任喜过就要真的离开娘亲的怀抱，扑进谷梦梦的怀抱里了。这时候，任喜过再听娘亲豆菊芳说那些话，便乐不起来了，一串眼泪下来，就像冲决了一条大河，喷涌而出的是悲伤。

娘亲豆菊芳伸手去拍任喜过满是泪水的脸蛋，只是轻轻的一下，就把任喜过拍软了，软得像一堆柔柔的棉花，倒在娘亲豆菊芳的怀抱里了。

瓦数很小的一盏电灯泡，亮亮地照着任喜过娘儿俩，也照着屋子里为任喜过准备的嫁妆。公元一九八五年的中国，乡镇政府已经取代了人民公社，村组织也取代了生产大队和生产小队，包产到户，大锅饭让位给了小锅饭。任喜过娘儿俩知道，在离她们很远很远的一个叫小岗的村子，村民暗夜里集合起来，自发在一页粗糙的白纸上按上红手印，冒险率先实行了这样一个农业生产新模式。中央审慎决策，肯定了小岗村的做法，把它推广开来，极大地提高了农民群众的生产积极性。别人家怎么样，任喜过娘儿俩不敢说，但她们家的确大变样了，如不然，怎么能给任喜过准备那样亮眼的嫁妆呀！洗衣机是双鸥双桶的，录音机是燕舞双喇叭的，自行车是凤凰双梁的……一件一件，都是任喜过的娘亲豆菊芳卖了家里的余粮和圈里的肥猪，挑了又挑，拣了又拣，给女儿任喜过买回来的。娘亲豆菊芳还做得一手好豆腐，村里人都叫她"豆腐西施"。她做豆腐又赚了一笔钱，所以尽着一切可能，要给任喜过陪嫁好，她不能让宝贝女儿任喜过输在初婚的日子上。

灯光照射着嫁妆，还有娘亲一针一线缝制出来的八床被子——一水儿的绸缎面子，或桃红，或玫红，整齐地叠在一起，像是一堵晃人眼目的花墙。为这花墙奠基的，是两口描金的箱子。按关中西府的规矩，婆媳妇嫁女，别的陪嫁都是附加的，唯有描金箱子，是必不可少的。娘亲听人说了，塬上吴木匠的描金箱子好，之所以好，一是用料讲究，二是画工精美。他的手艺口口相传，箱子的价钱自然也扳得硬实。娘亲豆菊芳眼都没眨，从渭河边的麦禾营村走出来，往返四十里，上塬给任喜过背回来两口描金箱子。任喜过忘不了，娘亲豆菊芳把两口描金箱子背回麦禾营村的时候，村里人的眼睛都直了，大家看见任喜过的娘亲，都像不认识似的，交头接耳，传是非传成了一片。

脱帽富农婆子……她可是精神起来了！

脊背上背一口描金箱子，胸口抱一口描金箱子——两口箱子用软布带子绑了，一前一后搭在娘亲的肩上。任喜过也看见了。她像村里传是非的人们一样，先看见了描金箱子，然后才看见娘亲。两口油漆得通红闪亮的描金箱子，打村口一步步挪着过来时，大家以为描金箱子是长了眼睛和腿，自己往前走着来的。应该说，那两口描金箱子太打眼了，怎么看，怎么好。红彤彤的箱脸儿，四边全都勾描了那种古雅的但又是新颖的金色镶边；镶边的中间，又都浓墨重彩地画了金光闪闪的斗方画儿，一个是《西厢记》里崔莺莺普救寺会张生的故事，一个是梁山伯与祝英台十里相送的故事。

这样的故事，可都是"四旧"呀！被打倒多少年了，如今竟亮晃晃地"复辟"，让麦禾营村的人狐疑着、惊讶着。直到描金箱子走到他们跟前，他们才看清，不是描金箱子长了眼睛和腿自己走，而是任喜过的娘亲用肩背着走来的。他们中的一些人低下了头，任喜过没有，她在一阵狐疑和惊讶后，跳着、跑着迎着娘亲而去，从娘亲的肩上卸下描金箱子。娘亲一边，她一边，两人合力抬着描金箱子走。

把描金箱子抬回家，任喜过给娘亲端了一碗水，半嗔半娇地说："娘咋不给我说？"

娘亲豆菊芳喝了一口水，说："怕把我娃吓着了！"

任喜过说："娘不怕，我还有啥怕的。"

娘亲豆菊芳说："是啊，脱帽富农婆子怎么了？啊，脱帽富农婆子没啥怕的了！"

任喜过找来一块抹布，擦拭着心爱的描金箱子上的浮尘，潮湿的抹布在箱脸上拂拭过，使箱脸上的图画更清晰、更显眼。任喜过看着那金灿灿的人物故事图案，心里喜着，却还问她娘亲。

任喜过问："这都是什么呀？"

娘亲豆菊芳说："我有意挑的，一个是《西厢记》里的崔莺莺和张生，一个是化蝶成仙的梁山伯和祝英台。你不知道，当年娘嫁在麦禾营村的时候，你舅姥爷给我陪嫁的就是这样两口描金箱子哩。"

　　任喜过见过娘亲的那两口描金箱子。破"四旧"时，别人没上家里来，娘亲自己就先把那两口描金箱子砸了。任喜过朦胧记得，娘亲在砸描金箱子前，端了一盆清水，拧着湿抹布，把描金箱子很仔细地擦拭了一遍，擦得纤尘不染，就像任喜过现在用抹布擦拭娘亲给她陪嫁的描金箱子一样。最后，娘亲还用热脸蛋儿，把描金箱子上画的人物故事挨个儿贴了贴，嘴里念念叨叨的，然后抡起一柄斧头，朝着心爱的描金箱子就是一通乱砍乱砸，直把它们砍砸成了一堆柴火似的木板条。娘亲披头散发，像个疯癫了的婆子一样，痴呆呆垂首站在描金箱子花红柳绿的碎片前，悄没声息地流着泪。娘亲给任喜过买回这样的一对描金箱子，是追寻自己曾经碎了的梦吗？任喜过不知道，但任喜过说了。

　　任喜过说："这是'四旧'哩！"

　　娘亲豆菊芳笑了，说："我还是脱帽富农婆子哩。"

　　娘亲豆菊芳这一说，放在早前的日子里，不把她娘儿俩吓个半死才怪。现在说，娘亲是笑着的，任喜过忍不住也笑了。

　　之所以能笑，也敢笑，是因为娘儿俩天天听着广播匣子里讲了，要大家勤劳致富；下村来的公家人，也张大了嘴说，要大家勤劳致富。娘亲花钱受累，特意给任喜过买来这对勾画了"四旧"图案的描金箱子陪嫁，正是她们娘儿俩勤劳致富的证明哩！

　　娘亲豆菊芳没少给任喜过念叨，她家之所以被划为富农，她之所以被戴了富农"帽子"，最根本的一条原因，就是她家的传统——一代一代的人都太勤劳，太节俭了。

　　软在娘亲怀抱里的任喜过，在她出嫁前的这个晚上，真想一直赖下去。可是娘亲推她了，哪怕她哭得泪人儿一样，娘亲也毫不留情地把她推了起来。娘亲说了，哭两声就行了，别把自己的眼睛哭出血来，天明进了女婿家的门，让人见了，还以为你娘我虐待你了。娘亲豆菊芳的话，冷冰冰的，在任喜过的记忆里，这还是娘亲头一回这样跟她说话。她不解地从娘亲怀里硬挺起来，抹着眼泪不哭了。任喜过突然想，生为一个女子，娘家妈的娇宠原来是靠不住的，日后的路，好走难走，看来都得靠自己走了。

昏昏沉沉中，是怎样睡过去的，任喜过不知道。听见娘亲豆菊芳养在后院里的鸡，"喔喔喔"高叫起来的声音，她才睁开了眼睛。

睁开眼睛的任喜过没有从被窝里爬出来，她伸手一摸，摸在一堆棉乎乎的衣服上，她知道这是娘亲为她准备的嫁衣。她从被窝里爬出来，就要脱下为女子时的旧衣服，换穿上这堆扎了花、绣了朵的嫁衣了……这么想着，任喜过抓了一把嫁衣。那红红的锦缎袄儿，那红红的锦缎裤子，可都是娘亲的女红绣活。这一点，娘亲豆菊芳让任喜过佩服得五体投地。任喜过相信，在有了专门的裁缝、缝纫机后，除了她的娘亲，再没有人做得出这么精细的手工活了。正心怀感激地想着亲爱的娘亲，任喜过听见自己独自居住的厢房门"咯吱"响了一声，娘亲端着一盆热气腾腾的水进来了。

娘亲呼唤着任喜过，让她起来洗浴。

娘亲说："谷梦梦下话过来，说他们谷寡婆村今日三门娶亲，哪门抢了先，哪门得风气。"

是个什么风气呢？任喜过不知道，也没问晓事的娘亲。但她知道，渭河从甘肃的鸟鼠山发源，曲曲拐拐跌出宝鸡峡，进入此地，滋养出了关中西府，从那时起西府人的风俗就是这样了。为了抢那个风气，娶亲的人家常常半夜就都上路了。

任喜过想笑：土匪抢亲吗？半夜三更的。

但任喜过知道她不能笑了。她在娘亲的帮助下，洗了一遍身子，换上了新嫁衣，坐在炕边上，才刚喘过一口气来，就听见她家的大门被娶亲的谷梦梦拍响了。

　　娘亲豆菊芳小跑着到了大门口，她本是要立即打开大门的，却听见门外人声喧哗，其中就有她熟悉的麦禾营村乡亲挡着敲门的谷梦梦讨要彩门钱的声音……哦，搭彩门，关中西府的风俗哩。嫁女的人家，在村里活得有没有人气，就看嫁女这天的彩门了。人气高的人家，不用请，村里一户不落地都要来。来人摘下绕在脖子上的围脖，解下顶在头上的头巾，往嫁女人家门上能搭的地方搭。不知是否有意为之——西府人家，即便穷得脱了裤子卖，即便在建屋院时少盖一间房子，也要腾出砖瓦木头，为自家修筑一个门楼的。门楼上吊角挂斗，挑檐重檩，就都是搭彩的地方。红红黄黄、蓝蓝绿绿，五彩缤纷的围脖、头巾，一条一条，重重摞摞，搭在任喜过家的门楼上，让任喜过的娘亲透过门缝看来，心慌得差点晕倒。

　　脱帽富农婆子！

　　任喜过的娘亲豆菊芳，抬手捂住自己的胸口。她在这一刻，真正感到她和麦禾营村的乡亲是一样的了。在此之前，她是不敢奢望大家会在她嫁女的时候来到她家门楼前，给她家搭彩门的。捂着怦怦狂跳的心，任喜过的娘亲豆菊芳没有立即打开大门，她要让村里来搭彩的乡亲，与来娶亲的谷梦梦，尽情嬉闹那么一会儿。

　　这一时刻，哪怕是唱戏、耍社火的场子，也没有任喜过娘家门外乡亲的喧闹更让任喜过和她的娘亲豆菊芳开心的了。

第二章

　　两只描金箱子，分别扎绑在两辆自行车的后架子上，箱盖上又各摆着四床被子。再是洗衣机、录音机及别的陪嫁物品，一字排开，扎绑在了第三辆、第四辆……自行车的后架子上。这是谷梦梦迎娶任喜过的队伍，长长的一溜自行车，花花绿绿地扯开来，几乎是头不见尾、尾不顾头了。一身红绸袄、红绸裤子的任喜过，在娘家几位亲眷的簇拥下，从她进出了二十年的娘家门里走出来，走到由谷梦梦把持着方向的自行车旁，屁股轻轻地拧了一下，就稳稳当当地坐在后架子上了。任喜过的这个动作是熟练的，像她平时练过了似的。谷梦梦也就十分配合地一脚踩上自行车的脚踏，在麦禾营村的街道上向前滑几步，然后抬起另一只脚，从自行车前梁上跨过去，屁股落在自行车的座垫上，双脚踩着自行车的脚踏，骑行在自行车车阵的最前头，引领着长长的自行车车队，蜿蜿蜒蜒、曲曲拐拐地出了麦禾营村，向着黎明中的谷寡婆村疾驶而去……这个特殊的自行车娶亲队列，行出麦禾营村已经很远了，可是谷梦梦他们还能听见身后没了踪影的麦禾营村里，任喜过娘家嫁女燃放爆竹的声音。

　　任喜过只觉得耳边风声呼啸，她想谷梦梦该给她说说话的，但他没有，她就只能自己乱想了。

　　任喜过首先想，谷梦梦给她下话，说他们谷寡婆村今日三门娶亲，谷梦梦组织了自行车队来娶她。那么那两门呢？他们也是组织自行车队去娶亲的吗？任喜过想不出来，就把这件事丢到了脑后。任喜过在这初婚的日子里，告诫自己不要多想，她知道想什么都是白想——在这一天，新娘子就是一只猴子，一只化了妆的猴子。她没有自己的主张，没有自己的自由，谁想耍就能耍，耍得过了也不要紧。任喜过不要自己多想，然而又不能够，特别是娘家人在麦禾营村为她燃放的送嫁炮仗，一会儿响一声，一会儿响一声，就让她不能自禁地又要想，谷寡婆村里一日三门娶亲，还不知要燃放多少炮仗哩！

谷寡婆村没有让任喜过失望，在她的自行车娶亲队伍进村的时候，那两门的娶亲队伍也刚进了村子。

当然，这不是商量好的，也不是谁等着谁，完全是个巧合。

有了开头一个巧合，就有接下来的第二个巧合，那就是三门娶亲人家燃放娶亲炮仗——"噼里啪啦，噼里啪啦"，差不多又都抢在同一时间了。这一家的二踢脚，"咚"的一声蹿到高天上，"啪"的一声炸响；那一家的二踢脚又"咚"的一声蹿到高天上，接着"啪"的一声炸响……千字头、万字头的鞭炮，在各家大门外扯开来，一起爆响着。不知是受了鞭炮齐鸣的影响，还是各家燃放二踢脚的炮手无意中同时点燃了二踢脚的药捻子，三家的二踢脚又同时"咚"的一声蹿上高天，再同时"啪"的一声炸响……谷寡婆村在这一天，可是太热闹、太红火了。天上地下满是炮仗炸过后的纸屑，红是红，绿是绿，搅和在一起，先在天上飘，飞着飞着就落到地上。人从上面走过，炮仗的纸屑还会飞扬起来，沾在人的衣裳和鞋面上，个别的还飞扬着钻进人的头发里……此外，原来建得不很规则的谷寡婆村，土墙上、砖墙上、碾盘上、碌碡上、牲口桩子上、官井沿儿上，以及大大小小的石头、高高低低的树木柴垛上，都有人早早地贴上一方手片大的红彩纸，人称"遮丑红"。这也是西府的老规矩，和给新娘头上顶的红盖头是同一个道理呢。

谷寡婆村的万事万物，按着老理儿，都贴上了"遮丑红"，但是娶来的三个新娘子，却没人顶红盖头。这该是"破四旧"的功劳了。有些被"破"了的"旧"，在改革开放的春风里，悄悄地恢复着，譬如任喜过的娘亲豆菊芳给任喜过陪嫁过来的描金箱子，譬如谷寡婆村民给村里万事万物贴上的"遮丑红"，全都不走样地恢复了。可是新嫁娘头顶的盖头布，却彻底地被"破"掉了，没有哪个新娘再顶了。

因为没顶红盖头，任喜过淡淡地抬眼一看，就知道谷寡婆村的三门娶亲人家，一家在自家的隔壁，一家远一些，在村道拐弯的西口上。

村道拐弯的西口上那一家，情况是怎样的，任喜过还不知道。和她家隔壁的这一家怎么样，谷梦梦没有下话，是任喜过的娘亲豆菊芳问出来的。心细的娘亲晓得"远亲不如近邻"的道理，娘亲给任喜过寻找"抱她"的那家人时，问了对方家里的情况后，很自然地就把近邻的情况也问了。娘亲问来的情况是，谷梦梦家的隔壁是他们谷寡婆村的老支书谷大房家。

谷大房的名声不坏。同在渭河边上，麦禾营村与谷寡婆村隔着小十里的路程，任喜过的娘亲豆菊芳对谷大房早有耳闻，知道他在"人民公社化"时期当了谷寡婆村的支书。

村支书不是啥大不了的官，但在一个村子里，就是人见人畏的"皇上"了。

任喜过不知道娘亲豆菊芳为啥没有弹嫌这样一个近邻。但她无从选择地进了谷梦梦家的大门，拜了天地，入了洞房，不用眼见，仅凭耳闻，也已感觉到自家与隔壁都办喜事，但热闹的程度是大不一样的。她家这边，不论是拜天地，还是宴客人，全都静悄悄按部就班地进行，没有喧哗，没有戏耍，每个人都赔着小心，生怕弄出大的响动，搅扰了隔壁谷支书家的喜事似的。可谷大房家则不同，一台带着大喇叭的收录机，从头到尾地响着，调一个频道唱流行歌，再调一个频道又吼秦腔，交织在一起，没边没沿，无休无止……还有猜拳行令的号叫，喷吐着肉的香气、菜的香气、酒的香气，翻越过两邻不是很高的界墙，直往任喜过的耳朵里、鼻子里钻。其间还发生了叫人哭笑不得的事——谷梦梦的几个老亲戚，多年没太走动，这一日来吃谷梦梦的喜酒，结果进错了门，坐了隔壁谷支书家的席，酒斟上了，菜端上了，却突然发现人不对，才赶紧退出来，再进谷梦梦家的门。他们脸上臊臊的，像染了红一样，埋怨谷梦梦，咋过的喜事呀？弄得这么冷清！

正月里，天短夜长。

热闹也罢，冷清也罢，差不多算是支应过去了。但热闹的谷支书家更热闹了，相比之下，冷清的谷梦梦家里也就更显冷清了！

村支书谷大房在黑棉袄上套了件藏蓝色的中山装，他站在自家的雕花门楼前，满脸的喜气和春风，鞭子赶一般，把他脸上的皱纹全都赶到眼角旁堆叠起来，更加突显了他的喜悦。有人从他家门里走出来，他就送上一根香烟，问候一声"喝好了"。有人向他家门里进，他就递上一根香烟，叮嘱一声"放开喝，甭怕醉"。眼看着天黑下来，谷大房举手向雕花门楼内的院子招了招手，就有执事的人推上电闸，把吊在院子棚梁上的灯泡点亮了。因为灯泡瓦数大，点亮后一取二用，把雕花门楼内的院子和雕花门楼外的街道，全都照得亮晃晃的，仿佛白昼一般。人潮一波一波地来，一波一波地去，谷大房的中山装口袋，就像取之不竭的聚宝盆，来来去去的客人，能抽烟的他敬烟，不能抽烟的他敬糖。

谷大房把烟敬上去了，就热乎乎地说："吸着，吸着。"

谷大房把糖敬上去了，就热乎乎地说："拿上，拿上。"

客人吸了谷大房的烟，拿了谷大房的糖，给他回几句敬奉的话就成了必然。

有人说了："老支书给娃办事，劳累了。看哩，你的眼睛都熬红了。"

有人说了："这回给二娃把媳妇一娶，老支书的心事就全了咧，你就尽等着享福了。"

有人说了:"今日这事,办得全村头一份,还是老支书的威望大,脸上有光哩。"

大家用话敬奉着谷大房,他没有不应的道理,因此他张着嘴,一遍一遍地应承,先说"全靠乡党帮忙哩,我连个啥啥的力都没出,能劳累个啥?快进屋去,进去了耍吧!我立站门口,是代表我全家欢迎乡亲们来哩",再说"大炮一响,把儿交给婆娘!咱人老了,要知道老哩,以后就不操娃娃的心咧",后又说"啊呀啊呀,今日把乡党慢待了,改日有机会给乡党把情补上"。

言语来,言语去,谷大房的院子里挤满了人。

大家依着风俗,是来耍房的。新郎谷天明在挨来挤去的人伙里,像他爹谷大房一样,给大家发着烟;新娘上官乐跟在谷天明的身后,拿着一匣火柴,给嘴上叼了烟的人点烟。因为幸福,因为羞涩,上官乐的脸上红扑扑的,洋溢着甜蜜的微笑,一双大大的黑宝石般晶莹而灵泛的眼睛,闪烁着熠熠的灿烂的光彩。这个在学校文艺特长小组里担任过主角的高中毕业生,没有农村女娃未曾见过世面的扭捏和慌恐,她落落大方,举手投足是那样得体自然。上官乐似乎有种先天性的体悟,在这样的场合,羞涩一点儿是应该的,但一定不能太怯场,越是手足无措,越会惹起耍房人的情绪,他们恶作剧的路数,自然就会像井喷一样冒出来,让人应接不暇、洋相百出。学过一点儿政治,略通辩证法的高中生,知道无论在什么情况下,无论做什么事,掌握主动权是关键。自由恋爱,甚至不顾本家大哥的激烈反对,私订终身,把自己嫁给谷天明,上官乐知道谷天明是厚道的,还厚道得有点儿古板,有点儿死心眼儿。正因为如此,上官乐看见谷天明就乐,就爱得不能释手。跟在谷天明身后给大家点烟的上官乐,早把古板、拘束的谷天明看透了——凭他在耍房的人伙里乱钻,还不惹得耍房的人把他俩撕碎吃了去？手、手、手……到处都是手，有些伸来的手已经闪电似的摸了上官乐最为敏感的地方，乳房、屁股……上官乐左闪右躲，可她又躲得了几只伸来的手？上官乐心想，躲不是个办法，她要主动出击了。她出击的办法是往谷天明的前头跨了一步，从他的手里接过西府乡间最为吃香的地产金丝猴烟，取出两支，噙在自己的嘴头上，划着火柴吸燃，再从自己的嘴头上取下来，顺手塞进旁边人的嘴头上。

上官乐噙上两根烟，吸燃了就递发出去，也不知她吸空了几只金丝猴烟盒，直把自己一口一口吸得晕晕的，这才把乱哄哄耍房的人安顿下来。

上官乐有了喘口气的机会，可她还没把气喘匀，就听人伙里两个半大小子野腔野调地吼唱起来：

> 扳转肩膀亲上个嘴，
> 肚肠里结的疙瘩化成了水。
> 冰糖砂糖尝了个遍，
> 要数妹子儿唾沫星星甜。

上官乐扭头找着吼唱的小伙儿，她找到了，笑盈盈忽闪着的两只大眼睛，放胆瞅着那两个半大小子，不但没有退缩，反而发起了更加猛烈的"攻击"。

上官乐说："啊哟哟，现在都是啥时代了？还唱那老得没牙的调调儿。听我说，要唱，你就唱个八十年代的流行歌。"

耍房的人静了片刻，受到"攻击"的两个半大小子，羞臊得低下了头。

上官乐"痛打落水狗"，跟着还说："怕人笑话了？嘿，多大点事儿呀,把头抬起来。"

见惯了新娘子的扭捏,见惯了新娘子的羞怯,纯朴善良的庄稼人,面对上官乐这样的大方和率性,显得既惊喜又新奇。大家静了片刻后,一哇声就又号吵起来了。

大家没敢直接号吵上官乐,而先号吵被上官乐"攻击"得低下头的两个半大小子:"咋的了?像两只斗败了阵仗的小公鸡一样,让开路,旁边就是鸡窝,你俩钻鸡窝里去吧。"

被上官乐"攻击"得已很沮丧的两个半大小子,是不能再被大家奚落的了。他俩不甘认输,相互使着眼色,鼓励着,要反击了。

俩小伙齐声大喊:"对着哩,我俩唱得不好,新娘子给咱唱一个。"

高中生上官乐可能会怯别的什么,但唱歌她是一点儿都不怯的。大家才一起哄,她就挺了挺脖颈,扭了扭腰肢,甩了甩脑后乌黑蓬松的马尾辫,张嘴就说:"唱一个就唱一个。咱脑子里没记下别的,流行歌儿一串一串的,难不住咱。"

上官乐说话特有气势。几句话说罢,这就极有韵致地唱了起来。

风吹(着)杨柳嘛唰啦啦啦啦啦……

小河(里)水流呀哗啦啦啦啦啦……

上官乐一曲《回娘家》,唱得圆润而甜美,就像原唱朱明瑛来到谷寡婆村给大家唱了一样,当下把欢笑、嬉闹、嘈杂的耍房人群震得没了脾气。院子里鸦雀无声,只有上官乐的歌声在飞旋,回荡。她的歌声是多么轻盈、多么清脆呀,浸着她一个新娘子满心的幸福和甜蜜。随着她跳跃欢畅的歌声,安静下来的耍房人,眼睛里却像扑了水,湿漉漉的,仿佛看见广袤的田野上绿绿的麦苗、黄黄的油菜花以及清清的渭河水,这些春天才有的景致扑面而来。

歌声停了。

歌声停了好一会儿，耍房的人才从他们暖融融、阳光明媚的春日幻境里走了出来。叫好声、呼啸声，以及"再来一个"的呼喊声，齐茬茬爆响在村支书谷大房的农家院子里。

招呼了一天客人，谷大房累了，从雕花门楼的外面回家来了。他绕开耍房的人群，回到上房他和老伴居住的屋子里，惬意地吸着一根烟，不时地透过窗子玻璃，向喧闹的院子瞥一眼。

儿媳妇上官乐的大方，在他看来就是要命的人来疯。他担心他的二儿子谷天明，可能把握不住他自由恋爱的新娘子！

谷大房为二儿子谷天明担心着，却并不反感院子里的喧闹。在谷寡婆村，谷大房担任支部书记的时间够长了，长得他自己都有些疲了。疲就疲吧，他还是想当下去的。院子里耍房的人群，耍笑的是他二儿子和儿媳妇，透出的却是他的威望，以及村里的民意。谷大房需要院子里耍房的效果，而且也很享受院子里耍房的效果。

唱小调的两个半大小子，激出了新娘子上官乐的歌声，自己又得意了起来。两个半大小子眨着眼睛，会心地相视一笑，就又花样翻新地提出一个耍房新方案。

两个半大小子说："歌儿唱在这里就算了，我们认输。下来，咱们猜估经怎么样？"

书面语言说的"猜谜语"，在关中西府是叫"猜估经"的。两个半大小子输了一回，不相信初来乍到的新娘子上官乐，还能再赢一把，彻彻底底地把谷寡婆村人"震"住。

上官乐是咄咄逼人的，她白玉一般洁净好看的牙齿，咬了一下嘴唇，很干脆地说："猜么。"

两个半大小子面带诡色地张开了口，可还没有发出声音，就被上官乐招手制止了。

上官乐说："咱可要放文明哩。"

两个半大小子咳嗽了一声，说："那是当然的。不过你也不要往歪处猜。"

上官乐大气地说："你们说。"

两个半大小子摇头晃脑地说起来了："光不溜秋没毛，插进里边不饶；要得饶了，等天明了。"

上官乐不知想到哪里去了，两个半大小子的"估经"才说了个头头，她俊俏的脸盘儿就先"腾"地大红起来，仿佛熟透的西红柿子。俩小伙把"估经"拆成一个一个的字，从嘴里吐出来，弹射到上官乐的脸蛋上，把她的脸蛋敲打得都快流出血来了。

上官乐两手捂住了脸，咯咯笑着嚷嚷："胡说的啥嘛？咱规定了要文明哩。"

出"估经"的两个半大小子没有笑，倒绷着脸，做出受了天大委屈的样子，说："这可咋不文明哩？高中生的心眼儿就是稠，谁可让你往瞎处猜哩嘛！其实明白得很，不就是个门闩儿，谁家门闩儿不是天黑了插上，天明了抽开。"

"哄"的一声，明晃晃的院子里就是一阵哄堂大笑。

两个半大小子得了胜，顿时神气活现，新点子跟又出来了："新娘子，这回你输了，给咱老实回答问题，你和天明是咋对上相的？谁先瞄上谁了？谁先撵着谁了？说出来让咱腿泥子也见识见识。"

这个问题的提出，把窘迫中的上官乐解救了出来。她没有回避神气着的两个半大小子，只把她兴奋的、充满了柔情的目光看向恭呆呆的谷天明，自豪而干脆地回答问题了。

上官乐说："是我瞄上天明的。我给他说，咱俩可要好哩，一辈子都好。"

上官乐说话还要谷天明来证实，谷天明却只笑不答言，惹得上官乐在他腰眼上还捅了两指头。

隔窗看着院子里的谷大房，心里一惊一诧，他想这媳妇儿太胆大了，说话咋那么口畅啊！啥话从她嘴里都敢说出来……院子里耍房的人，有一些跟谷大房是一样的，守旧的他们，觉得上官乐的开朗大胆，太"那个"了，有些不习惯、不适应。但是，这毕竟是在发骚遭怪的耍房过程中，他们都有种"新媳妇三天没大小"的意识，因此更多的是体会到了一种从未经见的新奇与新鲜。听了上官乐的回答，他们一起掩着有胡子或是没有胡子的嘴巴，扭过头去，"嘿嘿嘿嘿，嘿嘿嘿嘿"地偷笑起来。大家似乎一下子对这个大胆泼辣的新娘子产生了异样的好感，不在新娘子面前表现一下自己，就对不起新娘子，也对不起自己似的，鼓足了勇气和力量，以上官乐为中心，拼命地向前挤着、扛着，迅速把抢了风头的两个半大小子挤出了人圈子。

点子一个接着一个，使正月还很寒冷的夜晚，因为支书谷大房家的耍房而热气腾腾，仿佛艳阳高照的夏天。

第三章

　　仅仅一墙之隔的九先生谷正芳家，与动地喧天的村支书谷大房家比起来，此时就显得太冷清了。

　　整洁的院子和几间老旧的房子里，像村支书谷大房的家一样，也高悬着大瓦数的电灯泡，也在二儿子谷梦梦和儿媳妇任喜过新婚的晚上，一只不落地都点亮了，照得不是很大的院子灿亮辉煌，如同白昼。待承乡党们前来耍房的水果糖、花生豆、葵花子、金丝猴牌香烟和工字牌雪茄，一样不少地堆在谷梦梦新房里的大漆方桌上。此外，九先生谷正芳还生了蜂窝煤炉子，开大了煤炉风门，把火烧得旺旺的，架上铁皮茶罐儿，"咕嘟嘟，咕嘟嘟"地一直熬着茶。从弥漫在房间里的茶叶味儿判断，九先生谷正芳把茶叶熬得汁子能吊线了。然而让九先生谷正芳失望的是，很少有人登门来耍房，偶尔跑来几个碎娃娃，探头探脑地看上一番，看不出什么热闹，就又"腾腾腾腾"地跑出去了。

　　正是碎娃娃的一进一出，更加显出了院子里的寂静与落寞。

　　当然还有隔壁的喧闹，他们那边闹腾的声势越大，这边就越发空寂与无奈。

　　这哪里像是迎娶新娘子的"喜日"呀！

　　谷梦梦到九先生谷正芳的上房转了一圈，看他爹的脸比锅底还要黑，知道老爹的心里比他更不好过，就把"咕嘟嘟"响着的铁皮茶罐子提起来，给他爹倒了一盅茶，往老人家的手边推了推……要说，西府农村盛行的罐罐茶，熬了太长时间，熬得确实不错了，黑糊糊热气蒸腾，配上两颗三颗的花生豆，是能喝得人冒汗的。可是九先生谷正芳看了一眼二儿子谷梦梦，不仅没有喝茶盅里的热茶，还难过地背过儿子偷洒了两滴浑浊的泪水。

儿子谷梦梦没问老爹九先生话，但九先生谷正芳心里知道，新婚之夜没人来耍房，儿子是心里难受，想问他道理的，但碍着他是老爹，儿子张不开口罢了。

能是个什么道理呢？其实儿子谷梦梦知道，九先生谷正芳自己更清楚。他是脱帽右派，谷寡婆村长期批斗的对象。一有风吹草动，九先生谷正芳就被村支书谷大房提溜出来。两个基干民兵，身背长枪押着他，让他低头弯腰站着；支书谷大房历数他几宗"旧罪"，然后就很威严地坐在土台子一角，号召村里的积极分子，轮番上台，批判他的"反动思想"。

戴帽右派九先生怎么"反动"呢？一次次的批判后，大家脑子里其实还是很模糊的，只知道他是谷寡婆村最早读书的人，把自己读到了北京的一所大学，在新中国成立后回到了岐阳县，做了县城中学的老师；娶了妻，连妻也是个识文断字的人；生了子，大儿子谷劳劳、二儿子谷梦梦又是一对儿能读书的娃。仅此而已。一九六五年，组织上考虑九先生谷正芳的实际情况，给他整理材料，报请给他摘除"帽子"，让他再登县城中学的讲台，为培养无产阶级接班人立功劳。这个时候，"文化大革命"像是一场狂风暴雨席卷了全中国。他也被裹挟着，从县城中学学生灶管理员的岗位上被免下来，狠狠地批斗了几个回合，注销了县城户口。他和他的儿子们被一把推回到老家谷寡婆村，做起了"职业"右派分子。

这是个让人只能老老实实劳动，不敢有半点儿乱说乱动的"职业"，这"职业"仿佛泰山一样压着九先生，使他抬不起头来。可谁又能料到，老实地接受了改造的九先生谷正芳，没能管住他的嘴巴——他说话了，说的又是极其反动的一句话。

九先生说："社会主义？嘿嘿，我看就是个社火主义！"

说这话时，正是"文化大革命"进行到如火如荼的时候。当时，绛帐"革命委员会"隔三间五地召开大型阶级斗争教育会，会上集中了他们辖区所有的"戴帽分子"——有地主和富农分子，有历史和现行反革命分子，自然还有右派分子。他们被集中起来挨斗争，低头站在一起，今日不见明日见，一来二去，戴帽分子就都成了熟人。他们接受批判，其中有心理脆弱的，忍受不了那样的折磨，上吊的有之，服毒的有之，扑河的也有之……九先生谷正芳除了被批斗，还在谷寡婆村接受劳动改造，在渭河边上收收种种，没日没夜。一次歇在河堤上，他发现河水里沉浮着一个人，他下到河水里，把沉浮着的人捞上来，扳着那个人的脸看，发现那是一个经常和他站在一起被批斗的人。九先生谷正芳那个伤心，他仰头看着天，呆呆地看了一阵，只见满天的白云，遮掩住了艳阳。他低下头来，把已淹死的同伴揽在怀里，絮絮叨叨地说话了。

九先生谷正芳说了许多话，不知怎么就说了"社会主义不就是个'社火主义'"那样的一句话。

九先生谷正芳说的是句开导话。他说咱们就是个运动员，运动来了，不耍咱们耍谁？人家要耍让他耍去好了，咱又不是没被人耍过，一次一次地耍，还不都是像耍社火一样，耍一阵子就过去了，你见谁能把社火耍一辈子？人家要耍咱，咱跟上他就耍，也不只是娱乐了人家，咱跟上耍不也娱乐了咱自己吗……对着一个死人，九先生谷正芳不住嘴地说，把自己说得还流了泪，"呜呜呜呜"像头老牛一样，吸引了谷寡婆村几个与他一起在渭河边劳动的人。他们吃惊于九先生谷正芳的举动，更吃惊于九先生谷正芳说的话，把他抓了个现形，在渭河河堤上现场开了他的批斗会。

那么难堪的场面，九先生谷正芳都乐观地扛过来了。可在他脱了

"帽子"给儿子婆回媳妇的晚上，他似乎有点儿扛不住了。儿子谷梦梦给他倒茶，他没接，脸上臊得能滴血。他瞅了一眼儿子，站起来，听着隔壁谷大房家的喧闹，低头从自家大门里走出去了。

谷梦梦不知老爹九先生出门去做什么，只目送着老爹的背影，觉得他今晚比戴着右派"帽子"时还要委顿不堪……要知道，脱帽后的九先生谷正芳，落实了政策，是有资格被重新安排工作的，只是他觉得自己年龄大了，没有要求安排工作。他赋闲在家，组织上给了他一笔不小的政策落实补助，而后月月都有退休金寄给他。他是不差钱了，而且他的精神世界因此也起了变化，腰挺直了，头仰高了，他觉得他能昂昂气壮地活人了，但……委顿不堪的老爹九先生从大门里走出去后，谷梦梦辛酸地背过身，回到自己的新房里，没敢看亲爱的新娘子任喜过，只是长搭搭把自己仰面摆在喜烛高照的炕面上。

把自己仰面摆在炕面上的谷梦梦，一声不吭，两只雾蒙蒙的眼睛，迷茫地盯着新糊了一层花纸的顶棚。在西府农村刚刚流行起来的西服，他穿着本来就不甚合体，让他不惜不爱地一番折腾，就显得更加凌乱不整。他搁在炕沿的那一双大脚，蹬着双也刚在西府农村流行起来的方头皮鞋。因为一天的忙迫，鞋上的泥土没有及时打掉，鞋便显得土头土脑，顿失原来该有的瓦亮锃光。谷梦梦把一只粗糙的大手，垫在被他抓挠得头发乱糟糟的脑袋下边，腾出另一只手，捉了一支接了两截的金丝猴香烟，叼在铁青的嘴皮间，长长地抽了一口，烟头上的火苗便懂事般地往下矮了一截。火苗过处，形成长长的一截烟灰，掉下来，谷梦梦没防顾，烟灰便落在他的脸上、西服上，但他身子动也不动，只是用手慢慢腾腾一扑拉，就又狠狠地抽起他的烟来了。

新婚的任喜过，呆呆地坐在写字台前面的靠背椅子上，对面的三开门大立柜中间的一扇门是面刻了凤凰暗花的穿衣镜，镜子里面的任喜过是高挑顺溜的，但她圆乎乎、红润润的脸盘上，凝滞着不知所措、痛苦而惘然的神情。

任喜过初入洞房时的心情不是这样的。她眼见新房的布置和摆设，是堂皇富丽的，远比她过门之前想象中的要好得多，大小立柜、写字台、软沙发、茶几，一水儿橙黄色漆面，一式大上海新流行的样子；小立柜上搁着她陪嫁来的燕舞牌台式收录机，收音机上蒙了一块大红色的金丝绒布；写字台上摆了几本书，书的旁边又摆了一盆鲜艳美丽的红花——虽然这花是绢做的假花，可也让任喜过初看头一眼时就那么惊喜和神往……惊喜是因为陌生，神往是因为神秘。任喜过沉浸在巨大的幸福里，挨过了慌慌乱乱的初婚头一天，进入初婚的头一夜。她准备好了，准备着谷寡婆村的乡亲，蜂拥到她的洞房里来，开开心心耍她的房。

任喜过愿意和来耍房的乡亲们分享她新房的堂皇与富丽。

可是没有人来！谷梦梦为她准备的新房，便是再堂皇、再富丽、再豪华，也在眼前的清冷和孤寂中，黯然失色。

任喜过悄悄地扭头过去，看了一眼女婿谷梦梦。他依然是那一副姿势，依然是那一副神态，一口口吃着烟，再一口口吐出来。浓重呛人的烟团，把他几乎都要埋起来了。

这到底是怎么回事呢？任喜过觉得她的心像泡在了醋罐里，酸得她想要流泪。新娘子初婚之夜被人耍房，任喜过在做姑娘时对这套旧俗就很熟悉了，她曾经好多次远远地站在人背后，悄悄地看大家怎么耍房。他们把新娘子耍闹得可是够疯呢！什么恶作剧的路数都敢用，任喜过看了，脸红心跳，但看得津津有味。就在昨天晚上，絮絮叨叨的娘亲豆菊芳给她说了许多话，其中还说了耍房的事儿。

娘亲豆菊芳一再强调，新娘子要明事理，要耐得住耍，耍得过头一点儿也不要紧，可不敢给人撂脸子，让人担不起。娘亲豆菊芳还说，乡亲们来耍房，是乡亲们看承你，耍闹得越欢实，时间越长，越是你娃的福气，是你在谷寡婆村把人活出来了……任喜过懂得娘亲豆菊芳的心思，她毫不怀疑娘亲的絮叨，她也相信自己上门到谷梦梦家里，在这初婚的晚上，经得起村里乡亲的耍房，能把乡亲们都待承好。那有什么呢？姑娘家变身为新娘子，可都有这一回的。把羞脸收起来，让乡亲们尽兴地、快乐地耍，不就是敬酒、点烟、剥糖纸么，不就是听乡亲们说什么"隔山取火""雀儿含钱""翻山爬沟"的洋相话么，这没有啥嘛，咱经受得起，不会拂了乡亲们的美情好意……任喜过把啥啥都思量过了，啥啥都准备好了，可哪里想得到，自己的洞房花烛夜，竟会是这样一种场面。这到底是怎么一回事呢？难道说我任喜过今日刚过门，就把谷寡婆村的乡亲们得罪尽了吗？

任喜过摇头了，她相信不是自己的错，但也已经敏感地知道，今后她在谷寡婆村的日子不会好过了。

任喜过摇头的同时，轻轻地招呼了一声仰躺在炕面上的谷梦梦："喂……"

整整一天，任喜过头一回给谷梦梦递话。她想问问谷梦梦，咋不见人来耍房哩？她希望谷梦梦能给她一个解释。但是，谷梦梦的头朝她转了转，向她投来一束阴郁愤怒、委屈不安的目光后，又迅速地别转过去，像是恼着什么，从喉咙深处重重地发出一声："哼！"

谷梦梦没说话，挂在墙壁上的三五牌大钟，赶着点响了起来，"叮当""叮当"……一直敲了十下子。任喜过的耳朵里，厚重的钟声响过后，就又是隔壁的笑声、吼喊声和歌唱声尖锐地传来，那么响亮，那么欢畅：

一阵乌云来，一阵风儿刮，

眼看那山中就要把雨下……

那是隔壁新娘子的歌声吗？任喜过肯定着自己的判断。很能忍耐的她再也忍耐不住了，两行泪水扑簌簌地滴落下来，洒在她簇新的嫁衣前襟上。

任喜过参加劳动早，身材高挑却又不失力气，干起活来有使不完的劲儿。然而她又是胆小怕事的。在娘家时，不论去学校，还是下地劳动，她都只知埋头学习或干活，从不多言多语，从不招惹是非。稍稍碰上惹人着气的事儿，哪怕小得提不起来，她都会躲开，躲得远远的，害怕把自己绕进去。原因很简单，她是富农家的女儿。有了这个身份，她只有躲着事儿，才是对自己最大的保护。

娘亲豆菊芳现在脱帽了，脱帽了又怎么样？因这已经养成的性格，任喜过暂时还回不过神儿来。娘亲给她找婆家时，和她商量过：咱还找个脱帽的人家，猪黑不笑老鸹黑，咱们谁也不欺侮谁。

是的，相同的家庭遭遇下，自己人的确不会欺侮自己人，可邻里旁人呢？任喜过的头伏在包了皮革的椅子背上，咬着嘴唇，抽抽搭搭地不敢哭出声来。

灯光璀璨的院子，又恢复了可怕的寂静。而隔壁院子的欢声笑语，似乎比刚才更响亮、更热烈地传了过来……一声一语，一笑一喧，都异常强烈地刺激着任喜过的心。

在大门外转了一圈的九先生谷正芳，低头又回到门里，回到他居住的上房，把在蜂窝煤炉上熬得"咕嘟嘟"响的铁皮茶罐儿提起来，给自己倒了一碗茶，也不管茶汁烫不烫，端起来就往嘴里倒，结果把他烫得吐出茶汁，并"咻咻咻咻"地吸着冷气。

任喜过赶在这个时候，推开了老爹九先生虚掩的房门。她给老人端了一杯晾凉了的罐罐茶，递到老人的手上，让他漱口解疼。老人听话地喝了，漱着口看任喜过，而任喜过也眨巴着亮晶晶的眼睛来看他。

老爹九先生愧羞地说："对不起。"

这是什么话呢？任喜过撵到老爹九先生的面前，不是听老人检讨的。任喜过想听老人给她说出个理由来。老人没说，却给她道了一声歉，这让任喜过不由自主地低下头，两手无措地揪扯着新嫁衣的下襟，啥话都没说。过了一会儿，她绕过老爹九先生，把铺在炕上的被子，打了个圆圆的被筒，并且摆上枕头，轻声细语给老人说话了。

任喜过说："爹您睡吧。熬累了这些日子，您该睡个好觉了。"

多么懂事的儿媳妇呀！九先生谷正芳核桃壳一样粗糙的脸，难看地抽动了几下，黄蜡蜡的脸上写满了痛苦和歉疚。老人向炕边退着，他退得那么小心，像是怕退得不好而跌倒在房脚地似的。他慢慢地退到炕边，脱了鞋，上了炕，钻进被窝里，又给他懂事的儿媳妇检讨了。

九先生谷正芳说："真的对不起哩！"

九先生谷正芳向刚进门的儿媳妇任喜过的检讨声未落，院门口便响起一阵杂沓的脚步声。那声音像是乡下人高兴时敲响的锣和鼓，对坐上炕的九先生不啻一个很大的鼓舞——他知道有人来耍房了。等待，多么艰难的等待呀。他撕下自己的老脸不要，出门去，在隔壁支书谷大房家的大门口，掏烟敬奉着在那里进出耍房的人。他让自己的脸堆满了笑，他相信自己的笑是媚态的、讨好的。当然，他还乞求和希望，乞求大家到他家里来耍房，希望大家到他家里来喧闹……大家没驳九先生的面子。他敬奉大家的金丝猴香烟，大家都接了。可他们又都像不懂他的用意似的，接了他香烟后，没进他家门，还是进出着支书谷大房的家门。现在好了，有人来了，来耍房了，九先生谷正芳把腰身拉挺起来，刚才还黯淡似灰的脸上也腾起一抹红红的亮光。

九先生谷正芳给任喜过说："去吧，好好待承来人。"

任喜过冲着老爹九先生笑了笑，从上房里退出来，准备回她的洞房去接受来人耍房。她忐忑着心走在院子里时，已听到洞房里吵嚷成一片，吆五喝六的，像是麻雀窝里被戳了一扁担。是哩，是她的新女婿谷梦梦热情地招呼来人哩。

谷梦梦喊着说："吃烟吃烟。"

谷梦梦喊着说："吃糖吃糖。"

任喜过的脚步是急的，她急急地走到洞房门口，抬手撩起绣着"鸳鸯戏水"的大花门帘，人没走进去，心先凉了一大截。她恭呆呆地站在洞房门口，看着新女婿谷梦梦和五六个小伙子或坐或蹴地拥了一炕。他们吃着谷梦梦给他们敬奉的金丝猴香烟和大白兔奶糖，呼喊着，吼叫着，拿着一副扑克牌，在打一种叫"斗地主"的牌式。这种牌式是带着"彩"的，输赢的"彩"头由参与的人协商拟定，高了一二十元，低了三五角钱。任喜过看见，在她洞房里赌博的几位，玩得不大不小，输了的一盘给赢家五元钱。他们是一进任喜过的洞房就赌上了，赌得那个热烈，连新娘子任喜过撩起门帘站在洞房门口都没引起他们的注意。这该是赌徒的特点了，他们聚精会神地关注着手里的纸牌，是一把好牌，就会兴高采烈地高举起来，重重地摔下去，摔得"啪啪"响。洞房炕上的大红绸绣花被子，盖着赌博者的脚，中间同样为大红绸绣花的枕头，纸牌就摔在上面，而每个人眼前的被面上则散乱地放着两块、五块、十块钱的票子。

赌博……他们耍房就耍房么，怎么就赌博上了呢？

任喜过吃惊地看着坐在她洞房炕上赌得兴致勃勃的几个人，最后把她热烫烫惊异的目光停在新女婿谷梦梦的脸上。谷梦梦应该感觉得到新娘子戳他脸皮的目光呢，可是他没有理会。谷梦梦跟着几个赌徒，尚欠熟练地揭牌出牌……站在洞房门口的任喜过发现，因为欠熟练，输的总是谷梦梦。他把手里的钱都输光了，再输，就把衣服上的口袋翻开来找，一个口袋翻开了，另一个口袋也翻开了——谷梦梦翻开了衣服上所有的口袋，没有找到一分可用的赌资。他摇了摇头，解开他戴在手腕上的表链，把他新婚才戴的手表撸下来，押在了赌资堆里。

谷梦梦粗声粗气地说："就是这块手表了。"

赌博着的几个小伙子，把谷梦梦押进赌资堆里的手表拣出来，挨个儿仔细看过，似乎并不看重这块谷梦梦新婚才戴的手表。赌徒的心眼里，除了钱，别的东西似乎都很轻。但他们哪里知道，这块手表可是新娘子任喜过买了送给谷梦梦的新婚信物，这块手表的价值，可不是多少钱能够顶替的。金钱不能顶替的手表，传到赌徒里一个矮矮胖胖的小伙儿手里了，他红红的烂了一圈的眼睛，难得抛开纸牌，看向了呆站在洞房门口的新娘子任喜过，这让他有种发现九天仙女般的惊喜。他两只眼珠子盯在任喜过的脸上，一动都不动，喷射而出的眼光像是毒蛇的信子，是贪馋的，是淫邪的。他龇着牙向任喜过一笑，猛地把谷梦梦要押进赌资堆里的手表抛给谷梦梦，高喉咙大嗓门儿地说话了。

矮矮胖胖的小伙儿说："不要你的烂屎手表。"

听着矮矮胖胖小伙儿的拒绝，依着洞房门框站着的任喜过还松了一口气，她可不想自己送给谷梦梦的新婚信物被作为赌资输了去。可是矮矮胖胖的小伙儿接下来的提议，比把新婚信物的手表做了赌资还要叫人难堪和痛心。

矮矮胖胖的小伙儿说："干脆，把新娘子押上好了。谷梦梦再输，就把他新娘子的头一夜给赢家睡了去！"

吵成一团的新房顿时静了下来，就像一颗威力很大的炸弹炸过之后，一切的生命都消失了一般。赌博着的几个小伙子，转过眼来，一起盯在新娘子任喜过的脸上……谷梦梦的脸涨红了，他嘴唇哆嗦着，一双愤怒的眼睛盯住那双烂眼睛。谷梦梦是想要那双烂眼睛怯下来的，但没成。那双红红的烂眼睛里所表现出来的，是蛮横、无所顾忌，同时还包含着一股放浪不羁的淫邪意味。谷梦梦嘴张了张，败下阵来……

任喜过不敢置信地呆住了。九先生谷正芳听到了任喜过新房里的闹腾声，想要从上房屋里走出来，但他的屁股却像焊在了炕面上，挪是挪不动了。老人家没了办法，他伸出手，在空中没着没落地乱摸着，摸到了挂在炕墙上的那把二胡。九先生谷正芳把二胡摸到手，取下来，靠在他的腿上，调了两声弦，便不知所措、毫没根由地拉了起来。

九先生拉的是喜庆的二胡曲子《百鸟朝凤》，可在儿子媳妇新婚的晚上，从二胡的弦索上流出来，却是那么的幽怨和哀伤。

第四章

"叮当！"一声清清亮亮的响动，把惠杏爱从睡梦中惊醒过来了。

从昏昏沉沉的睡梦中睁开眼睛，惠杏爱的第一感觉就是，自己的脖子被谁紧紧地搂着。这是谁呀？惠杏爱一惊，猛地记起，自己昨天结婚。意识到这一点，一种从未经历过的羞涩和心慌，使她浑身一颤，她想起了初婚的丈夫谷门坎——一定是他了，是他搂着她的脖子哩。然而她却觉得搂她的手，柔柔的、细细的，便偏过头去看，这一看，让她差点儿"扑哧"笑出声来。

搂着她脖子的是小弟弟门栓。

惠杏爱长长地出了一口气。她释然了，感到可笑，接着，又有一种深深的爱恋和感激，像泛滥的潮水涌上来。

自从昨天清晨，迎亲的队伍热热闹闹地把惠杏爱接进这个小小的庄稼院儿里，新郎官谷门坎的小弟弟门栓就几乎成了她的"尾巴"，形影不离地跟在她的左右。小家伙是可爱的，却也是寒碜的——小棉袄穿了一冬，袖口都绽出了棉絮。因为是惠杏爱的喜日，家里给门栓套了一件半新的褂子，精光光一双赤脚，黑黢黢地蹬着一双新棉鞋……这些都不能成为门栓缠绕惠杏爱的障碍，他那冻出紫色疮疤的小脸上，满是灿烂的、衷心的欢笑。小家伙对她毫不生分，见她就把她叫了"大姐"，然后便简直成了她果敢勇猛的"保护神"。谁知道那小小的心灵是怎么想的，反正，只要有谁胆敢耍笑他新进门的"大姐"，门栓就会毫不示弱地反唇相讥，惹急了，他甚至要挥动他小小的生铁疙瘩般的拳头，和人干架哩。门栓的这些举动，时常把来贺喜的人惹得哈哈大笑，都把他叫成惠杏爱的"二女婿"。他自己也不反对，甚至得意着这一称呼。昨晚上闹洞房，一直闹到半夜，他没瞌睡，也不去睡，就那么随在"大姐"惠杏爱的身边，顽强地守着，毕了，任谁哄他去睡他都不去，固执地要和他的"大姐"睡在一搭。这不是吗，天明了，他还双手箍着"大姐"的脖子呼噜呼噜睡得香着哩！

轻轻地挪开门栓的小胳膊，惠杏爱拉亮了电灯。

昨晚上睡得太迟了，哄着门栓睡觉，惠杏爱自己也睡着了，自然连衣服都没脱。噢，对了，和女婿谷门坎自然也就连一句私房话也没顾上说。此刻，谷门坎已不在炕上，他是啥时节起来的呢？惠杏爱心里想着，倒有了几分歉疚和怅然。

"叮当。"又是一声清亮的响。

这一回，惠杏爱听清楚了，是铁皮桶在井沿上的磕碰声。惠杏爱想得出来，这一定是谷门坎在绞水了。她往窗子上一望，贴着各色剪纸的窗户上，才微微地透出一丝亮光，但她没敢迟疑，翻身起来，急急忙忙地下了炕。惠杏爱知道，做了门坎的媳妇，是跟在娘家做姑娘时不一样了。做姑娘时，只要屋里没有当紧的活儿要做，起迟了，起早了，都没有啥，谁家姑娘在爹娘面前不撒一点儿娇哩？可是呢，为人媳妇，要睡懒觉那是万万不能的。惠杏爱在娘屋里早就看惯了，几个嫂子都是摸黑下炕，摸黑安排好一天里的家务的。

媳妇家的清早，都是又杂乱又烦琐的零碎活。

从炕上下来，惠杏爱给门栓盖严了被子，这才走出新房门。

哦，天还未亮，西沉的弦月还挂在天边，清冷而淡薄的月光斜洒过来，洒了半院子，像冻了薄薄一层冰似的。

在月光照不到的西墙根，惠杏爱五大三粗的新女婿谷门坎，绞了一桶水，"咚咚咚咚"地走了过来。又大又沉的铁皮水桶，提在他的手上，轻得简直像一棵灯草。新郎官把他昨天穿着的一身新衣全都换下了，又穿上他平时的旧棉袄和旧棉裤。可能是掉了颗扣子的原因吧，那件旧棉袄的下襟敞开着，随着他身体的摆动，有节奏地呼扇着。他感觉到了站在新房门口拢着头发的惠杏爱，愣了一下，然后羞涩而腼腆地笑了。

怎么像个姑娘一样？惠杏爱看着谷门坎，从新房门口走出来。

谷门坎说话了，他说话的声音是细细的、关切的："天还早着哩，你起来弄啥呀？清早没多少事。"

惠杏爱没接谷门坎的话，但她暖心暖肺地笑了。过门来才一天，忙忙乱乱的，由明到黑，他们俩像一对化了妆的猴子，被人耍着，连个多说一句话的机会都没有。清早起来，惠杏爱还抱歉着，却听到自家女婿谷门坎几句温情体贴的话，她一下子感受到了新家的可爱和温暖。这似乎是她在娘家时从没体验过的。人啊，就是这么怪哩！猛然间，惠杏爱有了种说不清、道不明的踏实感，这该是她的新女婿谷门坎给予她的。谷门坎的体魄强壮悍实，他同时又那么勤劳仔细。她是要向女婿谷门坎学习，俩人齐了心奔日子，以后日子一定错不了。

新媳妇惠杏爱觉得她未来的生活充满了希望和欢欣。

惠杏爱迈着细碎而轻盈的脚步，跟着女婿谷门坎，走进了低矮而简陋的灶房。

灶房里黑着，没有点灯，风箱在暗色中"呼哧呼哧"地轻轻响着，红红的火焰扑出灶门口来，照亮了黑糊糊的、窄狭的脚地。坐在灶火门口烧火的是谷门坎的大兄弟谷门墩。这二十出头的小伙子，憨憨实实的，明明知道他的新嫂子惠杏爱进来了，却埋着头，不敢抬眼看他的新嫂子，好像他把新嫂子看了，就是对新嫂子的伤害一样。他死死地低着头，正儿八经地烧着火，这使惠杏爱感到特别滑稽和可笑。

惠杏爱大方地挤进灶火门口，她要替换谷门墩来烧火。

惠杏爱说："我烧。"

柴草燃烧的火光，映在谷门墩带着些憨傻气的脸膛上。他发现新嫂子挤着来烧火，躲了躲，却没给新嫂子让位子。

惠杏爱又说："起来，我烧。"

可能是惠杏爱的声音高了些，谷门墩不敢坚持了。他咧开大嘴，羞愧难当地朝新嫂子笑了一下，拍落膝盖和双腿上的灰草，站起来走了出去。

谷门坎一抬胳膊，把他提来的一大桶水倒进了黑老鸹锅里。惠杏爱抬眼往锅里瞧了瞧，已经足足有两大桶水了。惠杏爱不知道，天还没明，烧这么些水弄啥？早上洗脸用得了这些水么？她是想问的，却没有问，只是把火烧得更旺了些。

谷门坎走过来，摆手让惠杏爱住了火，把两个大蒸馍埋进灶台里的灰火里。

风箱声有节奏地响着，火苗又从灶门口扑出来，金红色的一团，鲜亮而耀眼，扑扑闪闪，似乎舔在了惠杏爱的脸膛和胸脯上，给她整个可爱的身形镀上了一层金光。

锅里的水经不住火的烧灼，发出"唑唑唑唑"的响动。

谷门坎圪蹴在锅台边的黑影里。他是不吸烟的，两只空闲的手，有一下没一下地折着柴枝，两截、三截……直到此刻，他才有了机会，大胆地盯着自己的新媳妇看。昨天，他不是没空儿——一直都和自己的新娘惠杏爱在一起，啥时候不是机会呢？但他碍着耍闹他俩的人眼，没敢认真看他娶进门里的新娘子。现在他能够看了，能够不眨眼地看了，他甚至可以伸出手来，搂一搂、抱一抱他的新娘子，但他还是忍住了。他是太能忍了，昨天就忍着，耍闹他俩的人都走了，他还想着家里有父母，有兄弟，他不能不顾及父母兄弟的眼睛，就一直忍着。便是此刻，他还得忍着。像昨天一样，他只能把他盯视惠杏爱的眼光，幻化成他的两条胳膊、两只手，去搂抱、抚摸他的新娘惠杏爱。这样的搂抱，这样的抚摸，让谷门坎有种幸福的感觉，满满当当地从心底升起来。

噢，新娘子的脸膛在火光中是多么生动而可爱啊！

那张脸，是鸭蛋形的，长长的、黑得发亮的刘海儿，恰到好处地垂在眼睫毛上，遮住了细细弯弯的眉毛，使她那双温顺而柔情的大眼睛，显得深沉幽渺，仿佛两潭深深的秋水，看不到底儿。她的脸色有点儿黑，她是那种被庄稼人称为"黑牡丹"的俊女子。厚厚的嘴唇微微地合着，嘴角有点儿上翘，流泻出她心底的欢欣和喜悦。她没往谷门坎这边看，一双眼睛聚焦在灶眼儿里的火上，看那火跳跳蹿蹿，腾腾跃跃……她的明亮洁净的眸子里，便也跳蹿腾跃出两团红火苗儿。她的一只手，轻巧地往灶眼里送着柴草，另一只手拉着风箱杆，一送一缩，那么自如、自然，似乎全不费力，十分灵巧，好看极了。

谷门坎静静地瞧着，心"噔噔噔噔"地跳动着。这些年上演的新电影他都看了，人家电影上的夫妻，那么热烈地抱住了亲哩，看得他羡慕而眼红，想他娶了新娘子，也要放心大胆地亲热哩。可是真轮到他自己了，他的新娘子就在他的跟前，他又哪里敢放心大胆地亲热呀。谷门坎想，他娶个媳妇不容易，娶来的又是一个这么漂亮、这么柔情的高中毕业生！美丽的惠杏爱啊，在谷门坎的眼睛里，就是玻璃做的，就是水晶做的，可爱而令人心疼，动弹她一下，都怕把她弄碎了。

凝望着火光里的惠杏爱，谷门坎轻轻地叫了一声："杏爱。"

惠杏爱闻声微微地侧过脸来，应声道："哎。"

两双冒火的眼光碰了一下，谷门坎说："今日个……我就得出门去。"

谷门坎说得吞吞吐吐——昨天才结的婚，今日就要出门，不能陪在惠杏爱身边，这让谷门坎感到特别难为情。他扪心自问，自己是想陪在惠杏爱身边的，都是青年人，把这样的事放在谁头上，怕都是一样的呢。

惠杏爱也吃惊了，她小声地问："噢，啥事这么急呀？"

谷门坎的两手继续折着柴枝，边折边说："我出车去林由的北马坊拉煤……没办法，我跟人家窑客老李签了合同，他窑炉上的煤我包了，人家窑上要是断了火，损失由我赔哩。"

惠杏爱的吃惊变成了担心，她问："几天？"

谷门坎说："起早出门，摸黑回来。"

惠杏爱担着的心放下来了。她没多说话，刚刚嫁到这个新的家庭，这里的一切对她来说都是陌生的，新的院落，新的村子，她还需要时间去适应。便是圪蹴在她对面的谷门坎，对她来说也是陌生的，但是昨天，他俩拜了天地，由那阵儿开始，陌生的谷门坎命中注定地算是她的人了。她多么希望在初婚的日子里，她亲近的人哪儿都不要去，就陪在自己身边。他是她的依靠，她要依靠着他，熟悉这里她应该熟悉的一切。可他身上背着合同，该死的合同逼着他，让他在初婚的日子不得陪在她身边，而要冒着严寒，驾驶着小四轮拖拉机，走上渭北高原，然后再翻沟爬梁，到遥远的林由山里拉煤。惠杏爱能说个啥哩？她无话可说了。

谷门坎看出了惠杏爱的不忍，又说："没办法，真的没有办法哩。"

惠杏爱不想谷门坎再这么说，她轻轻地回答他："你去，你放心地去。"

谷门坎的脸上绽出了笑容。他往惠杏爱身边挪了挪，沉思一下说："昨晚上，就想给你说哩，可后来……没顾上。"

惠杏爱低头扯着风箱，听谷门坎说话。

那可都是心里话呀，谷门坎憋在肚子里，实在憋不住了："你过门了，很快会看出来的，咱是个穷屋，爹病了多年了，都是咱妈撑着这个家，拉扯我们兄弟姊妹往前走。吃呀，穿呀，念书呀，订媳妇、娶媳妇呀，她就好比一碗油，硬让我们给熬干了。这些年，老人家不容易哩，淌的眼泪怕有一河滩，受的熬煎就更没法说了。我一辈辈都报答不了老人家的恩情。"

惠杏爱抬起了头，看了一眼女婿谷门坎，只见他的眼角闪着泪光，忙又低了头，说："我过门来，是给你添手哩，以后咱合着伙儿孝敬老人。"

谷门坎感激地看着他的新娘子惠杏爱，说："就是这话……我在屋里是老大，你跟了我就也是老大，两个兄弟，还有妹妹门环，往后都要你多费心思哩。"

惠杏爱说："多费心思就多费么，攒着还能攒成条河。"

谷门坎说："只是……咱屋太穷，你进咱屋，把你实实地亏欠委屈了。"

惠杏爱说："进了一家门，就是一家人，谁又亏欠谁，谁又委屈谁呢。"

结为夫妻的惠杏爱和谷门坎的对话，没有甜言蜜语，没有你恩我爱，说的都是实实在在的家常话。惠杏爱也想从新郎官谷门坎的嘴里听到一些谈情说爱的话，最终没有听到，却也一点儿都不觉遗憾，甚至有点儿赞赏谷门坎的实在。日子是实在的，惠杏爱可不想活在虚虚套套的谎言中。惠杏爱发现，把家里的实情和盘端给她的谷门坎，说话时眼睛是热情的，更是诚实的。他的热情和诚实，让初婚的惠杏爱有种无以言表的踏实，她想，这一辈子，她遇了个实诚人，好人！和这样的男人过日子，穷就不是个啥了。两人一条心，黄土变成金……忽的，惠杏爱有许多话直往嘴边涌，可她抿了抿嘴唇，忍住了。

往后的日子长着哩，还愁没有说话的时候？高中毕业生惠杏爱几乎要笑话自己了。

烧在锅里的水开了,水蒸气冲着了锅盖,"哒哒哒哒"地响起来。

逮住机会,把心里话说给惠杏爱的谷门坎,心里甫提多轻快了。他掀开锅盖,把开水一瓢瓢舀进大铁桶里,去给小四轮加水了。冬天的日子,没有一锅开水,小四轮就发动不起来。谷门坎天天如此——烧水,发动小四轮,怀里揣上两个烤得黑糊糊的大蒸馍,这就把他一天的活路安排好了。这时离天明还有一阵子哩。跟在谷门坎的身后,惠杏爱也提了一桶开水来了。

这时她才看清楚谷门坎裹在身上的旧衣服,油一坨,泥一坨的,胳膊肘上磨出了一个不小的洞眼,透出一团团的棉花疙瘩……旧棉袄小了点儿,几乎要被他粗壮的腰身撑开来。他拧开小四轮的水箱盖,先把一桶开水灌进去,又放出来,然后再加另一桶开水。加满水了,就使劲摇起发动机拐把,每摇一下,发动机"哼啊"一声响,他的身子就跟着往上一提,又露出他旧棉袄下精光光的腰背来。

惠杏爱从车座下捞出一把棉纱,来帮谷门坎擦车。对这种十二马力的"秦川牌"小四轮拖拉机,惠杏爱一点儿都不陌生,她的娘家就有一台,而且比谷门坎的这一台要新得多。

惠杏爱擦着车说:"这车,你买下几年了?"

谷门坎摇车摇得直喘气,说:"才几个月的时间。"

惠杏爱说:"哟,那咋这么旧呢?"

谷门坎说:"买的就是旧货么。就这,还搬了村支书谷大房,由他给面子,在信用社贷了两千块钱,东拼西凑地才买下来。旧是旧,我把机子拆下来大修了一场,使起来还不错。再者说,配套齐全得很,双铧犁、旋耕机、播种机、拖斗儿,样样都不缺。地里活儿忙了咱顾地里,地里活儿闲了咱跑运输。我还就指望这四个轮子欢欢实实地转着,给咱还借的债、贷的款,指望它带着日子往前头跑哩。"

谷门坎说着，一手扶着小四轮的机头，一手猛摇了两圈发动机拐把，把小四轮发动了，"突突突突"的声响，惊动了谷寡婆村里的鸡儿们，"喔喔喔喔"此起彼伏地大叫起来。

谷门坎招呼他的大弟谷门墩坐上拖斗，自己手把方向盘，脚踩油门就要走了。惠杏爱在一边说："慢点儿，我给你做点儿热的吃了再走。"

谷门墩上了小四轮拖拉机，他一手拿着一个埋在灶门洞灰里的大蒸馍，给惠杏爱摇着说："有了，有了。"

这是什么有啊？惠杏爱还想拦下小四轮给他们兄弟做口热的，谷门坎又说了："时间来不及了，北马坊矿上发煤，有定点哩，错过了点，就不是一天来回了，要等到第二天才能回来哩。"

谷门坎说着，把他棉帽的棉耳放下来，在下巴底下扎紧，脚踏离合器，手挂前进挡，把小四轮从家里敞开着的大门稳稳地开了出去。

惠杏爱追着小四轮，大声地问谷门坎："你没有棉大衣吗？"

天太冷了，又是这么早出车，不穿棉大衣还不把人冻硬了？可是，惠杏爱刚喊出口，心里就后悔上了。这还用得着问吗？他那又薄又窄小的旧棉袄底下，连件衬衣都没有哩！惠杏爱由不得自己，心头忽然涌上一股酸酸的感觉来。

初婚的媳妇儿，连手都还没摸过呢，就这么关心自己，谷门坎心里暖洋洋的。他向追着他来的惠杏爱招了一下手，笑着大声地说："甭急，苦干上一年，就啥啥都有了。"

小四轮开在谷寡婆村的街道上，"突突"的声音变得更加响亮，和着嘹亮的鸡叫声，让寂静寒冷的村子活起来了。

眼看着小四轮越走越远，站在大门口的惠杏爱，空落落地想流泪……她慢慢地折回家，关院门时，她发现西边天际的弦月早已沉落了，东边隔墙人家的房脊上空，透出一抹亮亮的银白色，天就要亮了。惠杏爱刚刚往前走了两步，猛地想起新媳妇早上要做的"功课"，便匆匆忙忙往婆婆和公公住着的上房走去。惠杏爱向被窝里的婆婆和公公问了安，就弯了腰去端放了一夜的尿盆子，可她的手还没碰到尿盆沿子，就被早她半步下炕来的大妹子门环抢着端走了。

惠杏爱说："让我端么。"

这是一个媳妇家应尽的义务和责任——在娘家时，惠杏爱就知道父母屋子里的尿盆子从来都是由嫂子在老人睡下后提进去，天不明时端出来的。她现在成了谷家门里的媳妇，她可不想刚过门就留下话把子。

炕上的婆婆说话了："他嫂子，让你妹门环端去，咱屋不讲究那些。"

惠杏爱端不上尿盆，急忙又回到院子里，拿起扫帚扫院子。就在这个时候，她才有了心思，有了机会，认认真真，细细法法，打量自己将要在此度过一生的农家院落。

院子是窄长的，三间偏厦，三间上房，除了进门处有一块能让小四轮回旋开的空地外，往进走，院子的那个窄狭，仿佛能把人的头夹扁。土木结构的厦子房，年头已久，房顶黝黑，生着许多干缩了的松塔塔……因为要办喜事，厦房的檐墙用白灰水刷了，却也不能掩饰它的陈旧和破败。上房的窗前有一株杏树，也许是院子里缺乏日光，它猛劲地往高处长去，光光的枝条几乎要伸过房顶了。整个院落是简陋的、寒碜的，显出一种令人压抑的单调。要不是为了她初婚而来，窗户上糊了窗纸，窗纸上贴了剪纸，呈现出些许亮色，这家里会更显阴暗。在上房旁边，有一条小小的甬道，通往后院兼猪圈，惠杏爱站在院子里，能听见零星的哼叽声。

惠杏爱在心里断定，新女婿谷门坎说的是真话。在这样一个贫困苦寒的家庭里，惠杏爱感觉到了自己肩膀上的沉重，因此，心也渐渐地向下沉。

又是妹子谷门环，赶到惠杏爱的身边来抢她的扫帚了。妹子谷门环手劲可真大呀，抢得也认真、坚决。惠杏爱犟了几个回合，说她该扫院子的，上房炕上的婆婆却又随着她的话说了："让你妹子扫吧，她扫惯了。"惠杏爱能咋办呢，手一松就又让妹子谷门环抢去扫帚一下一下地清扫着冷寂的院落了。

距离早饭的时间还早着哩，惠杏爱在院子里站了站，再也找不到自己要做的事，就只好讪讪地回到她的新房里。

与简陋寒碜的院子比起来，惠杏爱以为新房的布置和摆设很说得过去了——彩色花纸把房屋从顶棚到墙面，裱糊得严严实实，似乎把这房子翻上几个滚，也不会破坏新房里的气氛，这使人感到艳丽而温馨。

房子里满满当当，油漆得明光锃亮的大衣柜、高低柜，以及一对喜鹊闹梅的描金箱子，是娘家陪嫁来的。除此以外，还有写字台、靠背椅、老辈人用的卧式银柜，是谷门坎家准备的。谷门坎给惠杏爱说过："你是高中生哩，写字台、靠背椅我给你准备着。"惠杏爱满意谷门坎做的，但是刚才，她去过婆婆的上房，看到那似乎被火烧过一般的空旷和萧索，就明白她新房里的富足，是集中了全家人的力量的。

惠杏爱呆愣愣地站在新房的脚地上，心中一阵激动。谷门坎一家人，把她这个刚过门的媳妇抬得是多么高啊！紧接着，她心中又是一阵酸楚，她隐隐地觉得，自己让这个本来就贫困的家庭雪上加霜，更加贫困了。

谷门栓醒过来了，眨着一双黑丢丢的眼睛，悄声地叫着："大姐！"

随着他一声甜甜的叫，谷门栓精光着身子从被窝里跳出来……惠杏爱听见了，也看见了，她失慌地走到炕边，硬把小家伙又塞进被窝里，接着又把小家伙的衣服往被窝里塞。塞了一半，她却被小家伙伸出的手，又箍住了脖子。

小家伙说了："大姐好漂亮哩！"

惠杏爱摘着小家伙的手，说："瞎说烂舌头。"

小家伙不松手，说："我没瞎说，我爱大姐。"

惠杏爱被小家伙的话惹笑了，多么好的一家人啊！她的心上像被什么锋利的东西刺过了一样，有一种隐隐的痛，传到她每一根神经的末梢上，但她觉得这痛不是痛，痛在她的心里变成了热浪般涌动的幸福。

第五章

她又来了。

从女婿谷梦梦的嘴里，任喜过已经知道这个三番五次往她家来的女人叫云小兰，更知道云小兰就是隔壁支书家的大儿媳。他们家多热闹呀！支书给二儿子娶媳妇，谷寡婆村的人一户不落地派了代表，随了份子，到他们家吃酒耍闹去了。嫁作人妻，热闹了要拜天地，冷清了也要拜天地。任喜过就是在几个亲戚门人的簇拥下，冷冷清清地跟谷梦梦拜天地的。就在这时候，云小兰撇下自家的热闹，从人伙里钻出来，到隔壁来看任喜过拜天地了。

> 新人新人拜拜，
> 亲亲嘴儿耍耍怪，
> 猴娃吹喇叭，
> 蜜蜂采花花。

也不顾拜天地的仪式进行到哪里，云小兰一进谷梦梦家的院子，就大声地说了这几句怪气话。任喜过听到了，觉得那几句怪气话没有什么错的，大不了引人一笑，可是正拜天地的谷梦梦，脸色为之一变，原先湿润的眼睛里，突然像有火在烧。他身体还照着司仪的口令进退着，或鞠躬，或叩首，一点儿都不变样，但他燃烧的目光，盯视着云小兰，像要把她烧了似的。任喜过心想，如果不是她和谷梦梦正拜天地，谷梦梦肯定会扑过去，把云小兰撵出他们家的。

谷梦梦恶狠狠的眼神，并未被云小兰所接收，她我行我素地走进院子，把她嘴里的怪气话，朝着拜天地的谷梦梦和任喜过，又怪声怪气地喊叫了一遍。

大哥谷劳劳在院子里招呼着亲戚故交，手脚不停嘴不停。抽烟的他给散烟，不抽烟的他给散糖，忙得王朝马汉一般，正不亦乐乎，听了云小兰怪声怪气的喊叫，他笑了，是那种别人不易觉察出来的温暖的微笑。其实谷劳劳心里知道，他是忧戚却又开心地笑哩。谷劳劳放弃了他正招呼着的亲朋，绕过他们，走到云小兰的跟前，用他那忧郁的目光，把云小兰看了看，就让云小兰安静下来了。云小兰在谷劳劳的目光引领下，从围观谷梦梦和任喜过拜天地的人伙里退出来，跟着谷劳劳，带着几分羞涩，又带着几分胆怯，乖乖地走到搭着席棚的酒席桌旁，坐在了一张长条凳上……云小兰坐远了，把长条凳的一边压得都翘了起来，慌得谷劳劳抢前一步，把长条凳翘起来的一头稳稳地压下来。如果没有谷劳劳这有效的一压，压翘长条凳的云小兰，会在稠人广众面前跌个大坐蹲儿的。受了惊的云小兰，脸白了一下，安稳下来，脸又红了，让人看去，仿佛一个情窦初开的姑娘似的。

谷劳劳安慰着云小兰，说："你老实坐在这里，一会儿咱们吃席。"

谷劳劳安慰着云小兰时，把他手里的喜糖往云小兰的手里塞了几颗。云小兰看了看塞到她手里的糖果，突然想起什么似的，把糖果往待客的桌子上一放，腾出手来，在她身上的衣服口袋里一阵乱翻，她大概是要翻出些钱票子或是什么值点儿钱的东西吧，没翻出来，就带着歉意地朝谷劳劳苦笑了一下。

云小兰说："你兄弟大喜，我该随些份子哩。"

谷劳劳说："不妨，不妨。"

云小兰却坚决从她坐的长条凳上站起来，向院子里的礼桌走去，礼桌上放着一个大红封面的礼册，守着礼册的是个年老的戴着个圆形石头眼镜的人。他不知道云小兰到礼桌前来做什么，惊慌地收起礼册，抱在怀里看着云小兰。这让云小兰不知所措，她回了一下头，看着跟她走来的谷劳劳。谷劳劳善解人意地朝云小兰浅浅地一笑，走到她的面前，从看守礼册的老者怀里取来礼册，摊放在礼桌上，面对云小兰，又是暖暖地一笑。

云小兰感激谷劳劳，就还了他一个同样暖暖的笑容。

云小兰从她的衣服口袋里掏出两枚手指肚般大小的石子儿，一黑一白，油油的，光光的，煞是醒目。她把这样两枚石子儿捻在礼桌上，捉起写礼账的那管羊毫毛笔，蘸上墨汁，拿过礼账，在上面写下这样几句话：

> 为谷梦梦、任喜过新婚志喜！暂押石子儿两枚，每枚
> 作价拾圆，以后以贰拾圆现金赎回。
>
> 云小兰 即日

这个时候的任喜过，还不认识她的大哥谷劳劳，更不认识来随礼的云小兰，但她从长相上看得出来，在她的喜日子里忙得团团打转的谷劳劳，应该是媒人传话时说的大哥了。嘿，谷劳劳、谷梦梦兄弟俩，生得也太像了。认真拜着天地的任喜过，眼睛却一瞥一瞥的，把院子里发生的事都看清楚了。大哥谷劳劳和云小兰的一举一动，很自然的，也都收进了她的眼帘。

任喜过虽然还不知道大哥谷劳劳和云小兰的过去，但仅凭他俩这天在院子里的举动，她就在心里断定，他俩是有故事的。

大哥谷劳劳忙了一天，天扑黑时，一家人把白天待客剩下来的菜饭，热了一桌子。吃了后，大哥就告辞走了。他在渭河南岸有一圈猪要照顾，都是张口货，白天请人帮忙照看了一阵子，到晚上了，他不

好意思再请人，而且他也不能放心，就踏着薄薄的一层夜色去了。

就在大哥谷劳劳走后不久，云小兰又到家里来了。她之前怪声怪气的那几句喊叫，仿佛预告似的，滑稽可笑。而她这个时候来，该是赶着点耍房来的，所以，任喜过透过贴满喜庆剪纸的窗玻璃看见云小兰时，浑身为之一震，慌忙抬起手来，在脸上搓了几把。

新娘子坐轿头一回，被耍房自然也是头一回，任喜过精神上必须有所准备。

任喜过没在炕上死守，她搓着脸下到炕脚地，走到新房门口，揭开那面绣花门帘，走到院子来，迎接头一个来她门上耍房的人。但是，任喜过还是慢了两步，新女婿谷梦梦抢在她的前头，把云小兰堵住了。

像白天一样，谷梦梦眼睛瞪得圆圆的，一脸气愤和不屑，两手张着，像赶一只不长眼睛的鸭子似的，嘴里喊着："去去去……去去去……"

云小兰侧身看向任喜过，说："新娘子好看啊！不羞不羞，咱不羞。"

谷梦梦张开的手臂，差不多挡在了云小兰的脸上，嘴里喊叫的还是那样的话："去去去……去去去……"

云小兰瞪了谷梦梦一眼，假意不懂他的干涉，说："护媳妇了？哈哈哈……你先不忙护，人走了，吹灭灯有你护的时候哩。"

一个过来人说的话，合情合理，谷梦梦却听得很不顺耳，他更加大声地喊叫："滚！"

这是个伤人的话呀！放在谁的身上都会受不了，可是云小兰并没反应。她躲开谷梦梦，朝着迎她走来的任喜过说："你叫我滚，新娘子可不叫我滚哩。"

任喜过觉得谷梦梦的话过分了，她朝云小兰羞怯地笑了笑，还想劝劝谷梦梦，谷梦梦却更粗鲁地往出赶云小兰了。

谷梦梦不无恶毒地低吼起来："神经客！"

正是这一声恼恨的低吼，把云小兰震住了。她的脸色瞬间一变，刚才嘻嘻哈哈的表情一扫而去，两只圆睁的眼睛，显露出一种让人心伤的惶恐和悲凉。她看看逼在面前的谷梦梦，又看看站在新房门口朝她投来忧伤目光的任喜过，慢慢地拧转身子，向大门一步一步走去……云小兰走得趔趔趄趄，一步踩向左边，一步踩向右边，嘴里含糊不清地絮叨："神经客……神经客……我不是神经客……"

忧伤着的任喜过，听着云小兰的絮叨就更忧伤了，她从新房门口跨下来，撵着云小兰的背影追了去，她想追撵上云小兰，替粗野无礼的谷梦梦道两声歉。可是她往前追撵了两步，就被谷梦梦伸手抓住了手腕，拽着不让她撵。

任喜过拿眼来瞪谷梦梦。她瞪眼看着谷梦梦，既是询问，更是对他的指责。

谷梦梦看得懂任喜过的瞪眼，他说："她就是个神经客。"

踉踉跄跄走着的云小兰，都快走到高挂着大红灯笼的大门口了。她本来会絮叨着走出去的，听到谷梦梦说她是"神经客"的话，却又站住了，她站在大红灯笼映照下的大门口，回过头来，朝着谷梦梦回了一嘴。

大红灯笼把云小兰映照得通体亮红，她鼻翼翕动着，回嘴说："神经客……别人可以说，你不可以说。"

任喜过甩脱了谷梦梦的钳制，她向云小兰追撵过去了……任喜过追撵着，却没追撵上。原因是，云小兰回了嘴后，转过身去，人像一股风似的，走得没了影子。可是，任喜过还听见云小兰回嘴的声音，在她耳边鸣响。

云小兰说："神经客……别人可以说，你不可以说。"

…………

难熬的初婚之夜，不堪回首，任喜过好容易熬过去了。天明即起，她依循着一个农村新娘子该做的，去上房向公公谷正芳问了安，给公公谷正芳倒了尿盆，拿了扫帚，把院子扫干净后，又去门上，扫家门前的尘土和杂物……任喜过扫得很细致，一扫帚一扫帚地扫，她扫着的时候，新女婿谷梦梦脸净头光地出门来，不知是不敢看任喜过，还是羞于看任喜过，背着脸，僵硬着腰身，向村街的西头晃了去。任喜过介意昨晚发生的事，但不介意谷梦梦的僵硬。遇上那样的事，任喜过的心里不舒服，谷梦梦心里自然也不好受。

　　任喜过心胸宽和地想着事儿，把院门前扫干净了。她收起扫帚，往还贴着喜联的大门里走，前脚刚进门，就见云小兰站在大门里，朝她喜滋滋地笑着。

　　这个不受谷梦梦待见的云小兰呀！如此不计前嫌，如此锲而不舍、再三再四地往她家里来，任喜过不能不多想，但她刚到谷寡婆村，她多想又能想出什么呢？除了结婚喜宴上大哥谷劳劳对待云小兰的那点儿耐心和周到，任喜过是什么也不知道，也想不出来的。不过任喜过为自己确立了一个态度，她不能像谷梦梦一样对待云小兰，她是要对云小兰好的，要有好的态度，好的口声，好的颜面。任喜过想，这是她一个谷寡婆村的新媳妇应有的姿态，无论是对云小兰，还是对其他人。

　　新婚夜的尴尬遭际，让任喜过一整夜前思后想，坚定地树立起了她在谷寡婆村的活人理念。

　　任喜过也很欢喜地对笑着的云小兰笑着，把掂在手里的扫帚往大门背后一靠，笑笑地朝云小兰走近了些，拉住她的手，准备了两句话，想要开口说时，云小兰却抢在她的前头开口了。

　　云小兰说："我给你说实话哩，媳妇不好当。"

　　任喜过看见云小兰一开口，脸上的笑颜便一扫而去。她听着云小兰的话，承认她说得没错，媳妇是不好当，可是不好当也得当啊！这是姑娘家的命运，谁还能像棵树一样栽在娘家不成？迟早要嫁作人妻的，这就看一个姑娘的造化了。眼前的云小兰给她这么说话，让任喜过对云小兰就只有同情了。任喜过没应云小兰的话，不点头，也不摇头，她等着云小兰开口再说。

果然，云小兰又开口了："他们说我神经客……天知道，谁才是神经客呢。"

云小兰的话跳跃性太大，不过任喜过听得明白，正像云小兰自己说的，她的确不像"神经客"。不仅不像，似乎还比所谓的正常人更正常。就说她的穿着吧，虽然算不上新，却是合身合体的，又非常洁净、整齐——紫红色的格子呢上衣，蓝莹莹的阴丹士林裤子，可都是时下流行的花色和样式哩。她头发梳得一丝不乱，黑黑亮亮的两条短辫子，很是顺服地垂在耳畔边，像两把扎得非常规整的毛刷子。她的年龄有三十五六了吧，这样的穿着和打扮，可是太合她的形象了。任喜过不禁要想，关中西府夸耀女人的几个词，用在云小兰的身上，是再恰当不过了。

"漂亮""美丽"等赞美女人的书面语，在关中西府的民间语言中是没有的。

女人的一生，长到十六七岁时，要夸她的好，就说这女娃生得"乖爽"。长到二十岁出头嫁人为妻时，要夸她的好，就说这媳妇生得"干淑"。长到三十出头一直到老，要夸她的好，就说这女人生得"齐整"。任喜过成长的麦禾营村，是几千年前周家王朝的祖庙所在地，那里出土过青铜器，大的是鼎，小的是爵，不大不小的是觥，此外还有簋、盘什么的。任喜过闹不懂那些铜锈斑斑的东西，却懂得这一带的村落，很好地保留着孔圣人克己复礼所尊崇的一些传统习俗。分阶段夸赞女人的词，想来该是从那样的传统中来的哩。任喜过耳濡目染，把那样的话听得多了，虽然还不能深知其中的含义，但从字面意思来解，她是有所认识的，即所谓"乖爽"，实指姑娘家学会了许多手艺，乖巧爽利，惹人喜爱；再所谓"干淑"，实指嫁为人妻，主持家务，而不失干净练达、贤淑大方；再所谓"齐整"，实指女人的儿大了、女嫁了，她也修炼得城府满怀，心宽了，势老了，不仅可以齐家，更可以规整方圆力量，围着一个更高的目标做事了。

面对被人称为"神经客"的云小兰，任喜过一下想到了这么多。她以为云小兰在生活的不同阶段是配得上"乖爽""干淑""齐整"这几个优美的词语的。

任喜过回避着云小兰的话题，她说："那个话咱不说了，好吗？"

这是个善良的回避，云小兰焉有不知的道理？她又一次地对任喜过笑了。

任喜过拉着云小兰的手，把她往自己的新房拉。她一边拉，一边说："我还不知道，我该叫你啥哩。"

云小兰说："嫂子，我是你的嫂子哩。"

任喜过就把云小兰"嫂子""嫂子"地叫着了。她说一句话叫一声"嫂子"，把云小兰叫得云开雾散、心花怒放。云小兰在任喜过的新房里，转着圈儿欣赏新房的家具，大衣柜、高低柜、写字台、靠背椅……如果不是柜门上都装了锁，云小兰真会拉开柜门看了。她仔细地看着，认真地赞着，突然看到了大衣柜上穿衣镜中有一个人，吓了一跳。她伸了手去摸，摸了几下，这才发现穿衣镜里的人就是她自己，她便笑得更开心了。

云小兰开心得像个女娃儿，对着穿衣镜，做了几个娇羞的动作，然后慢慢地转过身来，眼睛里满是跳跃着的火光。

云小兰说："你说，我能像你一样再做一次新娘吗？"

任喜过没有想到云小兰会说这样一句话。但她没有吃惊，她如云小兰一样娇羞地一笑，说："如果你想，就一定能。"

云小兰是真的高兴了，她手足无措地在身上摸着，没有摸出别的东西，而是像她昨天在婚礼的礼桌前一样，摸出几枚石子儿，摸出来往任喜过的炕席一放，再在身上摸，又摸出几枚石子儿……这是云小兰从渭河滩上捡回来的石子儿，有黑有白，大的大过大拇哥，小的小不过小指哥，她捡回来是做玩具的。关中西府的农村，女孩儿起小就玩"抓子儿"。宽宽展展的渭河滩，有取之不尽的黑白石子儿。女孩儿挑着圆的、光的石子儿，捡回来抓着玩，这种玩法是简单的，更是原始的——女孩儿把石子儿抓在手心里，抛在空中，用自己的手背来接，手背上接到的石子儿多者为赢。而这只是头一茬的赢，接下来，把手背上的石子儿撒在地上，手里留下一枚母石子儿，把母石子儿翻手抛向空中，手迅速地去抓撒在地上的石子儿，然后翻手再接空中坠落的母石子儿……反反复复，看谁最早抓完地上撒着的石子儿，谁就赢了。赢者的奖品，没有别的，就还是女孩儿玩的石子儿。

任喜过是会玩石子儿的，任喜过看着云小兰摸出来放在炕席上的石子儿，就对她说："玩石子儿吗？咱们？"

云小兰高兴地说："咱们……玩两把。"

她俩兴高采烈地玩着石子儿，有输有赢，却都不怎么当回事儿，好像她们早就认识，是一对两小无猜的玩伴……她俩玩得真是开心啊！突然，云小兰说话了。

云小兰说："谷寡婆村原来的老规矩，新娘子进门第二天，是要到祠堂里拜谷寡婆的，后来不拜了。我是想拜的，却没拜成。"

任喜过听云小兰这么说，没头没脑地问了一声——

"拜谷寡婆？"

第六章

云小兰提早给任喜过说了要拜谷寡婆，但真正通知任喜过的是谷冬梅。

谷寡婆村原来的铁姑娘队队长、后来的村支部书记、绛帐镇党委书记、县粮食局局长谷冬梅，心不甘、情不愿地退休了。退休下来的她，先在岐阳县县城闲住了些日子，那里有县政府为她福利分配的一套单元住宅——虽然不是很大，七八十平方米的样子，却也有三间房子一个小厅，住起来是足够的。在县城混不到局长以上的位子，这样的住宅想都不要去想。粮食局局长谷冬梅有这个条件，但她住在里边，一点儿都不觉得舒心。其中的原因，似乎还不只退休这一件事。

在县上，同是科级干部，男性六十岁退休，女性五十五岁退休。身为女性的谷冬梅，再怎么心不甘、情不愿，被卡在这个政策上，她能怎么办呢？组织部部长找她谈话，问她还有什么意见，她很干脆地回答："没有啥意见。"县委书记陈再生也找她谈话了，问她有什么意见，她仍很干脆地回答："没有啥意见。"陈书记就很感激地和她聊了几句，说她退休了，不在岗位了，但不等于党员的意志也退休了，有机会还要发挥余热，为党的事业贡献力量。陈书记这么聊天，是再正常不过了，没有多少实际内容，但谷冬梅听得还算顺耳。聊了几句，有人在陈再生书记的门口转圈子，谷冬梅隔窗看见了，不好意思再占用陈书记的时间，就站起来，告辞要走，陈书记跟上送她，话赶话地又聊了两句。

陈书记说："谁让你是女同志呢，我向上级汇报过，就要考察你，让你到政协去哩，没想到你的年龄到了。"

陈再生书记的这句话灌进谷冬梅的耳朵里，让她的眼睛湿了。后来她赋闲住在单元楼里，住得不舒服，很大程度上，都是陈书记的那句话闹的。

当然还有一些因素让她也很闹心。譬如她的独苗儿子谷铁柱，就让她难以省心——该念书的时候，他不好好念书。亏得她泼辣敢干，从谷寡婆村的支书任上，被破格提拔成绛帐人民公社的书记。在谷冬梅的履历中，这是她最为骄傲的一步。特殊时期的特殊政策，让两腿泥巴的村支书，拔出泥脚来，当上了国家干部，吃上了商品粮。她庆幸自己有这不知道是哪一辈修来的福分，那样的事，往后再推一年，党中央拨乱反正，全面实行改革开放政策，重视人才、发掘人才时，就不会再有了。只知道苦干，没有一肚子的墨汁儿的人，也不能获得重用了。她是幸运的，靠着苦干实干，脱产当了干部。这不仅使她吃上了商品粮，也让她不争气的儿子谷铁柱随了她的户口，吃上了商品粮。可是那个孽障，不以此为荣，好好学习，改变自己，反而变本加厉，更加厌恶学习，拿起书就打瞌睡。他初中读了，高中读了，真正落进肚子里的墨水却没几滴，把个在人前说话像打炮似的谷冬梅，都要气疯了。谷铁柱年龄到了可以工作的时候了，谷冬梅腆着一张脸不要了，东求西求，给谷铁柱求了个国营毛巾厂的工作，指望他从此收心，在毛巾厂好好工作，谈个恋爱成个家，她也就算尽了一个娘亲的责任了。谁能想到，他在毛巾厂两天打鱼，三天晒网，根本不把事当事，整日里游手好闲，在社会上结交了一批闲人，吃香喝辣，仗义得真是可以——每次都是他解囊埋单，把自己的工资花完了，还伸手过来向她讨……谷冬梅是要数说谷铁柱的，逮着机会就要说，常常把自己说得一把鼻涕一把泪。前些日子，她又说谷铁柱了，说了几句，她的儿子谷铁柱还给她还嘴了。

谷铁柱说："省省吧！鼻涕擀不成面，眼泪煮不了饭。"

谷冬梅悔极生悲，鼻涕眼泪流得更多了。她痛彻心扉地说："当初就不该生下你！"

谷铁柱说："算你说了一句实话。"

谷冬梅的脸气白了，颤抖的手指直直戳到谷铁柱的脸上。她还想教育谷铁柱的，人家却把她手指拨拉下来，换了副嬉皮笑脸的模样儿，给谷冬梅继续说话。

谷铁柱说："省点力气吧，虎上虎山，狗爬狗坡，我的路我自己走。"

谷冬梅被谷铁柱这么一说，本来是该大伤心的，可她抬手把鼻涕眼泪擦去，懒得再和儿子谷铁柱说话。在这一刻，她想起了谷寡婆村人说的一句俗话："生娃不管娃，娃跑了不撵娃。"她可就是这样一个娘亲呢，在谷寡婆村里时，把集体劳动看得非常重，参加了工作，当上了国家干部，又把工作看得非常重，这就抽不出时间管儿子。儿子现在成了这一种德行，谷冬梅只有恨自己了，她恨自己种下了苦果。

眼不见，心不乱。谷冬梅想要逃避，她选择的逃避办法，就是放弃县城里的退休生活，孤身一人回到谷寡婆村来。

就在谷冬梅回到谷寡婆村的那一日，她的宝贝儿子谷铁柱也辞去毛巾厂的公职，下海经商去了。

这就是谷铁柱说的"虎上虎山，狗爬狗坡"吗？谷冬梅没法想。她最初回到村子时，还像她退休在县城一样，终日无所事事，坐在她家的院子里，一杯热茶，一张报纸，打发着日子。但她心里又想着儿子谷铁柱。

谷冬梅想儿子想得心烦，关门闭户在家里，想要找一些清静。但她挡不住人来拉家常、扯闲传。这是谷寡婆村的好处了，不像在县城，一个退休的粮食局局长，就如一张褪色的彩纸，苍白得没人理睬了，有点儿过节的，还会趁势冷嘲热讽，恨不得把"褪色的彩纸"撕巴撕巴，拿去擦了屁股呢。在谷寡婆村则不然，谷冬梅还像一个奇迹，还像一个传说，被村里人尊重着、敬佩着，大家你走了他来，他来了你走……本来也是，谷冬梅是谷寡婆村走出去的级别最高的干部嘛。

谷冬梅是不抽烟的，却也要买来金丝猴香烟供大家抽了。

谷冬梅喝茶很淡，开水一冲就行了。谷寡婆村的人喜欢喝酽茶，她就也买了铁皮的茶罐子，生了煤球炉子，熬了酽茶供大家喝。

谷冬梅的院子，是关中农村典型的那种四合头大院子。院墙高耸着，墙头上细心地施了瓦；墙根是从渭河滩刨回来的大石头灌了灰浆砌起来的，坚固而美观。河滩地方雨水丰、渍水浅，有了水泥石块的基础，就不担心进水了。院门开在一溜四间门房的右侧间，老榆木的质地，又宽又厚，尺寸均衡地上了四道铁板箍，每道铁板箍上铆了五颗拳头大的泡儿钉。匠人把门板油成乌黑的漆色，又把铁板箍和泡儿钉油成金黄的漆色，在谷寡婆村鲜亮着、惹眼着，让人看了，觉得有种推不倒、撬不开的稳重。院门是加盖了门楼的——在门两侧竖起两根水泥柱子，托起门顶上一块预制的水泥遮檐，又层层叠叠地镶了花不棱登、愣愣的几色瓷片儿，大有凌空飞翔的气势。进了院子，两丈开外还有一道二门。二门是艺术的，只是在不很高的砖石雕花院墙上，留出一个圆拱门，别致而雅观，给四合院平添了一道景致。大门和二门之间的小院，空荡荡的，安置了一个方形的石桌，石桌的周边，是几个等距离安置的石凳。如果天气晴好，是个暖洋洋的日子，来人从大门进来，石桌石凳就是大家的安坐处了。坐在石桌旁，来人只需喊叫一声谷局长，或者是谷书记，抑或是谷支书什么的，就能喊叫来谷冬梅。人们大大方方抽她撂在石桌上的香烟，大大方方喝她熬得扯线的酽茶……当然，心如果够闲，放眼周边的院墙，就会发现院墙四边对称地栽着修剪整齐的冬青，一簇两簇的竹子和紫荆、牡丹之类的花。相信到春暖的时节，谷冬梅的院子里，会是一派花团锦簇、溢香流彩的大美景象。二门之内，东西两排，不多不少，各是三间房。上房相对讲究一些，人字梁大房，全都青砖到顶，安装在青砖墙上的门和窗，也不取农村旧时的式样，改成城市流行的模样，高窗大玻璃，是新颖的，是明亮的。院子中间留出的那块小天井，也用三合土锤过，清幽幽地泛着水一般的光。

这太不像农家小院了，倒完完全全一副机关单位院子的样式。

不错，谷冬梅要的就是这个效果。虽说她原本就是个农家女人，可是机缘巧合，她一路高升，当了县粮食局局长，在机关院子出出进进、吆吆喝喝了许多年。现在她不能在机关院子待了，还不能给她自己在老家整出一处与机关院子无大差别的院子吗？不能说谷冬梅处心积虑。在粮食局局长的岗位上，她没少听人说"有权不用，过期作废"的话，开始听时，还觉得刺耳，听得多了，就听出别样的感觉，以为这话说得没错，面对退休这个残酷的事实时，她就更觉得那句话是专给她说的。这个时候，她想起了谷寡婆村，想起了安埋在谷寡婆村官坟里的谷狗剩，她回家来了。

突击——这是谷冬梅的特点。她当年在谷寡婆村任铁姑娘队队长，突击修筑渭河大堤，突击平整土地……做了国家干部，抓工作时她还是喜好搞突击。后来任粮食局局长，管公购粮收购，那才是个可以发挥她突击才干的好工作——夏天麦收了，秋天收玉米了，她都要亲自带队，从碌碡下收麦子，从玉米架上收玉米……给自己突击翻盖一个小院，还不是简单的事儿？也没用她张嘴，她管辖下的粮站，平常日子总想套她近乎的人，开着拉粮食的汽车来了，汽车上装得满满的，不是木料，就是砖石。为粮食系统修建粮仓、晒场的施工队，也闻风而动，肩上扛着锛子、锯子和刨子等木器制作工具，手里提着瓦刀、水平仪和吊锤等泥瓦工工具，浩浩荡荡地来到谷寡婆村。才过了十天半月，谷冬梅心里想着的新型农家四合头院子，就在鞭炮的轰鸣声中突击落成了。

谷冬梅害怕落人话把子。拉来木料的她付木料钱，拉来砖石的她付砖石钱，至于施工的一般匠作之人，她更是不能不付钱。不过，谁的心里都明白，谷冬梅付的钱和帮忙人收的钱，只是个意思和象征。

其实，谷寡婆村的乡里乡亲，也有帮忙的心思，一拨一拨地往谷冬梅突击造屋的现场来。大家插不上手，遗憾着，又羡慕着，等到谷冬梅退休回了村，说什么都要上门去说说话的。

现任谷寡婆村的村支书谷大房，是谷冬梅一手培养提拔起来的。他连屁股上都长了眼睛，谷冬梅什么时候回村来，他都看得见，都是头一个跑到她跟前去的人。

谷大房就是谷冬梅养在村里的一条"宠物狗"。

谷寡婆村的人是这么说谷大房的。大家这么说谷大房，谷大房自己不觉刺耳，大家说得也很流畅，背后说得，当面也说得，彼此间从不生分。谷大房到了谷冬梅跟前，谷冬梅冲谷大房点一点下巴，就算是应承了他。谷大房则不能这样，他是一定要堆起满脸的笑，先给谷冬梅请安的，不请安他不会开口说话。

谷大房最近一次往谷冬梅跟前蹿，是在大过年的那天清早。穿过谷寡婆村纷飞的炮屑，他到村子东头的谷冬梅家来了。

要说呢，谷大房比谷冬梅还长两岁，可是谷冬梅的丈夫谷狗剩的年龄大，而且不是一般的大，他比谷大房大了有十来岁。关中西府的人说，"涝池大了鳖就大"，谷大房识得这个理，他就恭敬地叫谷冬梅"嫂子"了。不过，谷大房叫的时候，在"嫂子"面前，还要加上谷冬梅的职务。谷冬梅原在村里任支书，谷大房就叫她"支书嫂"；她当了公社和改制后的绛帐镇党委书记，谷大房就叫她"书记嫂"；

她退休前是县上的粮食局局长，谷大房就叫她"局长嫂"。

从谷冬梅翻修一新的家门进去，谷大房就热辣辣地叫了起来："局长嫂！"

谷冬梅在大年里起来得早，早有预见地在火炉上熬着罐罐茶了。她听见了谷大房的叫声，应着他，让他到上房来，给他说："茶熬酽了，熬得都吊线线了。"

谷大房十分欢喜地去了上房，说："还是局长嫂子关心我。"

谷冬梅养成的习惯是不与人耍贫嘴。她对近乎巴结她的谷大房说："退下来了，不是局长，你这样叫让人身上起疙瘩。"

谷大房不管谷冬梅身上起不起疙瘩，依然按着他的习惯叫。他说："局长嫂，我来给您拜年是一回事，还有别的事要跟您讨主意哩。"

谷大房坚持叫谷冬梅"局长嫂"，谷冬梅奈何不了他，也就由他了。她抬起眼睛，看着拜年来的谷大房。

谷大房是敏感的，他没抬眼，仅凭脸皮子，就感觉到了谷冬梅瞥来的目光。他反客为主，拿眼去看煤炉子上熬着的罐罐茶，他看得出来，罐罐茶熬出工夫来了，就把熬煮好的罐罐茶端到一边，取了几只分茶的白瓷茶盅，往茶盅里分着茶。茶黑盅子白，色彩非常分明，吊着黑线的茶汤倾注进白瓷盅里，激出一股一股钻人鼻腔的香气。谷大房斟茶的时候，谷冬梅便从一个高低柜里取来炒花生、炒瓜子以及柿饼、核桃和枣儿等几样干果，散在宽宽的木炕沿上。这也是关中西府的一种习惯：天热的时候，就在院子的石桌石凳上接待来客；大冬天的，院子里不方便，客人便挪到屋子里，坐上主人的热炕头了。

在外工作了许多年，谷冬梅的这个老习惯没有改。她散上干果后，就很自然地脱了鞋，自己先上了炕，再回头招呼谷大房。谷大房是要客气的，说："局长嫂你上炕是对的，我是啥呀？我敢上吗？"

谷冬梅没有勉强谷大房，她拍了拍炕边，就让谷大房坐在了炕沿上。

谷大房听话地挪步到炕边上，扭捏着屁股，浅浅地坐上去……他的那个坐，不仔细看，还以为他是站着靠在炕边上哩。

谷冬梅喝不惯酽茶，她让谷大房喝，自己则端起她带回家的一个罐头瓶做的茶杯，喝她冲泡出来的淡茶。

谷大房表情舒服地喝了一盅酽茶，他给谷冬梅说了："我给二娃天明看下日子了，让二娃天明和媳妇圆房。他们圆了房，我把愁帽也就摘下来了。"

谷冬梅说："是初六日吗？"

谷大房惊讶地看向谷冬梅，不知她是怎么知道的。谷冬梅则淡淡地一笑，说："放心给二娃办去，到时我来随份子。"

谷大房想问谷冬梅打哪儿获得的消息，但他没敢问出来，便没话找话地说："我侄儿谷铁柱呢？他可是也要来的，不然我打的酒就要剩下了。"

这是个哪壶不开提哪壶的话题。谷大房刚一开口，谷冬梅的脸就阴下来了。

一月三个"六"，胜过看历头。在西府农村，人人相信，逢"六"都是好日子。这一天，谷寡婆村的谷大房给二娃谷天明娶媳妇，九先生谷正芳给二娃谷梦梦娶媳妇，还有贾桂仙给她大儿子谷门坎娶媳妇。

不论是贾桂仙，还是谷大房，来给谷冬梅说话，就是想让她在初六的喜日里到他们家里去吃喜酒，那是面子哩，天大的面子呀！说什么都要给谷冬梅下个话的，这一点，谷冬梅心里是清楚的，她答应了贾桂仙，就还得答应谷大房，他们看得起她，她就不能给了一家面子而撇下另一家。但是，还有九先生谷正芳家里呢，谷冬梅不是孙悟空，可以拔下自己的头发，吹口气变几个自己，到几家有喜的人家去吃酒。阴沉着脸儿的谷冬梅，为谷大房刚才说的话生着暗气，但她知道有气也是不好发作的。经过多年的干部生涯，谷冬梅已能很好地把握自己了。她应付着谷大房，心里想着的却是九先生谷正芳。

谷冬梅想，谷正芳也该登门向她下话的。

但是没有。

九先生谷正芳没来谷冬梅的门上给她下话，这让谷冬梅不免落寞和忌猜，不知九先生是怎么了。他还记着过去的事情吗？谷冬梅以为一定是的呢。

村支书谷大房把他的事给谷冬梅说过后，还想赖在谷冬梅的家里，喝着她的酽茶，吃着她的干果，再说说别的事情。没承想，刚又喝了一盅热烫烫又苦又香的酽茶，谷冬梅的房子里，呼啦啦又来了几拨人。谷大房自己不想走，谷冬梅都要撵他走了。

谷冬梅说："大房，二娃结婚是大事，到眼前了，你去准备吧。"

谷大房没了辙，他辞了谷冬梅，回家筹谋二娃谷天明的结婚大事去了……

年前，谷冬梅的儿子谷铁柱传话回来，说他下海的生意忙，就不回来了。可是因为过年，谷冬梅的院子并不缺少人气，宽敞新颖的院子，整日里来人不断，谷冬梅说得不多，却也把她说得牙床疼。来得最是殷勤的两个人，一个是贾桂仙，一个就还是谷大房。他俩的身份，较之其他人，终究要特殊一些，谷大房不说大家也知道，贾桂仙可是谷冬梅组建铁姑娘队时的骨干力量哩。她们到了一起，说起话来，也相对要深一些。特别是贾桂仙，仗着同是女人，婆婆妈妈的，把谷寡婆村见得人、见不得人的事，只要她知道的，就都给谷冬梅说了。家长里短，是是非非，谷冬梅听着，不能说毛骨悚然，却也有点儿惊心动魄的意思哩。

谷三忙修筑渭河大堤时因公丧命，留下三个儿子、两个女子，老伴靠在集体的身背上，把儿女抓养大了。集体散开了，她的儿女有考学到城里工作的，有结婚嫁人的，可就是没人愿和孤老婆子一起过。唉，大过年的，孤老婆子的灶台上起不了火，自己拉着个枣棍挨门乞讨去了！

传言往耳朵里钻，谷冬梅听着，几乎不忍再听，却又不能拒绝传话的贾桂仙和谷大房。于是，她就还听说村里谁谁谁的媳妇，仗着几分颜色，先在村子里发骚，后来就去了绛帐火车站，在那里发骚哩！这样的丑事，该是多么丢人啊，可她不以为耻，还理直气壮，带动别人家的媳妇，互通声气，结伴儿去绛帐，在那里租房子，每日赶在天擦黑时，在自己脸上胡涂乱抹一通，拉客卖肉……唉唉唉，把咱谷寡婆村的脸算是丢尽了。

脏话像是磨得锋利的刀子，无情地割着谷冬梅。她想要呐喊，想要咆哮，可她不知道向谁呐喊，给谁咆哮。可以说，过年的几天时间，把谷冬梅初回村时的一点儿好心情，差不多败坏殆尽了。

初六的日子，谷冬梅早上的喜酒，去了贾桂仙家里，中午的喜酒，转移到了谷大房的家里。一日两场喜酒，也是谷冬梅心情好转的原因，她喝得一个下午都睡在自己家的热炕上，到她口干舌燥地醒来，端着她用罐头瓶改做的茶水杯，哗啦哗啦灌了几口时，才又想起九先生谷正芳来了。

谷正芳不来咱门上下话，咱可以到他门上去祝贺呀。

当了多年的领导干部，谷冬梅自觉已养成了一副大胸怀。她心里想着，从热炕上下来，用热毛巾擦了两把脸，便摸黑去了九先生谷正芳的家。

谷冬梅来得可太是时候了。几个要房的小伙子，不好好要房，在谷梦梦和任喜过的洞房里赌博，赌急了眼，还要赌新娘子任喜过的初夜！这是过分的，太过分了。谷冬梅从谷正芳家十分冷清的大门走进去，听到洞房里的号吵和哭泣声，便径直走了进去，指着鼻子把几个赌博瞎闹的小伙子好一顿臭骂。

九先生谷正芳拉着二胡，他拉过了《百鸟朝凤》，现在拉的是秦腔过门。这时，他停了下来，他听得出那高腔臭骂的声音，知道那是退休回家的谷冬梅。他心里想着，该从上房的热炕上下来，去迎一迎谷冬梅的，腿却像坐僵了一样，不听心的使唤，镇定而坚决地一动不动。

门帘在谷冬梅的手上翻了过去，她人没进上房，问候的声音已传了进去。

谷冬梅说："九哥没睡吧？"

九先生谷正芳应声而答："没有睡。"

谷冬梅说："我就猜么，今晚上你不会睡得早。但我还是来迟了，我是不请自来的呢。"

僵硬的腿脚，经不起谷冬梅两句温热的话泡，突然就血脉通畅，活络了起来。九先生谷正芳伸腿想要赶在谷冬梅进门前下炕，却还是被谷冬梅抢了先，她快步走到炕沿边，把他的腿脚又挡回到热炕上……曾经的一些日子里，九先生谷正芳是遣送回村的戴帽右派，谷冬梅是村里的铁姑娘队队长、村党支部书记。谷冬梅组织九先生的批判会，九先生低头耷脑接受批判，几乎像家常便饭一样。这个晚上，谷冬梅寻到九先生谷正芳的门上来了。就像人常说的，"有理不打上门客"，谷冬梅是实实在在的上门客呢，谷正芳能不热情起来吗？再者说了，儿子谷梦梦和儿媳妇任喜过，在他们的洞房花烛夜里受点儿冷清还是次要的，严重的是，红眼儿"骚怪"他们在新房里赌博，让一对新人尴尬着、无奈着，不是谷冬梅突然上门，化解了这令人难堪的事端，谷正芳还不知道怎么了结呢。谷冬梅来了，帮他解了眼前的难，他还能怎么样呢？谷正芳只能笑脸相对了。

两位过去疙疙瘩瘩的人，有着许多不快的人，在这个特殊的晚上，能够坐在一起说话了。

话题是从几个小伙子耍房来赌新娘任喜过的初夜说起的。说着，谷冬梅还把她听到的一些事，和九先生谷正芳做了核实。谷冬梅以为，九先生长期在谷寡婆村里住着，对那样的事知道得要确切一些。谷冬梅相信九先生谷正芳，他是肚子里装了墨水的人，自己把几句掏心窝的话一说，九先生谷正芳会将和她结下的怨，全都抛到脑后的。谷冬梅判断得不错，正是她的几句话，把谷正芳冻凝在胸腔里的冰块化成了水，他自责起来了。他责备自己心眼小，一头扎在旧账里，就看不见前头的风景，还什么读了那么多的书，为人师表教书哩，其实不如谷冬梅一半儿好。"起早，你读书不多，识字不多，我是不怎么看得起你的。你带人开我的批斗会，你喊的声再大，我都只当刮黑风哩，从没在心里服气过。你今儿晚上来，说的都只是些家常话，拉的都只是些家常事，我倒服气你了。我服气你的心胸大，遇事想得开……"认真地责备了自己几句，又感慨了几句，九先生谷正芳突然话题一转，说了一句使谷冬梅醍醐灌顶的话。

九先生谷正芳说："几次夜里做梦，你知道我梦见谁了？"

谷冬梅哪里知道九先生谷正芳做梦梦见谁了。她是糊涂的。

九先生谷正芳不能让谷冬梅糊涂，他说："我不要你猜，我要给你说，我梦见咱的老祖宗谷寡婆了！"

谷冬梅把她的眼睛睁大了，九先生谷正芳梦里的情景，和她最近几个晚上在梦里梦见的，何其一致！老祖宗谷寡婆也到谷冬梅的梦里来了。谷寡婆在谷冬梅的梦里，薄得像一片画布一样，非常模糊，但她衣袂飘飘，周围有祥云翻腾，有霞彩飞渡……谷冬梅不识老祖宗谷寡婆，但梦醒以后，回想梦中的那个模糊身影，她坚定地以为，那肯定是谷寡婆村的老祖宗——谷寡婆呢。

谷冬梅问九先生谷正芳："你梦里的老祖宗谷寡婆可还清晰？"

九先生谷正芳给谷冬梅说了他梦里的情景，他说的情景，让谷冬梅深以为奇，这和她梦里的竟然又是一模一样的。

老祖宗谷寡婆何以要托梦于他们呢？

谷冬梅一时没想明白，九先生谷正芳似乎早有深思熟虑，他问谷冬梅："咱们能不敬老祖宗？"

谷冬梅响应着，说："对着哩，咱们必须要敬老祖宗。"

九先生谷正芳说："咱要把老祖宗请回来，让老祖宗荫庇着咱们。"

谷冬梅进一步响应说："对着哩，让老祖宗荫庇着咱们。"

两个过去对立着，甚至是敌对的人，前嫌尽弃，在敬奉老祖宗谷寡婆的事情上，话说到了一起，心想到了一起。话一投机，九先生谷正芳就有些忘乎所以，给谷冬梅交代了一件事。

九先生谷正芳说："老祖宗的画像在我这里呢！"

谷冬梅听得不仅是吃惊，还有一份敬佩，她说："那可是太好了！"

新娘子任喜过就在公公谷正芳和谷冬梅聊到这里时，又迈进了上房门。新婚之夜，不管她遇到什么尴尬，遭遇了什么不愉快，夜深了，该上炕休息了，她是一定要先来上房公公的炕前头，问公公一声安的。娘亲豆菊芳给她有过特别的交代，说她公公谷正芳是个文化人，"文化人的讲究大，咱没人家文化大，可咱也是大户人家文明人哩。冲着这一点，咱做事要奉礼在先。知礼奉礼，咱才能混出自己的人哩"。

娘亲豆菊芳的嘱咐言犹在耳，任喜过奉礼进了公公谷正芳的上房，她伸手在公公的被窝里揣了揣，给公公谷正芳细声细气地说："炕有点儿凉了。"

任喜过言毕，就把公公炕上的炕眼门拔开，低头弯腰地向炕眼里塞了几把碎柴火，起来又到火炉边，提起熬煮茶叶的铁皮罐罐，往罐子里添了些水，又往炉子里添了些煤。任喜过做过了这些，就要给公公说休息的话了。

　　任喜过是要说"天不早了，您老不敢再熬了"的，可是她的话还没说出来，公公谷正芳倒先说话了。

　　九先生谷正芳对儿媳任喜过介绍说："你还不认识你冬梅婶哩。我给你说，她可是咱谷寡婆村的大能人呀！在县上当着粮食局局长，退休回来了，大家可都敬着她呢。"

　　谷冬梅把九先生谷正芳介绍她的话打断了，说："你叫任喜过对吧？咱村今天迎娶了你们三个新娘子，隔壁天明的新娘子叫上官乐，隔着几户人家的门坎家新娘子叫惠杏爱……好了，你们有"喜"有"爱"有"乐"，这是你们的福气哩。"

　　九先生谷正芳听谷冬梅这么说，差点儿要鼓掌了。他两手一合，使劲地摇了摇，说："听你冬梅婶子说得多好。"

　　谷冬梅不让九先生夸她，她说："九哥你甭打岔，听我说，咱要敬奉老祖宗谷寡婆，就从'喜''爱''乐'她们起头，拜拜咱老祖宗谷寡婆。"

第七章

怎么说呢？谷寡婆村的名字，不知道根由的人，是会觉得这名字古怪，但要知道了，却是要生出许多敬畏之情的。

从九先生谷正芳家来，谷冬梅在街巷里走着。从谷大房和贾桂仙家要房出来的人，嬉笑着，迎面碰上她，都要停下来给她打招呼。他们称她"局长嫂"，或者是"局长婶"。夜里天冷，大家叫了谷冬梅，没再说话，就听着谷冬梅"哼啦""哼啦"的回应声，起步走了去……是夜，月亮出来得有些晚，到这时才爬高了一竿子多高，这就给了银河极大的机会，横流在高高的天宇，冷清着，却也灿亮着……谷冬梅走到自家门口，站在那棵大皂角树下，抬头看着这棵古老的大树时，也看见了星罗棋布的银河。她想象着银河一边的牵牛星和另一边的织女星，只有夏秋时节才能看到的两颗星啊，可是她眼里最亮最亮的两颗星哩！

谷冬梅久久地遥看着银河，把她的眼睛都看酸了，恍恍惚惚的，只见牵牛星和织女星脱离了银河，一点点地跌落下来，挂在她仰头看着的皂角树上……传说这棵皂角树是谷寡婆当年手植的。对于这个传说，不知别人可信？谷冬梅不想去管别人，她只知道自己，此时此刻是相信了的。她还知道，从此以后她会一直相信，相信这棵古老的皂角树，肯定是谷寡婆亲力亲为植下的。这棵老皂角树没动窝地生长在这里，它的背阴处，可就是原来的谷寡婆宗祠啊！

曾经香火不断、建筑古朴的谷寡婆宗祠在谷冬梅担任村支部书记时，由她带头拆掉了。

"破四旧，树新风"，带头拆除谷寡婆宗祠时，谷冬梅犹豫过，村里人更是不情不愿，有人甚至给她发话，说她拆了谷寡婆宗祠，她就不得好死。但是形势逼人，她没有办法，就带头上房，溜瓦扭椽，生生地把谷寡婆宗祠拆成了平地。为了表示自己的决心，她还向当时的绛帐人民公社请示，把老祖宗谷寡婆享有的宗祠基地，开辟成了她的宅基地。

站在皂角树下，仰望苍穹的谷冬梅，后悔着自己曾经的举动。她希望在繁乱的星空中，找见属于谷寡婆的那一颗星。她要向老祖宗忏悔请罪，把属于老祖宗谷寡婆的宗祠，完完整整地恢复，交还给亲爱的老祖宗谷寡婆。谷冬梅觉得她把自己的肠子都悔青了，人总得有自己的根啊！根扎在自己的家，而家的根扎在哪儿呢？家的根不就扎在本姓本族的祠堂里吗？

可是，咱却把本姓本族的祠堂给拆了！罪过啊罪过……为了拆除谷寡婆宗祠，谷冬梅当年还拉出九先生谷正芳，在皂角树下开了个批斗会。

一事当前，舆论先行。谷冬梅生搬硬套了当时非常流行的那一种行事方式，做什么事，都要大张旗鼓地召开一个批判会。村上的"地富反坏右"就九先生谷正芳一个，他很自然地成了被批判的对象，批判修正主义找他，批判资本主义找他，批林（彪）批孔（子）找他，批判右倾翻案风找他，农业学大寨批判小脚女人思想还找他……要破"四旧"，拆除老祖宗谷寡婆宗祠，该批判的能是谁呢？跑不了九先生谷正芳，就又把他拉出来批判了。不过那天批判九先生谷正芳的火力不够猛。时为村支书的谷冬梅，在高音喇叭上一喊"右派分子谷正芳"，畏缩在会场一角正煎熬着的谷正芳立即自觉地戴上黑牌子，爬上皂角树下的官碾子，低着头接受大家的批判。

对此，不知村里人是怎么看的，九先生谷正芳不愿意多想，倒是表现得十分乐观。他常常给人说，村上没啥乐子找，隔些日子批判他，就当他耍社火给大家看哩。

多么反动的思想啊！放在别的地方，不斗他个你死我活才怪。但是为了拆除谷寡婆宗祠而批斗谷正芳，就不一样了，村里人打不起精神。

皂角树下的官碾子，就是九先生谷正芳耍社火的舞台呢。他太熟悉这舞台了，小的时候，还光着屁股时，他就在官碾子上耍了，不缺年长后再耍……不只是九先生谷正芳，谷寡婆村的人，都把这里当成他们耍闹的舞台。他们敬奉着古老的皂角树，也热爱着皂角树下的官碾子。他们无人不知老皂角树的来历，一代一代，都传说这是谷寡婆手植的，这么算来，该有六七百年的历史了。皂角树长到如今，粗得两人都无法合抱，扭曲的树身已经大空，四个人在树洞里打扑克，周围还能再站四个人观战。皂角树斜斜地生出三根树杈，在高空遮盖住树下一片宽大的场地……青楚楚的官碾子，就如一头老牛，长年累月地卧在树底下。早晚都有来推碾子的人，碾盐末，碾辣面，官碾子上反反复复地变幻着色彩。碾过盐末时，官碾子白生生的；碾过辣面子，就又红刺刺的了……日久年深，官碾子的碾台凹下去了一些，下雨天还会收一圈圆如月亮的渍水哩。据传说，官碾子也如老皂角树一样，是老祖宗谷寡婆置办下的。谷寡婆村没有足够大的会议室，皂角树撑起的一片树荫下，成了村里开会、派活儿和娱乐的地方。皂角树下的官碾子，就成了村里人娱乐的舞台。

谷冬梅组织村里人开罢九先生谷正芳的批判会，隔了一夜，便带人来拆谷寡婆宗祠。拆着拆着，他们发现，敬奉在宗祠里的老祖宗挂像不翼而飞，不知去向，同时，还有一大套铜质供器，包括香炉、香筒、供盘等，也没了踪影……唉唉唉，即便打破头，谷冬梅都无法想象，盗去了谷寡婆挂像和供器的会是九先生谷正芳。

今日晚上，九先生谷正芳捐出老祖宗谷寡婆的挂像和供器，他可是帮她赎罪哩!

啊啊啊……在今夜,谷冬梅的心窍像挨了一棒槌,她一下子明白过来,她当年带人拆除谷寡婆宗祠是造下孽了!而且,在她带头拆除谷寡婆宗祠时,如果不是谷正芳来那绝妙的一手,老祖宗谷寡婆的挂像和供器会怎样呢?谷冬梅不敢想,再想她是会胆战肉跳、浑身冷汗的。

谷冬梅把她仰望星河的目光收回来。她不知道自己怎么就笑了。笑使她浑身一轻,这样的轻松,是她工作了许多年来,哪怕官至县粮食局局长时都没有过的。这可太好了,明早起来,她要献出自己新翻修的房院,让老祖宗谷寡婆归其位,安其民。

主意既定,谷冬梅这一夜都没有睡着。天还没亮,她就早早起来,召集来谷大房、贾桂仙等人,其中自然少不了九先生谷正芳。大家在皂角树下,商量修复谷寡婆宗祠的事儿了。

工期太紧了,就只一个大白天。因为到了晚上,就要由谷冬梅主持,给最新娶进谷寡婆村的三位新娘子举行拜祖活动了。

破墙立窗子,搬砖起台子……谷冬梅在谷寡婆村做支部书记的功夫一点儿都没废,她指派起人来,有条有序,纹丝不乱。原本就乐于受她指挥的谷大房、贾桂仙,以及积极支持重修谷寡婆宗祠的九先生谷正芳,和村里闻讯而来的村民们,都像当年接受谷冬梅指挥一样,在她的吱吱喝喝和指手画脚下,不到一天时间,就把谷冬梅捐出来的门房,很好地改造成敬奉老祖宗谷寡婆的宗祠了。

原来的五间门房,右侧的那一间,是谷冬梅进出里院的头门,暂时保留着没有动,余下临街的几间,初建时为了安全,都只留了几个小小的亮窗,现在破开中间的一堵墙,装上一副双开的大门,并把两边墙上的小小亮窗换成一水儿玻璃的大窗,这就使屋内的光线充足了许多。下午,谷寡婆宗祠改建工程刚有个眉目,九先生谷正芳便回了一趟家，双手捧着一个明黄色的锦囊，面色庄严地从他家里走了出来。他的身后，还跟着他的大儿子谷劳劳和二儿子谷梦梦，两兄弟抬着一个柳条箱子……明黄色的锦囊和柳条箱子，被九先生谷正芳收藏得太久了，突然出现在谷寡婆村人的面前，让大家有了一时的震惊。是的，明黄色的锦囊已失色了，一点儿都不鲜亮，甚至有点儿发乌，但大家知道，锦囊里装裹着谷寡婆的挂像，人们看这锦囊，倒觉十分神圣和鲜亮。还有柳条箱子，也是一点儿都不鲜亮，甚至显出朽腐的样子来，却因为里面盛装着敬奉谷寡婆的供器，大家看了，亦觉柳条箱子神圣和鲜亮。

一街两行的人，夹道看着九先生谷正芳和他的儿子们……大家没有鼓掌，也没有啸叫欢呼，全都肃穆着一张脸，不转眼地注视着九先生谷正芳和他的儿子们，以及他们捧着、抬着的明黄色的锦囊和柳条箱子。眼软的人，忍不住已眼泪汪汪的了……谷冬梅就站在皂角树下，在她的身旁，分站着谷大房、贾桂仙他们，他们等在这里，是接九先生谷正芳的。

大家在心里计算着，谷冬梅带头拆毁谷寡婆宗祠，到如今都有二十多个年头了。二十多年来，谷寡婆村再没有过祭拜老祖宗谷寡婆的活动，大家是在没有老祖宗的日子里，灰暗失意地生活着。今天，把老祖宗请出来，请谷寡婆重新升位，哪能草草行事，又哪能草率为之？举行一个仪式是必须的。好在是血肉相连的谷寡婆，好在是慈爱仁厚的谷寡婆，她永远活在她的子孙们的心头上，大家都还懂得敬奉她老人家的仪规，便公推了谷冬梅，让她作为主祭人，主持老祖宗的升位活动。

九先生谷正芳和他的儿子们如果走直线，用不了多长时间，就能把老祖宗谷寡婆的挂像和供器送到皂角树下。但是没有，九先生谷正芳率领着他的儿子们，走了一条曲线，背过皂角树，绕着向村子的另一端走了去……这是九先生谷正芳与谷冬梅他们商量好的程序——恭迎谷寡婆的挂像和供器，是要把村里的人家都走遍的，游走到一户人家，这家人就要在院门前设供祭奠，并且要点燃火堆、燃放炮仗庆贺，然后跟在九先生和他儿子们的身后，一路护送谷寡婆的挂像和供器。因此，谷寡婆村的初六日，娶三门新娘子时是热闹的，初七日送迎老祖宗谷寡婆上位时，更热闹了。相较之下，初六日的热闹，只是一种简单的热闹加上些戏谑，而初七日的热闹就不同了，是一种隆重的热闹还要加上一层庄严，大家的脸上都洋溢着发自内心的喜悦，没人胆敢胡乱喧哗和跑动……九先生谷正芳和他儿子谷劳劳、谷梦梦一家一户地游走着，没有哪家敢于怠慢，此起彼伏的火堆噼啪声和炮仗声，响彻谷寡婆村。先是一户人家手捧蒸馍（特制的蒸馍）和碗子（菜碗）跟在九先生谷正芳他们一家人的身后走，渐渐的，两户三户、四户五户……九先生谷正芳和他儿子们身后跟随的人越来越多，多到扯成一条长队，最后到达皂角树下的谷寡婆宗祠门口时，已蜿蜿蜒蜒有三五百人。谷寡婆村今日走得动的人来了，走不动的人，被家里人拉在架子车上也来了。

皂角树下，除了准备迎接谷寡婆挂像和供器的谷冬梅、谷大房和贾桂仙，还有村上懂些音律节拍的人，背着锣锣鼓鼓，列队站在皂角树下，全神贯注地看着九先生谷正芳他们的队伍，走到了皂角树下。没有人指挥，他们却都自觉地，拿锣槌的举起了锣槌，拿鼓槌的举起了鼓槌，只等主礼人谷冬梅发话了。

因为激动，还因为一种赎罪后的快乐，谷冬梅涨红了她的一张脸，她呐喊一声："起乐！"

举着锣槌和鼓槌的人就都在她的呐喊声里舞动起来了。喧天的锣声，铿锵的鼓声，一时之间，惊天动地，把谷寡婆村淹没在其中了。

一曲未罢，只听谷冬梅又大声地呐喊了。

谷冬梅呐喊："乐止。"

齐茬茬的，锣鼓的声音哑了下去。

迎主上位、祭饭……祭拜老祖宗谷寡婆的仪式，依照传统的仪规，丝丝入扣、庄严肃穆地进行着。当主礼人谷冬梅高声呐喊"迎主"时，谷大房和贾桂仙从她身侧跨步向前，迎着九先生谷正芳，恭恭敬敬地从他手里迎过谷寡婆的挂像，转过身来，在谷冬梅的引导下，走进刚修好的谷寡婆宗祠，展开老粗布作衬的谷寡婆挂像，挂在宗祠正当间的墙壁上。挂像的下面，是谷冬梅家的一张三斗条桌，现在权且当作祭礼的案子，谷劳劳和谷梦梦跟进来，把他们兄弟抬着的柳条箱子打开来，取出香炉、香筒、烛台和供盘，端正对称地放在桌面上。下来该是祭饭了。主礼人谷冬梅一声喝令，最先走进祠堂祭饭的是九先生谷正芳，跟在九先生身后的是谷大房、贾桂仙……这个祭饭顺序，是谷冬梅拍的板。她认为九先生谷正芳的功劳大，应是头一个祭饭的人，下来是村支书谷大房、村妇女主任贾桂仙，再往后，就由村里人自觉排队了。祭饭是不需要每人都参与的，每家出一个代表就行，他们把在自家灶房准备好的蒸馍和碗子，供献在老祖宗谷寡婆的挂像前。供献了自家的蒸馍和碗子后，他们还要稽首鞠躬，给老祖宗谷寡婆看香、吊表、祭酒……一家挨着一家，来的都是家里说话占地方的人。完成祭礼后，他们自觉退出祠堂门，但都没有立即走开，还恭立在皂角树下，看着其他鱼贯而入祠堂的人，献饭司礼。高悬着谷寡婆挂像下的案桌上边，不大一会儿的工夫，就都是村里人供献的蒸馍和碗子了。

主礼的谷冬梅，一遍遍地高喊："上饭、看香、吊表、祭酒……"喊到后来，她把嗓子都喊哑了。

敬奉老祖宗的礼规进行到了最后一项，声音嘶哑了的谷冬梅，请出了九先生谷正芳。她当着众人的面，表彰了九先生保护老祖宗谷寡婆挂像和供器的义举，说他在特殊的历史环境下，不顾个人的荣辱，冒险抢救谷寡婆的挂像和供器，使它们不受损毁，"他是老祖宗最忠心、最仁厚的后人，他让人感动，我们感激他"。为此，她还提议，这次的祭祖经文，就由九先生来颂读。

谷寡婆村最有学问的人，可不就是九先生谷正芳吗！

早先祭祖，谷寡婆村的人为了弘扬老祖宗的洪恩大德，肇启后辈的福祉大运，所推选颂读祭文的人，多是有学问的人。昨天夜里，谷冬梅上门和九先生谷正芳确定下复修谷寡婆宗祠后，九先生就想过颂读祭文的事，这是村里祭祖最为关键的一环，绝对不能有一丝一毫的闪失。谷冬梅告辞走了后，九先生谷正芳几乎一夜无眠。他人在被窝里安安静静地睡着，心却油煎一样地思谋着，调词遣句，反复推敲，还真腹创了一段祭文。谷冬梅主礼，点了他的将，他也不推辞，往宗祠门口的台阶上一站，清了清他的嗓子，便高声地颂读起来了。

九先生的嗓音是浑厚的，还带着些沧桑感，他先颂读了一个开头："我谷寡婆村爷叔子侄，婶娘姑嫂，莫不感念祖宗恩泽。二十年未能祭祖，实非后辈儿孙不孝，而是时事变化使然。"他这一说，先把自己的鼻子说酸了。站在皂角树下的谷寡婆村众人，受了他的影响，也都哭泣起来；仁厚的人，甚至不能自禁，双膝一软，跪在了地上……九先生谷正芳想控制自己的情绪，不想心酸流泪，却就是管不住自己的眼泪，哗哗地流了一脸。此时此刻，他想起了曾经的日子，他总是作为批判的对象，站在皂角树下，接受村里人的批判和斗争。今天，他却站在皂角树下，代表村里人向他们敬爱的老祖宗颂读祭文，这是多么大的变化啊！凛冽的寒风，迎面吹在九先生谷正芳落泪的脸上，他不觉得冷，还觉得暖，他用颤抖的声音，热辣辣地颂读着腹撰的祭文。

福兮祸所伏，祸兮福所倚。福少祸必至，祸多福自无。福自苦寒来，芬香云求福。福自乐中来，知乐才是福。福由礼中来，遵礼才得福。福由义中来，仁义方得福。福从俭中来，勤俭自得福。福由耻中来，知耻可得福。福从悌中来，仁爱定得福。福从忠中来，忠国当得福。福从信中来，诚信才是福。

　　颂读毕，九先生谷正芳浑身为之一轻，好像这祭文就是一服良药，把他凝滞了的经脉全都打通了……不仅九先生谷正芳有此感觉，谷冬梅、谷大房和贾桂仙等都有此感觉。这会儿，大家都伫立在寒风里，却都感到脸上热辣辣的，身上似有微汗浸出。这就是老祖宗的庇佑，这就是谷寡婆的温暖。

　　列队在皂角树下的锣鼓手们，不失时机地又敲打了起来。

　　虽说二十余年后再兴祭祖活动，虽说这次祭祖活动来得太突然、太仓促，锣鼓队的演奏却一点都不仓促。参加演奏的村里汉子达二十人之多，他们人手一件乐器，分为打击乐器和吹奏乐器两类，计有阵仗鼓、坐堂鼓、月鼓、战鼓、大小铙钹、铰子、大锣、报锣、云锣、马锣，以及笛子、笙管、海笛、琵琶等。锣鼓队是谷寡婆村的一大特色，世代相延，为的就是祭拜祖宗谷寡婆。二十多年不再祭拜祖宗谷寡婆，锣鼓队却没散掉，配合上头的这运动、那运动，为壮声势扩大影响，常常集中起来演奏一番。说来真是巧合，春节前，支书谷大房接到县上通知，今年的元宵节，为庆祝县上的家庭联产承包等农村体制改革措施的顺利推行，要组织大型的闹元宵活动，要社火、扭秧歌，红红火火闹几天，所有的红火，都要谷寡婆村的锣鼓队来配合。谷大房在村里组织锣鼓队，在过去的年份，是要给锣鼓队的汉子加工分的，即使是那样，大家还不是很乐意。这一次并没工分派，谷大房只是张了张嘴，村里喜好锣鼓音律的汉子们，却都争先恐后地报了名。是土地到了户，村民们在地里挖刨得勤快，地里的粮食丰收了，大家的肚子填饱了。而且，谷寡婆村里的习惯，能进锣鼓队的汉子，是要被人高看一眼的。因此，他们只让村上出资添了几件急需的乐器，至于锣鼓队成员的行头，则由锣鼓手们自筹资金自己弄。

这次祭拜老祖宗谷寡婆，锣鼓队队员就都穿上了他们自筹资金弄来的行头——一水儿杏黄色仿绸布料，腰眼束带，头顶冠冕，很鲜亮也很精神。他们穿着新行头，吹奏、敲打着尺调、商调、中吕、南吕和仙吕等律乐。锣鼓手中的谷子乐，是谷寡婆村锣鼓传人中的佼佼者。他推陈出新，发掘整理出了前人演奏过的汉代乐府和唐代教坊乐曲，如《粉蝶儿》《灯影环》《石榴花》《包玉头》等。他们从年前练到年后，是准备元宵节去大闹县城的社火的，没想到提前用在了祭拜老祖宗谷寡婆的活动中。这使他们感动着，又兴奋着，无一人不用心，无一人不用力。在他们的头顶上，有黄龙伞、米色幡、帅字旗猎猎飘舞，在他们手上，有锣槌、鼓槌和吹奏乐器急急发力，那样的场面是整齐有序的，蔚为大观。

为首的谷子乐，身材魁伟，形象庄严。一条红色宽布带，挽着阵鼓两侧的铜环，斜挎在他的肩背上。他舞动着鼓槌，是锣鼓队的指挥，其娴熟的表演，确有汉之雄风、唐之博雅的情怀。他一招一式，起、承、转、合，或奔放，或细密，或豪迈，或哀婉……把锣鼓手们在乐曲演奏中的地位与作用，指挥调和得恰到好处，让大家发挥得淋漓尽致，魅力毕现。乐曲演奏到高潮时，谷子乐卸下肩背上的阵鼓，由另外两位锣鼓手抬着，他则解放出双臂来，周游在锣鼓阵中，时而敲打阵鼓几声，时而又敲打坐鼓、战鼓、月鼓几声，此一时也，他是手之舞之，足之蹈之，好不恣肆放浪，无拘无束。但只闻，一阵子鼓点紧，一阵子鼓点慢，一会儿又戛然而止，不声不响……其他的锣鼓手，一组组地排列着，整齐划一，与谷子乐周游旋转的击打配合，使其乐声有分有合、有高有低、有急有缓。大家一会儿正襟兀立，一会儿又左摇右摆、前仰后合……汉语中所谓的"鼓动""鼓励""鼓舞"，都在谷寡婆村的锣鼓曲目中，得到了活灵活现的表达。祭拜老祖宗谷寡婆的仪式是结束了，但因为锣鼓队的持续演奏，前来祭拜供献的村里人，就还聚拢在皂角树下，一边兴奋地观摩锣鼓队的表演，一边耐心地等待着，等待昨日嫁入谷寡婆村的三个新娘子，于入夜华灯点亮的时刻来祭祖。

第八章

皂角树下的锣鼓声，从头一声敲起时，就一声不落地灌输进新娘子上官乐、任喜过和惠杏爱的耳朵里了。

新娘子上官乐、任喜过和惠杏爱她们知道，那是村里人祭拜祖宗哩。这么热闹的事，她们可是太想参加了。但是她们已被告知，刚从外姓旁人家嫁入谷寡婆村，还没有祭拜过谷寡婆，怕她老人家生疏，她们还不能参加白天的祭拜。不过，到了晚上，可是要给她们组织专场祭祖活动的。

新娘子见公婆，从娘家嫁到一个新的家庭来，谁不走这一个程序呢，这是不新鲜的。新鲜的是，嫁到谷寡婆村来，还要祭拜一个遥远的婆婆，这就是其他村庄的新娘子没有的殊荣哩。

谷寡婆村可是太特别了。

谷寡婆村的特别就在于他们敬奉的老祖宗是位寡居的女人。

难以理解吗？不，知道了谷寡婆村的建村历史，就觉得没有什么难以理解了。

在生生不息的谷寡婆村人的口里，一代一代又一代地传说着，上古的时候，有一个谷姓的女人，也不知她从哪儿来，要到哪儿去。她逆着渭河而上，单身落荒到这里。她走不动了，在白浪冲刷的渭河河滩上，走一步，歇两步。突然，她一步踩跌在沙滩上，豆大的汗珠从她的前额上往出渗，她咬着牙，艰难地忍着。但她忍不住了，仰天大叫一声，她的裙裾下，泄出一摊血水，血水中有个赤条着小身子的婴儿，哇哇哭着落在沙滩上……正是这个小生命的降临，让在茫茫荒野里跋涉的女人，在这里落了脚，开始了谷寡婆村最初的创建。后人为了纪念她，称她为谷寡婆。传说中，谷寡婆一路走来时，随身带了个不是很大的枕头，那枕头没有什么出奇的地方，粗布的质地，粗针大线的做工。但这可不是一个普通的枕头，谷寡婆村人传说，一说枕头里装着的是她从家里带出来的金银细软；一说枕头里装着的是她从家里带出来的五谷籽种。此两种传说，大家都相信，在谷寡婆村并行不悖、相得益彰地流传着。谷寡婆落脚在了渭河滩，她撕开枕头，拣出金银细软，留着日常使用；拣出五谷籽种，漫撒在渭河滩地里，让它们生根发芽，好收获养家糊口的粮食。

此说是实是虚，无文字查考，但约定俗成的仪规，不走样子地传承着。

如白天祭拜老祖宗一样，嫁入谷寡婆村的新娘子祭拜谷寡婆，也是中断二十多年后的头一次，所以没有人敢不尊崇。当然，参拜的人不同，秉持的仪规就有不同。新娘子祭拜老祖宗谷寡婆，便要排斥村里的男人，而主要由女眷们来做了。

这如同谷寡婆村的妇人节，可是由着村里有头有脸的妇人大显手段呢。

谷寡婆村如今最受崇敬的妇人有谁呢？这样问似乎多余，怎么说都少不了退休回家的谷冬梅，其次就是贾桂仙了。

喝罢晚汤，新娘子上官乐、任喜过和惠杏爱，在家人的催促下，走出家门，向着皂角树下的谷寡婆宗祠缓缓走来了。她们走得都很小心，步子不敢走快了，也不敢走慢了，头不敢抬高了，也不敢压低了……新娘子初嫁到谷寡婆村，事事时时都要考虑村里人的眼睛和村里人的嘴巴。新娘子嘛，谁不想从一开始就给村里留下个好印象？而且，三个新娘子，她们之间也还暗暗比试呢。

上官乐和惠杏芳是怎么比试的？又从哪件事上来比试？任喜过不知道，但任喜过明白，从初六清早，她们三个新娘子嫁进谷寡婆村时，在婚车队伍和她们的穿衣打扮上就开始比试了。

当然了，谷梦梦迎娶任喜过的是一列长长的自行车队伍。

当时的关中西府，乡下人娶媳妇，莫不是这样的娶法。谷梦梦到麦禾营村迎娶任喜过，由他老子九先生谷正芳和大哥谷劳劳操劳，借遍了谷寡婆村以及村子周边能借的人家，是借了几辆自行车的。看着那借来的自行车，谷梦梦没说什么，但他把眉头拧起来了，脸上没有了一点儿迎娶新娘子的喜气。他不说话，但他的老子九先生和他大哥谷劳劳从他的脸上看出他的心情来了。于是谷劳劳态度很坚决给老子九先生说："咱们家晦气了那么多年，咱现在还能晦气吗？咱不能呢，咱要借势亮堂一次！"

谷劳劳说话虽未咬牙切齿，却也有咬钢啮铁的劲道。他给老子九先生说了那堆话后，还加强了语气说："咱还有啥势借呢？就是梦梦的婚礼了，这一次咱要红红火火、风风光光给梦梦结个婚。"

九先生谷正芳听懂了谷劳劳的话，他低了一下头，再抬起来时，他像谷劳劳一样硬气了，他说："就是这话，借着梦梦的婚礼，咱们是要红火风光一下了。"

决心既下，九先生谷正芳回想起他的右派"帽子"摘了后，他当年相好的几个同事以及他关心的学生，都到谷寡婆村来看过他。他们如今混得有模有样，都很不错，向九先生说了许多关切的话，到走的时候，又都郑重地给他说，让他有事不要忘了他们，就给他们说。九先生谷正芳一直没有啥可给他们说的，二娃谷梦梦结婚成家，他是有必要给他们说了。他不要他们出钱，也不要他们出力，只要他们帮他二娃结婚借些好的自行车，就是给了他体面，给了他气势。

九先生谷正芳写好了条子，交给谷劳劳去办。他的那些故交和学生，还真是讲义气、讲情面，合计了一下，十几辆清一色的天津凤凰牌自行车，就被擦抹得油光锃亮，弄到谷寡婆村，再浩浩荡荡地骑去麦禾营村，娶回新娘子任喜过了。一路上，自行车链条滑动的"铮铮"声，清脆又悦耳，像是敲响的小鼓点儿，真个是喜人啊。

可是，这样一列独特的娶亲队伍，迎娶了新娘子任喜过回到谷寡婆村时，别说新娘子任喜过的心情如何，九先生谷正芳和儿子谷劳劳、谷梦梦也像霜杀了似的，很不好受了。他们前头刚进村子，支书谷大房给儿子谷天明迎娶新娘的车队跟着也进了村。他们看见村支书谷大房给儿子娶亲，借的是一辆帆布篷的北京吉普车和两辆洗刷得干干净净的东风大卡车……吉普车里坐着新郎官谷天明和新娘子上官乐，陪嫁的箱箱柜柜和穿着棉衣棉帽的来客，都载在绿汪汪的东风大卡车上。谷梦梦看到人家那个阵势，两手一抖，差点把载着新娘子任喜过的自行车侧倒在街道上……谷寡婆村的街道算不上宽，有谷梦梦迎娶任喜过的自行车队在前面骑行，谷天明迎娶新娘子上官乐的汽车队，就没法越过他们往前走。司机是性急的，也知道乡村娶亲抢门的习俗，一次次按着喇叭，想要超越过去，可是谷梦梦没有妥协，他们自行车队不紧不慢地在前头骑行着，不给汽车队让行。

这又何必呢？

被谷梦梦驮在凤凰牌自行车后架上的新娘子任喜过，一点儿都不眼红人家的汽车队。她不是个爱攀比的人，自己的幸福自己享，自己的难过自己受，任喜过是很想得开的。她坐在谷梦梦骑着的自行车后座上，是想提醒他的，却碍于还没进门就指教男人的忌讳，默默的，没有出声。

但任喜过的"大肚"，没过一会儿，也酸溜溜地装满叫人牙软的醋水了。

迎娶任喜过的自行车队伍到了自家门口停下了，跟在他们后边迎娶上官乐的汽车队也停下了。帆布篷子的吉普车，有红绸挽着的大花装饰着，显得既喜庆又热烈。车门开处，走下了谷天明的新娘子上官乐。她的喜服不是任喜过身上那样传统的红绸袄、红绸裤，而是一袭单薄的雪白色婚纱。这可是哈口气就能结成冰的大冷天呢！上官乐心热，身子也不能不惧冷呀！

婚纱低领，露出新娘子上官乐一截白白的颈项，一条金灿灿的黄金项链悬着个心形的坠子，恰到好处地摇晃在颈窝。新郎官谷天明先于新娘子上官乐一步下了吉普车，再伸手过去，扶着上官乐也下了车，然后又把自己的一条胳膊交给上官乐，由上官乐甜蜜地挽着，向他们家门口走了去。村上瞧热闹的人被震惊了，震惊之余，还有一些唏嘘，唏嘘之余，自然还有大饱眼福的感慨。

任喜过震惊了没有？唏嘘了没有？

任喜过和看见这一情景的谷寡婆村人一样，也震惊了，也唏嘘了。

那一刻，可以一步踏进自家大门的任喜过迟疑了一下，她回了一次头。一回头，她还闻到了冷冷的空气里飘来的一股别样的清香，这是谷天明的新娘子上官乐身上的清香哩。上官乐把自己修饰得太漂亮、太不一样了。乡村人家的新娘子，原来也可以很洋气，很城市，很像电影里的明星和飞机上的空姐！上官乐挽着新郎官谷天明的胳膊，目不斜视地往家门前走，她走得那么专注，好像前面有块磁石在吸引她，她挺着小白杨树一般笔直的腰身，风摆杨柳，笑靥如花……人比人，活不成，和同时嫁到谷寡婆村的新娘子上官乐只那么一比较，任喜过就知道，自己是土气的，还欠缺一点儿漂亮——她面皮不白，眼睛不大，嘴唇还略略翻翘。这使任喜过不能不有所刺激了，她当时就听到耳朵里有什么东西炸了一下，接着，身体的一些部位还隐隐作疼。

如果不是云小兰去任喜过的门上叫她，任喜过可能就不参加是夜祭拜老祖宗谷寡婆的活动了。她有点怕见其他新娘子，当然主要是隔了一墙的上官乐。云小兰告诉了她祭祖的消息，而且动员她去，并表达了自己未能祭祖的遗憾。还有她的公公谷正芳，是他老人家保护了老祖宗谷寡婆的挂像和供器，这也给了任喜过理由，她是必须要和村里的新娘子上官乐、惠杏爱一起祭拜老祖宗谷寡婆了。

惠杏爱过门来的声势怎么样呢？不像上官乐和自己只隔了一道墙，任喜过看见了、听见了，也感受到了。惠杏爱过门来的声势，任喜过是耳听到的，但新郎官谷梦梦没有给她说过，公公谷正芳也没给她说过，是三番五次上门来，对她表现得很亲热的云小兰告诉她的。

云小兰给任喜过说："知道吗，惠杏爱是坐小四轮拖拉机过门来的。你和上官乐，一个坐自行车，一个坐吉普车——嘿嘿，谷寡婆村的人还不知道怎么说你们呢。"

爱怎么说就说去！任喜过没有那么大的手，她捂不住村里人的嘴。再者说了，谁能活在别人的话里头？你一嘴唾沫，他一嘴唾沫，最后还不把人淹死了。任喜过只想活自己的人，一步一个脚印，踏踏实实地活，活出自己的模样来。

白天的祭祖拜先人活动，谷冬梅挑了头，晚上新娘子祭拜谷寡婆老祖宗，谷冬梅就让出位子，由贾桂仙来主持了。

贾桂仙可不是糊涂人，谷冬梅给她让位，她哪里就会直接接过来？做样子推一推是必须的。

在临时建的谷寡婆宗祠里，谷冬梅给贾桂仙交代了任务，贾桂仙摇手拒绝，说："有你在，我可不敢。"

谷冬梅听出贾桂仙是假推辞，她说："算了吧，谷寡婆村又不是只我一个人。"

主持祭拜老祖宗谷寡婆的事就这样定下来了。这一夜，贾桂仙的身份就很特别了，她既是祭祖拜宗的主持人，又是新娘子惠杏爱的婆婆，所以她在来祠堂时，还刻意地把自己收拾了一下：一身的粗布黑衣，剪裁是很合体的，上身前她又浆洗了一遍，用枣木的棒槌，仔细槌了，槌出了一条条棱角分明的折线……她没有独自一人来，而是带了惠杏爱一起来的。她走在了所有人的最前边，头一个进了谷寡婆宗祠。任喜过来晚了一步，因此，当她跨过谷寡婆宗祠高得有些离谱的门槛时，头一眼就看见了随在贾桂仙身边的惠杏爱。

这是不用介绍的，任喜过跨过谷寡婆宗祠的门槛，接过惠杏爱向她投来的目光，她就知道，这是一个和她一样的新娘子哩。

任喜过还了惠杏爱一眼，像惠杏爱投向她的一样。惠可爱的目光是友善的，是关爱的，这让任喜过非常受用。初嫁到谷寡婆村，任喜过不仅需要家里人的友善和关爱，她还需要村里人，最好是和她一起嫁来谷寡婆村的新娘子的友善和关爱。

没说一句话，两位还很陌生的新娘子，就有了一种心灵相通的融洽。

有二十多年的中断，村里的新娘子再起祭祖拜先人的活动，大家又岂能不来凑热闹？喝罢晚汤，尽管家里还有怎么忙都忙不完的家务，女人们还是放下来，急急地往皂角树下的谷寡婆宗祠来了。是的呀，这是谷寡婆村的妇人节，男人憋不住也来了，就自觉聚集在谷寡婆宗祠外的皂角树下，有的蹲在官碾子上吃纸烟，有的站在官碾子旁扯闲嘴。婆娘女子们，在平常的日子里，总要顾男人们的面子，总要把好的位置让给他们，由着他们在人前疯。今晚是不需要了，婆娘女子们可以撂下没有收拾利落的锅灶，圪拧着她们的碎脚，扭颤着她们的细腰，齐齐楚楚、花枝招展地走，叽叽喳喳、闹闹嚷嚷地行，行走到谷寡婆宗祠前了，瞥一眼散在皂角树下和官碾子上吃烟和扯闲篇的男人，心是不慌的，脸是不烧的，大大方方地就进到祠堂里来了。碎娃娃们最是不受约束和限制，村里的热闹和红火事，他们是最不可或缺的积极参与者。在人缝里，他们钻进钻出，蹦着跳着，踩了谁的脚，绊了谁的腿，不免让人惊叫一声，拍打一把，但他们依然搅和在越聚越稠、越来越热闹的人群里。

突然的，祠堂的门口起了一阵骚动，骚动声还传进了祠堂里边。大家回头来看，就看到村支书谷大房和老婆白拴蛾，陪着他们二娃谷天明的新娘子上官乐来了。

初嫁谷寡婆村的上官乐，昨天穿了一身洋气的白纱裙，就把任喜过比得心酸难过，今晚祭拜老祖宗谷寡婆，她又是一袭花红的旗袍，新鲜凛然地走来，让任喜过又一次在心里叫起苦来……任喜过发现同为新娘子的惠杏爱，看着上官乐时的神情，和她似乎是一样的，心里大概也不好受。同为谷寡婆村的新娘子，任喜过和惠杏爱的穿着，自然都是不差的。"能欠自己一辈子，不欠自己这一会儿"，说的就是姑娘家穿上嫁衣初婚这会儿。娘家人、婆家人，再怎么困难，再怎么不易，都要泼了命地往出拿钱，给新人添箱的。添什么呢？添漂亮的衣裳呀。任喜过和惠杏爱的新嫁衣，花色上稍有不同，但样式和质地，就没什么差别了，都是很中式的锦缎袄儿，外套一件格子呢的罩衫，腿上的棉裤外，也自然地罩了一条黑灯芯绒的套裤，显得非常传统，也非常规矩，是关中西府那个时候新娘子们常有的穿着。上官乐穿了一袭旗袍，这可是太"各色"了，祠堂外的人，不生出一点骚动才怪了呢。

向谷寡婆宗祠门口走来的上官乐，仿佛一束电光，或者一把利刃，把团聚得像是一堵厚墙似的人群，割开了一道缝隙。她从容大方地从这道缝隙走进来，走到悬挂着谷寡婆画像的案桌前……没有人指拨任喜过和惠杏爱，但早到的她们，却都自觉地一让，让出一个缺口来，使上官乐款款地站在了她俩的中间。

"啧啧啧啧"的惊叹声，在祠堂里的人群中此起彼伏。

不用问，大家是在惊叹上官乐的穿着：红色真丝织锦面料的旗袍，制作可是太讲究了，且不肥不瘦，恰到好处地裹紧了上官乐的身子，使她身子该凸的地方凸起来，该收的地方收起来。从颈脖处起头，有一条金色的绲边，自她胸前的开襟上划过，像是一颗流星，燃烧在一片热烈的红光里，就只亮一下，便又归于无处不在的红色光晕里。金色的绲边上，有一组一组的菊花盘扣，菊花绽放，如星星一般灿亮，匀称地铺陈开来，形成一条优美的弧线。还有不很对称的小金花，随着上官乐的一举一动，鲜活地在她红色锦缎旗袍上，有款有型地张扬着，像是四处飞溅着的金属荆棘，直扎人的眼睛和心窝。

贾桂仙可是不想失去控制权的，谷冬梅原来在谷寡婆村当支书的时候，她就是村里的妇女主任。谷寡婆村里人说过，"尊罢谷冬梅，再尊贾桂仙，次序甭颠倒，啥事都能成"。这个婆娘，不是个可以小视的人物。生产队没散伙时，见天黑了有会开，学习呀、讨论呀，贾桂仙一口伶牙俐齿，谷冬梅说完了她接着说，能从会前说到散会。谷冬梅让她主持新娘子的祭祖活动，可是选对人了。现在的她，脸相是消瘦干巴的，已经刻满了横七竖八的皱纹，眉毛淡得几乎看不见，可她那小而圆的眼睛，依然不失曾有的神采。她端端正正地站在供桌的旁边，神情严肃而认真。她寻找着另一双眼睛，她寻找到了，人就在她的身边，是退休回家的谷冬梅呢。贾桂仙和那个比她更加严肃认真的人对视了片刻，就又扫视起祠堂里的人来了。她扫视大家的目光，是分层次的，她首先向祠堂的大门口看了看，似乎是和什么肉眼看不见的神灵对了一下目光，然后，慢慢地收回来，再从拥挤在祠堂里的妇女们和娃娃们的脸上扫过。她的目光扫过处，嘈杂喧嚷的人，就都噤了声，祭拜祖宗的场面安静下来了。

贾桂仙清了一下嗓子，喝礼了："看香！"

三个新娘子就在贾桂仙悠长而响亮的呼喝声里，一起走上前来，把来时准备好的老香伸在供桌上燃烧着的烛台上，点着了，又一起插在供桌上的大香炉里。

淡淡的香烟升起来，袅袅冉冉，在供桌的上空缭绕着，盘桓着……透过缥缈的烟气，三个新娘子好奇地抬起头来，瞻仰挂在供桌上方的谷寡婆画像。传说中的谷寡婆活了一百零八岁，而画像上的她，却有着华彩盛年的美：虽是粗布麻衣，但遮盖不住她的端庄美艳。她乌黑的头发高高地挽起来，中间用一绺淡红色的头巾扎住，头巾的一角垂下来，遮掩在她的耳后；她的脸圆润而鲜活，长长的几乎插入鬓角的眉毛，黑油油的，平添了许多精气神；她的眼角向下垂着，这使她既呈现出一种肃穆的表情，又隐含着淡淡的凄苦之意。在她的面前，端正地跪着一个刚刚长成的男子。

这个男子，大约就是谷寡婆在这里落脚时生的儿子了。

画幅已经陈旧发黄，但不知为什么，上官乐居中看着老祖宗的画像，感觉这画像倒有点儿唐宋仕女的韵味。上官乐有点儿想笑——描画自己的老祖宗，可是要画出她老人家的艰辛和苦难才对呀。

白天的时候，在谷大房和谷冬梅他们紧张有序地改建着谷寡婆宗祠时，新女婿谷天明不断地往家里跑。他向上官乐叮咛了又叮咛：今晚她们这些新娘子，都是要祭祖拜先人的。谷天明告诉了上官乐谷寡婆的传说，还说了公公谷大房和谷冬梅拆毁祠堂的事。二十多年了，一个政治运动跟着一个政治运动，还真多亏了那位老右派九先生，没有他，现在想要敬奉老祖宗，又到哪里去找老祖宗的影儿呢？

谷天明的感慨也是上官乐的感慨。

感慨过了，上官乐却有疑惑要问谷天明。她说："咱爹既然这么爱咱的老祖宗，他那时为啥要带头拆了祠堂呢？"

谷天明说："也不能说咱爹带头，还有谷冬梅哩。他们那个时候，听人说思想单纯得很，说咋弄就咋弄，自己是不能有意见的。"

上官乐又有了新的感慨，说："老右派九先生倒是很有远见。"

谷天明说："人家是村里最有文化的人，老大学生哩。"

上官乐说："那我看还不如把九先生的像挂在祠堂里。"

谷天明举着拳头吓唬上官乐，说："你再胡说。"

上官乐说："我胡说了吗？"

不管胡说不胡说，现在的上官乐，已经站在老祖宗谷寡婆的挂像前了。不过虽然恭恭敬敬地按照主持祭拜的贾桂仙的口令，把香插进了香炉里，上官乐的心里却虔诚恭敬不起来。她觉得滑稽可笑，但她硬忍着，不让她的那种心理表露出来，她知道一旦表露出来，她就把谷寡婆村的人得罪大了，以后就没她的好日子过了。她劝告自己，要把这种原始可笑的祭祖拜先人活动，当作对农业社会以及中国传统文化的一种体验来看待。

贾桂仙在新娘子们看罢香后，又开始了祭拜老祖宗的第二项仪规。

贾桂仙高声地呼喊着："吊表。"

这一回，新娘子们不能直愣愣地站着了，她们得跪下去，跪在老祖宗的画像前吊表。对此，新娘子们似乎都不习惯。这怪不得她们，在她们成长的年月里，她们连自己的父母都没跪过，当然都没有跪的自觉。她们迟疑着，你看我，我看你。执礼的贾桂仙声音不是很大但十分威严地提示她们，让她们跪下。她们还能怎么样呢？面对着挂在墙上的老祖宗，她们膝盖一软，老老实实地跪下了。跪在脚地上，她们把带来的黄表纸投在面前的一个大铜炉里点燃了。红红的火焰燃起来，呼呼烧了很长一段时间。过了火的纸灰，又轻又薄，变了颜色，像是白色的幽灵，随着气流飞起来，旋转着，向四周散开去，落在供桌上献祭的供品上及周围的妇女和娃娃们的身上和头上。

三个新娘子的身上、头上也落下了纸灰……不偏不倚，有一片纸灰，落在了任喜过的手心里。火已经灭了，彻底地灭了，她仍然觉得那纸灰火火地烫手。

现实生活距离自己的想象，怎么总是那么遥远啊！

高大粗壮、不善言辞的新娘子任喜过，不幸生在一个富农家庭里。她是想凭着自己的刻苦学习来改变命运的。应该说，她的学习成绩是很好的，小学毕业念初中，念了初中考高中，可她的学习成绩好又能怎么样？国家的教育政策挡着她，她没能进入高中学习，而是早早地回家去了。不过，她没有放弃自己的学业，在娘家屋里，能帮娘亲干的活儿，她不惜力气尽量帮着做。做活儿的空隙，但凡有点儿时间，她就趴在桌子上演算几何、代数题，那神秘的演算公式，与她像是通着灵，甚或是前世就有约会，只要她去接触它们，它们就会乖乖地来，逗她开心。然而，她并不以此为荣，还常常为自己这么不知高下而羞愧。在她的心里，她知道所有的努力都等于零，她是没有未来的，她只有如她的娘亲一样，面朝黄土背朝天，与天斗，与地斗了。到了某一天，她是要嫁人的，嫁作一个庄稼人院里的媳妇。对于这一点，她既不难受，也不悲观。天底下的庄稼人一茬子哩，人家能成，自己就不能吗？在她，希望的只是嫁去的婆家，是一户老实厚道的人家。穷也罢，富也罢，她自己有的是力气，没上高中，有高中生的学识，不怕把日子过不到人的头里去。别人给她提说谷梦梦，他们见面了，她是满意谷梦梦的，两人很能说得来，这才定下了他俩的婚姻。准备嫁妆的日子里，任喜过感觉她所憧憬的新生活就要来到了，她满怀着创造未来的信心嫁到了谷寡婆村。

唉唉！初婚的头一天……初婚的头一夜……唉唉！

清早起来，她知道了去祠堂祭祖拜先人的事，却一直不想言语。她只想钻到一个没人的地方去大哭一场。云小兰来了，被谷梦梦辱骂为"神经客"的云小兰，和任喜过玩"抓子儿"的游戏，劝说着她，她才抛头露面地来祭祖拜先人了。

支书家的大儿媳云小兰，为任喜过想得可是真周到。她和任喜过玩了一会儿"抓子儿"，要走时，变戏法似的从自己后背的衣襟下取出一个小枕头，给了任喜过，告诉她说，祭祖拜先人时用得着。

纸灰碎在了任喜过的手心里，她向供桌上方悬挂的谷寡婆画像叩下头去。她不知该向这位历经磨难的老祖宗祷告些什么，她的心里茫然一片，一种麻木的感觉，在她的四肢蔓延。

贾桂仙节奏感很好地喝起了第三项仪规："献供。"

新娘子给谷寡婆的供物是特殊的，既不是酒肉，也不是白面蒸馍，不是庄稼人稀罕的任何吃喝，而是一个用粗针大线缝制的不大的枕头，就像谷寡婆挂像中怀里抱着的那个枕头一样。每个出嫁到谷寡婆村来的新娘子，都要向这位远古的老祖宗供献一个枕头。这个枕头里边装着五谷杂粮，四角绣着云子，塞上四种干果，有核桃，有红枣，有柿饼，还有杏干或是桃干。为什么要给老祖宗贡献这些枕头？没有人说得出道理来，但一代传一代，风俗就是这个样子，大家就都自觉遵守着了。

惠杏爱恭敬而虔诚地献上婆婆贾桂仙给她准备的枕头。她知道，从昨天开始，她再不是什么清高的高中生了，而是一个庄稼院里平平常常的媳妇。那么，她就该一切都应照一个农家媳妇的样子，开始她在谷寡婆村的生活。

梦想中，惠杏爱多么希望自己能够走进大学的校门，成为一个胸佩大学徽章的大学生啊！在学校的时候，她的语文能力太差了，没有什么出彩的地方，可是她的理化成绩不错，在班上是挑梢子的。她幻想自己将来能成为一个女科学家，甚至是居里夫人那样为后人敬仰的大科学家。可是，接连大考两年，她都没能上录取分数线。对于这样的失败，她伤心得不能再说了，只能用沉痛的哭泣结束自己的读书生涯。她扛起了锄头，跟着她的父母下了地。夏天的麦子，秋天的稻谷，就在她的锄头尖上成长，时间不是很长，她就喜欢上了这种生活——无拘无束、无羁无绊，田野之大，什么样的委屈和忧伤，都会无声无息地吸纳。呵呵，惠杏爱站在无边无际的庄稼地里，嘲笑过自己：本来就是"土"命，自己不知足，还用哪门子功？惠杏爱不想早结婚，可是早在几年前，媒人就一遍又一遍地寻上门来，诉说着谷门坎家里的困难和苦楚，直言男人家里急着要人哩！当时十五岁的惠杏爱，就由媒人说合与谷门坎订了婚。从那以后，她的上学以及吃穿费用，都是谷门坎家供给的。头一年考大学失败，她要复读，谷门坎家啥话没说，又供了她一年，现在，她还有拖的理由吗？媒人来给惠杏爱的父母传话，父母觉得惠杏爱在田地里是个好劳力，还想留她两年，但她站出来给媒人说了，让谷门坎家看日子，看下日子了她过去。惠杏爱这么说，她自己都很吃惊，可那一时，什么国家号召晚婚，什么青年人要从长远看，统统都是耳边风。她毕业回到家里，父母的白眼她看得厌了，还有他们的专横和自私自利、几位哥嫂的斤斤计较，可真是让惠杏爱心灰意冷。她有种无法忍受的压抑感，她想过了，结婚倒不失为一种逃避。于是，惠杏爱自作主张，不想早结婚却又早早地把她自己嫁到谷寡婆村来了。

婆婆贾桂仙主持祭祖拜先人的活动，她可是妇女伙里的能行人哩。

惠杏爱把自己嫁过来了，时间虽短得才度过了一天一夜，她也体会到了婆婆贾桂仙虽然能行，但并不刁蛮，因此对婆婆还是很信赖的。尤其是她的女婿谷门坎，忠厚又勤劳，他说得对，他是家里老大，她有一千种理由，一万种责任，帮助婆婆贾桂仙和谷门坎挑起家庭重担来！

给老祖宗谷寡婆磕着头，惠杏爱在心里思量着：谷寡婆一个女人家创造了一个村子，我前有婆婆贾桂仙和女婿谷门坎，后有弟弟谷门墩、谷门栓和妹妹谷门环，怎么就不能创建一个幸福美满的家庭呢！

新娘子们都把枕头供献在了谷寡婆的挂像前，主持祭祖拜先人的贾桂仙又要喝礼了。这是最后一个仪规，三叩头后，祭拜老祖宗的仪规就都结束了。

贾桂仙高声喝着礼："一叩头。"

她这"一叩头"还没喊完整，祠堂门口又起了一阵骚动。是云小兰哩，她穿戴得齐齐整整的，打扮得也是鲜鲜亮亮的，非常莽撞地闯进来，嘻嘻地乐着，说："我也是新人呀，老新人哩。我要补上祭祖拜先人这一课。"

云小兰说着，跪在三个新娘子的旁边，有模有样地给谷寡婆磕起头来。

第九章

上官乐是个安静不住的人。

刚嫁进村支书谷大房的家里，一家人把她像是客人似的看待着，什么活儿都不让她伸手，哪怕是油瓶子倒了，她也无须着慌。不用慌忙的上官乐，便只有守在她的新房里。守上一天可以，守上两天也过得去，守到第三天，安静不住的上官乐就觉得她的新房犹如一间没上大锁的监舍，让她有那么点儿犯晕。不过，也只是那么一点点的犯晕，因为她是非常满意她的新房的。冷寂的监舍怎么能和她的新房比呢？谷天明有个特点，在高中一起读书时是那样，毕业了，和上官乐确立了恋爱关系还是那样——他做任何事前，都要征求上官乐的意见，只有取得了她的同意，他才会下了势去做。谷天明要收拾新房了，这样的大事，焉有不征求上官乐想法的道理？因此说，上官乐的新房就几乎完全是她的创意了。她要谷天明给新房刷上淡绿色的涂料，谷天明便不折不扣地刷了淡绿色的涂料，这个色调是文雅、素净的，看着清爽利落。上官乐可不喜欢西府农村请来的裱糊匠用彩色纸裱糊得花花绿绿的那种新房，嫌那俗气。只有没有文化的人，才喜欢花里胡哨的样式哩。谷天明是高中毕业生，上官乐与他是同学，也是高中毕业生，他们可是农村中有文化的人呀！文化人就该有文化人的高雅……在新房里无所事事的上官乐，把由她指导涂刷的新房又欣赏了一遍后，喊来了女婿谷天明，叫他把她陪嫁来的一箱子书搬了来，往书架子上摆。

上官乐说："三天了，没人要房了，咱把书摆出来，新房里就齐整了，要不老觉得缺了一大豁子。"

谷天明是殷勤的，他听话地搬来一箱书，揭开箱盖，取出一摞就往书架子上放。

谷天明摆放着书说："老婆说得好，新房里没有书还真是不行。"

谷天明夸着上官乐，却没有想到被上官乐呛了回来。她说："俗了不是！老婆，太难听了。"

上官乐呛着谷天明，发现他往书架上摆书，既不分开本大小，也不分题材种类，便又嚷嚷着问他把眼睛长哪儿去了。上官乐要亲自动手，谷天明却把她按坐在新房里的沙发上，让她坐着，拿嘴指拨就行了。上官乐果然就"鸭子晒粪——拿嘴拨了"。谷天明拿起一本书，她说放上边，他就往上边摆；谷天明拿起一本书，她说放下边，他就往下边放；谷天明拿起一本书，她说放前边，他就往前边摆；谷天明拿起一本书，她说放后边，他就往后边放……上上下下，前前后后，折腾了好一阵，才算把一箱子书在书架上摆放停当。有了一架子书，上官乐左瞧右看，瞧得她一脸的喜气，那是比她结婚那天还要明显的喜气呢！书脊上李白、杜甫、李清照、艾青、郭小川、舒婷，还有雪莱、拜伦、普希金等等，古今中外诗人的名字，一个一个在上官乐的眼前过，让她心里有种说不出的舒服与喜悦，她觉得，新房里有了这一架子书，虽不敢说是满室生辉，但在关中农村，也该是独特的了。

富贵于我如浮云，只有精神的富有才是真正值得骄傲的哩。

满心欢喜地浏览着书架上的书，上官乐却像发现了多么重大的疏漏，她惊惊诧诧地冲着谷天明嚷起来："啊呀，你的那些小说呢？快，快搬出来，都放到一块儿，那才有气势哩！"

谷天明站在新房的脚地上，用手在头发里梳着，显出一种难为情来："嗯……从学校回来后，我把那些书都搁到楼上去了。我有一阵子，没看书的心思，也没看书的时间。"

上官乐像不认识谷天明似的站了起来，凑到他的眼前，满是狐疑地把他看了好一阵，说："啊哟，真没想到，这才半年的光景，你看你都变成啥了！意志薄弱，论调庸俗，我的个你呀！"

谷天明经不住上官乐的眼睛看，脸都红了，红到了脖根上，嘴里嘟囔着想说什么却没有说出来。

上官乐嘲笑着谷天明，把自己也嘲笑得"扑哧"笑出了声，她举起拳头，在谷天明的胸膛上抚摸似的捶了两下，督促着他说："去去去，快去把书从楼上搬下来，你莫要忘了，这些书上圈圈点点，有着咱俩许多记忆呢。"

还能怎么办呢？谷天明满面愧色地去了上房楼上，在灰尘和蛛网中，翻腾那些被他束之高阁的小说了。

读书学文是上官乐的最大爱好，诗词、散文、小说，她逮住了就不释手……她和谷天明的情缘，还是由阅读文学书籍而开始的呢。

他俩在学校同级而不同班。偌大的县城中学，上官乐可是个知名人物哩，老师、学生，一说起来，都知道她。一来呢，她是有名的"校园诗人"，在学校的墙报上，每一期都有她的诗作，新诗或古体诗，短的或长的，见样儿她都能来；要是学校举行个文艺晚会或者什么别的集会，往往也少不了她的诗歌朗诵。二来呢，她生得漂亮，也敢穿衣裳，一阵儿新潮，一阵儿传统，穿什么都好看，就是学校统一配置的学生服——既无特点，又无个性，她穿了也还是好看。背过她，有同学不无妒忌地议论，上官乐披件麻袋皮，可能也是好看的呢！见过上官乐的人，赞赏她也罢，厌恶她也罢，在心里都得承认：她是县城中学独一无二的校花：高高挑挑的身量，不胖不瘦，眼睛是那么生动、灵活，热情洋溢，仿佛也会吟诵出美妙的诗歌来。第三个原因倒不在她身上，而是她是现任县委宣传部部长的亲妹妹。

有此一点，上官乐就足以让一些人对她另眼相看了。

现在的中学里，从学生到老师，大家无不信奉这样一个逻辑，

"学会数理化，走遍天下都不怕"。所以，同学中热爱理工科的比比皆是，而专心于文科的人相对少得多。上官乐喜欢文学，热衷于新诗创作，一心向往的，是能当个出类拔萃的女诗人。舒婷是她最为迷恋的诗歌王后，那一首《致橡树》，上官乐读得如醉如痴，读了几遍就全记了下来。在一些公开或是不公开的场合，大家鼓励她朗诵诗歌时，她就会挺胸而出，用她甜美的声音朗诵：

我如果爱你——
绝不像攀援的凌霄花
借你的高枝炫耀自己；
我如果爱你——
绝不学痴情的鸟儿
为绿荫重复单调的歌曲；
也不止像泉源
常年送来清凉的慰藉；
也不止像险峰
增加你的高度，衬托你的威仪。
甚至日光。
甚至春雨。
不，这些都还不够！
我必须是你近旁的一株木棉，
作为树的形象和你站在一起。
根，紧握在地下
叶，相触在云里。
…………

县城中学偏重数理化的风气，影响不了上官乐，她确定了做女诗人的理想，就是数理化考试不及格，她也不管不顾，醉心于她自己的诗歌创作。由于她的执着，学校里也有几个以她马首是瞻的同学，热衷于文学创作，向她大献殷勤。但她觉得他们是浅薄的、平庸的，不会有什么出息的。所以，孤芳自赏、顾影自怜的上官乐，感觉在喧闹的县城中学校园里，她是寂寞与孤独的。不过，这倒有一个好处——没有人打搅她，她常可以一个人钻进图书馆里读书，有了感觉就写诗，写了诗就往外投稿，全国有名的《人民文学》《诗刊》这样的大刊她都敢寄，因为舒婷的诗就是在那样的大刊上变成铅字的，她要她的诗歌也在大刊上露脸儿，但是结果很不理想，她的诗寄出去的多，退回来的也多。后来她改变思路，给一些地方上的小报小刊也寄了诗稿，情况好了许多，她寄去的诗稿，有一些被刊登了出来，这让她在县城中学的校园里就更知名了。可是，上官乐并不看重这些地方报刊，她仍然向往在全国性的大刊上一炮打响。

上官乐喜欢诗歌，读的诗歌自然就多，而与诗歌互为兄弟的小说，她倒是不大爱看。但突然的，本县文化馆的文学创作干部吴小愚，创作了一部起名为《渭河五女》的中篇小说，发表在北京的《当代》杂志上，北京电影制片厂邀请作者赴京改编剧本，由陕西人民广播电台和中央人民广播电台录制了广播剧，一天三次地连播，作品和作者一下子叫响了全国。这是自己身边的事呢，上官乐的好奇心促使着她，到图书馆借阅那本《当代》。借到手阅读的时候，她发现杂志的天头地脚处写了不少批语，原来有人早她一步借阅了。上官乐爱书又惜书，最见不得人在书上胡涂乱画，或者是撕扯折损书页。可是，当她生发出满肚子的怨气，读完这篇小说和那些批语时，满肚子的怨气都化成了水。她一点儿都不觉得那些用钢笔书写的批语有什么不妥，反而认为那可说是太有见地了，使后来的阅读者，获得了一个难得的指导。听说脂砚斋批《红楼梦》，就是在原版的《红楼梦》书页上一笔一画写出来的。上官乐笑了，她打心底服气这个批阅《渭河五女》的同学了。她服气他的卓越才华，更服气他批注作品的口气是自负的，她不由分说地把他视为知音甚至知己了。

上官乐觉得，批评《渭河五女》的同学可不是那些孤陋轻浅、装腔作势的人。

几经周折，上官乐终于探听出来，在《渭河五女》的天头地脚写了那许多批语的同学就是与她同一年级的谷天明——上官乐在一班，谷天明在六班。探出谷天明的时候，上官乐正在上她最爱的语文课，可她人在一班教室里，心却跑到同年级不同班的谷天明上课的教室里去了。熬到下课，上官乐像是屁股上装了弹簧，随着铃声响起，即刻弹跳起来，冲到六班的教室门口，大声地喊着谷天明的名字，说她有话要给谷天明说。在男女同学的关系上，上官乐是大方的，不像一般女生那样保守，所以她也绝不扭扭捏捏。上官乐来喊谷天明，手里就拿着那本《当代》杂志。在此之前，上官乐不认识谷天明，但谷天明是认识上官乐的，只是他内敛自卑，不敢主动去结识上官乐。这下好了，上官乐自己拿着刊有《渭河五女》的《当代》杂志来找他，他就有了和她相识亲近的机会了。谷天明忐忑着一颗心走向上官乐，并从此与她频繁而亲密地来往，谈学习，谈创作，还谈未来，谈爱情……怦怦跳动着的两颗年轻的心，就这么悄悄地，而且有滋有味地融合了。

在县城中学，他们的交往，让相当一部分同学嚼着舌根子，却又眼红地羡慕着。

时任县委宣传部部长的上官乐哥哥，是最后一个知道上官乐和谷天明关系的人。他知道得太迟了——到这对相亲相爱、热爱着文学的人儿双双高考落榜，他才赶到学校，质问学校的领导和老师，还把谷天明找了去，劈头盖脸地训了一顿。当哥哥的这一训，不但没有解决问题，还使问题进一步升级了。他的妹妹上官乐，本来还打算复习再考的，如今也坚决地放弃了，还给做哥哥的撂下一句不容更改的话。

上官乐说："我和谷天明好定了！给我准备一下，春节时我就嫁给他，做他的新娘。"

父母过世早，兄妹俩生活在一起，做兄长的就如父亲一样——过去是，现在他反对上官乐和谷天明好，就不是了。妹妹上官乐让兄长感到自己非常失败，她则完全胜利。

胜利了的上官乐，为此还创作了一首题为《美好的上午》的诗：

      一样的晴朗天空

      一样的明亮阳光

      淡绿色的纱质窗帘照常拉开

      它在两边一如既往轻微抖动

      今天上午仿佛昨天上午

      今天上午也相似于明天上午

      为什么偏偏今天上午这么地好啊

      身体的每个毛孔都想放声歌唱

      是谁在今天上午

      拿走了我的晦暗和浑浊

      拿走了我的枯枝和败叶

      落花谢了一朵又开了两朵

      流水携着新雨又流了回来

胜利者上官乐，指拨着女婿谷天明把她的诗歌集和他的小说摆到一面书架上了。但是，她结婚时，任县委宣传部部长的哥哥没来参加她的婚礼，嫂子也没来，谁都没有来，在这一点上，上官乐再怎么乐观，心里终究觉得有那么一点儿不对味儿。不过，她正沉浸在初婚的幸福和激动中，那点儿不对味儿又算什么呢？在心里像气泡儿一样，冒一冒就都塌下去了。

上官乐拍打着谷天明在楼上搬书时落在身上的灰尘，问："真的？这半年多，你把书放在楼上，就没读过？"

谷天明思量着吭吭哧哧地说："嗯……读来着，读得不多。咱们在学校时，读书是第一重要的。现在嘛，回到了农村，参加农业劳动是第一重要的，读书就排到第二重要了。"

上官乐不同意谷天明的观点，她打断他的话说："错！在学校、在农村，在任何地方，读书都是第一重要的，这不能改变，永远都不能改变。"

谷天明惹得上官乐不高兴了，而他知道上官乐不高兴的结果是自己会吃不了得兜着走，所以就哄着她，说："你误会我了。我说在农村读书不是第一重要，是认为我们应该好好地深入生活，领悟生活，多读生活这本大书，然后……"

上官乐的眉头一皱，扑到了谷天明的怀里，用她的嘴堵住了他的嘴，甜甜地吻了一阵，非常欢喜地说："你这个想法太好了——生活是创作的唯一源泉哩。"

谷天明被上官乐吻得脸红了。

上官乐依然兴奋地说："这半年，你的创作情况怎么样？又写了几篇小说？往出寄了没有？反正，我这半年写的诗不少——时间宽余了，不再被数理化打扰，不必准备应付考试，见闻又多，总是写不完。"

谷天明听得紧张，说："有发表的没？"

上官乐毫不在乎地说："没。有的退回来了，夹个纸绺绺，有的连退都没有退，更不用说夹纸绺绺了。我不怕的，我要坚持哩，坚持就是胜利，我就不信编辑老爷看不懂我的诗。"

谷天明长出了一口气，劝解她说："创作是一辈子的事，急不得，我现在写不出来，没有投稿，不等于我今后就不写不投稿了。我要在渭河滩上的谷寡婆村扎下根来，把生活的基础打得坚坚实实的，多思考、多总结。生编乱造一个故事，那还不容易吗，但那又有什么价值呢？乐乐，我的好乐乐，你以为哩？"

上官乐点点头，她觉得亲爱的谷天明说得对着哩。猛然间，她想起一件事来，便牵着谷天明的手一拽，说："走，你领我到村里转转去。"

谷天明有点不好意思，说："转什么？"

上官乐说："谷寡婆村以后就是我的生活基地了，我要在这里生活一辈子，我应该尽快地熟悉它、认识它。"

谷天明迟疑起来了，说："咱结婚才几天，俩人牵了手在村里逛荡，到处都是人，到处都是眼睛和嘴，还不叫人笑死咱。"

上官乐听她深爱的谷天明这么说，不仅没有收敛，还更起了劲，说："笑话啥？没有见过猪哼哼，还没吃过猪肉了？咱俩本就是自由恋爱的，和农村里的包办婚姻不一样嘛。再说，我在屋子里钻不住，钻久了心里慌。"

正在谷天明左右为难，想要推脱又不知怎么推脱，想要牵了上官乐的手到街上逛荡又怕人笑话时，他妈白拴蛾在院子里喊叫起谷天明来了。

娘亲白拴蛾叫着："天明，你把你妈要累失塌吗？啊，前天借的盆呀碗呀，还有桌子凳子，妈都擦洗干净了，你抽身给人家还了去。"

谷天明应答着他妈，说："来了。"

娘亲叮咛他："还盆盆碗碗碟碟时，记得给人家捎上一碗菜；还桌子凳子盘子时，记得给人家捎上两个肉馍。"

谷天明又应着他妈："知道了。"

这是个勤劳的娘亲哩，家里大小事体，都是她做，有人搭手了就让搭一把，没人搭手就她一人做。给二娃操办婚事，事情太多，头绪太杂，把她累得真是晕头转向。昨日，上官乐早起也想着自己是一个为人妻的人了，寻着婆婆想要帮忙的，婆婆却挡住了她的手，让她在新房里歇着。新娘子头三天，是可以不动烟火水汤的。家里虽还有公公谷大房和嫂子云小兰，但这两个人，公公是村支书，不动家里活计；嫂子云小兰，说是精神不大正常，不爱沾家里的活计。婆婆一个人忙，的确是够累的了。她喊谷天明帮忙给人还东西，上官乐还能牵了他的手去街上逛荡吗？

不能了。谷天明丢开上官乐的手，扭头给她做了个表示没办法的鬼脸，便急急奔到院子，按照他妈的吩咐给人家还东西去了。

新房里又只剩下上官乐一个了。她孤单地待在屋子里，没着没落。她走到书架子前，把她过去爱读的诗集，抽出一本翻翻，就插进书架子里，再抽出一本翻，翻不了几页，又插回书架子上……她实在气闷心慌，安静不下来。这时，她想起昨夜祭祖拜先人的事，好笑着、可乐着，便想要因此来写诗，可她又想听听和她一起祭祖拜先人的另外两个新娘子的感受，这可以丰富她的诗情哩。这么想着，上官乐就不由自主地蹚出新房，走出大门，去找那两个新娘子了。

任喜过住在上官乐的隔壁，这是她俩在祭祖拜先人时交换过的信息。上官乐从自己家里走出来，头往隔壁偏了偏，发现任喜过家大门上的对联写得非常好，不仅墨深，也很有味道，是那种什么体来着？颜筋……柳骨……上官乐说不清楚，在心里揣摩着，只觉古意盎然，一笔一画，表露得特别明显，不像她家门上的喜联，是潦草的，是寡味的。热爱诗歌创作的上官乐由不得自己，在那副韵味悠长的喜联前站了下来，多看了两眼。

试问夜如何　牛女双星渡河汉

欲知春几许　凤凰比翼下秦台

谁拟的喜联呢？是九先生谷正芳了吧。任喜过的这个公公可真是有趣，为儿子儿媳大婚拟的喜联，竟然用了好几个典故。譬如上联，就活用了北宋苏轼《洞仙歌》中的词句："起来携素手，庭户无声，时见疏星渡河汉。试问夜如何？夜已三更，金波淡、玉绳低转。"譬如下联，所谓"秦台"，应该是假借了"秦楼"——春秋时，秦穆公把他的女儿嫁给了善吹箫作凤鸣之声的萧史，为女儿营建了凤楼，即秦楼。婚姻中的二人，每天在楼上吹箫，招致凤凰来集。后来，那对幸福的人儿成仙随凤凰而去。

如此喜联，可是绝妙，既切事体，又切情怀。上官乐读了，真是要为任喜过高兴哩！

任喜过遇到了一个好公公。

从大门外进入任喜过的家里，上官乐想她是能够碰见九先生谷正芳的。碰了面，她还要请教这位老先生一些诗词上的秘诀。昨晚祭祖拜先人，上官乐就知道了九先生的一些事，今日把他大门上的喜联一读，就更感觉这位落难多年的老先生，可是不简单哩。他能拟出那么妙的喜联，就一定也作得一手好诗，向他求教，说不准会提高自己的水平哩。但是，上官乐没有碰见九先生谷正芳，也没有见着任喜过的女婿谷梦梦。院子里静悄悄的，不知他们爷儿俩去了哪里。待客剩下的肉菜，一时处理不了，就晒在院子里的一张大席上，有只芦花鸡站在晒席上，肆无忌惮地用爪刨着，刨得肉菜到处都是……上官乐皱了一下眉头，张开两条胳膊，吆喝着把鸡赶跑了。

心情不是很好的任喜过，在上官乐走进她家的时候，正无所事事地躺在炕上，用厚厚敦敦的红绸被子捂着身子睡大觉。但她是睡不着的，初嫁来遇到的事情，乱麻似的堆在脑子里，她理不出头绪来。她窝在被窝里乱乱地想着，这就听见了推门声和"噔噔噔噔"的脚步声。任喜过在被子里没有动，她以为是女婿谷梦梦回来了。听到上官乐的吆鸡声，她才把头从被窝里探出来，隔窗看见了院子里的上官乐。上官乐是多么出格呀！在谷寡婆村的新娘子里，上官乐把一切风头都出了，把一切风光都占了……任喜过在心里羡慕着上官乐。此时，任喜过告诉自己，要从炕上下来，可她紧揭被子慢穿鞋，还没收拾好，上官乐已抬手把挂在新房门上绣着鸳鸯戏水的花门帘儿挑起来了。

上官乐"扑哧"笑了，说："好福气哟，大白天养精神呢！"

任喜过黑乌乌的头发，在枕头上滚得乱蓬蓬的，她听得懂上官乐"养精神"的话，抬手捋着头发，没有应声，脸却先自红了。

上官乐就很得意地往炕脚处跨了两步，紧挨着任喜过，扳过她红了的脸，说："把人折腾乏了吧？"

任喜过溜下了炕，掩饰地说："我头疼，真格的，我不哄你。"

上官乐"咯咯"笑着，一屁股坐在沙发上，扭头看着任喜过的新房，嘴里却说："好好的咋就头疼了？我给你说，吃饱了要知道撂碗哩，可不敢弄过头了，受罪的是自己。"

任喜过想不到同为新娘子的上官乐，嘴是那么敞，啥话都说得出来。任喜过鼓了鼓勇气，和上官乐狡辩着："才不是呢！"

狡辩无力，竟还带出了任喜过的一声轻叹。上官乐警惕起来了，在听到那声轻微的叹气后仔细瞅了瞅任喜过，她注意到，任喜过的眼圈红红的，脸上甚少新娘子该有的幸福光彩。

上官乐把她掩饰不住的快乐收敛了起来，诧异地问："咋的了？"

这是个难以回答的问题呢，任喜过抿着嘴没说话。她端来盛着花生、瓜子和水果糖的小碟儿，放在沙发前的茶几上，往上官乐的面前推了推，让着上官乐说："咱吃瓜子。你看你都来了一会儿了，咱光顾了说话，倒把吃杂碎的事忘了。"

任喜过让着上官乐，自己也挨着她坐在沙发上。不过，她坐得小心翼翼，好像在这簇新的洞房，她倒不是主人似的。

上官乐来看任喜过的兴趣，顿时因为任喜过的举止和情绪消失了。初次碰面，她想她问得太多了，就把任喜过捧给她的茶啜了几口，又捏起几颗瓜子儿，在嘴里嗑着，说："我还要到西头的新娘子家里看看的。咱们一块儿来的谷寡婆村，都认识一下好。"

上官乐的猴性子，这时全都表露出来了。她说着话，屁股就先从沙发上抬起来，说："我走呀。"

兴许是受了上官乐的感染，情绪怏怏的任喜过也跟着上官乐从沙发上抬起屁股，说："要去一块儿去么，我跟你一搭走。"

上官乐睁大了眼睛，说："你不是头疼吗？"

任喜过不好意思地低了低头，说："这阵儿不疼了。"

上官乐在任喜过的脸上盯了一阵，突然笑了，说："好么，那咱走。"

临出新房门，上官乐却又拽住了任喜过，任喜过迷惑不解地说："咋的咧？"

上官乐说："你说咋！都是新人哩么，你看你的一头乱发，像个鸡窝似的，出去走到街上，你不怕人笑话你和凶鬼一样吗？快去把你的头发梳一下，梳齐整了。"

任喜过被上官乐这么直戳戳地说，一点儿都不觉得难为情，倒觉得这个快人快语的新娘子很合她的脾气，就打趣地说："我这么走出去，不正好是你一个衬托吗？你看你结婚那天，还有祭祖拜先人那晚，是多么让人眼红呀！"

上官乐听出了任喜过对她的艳羡，这可是她想要的效果哩。她催任喜过去梳头，自己先撩起绣花门帘，从新房出来，不意又看到贴在新房门上的喜联。

上官乐想，这该也是任喜过的公公谷正芳的手笔吧。

喜联曰：

今日咏桃夭四句
他年诵麟趾三章

如果不是热爱文学，如果不是对诗词特别敏感，是不能对这副喜联做出深刻的理解的。上官乐热爱文学，对诗词十分敏感，所以她只瞭过一眼，就知道这是一副取自《诗经》诗意的喜联。譬如上联所谓的"桃夭"，便出自《诗经·周南》中的一首诗，诗共三章，每章四句，是描述古代人婚嫁的诗歌，全诗为："桃之夭夭，灼灼其华。之子于归，宜其室家。桃之夭夭，有蕡其华。之子于归，宜其家室。桃之夭夭，其叶蓁蓁。之子于归，宜其家人。"比兴的手法，在诗歌中运用得真是太妙了——尽可能地渲染了春初时节举行婚礼的热闹和欢畅的气氛。艳美的桃花则隐喻新娘子的姿容。全诗一句赶一句，一声赶一声，祝愿新婚的人儿婚姻美满、家庭幸福。再譬如下联所谓"麟趾"，出自《诗经·周南》中的《麟之趾》一诗。这首诗不吝诗藻，着力颂扬"公子信厚"，并祈愿新婚夫妇恩恩爱爱，儿孙满堂。全诗亦为三章，一曰"麟之趾，振振公子，于嗟麟兮"；二曰"麟之定，振振公姓，于嗟麟兮"；三曰"麟之角，振振公族，于嗟麟兮"！任喜过家的喜联巧借《诗经》中的两首诗来拟写，没有点儿真功夫的人是不能做到的——切题切意自不待言，而言语之雍容古雅，实在叫上官乐感佩不已。

被上官乐取笑了两句，任喜过的情绪倒好转不少。她说说笑笑地梳了几下头，就从新房里出来了。

上官乐想要证实自己的猜想，问："你这喜联可是你家公公谷正芳写的？"

任喜过顺嘴应了一声："嗯，听说是他老人家的手笔。"

上官乐说："你遇着了一个有学问的好公公。"

任喜过不知上官乐的葫芦里卖的什么药，怕她又要落数自己，没敢再接话，就在前头领着路，和上官乐出了家门。

第十章

谷寡婆村的街巷并不长，没有经过严格的规划，曲曲拐拐，歪歪扭扭，两边填塞着一家一户的院落。各家头门伸前缩后，参差不齐，使人一眼看不到路的尽头。路面上拖拉机碾出的辙儿，以及行人在泥雨天踩出的脚窝，没有人去平整，冰雪污水冻得一疙瘩一疙瘩的。有牲口的人家，把他们饲养的牛呀、驴呀、骡马呀，从槽头上牵出来，拴在门前的牲口桩上，任由那不懂人事的牲口乱屙乱尿。家家户户的门前头，都有冬闲时拉回的土堆成的大土堆，今日垫圈，明日盖屎。大土堆旁往往又堆着一个大粪堆。这些土堆和粪堆，入侵着本就狭窄的街道，而且街两边的人都不甘示弱，你从这边侵入半步，他就从那边侵入一步，全都竞赛似的向街心占，使得过来过去的架子车和小四轮拖拉机，都像在跳动作难度很大的街舞，前扭腰、后摆臀，跳起来旋转，落地下打滚——非"舞林中人"，没法在这样的村街上驾驶机动车辆。怀了身孕的老母猪，活蹦乱跳的猪娃子，刚一头拱进这个土堆，抬起头，就又不歇气地拱进那个粪堆，满街巷游荡。若恰巧碰上一摊娃娃屎，它们便兴奋地摇头摆尾巴，若那屎是刚拉的，便"嗵嗵嗵嗵"大口地吞咽；若拉的时间长了，冻成了冰橛橛，它们也决不放弃，大嘴吻在屎堆上，把它吻热了，软和了，还是要吞咽下去的……街巷里的鸡又岂能落后，一群一群地飞撺来，尖叫着抢食。

上官乐几乎连眼睛都睁不开了。

在街巷上走了没几步，她刚才在任喜过家欣赏到两副绝妙喜联的好心情，已败坏得荡然无存。她跟在任喜过的背后，头都不敢抬地盯着脚底下，小心翼翼地在牲口的屁股后边转，在猪呀鸡呀的缝隙里过，生怕踩在牛屎猪尿上。

忍无可忍，上官乐埋怨了："这村子也太脏了。"

任喜过猜想上官乐的娘家在塬上，就说："你家在塬上吧？"

上官乐说："在塬上更上头呢。"

任喜过的娘家就在塬下的渭河边上，塬底靠河的村子都是这样，她是习以为常了，就给上官乐做解释："塬底下的活路忙，地皮湿，加上人口稠，是比不上你塬顶上干净么。"

上官乐不同意任喜过的解释，说："这是个习惯问题。真应该来一次卫生革命，革掉这要命的习惯。"

任喜过佩服上官乐的敢想敢说，便向她投去赞赏的一瞥。心里怎么想，就给上官乐怎么说，任喜过说："你要搞卫生革命？对的，真该来次卫生革命呢。可谁知道会是一个什么结果。"她这么说着，就拿眼睛去看上官乐的脸色。

满腔子的埋怨，使上官乐的肚子气鼓鼓的。任喜过瞥眼看着她，觉得自己刚说的话倒让愤怨的上官乐钦佩自己了，心里就很受用。任喜过这么来想上官乐，应该说只想对了一部分。她不知道，上官乐是想到了在县委宣传部当部长的哥。哥哥是一头沉的干部，他一个人在县上工作，家还安顿在农村。哥哥到过许多地方，县域内的城镇农村，他说他走遍了。一个地方的精神面貌如何，不需要打听别的，只消在那个地方走一走、转一转，便都知晓了。上官乐这么想着，又在心里埋怨起谷天明的老爹——她的公公谷大房。他老人家是怎么弄的？在谷寡婆村担任村支部书记，又兼着村主任，他就不能把村子的面貌改变一下吗？几十年的老干部了，是没有想到呢，还是缺少责任心？

虽然不能称为翻江倒海，但上官乐的心里还是非常激烈地思谋着，决心要和她的公公谷大房就村容村貌的问题说一说了。

路不好走是一码事，还有不少麻烦事要冲着上官乐和任喜过来。毕竟，她俩是刚嫁来的新娘子，刚过门就在街上悠闲地走，穿得新鲜亮堂，走得又扭腰摆臀，自然特别惹人。大人娃娃像得到什么号令似的，纷纷跑出门，站了一街两行，来看上官乐和任喜过的热闹。"三天没大小"，不断地有人拦住她俩，让她俩烧烟，让她俩行礼，让她俩叫爷叫婆……一伙儿碎娃，更是满脸鼻涕眼屎地跟在她们的屁股后边，一哇声地喊叫着：

> 高跟鞋，走街道，
>
> 低处歪，高处跛，
>
> 小心拧了新娃（新娘子）的腰。

任喜过的脸涨得通红。此刻，她真后悔冒冒失失地跟着上官乐跑到街上来。她想退回去，但前前后后地"侦察"一番，就知道退回去的困难更大。实诚的任喜过就只有规规矩矩的，人家让叫爷她就叫爷，人家让叫婆她就叫婆，此外还要烧烟、鞠躬……她给闹腾的村里人烧着烟、鞠着躬，又突然想起初婚的头一夜，大家没来她的家里耍房，现在该不是补课了？打心里说，任喜过倒是需要乡里乡党给她补上这一课的。心里有了这想法，她给围上来要她叫爷叫婆、烧烟鞠躬的人，就多了几分热情和耐心。上官乐与任喜过不一样，她想着的是：倒霉的新娘呀！谁兴下这么多的麻烦事儿？她想不通，便不去多想，只灵活地应付迎面而来的耍闹，和拥来的人们磨蹭着，趁着实诚的任喜过给人烧烟鞠躬的当儿，嘻嘻哈哈地笑着，躲闪着，从人们的围堵中滑过去了。可是，她顾得了头，却顾不得脚，稍一懈怠，就把脚上穿着的一双棕红色的新皮鞋踩在了一堆热气腾腾的牛屎上，气得她都要跳起来了。她迟疑了一下，眉头蹙了蹙，就飞起一脚，用糊了热牛屎的红皮鞋，朝着刚刚拉下热牛屎还悠闲自得的大犍牛的尻蛋子，狠狠地踢了上去。她踢了一脚还不解气，又换了一只脚，狠狠地往上踢……啊呀呀！这可怎么得了，大犍牛是活的，有血有肉的，被棕红色皮鞋钉了铁掌的高跟踹在尻蛋子上，感到了疼，沉闷地吼了一声，同时跳腾起来，把拴着缰绳的大牛坠石也带了起来。它胡跳乱窜，几乎要撞翻戏闹的人群。幸亏有人手快，赶紧拽住大犍子牛的鼻环，拼命地控制住几乎就要发疯的大犍子牛，才没有生出大的乱子。不过，这下倒好，围上来的村里人，都惊得一哇声地四散跑开，给任喜过和上官乐让出了很大的空间。她们趁乱跑出人群，一溜烟儿地往西街口上惠杏爱家跑了去。

跑得太急，任喜过便有些气喘，但她从心里感到了些许甜味。她真怕在街巷里走时，蜂拥而来的村里人，只撺着戏耍上官乐，把她冷冷清清地抛在一边，那才让人难堪、难受呢！

还好，谷寡婆村人并没有冷落任喜过，大家把她和上官乐一样待着哩。这么想着，任喜过幸福地笑了。

上官乐不知道任喜过为什么笑，就问："吃了喜娃他妈的奶咧？你笑，你笑。"

任喜过没有收敛她的笑，说："我要服你了！你看你，那两脚……差一点点要惹下麻烦哩。"

上官乐就也笑了。她笑着低下头来，看她穿在脚上的棕红色高跟皮鞋。因为猛烈地踢踹大犍子牛的尻子，她踩在皮鞋上的热牛屎倒踢踹掉了不少，仅剩下鞋帮上的一点点。为了棕红色皮鞋的容颜，上官乐站了下来，在冰冻得干硬的街巷上，"咣咣咣咣"跺着脚。

任喜过劝着上官乐，说："要干净等回家了再说，在这街巷上，就甭想要干净。"

之所以这么劝说上官乐，任喜过是担心四散开的村里人再次围拢上来，就没有刚才那么好脱身了。说不定挨了高跟鞋铁掌踢踹的大犍子牛的主家，还要找上官乐的麻烦，要她去给牛尻子挨踢的地方按摩哩。上官乐却不吃劝，还跺着脚埋怨着谷寡婆村的街巷。

上官乐说："等着好了，我一定要叫谷寡婆村街巷没有牛屎猪粪便。"

任喜过劝不住上官乐，就牵了她的手，往街西艰难地走去。拐过一个小弯，街巷直了些，任喜过和上官乐一抬头，远远地就看见和她们一起祭祖拜先人的惠杏爱，此刻就站在她家头门口，朝着脏脏乱乱的村口，焦急地眺望着。

新娘子任喜过和上官乐有所不知，半上午的时间里，惠杏爱已经是第三次出了头门，站在院门外焦急地眺望了。

惠杏爱的心"嗵嗵嗵嗵"地跳着，像是谷寡婆村的锣鼓队在皂角树下为了祭奠老祖宗而激情敲打，越跳越激烈，越跳越心慌。她安心不下来，总是不由自主地要从家里走出来，在门口上站一会儿，往通向村外的土路远望，望上一阵儿，又失望地走回去。可是，她在家里仅能停留那么一会儿，就又会由不得自己地走出来。

大妹子谷门环看见新嫂子魂不守舍，三番五次地往门口跑，就很认真地对她说："嫂子哎，你是到门上瞧望我哥哩吧？其实，你不用往出跑也能成，咱在院子听见拖拉机的突突声，就知道我哥回来了。"

诚恳而勤快的大妹子谷门环，没有任何耍笑新嫂子的意思。新嫂子来家几天，谷门环就打心眼里喜欢上了惠杏爱，觉得这位上过高中的新嫂子是那么惹人亲近。可是，听到大妹子谷门环那么一说，惠杏爱的脸还是红了。红潮迅速地浸染了她的脸庞，使她的脸像一枚熟透了的大红枣儿。

惠杏爱甚至不敢看大妹子谷门环一眼，只吭吭哧哧地说："……

不是的，真的，我是……"

惠杏爱想要哄住大妹子谷门环，但无法哄住自己的心。"我是……我是什么呢？"惠杏爱的心里最清楚，不是等新女婿谷门坎回来，又能是什么让她一趟一趟，失魂落魄，面红耳赤地往头门外跑呢？

到底是什么？惠杏爱给大妹子谷门环是说不出口的。

大妹子谷门环不戳破新嫂子惠杏爱心里的秘密，但她陪着新嫂子，寸步不离。新嫂子手里有活儿，扫院子，做饭烧火……做着做着，就成了谷门环手上的活儿。还有碎兄弟谷门栓，更是小尾巴一样，从新嫂子初婚的头一夜起，就要搂着新嫂子的脖子睡觉，还要搂着新嫂子的脖子听她给他讲故事……惠杏爱的故事真是不少，她讲了《卖火柴的小姑娘》，再讲《小矮人》，又讲《马兰花》《小蝌蚪找妈妈》……讲了一个又一个，惠杏爱越讲，小家伙越要缠着她再讲。这一晚，惠杏爱不厌其烦地给碎兄弟谷门栓讲着故事，讲到清早起来，她的心突然地狂跳起来，此外还有她的右眼皮，跟着她的心跳也很没出息地闪跳了起来。

左眼跳财，右眼跳祸。谷门坎怎么样呢？他在拉煤的路上可好？

惠杏爱成为谷门坎的新娘子，满打满算才到第三个日头上。新婚第二天清晨，谷门坎驾驶着小四轮拖拉机一上路，她的心就像拴在了谷门坎的身上。那么冷的天气，出车都一天一夜了，他连一件大衣也没有，在路上怎么熬呀？惠杏爱真是后悔，昨天清晨连口热汤也没给烧，就那么让他揣着两个蒸馍走了，一天一夜，再加一个上午，他在哪里吃饭呢？有口热汤喝吗？可不敢只啃干馍不喝热汤，那会坏了自己的身体的。"原来你怎么样，我惠杏爱管不着，现在我要管了，我不能让你冻坏了身体……"惠杏爱前想想，后想想，不知道产煤的北马坊在啥地方，又有多远。走时，他说早上走，晚上就回来了，可怎么耽误了这么长时间呢?

今日清晨起来,惠杏爱的耳畔老有小四轮拖拉机"突突突突"的响声。正是这拖拉机声,使她一趟又一趟地往头门外跑。别说大妹子谷门环要那样问她,就是她自己,也在心里嘲笑自己了。唉,真没出息,才刚刚过门来,怎么就那么想念女婿呢?不就是连衣服都没脱地在炕上滚了一夜,清晨起来说了几句话嘛!

一遍一遍地思量着,惠杏爱最后才想清楚,她是有许多话要给女婿谷门坎说呢。

仅仅三天时间,惠杏爱在这个新的家庭里,已经有了许多感受,也有了一些想法,她要告诉女婿谷门坎,咱家是个多么好的家庭啊!的确,咱家是贫困的,然而又是温暖的。一个外人走进来,睁眼就能看到咱家的贫困,但也很快就能感受到每一个家庭成员所表露出来的绵长而令人心烫的温暖。

昨天清晨,送女婿谷门坎出车后,该是做早饭的时候了,惠杏爱就往灶房里去。这不需要别的理由,对她来说,进了谷寡婆村,成了谷门坎的新娘子,她的身份就变了,再不是过去的高中生,也不是娘家门上的大姑娘,她无法更改地为人媳妇了。为人媳妇就不能偷懒耍滑,不能贪恋热被窝,就要操心一家三顿的吃喝,一家门里门外的活路。正是冬闲时节,门外的活路还没开,还不需要她用心,但门里的活儿是不断头的。从进了家门,她就得自觉地来担责任了。而且呢,在新的家庭里,她绝对不可以拿新人的架子,那是既对不住人,也对不住己的。在她的心头,始终压着一块沉重的大石头,那就是,她欠这一家人的东西太多了。正是因为她,这一家人才穷成了这个样子!她到这家门里来了,就只能用自己的辛勤劳动偿还欠债,就只能用自己的真情实意建设这个家庭……她刚要去问一问婆婆贾桂仙,早饭吃啥,可是大妹子谷门环,已经在灶房里忙开了。

惠杏爱往灶房里进，大妹子谷门环看见了，急忙堵在门口，两手撑着门框，高低不让她进。

情急了的谷门环说："好嫂子哩，你歇着去，歇着去。"

谷门环说："一点点早饭，动不了多少火，我一会会儿就烧好了。"

惠杏爱把手抚在大妹子谷门环的头上说："嫂子进门了，就该嫂子来做饭。"

谷门环说："谁定的规矩？我不管，过去一直是我做饭，以后还是我做饭。"

谷门环说："咱妈也说了，咱家不同于别人家，不耍使唤媳妇的排场。"

惠杏爱心头不由得一热，她掰着谷门环的手，几乎是央求地说："我的好妹子呀！那咱以后一块儿做饭，人手多了，也快一些。"

谷门环不能再拒绝了，只好让开灶房门，让新嫂子惠杏爱进来，和自己一块儿动手了。早饭是简单的，前天大办婚宴剩下的肉菜、剩下的蒸馍和面条还都没有吃完，搭配着热了热，就是一顿饭了。姑嫂俩在一搭儿，边热着饭边说话，言来语去，惠杏爱才知道，年仅十六岁的大妹子谷门环，竟然已经围着这锅台转了五六年了。开始在锅边转的时候，大妹子谷门环的个头矮，够不着锅，够不着案，就叫家里人在锅前和案前，用土坯砌了两个高台子，站在土台子上切菜炒菜，擀面下面……这有什么办法呢？她爹早不瘫痪，晚不瘫痪，偏就在生产队散伙的那一年瘫痪了——他接受生产队的指派，跟着公社拖拉机站的"东方红"拖拉机深翻队里的土地，连夜转，把自己熬乏了，竟然睡在了拖拉机牵引的钢铁犁架上。拖拉机耕地到了地头上，转弯时把他摔下去了，犁铧的大铁轮碾过他的脊背，当时就把他的脊椎骨碾断了……上医院治疗，回家来静养，五六年过去了，他腰以下总是没有知觉。他不疼不痒，就一直睡在炕上，嘴里常说的一句话是："老天咋不把我收了去？收了去还能给娃省两个。"老爹炕上一瘫，家里的大活，就都压在老妈贾桂仙的身上了。她这个谷寡婆村的老妇女主任，从来是个不认输的主。她心疼瘫痪的丈夫谷敬勤，又关爱她的一窝儿女，还想把日子过到人前去。她劝女儿谷门环退了学，接了家里的活儿，锅上案上忙着。那时候，谷门环才上小学四年级，还完全是个娃娃呀！她爹一瘫，懂事而能干的她，噙着眼泪听了她妈的话，啥话都没有说，就把她爱读的课本往屋里头的旮旯一塞，代替她妈操持起艰难的家务来了。做饭、洗衣服、喂猪、侍候炕上的老爹、照顾不谙世事的小弟弟，她什么时候有闲空的一刻呢？望着大妹子谷门环瘦仃仃的身子，惠杏爱的心里有说不出的酸楚。自己是上中学了，上了初中上高中，后来又还复读了，复读的花费里，不也有大妹子谷门环的汗水和泪水吗！

大妹子谷门环在惠杏爱的协助下，很快把饭菜热熟了。姑嫂俩把杂烩饭菜盛到碗里，搁在一张木制的条盘上，端到上房爹妈的炕边上，拿起筷子，一双一双架在碗口上，再递到爹妈的手上。之后，惠杏爱退出上房，回到灶房里，给自己舀了一碗饭，坐在风箱前的大草墩上。关中西府的习俗，几千年了，媳妇家吃饭的时候就在锅台边，端着碗有一口没一口，支棱起耳朵，聆听上房吃饭的声音，时刻准备着，有人放下碗，她就得迅速赶去，接过碗进灶房添了饭再端回去……这样的规矩，没人教，惠杏爱也是知道的，在娘家，两个嫂子谁不是这样呢？

可是，大妹子谷门环和小弟弟谷门栓一搭儿来灶房请惠杏爱了，说是爹妈说了，让她到上房里和大家一块儿吃哩，说她如果不去，爹和妈都会伤心的。

惠杏爱一开始是推脱的，推脱了半会儿，还是推脱不过去。小弟谷门栓叫着她"大姐"，拉着她的手，把她硬拉进了上房。大妹子谷门环给她端来了她的碗。

上房里静悄悄的，惠杏爱端进上房的饭碗和菜碟儿整齐地摆在炕头上。她先前在碗上架了筷子，把饭碗递到了公公谷敬勤和婆婆贾桂仙的手里，可她退回到灶房后，公公谷敬勤和婆婆贾桂仙又都把饭碗放了下来，等着惠杏爱一起来吃饭。婆婆贾桂仙这时端坐在炕上，旁边是也坐在炕上拥着被子的公公谷敬勤。两位老人都张着眼，热切地看着她，她的心头不由得一热，忙把拽着她手的小弟谷门栓抱起来，放在了热炕上。

惠杏爱热乎乎地说："爹，妈，吃饭吧，别放凉了。"

婆婆贾桂仙没有端碗，公公谷敬勤也没有端碗。惠杏爱还要像她刚把饭碗端进来时一样，把筷子架在碗口上往婆婆和公公手里递时，盘腿坐在炕头上的婆婆贾桂仙发话了。

婆婆贾桂仙轻轻地拍拍身边的炕席，说："他嫂子，你上来，坐到妈偏旁来。"

惠杏爱吃了一惊。她看过旁人，知道婆婆和媳妇从来都是一对解不开的冤家，婆婆很难把媳妇儿当女儿待；媳妇儿呢，也很难把婆婆当成娘亲待。心和心隔着肚皮，却像隔着万水千山，想不到一块儿，说不到一块儿。她自己的娘家妈，和两个嫂子总是生分着，没有一天不打肚皮仗，把她们打得无一人不筋疲力尽、遍体鳞伤。在嫁进谷门坎家之前，惠杏爱总结娘家屋里的情况，和她平时听到的情况，对她进了谷门坎的家门后要面对的婆婆，是怀着许多忌惮的。可嫁来三天不到，惠杏爱发现婆婆贾桂仙是个明白人——当了多年的村妇女主任，婆婆历练得很有心智，在公众心目中很有威信。这从昨晚婆婆主持她们新娘子祭祖拜先人的活动上可以看得很清楚，她不紧不慢，有板有眼，主持得非常成功、非常好。回到家里来，她也不端婆婆的架子，事事处处，塌下心把惠杏爱当女儿待呢。惠杏爱这么想着，就把她感激的目光在婆婆的脸上多停留了一会儿。她看见盘腿坐在炕上的婆婆，因为操劳和辛苦而如核桃皮似的老脸上，满是慈祥。婆婆笑着，横七竖八的刀刻般的皱纹舒展开来，像灌注了蜂糖一样甜蜜。

迟疑着的惠杏爱感激得都快流泪了。婆婆贾桂仙善解人意地又拍了拍她身边的席子，说："好他嫂子哩，你上来么。"

惠杏爱却还想着一个过门媳妇的职责——吃饭时要操心公公婆婆和兄弟姊妹的碗筷，就没顺从婆婆贾桂仙心意，而是说："我就立在脚地吃，让门环和门栓都上去，他们小，炕上暖和。"

婆婆贾桂仙依然温暖地笑着说："好他嫂子哩，我说了，咱这小门小户人家，没那么多讲究。你上炕来，坐到妈的偏旁来，妈有话给你说。"

惠杏爱犹豫着还是不肯上炕——进门不几天的时间，婆婆贾桂仙把"咱屋那些规矩"之类的话说了几遍了。"我的个好婆婆哩……"惠杏爱在心里感叹着时，碎兄弟谷门栓爬上了炕，拉了她的手往上拉，身后呢，大妹子谷门环还帮着把她往炕上推，惠杏爱拗不过了，这才上炕坐到婆婆身边。

惠杏爱感到奇怪，自己一坐到婆婆身边，就浑身发热，汗也似乎要流出来了。她先轻轻端起公公面前的饭碗，双手捧给公公，让他接住了，再腾出手来，轻轻地端起婆婆面前的饭碗，双手捧到婆婆的面前，让婆婆接住了。

因为感激，惠杏爱给公公婆婆端碗的手微微抖动着，她说："看饭着凉了。爹，妈，您二老快吃。"

公公谷敬勤和婆婆贾桂仙都把饭碗接到手了，竹筷也捉到了手里，却都还不张嘴。公公因为长期卧床，脸色是蜡黄的，却病恹恹地泛着一种特殊的潮红。公公谷敬勤偏头看着相依为命了大半辈子的贾桂仙，嘴唇颤抖着，想要说话，却一言都说不出来。本来嘛，家里的话都是婆婆贾桂仙来说的。婆婆贾桂仙接过了公公谷敬勤的目光，在惠杏爱的脸上扫过，然后对着把惠杏爱拉上炕后又跳下脚地的谷门栓叫了一声。

婆婆贾桂仙的声音变凝重了。她叫："门栓。"

活泼而极富心眼儿的谷门栓欢笑着应答了一声。

婆婆的眼神又落在谷门环的身上了。她叫："门环。"

谷门环看着娘亲贾桂仙，也欢快地答应了一声。

"我给你们说哩。"婆婆贾桂仙这么开始了她的话，像极了一个长期做村妇女主任工作的人的腔调。她说了，"你哥他们经常在外跑车，你嫂子才进门，啥啥都还不熟，你们要放勤快，要多帮助你嫂子做活，要多帮助你嫂子操心。你嫂子是上了高中的人，虽说比你们大，可也大不到哪里去，在我的眼里，她也是个娃娃。可你们要敬她呢，长嫂比母，你们敬你嫂子，就是敬你妈我哩。要听你嫂子的指拨……咱们家里，不是我说话难听，你们老爹是盏大风里的灯，说不准哪一阵风吹来，就会把你们老爹这盏灯给吹灭了。我个人呢，看上去风风火火、能颠能跑，颠颠跑跑许多年，也快要颠跑不动了，顾得了家里，顾不得家外，顾得了家外，又顾不了家里。现如今，你嫂子来了，在咱屋里就是咱一门人，就是替你们理事哩，她的话就和我的话一样，你们都要小心听呢……今日个，我就把话撂在这里，你们记下了没？"

谷门环和谷门栓齐声应答着："妈，我们记下了。"

婆婆贾桂仙强调了一句："记下了好，记牢。"

公公谷敬勤的脸上，难得地露出一丝笑容，他不说一句话，但他显然同意婆婆贾桂仙说的那一河滩话。他浅浅地笑着，一下一下地点着头。

婆婆贾桂仙说得似乎还不尽兴，她又放下饭碗，扭回头来，双手捉住惠杏爱的一条胳膊，把她拉过来，跟自己坐得更近一些，然后认真而诚恳地说："杏爱，你兄弟门墩、门栓，你妹子门环，他们要有啥错处不妥处，你就要管教哩。你是替妈我管教哩，该打该骂你看着办，你识字，保准比妈会管教，会把咱屋里的事都管好。"

　　婆婆贾桂仙的话，丁是丁，卯是卯，全都砸在了惠杏爱的心里。有种热乎乎却又带着些酸酸涩涩味道的情愫，在她的胸膛里涌动，使她感到喉头发紧，眼睛发酸，她赶紧低下头去，硬忍住不让眼泪流出来。她无论如何都没想到，婆婆贾桂仙在她刚刚踏进这个家庭时，就对她如此信赖，这几乎是要把这个家里的几个弟妹，一起托给她了呀！自己的娘家，一而再，再而三地索要彩礼，给这个家庭带来了多么大的困难啊，惠杏爱是带着还债的念头嫁过来的，她认为今后在这屋里，在公公婆婆和弟妹们面前是不好做人的。可是，她的婆婆贾桂仙咋会不记过去，这么看得起自己呢？她被深深地感动了……她感到了被亲人信任的幸福和喜悦，同时，也有了种从未体验过的负重感。今后，她要为这个家庭负起责任来，献出自己的全部智慧和力气。

　　二十一岁的惠杏爱，就在这吃早饭的辰光里，深刻地感觉到，不管幸福与否、富裕与否，当然还不管苦难与伤痛与否，今生今世，对于这个家庭，她都不会推卸责任。

　　惠杏爱端起了饭碗，眼泪落在了饭汤里，被她和着饭，一起咽了下去。

　　人真是个怪东西，从昨天的那顿早饭以后，惠杏爱考虑问题，就再也离不开这个可爱的家庭了。她首先想到，要把自己新房里的家具搬一些出来，送到公公婆婆的上房里去。她看明白了，新房里的老式银柜、箱子和椅子，此前应该是公公婆婆上房里的物件，为了她新房里的充实，才腾空搬过来的。惠杏爱想："我怎么能图了自己的排场，而让老人的房子里空空荡荡呢？"一个问题考虑出了结果，她又要考虑下一个问题，她考虑到，该给家里喂上猪，喂上羊，喂上兔子，自然还要喂上一群鸡……这些能来财的门路，一样都不能缺。她要使这个贫困的家庭发生变化，就要脚踏实地，从这些看得见、摸得着的笨办法开始。惠杏爱把这些想了又想，愣憋在肚子里没往出说，她是要等女婿谷门坎出车回来告诉他，和他商量了之后再告诉公公婆婆。

盼望着谷门坎赶快回家，惠杏爱就又想起了他出车时的寒冷。一件棉衣，怎么能抵抗清晨刺骨的寒风呢？

惠杏爱稍一思量，便毫不犹豫地脱下棉袄，又脱下套在棉袄下边的毛衣，扯出一个线头，就"滋啦啦——滋啦啦——"一圈一圈地拆开了。

像条尾巴似的一直跟着惠杏爱的谷门栓惊叫了起来："大姐，你咋把新新的衣服往开扯呢？"

惠杏爱只是甜蜜地笑着，没有搭理谷门栓。可是，正在院子里往铁丝上晒衣服的大妹子谷门环听见了，跑进惠杏爱的新房里，忙忙地问："嫂子哎，这是你刚穿身上的新毛衣呢，穿了才几天，你咋拆了呀？"

惠杏爱踟蹰了好一阵，才说："你不见你哥清早出车，光身子穿一件老棉袄，那可是太冷了。"

原本吃惊地看着惠杏爱的谷门环，听懂了新嫂子的心思，就要阻挡嫂子了。她说："你可不能为想着我哥，把你又冻上了。"

惠杏爱的大红毛衣，确实是她的新嫁衣。在这件漂亮的毛衣上身之前，她也没穿过很像样的好毛衣。所以说，她是非常爱惜这件毛衣的。她决心拆了毛衣给女婿谷门坎再织，心里也有一阵不忍，可当她拆开一条线头，便没有了障碍，迅速地就拆掉了一条袖筒……大妹子谷门环想要阻挡她，看来是阻挡不住了。惠杏爱不歇手地拆，拆得还留着体温的大红毛衣像只受了惊的小动物，在她的手里翻转跳跃。看得心惊肉跳的大妹子谷门环伸手去夺，夺到手了，线头却还在惠杏爱的手里，并没能阻止她继续拆。

坚持拆着毛衣的惠杏爱说："拆了给你哥织成背心，他穿上能扛一点风寒。"

谷门环扑上去，抱住了惠杏爱的胳膊，央求着她说："你再甭拆了，我的嫂子哩。好好的，还是你穿合适……我那有一斤毛线，给我哥织上就是了。"

惠杏爱抬起头来，看着激动的大妹子谷门环，略一思量就明白了。大妹子谷门环说她有一斤毛线，那一定是她没嫁过去的婆家送来的，是要她出嫁时织了穿的。唉唉……惠杏爱在心里感叹着，自己有一个多么好的妹子啊！惠杏爱是宁可损失自己的喜爱，也不能损失了大妹子的所爱的。她摇摇头，推开大妹子谷门环抱她胳膊的手，劝说大妹子谷门环。

惠杏爱说："你那一斤毛线，是婆家送来的吧？"

大妹子谷门环不摇头，也不点头。

惠杏爱就笑了，说："你好生留下吧，以后你有用的。我这件已经拆开了，拆开了就用我的织。"

大妹子谷门环犟不过新嫂子惠杏爱，就很无奈地看着她把毛衣拆完，化了洗衣粉，用水泡着洗过，挂在院子里撵着太阳光照晒。做了这一件事，惠杏爱又觉得心跳心慌，忍耐不住，一遍又一遍地跑到头门口上去眺望，等待出门未归的女婿谷门坎……他回来了，别的不说，惠杏爱要量他的体格哩，量过了好给他织毛背心。

早一天织好，他清早出车就能少挨一天的冷。唉，也不知那些毛线够不够给他织一件毛背心。

惠杏爱不断地出了头门眺望，没有望见女婿谷门坎，却望见了来找她的村里另外两个新娘子。

　　她们是不同村却同一天出嫁的姐妹，同一天来到谷寡婆村的新娘子，这使她对她们有着一种自然的亲切感。才过门第三天，她没怎么想她俩，她俩倒是心长，结伴跑到西头来看自己了。这更使淳厚善良的惠杏爱感激而快乐。她暂时压下望不见女婿谷门坎的焦急心情，来招呼上官乐和任喜过了。

　　三个女人一台戏。那么上官乐、任喜过、惠杏爱她们三个新娘子在一起呢？就是一出未经排演却表演得默契的新戏了。她们一碰面，就笑着、闹着、嚷着了。惠杏爱把她俩让进自己的新房，取出瓜子、糖果、茶水招待她俩，安静的小院，立即像麻雀窝里戳了一扁担，哗哗啦啦热闹起来了。

第十一章

还能说什么话题呢？自然是三个新娘子的新女婿们了。

上官乐、任喜过和惠杏爱首先大声地品评对方的女婿，说着她们各自婚姻的根根梢梢。惠杏爱的婚姻平淡无奇，是自小由两家老人订下的，就像农村里千篇一律的庄稼院一样，几乎没有什么可以说道的。任喜过和她女婿家由于历史的原因，过去都是受排挤和压制的人家，有人说合，彼此觉着门当户对，便成了一门亲事。上官乐和惠杏爱听了任喜过的婚姻都说好，过去的戴帽分子可都是一方能人呢，没本事、没才华，想戴"帽子"还没人给你戴哩。现在好了，"帽子"一脱，把本事和才华往出一使，就又是一方能人了。"任喜过你就等着吧，你是有好日子过的。"俩人这么说，任喜过心里酸酸的，却也觉得很是安慰，就啥话也没往出说。让任喜过和惠杏爱称赞和羡慕的是上官乐的婚姻：小两口是高中同学，自由恋爱。公公谷大房是村里的支书，一村的"霸王"呀！还有她的亲哥哥，在县委宣传部当部长，这可是多大的面子啊！上官乐简直是一脚踏进了福窝里，没啥好挑剔的了。上官乐被任喜过和惠杏爱说得几乎合不拢嘴，就只有甜蜜地笑了。她笑着，又不小心说到她热爱诗歌创作，她女婿谷梦梦热爱小说创作，更把任喜过和惠杏爱羡慕得不得了，夸他俩是志同道合、天造地设的一对子——"老天爷太偏心眼了，把好事都往你的头上堆哩"。话说到这里起了个高潮，屋子里闹闹哄哄的，引来了惠杏爱的大妹子谷门环、碎兄弟谷门栓。他俩的到来，势必影响新娘子们说话的兴趣。她们停下话头，喝了两口水，嗑了几颗瓜子儿，你瞥我一眼，我回你一眼，分明还有话说。惠杏爱可不笨，她把大妹子谷门环和碎兄弟谷门栓指拨了出去，让他俩一个去看后院喂的猪是不是饿了，要补喂就喂一顿；一个到头门口去看他大哥他们出车回来没有，回来了就给她传话。谷门环和谷门栓不知有诈，都按照嫂子惠杏爱的指拨，乖乖地去了。这又惹得上官乐和任喜过说惠杏爱了，说她可是本事不小，一来就把家当上了。惠杏爱嗔怪地说她们"歹人不识好人心"，指拨走两个"电灯泡儿"，大家好说话呀。于是三个新娘子都笑，笑着说着，笑声低了，语声也低了，好像是几只蚊子在叫。这是因为，她们相互探询起初婚晚上的神秘情形来了。惠杏爱在自己的新房里，她有这个主动权，她给任喜过卖了一个眼色，俩人心领神会，各捉了上官乐的一条胳膊，拧着扭着让她坦白交代。上官乐就不是个扭捏的人，没有她俩拧扭拷问，她都可能耐不住要说哩。因此，只被她俩拧扭了一会儿，她就红着脸交代了，坦白地说她的新女婿谷天明就是一头秦岭山里跑出来的豹子，晚上能把她吞到嘴里吃了去。有衣服罩着哩，大家看不见，也不能看——她的身上青一块，紫一块，都是谷天明的嘴巴吸吮啃咬出来的。不过有点儿奇怪，过去，身上有点儿青红瘀痕，就把人疼得受不得，他个豹子吸吮啃咬的青肿疙瘩，咋就不疼呢？上官乐坦白了自己的，就要惠杏爱和任喜过交代她们的。任喜过交代了，却只交代了一句话，说只要是狼都一样，哪还有不吃人的。惠杏爱不愿说，便搪塞着给上官乐和任喜过续水抓瓜子。但她俩坦白了自己的事，又岂能容忍惠杏爱蒙混过关？就像起初惠杏爱和任喜过一样，上官乐和任喜过也一左一右，扭住了惠杏爱的胳膊，拧着扭着要她交代。实在扛不过，惠杏爱说了，说她还是一个她，女婿谷门坎就没工夫来碰她，都是他的碎兄弟谷门栓，像条小蛇一样，两个晚上都箍着她的脖子睡觉哩。

啊呀呀！我的个神神呀，怎么能是这样的呢？

上官乐和任喜过惊叹着，很自然地把话题转到昨晚祭祖拜先人的事上去了。一结婚，先祭祖，别的地方有这事吗？没有听说过。所以说，这风俗该是出奇的，而且祭拜的老祖宗，是一位孤苦伶仃的寡居老婆婆，这就更要叫人称奇了，是奇而又奇的事哩。

因为任喜过的公公谷正芳在关键的时刻偷偷藏了老祖宗谷寡婆的挂像，又在下一个关键的时刻献出来，这才临时性建起了谷寡婆宗祠，上官乐就有话问任喜过了。

上官乐说："你家老爷子倒是个有文化的人，给你结婚拟写的喜联，那可是妙得盖了帽儿。人说先睹为快，你说，他献出偷藏的谷寡婆挂像时，你先见着了没有？"

任喜过说："我倒是想先见的，可是老爷子没给我机会。"

上官乐说："那咱们俩是同一时间看到的。"

任喜过说："可不是吗。咱们俩祭祖拜先人，起初我心慌得不知如何是好，听着杏爱婆婆的喝令，叫上香就上香，叫吊表就吊表，叫磕头就磕头，一直不敢搭眼看咱的老祖宗谷寡婆。直到后来，祭拜仪式结束了，我才抬头看了挂在墙上的谷寡婆，老祖宗她还缠了碎脚呢！三寸金莲，哦哦，那么碎的一双脚！你们说，老祖宗她是从哪儿来的？怎么就走到咱这里来了？还有，她膝下的那个娃娃是怎么有的？他有爹吗？他爹是谁呀？"

惠杏爱截住了任喜过的话头，说："唉呀呀，我说喜过，你脑子里咋那么多问题。听我说，咱们可不敢乱猜自己老祖宗的事哩。她从哪里来，膝下的娃娃是怎么有的都不要紧，要紧的是老祖宗千辛万苦，衔草和泥，开辟了谷寡婆村，村里的后人敬重她，咱跟上敬重就对了，可是不敢瞎猜疑。"

挨了惠杏爱一顿呛，任喜过一点儿都不觉得委屈，反而觉得她这人好，有良心，就满心喜悦地腆着脸冲惠杏爱笑着说："你说得对。"

上官乐有强烈的表现欲，任何时候，任何地方，她都要抢在人先，成为谈话做事的中心。任喜过和惠杏爱说着话，没把她扯进来，她就要自己往上冲。而且，她一开口就非同凡响。

上官乐说："依我看呀，你俩争论的都不在点子上。"

她的这一否定，让任喜过和惠杏爱都有些发愣。上官乐把发愣的俩人各扫一眼，觉得俩人太认真、太较真，就"扑哧"一笑，说开了："你们别那么认真好不好？也许，根本就没有老祖宗谷寡婆这个人。我们都是读了书的现代知识分子，你们难道不知道，咱们中华民族的历史，以及民间传说中的人物，被证实的有几个？人头蛇身子，马首人样子，神神鬼鬼一大堆，不都是经人杜撰后传说下来的，谁敢保证咱们的老祖宗谷寡婆不是虚构出来的人物？"

上官乐语出惊人。要说刚才，惠杏爱和任喜过被上官乐的开篇话弄得发愣，到她下来说了这一堆话，她俩就只有心惊肉跳了。对自己的老祖宗，咋敢这么怀疑，咋能这么说呢？

惠杏爱惊慌得都要去捂上官乐的嘴了。她说："不是的，不是的，哪有给自己杜撰老祖宗的事呢？肯定没有。"

任喜过附和："你太胆大了！小心惹了老祖宗，让你有好果子吃。"

上官乐一通惊世骇俗的论说，像是把她说累了，她委顿了精神，嗑着瓜子"补养"起来。她嗑瓜子的水平可是高哩：手捏着一颗瓜子，轻轻送进红唇之间，也没见她牙齿怎么动，瓜子儿已裂成两瓣，瓜子里的仁儿，已经滑进她的嘴里，在牙齿上被有滋有味地嚼着了。

空空的瓜子壳，上官乐是不随手扔的，她一颗连着一颗，摆在面前的茶几上，摆了一行一行又一行，有长有短，仿佛她写的自由体诗。上官乐是不服气惠杏爱和任喜过对她的否定的，她在想怎么反击她俩，战胜她俩。同是嫁到谷寡婆村来的新娘子，上官乐哪能头一次扯闲就败在另外两个新娘子手里？

用瓜子壳在茶几上"写"着"诗行"的上官乐，用眼角儿斜睨着惠杏爱和任喜过，说："就算不是杜撰的传说吧，老祖宗谷寡婆也是个矛盾的人哩。一方面，老人家忍辱负重，创造了咱这里一方水土，是位可亲可敬的中国妇女。另一方面呢，她又是个不遵守封建道德礼教，叛逆的人，说难听一点儿，就是个缠了碎脚还红杏出墙的女人哩。不然，咋会一个人跑到荒寂的渭河滩上来生娃娃？这说明什么？说明这女人是有了私情而私奔了的。你俩说，事实是不是这样？"

惠杏爱截住上官乐的话，说："我劝你，再甭胡说了，谷寡婆可不是让你胡评论的，她是咱们的老祖宗啊！咱们都在老人家挂像前祭拜了她，你还这么胡评乱论，小心外人听见了，要教训你这胡言乱语的媳妇呢！"

任喜过帮着惠杏爱的腔，说："对对对，杏爱说得对。"

这就是上官乐的胜利了，她要的就是惠杏爱和任喜过急赤白脸的样子。于是，她毫不在乎地"咯咯"笑着，又一次语出惊人："其实，我佩服的正是老祖宗谷寡婆的这一点哩。她敢从封建的家里跑出来，敢有自己的私生子，敢在荒寂的渭河滩上创建自己的家园，不正证明她为自己的幸福追求过、奋斗过？在这一点上，她也算是妇女追求自由平等、追求自由解放的先驱呢！"

惠杏爱和任喜过紧张的神情舒缓下来了。

上官乐瞧着她俩，又不无揶揄地说："怎么样？这么说你俩以为如何？"

惠杏爱沉默了一会儿，说："我有我对谷寡婆的理解。我佩服的是她身上传统女性的坚韧不拔，不论顺境，还是逆境，她都不失自己对后辈儿孙伟大的爱。你思量呀，她孤身一人，苦守渭河荒滩，创造了一个村子，有了这么多后代，是多么伟大。我们还能怎样呢？只能无怨无悔，无条件地以她为楷模，学习她，像她一样建设发展谷寡婆村。"

上官乐扭头问任喜过："听见了吗？你呢？"

任喜过像是凝神思索着啥，眼睛是湿润的。她听上官乐问她，便答非所问地说："你瓜子嗑得太有水平了。"

惠杏爱大概不满意任喜过对上官乐所问的回答，还想再说什么时，却突然听到头门外的街巷上一片混乱，汽车的鸣笛声，纷沓奔跑的脚步声，惊诧裂魂的喊叫声，汇成一股骇人的声浪，向自己的家门口来了。

三个新娘子一起收住了话头，惊慌地站起来，透过窗口，他们看见一个满脸糊着血的人跑进了院子，哀痛欲绝地喊叫："我哥没命了！"

脸上糊血的人是惠杏爱的二弟谷门墩，他报告的消息，不仅使惠杏爱的身子一摇，软软地瘫在了沙发上，还使陪着惠杏爱说话的上官乐和任喜过，以及上房炕上的公公谷敬勤和婆婆贾桂仙都像被抽了筋一样，软在原地，一动不能动。

晴空中的一声霹雳呀！

新婚的谷门坎在去北马坊煤矿拉煤的途中，翻车身亡了！

运送谷门坎的尸体回谷寡婆村的汽车，是邻县公路交通管理站的同志临时挡下来征用的。谷门坎的二弟谷门墩引路，汽车在他家头门口停下来，还没有停稳，谷门墩就血头血脸地跳下车，冲进家门大喊大叫。随车来的交管工作人员和拥上来的谷寡婆村人，合伙从汽车上把谷门坎的尸体搬下来，放在了贴着新婚喜联的家门口。陪同来的交管工作人员，穿着制服，戴着大檐帽，在人群里打问村上的支书。这是他们的经验了——遇到这样的恶性交通事故，找当事人所在地的"头头"，让他们出面协助，事情总要好办一些。村支书兼村主任谷大房，当时不在人伙里，交管工作人员问，大家就七嘴八舌地给他们指路，他们就顺着大家所说的方向找去了。没走几步，他们迎面碰到了谷冬梅，她庄严的气势和肃穆的神情，让交管工作人员，把她误认为村里的"头头"了。

他们问谷冬梅："您是……村支书……村主任？"

谷冬梅大方地说："支书、主任很重要吗，啊？说吧，怎么回事。"

被谷冬梅呛了一头，他们却没有恼的意思，相反却都像找到了主心骨似的给谷冬梅说了事情的来龙去脉。他们说了，谷门坎是昨天下午出事的。不知怎么的，小四轮拖拉机拉着煤翻下了深山公路，四轮朝天地躺在几十丈深的干沟里。刚过年，路上车辆稀少，直到昨天日头落山，有个叫陈增强的小伙子，开着台小四轮拖拉机路过，这才发现翻了的拖拉机。当时，谷门坎压在拖拉机下，他弟弟一脸血地在扒拉煤块，哭着喊着要把他哥拉出来。陈增强是个好小伙儿，他放下自己的事情，下到沟底，想要帮助谷门墩救他哥。谷门墩吧，他哥翻车到沟里了，陈增强来帮他，他却表现得像是认为是陈增强害了他哥，把他哥撞到沟里去了一样，要和陈增强干架。你看谷门墩的身坯子，多么强壮魁梧啊，陈增强又多么单薄瘦弱，帮谷门墩救他哥，反被他一头顶得伤了两条肋骨。"小伙子不错，他没有因为谷门墩的瞎闹撒手不管，跑了几十公里的山路，通知了我们公路交通管理站。我们赶去时，谷门墩还拉开架势，要拿头顶我们呢！"给谷冬梅交代情况的交管工作人员说，"事情就是这样。昨天晚上，陈增强忍着肋骨疼，在半山上的西北风里守了整整一夜，今天早上把人搬上沟，挡住了一辆过路汽车，这才把谷门坎拉回来了。"他公事公办地给谷冬梅交代了这一切，又把从谷门坎身上找出来的红本儿拖拉机驾驶证，和一个烤过了但没吃完的冷蒸馍，递到谷冬梅的手里，就辞别谷冬梅，回到谷门坎家门口，坐进那辆运送谷门坎回家的汽车，准备和同事一起搭乘离开了。

谷冬梅礼貌地招呼说："咋这么急呢，不喝一口热汤吗？"

几位同志到这时才猛地想起什么，从汽车驾驶舱里探出头来说："汤不喝了。有一张票你看看，我们不能让人家非亲非故的汽车司机做公益吧。"

谷冬梅接过票一看，上面开着四十八元的运输费，她二话没说，翻着自己的衣兜，找出几张十元的纸币，交给探出脑袋的交管工作人员。

交管工作人员认真地数着钱，说："谷门墩……嗨，谷门坎的这个兄弟呀，脑子是不是不好使？"

谷冬梅听不得交管工作人员的这句话，就给他们挥了挥手，说了声谢谢，要打发他们走了。

谷大房在家里喝着罐罐茶，听到消息也赶来了。他一来就往运送谷门坎尸体的汽车跟前撵，因此，谷冬梅的举动以及她和交管工作人员的对话，他都看清楚了，也听清楚了。在这样的时刻，谷大房是不能不尽他的责任的，他挨在谷冬梅的身边，插话感谢交管工作人员。他还拉住交管工作人员数钱的手腕，硬要把他们从车上拉下来，拉到他家里去，给他们生火做饭。

谷大房给交管工作人员自我介绍说："我是村支书，我是村主任。"

交管工作人员愣了愣，把谷大房和谷冬梅各瞄了一眼，有点儿解嘲似的说："你是村支书、村主任。她是……她肯定是管支书和村主任的人了。"

谷大房拉着交管工作人员的手，稍一松劲就落了下来。他还想再说什么时，本就发动了的汽车猛轰了一脚油门，挂上挡向前开走了。

汽车开走了好一阵子，几乎看不见了，谷大房还想着交管工作人员说的话。他心里觉得怪怪的，脸上挂不住，便低了头，目光躲着谷冬梅，像是问自己，又像问谷冬梅："门坎回来了，他的小四轮拖拉机呢？嗯，我该问一问交管的同志，谷门坎的小四轮拖拉机在哪里。对于这个苦难深重的家庭，那台小四轮拖拉机可是很重要哩。"唉唉唉！贾桂仙的大娃殁了，搁在谷寡婆村，就是村里出了人命！

谷冬梅不是小肚鸡肠的人，她不在乎交管工作人员说了啥，也不在乎谷大房抢风头，她为当年的好搭档贾桂仙难受着。她没有什么计较的，她想的是，眼目脚下，首要要先解决好谷门坎死亡的善后问题。这可是打破谁的头，都没法料想的棘手事哩！前天才办了喜事的人家，过了一天，到了第三天，竟又有场恶丧！而恶丧的死者竟就是初婚的新郎官谷门坎！

老天爷呀，你不睁开眼看看，你这弄的到底是啥事吗？

谷冬梅为贾桂仙难受得不知怎么才好。这个突如其来的灾难，降落到她的头上，可是太残忍了！

作为死难者娘亲的贾桂仙，噩耗传到她耳朵里时，她正坐在上房炕上陪着她瘫痪的丈夫谷敬勤说话。两位老人对嫁进门来的惠杏爱可是太喜欢了，觉得这个高中毕业的媳妇，真是没得挑。他俩说的话，没一句不是夸他们的儿子谷门坎命好，前世烧了高香，今世娶回这么一个有知识、明道理的媳妇，这要旺三代人哩。他家以后可要善待他们的好媳妇惠杏爱……正口里像含了糖块儿一样甜蜜蜜说着话时，跟着谷门坎一起上北马坊拉煤的二娃谷门墩血头血脸跑回家，一连声喊叫他哥命没了，当下把瘫痪在炕上的老父亲唬吓得坐起了身子，把坐在炕上的老娘亲贾桂仙唬吓得瘫躺在炕上，喊了声"命苦的我娃呀！"就咬紧了牙哭。她哭得太惨烈了，破命似的号了一声后，就像被一根绳子勒住了脖子，只剩下从齿缝和嘴唇角呼噜呼噜地喘气了。与此同时，她的胳膊和手颤抖着，腿和脚也颤抖着，脸色先还白着，然后一点点地转红，很快又转成了青色……谷门环和谷门栓听了他们二哥的哭喊，当下亦大哭起来，疯了似的，都向头门外扑了去。

谷门墩哭喊着扑进爹娘住着的上房，他不知娘亲贾桂仙已被噩耗打击得犯了心脏病，还抓住娘亲的身子，又是摇，又是晃，嘴里依然没命地喊叫不停。

谷门墩哭喊着："我哥殁了！我哥殁了！"

发现了问题的是老爹谷敬勤。久病成良医，说的可能就是他的这种情况：丧子之痛突然袭来，让瘫痪在炕的他，震惊哀痛的同时，一心想着能用他的命替下大娃谷门坎的命多好！可他念头才起，还来不及痛哭流涕，就眼睛偏了偏，去寻他的老伴儿贾桂仙了……这是长期生活在一起养成的习惯哩，事情摊到头上，为丈夫的谷敬勤自己常常拿不了主意，也不会拿主意，都是孩儿他娘贾桂仙出的头，她要是乐了，大家乐，她要是哀了，大家哀，谷敬勤必须看清楚老伴儿的神色，才能跟上走。正是他在慌忙失措与哀痛中偏头向老伴贾桂仙寻求主意时，发现贾桂仙也出问题了。

这可不是小问题呢！是在大娃殁了后，可能叠加着再出了一条人命的大问题！

老爹谷敬勤是真急了，他坐着挪不动，就把炕上的一个枕头拿起来，砸到二娃谷门墩的头上，吼骂他："你哥没命了，你还想把你妈摇死吗？"

犯着傻的谷门墩被老爹谷敬勤吼骂得不摇晃他妈贾桂仙了，他恭呆呆地站在脚地上，半张着嘴，一动不动，像一根失去生命的粗木头，这就更加显出了他的傻。

大妹子谷门环和碎兄弟谷门栓，扑出头门，见到了大哥谷门坎血淋淋的惨状，没敢多看，就又背过脸跑进头门，哭喊着一头撞进父母的上房来，却又看见了瘫在炕上叫不灵醒的娘亲贾桂仙，以及慌神失惊的老爹谷敬勤。他们于是站在二哥谷门墩的身边，想哭不敢哭，想喊不敢喊，只轻轻地叫着。

谷门环轻声叫着："妈。妈。"

谷门栓轻声叫着："妈。妈。"

可是巴心巴肉爱着他们，为他们没黑没夜，里里外外操劳的娘亲贾桂仙却不答应他们。

极度的震惊和哀伤，导致刚强了一生，也困苦了一生的贾桂仙突发心脏病，张不开嘴了。

第十二章

　　惠杏爱不知道自己是怎么跑出头门来的，当她一眼看见从汽车上搬下来的谷门坎的尸体时，她的所有感觉都空了，眼前像扯开了一块铺天盖地的白布，挡住了她的视觉和听觉，同时阻住了她的呼吸，她就像一个活生生的人身上突然什么都不存在了一般！跟着她跑出来的上官乐和任喜过，立即伸出手来，一人抓住她的一条胳膊，挽扶着她，随着她踉踉跄跄、跌跌绊绊地往谷门坎的血身子跟前扑。

　　上官乐和任喜过也是哀伤的、悲痛的，她们只怕惠杏爱伤心过度，昏倒在地上。

　　上官乐惊慌地叫着："杏爱！"

　　任喜过惊慌地叫着："杏爱！"

　　惠杏爱在上官乐和任喜过的呼唤声里恢复了神志，她猛地甩开她俩挽扶着她的手臂，疯了一般扑向前去。当她猛扑到血淋淋的谷门坎身边时，她的腿软了，"扑通"一下，跪在了那里。

　　她没有哭喊，没有眼泪……她就那么瞅着谷门坎，直勾勾地瞅着，慢慢地抬起了双手，努力地向前伸着……伸着……似乎要去拥抱谷门坎，但她没有，她伸出去的双手，僵在谷门坎的身体上空……她的嘴猛地张了一下，又猛地闭起来……她的眼睛圆圆地睁着，眼珠却一动都不动，这让她显得呆滞而又茫然，更有许多无助和悲伤。这个变故太突然了，好像一道电光，一下子就把他们这对新婚夫妻分到了两个世界，她觉得这很不真实，就像在梦里似的。

　　这是真的吗？啊，是真的吗？

　　大前天，谷门坎把他的小四轮拖拉机装扮得比传统的花轿还要光鲜亮堂，他驾驶着小四轮拖拉机，轰轰隆隆地来到惠杏爱的娘家，扶着惠杏爱坐上了拖拉机，颠颠簸簸又喜气洋洋地，把惠杏爱接到谷寡婆村，接进了这个对惠杏爱而言还很陌生的农家小院。她和这个订婚多年然而仍然陌生的名叫谷门坎的小伙子拜了天地。初婚的头一天晚上，那是洞房花烛夜哩，多么美妙，多么令人向往啊！她和谷门坎在一条热炕上囫囵地睡了一夜，他们可是连手都没有来得及拉一拉呢！昨天清早，在他出车前，她才认真地看了他，记住了他的脸庞，记住了他粗粗壮壮、结结实实、宽厚的身躯。他们只说了短短的几句话啊，她觉得她已经把自己的一切都交给他了。她已经在思谋着、编织着他们的未来，憧憬着他们未来的幸福，他怎么就突然翻车死了呢？

这不能够！不能……不能够呀！

这不会的！不会……不会的呀！

然而，眼前就是他……啊啊啊……他的血淋淋的尸体啊！

全村的男女老少，此刻几乎都拥到村西头这个苦难的庄稼院门前了。庄户人家，啥会儿见过这么悲惨的事情啊！一些老人和妇女都哭出了声，老天爷做事太绝了啊！怎么能让一个刚结婚的年轻人就这么走了呢？中年的庄稼汉子们，一张张因风吹日晒黑红了的脸膛，肃穆而悲切，他们都是家里的主心骨，此刻，他们或许都在思量一个问题：谷门坎遭此横祸，丢下一家老小病残，这以后日子可怎么过呀？谷门坎是长子，从牙牙学语长到今天，成了一个年富力强的小伙子，堪称庄稼院子的擎天柱子呢，倒了这根擎天柱，他们那个庄稼院子谁来支撑呀？

冬尽春初的阳光十分淡，因为谷门坎遭遇横祸，谷寡婆村的人，在这一天，像谷门坎的家里人一样，感到了一种彻骨的冷。许多人袖着手，默默地拥立在谷门坎的尸体周遭，因为哀伤，还因为茫然，默立上一会儿，又掉头向冬季里未能封冻的渭河望一眼……流水是无情的，在流水的岸边，还能看见薄薄的积雪。有风吹来，带着积雪的寒冷，掠过谷寡婆宗祠前的老皂角树，掀得光秃秃的树枝抽风似的抖动着，发出尖细的像是飞镖掠过的呼啸。沉重的、悲痛的空气，顷刻间笼罩了整个谷寡婆村。

惠杏爱欲哭无泪，她慢慢地拉起谷门坎黑而脏的手臂。她的心，此刻软薄得像是一片雪白的羽毛……她想着，谷门坎的脸怎么是那么脏呢？应该把他的身子搬回家去，给他擦净脸上、身上的脏污。她顽强地撑起身子，想把胳膊伸到谷门坎的身下。她伸得太费劲了，几乎咬破了嘴唇，才把胳膊从谷门坎的身下伸进去，她要把谷门坎抱进家里。

惠杏爱说："门坎，回，咱回家里去。"

惠杏爱说："回家我就给你洗头洗脸，我把你洗净了，给你换上新衣服……你说你，把咱拜天地的新衣服只穿了一天，你脱下新衣服做啥呀？啊……你该穿着新衣服呢。"

嘴里呢呢喃喃，惠杏爱使着劲要抱起她新婚的女婿谷门坎，可她怎么都抱不动那僵硬而沉重的身躯。一次又一次，她都失败了。但她并不灰心，仍然紧紧地咬着牙关，一次又一次地挣扎着。

站在惠杏爱身边的上官乐，依然像她嫁来谷寡婆村时身穿白色婚纱、祭祖拜先人时身穿旗袍那般出挑，那么引人注目。当然，这时的出挑和引人注目，与那两次是不同的。那两次，只是表现在衣着上，带着些爱出风头的刻意；这一次，她是真心真意真性情，要为悲苦的惠杏爱两肋插刀，倾情相助。惠杏爱要把死去的谷门坎抱回家去，怎么也抢不动。周围拥了多少人啊！里三层，外三层，却都眼睁睁地看着，没有一人上前帮忙。上官乐看不下去了，她一抹脸上的泪水，抬起头向四围拥过来的人大喊。

上官乐喊："大爷、大叔、大哥……大家搭把手，把人抬回家去吧！"

悲切的人群，呈现出一种可怕的沉默。人们似乎没有听到上官乐的呐喊，没有人应声，更没人动手。上官乐喊过了，还把眼光扫向拥围的人群，她的眼光扫到那边，那边的人群不向前跨，反而惊惧地向后退去……突然发生的悲惨事件，仿佛使谷寡婆村人，一起变得痴呆了。

上官乐又一次地来为惠杏爱哀求大家了："大爷、大叔、大哥呀……大家搭把手吧，搭手把人给抬回家去吧！啊……啊……"

还是没人动弹，没人应声。不过，仔细看，可以看见拥围来的人群里，那些上了些年纪，嘴上生出硬扎扎胡须的人，在暗暗地传递着眼色。

哭成泪人儿的任喜过突然明白过来了。她是在渭河滩长大的，她懂得一些家乡的风俗。她站在上官乐旁边，哽咽着提醒上官乐。

任喜过提醒说："甭喊了，上官乐。渭河滩上的风俗，殁在家门外边的人……就不能往屋里抬了。"

依然挣扎着，想要抱起谷门坎的惠杏爱，也听见了任喜过的提醒，她一怔，身上那一股劲儿倏忽消失了。她也是渭河川道里长大的姑娘，家乡的风俗她是懂得的。她抬起头来，睁圆了眼睛，直勾勾地瞅着阳光稀薄、阴冷昏暗的天空，身子慢慢地委顿下来，屁股坐在了自己的脚后跟上。到了这时，她的眼泪才夺眶而出，像决了堤的河水，翻滚着倾泻了下来，在她那泥塑一样的脸上肆意地冲刷着。

刹那间，上官乐仿佛万箭穿心！

这个初为人妇的女子啊！上官乐的心肠是软的，心肠是热的，又是最为感情用事的。一切她所不能理解、不能容忍的事情，都让她仿佛清清亮亮的眼睛里揉进了沙子一般，让她装聋作哑，让她视而不见，让她缩头缩脑，让她一声不吭，那是万万办不到的。天下能有那种事吗？死了人，居然连家门都不让进，难道说就把死人明晃晃摆在头门外面吗？或者说，要抬到村外的荒郊野地里去吗？上官乐无论如何都想不通，无论如何都不能接受这样的陈规陋习。

不能啊……上官乐霍地站起身来，双眼一眨不眨，几乎要喷射出火苗儿来。面对着周围沉默的谷寡婆村人，她大声而愤怒地质问了。

上官乐质问："为啥就不能把谷门坎抬回家里？"

上官乐质问的声音是凄厉的，她说："啊？他的家，他为啥就不能回去？为啥？这到底是为啥？我是塬上人，我不懂渭河滩上的风俗，可我不能看着人就摆在家门口！好了，没人搭手，我搭手。"

上官乐嘴里质问着，就真的给惠杏爱搭手去了。

女婿谷天明赶在这时从人群后边挤进来了。这个手不能搭呀！他迅速地把上官乐要给惠杏爱搭的手捉住了。谷天明把上官乐的手捉得很紧，他庆幸自己来得正是时候……本来，他按照他妈白拴蛾的吩咐，在给邻居家归还借用的桌凳和碗碟，猛地听说村西头的谷门坎出了事，当即大吃一惊。可他没有及时赶过来，这就是他的性格了，他一向不是个爱往人群里钻着凑热闹的人，而且又是横祸，他就更没有心绪来看了。是他妈白拴蛾，急急慌慌地催他来，给他说："你媳妇刚才往西头去了，是和隔壁谷梦梦的新媳妇任喜过一块儿去的。新娘子不在自己家里守着，乱跑个啥呀？如果碰上横死那样的祸端，对她们新人又有什么好的？快去，你快快去，去把你媳妇叫回来。"谷天明倒不像他妈白拴蛾那么封建，忌讳新娘子碰见恶事，但他还是放下手里要还的桌凳和碗碟，慢慢腾腾地向村西走来了。自由恋爱、结婚的谷天明，虽然不忌讳新人面对祸端，却也对初嫁到他家的上官乐产生了一些不满。这是他爹谷大房和他妈白拴蛾给他提醒的，俩老人说他们算是给他打预防针："可不敢太过放任自己的媳妇，初婚就要给火色看，不能让她没有做女人的规矩。刚进门哪能一点儿约束都没有，由得她想做什么做什么，想说什么说什么……特别是，不能让她无事到街巷里乱转，这家门出，那家门进，你们小两口不嫌丢人现眼，我们做老人的会脸红发烧的。知道没有啊？咱可不能娶媳妇没娶成，娶回了个爷，骑在你娃的脖子上屙屎撒尿，那可就有你娃受的咧！"可谷天明还没来得及把老人们给的预防针打给上官乐，她就迫不及待地犯上事了。一肚子心事的谷天明，刚刚慢腾腾地走到谷门坎的家门口，还在人群的外面兜着圈子，就听到了上官乐大声豪气的质问声，这让他可是大吃了一惊。

啊呀呀！村里的事，可有你一个刚嫁来的新娘子说的份儿吗？谷天明心里叫着苦，就削尖了脑袋往人群里挤了。

谷天明挤进人群，没敢往血淋淋的谷门坎身上看一眼，便心惊肉跳地捉了上官乐的手，轻轻地一拽，小声说："回，咱妈叫咱回家哩。"

一股压抑不住的义愤，正在上官乐的胸膛里奔涌，这使她根本无暇考虑别的什么了。什么新娘子呀，什么初来乍到呀，还有什么被人戳脊梁骨指骂呀……都去见鬼吧！上官乐才不要去思量呢。她只觉得眼目脚下的事，太不人道，太不近人情了，令人气愤，让人看不过眼！她要说哩，她不说出来，肚子里的气愤要把她憋炸了的。于是，她头也没回，只是把谷天明抓她的手一拨拉，就又照着自己的思路说上了。

上官乐说："甭拉我，等我把这里的事弄清白了。"

谷天明说："爹他们都来了。"

上官乐说："来了好，让爹他们来说这个理。"

隐忍着的谷天明，万万没有想到，新媳妇上官乐竟会当着全村人的面给自己来这一下。他虽说是学生出身，接受了一些新知识、新观念，可他毕竟生在农村、长在农村，打小被灌输了许多农村中的观念和意识。背过人，上官乐可以对他颐指气使，怎么敲打他、踩踏他，他都可以忍受；可这是在稠人广众的眼目之下，上官乐这么做，简直是把他作为丈夫的颜面撕下来，血赤糊拉地扔在地上拿脚踢呢，他觉得这太过分了，是不可容忍的，谷天明脸色一时就涨得像猪肝一样了，众目睽睽之下，他去拽上官乐的那只手伸出去不是，收回来也不是，便气恼地结结巴巴地数说上官乐。

谷天明说："你……你这是弄啥哩吗？啊，村里的事，自有村……村里人管哩么，哪轮得上你一个新……新媳妇来说话。"

上官乐扭回头，盯视着谷天明，似乎忘记了他是刚刚和自己拜了天地的丈夫，只冷冷地一笑，说："怎么，新媳妇就没说话的地方了？啊？你把我当成啥了？是传统的小媳妇吗？缠着小脚，顶着头帕，只能做饭生娃，不能发言的傻瓜蛋吗？"

谷天明万万想不到，上官乐会这么泼辣蛮横。他想再说上官乐几句的，试了试，却怎么都张不开口。

上官乐是不管不顾的，她继续说着："你说得好听，很好听，村里的事自有村里人管哩。谁呀？人呢？管事的人到哪儿去了？为什么不承头管呢？难道说当了村里的干部，就只知道领补助不管事吗？既然不见来人管，为什么我就不能出来说话？天底下有这号理吗？告诉你谷天明，你到旁边去，少来给我指手画脚。你该知道的，地不平自有人铲，事不平自有人管，走到天尽头都是这个理。"

上官乐因为激动和愤怒，瞪着一双圆鼓鼓的眼睛，瓜子形俊俏的脸儿涨得通红，像是点燃的红灯笼，弯弯的、黑黑的眉毛扬起来，几乎要飞到脑门上去，两片红润的薄薄的嘴唇迅速地翕动着，话说得又快又急又响，简直就如练武场上连射出的机枪子弹。可爱的激愤的上官乐，一只手叉在腰间，挺耸着胸膛，愤愤地倾泻着她的不平。连她自己也没想到，在这样的场合，她会一下子说这么多，更不会想到她的这些话都会刺伤什么人。仅仅是新婚的女婿谷天明吗？她不是把她的公公谷大房也拉进去数说了么！

寂静……人群呈现出可怕的寂静。

谷天明惊得眼睛睁大了，鼻子歪了，嘴巴斜了，他感到难堪，更有一种羞辱，他双手颤抖着，不知道该说什么，该做什么，是继续叫上官乐回去呢，还是自己扭身走掉？

"闪开！闪开！"

拥围着的人群外响起了低沉而威严的说话声。听到那声音，拥挤着的老汉、中年人、婆娘和女子，立刻让出了一条通道，他们知道是什么人来了！

啊啊！就看新娘子上官乐今日弄下的事怎么下场呀！

威严的说话人，正是村支书兼村主任谷大房，他迈着稳健的步子走来了。

身高头大而敦实的谷大房，肩背上依然披着他那件新挂了布面的宁夏九道弯羊羔皮袄，皮袄的两襟向外撇开着，翻出白生生的弯弯曲曲的雪绒长毛来。他走得有力，既不匆忙，也不拖沓，一副沉沉稳稳的架势，别说是谷门坎一个人的横死，就是天要塌下来，他也顶得起来。他的脸膛上，除了有对谷门坎突然亡故的悲伤之外，别的什么都隐得很深，一时半刻看不出来，好像他儿子谷天明新娶的媳妇上官乐刚才那一通大不敬的话，还没传进他的耳朵似的。不过，在谷寡婆村生活了许多年的人，细心一点儿的，还是从谷大房阴郁的脸色上看出了一些端倪，料定他把他儿媳妇挑战他的话，一字不落地听下了。

这样的猜测是有道理的，如不然，谷大房那浓重的向下垂着的眉梢不会微微抖动，此刻，他的那双锐利的、深沉的眼睛里，有种难以掩盖的东西，令人感到可怕而心悸。

突然……一切都来得那么突然。

谷门坎的死那么突然，退休干部谷冬梅自掏腰包支应运送尸体的交管工作人员是那么突然，儿媳妇上官乐站在人群中指斥村干部也是那么突然……一个连着一个的突然，横亘在村支书兼村主任的谷大房面前，他不多想是不可能了。这是对他的挑战吗？对，公然的，肆无忌惮的挑战呢！在谷寡婆村，谷冬梅培养了他，他感激她，可那都过去了。她退休回来，只要她不触动他，他会敬着她，像敬奉在宗祠里的谷寡婆一样敬她。但这是有一个前提的，那就是她不要多事，绝对不要！资历深、威信高，是谷冬梅在谷寡婆村里的优势，但她应该知道，那已是明日黄花。谷大房是谷寡婆村今日的村支书兼村主任……他恼着谷冬梅，心里想，你退休还有钱拿，钱多得烧手了，拿你自己的钱支应运送谷门坎尸体回村的交管工作人员和汽车司机，你尽管去支应好了，你不心疼你的钱，我又替你心疼啥呢？好了，我一时不能在众人面前拾你的能，我忍着，咱们以后走着瞧。谷大房气恨着谷冬梅，却暂时还不敢和她翻脸，但是刚嫁进他家门的上官乐——你凭什么撂大话，也来挑战你公公我的权威？你是我的儿媳妇哩，你都不把自己放在秤上称一称，你有几斤几两？

谷大房在心里发着恨："哼！碎崽娃子上官乐，你也太不知天高地厚了吧？"

从大家让出的过道走进人群中心，谷大房瞥了一眼血身子的谷门坎。本来，他还想把谷门坎新婚的新娘子惠杏爱也看一眼的，但他的儿媳妇上官乐和九先生谷正芳的儿媳妇任喜过都在一起，他就抬高了自己的目光，从她们三人的头顶扫了过去。他一只手拽着呼呼飘抖着的九道弯羊羔皮袄，一条胳膊抬起来，老练而极有气势地向下一压，眼光徐缓而威严地扫过眼前的庄稼人，待一切抽泣、唏嘘和窃窃私语声都消失了后，他咳嗽了一声，这才高声地发话了。这是谷大房在村里长期任村支书和村主任积累下来的能耐，说起话来也是头头是道，滴水不漏。在县级三干会上，别的人，把头仰得像鹅一样，听一阵领导的报告，低头在笔记本"唰唰"记几笔；谷大房不识字，记不了笔记，就低了头听，听的时候还和左右听会的干部交头接耳几句。可你放心，回到村里传达的时候，一句都不会走样，他把会议内容原原本本地记在脑子里，再掏给大家伙儿。

谷大房说："刚才，谷冬梅拿她的钱把送门坎回来的汽车打发走了。谷冬梅有钱么，她掏那点儿钱没啥。既使这样，也是要感激人家哩！作为支书和村主任，这是我的责任呢，我来迟了，这是我的不对，我检讨。"

谷大房啥时候这么说过话呢？这是新鲜的，但也有他的深意呢。他之所以用这样的话做开场白，很明显，是说给谷冬梅听的，敲山震虎，他有必要说这一段。下来，他就说给拥围过来的谷寡婆村的群众了，当然还有他不分高低、不明事理的儿媳妇上官乐。

谷大房说了："本来，门坎的事怎么办，村上干部应该讨论研究一下的，可这是磨盘压手的事，没时间讨论研究。我是支书、村主任，上级把我放在这两个位置上，就把事拿了。第一，谷门坎的尸首应该停放在哪里，传统的习俗有没有道理，不是今天讨论的。破'四旧'破了许多年，咱们老祖宗的祠堂也被破了，咱们现在不是又建起来了吗！什么是'四旧'？我算是糊涂了，说不清了。我的意见呢，谷门坎的尸首不能进家门就不进吧，让他到谷寡婆的宗祠里报到去。咱们谷寡婆村没有杂木楔子，都姓谷，姓谷的谁不去给谷寡婆报到，谁就不是孝子贤孙。谷门坎是在咱谷姓人家眼皮下长大的，大家有眼看得见，他是孝子，更是贤孙。第二，门坎家的难场，咱们大家都知道。本来就不宽裕，才又娶了媳妇，经济上的困难是一定有的。现在，虽说地分了，一家过一家的日子，可咱都是谷姓人家啊！咱谷姓的老传统不能丢，我是村里说话的人，要我说，咱们也都拿出点儿谷姓人家的感情来，一家有事全村忙。"

谷大房一口气把话说完，看着拥围在一起的庄稼人，又强调了一句："大家有啥意见没？啊，有了就说。"

静静的，没有人吭声。

谷大房又说："没意见？没意见了就好。我就像过去一样派活了。"他喊叫着"克明"："你叫你三爷、七哥，还有栓栓，都扛上家伙到官墓地里去打墓。"他喊叫着"有有"："你给咱带上几个屋里人，这几天在门坎家操持一下，要磨面了就磨面，要蒸馍了就蒸馍。""四伯，你外头人熟，出去给咱寻棺子，尽量少花钱，但棺子的质量要保证，不能只是个薄皮皮，能成不？"他喊叫着"九先生"："九先生呢？给九先生传话，揭两张白纸，给门坎写两副丧联。"……"好了，都散了去做吧，谁出工我知道，给你记着哩，今后我在义工中扣。"

谷大房指派着村里人，没人不听，没人不从……就在他身边站着的二娃媳妇上官乐，差点儿能戳进他的眼睛，他却视而不见，只管安排事情。上官乐很想公公谷大房也给她安排个事情，但他没有，她就愣愣地听着公公谷大房高声大气地安排村里人，自己的脸便毫无理由地红了。

上官乐觉得，她是有点儿佩服这个说话霸蛮、行事霸道的公公了。

好，知道脸红就好。谷大房说话时，虽然没正眼瞧咋咋呼呼的儿媳妇，但他仅凭眼角的余光，已把嫁来了几日的儿媳妇上官乐看了个明白。待他把要说的话都说了，把该安排的活路都安排了，才扭回头来，声音不大，却一字一句像铁钉铁铆一样，把话砸向了上官乐。

当然，谷大房向上官乐铁钉铁铆地砸话时，艺术地拐了个弯，只冲着他的儿子谷天明说："没事了，你们都给我回去。"

听到谷大房指派的人，没有人还嘴，全都履行自己的职责去了……拥围的人群中，没有得到实际指派的人，就准备搬抬谷门坎的尸体去谷寡婆宗祠，还有人应着谷大房的话，说他去找九先生，给谷门坎写白头联。

上官乐还好意思在这里逗能吗？她不能了，她拿眼睛去找叫她回家的女婿谷天明，却发现他没有再拽她，甚至招呼都没给她打，就先自一个人，挤出人群走了。"小心眼儿。"上官乐在心里嘟囔了一下，抬手在悲苦着的惠杏爱肩上轻轻拍了两下，就也朝着谷天明走的方向攀了过去。

支应走了交管工作人员的谷冬梅，听着谷大房的一通说道，什么也没说。她承认谷大房的安排是妥当的，但又觉得太简单了，就是不和她商量，不和村里的干部商量，也该到谷门坎的头门里去，与他家的两位老人商量的。

谷冬梅这么想着时，已抬脚往谷门坎的家里进了。

恰在这时，从谷门坎爹娘住着的上房里传来了谷门坎弟妹们撕天裂地的号哭声。他们在哭昏死过去的娘亲贾桂仙。

长一声哭喊的是谷门墩："妈呀——我的妈！"

短一声哭喊的是谷门环："妈！妈！妈！妈呀！"

不长不短、声音稚嫩地哭喊的是谷门栓："妈妈！妈妈！"

谷冬梅的脚步加快了。她前脚刚踏进贾桂仙和她丈夫谷敬勤居住的上房门，就失魂落魄地大喊起来。

谷冬梅喊叫着："桂仙！桂仙！"

可她也叫不醒变脸失色的贾桂仙。贾桂仙的儿女们叫不醒他们亲爱的娘亲贾桂仙，谷冬梅又怎么能叫醒贾桂仙呢？

听到头门里的哭叫，拥围着谷门坎尸体的谷寡婆村人，又都心慌肉颤地往头门里拥进来了。

天不睁眼，从谷门坎前脚横死，他的娘亲贾桂仙紧跟着也晕死过去了！

谷寡婆村在这一天，被谷门坎和他娘亲贾桂仙弄得既压抑又悲伤。不远处的渭河流水，也像在哀痛一样，汩汩地悲泣着。

第十三章

轰隆隆……轰隆隆……一列火车自东而来，向西而去；轰隆隆……轰隆隆……一列火车自西而来，向东而去。

陇海铁路线上的绛帐火车站不是很大，也不是很小。隔不了多长时间，就有一列满载着煤炭，或者木材什么的的货运列车呼啸而过。偶尔也有绿皮的客运列车，吭吭哧哧地驶来，或者停，或者不停，又吭吭哧哧地驶了去。就在火车站北临的塬坡边上，坐落着惠杏爱读书的绛帐中学。这一天，休着暑假的惠杏爱和同级毕业的其他学生一样，从家里骑着自行车到学校看榜来了。

农村的学生，说是休暑假，其实与不休暑假一个样。他们没有集体组织的夏令营，也没有自发组织的社会活动，他们有的是老师布置下的永远都做不完的假期作业和家里永远都做不完的杂活……惠杏爱的爹娘喂了三头壳郎猪，瘦乍乍的，正拽条子，各有一副怎么吃都吃不饱的下水。惠杏爱晚上做暑假作业，白天给三头壳郎猪拔猪草，天天拔，两只手都被鲜嫩的猪草的汁液染成绿色的了。

惠杏爱偷藏着绿色的双手，到学校贴着高考红榜的大照壁前，站在挤作一团的同学后边，往红榜上瞄，她只淡淡地瞄了一眼，就发现自己落榜了。

离上榜仅差了一分啊！

唉唉唉，眼泪在眼眶里打着旋儿，惠杏爱轻轻地跺了一下脚，转身从学校门里走出来，走不多远，就到了双轨并列的火车线上……她恭呆呆地数着过往的火车，"复习再考""复习再考"，火车飞驰的铿铿声，在她耳朵里，全都转换成了这四个字。但她想着她的爹娘，自私自利的爹娘啊，他们能同意她复习再考吗？

专注地数着火车的惠杏爱没有留意，有台小四轮拖拉机停在了火车道边，从驾驶座上走下了浑身油渍麻花的谷门坎。

谷门坎走近了惠杏爱，问："咋把手都染成绿的了？"

惠杏爱扭回头来，她看见了媒人给她说下的女婿谷门坎，她没接话，脸却先自红了。

谷门坎说："得是数火车呢？"

媒人给他俩牵线时，他们虽只匆忙地见了一面，惠杏爱还是把谷门坎深深地记下了。当时，谷门坎送了惠杏爱一个硬皮笔记本和一支铱金钢笔，说她在学校用得着。惠杏爱还了谷门坎一双手套、一方手帕。为什么还他这两样礼情，惠杏爱是不晓底里的，家里给她这么准备，她就这么给。不过她觉得非常好笑，因为她根本没有想过以后真的能成为谷门坎的人。她还在读书，是要读到城里去，成为一个城里人的。谷门坎能成为城里人吗？拗不过爹娘和媒人，与谷门坎相亲，她是当作演戏来做的。谷门坎在火车道边撵到她跟前，说她数火车，这不是奚落她吗？

惠杏爱几乎要愤怒了，说："我想卧轨死了呢！"

谷门坎被吓住了，猛地跳到惠杏爱的面前，张开两条胳膊，挡住了惠杏爱的去路……正在这时，又有一列火车开来了，风驰电掣般向前而去，卷起的风浪，把谷门坎的衣裳吹得掀起来了，露出他黝黑的皮肤和结实的肌肉。惠杏爱不知为什么，竟在这时候低头抿唇，浅浅地笑了起来。

看着惠杏爱笑，谷门坎的心松了下来。他说："到学校看榜去了？"

惠杏爱点了点头。

谷门坎说："不理想，是吧？"

惠杏爱又点了点头。

谷门坎就像他自己参加高考失败了似的，眉头皱了起来。但他接着便很是坚定地说："你听我说，箭箭射进老虎屁股里，山里就没野虫了。别灰心，还有明年哩，又不是今年高考明年就不高考了。复习，你复习，明年再考么。"

在谷门坎慷慨的鼓励声中，惠杏爱抬起头来，头一次大胆地看了谷门坎。她发现这个因为家庭困难，早早放弃读书的青年，是那么理解她。她可以敞开心扉和他说话了。

惠杏爱说："我是想复习、高考的，不知我爹我妈给不给我机会。"

谷门坎说："这你放心，有我哩，我支持你复习、高考。"

惠杏爱想着他那困难的家，问："你拿什么支持我？"

谷门坎抬手指着停在不远处的小四轮拖拉机，说："看见了么？那是我刚刚买下的，我没办法，小四轮拖拉机有办法。"

有办法的小四轮拖拉机，支持惠杏爱复读了一年——虽然她还是没有成功。小四轮拖拉机对谷门坎困难的家庭，也起到了非常大的作用，一家人依靠谷门坎驾驶小四轮的收成，生活眼看着有了起色，还把她顺顺当当地娶进了家门。谷门坎起早贪黑，还要驾驶小四轮拖拉机让他们家向着小康挺进，可是，他自己却被他寄望着的小四轮拖拉机，无情地夺去了性命。

头门里门墩、门环、门栓几个弟弟妹子的哀号，惠杏爱听见了。他们凄惨的哀号，一声一声，像是横空飞来的利箭，尖锐地刺痛了惠杏爱。她不知他们在院子里哀号什么，还来不及理清思路，就慌脚慌手地随着纷纷拥进家的村里人跑进去了。

惠杏爱跌绊着一头闯进公公婆婆居住的上房，扑到炕边上，看到原先病卧着的公公谷敬勤坐着，而为了照顾公公总是坐着的婆婆贾桂仙却横躺着，就知道又出大事了！她双手一伸，拨开门墩、门环、门栓，摇晃着身子，匍匐在婆婆贾桂仙的身前，眼望着婆婆贾桂芝变得紫青的脸，嘴里呜咽着说话。

惠杏爱说："婆婆呀，我被门坎吓着了！"

惠杏爱说："我的婆婆哩，你可不敢再吓杏爱了！"

惠杏爱说："杏爱胆子小啊！"

谷门墩、谷门环、谷门栓兄弟姊妹摇不醒、喊不醒的娘亲贾桂仙，在惠杏爱轻轻的呜咽声里睁开了眼睛，她甚至还用手掀开盖在身上的棉被，拥住惠杏爱，含糊不清地给惠杏爱说话了。

婆婆贾桂仙说："婆婆……婆婆不吓……不吓杏爱。"

惠杏爱任凭婆婆贾桂仙拥着她。她惊讶于婆婆的力气——那双细如麻秆的胳膊，这阵儿竟然像有千钧之力，死命地钳在她的腰身上，微微地抖颤着。惠杏爱没有挣扎。

惠杏爱应着婆婆贾桂仙："妈——"

婆婆贾桂仙紧贴着惠杏爱身子的头努力地向上抬着，一张脸完全地仰了起来。啊！啊！那是一张什么样的脸呀，惠杏爱想，她今生今世也不会忘记这张脸！婆婆的脸是消瘦的，仿佛一段枯木雕刻出来的，满脸都是皱纹，密集而深刻，像一条条纵横交错的沟渠，盛满人世间的辛酸和悲苦。此时的婆婆贾桂仙，和昨天夜里主持她们新娘子祭祖拜先人时太不一样了。那时，婆婆贾桂仙是谷寡婆村几十年的妇女主任，她刚强果毅，她干练智慧，主事有板有眼，纹丝不乱。只过去了一天一夜都不到，她就衰朽得让人惊慌了：满头的灰发，突然变白了，像霜、像雪……蓬乱着，颤晃着，根根如针，直扎人的心肺；深陷在皱纹里的眼睛，一下子睁得那么大、那么圆，黑黄的眼珠子，几乎要从她红肿的眼眶里挣脱出来；她的眼神，是那么痛苦，那么悲伤，仿佛饱含切切的哀求与祈愿，又仿佛有着深深的留恋和希冀，同时还有一种无法从深涧中解脱的挣扎和绝望。

婆婆贾桂仙张大了口喘气，说："杏……杏……杏爱哎！"

那微弱的、胆怯的，就像从地缝中硬挤出来的呼喊，如同一把锋利的尖刀猝然间从惠杏爱的心头划过，使她柔弱的心房，泛起一阵无法言说的战栗。

婆婆贾桂仙说："妈离不了你哩，杏爱。"

惠杏爱应着婆婆："妈——"

婆婆贾桂仙说："你千万不敢走哩，杏爱。"

惠杏爱应着婆婆："妈——"

婆婆贾桂仙说："啊，妈咋这么没福哩？我看出来了，你是个好女子哩！妈想靠你多过些日子，可妈和你缘太浅，妈就要走……走了……你要是有啥解不开的疙瘩，你放心，有你冬梅婶婶呢，她……她……"

惠杏爱不断地点头应着婆婆贾桂仙，却突然听不见婆婆唔唔哝哝的呢喃了。

惠杏爱叫着"妈"，大声地叫着"妈"，但是任她怎么叫，都唤不回婆婆贾桂仙了。她看见婆婆的眼泪涌了出来。大颗的泪珠，像在染缸里染过了，是浑黄的，是浊红的，是不黄不红的，像断了线一样，在老人家皱纹满面的脸上簌簌地滚落着。

惠杏爱的眼泪也涌出来了。

刚刚号哭了一鼻子的谷门墩、谷门环、谷门栓都拥在惠杏爱的身后，眼里如惠杏爱一样，噙满了泪水。他们现在都不哭喊妈妈了，而是对着惠杏爱的背影，悲悲切切地呼喊着。

傻乎乎的谷门墩扯着哭腔叫："嫂子！"

一脸无助的谷门环也扯着哭腔叫："嫂子！"

小弟谷门栓是那么惊慌，他胆怯地跟着惠杏爱，伸手牵着她的后衣襟，生怕她会一下子消失。他那圆乎乎的润泽的小脸上，一双黑丢丢的圆眼睛，不停地惊恐地转动。他仿佛是一头被恶魔追赶而受惊吓的小鹿，跟在惠杏爱的身边，依傍着她，寻求庇护。

谷门栓悲声地哭哥哥，哭妈妈，嘴里一声一声地叫着的却都是惠杏爱："姐，姐，姐……"

这一声一声的呼叫，是依赖，更是信任。先是谷门坎死，再是贾桂仙亡，这个苦难的家庭，在这个苦难的时候，不依赖、不信任惠杏爱，还能依赖、信任谁呢？当然，还有在炕上瘫坐着的公公谷敬勤，但他是可以依赖和信任的吗？一个不能颠又不能走的老人，或许在精神上能起一些作用，其他的，就只有惠杏爱承担了。

婆婆贾桂仙拥在惠杏爱腰际的手松了，缓缓地滑落下来。她紧紧地闭上了眼睛。多么不情愿、不甘心，她也终究跟着自己的大娃谷门坎一块儿去了。

惠杏爱把婆婆贾桂仙滑下来的手臂，挨着身子捋顺了。然后，她抬起头来，双手把随在她身边的泪人儿似的小弟谷门栓揽进怀里。她觉得自己该说话了，但她不晓自己该说什么，能说什么。这时，谷冬梅抬手按在了惠杏爱的肩膀上。

谷冬梅说："天塌不了。"

谷冬梅说："就是塌了，咱们一起扛，就一定扛得过去。"

惠杏爱感觉到了肩上谷冬梅手掌的力量，也感觉到了她说话的力量。初嫁到谷寡婆村，惠杏爱虽然还不能完全了解村里的情况，但这位退休回村的县粮食局局长谷冬梅，因为她带头重整谷寡婆宗祠，因为她组织新娘子拜祖祭先人，婆婆贾桂仙就给惠杏爱多说了一些她的事。惠杏爱知道这位谷寡婆村把官做得最大的女人，像村里的始祖谷寡婆一样，她的故事也是非常传奇的。

一九六一年春天，背河汉子谷狗剩在渭河边守着。他的身后，是他用渭河边上的柳条搭起的一个窝棚。因为临着河，沙土里水分足，插在土里的柳枝，全都活了过来，生出郁郁葱葱的芽叶，不仔细看，还以为这窝棚是一簇丛生的沙柳。离着柳条窝棚不远的沙梁上，还有几棵迎风乱舞的大柳树，柳树下起伏着几座大坟包，那是谷狗剩家的祖坟，他爷爷和父亲都长眠在那几棵大柳树的树荫下。在谷狗剩的记忆里，他的爷爷是渭河上的背河汉子，他的父亲也是渭河边上的背河汉子。爷爷和父亲都去世了，轮到他，还是在渭河边上做了背河汉子。父亲去世时间不长，还不到一年。父亲去世前看上去好好的，不像有病的样子，他把谷狗剩从村里叫到渭河边来，还和他一起搭了那座柳枝窝棚。躺在窝棚里，父亲留下遗言给他，让他也来背河。父亲给谷狗剩说，渭河边上不能没了背河汉子。父亲这么给他说，怕他听不懂，就给他解释说："水能养人，也能害命。咱靠着渭河吃渭河，也要靠着渭河……"最后的话，父亲还没说，就毙命了。为了父亲那句没有说完的话，谷狗剩想了许多个日子。那天孤坐在柳枝窝棚前，谷狗剩无精打采地望着眼前的渭河水，这就望见一个红衣女子，从渭河的对面涉水走过来了。

水能养人……谷狗剩的年龄不小了，三十六七岁的人，看上去有五十岁。不是父亲临终留遗言给他，他是不会在渭河边背河的。这个职业没能使他的爷爷过上好日子，没能使他的父亲过上好日子，轮到他了，又能背出什么前程呢？

谷狗剩是不抱任何希望的，因为他到现在还是一个光棍汉。人常说，一人吃饱，全家不饿，所指的就是他们这种光棍汉。但在这个特殊年代，越是光棍汉越吃不饱饭。父亲把谷狗剩拉扯到渭河边接班背河，别的不说，倒是暂时地把填饱肚子的问题解决了。

没有果腹的粮食，谷狗剩可以在河边的死水凹里捉青蛙来吃，运气好时，还能摸到一两条小鱼，或是一两只老鳖，摸到了，谷狗剩就能煮了大快朵颐。

这天夜里，丝线绺绺地落了一夜春雨。天明时，谷狗剩抬头就清晰地看见了黛色一线的南山。他下到渭河的浅水里，不到一会儿的工夫，就摸到了两条各有三两重的鳖，还摸了两条三两重的小鱼。他掘了一根芦草，拴住鳖腿，吊着鱼嘴，提溜着回到柳枝窝棚里，架起锅，生上火，烹煮鱼鳖，准备吃早餐了。

也许是谷狗剩心有所想，架火煮着早餐时，他忍不住哼唱起了秦腔《柜中缘》里的一折：

> 许翠莲来好羞惭，
>
> 悔不该门外做针线。
>
> 那相公进门人若见，
>
> 难免过后说闲言。
>
> 这才是手不逗红红自染，
>
> 蚕作茧儿自己拴。
>
> 无奈何我把相公怨，
>
> 你遇的事儿本可怜。
>
> 你不向东走来不西窜，
>
> 偏偏来在我家园。
>
> 我本是女孩儿人家心肠软，
>
> 怎忍把你往外掀……

旺旺的火在锅底烧着，鱼和鳖在沸腾的水里滚着，柳条窝棚里充溢着鱼鳖肉烂熟的腥香气。谷狗剩哼唱着秦腔，不无满足地吸着鼻子。把锅底的柴火退了，他就蹲到窝棚边上，一边等着鱼鳖汤锅凉下来，一边无所事事地张望一夜春雨后涨了一些的河面。红衣女子就在这个时候，挽起裤腿，试探着下到了渭河里，往河的这边渡过来了。

红衣女子低估了渭河的威力——不是背河的汉子，很难涉水横渡。

浑浊的河水里，你不知道哪里有漩涡，更不知道哪里有巨石。你不知深浅，不知一脚踏不实，就有被河水冲走的危险。涉水横渡的红衣女子是谁呢？她是在渭河边上长大的吗？她晓得渭河的危险吗？谷狗剩看着漫漫河水里的那一点红，忘了他烹煮在锅里香气四溢的鱼鳖，只顾眼睛眨也不眨地看着那红衣女子。

背河汉子谷狗剩，虽然没有背河的爷爷和父亲经验丰富，可也积累了许多这方面的常识。见红衣女子下到渭河里，涉水走了几步，跟跟跄跄的，没有一步能走稳，他就知道这不是个习水的人。谷狗剩在心里惊呼起来了。

谷狗剩刚在心里惊呼了一声，便见渡河的红衣女子扑爬在河水里了。

还好，红衣女子扑爬下去的地方，水位还是浅的。她在水里扑腾了两下，挣扎了两下，又站了起来。她的衣裳湿了，头发也湿了，可她还不退回河边去，站起来又向渭河这边走来了。她怎么就不呼叫谷狗剩背她呢？冬春交接时期的渭河水，虽然行不了船，人却是可以凫水过河的，可那必须是识水性的人。不识水性的人，就都是要背河汉子来背的。谷狗剩接了父亲的班，在渭河边背河，什么样的过河人他都见识过了，却没有见过红衣女子这样的过河人！她是不要命了吗？谷狗剩看着在河水里挣扎的红衣女子，他的心没来由地抽搐起来。他不等红衣女子呼唤他了——他想这是他的职责呢，背河汉子神圣的职责啊！他不能看着那一个孤单的女人，在春汛初起的渭河水里独自挣扎，再往河心走，弄不好，脚下一跌，她会再次倒进河水里，那时就迟了，她不会再爬起来的，她只会顺水而去，沉沉浮浮，丢了她的性命。谷狗剩撒开脚丫子，边往渭河水奔，边解着他的衣服扣子，解开一件，脱下来往河滩上扔一件，到他双脚踩进渭河水里时，他已经把身上脱得只剩了一条短裤。谷狗剩奋勇地向着红衣女子涉水而去了。

渭河水被谷狗剩踩得又碎又散，飞溅起来，弄湿了他裸露在水外的肌肤和脸面。他顾不得去擦，更加奋勇地向红衣女子飞扑……渭河水好像顽皮的野兽，缠着红衣女子，直往她的身上爬，起先只爬到她的膝弯上，一会儿就爬到她的大腿根，呼啦啦又爬到她的腰眼上了……谷狗剩喊叫着她，不让她动，说他背她过河，可她像没长耳朵一样，还在往河心的急流跋涉……湍急的渭河水，已经爬到红衣女子的肩胛窝下了，奋勇接近她的谷狗剩，只要再向前抢一步，就能抓住红衣女子了。可是，他向前伸着的手，只在红衣女子的眼前晃了一下，还没能抓住她的手，她已被河水冲得转了个身，再次倒在河水里，被河水冲卷着向下游飞窜而去了。

谷狗剩没有迟疑，他也顺着水流，迅速地向红衣女子游了过去。

红衣女子得救了。

谷狗剩把水淋淋的红衣女子从渭河里抱起，抱进了他的柳枝窝棚，放在他的床铺上。很在行地，他先是掰开红衣女子的嘴巴，清除她嘴里的泥沙，使她的呼吸顺畅起来，然后让红衣女子翻转身子，趴在床上，在她的背上拍一拍，压一压，让她把喝进肚子里的渭河水，一口一口地吐出来。吐尽了喝进肚子里的水，红衣女子睁开了眼睛。她没有去看救了她命的谷狗剩，而是翕动着鼻翼，说了她醒来后的头一句话。

红衣女子说："香哩！真是个香！"

谷狗剩就把香香的鱼鳖汤舀了一碗，捧到红衣女子的嘴边，让她喝了。

红衣女子香香地喝了一碗鱼鳖汤，似乎还不满足，又手指着热气腾腾的鱼鳖汤锅，眼望着热气腾腾的鱼鳖汤锅……谷狗剩没说二话，接过她喝得见底的汤碗，又盛满一碗端来，捧着让红衣女子喝。连喝了两碗，红衣女子似乎仍未喝饱，还要再喝，谷狗剩拒绝了。

谷狗剩说："不是我舍不得，是你饿极了。饿极了的人可不敢一次吃得太多，吃太多是会要人命的。"

红衣女子笑了，笑出了一脸薄薄的红云。

谷狗剩见红衣女子的衣服都湿得滴着水，粘在她的身上，把她凹凸有致的身形一览无余地显露了出来，谷狗剩的脸烧起来了。红衣女子红了脸，是因为谷狗剩说她吃多了；谷狗剩的脸烧起来，全因为红衣女子湿衣包裹的身影……谷狗剩不敢多看红衣女子，从窝棚里的一口柳条箱笼里拣出一身他的干衣裳，丢在柳枝窝棚里，就出去了。

站在柳枝窝棚外的谷狗剩说："你甭弹嫌喀。把你的湿衣裳换下来，晒干了再穿。"

红衣女子没应声，但谷狗剩听得清楚，她在柳枝窝棚里窸窸窣窣地换穿着衣裳。

恰在这时，渭河的对岸走来两位急于渡河的女人。一个是临村的，谷狗剩认得人，叫不出名字，一个不是别人，就是谷寡婆村的贾桂仙。她们在河对岸一喊叫，谷狗剩便放下柳枝窝棚里的红衣女子，涉水去了河对岸，背她们过河了。

谷狗剩在两个女人的相让下，先把邻村那个女人背过河，再去河对岸背贾桂仙。贾桂仙那个时候嫁入谷寡婆村没一年，身上穿的也是新嫁娘才穿的红衣裳。谷狗剩专心于他的背河职责，没有注意他的柳枝窝棚那儿，正在发生什么，但贾桂仙的眼睛尖，她看见了。等谷狗剩背过了临村女人，再过河背她时，她指着谷狗剩的柳枝窝棚问他了。

贾桂仙说："狗剩哥唉，你看你窝棚那儿。"

谷狗剩听了贾桂仙的话，抬头去看，就看见了柳枝窝棚前的红衣女子。她换上了他的寡颜失色的青布裤褂，把她湿了的红衣裳挂在柳枝窝棚上晾晒着。谷狗剩看得眼热，他没说啥，脸却像他看见红衣女子湿衣裳包裹下的身形时一样，腾地红了起来。

贾桂仙说："狗剩哥脸红了！"

谷狗剩说："谁脸红了？啊，我脸不红。"

依着辈分，贾桂仙是不该开谷狗剩玩笑的，而且她本来也没开谷狗剩的玩笑。贾桂仙的娘家与谷寡婆村隔了一条渭河，她回门遨娘家，再从娘家回婆家，要在渭河上打来回。夏天水丰的时节，是谷狗剩划着船接送她；冬春枯水时节，就只能由谷狗剩背着她来回了。人都说，背河的汉子骚，姑娘媳妇上了身，他背到河心里是会耍笑她们的——轻者抠她们脚心挠她们腰，惹她们发笑扭摆，再更紧地搂抱住背河汉子，这是占姑娘媳妇的小便宜；严重者，要抠姑娘媳妇被抠了也不敢说、不能说的地方呢！贾桂仙伏在谷狗剩的脊背上，来回在渭河上，不知过来过去了多少回，谷狗剩规规矩矩的，从来没有骚挠过贾桂仙。贾桂仙感激着谷狗剩，知道他三十大几的汉子，还没成家立业，就为他着急着哩。

贾桂仙说："狗剩哥娶了嫂子？"

贾桂仙说："狗剩哥娶嫂子该给人家说的呀！"

贾桂仙说："嫂子她好看吧？"

快人快语的贾桂仙等不得谷狗剩还嘴，一连串欢欣鼓舞的话，把谷狗剩说得差点背过了气。他的脸持续地红着，一直红下了脖子根。

谷狗剩心虚而慌张地说："快不敢胡说。我一个光棍儿，怕人胡说哩。"

贾桂仙却还不依不饶，说："我胡说了吗？"

贾桂仙说："我长着眼睛哩。"

贾桂仙说："眼睛能骗我？"

谷狗剩把身子往下压了压，那是他让贾桂仙上他身子的姿态呢。他怕贾桂仙一声接一声地说，不知道还会说出什么话，就瓮声瓮气，半是气恼，半是欢愉地说贾桂仙了。

谷狗剩说："话就多得很！我只问你，你是过河呀么不过了？"

贾桂仙"咯咯咯咯"地乐了起来，双膝往谷狗剩的脊背上一跪，谷狗剩便揽住了她的膝弯。她的手一边一只搭在谷狗剩的肩上，便让他轻轻巧巧地背过了河。

过了河的贾桂仙却没急着回村里去，而是走到谷狗剩的柳枝窝棚边，牵了正晾晒衣裳的女子的手，把她拉开，拉到一旁一片固沙护堤的柳荫里去，和她掏着心窝子说话了。贾桂仙问了女子的籍贯，问了女子的年龄和婚姻情况，又问女子以后的打算。女子没有马上回答贾桂仙，半晌，只说她肚子饿，想要给自己找个饭碗，不再挨饿。贾桂仙听得懂女子的回话，乐了，问女子刚才可是喝了鱼鳖汤。女子点头说她喝了两大碗，不是谷狗剩挡，她会把他烹煮的一锅鱼鳖汤都喝了去。贾桂仙就更乐了，问女子说，鱼鳖可新鲜？女子说新鲜，好喝。贾桂仙就很畅快地说了："那不就是你要找的饭碗吗？"

女子的眼睛睁大了，说："他没有女人？"

贾桂仙说："没有。"

女子说："怎么没有呢？"

贾桂仙说："缘分没到，你来了，缘分就到了。"

两个年龄相仿的女人，在春天嫩绿的柳树下，说得可真是投机。女子遇见了贾桂仙，像遇到了前世的姐妹，就扑到她的怀里，抱着她，小声地啜泣。贾桂仙拍着她窄小的背脊，给她说："咱们女人呀，谁不嫁人呢？在哪儿嫁不一样？饥荒的日子，把人逼的，离乡背井到处找饭碗，这不丢人。听我说，我们谷寡婆村的老祖宗，她就是个女人哩！老人家当年沿着渭河走，没人知道她从哪里来，要到哪儿去。她走到咱这儿，走不动了，跪在渭河滩上，生了一个孩子，一代一代，在咱这儿留下了种子，有了咱们一个谷寡婆村。你说老祖宗在渭河滩上做啥呢？不也是给自己找饭碗吗？这两年，四川的女人，甘肃的女人，有不少都到渭河滩上来，给自己寻饭碗哩。算你有缘分，遇上了谷狗剩。他是渭河里的一只船，船有河水养着，渭河的水断不了流，就饿不着他。他饿不着了，也就饿不着你，你就有你的饭碗了。"女子听着贾桂仙说的话，脸红耳烧，她悄悄地问贾桂仙了。

女子问："刚才你说啥来？咱们村的老祖宗……是谷寡婆？"

贾桂仙说："和谷狗剩成亲，你还要去祭拜她老人家哩。"

女子就很高兴，说："我就是谷姓，我叫谷冬梅。"

没有惊动谷寡婆村的人，遇事好拿主意也能拿主意的贾桂仙，与谷冬梅走出柳荫，回到谷狗剩的柳枝窝棚前，也不和谷狗剩商量，就让谷冬梅把她晾晒干了的红衣裳再换上，指拨着他俩先给沙梁上谷狗剩的爷爷和父亲的坟堆磕头，接着指拨着他俩给湍流不息的渭河磕头，最后又指拨着他俩相对而拜，并大声而严肃地告诉他俩："饥荒的日子，就不要那些客套了，你俩患难时相遇，是天大的缘分，希望你们相亲相爱，白头到老。"

谷狗剩可能是欢喜得过了头，他用手猛拧自己的大腿，一边拧一边说："我是做梦吗？啊，我是做梦吗？"

贾桂仙在一旁欢喜地说："你们把天地都拜了！"

谷狗剩便高腔大调地喊："我成家了！我成家了！"

谷狗剩大喊着扑向不远处的渭河，在河水里像是一条戏水冲浪的鱼儿，把一河水折腾得散散碎碎……他在河水里折腾乏了，就躺在河面上，像是躺在一张又长又宽的棉花床上。他睁眼仰望着白云悠悠的蓝天，感到在这饥饿的日子里，天空也可以那样明净空阔，太阳也可以那样明媚温暖。

在河水里折腾了好一阵，谷狗剩爬上岸来。这时候，给他主持了田野婚礼的贾桂仙已经不见了踪影。他回到柳枝窝棚前，发现和他拜了天地的谷冬梅也没闲着，她在一河滩的柳树林里，捡拾枯干掉落在地上的柳枝。她捡得可真快呀！谷狗剩的眼睛在柳树林里捕捉到她时，她已捡拾了一大捆，背着向柳枝窝棚边来了。

贾桂仙说到做到，第二日黄昏时分就把自己压箱底的一件红衫子和一条阴丹士林的蓝裤子包在一个包袱里，拿到谷狗剩的柳枝窝棚来，让谷冬梅换了，又交给她一个装着五谷杂粮和五色干果的枕头，便带着她去了谷寡婆宗祠。贾桂仙按着祭祖拜先人的老规矩，一丝不苟地指挥谷冬梅拜了谷寡婆。

就是在祭拜老祖宗谷寡婆这天的傍晚，贾桂仙发现谷冬梅的身子有些笨，就悄悄地问了她，问她可有身孕。谷冬梅没有点头，没有说话，但也没有否定。果然，六个月后的一个晚上，谷狗剩跑到村里来，把贾桂仙叫到渭河边他的柳枝窝棚里，为谷冬梅接生了一个男婴。

贾桂仙给谷狗剩说："生到谁的炕上就是谁的娃！狗剩哥哎，你听到了没？"

谷狗剩应着贾桂仙说："我听下了。"

谷狗剩三十五六岁了，没费力气白得一个小子，他有啥可说呢？他脸上看似平平静静，心里却高兴着哩。

谷冬梅和贾桂仙的友谊就这样深深地结了下来。她俩在谷寡婆村，成了一对风吹不开、雨淋不散的好姐妹。贾桂仙比谷冬梅大两岁，谷冬梅当着人面就叫贾桂仙姐姐，贾桂仙当着人面也叫谷冬梅妹妹。突然地，好姐妹中的姐姐倒头去了，谷冬梅不比贾桂仙的儿女好受啥。关键时候，她是必须来为这个困苦的家庭担些责任的。

惠杏爱从婆婆贾桂仙的嘴里，已经详详细细地知道了婆婆和谷冬梅之间的关系。因此，在她心慌意乱、毫无主意的时候，谷冬梅搭在她肩上的手，让她一下子想起了婆婆给她说过的话，她身子一转，顺势抱紧了谷冬梅，俨然抱住了一根擎天的柱子。

惠杏爱声泪俱下，说："杏爱无能，全凭冬梅婶您了……"

惠杏爱的话还有半句没说出来，就听见院子里盛装柴油的大铁桶被人凶巴巴地扳倒了，那人再用脚一蹬，铁桶便轰轰隆隆地往头门外滚了去。

第十四章

滚动柴油桶的人是谷中秋，大家都叫他"骚怪"，时间一长，他的大名倒没人叫了。他三十开外的年纪，矮矮胖胖的，生铁疙瘩似的脑袋上，长长的头发披散着，一绺又一绺，像是扯了半拉没能扯开的毡片儿，撇着的嘴角里，总夹着一支带把儿的纸烟。一进惠杏爱的家，他就把他八字形的黑眉毛一拧，红红的烂了眼眶的眼睛，根本不向为这个家庭操持丧事的众人看一眼，只顾自个儿在院子里，贼一样角角落落地搜寻着。他没看见让他稀罕的东西，只有立在墙角装柴油的大铁桶，让他还有那么一点儿兴趣，便冷冷地笑着，走到半人高的绿皮柴油桶跟前，也不管里边有没有柴油，只管扳倒了往门外滚。

巨大的响声，使悲伤的人们吃惊而意外。

有人喊着问："骚怪，你这是弄啥呢？"

绰号"骚怪"的谷中秋，把土地分到户后，没心思耕种，草草地撒了一把种子，就到绛帐镇上跑小生意去了。过两天，有人说他从广州倒腾来时髦的衣裳卖哩；再过两天，有人说他去口外倒回来牛羊卖哩……总之，他的承包地荒着，撒进地里的籽种长出苗子，苗子的间隙又长出了杂草，杂草和苗子就相互比赛着长，长得都让人分不清杂草和苗子了。谷门坎惨遭横祸，他听来绛帐镇赶集的人一说，当下就骑了他新买的一台旧摩托车，"笃笃笃笃"开着回到谷寡婆村来，连他自家的门都没进，端直到谷门坎的家里，来滚谷门坎家为小四轮拖拉机准备下的柴油桶了。他手扳脚蹬，把还剩点儿柴油的柴油桶滚着，听到有人问他话，就用一只脚踏住了滚动的柴油桶，扭过上身来，寻找向他问话的人。

因为柴油桶里还留有柴油，而盖子螺丝又没上紧，停在"骚怪"脚下的柴油桶便汨汨地往出漏着油。在上房里悲声痛哭的谷门墩，听到柴油桶的滚动声，抢先一步跑出来，看到柴油桶不停地漏油，他慌忙上去拧柴油桶的盖子。傲慢的"骚怪"没把谷门墩当回事儿，只低头把他扫了一眼，就又抬起头来，依然在人群里寻找喝问自己的人。

"骚怪"找不到喝问他的人，就红着眼睛，目光在院子里的人的脸上急速地一转，把噙在嘴角上的烟把儿吐在脚地上，"嘿嘿"地笑了一下说话了。

"骚怪"说："谁的钱都没有多余的是吧？"

"骚怪"说："就是有多余的钱，谁也不想打了水漂儿是吧？"

"骚怪"说："明人不做暗事，我把话挑明了说。年前，门坎三一回、五一回地寻到我的门上来，说他急着使唤钱，娶媳妇用哩。人生喜事，莫过于金榜题名时，洞房花烛夜，我能不给门坎借吗？我给借了，借了三十块钱。事到如今，他倒是洞房花烛夜了，可我这钱向谁要去呀？没啥好办法，我这人忙，没时间好熬，要我看，就是这个柴油桶了，顶上我给他借的钱。我还吃亏了呢。"

"骚怪"不是野兽，也没有长牙齿，他说的话却像野兽长了牙齿，把人咬着了，使满院子的人都惊吸了一口冷气，一起噎住了。噤了声的村里人，心里都有一本账，他们中给谷门坎借过钱、借过粮的人不少，十块、二十块、三十块、五六十块，粮食一斗、两斗……现在，伸手借钱借粮食的谷门坎殁了，他的老娘贾桂仙也殁了，他们也在想咋办哩。还有，谷门坎为买这台小四轮拖拉机，和老娘贾桂仙一起求村支书兼村主任谷大房，以谷寡妇村村委会的名义做担保，在信用社贷了款呢！"骚怪"说的话难听，可也是实情呀……唉唉，这可如何是好？他们家谁来担责还钱还粮呢？靠他们瘫痪在炕上的老爹谷敬勤吗？靠他们兄弟谷门墩、谷门栓和妹子谷门环吗？靠他们过门来不几天的新媳妇惠杏爱吗？他们谁是靠得住的人呢？过着庄稼日子的人，谁的家里都没有金山银山，都不宽裕，借出去的钱粮是时刻挂在他们心头的。"骚怪"一猛子跳出来，挑起了这个由头，现场的人，立马就都想起自己的债权来。不过，他们想也只是心里想了想，没人说出自己的事，更没人转眼转着去找顶债的物件。毕竟，人心都是肉长的，一个"谷"字掰不成两瓣儿，他们现时张不开那个口，伸不了那个手。只有"骚怪"这号没人味儿的东西，才会下手做那号伤天害理的邪事哩！

轰隆隆……轰隆隆……柴油桶又在院子里滚动起来了。

不迟不早，谷梦梦赶在这时候，慢腾腾地出现在了门口。

"骚怪"已经察觉出了他的孤立处境，他想多拉几个人为他助阵，看见了谷梦梦，他便立马喊叫起来："梦梦，你也是来讨债的吧？"

院子里的情况，谷梦梦并不知道，听"骚怪"这一喊叫，他有些懵懂地应道："讨债？"

"骚怪"说："对呀，讨债。你不是说过，谷门坎向你老子借了钱的吗？快往进走，看他家里有能顶债的，你就拿吧，迟了怕就赶不上了。"

院门外，院门里，站的都是人，谷梦梦以为来人都像"骚怪"一样，是来找顶债的物件的。因此，他稀里糊涂地问了一句："门坎家里还有啥好顶债的？"

"骚怪"便进一步撺掇他，说："梦梦甭问了，先下手为强，就看你看上啥了。"

跟在惠杏爱左右，一直劝惠杏爱节哀的任喜过，在上房猛地听见有人喊叫谷梦梦，而且谷梦梦应答着，不由得浑身一颤，急忙挤出上房来，只把谷梦梦和喊叫他的那人瞥了一眼，就把"骚怪"认出来了。滚动着柴油桶，并喊叫着让谷梦梦找物件顶债的"骚怪"，不正是前天晚上在她的洞房之夜，与几个人耍钱，要赢她初夜权的那个烂眼吗！一股无名之火直往任喜过的头上冲，把她恼恨得牙齿格格地响着，她不顾一切地冲上去，站在女婿谷梦梦和"骚怪"中间，咬着牙怒斥起"骚怪"来了。

任喜过把高耸的胸脯挺了挺，说："我知道你是'骚怪'。你知道大家为啥叫你'骚怪'？"

谷梦梦不想任喜过得罪"骚怪"，要挡她，便张口叫道："喜过。"

任喜过回头瞪了一眼谷梦梦，转回来又发恨地看着"骚怪"，说："你说呀，怎不说呢？"

"骚怪"哪里经过被一个进村几天的新娘子这么数落的事，想要还嘴，甚至想要骂她，却怎么也张不了口，憋得他脸色发青，像是一个上了色的紫茄子。

村支书谷大房就在这个时候走进了院子。跟在谷大房身后进来的是九先生谷正芳，他听人传了话，就书写了一副丧联拿来了。进了谷门坎家的院子，他把丧联交给还呆愣在任喜过背后的谷梦梦，给他说："都是谷姓人家，遇事了能帮一把是一把，不想帮了，也不要再生事。"

九先生谷正芳说的是他儿子谷梦梦，亮的是"骚怪"的耳朵。末了，他又给儿子谷梦梦说："化点面黏，把门口的喜联换下来。"

谷梦梦有种从是非中解脱出来的轻松感，他遵照老爹的吩咐，化面黏，去换贴在大门口的大红喜联了。

大红喜联撕下来，白亮的丧联贴上去，这一喜一哀的变换，让拥到谷门坎家里来的人，仿佛做了一场梦似的，不约而同地阴下了脸。眼皮软些的男人，以及婆娘女子，都不由自主地流起泪来。

任喜过自然也要流泪了。她不流泪则已，一流泪便把自己流得手冰脚凉，越流泪越多，怎么都止不住。

走进院子的谷大房，直直地走到"骚怪"的面前，把他直直地盯了好一阵。

谷大房说："你还知道脸红？好，知道脸红就好，把柴油桶从哪里滚来的，就滚到哪儿去，立起来。"

众人的目光，这时也都集中在了"骚怪"的身上。平日横着走路、邪着谋事的"骚怪"，原来也怕犯了众怒。他不再往门外滚柴油桶了，自然也不再蛊惑他人乱找物件顶债了。不过，他也没有听进谷大房对他的指斥，抛开踩在他脚下的柴油桶，斜着个肩膀，悻悻地向谷门坎家的大门外走去了。

目送"骚怪"走开的人群里，发出了一阵嘲笑的嘘声。"骚怪"听见了，却是不以为然的。

"骚怪"不无丧气地说："借钱还钱，再借不难。我来讨我的债，倒讨得我没理了！"

打发儿子谷梦梦去化面黏来贴丧联的九先生谷正芳，一直站在谷大房的旁边，他对谷大房撵走"骚怪"是赞成的——都在谷姓人家的村子里生活着，是必须打击邪气而树立正气的。

九先生谷正芳由衷地说："着！人无仁爱之心，猪狗都不如。"

九先生谷正芳说着话，从他的口袋里掏出了五张十元的人民币，往谷大房的手里一塞，说这是他上的礼，说也可以说是他自愿捐助的："敬勤兄弟瘫在炕上，一猛子遇着儿子和婆娘下世，他怕都要悲愁死了呢。多的我拿不出来，组织落实政策给我的，我匀出几个，给他应个急。"九先生谷正芳嘴上说的，也正是他心里想的。之前，有人找到他家里来给他传话，说谷门坎遭了横祸，想让他给撰写一副丧联，他心里悲哀着，在心里推敲着丧联的句子。有个比较成熟的腹稿，并且裁了纸，磨下墨，他捉起笔就要写时，又有人跑到他的家里，说谷门坎的娘亲贾桂仙也跟着她的大娃去了。噩耗连连，传到九先生谷正芳的耳朵里，让他的心激烈地震颤着，捉着饱蘸了墨汁的毛笔的手，也僵住不动了。天爷爷啊！他们家这可怎么得了？九先生谷正芳在心里惊呼起来了！他推翻了刚刚为谷门坎推敲好的那副丧联，重新为这双双丧命的母子推敲着丧联。一边认真地推敲，一边想着谷门坎家的难场，知道他家出了这样的大事，可正是用钱的时候呢。之前，谷门坎为娶媳妇，就从九先生谷正芳的手里倒了五十块钱，可这又算什么呢？乡里乡亲的，口袋里只要有，借来借去掀日子，这是再平常不过的事情呢。九先生谷正芳想，不知他们家还张口不张？如果张口，他还是要借给他们的。所以，九先生谷正芳撰写好了丧联，卷了往谷门坎家去的时候，从组织落实政策给他的钱中又取出五十元，准备着，到他们张口时就拿出来。"咱可不能站在干岸上，看河里水涨水落。"九先生谷正芳还真是准备对了，一进门，就听"骚怪"胡叫乱喊的，还缠着他的儿谷梦梦，害得谷梦梦懵懵懂懂差点儿像"骚怪"一样做那不仁不义的猪狗事。九先生谷正芳肚子里的火气腾腾往上升，但他毕竟是有阅历的文化人，他把自己的火气压着，巧妙地支走儿子谷梦梦，再看谷大房收拾"骚怪"谷中秋，满肚子的火气才塌下来许多，这才有了他捐钱的义举。

因为九先生谷正芳的义举，被"骚怪"搅扰得极不正常的气氛有了根本的扭转。

谷大房手里拿着九先生谷正芳捐的五十块钱，一张一张从左手数到右手，又从右手数到左手。当了多年的村支书兼村主任，谷大房心里从来没像今天这样复杂过。他自信是个经得起事情的人，谷寡婆村过去不是不死人，死了人自然都要他出面来安置，他想不出来有哪一次他安置得不好。可是今天，先有谷冬梅自掏腰包，打发运送谷门坎回村的交管工作人员和汽车司机，接着又有谷正芳带头捐款，这让他这个村支书兼村主任，心里很不是味道。他不知道，一位退休回村的县粮食局局长，一位脱帽的右派分子，这么勇于出头，究竟是想做什么，仅仅是表达他们的良知和正义吗？谷大房想不明白，但凭直觉，他知道，在谷寡婆村，许多事情都要改变了，他再一手遮天，可能会使自己难堪。

村支书兼村主任谷大房，在谷寡婆村从来都是稳坐钓鱼台的。他不怕"骚怪"谷中秋那样的货色，要想收拾他们，还不是一巴掌拍下来，就让他们变脸失色，成为狼狈逃窜的臭虫？但是对谷冬梅和谷正芳，他还敢一巴掌拍下来吗？

借给谷大房十个胆，他都是不能够的。

谷大房调整着自己的心态，左手右手的，哗啦哗啦地把九先生谷正芳的义捐数了几遍，又举起来在空中摇了两摇，说："大家看见了吗？患难见真情，九先生给咱们带了个好头，我没多的，但我也是要捐的。"

这是谷大房深思熟虑后说的一句话。他说着话，在九道弯羊羔皮袄里层摸了一阵，摸索出了五元钱，并到谷正芳义捐的五十块钱里，就又一次举起手来，在空中摇着了。

乡村的事就是这样，瞎事、好事，就怕没有带头的。有人带了头，瞎子也会跟上扑。譬如刚才，"骚怪"谷中秋的那一场折腾，就把大家的心折腾得怪怪的，有几个人，包括谷梦梦，是想要学他以物顶债，在谷门坎家翻找物件的。"骚怪"谷中秋被谷大房撵跑了，九先生谷正芳带头捐了款，谷大房积极地一跟，拥在院里院外的人，有不少也在自己的口袋里摸索起来，摸出十块的捐十块，摸出五块的捐五块，还有人摸出两块一块，就也不嫌少地都捐出来了。正应了"众人拾柴火焰高"那句民间说法，谷大房喊来村里的会计，把零零碎碎的一堆钱清点出来，竟然有六百二十七块。

谷大房给大家报了个数，让会计拿着捐款进了上房门，他跟在后面给谷敬勤交代，说这都是乡亲的一片心意，让谷敬勤务必收起来。

咽了气的贾桂仙还在炕上躺着，谷敬勤六神无主地坐在她的尸首旁，看着会计送到他面前的一堆钱，红红绿绿的，接也不是，不接也不是。因为太悲伤，也因为太感动，他终于忍耐不住，大张着嘴，号哭起来。

谷敬勤把他的手摇得像拨浪鼓，哭着说："多谢……谢乡党哩！"

谷大房劝着他，说："不谢，都是本家谷姓人。"

谷敬勤就还哭着说："支书啊……主任啊……我是没主意了，家里人，他嫂子刚……刚进门，其他几个都小，全凭你给拿主意了，我不要……不要钱……你看着把大娃，大娃……娃他妈两个埋进土……土里，就把啥……啥啥的事都安下了。"

谷大房想要应下来的，他也有责任应下来，但他在等一个人说话。这个人就是谷冬梅，此时她就在上房的炕边上坐着。她和贾桂仙要好，谷大房知道，谷寡婆村的人都知道。她不说话，谷大房不会轻易应下来。在这一刻，谷大房想，他刚才在头门口指派人打墓，指派人寻棺材板都有些莽撞了。

谷冬梅好像猜透了谷大房的心思，她从自己的身上掏出了五十块钱，加在会计拿着的一堆钱里，给谷大房说话了。

谷冬梅说："事出突然，敬勤家怕是啥都没有准备，我写了个条子，你让人到绛帐火车站去，找木材公司的李经理——我和他有些交情——让他批两副棺材板，拉回来，给门坎和他妈先把棺材打起来。"

谷大房听着，脸上浮出些许不易觉察的得意，别说你是退休的县粮食局局长，真到拿主意安置事情时，还是要咱谷大房哩。他很沉稳，又很果敢地把谷门坎和他妈贾桂仙的丧事承担下来了。

谷大房给会计说："大家捐的钱你就先管上，咱们省着花，节约着用——恐怕还差着一点儿呢。你也不要担心，先从村里大账上支，支多支少记下来，事后咱们再斟酌。"

抖擞了精神的谷大房，给会计发下话后，就给谷寡婆村里的人排了个队，谁去请木匠做棺材，谁去扯孝布报丧，谁去请乐人支帐篷……差不多都理出头绪排好了队，他才从上房出去，到院子里给院子里的人安排事。谷敬勤听着，号哭的声音弱了下来。

安排罢事情，谷大房再回上房里来，问谷敬勤还有啥要他安排的。

谷敬勤的哭声是弱下来了，但还一抽一吸地哭着，不知道怎么给谷大房说话。是感激他？是要求他？谷敬勤说不出话来。

谷大房就说了："人死不能复生，你哭两声就对咧。这几天事情多，我还有事要找你讨主意哩。"

谷大房心里明白得很，自己说的只是一句客套话，并没想得到谷敬勤的回答，他还想到院子去做些别的安排。可他的话却神奇地牵动了谷敬勤的另一根神经，他把老伴贾桂仙头底下的那只红漆枕匣掏出来，拥在怀里，小心地抚摸着，像是抚摸老伴渐渐冷硬起来的尸体……这只红漆枕匣可是贾桂仙的陪嫁物哩。她嫁进谷寡婆村的时候，怀里就抱着这个红漆枕匣。那时的红漆枕匣可是新鲜物件儿啊，抱在新嫁娘贾桂仙的怀里，像是一块燃烧着的红火蛋儿，映红了谷寡婆村一街两行人的眼睛。直到现在，不是特别健忘的人，肯定都还记得那红漆枕匣上，描金绘彩地画了一对恩恩爱爱的鸳鸯……这只画了鸳鸯的红漆枕匣，端端正正地摆放在贾桂仙和谷敬勤的炕头上，伴他俩同床共枕，耳鬓厮磨，到如今，他俩厮磨得花白了头发，同时把红漆枕匣厮磨得少了许多颜色，描金绘彩的鸳鸯几乎看不清模样了。

谷敬勤小心地摩挲着红漆枕匣，叫住了谷大房。

谷敬勤说："支书哎，你先甭忙走，听我说句话。"

谷大房把他抬起的脚又踏在了上房的脚地上。

谷敬勤说："你和他冬梅婶都在，你们听我说，我不是能拿事的人，从来都不是。我原来是个浑全人时都拿不了事，如今瘫痪在炕上，就更拿不住事了。娃他妈这两天给我一再说，说她看不错的，他嫂子惠杏爱虽说刚进门，但是个会把家的人。依我说，有啥事，你们和他嫂子惠杏爱商量就成了。"

谷大房和谷冬梅的眼睛睁大了。

两个谷寡婆村里最具势力的人，不约而同地看了一眼谷敬勤，又不约而同地转过眼来看惠杏爱，他们看见，惠杏爱的眼睛同样睁得很大。

谷敬勤够不着，没法把红漆枕匣递给惠杏爱，就顺手把它交到坐在炕沿上的谷冬梅手上，让她转交给惠杏爱。谷冬梅把红漆枕匣接到手，却没有立即给惠杏爱，她想着于她有恩的贾桂仙，想着这只红漆枕匣，知道它对于贾桂仙的重要性。

贾桂仙曾经给谷冬梅说过她的这个红漆枕匣，当时还给她说过一句话。

贾桂仙说的那句话是："人生人，吓死人！"

贾桂仙给谷冬梅说她的红漆枕匣和这句话时，正是谷冬梅生下她的儿子那天。贾桂仙说了："咱们女人不就是守着个枕匣活人吗？此外就是给人间育苗子呢。这是老先人留下的理儿，你说是吗？"谷冬梅不能否认贾桂仙的话，她不糊涂，当时她就听出来了，贾桂仙给她说的话，一半是说给她听的，一半是说给谷狗剩听的……谷冬梅抱着贾桂仙的红漆枕匣，一时之间，想的可是太多了。她当时正呼爹叫娘地生她儿子谷铁柱，她把贾桂仙吓住了。贾桂仙是谷狗剩请到渭河边上他的柳枝窝棚来给谷冬梅接生的。嫁给谷狗剩才六个月的谷冬梅，此时浑身血水，在谷狗剩柳枝窝棚的床上绝望地号叫着，翻滚着，直到惨痛地生下谷铁柱。来接生的贾桂仙，给谷铁柱洗净了身子，包裹在谷冬梅带来的小衣裳里，让谷狗剩抱了，她腾出手来，又给谷冬梅洗身子。

谷冬梅是心虚的，贾桂仙拧了一把热毛巾，刚刚擦在她半裸的身上就感觉到了。谷冬梅的身子怯惧地颤抖着，这颤抖传染了贾桂仙，她给谷冬梅擦洗身子的手也颤抖起来。

谷冬梅的身子颤抖着，怕这个早早出生的孩子不被谷狗剩接受，那她和孩子就惨了。贾桂仙的手颤抖，是因为谷冬梅的坚强。生孩子不早去医院，独自在荒寂的渭河边上挣扎，出了麻烦可怎么办？在谷寡婆村走得比较近的两个女人，用她们颤抖的身子和手做着激烈的交流。贾桂仙把一块热毛巾擦凉了，又在谷狗剩烧好的热水里拧一把毛巾，再接着给谷冬梅擦，小心仔细地把谷冬梅生谷铁柱时流出的秽物擦净了，这才安慰着谷冬梅说了那样的一段话。

贾桂仙说过了还不放心，就又给谷狗剩说："咱渭河滩上的习俗哩，生到谁的炕上就是谁的娃。谷狗剩哎，我给你说了，你说呢？"

谷狗剩怀抱着谷铁柱，亲得已把眼睛眯成了一条缝，说："是哩，是这个理儿哩！"

谷冬梅因此甜蜜地笑了。

贾桂仙却还来了劲，说："冬梅哎，我给你说哩，你也祭拜过老祖宗谷寡婆了，我看你……你干脆就是今日的谷寡婆哩！"

贾桂仙对谷冬梅的这一句评语，传开来后，竟然得到了谷寡婆村人的普遍认可。一开始，谷冬梅自己还抵触着这种说法，后来也渐渐地认可了，觉得自己大概就是转世而来的谷寡婆哩。

有了大家这样的一种认可，谷冬梅在谷寡婆村几乎如鱼得水，要风有风，要雨得雨，有了连她自己都想象不到的进步和发展。

是啊，谷冬梅进步了，发展了。可是说出那句话的贾桂仙呢？虽然也有进步，也有发展，但那又能算什么进步和发展呀！不就是个村里的妇女主任吗？一直以来，为了村里的事，她路没少跑，话没少说，然而贫困始终缠着她，使她从来都没有轻松舒坦过。年纪渐大，她先是老伴因公致伤瘫在炕上，再是日思夜想给大娃谷门坎娶媳妇，媳妇娶进门来了，三天不到，大娃又横死在小四轮拖拉机翻车事故中……你让可怜的贾桂仙怎么办呀？最终，她气血攻心，把自己苦悲的命也搭进去了。

红漆的枕匣，在谷冬梅的手里。她像贾桂仙的老伴谷敬勤一样，用手怜惜地摩挲了一阵那红漆枕匣，然后从炕沿上下到脚地，站在惠杏爱的面前，郑重地把它交到了惠杏爱的手上。

不是很沉的红漆枕匣，落到了惠杏爱的手上，像有千斤重，她费了很大的气力，才把红漆枕匣接稳了。

惠杏爱猜测，红漆枕匣里装着的东西，是家里的全部家底了。直觉告诉她，她现在还不能接过红漆枕匣。公公谷敬勤瘫在炕上，行动不方便了，但他还是家长，装着全部家当的红漆枕匣，无论如何还得由他老人家保管。

惠杏爱心里怎么想，嘴里就怎么说："红漆枕匣还是爹保管着好。"

惠杏爱说："妈不在了，爹该保管妈留下的物件的。"

惠杏爱说着，就把端在手里的红漆枕匣往炕上坐着的公公面前推。公公摇着手，坚决不接。

公公谷敬勤说："难为我娃了！"

旁边站着的谷冬梅站出来，劝说惠杏爱了。

谷冬梅说："杏爱哎！不是我多嘴，你家公公确实不是个管家的人，这你日后会知道。听我话，家里现在这个情况，还就只有你了。"

惠杏爱难受得直摇头，她望着谷冬梅，泪水流得更多了。

谷冬梅说："难也罢，易也好，摊到你面前了。"

第十五章

三天时间，一眨眼就过去了。

再过一天，就是谷门坎和贾桂仙入土的日子了。在农村，入土这件事的性质是因人而异的。入土的人如果是位古稀老人，在豁达的庄稼人看来，那就是头卸套的老驴，入土即享福，那这入土就是白喜事，操持经办时也就有了许多喜庆的成分。如果入土的是个正值盛年的人，这没什么好说，实实在在的就是一门苦丧了。而谷门坎，是新婚刚几日的新郎官哩，他殁了，连带着又使他妈悲伤过头，一口气出不来，也殁了，他家的丧事可就成了让谷寡婆村举村悲痛的大苦丧了啊！

有村支书兼村主任谷大房出面操持，谷门坎和他妈的丧事一步不少地按着乡间习俗进行着。这是谷大房与惠杏爱商量的结果——不管家里多么艰难，该待的客是一定要待的，该请的乐人是一定要请的。好在，渭河滩上的丧事，待客是不吃荤的，省了割肉这一块儿，只要到绛帐火车站多抬几坨豆腐回来，再添上白菜、蒜苗、红萝卜、粉条等，够锅上用就行了。当然，细白的长面是要多压的，细白的馒头是要多蒸的，关中西府的庄稼人，有了长面、馒头，就很满足了。前院里那棵大杏树下，谷门坎娶惠杏爱时搭的帆布篷子刚拆下，就又搭了起来。帆布篷里摆了三张大方桌，桌子周边放了三条长板凳。帮忙的人出出进进地忙碌着，其中最关键的人物是一老一少两个木匠。他们在上房的屋檐下，用锯子锯着、刨子刨着，囫囵囵囵已经打好了两口白茬棺材，又买了黑色的油漆，正在一刷子一刷子地往白茬棺材上涂着——谷门坎家境摆在那儿，实在容不得大扑腾。

婆婆贾桂仙的红漆枕匣传到了惠杏爱的手上，家里的事就只有她来拿主意了，而且还都刻不容缓。和村支书兼村主任谷大房商量，很有主见的谷大房也经验性地保留自己的意见，只虚心地听惠杏爱说，再顺着她的话来做事情。对此，惠杏爱是不怨谷大房的。她做出主张时，还想听兄弟和妹子的意见。妹子谷门环是个不怎么懂得人生大事的姑娘，嫂子提出什么她都依从。二兄弟谷门墩空有一副粗壮的身板，却傻气呆滞，任你给他怎么说，他都呆愣愣的，眼光直勾勾瞅着你，毕了，只会语气含混地说："成么，嫂子看着办哩。"小弟弟谷门栓……唉唉唉，这么说来，还就村支书兼村主任谷大房能帮帮她了。

　　当然，还有谷冬梅婶子呢，她是婆婆最后时刻交代给惠杏爱，可以依靠的人。

　　初春时节天气短，庄稼院里的人还没有喝罢晚汤，夜幕即已笼罩了整个村落。这该是各家各户到惠杏爱家商量事的时候了。然而没有别人来，只有谷冬梅婶子来到了惠杏爱的家里。她来了，把惠杏爱拉到院子一角，给她说了谷寡婆村的一些习俗。习俗中最关键的一条，就是要惠杏爱挨门挨户去磕头，请来各家主事的人，商量明天安排谷门坎和他妈贾桂仙入土的事。今儿黑只要把各家的主事人请了来，由执事人做一番分工安排，各负其责，各执其事，就能顺顺当当地把事安顿好，如不这样，事到临头出岔子，那可就不好了。这是谷寡婆村里的一个规矩——"谷"字不分家，谷寡婆村任何一家的丧事，都是全村人的事呢。

　　红肿着眼睛的惠杏爱，叫上妹子谷门环领着她，先到了谷大房的家，给谷大房磕了头。

　　谷大房是主事的人，他请动了，什么事就都好办了。

　　惠杏爱给谷大房磕了头后，给他说："我冬梅婶子让您到祠堂里去哩，她在那儿等您。"

惠杏爱在谷门环的引领下，给谷大房磕头下了话，没听见谷大房应承，却也没有多想，就又一户挨一户地去磕头了。进一家门，谷门环称呼这家人大伯大妈，惠杏爱就叫这家人大伯大妈，谷门环称呼这家人大叔大婶，惠杏爱就跟上叫大叔大婶，嘴里叫着，就要曲下腿来磕头。这让大家发慌，就要去扶她，不让她磕头，并都利索地答应她，说放下碗就过去。尽管如此，惠杏爱在谷门环的带领下，还是一户不落地磕了头，磕到后来，她的膝盖好似针刺似的疼，赶着回家里时，竟然疼得她一瘸一拐，走得踉踉跄跄，东倒西歪的。谷门环去扶她，她还推开谷门环，硬撑着自己走……越是家庭不幸的时候，惠杏爱越是要鼓足力量，为这个家庭承担一切。

在夜色中走着，惠杏爱没有防顾，突然，街巷一边的大门里走出了一个人，是任喜过。她扑到惠杏爱身边，把一卷钱塞到惠杏爱的手里，说："都是自家姐妹，你可不要嫌少。"

惠杏爱还没从任喜过的资助里回过神来，挨着任喜过家的大门里，又扑出了上官乐。她扑到惠杏爱的身边，和任喜过一样，把一卷钱塞到惠杏爱的手里，说："钱不多，救个急吧。"

三个同时嫁到谷寡婆村里来的新娘子，站在暗夜里的街巷中，不约而同地伸出手，最后紧紧地拉在了一起……她们没有说话，神情凝重地相互看着。墨绿色的天空中，无数的星星眨着眼睛，还有一轮半圆的月亮，悄悄地爬着，清清明明地挂在半天上。

任喜过说话了。她说："你这是啥命呀？啊，咋这么苦呢！"

上官乐也说话了。她说："啥命不命的，咱不信命，咱要信自己哩。要我说，就没有过不了的火焰山！"

惠杏爱感激她俩，说她还没时间和她俩说话。她在村里挨门齐户地把头磕遍了，现在要去祠堂，等着大家来，商量明天的事哩。

三个新娘子的六只手松开来了。

因为惠杏爱磕了头，还因为大家也都操心着惠杏爱家的丧事，庄稼院里主事的人，在喝毕晚汤之后，便很快地汇集到祠堂里了。

祠堂里地方小，来的人多拥不下，这谷冬梅早就预料到了。她早早地托人从祠堂里扯出一根电线，扯到祠堂门口，用一根杆子挑着，悬在祠堂门上，高高地亮起一盏一百五十瓦的灯泡，使得原本昏黑暗淡的祠堂门前明亮了许多。各个庄稼院子里的主事人，先来的摸一块烂砖，垫在屁股下坐着，后来的没东西可坐，干脆脊背靠着墙一蹭，蹲在了脚地上。除了各家主事人，村里其他人也来了不少，也都在祠堂外或站或蹲地等着了。祠堂门口戳着谷冬梅拿出来的火炉子，黑糊糊的茶罐儿咕嘟咕嘟的，又响哨儿又冒气……谷门环穿梭在人中间，给他们倒茶敬烟，惠杏爱端了一小簸箕的葵花子儿，端到各人的面前，让大家随便抓。庄稼人沉默着，呼呼地喝着茶，吃着烟，或是嗑着葵花子儿，忍不住时，才交头接耳两三句，但把声音压得低低的。当惠杏爱和谷门环来到他们面前，给他们敬烟捧茶时，多数人都不敢去看她们那悲痛忧伤的脸，只用一声长长的叹息，表达他们心中所有的哀悼和同情。

谷冬梅稳稳地坐在祠堂门口，不时地照看着火炉上响哨儿又冒气的茶罐儿，同时用眼光扫视村里的来人。九先生谷正芳来得早一些，他就坐在谷冬梅的身边，看茶罐儿里的茶汤滚到了时候，就站起身，端着茶罐儿给近旁的乡亲们递……大家都不说话，除了心里因为惠杏爱一家人而痛苦难受，显然还因为有一个人没到现场来。这个人不是别人，就是村支书兼村主任谷大房。

惠杏爱最早给他磕头，他应该是最早到祠堂门口来的呀！

这没有错，谷大房确实是最先到祠堂门口来了的，但他只在那儿停了停脚，就又迅速地离开了。多多少少的，谷大房心里犯了一点儿病。惠杏爱上门给他磕头，说是她谷冬梅婶子让他到祠堂门口来的。论起村子的老传统，有什么重大事情，到祠堂议事天经地义。祖祖辈辈多少年，一直依循着这一旧例，谷冬梅带头把祠堂毁了，这才中断了几十年。她退休回村，也不和他打商量，只和九先生谷正芳一叨咕，就腾出她的门房，把谷寡婆宗祠恢复起来了。凭良心说，谷大房也是赞成恢复谷寡婆宗祠的，可这恢复过程让他心里总觉得疙疙瘩瘩，不是个味道。在这件事上，他是被动的，太被动了。谷冬梅，再加一个谷正芳，让他一个谷寡婆村里的村支书兼村主任，仿佛外姓旁人一样无足轻重，这是不可忍受的。谷大房怎么都不能使自己落得这样一个地位，他是要反击的，但他不能明着反击，而应有手段有策略地反击。所以，谷大房披着他的那件九道弯羊羔皮袄，到祠堂门口站了站，就直接去了惠杏爱的家，他要把祠堂门口的人先晾一会儿。在谷门坎出事之前，虽然门坎的娘亲贾桂仙当着村里的妇女主任，可谷大房也是很少涉足她这个狭小的农家院落的。村支部，或者村委会要开会，需要贾桂仙参加，他会让会计在喇叭上喊两嗓子，把贾桂仙喊来就行了。谷门坎出了横祸，贾桂仙一口气上不来，跟着他走了，出了这样的大事，谷大房就不能不来了。虽说他在前天早上已安顿下了执事的人，可他还得来，这是他确立自己在谷寡婆村地位的必要姿态。在这个黄昏，谷大房进门来，先去看望瘫在炕上的谷敬勤，用一个领导者和好邻居的身份，又一次拿话劝慰开导了谷敬勤一番，然后，他退到院子里来，用行家的眼光把两副刚油漆好的棺材挑剔地看了看，琢磨了一会儿，点了头。接下来，他在院子转着，又细细详详地了解了明天过事待客的准备情况，问了执事，面条压得够不够，馒头蒸得怎么样，钱趁手不趁手。毕了，他就坐在了帆布篷下的桌子边上。惠杏爱和谷门环都去了祠堂门口，家里能走能跑的还有一个谷门墩、一个谷门栓。谷门墩人大却傻，谷门栓人碎，但灵光。小人儿看见谷大房来了，就自觉跟上去，两只眼睛滴溜溜地在他身上瞄。看他把院子里的准备情况都问过，坐在了帆布篷下，谷门栓就把桌子上放的一盒烟拿起来，抽出一根给他敬。谷大房没有接。这是他的习惯，他嫌纸烟没劲，吃的是他自己准备的黑棒棒（工字牌雪茄）。他把黑色四棱棒从自己的衣服口袋里摸出来，送到嘴边，用舌头舔着，舔湿了一圈，这才嘬在嘴头上大口大口地吸着了。浓雾一般的白烟，一团一团地缭绕在他表现得沉重而痛楚的脸前面。

谷大房吃着他的黑棒棒，指拨院子里的人，把一口黑漆棺材抬去祠堂，盛殓谷门坎。他又指拨另外一些人，把谷门坎的母亲贾桂仙盛殓进留在院子里的黑漆棺材里。这以后，他不再指拨谁，也不再问谁话，苦着一张脸，继续吃他的黑棒棒。这时候，灵光的谷门栓稚声稚气地寻着他说话了。

谷门栓说："我嫂子、我姐都到祠堂那里去了。"

正是谷门栓的这一句话，让谷大房觉得自己不能再在惠杏爱的家里多耽搁了。他想他该扎的势都扎了，该作的态也作了，现在该出场演下一出戏了。如不然，耽搁的时间一长，让在祠堂里的谷冬梅和谷正芳出了头，他可就不是"被动"一个词儿可说的了。谷大房这么想着，站起来，在谷门栓的头上轻轻地摸了摸，便吃着他的黑棒棒，一路烟火地往祠堂门口去了。

盛殓了谷门坎的黑漆棺材，就架在祠堂门前搭着的帐篷下，全村庄稼院里主事的人，都散坐在黑漆棺材前边。谷大房远远地看着，清楚他晚来了一步，但这正是谷大房刻意要的。他一来，就从人群中走到放着火炉的祠堂门口，咳嗽了一声，问了一句，这句像是问大家，实则是问谷冬梅和谷正芳。

谷大房说："人都来了？"

大家应答的声音不是很整齐，稀稀拉拉的："来咧。"

谷大房对大家的应承声不很满意。他把吃着的黑棒棒从嘴里拔下来，用他惯常看大家的眼光扫着在场的人。这给大家提了个醒，知道刚才应承谷大房的声音不齐，大家就都精神一振，又应了一声："都来咧。"坐着，或是靠墙蹴着的人，相互照看着，都怕应得不响亮。

这是谷大房所需要的，他担任村里干部许多年，主持开会养成那样一个习惯，问那么一声，算是给大家打了招呼，大家应不应是无所谓的。问毕，就该他说话了。今晚可不一样，他是一定要村里人响亮地应他一声的，这就是对谷冬梅、谷正芳的反击，也是向他们示威。

大家回应他的声音整齐洪亮，谷大房高兴了，但他没在脸上表现出来，只是低头把坐在火炉旁的谷冬梅和谷正芳各看了一眼，就给坐在祠堂门口议事的村里人说开了。他说："都来了好。不是我说，这是事实，咱们都是谷寡婆村的后人，在谷寡婆宗祠里祭拜过老人家了。今日夜里在宗祠前议事，我不多说，大家心里都有底。谷敬勤是咱连着血连着肉的本家人，他家里连遭不幸，要我说，那就是咱谷姓全村的不幸。"

谷大房说得缓慢而沉重，很是动情。一字一句，从他的嘴里吐出来，使来到谷寡婆祠堂门口的人都有同感——这不幸可不就也有他们的一份儿吗？谷大房当众询问惠杏爱，这些天安排在她家的人可都尽了心，惠杏爱重重地点头了。他就又问惠杏爱，同时也是问聚在一起商量事的村里人，谷门坎和他老娘贾桂仙就要入土了，大家还有没有觉得欠缺的，还有没有觉得不妥的。村里人没说话，惠杏爱就使劲地摇头了。总之，谷大房问得很细致，连匝墓用了多少砖，明日下葬封门又留了多少砖，也一一问到了。

是的啊，谷大房是村支书，又兼着村主任，这种难场事，他是一定要管得仔细具体的，不会允许有一丝一毫的差池和不妥。

问过了那些七七八八的事后，谷大房就给大家发话了。他说明天安埋谷门坎和他妈贾桂仙，在家的汉子都要来，抬丧、下葬，要用的人手多着哩。"我强调一下，不管谁有什么样的理由，做活儿的把活儿停下来，跑生意的把生意停下来，谁脚勤，能把天下的路都走完？谁手大，能把天下的钱都挣完？不能吧！那就都到谷敬勤家里来，把他这里的事给安顿了，耽搁不了你多少事。周围多少村子的人看着咱们谷寡婆村子哩。咱们是要把这事办好的，咱不能让旁近临村的人指责咱，说咱没人管困难人家的事，笑话咱谷姓人家生分！再者呢，大家都看见了，他们一家连殁母子两人，家里该是更困难了。咱来帮忙的人，可不能像在别人家一样要求他们家，能够省惜的就坚决地省惜！惠杏爱把明天的饭准备下了，这是她尽心哩，可咱不能来一个汉子，带上一个婆娘和一群娃娃，那种吃大户的事在这里行不通。我先表个态，明天一天我在这里帮忙看着哩，我要监督大家，大家也监督我，我就不准备在这里的锅里捞一条面，掰一块馍填我的嘴。"

一直默默地站在人群里的惠杏爱听到谷大房这么说，她忍不住叫了一声："大房叔！"

热辣辣的一声叫，让惠杏爱几天来刚刚干了一阵儿的眼睛，又一次湿了。她的鼻子酸酸的，泪花儿在眼眶里打着转儿。惠杏爱太感动了，感动中又加进了十分的感激。她感动于谷大房办事的诚恳和果敢，她也感激谷大房处事的细致和严谨，这些可都是一个好领导和长辈才有的品质啊！惠杏爱硬忍着，没有让转在眼眶里的泪水泄出来。她深情地看着谷大房，觉得他在她的眼前是多么高大啊！高大得她的眼睛都装不下了。想想看，如果没有谷大房的支持和安排，能这么快地拉回棺材板，打制好棺材吗？如果没有谷大房巧妙的运筹指派，能这么快打好墓，安顿好那烦烦琐琐的一切吗？明天她女婿谷门坎和婆婆贾桂仙入土，他又考虑、布置得多么细致啊！而且，为了不给她的家里造成更大的困难，他竟准备不在席桌上坐，不吃一条面，不嚼一块馍……啊，遇上这样一位热心负责、体贴奉公的长辈兼村领导，这不是不幸之中的大幸吗？

惠杏爱抻着袖口，在泪眼上抹了一下，向让她尊敬而感激的谷大房走近了一小步，双膝软软地就又给他跪下去了。

惠杏爱说："谢谢你哩，大房叔。"

惠杏爱说："明儿个你一定要上桌子吃饭哩。不管家里怎么困难，你领导着大家来帮忙，没有好吃好喝，赖一点儿你可也要吃，你要不吃，大家就都不吃了，大家都不吃，我死去的女婿门坎和我婆婆他们也不好瞑目啊！"

惠杏爱说："为了门坎和我婆婆，你和全村人都受累了，面我是压下了，馍我是蒸下了，你就让我们尽一点点心呀。"

谷大房弯腰去拉惠杏爱，伸着的手都快捉住她的胳膊了，又觉不妥，赶紧收了回来，拿话要求惠杏爱说："你起来，起来了听我说。"

惠杏爱仰脸看着威严真诚的谷大房，还有那么点儿谷大房不答应她，她就不起来的意思。但一身重孝随在她身边的大妹子谷门环，使劲扯着她的胳膊，把她往起拉了。

谷门环说："嫂哎，你不能跪了，你把膝盖都跪肿咧。"

围在祠堂门口的人，听了谷门环的话，就都一脸的悲戚，谷冬梅和谷正芳也是。他俩没有什么不好意思，就齐齐向前伸出手去，把惠杏爱扶起来说："都是谷姓人，你跪过一次就够了，不敢再跪了。"

惠杏爱站了起来，却仍然目不转睛地看着谷大房，希望他能答应她的请求。谷大房很是艰难地说："我可不能顾了埋死人，到头来把活人的嘴扎起来。"

谷大房说着话，又从他九道弯的羊羔皮袄夹层口袋里摸出一根黑色四棱棒，按着他的习惯剥去外边干裂的外壳，贴在嘴上，润了唾沫，点燃了，咬在嘴上吃着，这才扫视围在他周边的人。他给大家说："我是我，大家不要学我，让惠杏爱他们心里不忍，难受。"他给大家发了话后，又对着惠杏爱说："这没啥功劳摆的，全是应尽的责任呢！咱们谷寡婆村从过去到现在，从来都是这么做的。不仅咱们村，过去哪个村不是这么做的？啊，可是地分了，生产队散伙了，有些村就弄不到一搭了，一家有事，连个帮忙的人都寻不着……好了，寻着人了，就得花钱，就得大吃大喝，这成什么了？人和人，还讲不讲一点儿感情？还讲不讲一点儿道义？钱把人弄得没了人性，弄得没了人味儿。我就不这样，咱谷寡婆村就不这样，只要我还当着村支书，当着村主任，就坚决不让人这么干。咱们虽说随大流分了地，各人种各人的地，各家过各家的日子，但村集体的精神还是要哩。"

说顺了嘴，谷大房就有些管不住自己了，又是一阵长篇大论。过去，村里常要开大会，谷大房有他长篇大论的机会，也不管别人爱听不爱听，他都要滔滔不绝地说，唾沫飞溅地说，把人说瞌睡了还说。那时候，他的长篇大论大家真的不爱听，不想听，不要听。可是今夜，他的长篇大论没有把大家说烦，相反，还说起了大家的精神头，引起了大家的共鸣。他说着的时候，有人还激动地站了起来，敲着烟袋锅鼓励他。然而，谷大房理解错了，他还以为大家嫌他话多，在敲烟锅哄他哩，他便立刻住了嘴，咳嗽了两声，蹲在了火炉边上。

谷大房在心里想，说这些干什么呢？少说两句没人当咱是哑巴。他现在经常会这么想，这会儿又这么想了。刚一想，他就发现谷冬梅和谷正芳都拿眼睛看他，那眼神他看懂了，他们没有嫌他说得多，还怕他说少了。哦，谷冬梅、谷正芳他们，不像自己心眼多，他们都还欣赏着他，支持着他哩！

谷大房别提有多开心了。他正开心着，那个站起来敲烟锅的人说起来了。他说："村集体的精神是什么？就是咱们谷寡婆村传统的互助互爱精神。不要管他别的村子怎么样，咱们村有谷寡婆哩！她老祖宗是咱们村亘古不灭的精神！"

敲烟锅人的话，像在麻雀窝里戳了一棍子，几个人就接了话。

一个说："可不就是这个理儿吗？"

一个说："对对对，咱们过去讲觉悟，讲精神哩，可咱就没把觉悟呀、精神呀，弄明白过。这一说，我们倒是有点儿明白了。"

一个说："过去，情况好了，就说社会形势一片大好。出了问题呢，不从自己身上找问题，一概而论地说是社会问题。我倒是想说，这都是胡咧咧呢，今日咧咧着一股风，明日咧咧着一股风，见风了是雨！"

敲烟锅的人听得兴趣大增，就截了众人的话头，说："以后啊，甭管是谁，没弄好或是弄错了，就是自己没弄好、弄错了，就不要往社会的头上摊，把社会怨哩，可不能再说什么社会问题了。"

退休回村的县粮食局局长谷冬梅，听着大家由谷门坎和他妈贾桂仙入土所引发出来的议论，心里感受到了从没有过的震惊。原来总以为庄稼人只知道在土地里受苦，思想简单，观念浅薄，其实才不是呢！他们从自己的现实生活出发，从自己的切身体会去感受、思考和琢磨的，可是不简单、不浅薄的哩。她的内心深处，几乎就要赞成大家的议论了，但她又是冷静的，知道大家这么议论下去是危险的，起码是不应该的，她有必要阻止大家再议论下去。

谷冬梅轻轻地清了清嗓子，叫着谷大房的名字，说："你个大支书、大主任，今晚上不说明天的事，带头议论啥呢，那是咱要议论的事吗？"

脑子不笨的谷大房，之前以为大家烦他逮着机会就长篇大论，因此还差惭了一会儿，接着又听大家议论，这才发现大家并没有烦他，甚至激烈地迎合着、议论着他的长篇大论，他就有些自得，并且还想再听下去。谷冬梅大声地提醒他，让他猛地醒过神来，赶紧又从蹲着的地上站起来，招呼大家甭乱议论了："咱到祠堂门口来，不是开会务虚乱议论的，咱们到祠堂来，当着谷寡婆的面，是商量着帮助惠杏爱他们家过事的。其他的，与咱暂时没啥关系。"

谷大房几句话把大家热烈的议论压制了下来，为了转移目标，他长长地叹了口气，冲着惠杏爱问话了。他说："杏爱哎，你还有啥说的没？"

恭敬地站在一旁的惠杏爱，对谷大房刚才的长篇大论并没有品出多少味儿来，对敲着烟锅的人等几个人的纷纷议论，也同样模模糊糊听不出多少意思来。但她被大家感动了，那是一种让人心尖尖颤抖的很深很深的感动哩！啊啊啊，多么真情友爱的乡党啊！啊啊啊，多么诚挚善良的村支书、村主任啊！惠杏爱完全沉浸在感动和感激之中了。突然，她听到谷大房问她还有啥说的，是啊，她有啥说的呢？心在剧烈地颤动着，惠杏爱抬起头来，她想把挤满了院子的人都看一眼，但她最终没有，她再次低下头来，给大家说，让大家再等一会儿，她还真的有一件事，要和大家说。

惠杏爱说着，从或坐或蹴或站的人的缝隙里挤了过去，挤到安放着女婿谷门坎的棺材前，把她早早放在那里的红漆枕匣抱了过来。

多么漫长的夜啊！连着几个晚上，惠杏爱就在她黑灯瞎火的洞房里睁着双眼，伴着这个红漆枕匣，辗转难眠。尽管她的眼睛酸涩得难忍，可是她就是合不上眼，睡不着觉，躺下去，一丝丝的睡意都没有，她只能大睁着眼睛干躺着。洞房的窗户是用白粉莲纸新糊的。几天前，窗户上还贴了许多鲜艳的窗花装饰，女婿谷门坎死了，就糊成了一片惨白。还好，中间的两个窗格上镶了两块不大也不规则的玻璃。惠杏爱从两块窗玻璃上看出去，漆黑如墨的天空上，似没有星月，也没有一丝儿的亮光。深夜尖利的西北风，在院子里那棵高高的杏树枝条上，"呜呜呜呜"地鸣响着，那声音仿佛是谁压低了嗓子发出的沉沉的哭泣声。还有窗子上糊着的白粉莲纸，也受到西北风的鼓动，"噗噗噗噗"地战栗着，亦如有人哽咽着。

这该是惠杏爱自己的哭泣和哽咽呢！

惠杏爱没心思去烧炕，便任凭炕冰凉着……谷门栓依然不离不弃地蜷缩在她的身边，伸手紧紧地搂着她，使她不敢轻易动弹。稍有动作，他就会惊醒过来，更紧地搂住她，嘴里哭着叫她"姐！姐！姐！"……枕头，也是冰凉的，已被她的泪水浸透了。公公通过谷冬梅传递到她手上的红漆枕匣，原本在她的枕头边放着，后来被她推开，推得远远的了。她有点儿害怕看见那只红漆枕匣，看见了就会想一个问题，那就是，她应该怎么办呢？啊，她到底应该怎么办呀！

苦苦地思量着，惠杏爱思量不出个头绪来。她太年轻了，在人生的道路上才只走过二十一年，那是短暂的，只是漫长的人生道路上的一个开头。而以后的路程还很长……山一程，水一程，谁来陪她惠杏爱走过？

血淋淋的现实，逼迫着新婚才几天的惠杏爱，要在短暂的时间里做抉择了。

抉择……啊啊，这是个怎样艰难的抉择啊！

按渭河滩上的风俗，新嫁到一户人家的媳妇儿，百日之内是要避丧的，哪怕是自己的亲娘亲老子去世，也都要回避。这个风俗，古老而悠远，那是老祖宗的伟大智慧。她是要以风俗的理由，来给予新娘子以宽容，给予她们幸福吉祥的护佑。嫁人百日之内的新娘子，依风俗有了这样的权利：如果自己的新女婿横遭不幸，新娘子想留下来守节，这是欢迎的，给她们树碑、立牌坊也是没问题的。但如果新娘子不想留，想要走，要卷起被褥立即回娘家，那谁也不能拦，翻白了眼日娘叫老子，跳脚拍巴掌地骂，也是不能拦的，得任她干干净净、一点牵挂都没有地走，走了永不回返。对这种看似薄情的举动，庄稼人自有风俗规范着，一般都是予以谅解，不予干预的。没过百日，算不得真正的夫妻，守是守不住的，迟早要走，迟走还不如早走的好。

惠杏爱不是神仙，也不是圣女。谷门坎血头血脸地被运送回家以后，她是起过卷起被褥回娘家的念头的。这一念头刚涌上她的脑子时，是那么强烈，让她扭回头看她的洞房时，差一点儿一头冲进洞房里，去卷包拾掇她的东西了。然而，这个念头来得强烈，去得也迅速。在村里人依照风俗，争论谷门坎能不能再进家门的那一刻，她就把回娘家的念头掐灭了。到了后来，村里的人帮忙把谷门坎的尸体抬到谷寡婆宗祠里，安置在床板上后，她就坚决地压住了这个念头，死死地，强硬地压住了。

惠杏爱怎么能一扭头，夹着包裹被褥就离开呢？

惠杏爱做不出这样的事。

惠杏爱在电灯泡照耀下的祠堂门口，听谷大房问她还有啥说的，她就想起了婆婆的红漆枕匣，历史地转移到她手上的红漆枕匣。她已经把红漆枕匣打开看了，里边装着婆婆贾桂仙嫁来家里时和公公谷敬勤扯的结婚证，结婚证的相片上，婆婆和公公多么年轻啊！此外，还有谷门坎上小学和初中时的奖状和毕业证，以及谷门坎高分考入的县城高中的入学通知书，这些都平平展展地压在枕匣底。另外还有不多的几张纸票子和几张粮票、布票，惠杏爱没怎么数，就已了然于胸。除了这些，就都是一张一张纸色不同、纸张大小不一的借据了。惠杏爱把那些借据上的数字加了一下，不由得抽了一口冷气——这个家庭可是太恓惶了，借人借成这个样子，大概要使村里人躲着走了。

还好，村里人没有躲着他们一家人走，还在这一家人遭受更大困难时，自觉来帮忙，甚至捐钱给他们。惠杏爱能怎么办呢，该怎么办呢？

惠杏爱在谷冬梅主张让村里人来祠堂为她家议事时，就想着把红漆枕匣抱来了。她把红漆枕匣放在了女婿谷门坎的棺材盖上，现在抱出来，是要和大家对账了。她把红漆枕匣抱出来交到妹子谷门环的手上，让谷门环抱着，她则打开红漆枕匣的盖子，取出放在枕匣里的一把纸片儿，从左手倒到右手，又从右手倒到左手，似乎那是一叠燃烧的火苗儿，她不倒手就要烧伤了她的手心似的。

惠杏爱在手里倒着那些纸片儿，说："别的……我是啥啥都没说的了。我一家人一辈子感激大家哩，门坎有灵，也感激着哩……这阵儿，炕上的老爹把婆婆的红漆枕匣给了我，我翻看了一下，都是家里借咱村上人的债。今天晚上，我把家里的借账和大家对一下，看都记上了没有，记少了没有。"

啊哟！啊哟！啊哟！

坐着的和蹴着的谷寡婆村各家主事人，万万没有想到，在此刻，惠杏爱会提出这样的要求来。人群中有了一阵轻微的骚动，大家眼睛一起睁大了，目光盯在了新婚几天又成新寡的惠杏爱身上。

谷大房像大家一样，先也是一愣，接着，他劝阻说："这事……以后再说吧。"

惠杏爱仰起脸来……她做新娘子时圆润饱满的脸，只几天的工夫便明显地消瘦了下去，在电灯光下是那么苍白，但又不失圣洁美丽。大家发现，正是这圣洁美丽，掩盖了她的悲伤和困倦，使她显得那么坚毅和严肃。

惠杏爱说了："大房叔，我觉得把家里的欠债和大家对一下好。门坎不在了，婆婆跟着又去了，可他们欠下的债在，债不能跟着他们去。大家的日子都紧，当时能给我们家里借，我们已经承情不尽了，现在，就更不能稀里糊涂。"

院子里一片寂静，刚才那种轻微的骚动，似乎被一阵风卷走了。

谷大房像下了多大决心似的说："也好。既然惠杏爱说要把欠债订对一下，各家的主事人都在，就都耐心地订对订对，让双方都把心放下来。"

惠杏爱把纸片儿举到面前，说："我就按纸条上的数目字念，对不对，大家提出来……借宽宽叔二十块，对着没？"

有人应声了："对着哩。"

惠杏爱倒过一张纸条儿再念："借东头七爷二十块，对着没？"

有人应声了："噢，是那么回事。"

惠杏爱再倒过一张纸条儿，又念："借玉祈哥十二块，对着没？"

有人应声了："就是的。"

…………

惠杏爱不断地倒着纸条儿，一笔一笔地念着，念完了，就问谁家的债忘了没记上，得到的回答是都记上了。她这才长长地出了一口气，又从口袋里掏出一叠整齐的纸条儿，一起递到谷大房的手上。惠杏爱说了，"我把门坎和我婆婆的借款重新打了条子，从今往后，门坎和我婆婆的借债，就都是我惠杏爱的了，我给大家还。"

谷大房从惠杏爱手里接过她重新写下的借条时，手软了一下。他可从来都是个刚强的人啊，但现在，借条捏在他的手里，他不仅觉得手软，身子竟也不由自主地颤了颤，差点把他披在肩上的九道弯羊羔皮袄颤落到地上。

惠杏爱说："我初来几天，人都没全认清，麻烦大房叔给大家发一下。"

谷大房还能再说啥呢，他只有给大家发借条了。他发得被动，接的人也很被动，接到借条看时，果然，在借款人的签名处，一一写成了"惠杏爱"。

人群里，倏忽间传出了感动的抽泣声。

谷大房感到他的眼睛也发潮了，这是因为惠杏爱把一纸更大的借据推到了他的手里，那是谷大房为谷门坎作保，从信用社贷款的凭据。惠杏爱说了："大房叔哎，我还要麻烦您哩，门坎在信用社的贷款是你做的保人，你再把门坎的名字换成我的，你还给我做保人，能行不？信用社还要啥手续，你尽管给我说。"

谷大房应承着，说："你这娃娃，好，叔再跑一回。手续嘛，叔的人熟，啥话都好说。"

唏嘘复唏嘘，感叹复感叹，在谷寡婆宗祠门口议事的各家主事人，唏嘘感叹着走了，村支书兼村主任谷大房也唏嘘感叹着走了……祠堂门口就只剩下惠杏爱和谷冬梅婶子以及一些手中无忙事，关心着惠可爱家事的人了。

婆婆生前的好朋友谷冬梅，一直在祠堂门口默默地注视着惠杏爱的一举一动。村里人被惠杏爱感动了，大感动呢！现在，大家走了，谷冬梅没有走，她靠近惠杏爱，把惠杏爱拥进了自己的怀里。

谷冬梅此刻想起惠杏爱的婆婆贾桂仙早年说自己的那句话："你干脆就是今日的谷寡婆哩。"今天晚上，谷冬梅在谷寡婆宗祠门口真想把这句话再说给惠杏爱，说她可是转世的老祖宗谷寡婆。

谷冬梅刚把这句话给惠杏爱说出来，就听到一阵唢呐的声响——是谷寡婆村锣鼓队的谷子乐呢。谷门坎家里穷，请不起乐人，可要安埋谷门坎和他妈贾桂仙，也不能这么悄无声息的哇！村里人有钱的出了钱，有力的出了力，谷子乐有吹拉弹唱的本领，他便动员了司锣鼓的人，自觉来为谷门坎和他妈贾桂仙吹吹打打地送行了。

正是烧纸的时候，谷冬梅拥着惠杏爱，向惠杏爱家走了去。

谷冬梅和惠杏爱在黑暗中走得看不见人了，但围在祠堂前的村里人，并没有即刻散去。大家的目光追着谷冬梅和惠杏爱，确信她俩走得没了影儿，才不约而同地回过头来，注视着刚刚复建起来的谷寡婆祠堂。人们深深地以为，谷冬梅在前，是谷寡婆转世来的，接着呢，惠杏爱又转世来了。

第十六章

　　有了谷子乐组织的自乐班子，谷寡婆村人在吃早饭的时候，也算隆重庄严地把遭难的谷门坎和他妈贾桂仙双双送进渭河岸上的官坟了。

　　惠杏爱本来是要请吹手乐人的，都安排人去了，是伤瘫在炕上的谷敬勤挡住的。谷敬勤也被他的好儿媳惠杏爱感动了，他不想给娃娃再背包袱，就把惠杏爱叫到上房，让她把请吹手乐人的人喊回来。他说，咱不请了，又不是七老八十走的白喜事，吹吹打打图个热闹，咱是个悲伤事呢，吹吹打打图个啥呀？不请了，咱不请了……谷敬勤可以坚持不请吹手乐人，但谷子乐组织人来了，谷敬勤就没话说了。在谷子乐一班乐手的吹打下，谷寡婆村人齐心协力，镢头刨，铁锨倒，一阵铁器撞击声响过，两座新坟就高高地堆起来了。参加安葬的庄稼人，看看没有了要做的事，马上就要散去了，执事的人送上一瓶散白酒，每人对着瓶子嘴，有酒量的"咕咚"一口，没酒量的轻啜一下，再接过执事人送上来的纸烟，叼在嘴角上吃着……惠杏爱拖着抬丧的大绳，领着大妹子谷门环、大弟谷门墩和小弟谷门栓，齐刷刷跪在离坟堆很远的十字路口上，按照渭河滩上流传久远的礼节，给帮忙送葬的人们送行。

　　这个十字路口，有刚才给谷门坎和婆婆贾桂仙送葬摔碎的孝盒子。此时，惠杏爱率领弟妹跪在那里，在他们的面前，还燃着一堆麦草火，送葬回村的人过来了，就都跷着火堆过，有一个人从火堆上跷过，惠杏爱和她的弟妹就一起磕头致谢。

　　人走尽了，惠杏爱嘱咐谷门墩，让他把门环和门栓两个弟妹带回去，她自己则还想到坟堆边儿去，停上一停。谷门环高低不依惠杏爱的话，扯着她，一定要和嫂子一块儿回。但惠杏爱执意要"歇一歇"，谷门墩便扯开谷门环扯着嫂子的手，拉着她头里走了。谷门栓的态度最为坚决，说什么也不离开大姐，躺在地上耍赖，也要陪着大姐。惠杏爱对谷门栓一点儿办法都没有，便只好让他留下了。

从头天开始，北边的黄土高原上刮来的风就一直没停，强一阵，弱一阵，吹过枯瘦的渭河，在河滩上鸣响。远处和近处的高压电杆之间，下垂成一张张弓弦的高压线，因为受了西北风的侵袭，不能忍受地发出呜咽，传到官坟这边来，使难受不堪的人，心头更添了一种难受。这是谷寡婆村的官坟呢——为了躲避水患，聪明的老祖先就将官坟选在一个不小的沙岗上。大大小小的坟头，一个挨着一个，伸展开去，仿佛是浑黄的河水里涌动的浪头。那些坟堆，有的似多年无人经管，风吹雨淋，塌得几乎都要没有了；有的是用砖砌的，虽经风雨剥蚀，但依然耸立；有的坟前不栽树，不立碑，毫无标记，主人家的散漫可想而知；也有的坟前植了柏，植了松，在松柏的树荫下，还要立一块碑——这样的碑是简单的，没有了古时的龙凤雕饰和严谨工整的碑文，却也显示了主人家的良苦用心……坟地里到处长着草，此时还未染上绿色，一眼看去，就都是经历了寒冬的枯草，在冷风里索索地抖颤着……个别的坟头上，有人移栽了一簇簇的迎春花，迎着早春料峭的寒风，却也开得黄灿灿的，透出些许春意。

神情木然的惠杏爱，拉着谷门栓跪坐在新堆起的坟头前。这座新坟是谷门坎的，往后斜出的则是婆婆贾桂仙的坟。谷门栓仰着他失去红润的小脸，目不转睛地盯着惠杏爱的脸，一声也不吭，尽显他惊恐和悲切。惠杏爱呆呆地望着隆起的黄沙土丘，她望了很久很久，直望得那堆新起的黄沙土丘在她眼里一直隆起，都快隆成一座大山了，她才突然跃起，扑到黄沙土丘上，张开双臂，紧紧地搂在上面，撕心裂肺地号哭起来了。

"啊……我的个你呀……啊啊啊……"

"我的个你呀……啊啊啊……我的个你呀……啊啊啊……"

官坟里此时除了惠杏爱和谷门栓，再无他人，惠杏爱尽情地号哭着……从交管工作人员雇车把谷门坎的尸体送回村里来，惠杏爱就想号啕大哭了。可是她没有，一直压制着自己，没能放开性子痛痛快快地大哭一场，有的只是压抑地低泣或是沉默地流泪。此时，她号哭起来，栖落在官坟里的松柏树枝上的乌鸦，像是呼应着惠杏爱的号哭，也"呱呱呱呱"地惊叫着，忽而又从一棵柏树上"扑噜噜"飞起来，栖落在一棵松树上，站不多久，又从这棵松树上"扑噜噜"飞起来，飞回原来的柏树上，继续"呱呱呱呱"地惊叫。

"大姐，你甭哭嘛！"

"大姐，你甭哭嘛！"

谷门栓害怕地趴在嫂子惠杏爱的脊背上，两只小手使劲地把她往起掀，他掀不动惠杏爱，没奈何，便也号哭起来了。

谷门栓号哭着："妈呀！"

谷门栓号哭着："哥呀！"

正是谷门栓稚嫩的哭喊声，让惠杏爱渐渐地冷静下来，止住了自己的号哭。其实，她心里是明白着的，她的哭并不完全是为了黄土堆中的谷门坎，他们虽在法律意义上成了夫妻，但实际上并没有那一回事，她是为自己的命运而哭泣啊！而黄土堆中的婆婆贾桂仙，虽对她是惜爱的、信任的，但也仅止于此，她和婆婆贾桂仙还未建立起多么深厚的感情，她哭婆婆贾桂仙，说透了还是为了自己的命运而哭泣哩。她从坟堆上爬起来，把门栓揽进怀里搂紧了，搂了一会儿，又放开他，用手慢慢抹去那张小脸上的泪水。她抹着门栓的小脸，就像抹着她的心一样——她知道她还在哭，是不出声地哭呢！惠杏爱想，她虽与谷门坎没有做过夫妻该做的事，但无论怎么说，也算是夫妻一场了。还有可亲可敬的婆婆贾桂仙，他们母子突然入了土，把一切留下来，让谁承担呀！自然是她惠杏爱了。昨天晚上，她把谷门坎和婆婆借钱的凭据签名，全都替换成了自己的名字，并当着村里的人声言，她要在两年之内还清所有的债务。这绝对不是她一时的心血来潮，而是她几日来于悲痛中做出的决定。她读了十多年的书，从小学到初中，从初中到高中，最后还复读了一年，说她没有思考过自己的命运那是假话，但她那时的思考太不真实了，虚无缥缈，漫无边际。现在她心里像镜儿一样明白了，这就是命运！她觉得，无论是生活实际，还是伦理道德，或者是道义情感，都把她逼到一条标记着"守"字的路上来了。

守！

守什么呢？守寡！守贞操！守道义！

惠杏爱把她满面泪珠的脑袋摇得像拨浪鼓一般。她竭力不去想那个让她心惊肉跳的"守"字，而且她也无力去想那个让她心惊肉跳的"守"字。

可她不想又不能。

惠杏爱擦净了谷门栓的小脸，又把他的衣服伸平拽展，便领着他到娘亲贾桂仙的坟堆前，教他端正地跪下，结结实实地磕了三个头。接着又领他到哥哥谷门坎的坟堆前，教他端正地跪下，也磕了结结实实的三个头。

这六个结结实实的头，在惠杏爱的心里，是她教门栓代替她磕的，她要永不复生的谷门坎和婆婆贾桂仙在九泉之下放心，她惠杏爱会尽一切力量把这个家撑起来的，她要孝敬好伤瘫在炕上的公公谷敬勤，她要照顾好犯傻的大弟谷门墩，她更要抚养好小妹谷门环、小弟谷门栓，有可能的话，还要立即送聪明乖巧的谷门栓上学去，她相信谷门栓会是一个读书的好材料。

谷门栓代替惠杏爱磕头毕，惠杏爱便拉着小家伙的手往回走了。那是一条仅能通过架子车的沙土路，弯弯曲曲，离村算不得远。惠杏爱走得很吃力。她走走歇歇，走了一段路，却不知哪来的一股力量，又回转身，疯了似的，跑回谷门坎的坟堆前，抓起坟前剩下的砖头瓦块，照着谷门坎的坟堆，就是一阵狂砸……谷门栓影子似的跟来了，小家伙没有拉他亲爱的大姐，他看大姐把哥哥谷门坎的新坟砸得痛快，就跟上他的大姐，也抓起残砖碎瓦，照着他哥的坟堆猛砸。这是女婿谷门坎的新坟呀！惠杏爱自己砸是可以的，她不能让别人也来砸，便是谷门栓也不行。正砸着女婿谷门坎新坟的惠杏爱，转身把帮她砸坟的小弟谷门栓抱着，扯着他又往村里走了。

谷门栓不知大姐为啥要砸他哥谷门坎的新坟，走着还问："砸坟……咱还砸吗？"

惠杏爱被谷门栓问得心里一抽一抽的，又想流泪了。但她忍着，她告诫自己，从此不能再流泪了，泪水帮助不了她。她默默地走着，好半晌才走到村口上……安埋女婿谷门坎和婆婆贾桂仙，只经历了短短的几天，可她觉得浑身的力气，在这几天里似乎都用尽了。她这时只想快些回到家里，躺下来，不翻身、不做梦地睡，睡他个不识天黑天明，不知天昏地暗。

然而，谁给她大睡不醒的时间呢？

刚刚走到村口上，惠杏爱沉重的脚步猛地收住了，一步都迈不动了。她那颗已被接二连三的伤痛刺得百孔千疮的心，鲜血一下子又奔涌起来，直往她惨白的脸上冲，使她消瘦下去的脸庞猛地泛出不自然的红潮。

啊啊啊……她家门口又拥满了人，高喉咙大嗓门地嘶喊吵嚷，乱成了一团。人们拥过来，掀过去，似乎在争执揪扯着什么。

老天爷哩，又发生了什么事呀？

惠杏爱没料想到，她娘家此刻来人了。

谷门坎惨遭横祸，怎么说，惠杏爱都是该给娘家人通报的，关心她的婶子谷冬梅也提醒了惠杏爱，可是她坚持己见，执意没有让人去告诉她娘家人。她知道娘家那边都是怎样的人，她怕这头的事情还没有按住，那头再耍起麻达。她心里打算的是，待谷门坎和她婆婆贾桂仙入土为安之后，她再回娘家去，把这突然的变故，当然还有她对未来的打算，一并告诉娘家人。那时，不管娘家人是一个什么样的态度，反正，谷家的事她已伤心费力地安顿妥帖了。过去的几天里，惠杏爱一直按照自己的想法做着，她虽然悲痛至极，疲累至极，但啥都不能冲击她巴心巴肺地安顿好谷家悲惨事的决心。在婶子谷冬梅、村支书兼村主任谷大房及村里人的帮助下，惠杏爱眼看就要把谷家的事安顿得有个眉目了，可是，好事不出门，瞎事传万里，天下就没有不透风的墙，谷门坎的凶讯和婆婆的噩讯，还是不可避免地传到娘家人耳朵里去了。

娘家人气恼着惠杏爱，这么大的事竟然不给他们传话，他们便气势汹汹地撵来了。

娘家人来，心里有气，也并不是要在惠杏爱身上撒气。因为这不是气恨惠杏爱的时候，这里也不是气恨惠杏爱的地方。他们有个想法，就是来"解救"惠杏爱。他们认为，没人给他们传话报讯，肯定不是惠杏爱的主意，是谷寡婆村里人的主意呢。他们不相信刚出门的惠杏爱，突然死了女婿，又突然死了婆婆，孤苦伶仃却不想回娘家来，还不给他们说，不要他们帮忙。他们想，一定是谷寡婆村人在使坏，限制了惠杏爱的自由，要他们的女儿给才结亲几天的女婿谷门坎和婆婆贾桂仙送葬的。

这可是太欺侮人了，太不把他们惠姓人家当回事了。

要知道，渭河滩上千百年流传下来的规矩，百日不到的新媳妇是没有戴孝守丧那一说的。

气势汹汹的娘家爹，率领着惠杏爱的几位亲兄弟和几位堂兄弟，开着一辆手扶拖拉机，颠颠簸簸地一路到谷寡婆村来了。当他们来到谷寡婆村，把手扶拖拉机停在谷门坎家的门首时，全村的精壮人力和谷门坎家除瘫在炕上的谷敬勤之外的所有人，都到官坟上安埋人去了。年过半百却依然强壮精悍的惠杏爱爹，摇晃着高大魁梧的身躯，走进改贴了白纸丧联的院落，喊了两声"有人没有"，听到上房炕上谷敬勤虚弱的应承，他就"咔咔"走了几步，掀开门帘跨进了屋子。

见亲家不请自来，谷敬勤先怯了几分。但他装出十分的热情，说："亲家来了。"

惠杏爱的娘家爹却不领谷敬勤的热情，他生冷地说："谁是你的亲家？啊，我不是。"

谷敬勤赔着小心，说："家门不幸，连折大娃和他妈，我们是伤心糊涂了，没给亲家通报，是怕给亲家公染上晦气，所以想把事过了后，备上礼叫杏爱回门去再给亲家说。"

惠杏爱的娘家爹显然无心听谷敬勤的唠叨，他嗓门很高地说："对咧，你的礼就免了。我给你说，我是来引女子的，我们收拾一下，一会儿就和女子走了。"

这算是给谷敬勤把招呼打了。随后，惠杏爱的娘家爹背转身去，不再理会谷敬勤给他让烟让茶的待承，而是像他进屋时一样，"咔咔"走几步，就又去掀开门帘，到了桌凳杯盘狼藉的院子里。他手一指，叫跟他来的儿子和侄子们，去抬惠杏爱新房里的箱箱柜柜、衣服被褥了。惠杏爱的娘家爹对他的儿子和侄子们说："是咱杏爱的东西都抬上，不是咱杏爱的东西一样都不要拿。"彪悍的儿子和侄子们，也许是被院子里残留着的悲伤气氛所震慑，一言不发，一趟趟地从惠杏爱的新房里搬家具。镶着穿衣镜的大衣柜被抬出去了，描着金花的漆彩箱子被抬出去了……大红的绸缎被褥、一包袱一包袱的衣服也被搬出去了。他们甚至把脸盆架子、镜儿梳子和惠杏爱的婆婆贾桂仙传给惠杏爱的红漆枕匣都一个不剩地搬了出来，装在了惠家人开来的手扶拖拉机上。在这些物品里，最醒目的，应该还是陪嫁来的"三转一响"了——老虎牌的缝纫机、凤凰牌的自行车、蝴蝶牌的手表、燕舞牌的收音机，可是当时最为流行、最为抢眼惹人的物件呢，婆媳妇嫁女，是不敢少了这些物件的，少了就有失体面，就欠缺光彩。惠杏爱的娘家爹，那是怎样一个人儿呀，大路上抓一把干面面土，握在他手里，也要握出二两油的。他要给惠杏爱陪嫁，自己是不会出水的，而且他也不会顾及别人的感受，不会管别人难场不难场，做到做不到，因而这陪嫁名义上是娘家的陪嫁，花的钱可是都要谷门坎出的——他替女儿惠杏爱向谷寡婆村的谷门坎家讨要了缝纫机、自行车，讨要了手表和收音机。惠杏爱这几天没黑没明地转，转得她头昏脑胀，没心思戴她陪嫁来的蝴蝶牌手表，表就在她炕上的绣花枕头下压着。刚才，惠杏爱的娘家爹指挥他的一帮儿子、侄子搬运物件，待显眼处的东西搬得差不多，他硬跶进惠杏爱的新房，东翻西拣，发现了枕头下的蝴蝶牌手表，便毫不客气地抓到手里来，戴在了他的手腕上。至于缝纫机、自行车、录音机，此时也已架在手扶拖拉机的拖斗上，或提在娘家人的手上。这些物件，此时都比惠杏爱嫁来谷寡婆村时，拉在小四轮拖拉机上或戴在她腕子上、提在他人手上要醒目哩！惠杏爱娘家爹的心里想：这有什么好说道的！我家女子太可怜了，嫁过来才两天，你家娃儿谷门坎一命归西，那是你家娃儿没福喀，这能怪谁呢？还有跟着娃娃去了的贾桂仙，你不想活了，想去阴间陪你娃你去好了，我才不想我家女子留在这里挨恓惶哩。如今是新社会，改革开放了，没有啥贞节烈女一说了。我要把我家女子从这道门里引出来，回到娘家去，要不了十天半个月，就会寻下新主儿，就又会喇叭吹、锣鼓响地拜天地了。

有女不愁嫁，老惠家的女子再婚，还要嫁个初婚的人家哩。

惠杏爱的娘家爹指挥着他率领来的儿子和侄子们，把惠杏爱新房里倒腾出来的东西，往手扶拖拉机的拖斗上装得满满的，高高的，像是平地上忽然耸起的一座小山包。他们准备着，等着去官坟安埋谷门坎和他娘亲的惠杏爱回来，就拉着她一起上路。

恰在这个时候，到官坟上帮助惠杏爱安埋谷门坎和他娘亲贾桂仙的村里人，早了惠杏爱几步回到村上来了。啥话都不用说，也不用打问，只往装得满满当当的手扶拖拉机上望一眼，再去打量一下惠杏爱娘家爹的那种神气，他们就一切都明白了。

明白了是一回事，气不平是另一回事。

可怜的谷门坎，可怜的门坎他娘亲贾桂仙！谷寡婆村的人不是不讲道理的，也不是不讲情面的，他们只是觉得气不平，觉得有什么东西严重地刺伤了他们的心。是什么呢？是手扶拖拉机顶上扎绑着的老虎牌缝纫机和凤凰牌自行车，还有戴在惠杏爱娘家爹腕子上的蝴蝶牌手表和提在惠杏爱她哥手上的燕舞牌收音机吗？是的，这些东西这时候怎么看都是那么刺眼……初春冰冷的阳光，照在这些工业化的物件上，闪射出的光芒，犹如一枚枚钢针，刺激得谷寡婆村人血脉贲张，集体在心里怒吼了！啊哈！抢劫呢吗？啊！打抢人呀吗？啊！意外的悲伤，本来就使他们心情沉重，而眼下的情景更是火上浇油，让他们一腔悲痛全然化作了愤恨，他们的眼睛红了，牙齿咬得"咔吧吧，咔吧吧"地响，他们把一棱一棱凸暴着青筋的拳头攥紧，撂在胯骨上，一步一步地拥围上来了，很快就把手扶拖拉机和惠杏爱的娘家爹，以及惠杏爱的亲兄弟和堂兄弟们围困在一个圆圈中，让他们便是插上翅膀也难逃走了。

惠杏爱的娘家爹似乎并不惧怕拥围上来的谷寡婆村人。

惠杏爱的娘家爹是个霸蛮的人，经见的事多了去了。天下的事，有些是要说的，一说了之；有些事则是要打的，一打了之。今天的事，他不以为自己理亏，谁家的女儿初婚遇上女婿死，不是他这样做的？要说，他有一河滩的理由，他不怕说。说不成了打呢？打就打么，惠杏爱的娘家爹最不怕动拳脚了，别说拥围上来的人里三层，外三层，真正敢动拳脚的又有谁呢？上阵父子兵，打虎亲兄弟，拥围上来的人谁是谷门坎的父、子？谁是谷门坎的亲兄弟？太没有力量了。所以，惠杏爱的娘家爹一点儿都不怯火，他镇定地从他脖领后头抽出一管长长的旱烟锅，在烟锅里填满了烟叶，伸到他儿子面前，让他的儿子给他打火点烟。他把烟吃着了，冲着拥围上来的谷寡婆村人，东边吃一口，吐出一口烟，西边吃一口，吐出一口烟……他在心里想着女儿惠杏爱：瓜熊闷种一个！出了这种事，还不赶紧往娘家倒腾东西，竟然还到坟上送葬呢！你是疯了吗？你是傻了吗？木头脑袋不开窍，还有什么好留恋的呢？一回娘家，这里的事不就全了了吗？永远再不到这里来了嘛！你说你这贼女子，还瞒着你爹我，你是想弄啥哩？让谷寡婆村人围我吗？看我的稀奇景吗？

拥围上来的人群里有人喊话了："弄啥呀！大天白日头的，当土匪呀！"

有人带了头，自然就有人跟："当我谷寡婆村没人吗？"

一个跟了再一个跟："胆子太大咧！能让你把手扶拖拉机从谷寡婆村开出去，我们就都不姓谷了！"

更绝的一声喊在惠杏爱牵着谷门栓来到人圈外面时响起来了："老家伙拿吃烟挑衅咱们呢！把他的烟锅卸了，再卸手扶拖拉机上面的物件。"

自信自负的惠杏爱娘家爹，显然估计错了形势。在谷寡婆村人一阵杂乱的嚷叫呼喊声中，还真有人上来卸了他的长竿儿黄铜烟锅，接下来，又不管三七二十一地攀着他们已扎绑好了的手扶拖拉机拖斗，要往下卸物件了。跟着惠杏爱娘家爹来的儿子和侄子们也不肯示弱，他们把身子靠在手扶拖拉机上，与往上拥扑的谷寡婆村人推拉着，撕扯着。迅速的，有人的衣服被撕破了，有人的脸被抓伤了。

闹腾得场面就要失控，而且还可能闹出更大乱子的时候，惠杏爱牵着小弟谷门栓的手从人群外挤了进来。

有人看见她了，说："杏爱来了。"

这人说话声音一点儿都不大，完全比不过现场的大吵大闹，却尖锐地灌进在场者的耳朵里，使撕扯着、争夺着、吵骂着的人们一起停止动作，安静了下来。刚才还是那么可怕的现场，一下子变得鸦雀无声了。无论是谷寡婆村的人们，还是惠杏爱娘家爹和他率领来的儿子、侄子，都住了手，住了口，扭过头来，目光齐刷刷地集中在了惠杏爱的身上。

安静。沉默。可怕的安静和沉默。

惠杏爱静静地伫立着。一时之间，她觉得脑子里乱糟糟的，像被柴草一样的东西塞满了，像有千军万马在奔腾冲撞，要使她的脑子炸裂开来！之前，她只朦胧地预感到，她的娘家爹听到谷门坎惨遭横祸的消息后，会到谷寡婆村来，拽着她，拉她回娘家的。她是这么简单地想了，但她绝对没有想到，她的娘家爹会带着她的亲兄弟和堂兄弟们，开着手扶拖拉机来，连自己的面都没见，不听她的感受和想法，就粗暴无理地抬出她新房里的东西，一股脑儿装到车上去！这是弄的啥事嘛！这算干什么呢？她的胸膛里，有一股气流在滚动，在往上涌，使她想喊，想叫，想哭，想破口骂人！

羞辱和愤怒，一下子控制了惠杏爱。

她把她的娘家爹横了一眼，紧接着又把她的兄弟们各横了一眼。

然后，她的目光越过了她娘家爹和兄弟们，找寻着一个人。她找到了，那是远远地站在人群后头的谷冬梅——留着剪发头，穿着干部服的谷冬梅，正不动声色地观察着事态的发展。惠杏爱真希望谷冬梅能突破围了一圈又一圈的人，到她身边来，像她悲惨伤痛地面对女婿谷门坎和婆婆贾桂仙的尸体而手足无措时，来到她的身边，把手搭上她的肩头一样。那个时候，谷冬梅把手往惠杏爱的肩头一搭，惠杏爱立即有了一股战胜一切困难的力量。这一次也一样，只要谷冬梅再次把手搭上她的肩头，她仍然会立即振作起精神来，处理好一切棘手的问题。哪怕这问题就出在自己的娘家爹和兄弟们身上，她也是不怕的，一点儿都不怕。

可是，谷冬梅没有往问题旋涡中心的惠杏爱靠近，她依然固执地冷冷地观察着事态的发展。

大房叔呢？谷寡婆村的村支书兼村主任谷大房到哪儿去了？惠杏爱的目光悲怨地巡睐着，她发现他了。他像谷冬梅一样，也远远地站在一圈又一圈的人外边，披着他那件九道弯的羊羔皮袄，低着头，很有耐心地剥着他爱吃的黑色四棱棒上发脆的外皮，然后一下一下地往黑色四棱棒上润着唾沫。

谷寡婆村最具权威的谷大房，像与退休回村的县粮食局局长谷冬梅商量好了一样，无意卷入事态的旋涡中心来。

惠杏爱哪里知道，这就是谷冬梅和谷大房的厉害之处了。他俩也许有矛盾，也许有冲突，甚至是很深的矛盾、很激烈的冲突，但他俩是沉得住气的，所谓气定神闲，讲的就是他俩现时的状态——只要不出人命，完全可以任事态进一步发展，甚至恶化。此刻，他俩心里想的，几乎没有什么不同。他俩都是谷寡婆村举足轻重的人物，惠杏爱的娘家爹趁着他们招呼村里人抬谷门坎和贾桂仙的棺材去官坟入土的空当，开着手扶拖拉机来到谷寡婆村，青红不分、皂白不辨地就去拉运惠杏爱新房里的物件，这也太不把谷寡婆村人当人了。如果再往白里说，干脆就是没把谷冬梅和谷大房往眼里搁，这可是深深地刺伤了他们的自尊心，损害了他们的权威。谷大房是男人，谷寡婆村男人中的男人，就在刚才，谷大房差一点儿也要卷入撕扯中去的，是谷冬梅的冷静帮了他的忙——她虽然是个女儿身，却也不乏男人的气概以及男人的沉稳与睿智。于是，谷大房压制着自己的冲动，不动声色地站在旁边看着。谷大房不知道谷冬梅心里是咋想的，但他是愿意谷寡婆村的其他男人抡起自己的拳头，把惠杏爱的娘家爹和兄弟们都捶一顿，捶得他们头青面肿的！谷大房不无恶意地冷笑着：开玩笑哩！就凭你几个人，就是变成虎狼，也甭想在谷寡婆村撒野耍威风。告诉你们吧，要想把谷姓人家的物件轻轻松松地拉出村，不折几条胳膊，就甭想动一步！天底下没有这么轻松的便宜好占，嘿嘿，我要使你们吃饱了再兜上呢！

谷冬梅是在等待惠杏爱。

受了谷冬梅的影响，谷大房也在等待惠杏爱。

谷寡婆村两个最具权威的人，都在等待去官坟的惠杏爱。

安埋谷门坎和他妈贾桂仙的日子里，不知别人想了没有，谷冬梅和谷大房已经在想惠杏爱何去何从的问题了。谷冬梅曾经的恩人、后来的好姐妹，贾桂仙和她大娃谷门坎死了，谷冬梅岂能不为这个贫困的、支离破碎的家庭考虑啊。谷敬勤瘫在炕上，虽然一时半会儿入不了土，却也是个实际上的棺材瓢子了，对他是不能有啥指望的。谷门墩呢，正在年纪上，干活不缺力气，但谁不知道他缺根筋，是个"八成"人？谷门环聪明能干，可是年纪小，又是个姑娘娃，能指靠她来挑起这个家庭的重担吗？更甭说谷门栓了，完全就是个不醒事的牛牛娃，哭鼻子，抹眼睛是可以的，除此而外，他还能弄个啥呢？思前想后，谷冬梅没辙可想，她就只有想着惠杏爱了。只有惠杏爱不走，不离开，才支撑得住这个家庭。她耐心地观察着惠杏爱，发现惠杏爱不浮躁，有良心，有担当，完全有留下来的可能。如果惠杏爱真的留下来，谷冬梅心想，自己是不会袖手旁观的，她会尽自己一切可能帮助惠杏爱的——不仅在经济生活上，在政治生活上，自己也要全力给予帮助的。人才难得，仅安埋谷门坎和他娘亲贾桂仙的几天时间里，退休回村的县粮食局局长谷冬梅，已打心眼儿里喜欢并佩服惠杏爱了。

谷冬梅喜欢惠杏爱，想要她留在谷寡婆村，自己则帮助她、培养她。可是转念一想，谷冬梅心里又酸酸的、涩涩的，不是滋味，觉得对不起惠杏爱。

谷大房和谷冬梅思谋的问题几无二致。他从这个困难家庭的实际出发，是希望惠杏爱不要走，自觉挑起家庭重担的。可是这可能吗？初婚即守寡，不论怎么说，都是一个悲剧。将心比心，如果惠杏爱是他的女儿，他会怎么办呢？唉唉，精明强悍的谷大房几次想着这个问题，最后都把自己想糊涂了。他认定惠杏爱是会走的，一朵鲜活的正待开放的花啊……作为一个村子的支书和村主任，谷大房想，他能做的，就是在惠杏爱走的时候，设法让惠杏爱的娘家人退回谷门坎家为她所支付的所有彩礼钱。这说来不是很正，或者说几乎就是强词夺理，但他也可以拿出来，放到任何场合去说，说这是为门坎家以后的生活着想哩，咱不能让他们一家人把嘴扎起来吧？这是个理直气壮又冠冕堂皇的说法啊！如果这样做，惠杏爱抬脚走人，这个困难的家庭起码可以追回来千八百元。有了这笔钱，给二娃谷门墩寻一个媳妇，成家过日子，倒不失一个解决他家问题的办法哩。当然，惠杏爱留下来不走是最好的，那样的话，就啥话都好说了。谷大房可以做主，以后拨给村里的扶贫救济款什么的，给她家多一些不就对了？

总而言之一句话，拴住惠杏爱是最理想的结果。

头天晚上的惠杏爱，她的表现让谷大房有种出乎意料的高兴。他几乎认定了，惠杏爱必将是挑起谷门坎家家庭重担的那个人。谷大房感动了，并在心里千百次地感激着她。但在他的内心深处，总还是有一点儿不踏实，有一种没有道理的不相信。这不，她的娘家爹和娘家兄弟们寻上门来了。他还要再试一试惠杏爱，看她怎么办。反正不论什么结果，谷家的东西是一件也拉不出谷寡婆村的；再者呢，千八百元的彩礼钱，不退回谷家来，你惠杏爱就甭想出这个家门，回你娘家去，再进另一家门！

嘿嘿！嘿嘿！嘿嘿！

谷大房冷笑着，依然站在人圈外边观察事态变化。谷冬梅却轻轻地抬起脚，稳稳地往人圈的中心走去了。

谷冬梅走一步，水泄不通的人圈就让开一步，让她很有气势地走进人圈的中心，站在惠杏爱的身边，如惠杏爱所期待的，她抬起一只手来，搭在了惠杏爱的肩头上。

谷冬梅不失礼数地说："杏爱，是你娘家爹和你娘家兄弟吧？"

惠杏爱不知什么时候，干涩的眼睛里又涌满了泪水。她没应声，只轻轻地点了点头。谷冬梅就抬眼看着拥围得里三层外三层的村里人，大声地说："有理不欺上门客。散开，都散开。"

谷冬梅说："让惠杏爱娘家人先进家里去，熬茶煮饭，吃了喝了咱再说话么。"

拥围起来的人，听了谷冬梅的话，有的就慢慢散去了，但更多的人，不肯离开，他们站在原地虎视眈眈，这其中就有谷大房。别人是盯着惠杏爱的娘家人看的，他则是盯着谷冬梅看的。此刻，他觉得站在惠杏爱身边说话的人是他才对。

黑卡其棉袄的前襟被撕破了一绺，露出白花花一团棉花的惠杏爱娘家爹，像红烧肘子一般油亮的脸上，有被人吐了两口的唾沫，正往下巴颏上流着。骄横自负的一个人，此时此刻，突然变得特别委屈。

他没理步入人圈来招呼他的干部模样的谷冬梅，而是趁着人群渐散的空隙，往惠杏爱的身边靠了靠。

惠杏爱的娘家爹未说话先落泪，他说："杏爱哎！"

强忍着心里的悲凄和怨愤，惠杏爱顺着谷冬梅的话劝说她的娘家爹："爹呀，咱先进屋里去，有话在屋里说。"

惠杏爱的娘家爹哪儿听得进去她的劝，说："还进去弄啥？你把身上拍两把，把身上的土拍干净了就跟爹回。"

惠杏爱坚持着劝说她的娘家爹："锅都热着哩，炉子都旺着哩，爹不喝一口茶不吃一口饭就走，你让女儿怎么给人说呀？"

惠杏爱的娘家爹说："你给谁说啥呢？啊，爹把你新房里的物件都拾掇净了，你干干净净地跟上爹走就是了。"

惠杏爱还要劝说她娘家爹："爹……"

惠杏爱的娘家爹果断地说："走！"

惠杏爱哪里就能走啊！她依然要劝说她的娘家爹："爹……"

惠杏爱的娘家爹失去了耐心，他破口骂起来了："还说你妈的屁呢！你今天是走就跟着我走，不想走也要跟着我走！"

惠杏爱眼睛里的泪水顿时流出来，挂了一脸。她紧咬着嘴唇，那张俊俏惨白的脸面，也憋成了酱紫色。能有啥办法呢？她和霸蛮的娘家爹只能在这里说话了。

惠杏爱不容置疑地说："爹，让我的几个兄弟把手扶拖拉机上的物件卸下来。"

惠杏爱的娘家爹有点不相信自己的耳朵。他说："你把你说的话再说一遍。"

惠杏爱毫不含糊地说："那都是谷家门里的东西！"

惠杏爱的娘家爹像被杀猪刀捅到身上似的惊叫起来："啊！"

惠杏爱在她娘家爹的惊叫还没落音时，就又说："我是谷家门里的媳妇。"

惠杏爱的娘家爹闻言，脖子胀得水桶一般粗，一双圆鼓鼓的眼珠几乎要从眼眶中蹦出来了。他浑身哆嗦着，手指颤抖着，直直地戳在惠杏爱的鼻尖上，说："好好！好好！你娃情愿当个死鬼媳妇……我……我……"

惠杏爱看她的娘家爹真是气坏了，就想安慰爹几句，就把刚才急急的语气放缓了说："爹……"

惠杏爱的娘家爹硬的不吃，软的不受，他吼叫着说："你妈的屁！我不是你爹！"

惠杏爱把语气改得更缓了，说："爹……"

惠杏爱的娘家爹却更暴怒地吼叫着："甭叫我爹！我没你这个女！"

惠杏爱的娘家爹吼叫过了，似乎还不能消除他心里的愤恨，又抡圆了胳膊，在惠杏爱的脸上狠狠地抽了一巴掌，几乎把惠杏爱抽打得趴在地上。然后，他头也不拧，大步地向谷寡婆村外走去。

第十七章

　　娘家爹打在惠杏爱脸上的那记耳光，真是太响亮了，仿佛一声晴天霹雳，把谷寡婆村的人都打醒了，他们一拥而上，解除了手扶拖拉机上扎绑着的绳索，小心地卸抬着手扶拖拉机上堆积如山的物件。

　　老虎牌缝纫机卸下来了，是两个小伙儿卸抬的，旁边的婆娘女子看得眼馋，忍不住伸了手去摸，摸着，嘴里还啧啧地称赞，好牌子！好牌子！凤凰牌的自行车卸抬下来了，仍是两个小伙儿卸抬的。他们显然还没有学会骑自行车，把车卸抬下来后，就一个跨步骑上去，一个抓着后车架扶着，骑了不几步，车便歪歪扭扭地倒在一边了，惹得他们脸红耳赤，旁边人则嘻嘻哈哈嘲笑不止……大衣柜、高低柜、写字桌，以及被子、褥子、包袱都被卸抬下来了，又都由谷寡婆村的人抬着，鱼贯般往惠杏爱的新房里送……流行一时的蝴蝶牌手表之前是戴在惠杏爱娘家爹的腕子上了的，娘家爹在抬手抽打惠杏爱时，很醒目地亮出了那块明晃晃的具有防震、防摔、防水功能的手表。惠杏爱看见了，但她没好意思再说。村支书兼村主任谷大房也看见了，看见了的他皮笑肉不笑地"嘿"了一声，像是好不容易找到个让他大出风头的机会似的，挺身而上，堵住了惠杏爱的娘家爹。

　　谷大房把一根黑色四棱棒给惠杏爱的娘家爹让着："亲家公，且请息怒，吃根四棱棒棒么。"

　　这是给他搭的梯子呢，大失颜面的惠杏爱娘家爹可以借着这把梯子体面地走下来。惠杏爱的娘家爹并不笨，他去接谷大房递来的黑色四棱棒了。他是用他戴着手表的手去接的，但是谷大房把点烟的火弄灭了，并且惊惊诧诧地说起他腕子上的手表来了。

谷大房说："你腕子上的手表，前两天我见惠杏爱在手上戴着的呀。"

惠杏爱的娘家爹赶忙垂下手来，他想掩饰腕子上灿灿发亮的蝴蝶牌手表，可他眼望给他搭梯子递烟的谷大房，发现了谷大房脸上的不屑和嘲笑，便悻悻地从手腕上捋下手表，摔在谷大房伸出来的手里，扭头走了。

惠杏爱的娘家爹扭头一走，那几个跟他来的儿子和侄子们，就都如泄了气的皮球，再也不跳腾，也不嘶喊了。等手扶拖拉机上的物件卸抬尽了，他们就都爬上了空空荡荡的拖斗。竖直在半空的排气管，喷出一股一股的黑烟，踩下了油门的手扶拖拉机，"突突突突"地一阵轰响，灰溜溜地，心不甘、情不愿地往村外开去了。

望着狼狈出村的手扶拖拉机，谷寡婆村的庄稼人爆发出一阵杂乱的喊叫和哄笑。

哄笑声里，谷寡婆村的庄稼人像打了一场胜仗似的，继续帮着惠杏爱往她家里拾掇着那些散发着油漆味道的箱箱柜柜，还有散发着棉花味道的铺盖物件。

站在惠杏爱身边的谷冬梅劝说她："回去吧，杏爱。"

惠杏爱像一尊雕塑似的，一动不动。

谷冬梅就牵了惠杏爱的手，继续劝她："回去好好歇一场。这些天没少熬煎，你看你，都瘦了一圈子。"

惠杏爱被谷冬梅牵在手里，谷冬梅往前走一步，惠杏爱便跟着往前走一步，谷冬梅不走，惠杏爱便僵僵地不动……谷冬梅心里为惠杏爱想着，她为了这个家，彻彻底底地把她的娘家人得罪下了。以后的日子，她有了苦，有了心慌，想到娘家门上去走一走、站一站，都怕是不可能了。

唉唉唉，姑娘家不到万不得已，谁会挖断通往娘家的路啊！

谷大房也往惠杏爱身边来了。

谷大房的手里捉着他从惠杏爱娘家爹手腕子上巧夺回来的蝴蝶牌手表，他举在手里是要还给惠杏爱的。谷冬梅看见了，没让谷大房把手表往惠杏爱的手里递，她伸出手，一把夺了过来。

谷冬梅恨气地说："村支书太有能耐了！"

这是什么话呢？谷大房愣了愣，想要和谷冬梅强辩几句的，却突然琢磨出谷冬梅话中的意思了，于是，讪讪地笑了一下。谷冬梅却还不依不饶，要给谷大房上课。

谷冬梅说："你该替惠杏爱想想的，那是惠杏爱的娘家爹，你咋都不想一想，那么绝情，你让杏爱怎么受得了？"

显露了一下手段的谷大房，从惠杏爱娘家爹手里巧夺回这块蝴蝶表，自己心里是得意着的，还想在村里人和惠杏爱的跟前表表他的功劳呢。他实在不想让风头都被谷冬梅占了去。但他的出手，经谷冬梅这么一说，他也自觉是欠考虑了，而且是唐突的……一村人阻拦惠杏爱的娘家爹他们拉走惠杏爱新房里的东西，其实只是一种表象，根本的，是想以此留下惠杏爱。缝纫机、自行车、收录机以及满手扶拖拉机的物件，因为惠杏爱的态度，全都利利索索地卸抬下来了，至于惠杏爱的娘家爹戴在手腕上的蝴蝶表，就让他戴去好了，哪里需要做得如此绝情呢！

谷大房仔细一想，讪讪笑着的脸僵住了。大冷的天气里，他身上竟还出了一层凉津津的细汗。

谷冬梅看出了谷大房的难堪，她不再说啥了，牵着惠杏爱的手，拉着她往门里走。但就在这时，一个陌生的声音响了起来。

陌生人叫着："杏爱。惠杏爱。"

这陌生人就是运送谷门坎尸体回村的交管工作人员所说的陈增强。他站在距离惠杏爱不远的地方，身材是高高大大的，也是壮壮实实的。他在谷寡婆村人与惠杏爱的娘家人撕扯争执的时候就来了。他来得可不是时候，因为谷寡婆村的人不认识他，惠杏爱娘家人不认识他，争执撕扯的双方都不认识他，他还不知道他们为什么争执，为什么撕扯，就稀里糊涂地被卷了进去——惠杏爱娘家的人认为他是谷寡婆村的，扯住他就给了他几下。谷寡婆村的人以为他是惠杏爱娘家爹一伙儿的，就给了他几下暗拳，又给了他几下暗脚……最为糟糕的是，谷寡婆村的女子，还用她们尖利的指甲，抓破了他的棉衣和脸，此时，他棉衣的破绽处，正留着一道一道鲜红的血痕。

陈增强叫惠杏爱的声音，对于别人来说是陌生的，但对于惠杏爱来说，并不陌生。她的手被谷冬梅牵着，就把脸拧过来看。如果不是陈增强被撕扯破了棉衣，被抓烂了脸面，惠杏爱是能一眼认出陈增强的。但是陈增强棉衣破了，脸面烂了，惠杏爱就没能一眼认出陈增强。

迟疑着的惠杏爱说话了："你……你……"

陈增强往惠杏爱的面前走了走，说："我是陈增强呀！你认不出来了？"

之所以迟疑，是因为惠杏爱听着陈增强的声音，感觉熟悉，却看不清他的人。现在，他自报家门了，惠杏爱的记忆之门一下子打开了，她说："是你啊，你是陈增强哩。"

陈增强为被惠杏爱认出来而笑了起来，说："我就说么，几年的中学同学哩。"

惠杏爱看着陈增强的模样，有点不解地说："你……你……你这是怎么咧？"

陈增强很无辜地摸了摸自己的脸，又用手把翻出棉衣的棉絮往撕出来的洞眼里塞了塞。他说："谁知道咋了呢？我去北马坊煤矿拉煤，半道上发现一辆翻到沟里的小四轮拖拉机，给附近的交管部门报了案。他们处理交通事故，救治事故司机，我问了他们，在他们的许可下，把事故车辆从深沟里弄上来，草草地修理了一下，拖着来到你们村里，这就……唉，唉，挨了一顿黑打。"

事情的真相在陈增强的解释下还原了。

啊呀呀，这才是大水冲了龙王庙，大家把对惠杏爱家有恩的人，她的中学同学打了。刚才动手的谷寡婆村的几个年轻人，磨磨蹭蹭地走到陈增强跟前，很不好意思地给他道歉，有的还把自己的脸伸到陈增强的手边，让陈增强还他们几巴掌，只要他能解气，抓出几道血口子也没啥。误会消除了，陈增强又怎么能给向他道歉人的扇巴掌呢？不能了。他笑了笑，把拥上来给他道歉的谷寡婆村人推开，端直地站在了惠杏爱的面前。不用多问，也不用再打探，陈增强凭他的眼睛，已经看出遭遇不幸的正是他的中学同学惠杏爱呢。

陈增强的心怦怦激跳着，悲伤地看着惠杏爱，说："我不知道，真的不知道……唉！"

惠杏爱想给她的中学同学陈增强挤出一点儿笑的，但终究没挤出来，她只说："谢谢你了，陈增强。"

惠杏爱感激陈增强，她从他的身侧看过去，看见了陈增强辛辛苦苦给她拖回来的那台"秦川"牌的漆了红色油漆的小四轮拖拉机……啊啊……这台谷门坎用贷款和借债买回家的小四轮啊！它可是谷门坎生前寄予了极大希望的呢，可它还没怎么给这个困难的家庭带来什么变化，就以它的一次事故，要了对它充满信心的谷门坎的命。惠杏爱的心一抖，眼前一阵发黑，几乎就要软瘫在街巷上，幸亏谷冬梅牵着她的手没松，才使她有了站住的依靠。可她猛地甩脱了谷冬梅的手，披头散发的像个凶魔，冲到残破变形的小四轮拖拉机前，没命地踢打……钢铁的小四轮拖拉机，岂是肉身的拳脚可以踢打的，只几下，惠杏爱的脚手就踢打疼了，她停止捶打小四轮拖拉机的行为，在街巷上寻找起砖头和石块来。还别说，乡村的任何一条街巷里都不缺砖头石块，惠杏爱找到一块砖头，就捡起来，砸在小四轮拖拉机的机身上，砸出一声金属的干响；砸过了，她又捡起一块石块，砸在小四轮拖拉机的机身上，砸出更大的金属的干响……咣！咣！咣！

没有人劝阻惠杏爱，谷冬梅没有，谷大房没有，陈增强也没有，大家都没有，都静静地站着，目光锁定在惠杏爱的身上，跟着她，看她搬起砖头石块，一次一次地砸打着小四轮拖拉机。

惠杏爱砸打得筋疲力尽，砸打得都要虚脱了。她又搬起一块石头，举起手，却没有把石头砸打在小四轮拖拉机的机身上，她轻轻地垂下手来，把那块石头丢在她的脚边，随后扑到红色的小四轮拖拉机的机身上，双手抱着因为翻车，还因为被她砸打，而变得百孔千疮的机头，悲哀地呜咽着，又用她的额头轻轻地触碰着钢铁制造的小四轮拖拉机。

"……我的要命的小四轮拖拉机呀！"

…………

初嫁到谷寡婆村的新娘子上官乐和任喜过不好太过出头露面。在谷门坎和他妈贾桂仙相继横死与突亡的日子里，上官乐和任喜过出于年轻人的义愤与轻率，都在事态的发生、发展过程中说了话。被自己的家里人叫回家里后，同是新娘子的她俩，心里一刻没停地想着惠杏爱，为惠杏爱焦急着、伤心着，但都没有再冒失，像谷门坎出事那天那么莽撞。她们各自守在自己的家里，大门不出，二门不迈，安安静静地待了几天。可是她们，无时无刻不注意着街巷里的动静，把自己的耳朵支得高高的，把自己的眼睛擦得亮亮的……她们掐指算着，知道这一天是谷门坎和他妈贾桂仙入土的日子，便耐心地在家里守着，守到半上午，就听到了惠杏爱的家门前爆发出的争执声和撕扯声，她们就都在自己的家里守不住了。坐是不能坐的，坐着就如坐在针毡上一般难受，走又是不能走的，走着走着，不小心就会在门上碰一下头，在照壁上碰一下头。到最后，她俩横下心来，哪怕惹得人戳脊梁骨，也要豪迈地走出家门来了。

墙隔墙的两个新娘子，真是巧得很，上官乐把头从她家门里探出来时，任喜过刚好也把头探出了自家的门。她俩互相看了看，都没有笑，也没有说话，只是迅速地走到一起，手牵了手，小心地向惠杏爱的家门前走去了。

惠杏爱气走了她的娘家爹和兄弟们……惠杏爱搬起砖头石块砸打小四轮拖拉机……惠杏爱扑到小四轮拖拉机上，用她的额头磕碰小四轮拖拉机……一切的一切，每一个细微的动作，都钻进了上官乐和任喜过的眼睛里。她俩牵着的手越攥越紧，几乎要攥出冷汗来了。她俩设身处地地为惠杏爱想着：同为初婚的新娘子，她的命怎么那么苦呀？啊？她招谁惹谁了？

这种悲苦的追问与同情，像是阴毒的鬼魅，纠缠上了任喜过。直到她满腹苦涩和哀伤地被女婿谷梦梦拉回家里，天不黑就睡在了热被窝里，也没法不想惠杏爱……稀里糊涂的，自己是怎么睡着的，她不知道。睡梦中，任喜过只感到她的身上仿佛压着一座山，是那样巨大，那样沉重，她连身子都无法挪动了，是那种孙猴子被如来佛压在五行山下的感觉呢……啊啊……压着就压着吧，她的身子下面还像烧着一堆火，烤炙着、烧灼着她，几乎把她的皮肉都要烧烂了，让她有一种刺骨钻心般的疼痛。

任喜过想大声地喊，可怎么也呼喊不出声音来，是声带哑了吗？任喜过想痛痛快快地哭，让眼泪滂沱如雨地哭，但怎么都挤不出一疙瘩泪水来，是泪囊已经干枯了吗？

啊呀！啊呀！

任喜过挣扎着，翻腾着，浑身的劲儿都集中到了两条腿上去。她再次大吼了一声，这一声，她终于喊出来了，并终于推开了压在身上的那座小山，翻身坐了起来。

任喜过一身冷汗，惊魂未定地从睡梦里醒来，睁眼看时，这才发现压在她身上的不是什么小山，而是她的新女婿谷梦梦。他之前该是赤裸着肌肉疙瘩相连相叠的去，用他粗壮有力的胳膊，死死地搂着她，呼噜连天地沉睡着的。刚才，他被任喜过猛烈地推下去，也还是没有醒过来，而是翻了一下身，拽了一下被子，就又鼾声如雷地睡过去了。他是什么时候爬上她的身子，搂着她睡的，任喜过是不知道的。她只知道，睡觉的时候，她贵贱不让他钻进她的被窝里来，软缠硬磨不让，死乞白赖不让，最后，她甚至喝令他睡到炕的那头去了。

醒过来的任喜过，撇下打呼噜的谷梦梦，把自己的枕头抱着，到了炕的另一头，拽过另一条被子，裹住自己的身体，才又躺了下来。

躺下去了，又不忍心地爬起来，给光裸着身子的谷梦梦盖好了被子。

好奇怪呀！她刚才睡得多么死啊，想醒醒不来，想动不能动，可是这一醒来，却又大睁着眼睛，想睡睡不着，想不动又不能了。她在热烫烫的土炕上，烙锅盔似的，一会儿翻身到这边，睡不了一会儿，就又翻身到了那边。

在村西头做了两天新娘就迅速变为寡妇的惠杏爱，总是挥之不去地在她眼前晃动。太惨情！太可怜！太令人无法接受了！窝在家里几天，没再到西头里去，怕人说她好出头，好露面，说白了只是一个方面。另一个方面，她和上官乐交流过了，上官乐说害怕再见那样的场面。她自己呢，细想，可不也就是这样吗？后来，惠杏爱在谷寡婆村各家各户主事人的面前，揽下还女婿谷门坎和婆婆贾桂仙生前借的债的事时，任喜过没在现场，没有看见，但那事却像一股子旋风，迅速地灌进了她的耳朵。她不由自主地为惠杏爱操着心了，不晓得惠杏爱这是要怎么样——是要守寡守在谷寡婆村里吗？任喜过心里疑惑着，和上官乐一起来到惠杏爱的家门口，亲眼见到惠杏爱和她娘家爹撕破了脸面，一心要留在谷寡婆村的场景。为此，好心肠的任喜过在心里拷问她自己了——她要是惠杏爱，她要是遇上这号事，她能怎么做呢？会像惠杏爱一样吗？

惠杏爱的遭遇太令人心酸了。

可是自己——伴睡在土炕上的任喜过，觉得炕烧得太热了，火一般烙得她心烦意乱，忍不住又翻了一个身。她想，自己能否比惠杏爱坚强？

任喜过在被窝里摇头了。

就在任喜过摇头的时候，她不知道，隔壁的新娘子上官乐也睡在被窝里摇着头。

上官乐之所以摇头，理由与任喜过是一样的，都是为了惠杏爱。将心比心，上官乐也把自己与惠杏爱做了一番比较，觉得这个看似柔弱的惠杏爱，内心的强大，可不是她能比的。

看见惠杏爱支走她的娘家爹和兄弟们，又看见惠杏爱搬起砖头石块砸打小四轮拖拉机，最后又搂抱着小四轮拖拉机，用她的额头一下一下地碰撞，上官乐的心都要碎了呢。

上官乐以为，惠杏爱搬着砖石砸打小四轮拖拉机，她该是仇恨它的——是它翻到北马坊的沟里，夺去了她女婿谷门坎的生命，同时夺去了她的幸福；最后，惠杏爱搂抱住了小四轮拖拉机，她该又是爱着它的，女婿谷门坎死了，它就成了谷门坎，她搂抱着被她砸打得遍体鳞伤的小四轮拖拉机，就如抱着入了土的谷门坎一样。她要依靠这台谷门坎遗留给她的小四轮拖拉机，走谷门坎想走没能走好的路，圆谷门坎想圆没有圆的梦想。

为此，回到家里的上官乐，情不能抑，捉了笔，写了一首取名为
《钢铁制造》的诗：

　　　　冰冷的铁，

　　　　冰冷的钢，

　　　　冰冷的钢铁啊！

　　　　制造出隆隆轰鸣的发动机。

　　　　制造出把握前程的方向盘。

　　　　火热的铁，

　　　　火热的钢，

　　　　火热的钢铁啊！

　　　　锻铸起柔性似水的眼泪。

　　　　锻铸起血肉不屈的肩膀。

上官乐把她创作的这首诗推敲了一阵，最后还在主题下，拟写了
一个副题：致惠杏爱。

上官乐把这首诗写出来，到天黑上炕时，胸中的块垒依然不能消
除，她就又捉起笔来，写了一首题目为《女人的天空》的诗：

　　　　一开始没想写你，

　　　　我想写梧桐树叶上歇着的露珠，

　　　　熟睡的蜜蜂和彩蝶。

　　　　后来你占据了我，

　　　　看见你柔肩耸动，

　　　　看见你泪眼鲜红，

看见你搂住了一团钢铁的热度，

看见你是个女人。

女人的天有点低，

女人的日子却很长，很长。

　　写前头的那首诗时，上官乐没有觉得惠杏爱虚弱，也没有觉得自己虚弱。她把自己写得心血涌动，一时竟觉得自己有了男儿一样的豪情。上官乐把第二首诗写出来时，给她亲爱的谷天明朗诵了，她轻轻地朗诵了一遍，问谷天明怎么样。谷天明没有表示什么，她便给谷天明又轻轻地朗诵了一遍。这一朗诵，她把自己朗诵哭了，她哭着扑到炕上去，扳倒了谷天明，像个疯子一样，把谷天明身上的衣服撕扯着一件件脱下来，抛到了脚地上，然后又把自己脱光了，爬到谷天明的怀抱里，咬着谷天明的耳朵，要他抱紧她，抱紧些，再抱紧些……她还要谷天明和她做爱，不管不顾，疯疯癫癫地做爱，一回是不行的，她要，她还要，二一回，三一回地要，让谷天明手忙脚乱。

　　谷天明能怎么样呢？

　　对于他心爱的上官乐，只要她提出要求，别说新婚云雨，初尝过做爱的甜蜜，他自己还嫌不解馋呢！就是一次一次地做爱，谷天明已力不从心，也还努力着，一定要满足上官乐。此时的谷天明心里想的是，嘿嘿……做爱，上官乐别说是要和他做爱，便是她再疯狂些，要他动刀子杀人，他都会满足她的呢。

　　因为疯狂地做爱，上官乐累了，在谷天明的怀抱里，慢慢地沉睡了过去。

第十八章

"快快，取笔去，在新娘子的肚子上画个娃娃！"

"对，画娃娃！"

"要我说，咱连新娘子的裤儿也给脱了！啊……脱了！"

"啊哈嘿！让咱看看，是黑毛哩，还是黄毛？"

多少个日子过去了，任喜过还是不能忘记新婚之夜所受的羞辱！

那天晚上，谷寡婆村没人来耍任喜过的房，谷梦梦心慌着急，他跑到大街上去，招呼来了烂眼"骚怪"他们。他们到她的新房里来，二话不说，就在炕上掏出一副扑克牌赌起来了。任喜过看不下去，但她又不好往出躲，她就只有坐在炕沿儿上，拧过身去，任凭他们在炕上胡吆喝着赌博。他们的吆喝，奇奇怪怪，什么包二奶，什么处女红，把任喜过听得心惊肉跳，面红耳赤，后来，她还听他们吆喝初夜血！这一声吆喝过去不多会儿，他们的声音突然就齐茬茬地停住了，不吆喝，也不摔纸牌了。安静了有那么一会儿，爆发出来的就都是更为淫邪粗野的一声声狂叫："啊哈，有艳福喀，头一晚上的新娘子是咱的了！"任喜过还没意识到是怎么回事，自己的后腰已经被人猛劲地搂住了，她一下子被拖上炕去，抱在一个人的怀里了。任喜过浑身的血一下子涌到了头顶上，这到底算是做啥呢嘛！她的眼睛惊恐地大睁着，看见的正是那双烂得红刺刺的淫邪的眼睛！这时的任喜过，还不知道这个烂眼睛是被村里谑称为"骚怪"的谷中秋，她只看见他那咧得瓢儿似的大嘴巴边上，已经流出了恶心人的涎水。还没等任喜过挣扎反抗，"骚怪"那流着涎水，喷着大蒜臭气的阔嘴，已经啃到她的脸上了。同时，呼啦啦的，她缎子棉袄的扣子被扯开了，毛衣被拥了上去，一只冰冷的熊爪似的大手伸了进去，在她鼓胀饱满的还从未被人乱动的奶子上乱挖乱抓。任喜过感觉到，她的两只奶子都要被那贪婪的熊爪子撕扯下来了！

"啪！"

是耳刮子抽在烂眼"骚怪"脸上的声音，响亮，有力。

挣扎着，踢腾着，大声哭骂着的任喜过，看见了不被女婿谷梦梦待见的云小兰，被谷梦梦喝走后，她不知啥时又回到了任喜过的新房。看不过烂眼睛"骚怪"的粗野，云小兰冲进来拔刀相助，抬手抽了"骚怪"一耳刮子。正是云小兰的这一耳刮子，惊醒了不知如何是好的谷梦梦，他飞身跃起，大吼了一声"日你妈哩！"，就像狮子扑食似的扑上去，朝着把手伸进任喜过毛衣下，挖抓着任喜过奶子的"骚怪"，又准又狠地抡了一拳，把"骚怪"打得歪倒在了炕上。

打趴了"骚怪"的谷梦梦，还痛骂着："我日你妈！你狗日的太害人了！你还想把人害成啥呀？"

肆意胡闹的"骚怪"，被云小兰一耳刮子和谷梦梦的一拳头，打得眼前金星乱飞，他怪叫一声，扔下任喜过，扑过去和谷梦梦撕扯到了一块儿。

怒骂，嘶喊，哭泣，还有桌子板凳相互碰撞的声音，搅和起来，形成极不和谐的曲调。这哪里还是耍媳妇的新房呀！

好在这时，谷冬梅也来了，听到新房里的吵嚷声，立刻进来将这些人一顿骂。同来的赌徒们，此刻也觉得"骚怪"是耍得过头了。他们小心翼翼地挤过去，拉的拉，拖的拖，终于把恼羞成怒的"骚怪"拉出新房去了。就这，"骚怪"还不依不饶，边在赌友的拉扯中往外走，边跳着脚日娘叫老子地吆喝："谷梦梦有种，你等着！我要让你知道喇叭是铜锅是铁！我要让你知道马王爷是三只眼！我要让你知道狼是麻的！你好好等着，过了初一就是十五呢！"

谷梦梦不甚待见的"神经客"云小兰，也许是出于本能，也许是为了抱打不平，又一次地出手了，她鬼影一样蹿到跳脚吼骂的"骚怪"身边，飞起一脚，踢到了"骚怪"的肚子上，把他踢得立刻哑了嘴。

经过这晚上的事情，"神经客"云小兰成了任喜过的好朋友，而不怎么待见云小兰的谷梦梦，也改变了态度，对她友好起来了。

烂眼"骚怪"其实也有个名字的——谷中秋。很好听吧！但他把这个好名字糟蹋了。也不知是他太健忘，还是太没脸皮，过了些日子，居然没羞没臊地到任喜过的家里借钱了。

任喜过家门口的大槐树，经不住几日的春风吹拂，树枝上卧了一个冬天的叶苗，已经呼啦啦绽裂开来，绿出了一树的鲜嫩。当然了，不只她家门前的大槐树绿了，谷寡婆村的街巷里，所有的树木都枝摇叶颤，绿得让人心动……

谷梦梦的大哥谷劳劳承包的养猪场，在渭河南岸的一块飞地上。他忙不过来时，谷梦梦是要去河南岸帮一把的。任喜过不是无心的人，她发现了大哥谷劳劳的沉默，也发现了大哥谷劳劳的沉着。大哥谷劳劳人手紧张的时候，她也是要渡过渭河，去大哥谷劳劳的猪场里帮忙的。在渭河水里来去，任喜过发现，曲曲弯弯的渭河，夹在两岸随风荡漾的柳树林里，是那么纤瘦、黄浊，反衬得河两岸的柳树丰腴多了，一眼望不到尽头的绿色，妖娆妩媚，风姿绰约。

是的呀，春天来了。

田野里的麦子起身了，任喜过回了几次娘家，她去看望她的娘家妈豆菊芳。去一次，就见田野里的麦子长高一些。一开始，她看得见麦地里奔跑的野兔子，现在呢，别说个头娇小的野兔子，就是专职撵兔的细狗，奔跑在麦田里，也都难见它们的身影了。油菜夹杂在麦田里，不开花不怎么惹人注意，开了花，就现出油菜花的鲜艳与靓丽了。金黄灿亮的油菜花，与绿油油的麦田，分享着春季阳光的爱抚。

任喜过看了娘几次，娘也是要来看她的。这是渭河滩上的习俗，不是亲戚无所谓，是亲戚就要走动，越走越亲。任喜过的娘家妈豆菊芳这天来看任喜过，身上整整齐齐穿着的是她自己缝制的一身黑衣黑裤。

豆菊芳就是这样，哪怕是她自己缝制的粗布衣裳，也要浆洗干净，收拾齐整，然后再穿上出门。她到谷寡婆村来看女儿任喜过，穿得自然比她平时还要讲究一些。此外，还要把自己收拾得头光脸净才好哩。她走在如花似锦的田野上，走出了一路的风景，和一路的浅唱。

豆菊芳唱的是秦腔《三娘教子》王春娥的一段戏词：

> 有为娘发下誓教儿成名。
> 送儿在南学读孔孟，
> 指望你读书识礼有前程。
> 有几辈古人讲儿听，
> 黄香扇枕把亲奉，
> 王祥求鱼卧寒冰，
> 商骆儿连把三元中，
> 甘罗十二为宰卿。
> 你奴才将近十岁整，
> 还只顾贪玩不用功。
> 讲着讲着气上涌，
> 阵阵恶火往上升。
> 手执家法往下打，
> 活活地打死小畜生。

怎么说呢，豆菊芳在像她女子任喜过的年纪时，太热心于听唱流行于乡间的秦腔戏了。她虽然没有进过戏班学戏，但只凭着她的耳朵听，便记下了不少戏词儿。长时间戴着个富农婆子的大"帽子"，她是想唱秦腔戏解忧的，却一次都不敢唱。她怕一张嘴，别人又给她戴上顶宣扬帝王将相、才子佳人的大"帽子"，那她可就更受罪了。

　　现在好了，脱掉了富农婆子的大"帽子"，她是想唱就能唱了。可她人已老，又不敢大声地唱，就在路上走着的时候，低吟浅唱几嗓子，想来是不会惹人笑话的。

　　豆菊芳没有一点儿思想准备，正低吟浅唱着，却听到一个人的喝彩："美！唱得真个是美！"

　　这一声喝彩，把豆菊芳的低吟浅唱打断了。

　　喝彩声从豆菊芳的身后传来，她悄悄地回了一下头，不由得脸红了。因为，她看见的不是别人，正是她女儿任喜过的公公谷正芳。

　　谷正芳横背着两块木头板子，正向前走着时，听到了前头的低吟浅唱，他忍不住喝彩，那人却不唱了。他便话跟话地又说："唱呀！人正听得过瘾着哩！"

　　豆菊芳还能再唱吗？她肯定是不能唱了。

　　豆菊芳便招呼起背着木板头也抬不起来的九先生谷正芳来了，她说："亲家公，你甭糟贱人了。"

　　木板看来是不轻呢，九先生忽听唱秦腔的人称他亲家公，拽着背板的绳头一松，把两块横背的木板撒在地上，抬起头，见是任喜过的娘家妈，他便自嘲地说他干脆是头负重的驴子，只听声音，没看见是亲家母来了。

　　把自己嘲笑了几句，九先生谷正芳说："你女儿任喜过可是盼你早来哩。"

　　在女儿任喜过与女婿谷梦梦相亲的时候，豆菊芳和九先生两亲家也见过面。但像今天这样邂逅在春意昂然的田野上，却还是头一回。

为了不使自己难堪，任喜过的娘家妈豆菊芳说："你背这么重的木板做啥用呀？"

九先生谷正芳说："做刻板的。"

豆菊芳说："什么刻板？我不懂。"

九先生谷正芳认真地说："谷寡婆你是知道的，咱们渭河滩上的人家都知道我们村的祖宗谷寡婆。那些年，村里把谷寡婆享用的祠堂拆了，如今刚整修起来。我看祠堂的大门边上空着，我想拟一副对联，刻在木板上挂起来，也是对老祖宗的一种贡献。"

豆菊芳深表赞同地"哦"了一声。她说："你这想法好！"

受了亲家母豆菊芳的鼓励，九先生谷正芳把他搜寻到的两块上好的桐木板子又横背了起来，而此时背着，也不知为什么，竟然不觉得有多么沉重了。他大踏步地在前头走着，引领着穿得干舒齐整的亲家母豆菊芳，走回了谷寡婆村，走进了他家的门。

娘家妈的到来，让任喜过喜出望外。

九先生谷正芳不知道，娘家妈豆菊芳更不知道，就在他们进门之前，任喜过不想看见的仇对子烂眼"骚怪"，到他们家来了一回。

那个不要脸的东西，抖颤着身子来到任喜过的家里，用他的烂眼睛把院子粗粗地看过，就知道院子里除了任喜过，再没有别的人。

大哥谷劳劳的养猪场要淘粪，谷梦梦清早起来就过河去了。公公谷正芳随后也出了门，他出门去做什么，任喜过是不知道的。她孤守家门，从箱底翻出一对鞋底，穿了针，引了线，搬了一个草墩子，就在院子里的阳光下，暖融融地纳着鞋底子。不要脸的"骚怪"谷中秋进院子来了，她是看见了的，却没有抬头理睬他。

任喜过懒得理睬"骚怪"，"骚怪"自己却搭讪起来，说："新娘子，你还欠着我一个晚上的觉哩！"

"骚怪"不说还罢，一张嘴就把任喜过惹得怒从心头起，扬手就把她纳着的鞋底撇到了"骚怪"的脸上。"骚怪"躲了一下，鞋底只刮了一下他的耳朵，不过也使他的耳朵挂了红。

　　"骚怪"可真够无赖的，挨了打，他不气恼，反而乐了，他笑嘻嘻地说："打是亲，骂是爱，不打不骂不亲爱。"

　　任喜过气得两眼冒火，但她奈何不了"骚怪"，只好怒目盯视着"骚怪"。正不知如何是好的时候，"神经客"云小兰从任喜过家的头门里走了进来。她走路不偏不斜，直直地走到"骚怪"谷中秋的跟前，抬起她的巴掌，在"骚怪"的眼前晃着，晃了一下又一下。任喜过就奇怪了，那么不要脸的"骚怪"，在"神经客"云小兰的面前，为什么总是畏首畏尾，便是挨了她的耳刮子，他也不敢怎么反抗？

　　云小兰的巴掌，逼退了"骚怪"。

　　"骚怪"很是狼狈地后退着，却还解释说他是来找九先生的。他说他在绛帐火车站觅到了一宗好生意，但手头钱紧，他来是要九先生帮他筹措几千块钱的，把那宗生意做下来，他可就大发了。"骚怪"给云小兰解释着，还不忘给她挤眉弄眼，像有什么暗示似的。

　　云小兰不吃"骚怪"的暗示，巴掌仍在"骚怪"的眼前晃着。

　　"骚怪"被云小兰的巴掌逼出了头门，还在头门口上，跳着脚，脑袋越过云小兰的头顶，向院子里愤怒着的任喜过喊话。

　　"骚怪"大声喊："我还会来的。你给你爹说，让他给我筹措三千块钱，我做生意有急用。"

　　这是怎么了？怎么谷寡婆村谁想用钱，都到他们家里来借？他们家是银行吗？

　　任喜过近些日子里想得最多的，就是这件事了。之前，大哥谷劳劳安顿好他渭河南岸的养猪场，回到村里来，一家人一起喝了一顿晚汤。才把碗放下手，有一个人来了。这人和村支书兼村主任谷大房为同胞兄弟，叫谷大楼。谷大楼一来，就直直地去了公公谷正芳的上房，很是随便地脱了鞋，爬上炕去，拉过棉被，盖住他的腿脚，张口就说谷正芳："你给二娃大办喜事，咋把我忘了呢？给你说，你可是欠着我的喜烟吃，喜糖嚼哩。"

　　怪了，任喜过过门的那天，她是准备好了让人来抽喜烟、来吃喜糖、来耍的。可是没人没来喀！这些人似乎要把他们这一家"晾"到干岸上，要让他们一家在该喜庆的日子，受冷落，受寂苦，品尝没人理拾的寒冷滋味。可是，过了那个日子，家里没人请谁，却不断地有人寻上门来，嚷叫着要补吃耍房的烟、糖、花生等等。进门来的本村人，无论是老是少，无论是男是女，都是一个调调儿，他们"啊呀呀"地惊呼着，说那天晚上忙着哩，没顾上来耍新人，可这耍房的烟咧、糖咧，你家可不能把咱越了过去……来来来，给咱一样一样都补上。公公谷正芳、女婿谷梦梦笑面如花，只要人来，来了张嘴，父子俩自己脚勤着，还要让任喜过脚勤，让她出来，给来人打火点烟，让她把人都认下，谁是叔，谁是婶，谁是哥，谁是妹……没完没了。便是这样了，获得补偿的村里人似乎也并不买账，还要弹嫌。他们弹嫌糖不是奶油软糖，弹嫌烟不是带把儿的高级烟，抿过一口酒，又要弹嫌酒不是瓶装的正经西凤酒。谷梦梦给他们散烟，稍不留神，一盒烟就会被人劈手夺过去，整盒儿地装进自己的衣兜里。该吃的吃了，想拿的拿了，这些人风一般地来，雨一般地走，走着还要撒几句冷腔，说什么钱那东西，可是长着舌头哩，就只会舔肥尻子咬瘦屃。甭心疼，当爹的有公家攒钱给呢！当儿的有养猪场的大肥猪变呢！说你家是万元户，那是把你家冤屈咧！你们家三万、五万怕是打不住了！吃你几颗糖，吃你一盒烟，怕只是从牛身上拔了一根绒毛哩。你家里如今财大气粗，这一点点东西就不往眼里放了吧？有钱人就要有有钱人的气魄么！

村支书兼村主任谷大房的亲兄弟谷大楼，也到任喜过的家里来了，他来了，肯定没有其他人那么好打发。

谷大楼坐在九先生谷正芳的热炕上，谷梦梦把任喜过叫了来，给谷大楼点了烟让他吃，剥了糖让他嚼，还端了花生瓜子让他嗑。他吃着烟、嚼着糖、嗑着瓜子，就蛮有兴致地算起谷正芳家的账来了。他先算了九先生谷正芳的账，他说："你回谷寡婆村多少年了？二十年？十八年？嘿呀，你回到村子来，做活不得窍，犁不能扶，籽不会撒，麦扬不了……你说你能弄啥呢？庄稼活一样做不到位。但你出工了，出工就给你记工分，就给你分粮食、分钱款，你在谷寡婆村可是没少分粮食钱款的。当然，你是戴了'帽子'的，不过右派分子的'帽子'，突然地给你脱下来了，公家又给你补钱了。你原来的月工资是多少？不少吧？公家按月积累着给你算，一把都补给了你。公家给你补了多少？啊，三万？五万？"一个萝卜两头切，用到你这里，是一点都不冤枉你的。

谷大楼这么算计着，把他算计得头上冒烟，说："早知有这样的好处，当初我就把你的'帽子'抢过去戴了。"

算计过了九先生谷正芳的账，谷大楼又来算计谷劳劳的账了。

谷大楼说："你家大娃谷劳劳屁不放一个，眼睛倒是亮呢！生产队散伙，谁都看着渭河南的飞地和养猪场发愁，怕把自己应分应得的责任地划到河南边去。老辈人说得好，种近地，养肥牛。这是说啥呢？是说地种近了方便，牛养肥了深耕，都是种田人的经验之谈。你大娃倒好，分给他的近地不要，偏偏要了渭河南岸的飞地。飞地远呀！太远了。远地里是有个生产队时期的养猪场，可那能算个啥呢？生产队养了多年猪，有哪头猪养肥了？一茬猪差不多养，到过年，放了猪的血，不够村里人过年吃一顿饺子的。大家没把生产队的养猪场当回事，你大娃主动要了飞地，折了几个小钱就连带着就把破破烂烂的养猪场送了他。他把猪养起来了，听说头一年就出槽了百十头大肥猪，以后每年递增，听说年前的时候，陈仓城里的猪肉紧缺，他们的屠宰场来了几辆大卡车，把你大娃养猪场的肥猪一头不剩地拉走了。你说一辆大卡车能拉多少头大肥猪？一头大肥猪能值多少钱？"

谷大楼把他冒烟的头拍了拍，说："你说，我拿我的近地把你大娃渭河南岸的飞地换过来怎么样？"

谷大楼在算计谷劳劳的账的时候，谷劳劳就在现场。

谷大楼算计过了，才像突然发现了谷劳劳似的，转脸对着他，说："我算得不错吧？"

谷劳劳没有回答谷大楼的发问，但他已被谷大楼算计得一阵脸红，一阵脸白。任喜过也在当面，她只是不知，公公谷正芳和大哥谷劳劳被谷大楼这一通算计，他们心里是怎么想的。但任喜过在一边听了，只觉得她的脊梁骨发麻，她立在脚地，很有些站立不稳的感觉。

在此之前，任喜过一直苦恼着，他们一家人，在村里怎么那样背呢。

这下有了答案了。是谷大楼明着的一通算计，让任喜过明白过来的：他们家之所以背时，之所以被人妒忌，全在于他们家的情况出了村里人的意料，大家觉出了一种不公平。这可是太狭隘了，国家的政策，白纸黑字地写着，平反冤假错案在先，号召人们勤劳致富在后，她的公公谷正芳所得的补偿，是国家落实政策给的，她的大哥谷劳劳的收获，更是他辛勤养猪得来的，这可都是符合政策的收入哩！而且，任喜过认真地观察过了，家里的经济状况不错，家里的人却都十分低调，还都慈善仁德，绝无盛气凌人、张狂浪荡的举动和言语。女婿谷梦梦，公公谷正芳和大哥谷劳劳都是勤谨辛苦的人。就说女婿谷梦梦吧，没事的时候，就钻在家里，到老爹九先生的上房坐一阵子，退出来，回到新房里再坐一阵子。要做饭了，任喜过挽起袖子下厨房，他也挽起袖子跟进来，动不了案上的活，他就拉着风箱烧火。地里活儿一开，谷梦梦扛着锄头出门，锄一晌地回来，吃了饭又去。大哥谷劳劳在渭河南岸的活儿更多，他成天闷着，只知道埋头在养猪场里忙活。哥儿俩都是能做活儿的勤谨人，烟是不抽的，酒是不喝的……他们也都是有些胆小怕事的人。就说女婿谷梦梦吧，任喜过是他同床共枕的妻子，谷梦梦见了她，也只会龇着牙"嘿嘿"笑一下。如果没人逼他们，把他们逼得转不过身，他们是绝对不会惹是生非的。

任喜过总结她的大哥谷劳劳和女婿谷梦梦的所作所为，觉得他们太"窝囊"，太没有男子汉大丈夫的阳刚之气了。

谷大楼把公公谷正芳和大哥算计得唯唯诺诺，两人都不知怎么和他说话了。他倒是大方得很，像头贪婪的狮子张开了口，说："我今日来没有别的事，就是想给你爷儿们下话哩。"

话说到了正题上，公公谷正芳便活泛起来了。他满碟子满碗地应承着谷大楼，说："啥事嘛，只要老哥我能办到的，你只管说。"

谷大楼便笑嘻嘻地说了："也不是啥为难事。有人在南山里头给我联系了几车木头，价钱挺合适的，贩回来，一方能赚百十来元。可你爷儿们知道，我哪里拿得出那么多的本钱呢？咱也想和你爷儿们一样富裕哩，可就是缺少本钱。没办法，这就寻到你爷儿们面前了。哈哈，谁让你爷儿们是咱谷寡婆村带头富裕起来的人！"

公公谷正芳的眼睛眨巴了好几下，问："你说，得多少？"

谷大楼却眼睛眨都不眨地说："也不算多。你爷儿们大方了借我五千，小气了呢，就借我三千也成。"

公公谷正芳为难得半晌开不了口。大哥谷劳劳低头思量了一下，把一根烟又敬到谷大楼的嘴边上，笑着说："给你倒两个是能成的。但你知道，屋里才办了事，钱花了一河滩，一时拿不出那么多。真格的，我不哄你。"

大哥谷劳劳的话提醒了公公谷正芳，他满脸难为情，苦笑着说："劳劳给你说实话了。这一回过事扑腾得大，钱把人的手捆住了。嗯，你事急，我想办法给你倒上五百块怎么样？"

公公谷正芳近乎献媚的一番话，并没有能够暖和谷大楼的心。他听着听着，脸色就变了，一抬屁股下了炕，又一甩胳膊往外走，还拉长了声调说："把我当叫花子打发呀？谷寡婆村带头致富的富裕户，向你借三千元就像要你的命哩！我算是看透了，钱是长着脚的，见了有钱人往头上爬，见了没钱的人抬起脚踢哩。我不借了，我不借了与人一般高哩。"

跟到院子里的公公谷正芳和大哥谷劳劳，对望了一眼，谷劳劳只是跺脚，而九先生谷正芳却气恼地一屁股蹲在脚地上，两只手抱住了头，摇一下，唉一声，摇一下，唉一声。

公公谷正芳叹着气说："我有钱怎么了？啊，我没偷没抢没打劫人，都是合理合法的收入。他借钱？鬼信哩！开口三千块，到时候看吧，能还咱三块钱都算咱烧了高香哩。"

大哥谷劳劳劝老父亲谷正芳："他说钱长着舌头，钱长着脚哩。我看他说得对，谁敬奉钱，辛勤地务劳，钱就喜欢谁，就往谁的腰包里钻。他眼红了，咱不恨他眼红，政策在咱手里攥着哩。"

任喜过听大哥谷劳劳说着，又发现他的手里真攥着一份中共中央最新发布的文件——连着几年了，党中央都有关于农村、农业、农民问题的文件发布。任喜过盯着大哥谷劳劳手里攥着的文件，感觉他说话做事，心里是有谱的呢，便不由得从心里泛起一股对大哥谷劳劳的敬意来。

不过呢，任喜过还是不能理解，借钱的人为啥倒比出借人还要气长？好像他不是借钱来的，而是理直气壮讨钱来的！这到底是怎么了？为什么呢？

富裕了，倒把人给得罪下啦！任喜过实实地想不通。

在还未过门到谷寡婆村来时，任喜过在娘家耳闻过，也想象过。她耳闻她将嫁入的是一家富裕户。她想象，富裕户在一个村子里会被大家羡慕和尊重。——她还想象，一个劳动致富的家庭，一定是欢乐的、幸福的，因为他们享受的是自己的劳动成果呀。劳动致富么，党中央一再地号召么。谁不想富裕，谁不做梦，一个晚上就富得流油呢？

可是，现实生活偏偏不是这样，这让任喜过的心里充满了烦恼和痛苦。

烦恼着，痛苦着，任喜过却也理解她将全身心融入的这个家庭。她发现了公公谷正芳的雍容大度与宽和忍让，她发现了大哥谷劳劳的勤劳俭朴与认真负责，自然她还发现了女婿谷梦梦的诚恳认真与善良谨细。

任喜过觉得她是爱上这个家了。

娘家妈豆菊芳来看她了，她心里的不快和忧愁一扫而去，代之而来的是她发自内心的，自然而然地涌上脸面的喜悦。

第十九章

"天明，天明！"

白拴蛾又在院子里喊叫她的儿子了。

斜躺在炕上半欠着身子在拨弄收音机的谷天明，仰头答应了一声，可身子并没有动弹。说老实话，他有些厌烦他妈老是喊叫他——只要他和心爱的媳妇上官乐在新房里待上一阵儿，他妈就要那么长声短气地喊叫他了。其实呢，他妈那么长声短气地喊叫他，并不是有什么磨扇压住手的急事。虽然知道他妈没啥要紧事，但谷天明是个乖娃孝子，他是必须答应着他妈，从新房门里走出来，听他妈给他吩咐事情的。每一次的情况都一样，他妈吩咐的全都是鸡毛蒜皮不粘牙的细碎事情。谷天明这就有些不能理解他妈了，为啥老是要把他从和媳妇的幸福厮守中拽出来呢？

结婚了，和在学校时就倾心相爱的人终成眷属，谷天明尝到了人生最大的幸福。

有人说奋斗就是幸福，有人说见到谁就是幸福！对于那些个说法，谷天明曾经也是相信的。但现在，他把那些说教看透了，他觉得那些所谓的幸福都有点儿空，虚无缥缈，不着边际，离人们的现实生活太远了。和他爱的人上官乐结婚，对于谷天明来说才是具体的，这样的幸福触手可及，有滋有味。想想吧，有什么能比和自己心爱的人在一起，悄悄地说着缠绵而富于幻想的心里话还幸福呢！恼了，恼一会儿，闹了，闹一会儿，然后又是巫山云雨，又是搂搂抱抱，又是嘻嘻哈哈，这是把一切都隔离得远远的，只有他们二人世界里的神秘幸福哩！虽然呢，在村西头，为了谷门坎的丧事，上官乐给了他一个端不起，让他大丢了一回面子，使他尴尬，且那样的不愉快爆发在稠人广众之中，让他很丢面子，但也如同他俩的小恼和小闹一样，转眼间就都过去了，消失得无影无踪了。而幸福，则是巨大的，长久的……此刻，亲爱的上官乐趴在写字台上，拧亮了一盏戴着纱罩的台灯，埋着头，抄写着她的一篇什么稿子。谷天明就没话找着话说了。

谷天明说："写诗就写诗么，咋又弄起大块头文章来了？"

上官乐没有抬头，说："拨弄你的收音机好了，甭干扰我。"

找不到话说，谷天明一点儿都没有不开心。上官乐不让他干扰她，要他拨弄收音机，他就拨弄了一会儿。拨弄得没了耐心，他就把收音机"吱哇吱哇"拧了几下，放到一边，拾起一本杂志读起来了。这是他和上官乐看了许多遍的《当代》杂志，深绿色杂着些白道道的封面，被他俩翻得都卷了角。杂志里的头题小说就是作家吴小愚的《渭河五女》，阅读的遍数多了，其中一些精彩的段落，谷天明都能一字不落地背下来。谷天明和上官乐说起自己的恋爱，说起自己的婚姻，都说可要感谢作家吴小愚，没有他的《渭河五女》，他俩可是相见容易相爱难，怎么都无法牵起手来，走进婚姻呢！《渭河五女》就是他俩的大媒人啊。读着他烂熟于心的《渭河五女》，谷天明心猿意马，忍不住抬起头来，去看在方格稿纸上奋笔的上官乐。他的眼里满是笑意，脸上浮现着无比幸福的红光。谷天明在想，就这样了，哪怕啥话都不说，只要安静地守着自己心爱的人，没人打扰，这幸福也是令人心旷神怡，令人痴迷醉心的哩！

偏偏他妈又在叫他了。

他妈白拴蛾叫他的声音是一声比一声长，一声比一声紧："天明，天明，天明！"

谷天明应了声："啥事吗？"

白拴蛾很不满意，她"啊呀呀"地继续喊叫着，一边喊还一边用双手拍打着自己的膝盖，说："我的碎爷爷哩！我一声声地呐喊你，你就不能出来吗？热炕把你娃尻子粘在上面了，还是啥东西把你缠住了撂不开？"

没有别的办法，谷天明只有拖着鞋出门了。他一肚子的不高兴，但也不想和他娘顶嘴，就只嘟囔着问："啥事？你说。"

白拴蛾把谷天明从新房里喊叫出来，就觉得自己胜利了。对她的这个宝贝儿子，白拴蛾打心里说，永远不想惹他不高兴，永远想要把他拴在自己的裤腰带上，让他亦步亦趋地跟着她，永远不想让他受气，不让他遭难……她一会儿不见谷天明的影子，她就心空怀虚，她就没着没落，她就要长一声短一声地喊叫谷天明，把他喊叫到自己的眼前。看着他，她的心就不虚了，她的怀就不空了。

当然，白拴蛾喊叫谷天明，是一定要找出话来给他说的呢。

白拴蛾"哦"了一声，说："没啥事就不能叫你咧？"

白拴蛾等了一等，她想等谷天明说话的。但谷天明没有说，白拴蛾就只有自己说了。

白拴蛾说："你说你呀！成天钻在屋里弄啥哩？啊，是给脸上擦粉吗？是给脚上缠布吗？你说，你就不会出去满村子转一转？碰上人了就说两句，那是与人交往哩，你知道吗？就像你爹，县上、镇上，谁不熟？办起事来多顺手。谷门坎活着时贷款买拖拉机，你爹一句话，信用社就把款放下来了；谷门坎一死，他媳妇惠杏爱，求你爹说话，你爹还是一句话，信用社就延长了他们的还款时间，把谷门坎的名字顶成了惠杏爱。你说你做得到吗？村里其他人做得到吗？我说你是为你哩，你要和你爹一样，别只钻在屋子里，你要出去跑哩，联系领导，联系群众，到你爹老了的时候，你也能顶上去。"

一直趴在写字台上抄写稿件的上官乐，虽然没故意听院子里的对话，可是婆婆白拴蛾的一通长篇大论，还是一字不落地灌进了她的耳朵里。不是上官乐敏感，她听得出，婆婆白拴蛾虽然数说的是谷天明，其实拐弯抹角说的还是她。这么理解着她的婆婆白拴蛾，上官乐却没有一点儿不高兴。她淡淡地笑了笑，就继续埋头抄写着她新创作的一篇文章。上官乐呀，她本来就是一个心胸开阔的人，她之所以不把婆婆白拴蛾的话往心里去，是她以为，婆婆白拴蛾在锅台边转了一辈子，没怎么经见过世面，也少有文化修养。这样一个不懂得什么的婆婆，你又计较什么呢？再者，她现在忙得顾不上，她要赶黑把稿子抄写出来寄出去哩。

上官乐写的是一篇关于惠杏爱的通讯报道。

惠杏爱实在是值得上官乐大写特写表扬一番的呢，甚至可以说，她是当今社会上值得歌颂的典型人物！

从那天到村西头看了惠杏爱回来，接下来，上官乐又听说惠杏爱在祠堂当面锣对面鼓地将家里的欠债跟村里人对清了，又向村里人表示要代夫还债，勇敢地挑起家庭的担子。下来，面对娘家爹和兄弟们对她的威逼，她也那么坚强，毫不动摇。她不向困难低头，也不向威胁妥协，这可让上官乐太感动，太钦佩了。作为一个女人，惠杏爱身上的那种勇于面对残酷现实，不让自身依附他人的精神，是实实在在需要给予宣传和表彰的。上官乐感动着，又钦佩着，感动钦佩了许多日子，上官乐抑制不住自己的冲动，她熬了一个晚上，在一种难以抑制的激情中，写了好几首诗，譬如《钢铁制造》，还譬如《女人的天空》。上官乐以为她的诗写得感人，然而她又觉得诗歌的抽象和虚幻，作用于生活是缓慢的、间接的，也是不能准确表达惠杏爱的精神气质的。值得人敬爱的惠杏爱，是现实生活中的人物，她的高尚品格，应该迅速得到广大群众的认可，使她成为人们学习的模范。于是，上官乐灯不熄，笔不停地又写了一篇通讯报道。在报道中，上官乐如实反映了惠杏爱所遭受的痛苦打击，以及她面对痛苦打击时，表现出来的精神风貌。

通讯报道足足写了九页方格纸。

上官乐所有的激动和感情，都化作了诗一样的语言，呈现在全篇通讯稿中，使得她的报道文采斐然。她写好后，先读了一遍，当下把她感动得流了泪。

稿子写得感人，抄也要抄得认真才是，一个字、一个标点符号，在上官乐的笔下，都工整得像是印刷在纸上的一样。把自己感动得泪水长流的上官乐，决定把稿子抄好后，直接寄到省广播电台和市、县广播电台去。她是急性子，想到什么，就要立即付诸实施。婆婆白拴蛾在院子里数落女婿谷天明，并捎话带信地给她亮耳朵，她是无所谓的。她把稿子抄出来，又仔仔细细地校对了一遍，确定没有掉字漏句，就小小心心地折叠起来，往她的衣服兜里一塞，出了房门，急急忙忙找到自行车，把自行车推到院子里，准备上绛帐火车站去邮寄了。

自行车是飞鸽牌的。"三转一响"是时下流行的陪嫁物件，新嫁娘要是没有这些陪嫁，那是不可想象的，不可想象地丢脸，不可想象地掉价，因此也就是不可容忍的。上官乐是谁？县委宣传部大部长的妹子呀！她嫁的人家呢？谷寡婆村党支部书记兼村主任谷大房家。那样的陪嫁就肯定不能少，也少不了。

好多天没有外出，也没人骑她的自行车，车子上落了一层土。

上官乐就是再匆忙，也不能骑着灰头土脸的自行车上路呀！这不符合上官乐的习惯，她可是很爱干净的，何况她是个结婚时间不长的新娘子，那就更要注意自己的形象了。她用手在车座上拍打了两下，想要把车子上的灰尘震落下来，效果不是特别好，她便把自行车往院子里一支，回到新房里，取出一块抹布，细细法法地擦拭起车子来了。上官乐擦拭自行车的认真劲儿，和她写关于惠杏爱的通讯报道一样，她一丝不苟，全心全意地擦拭着自行车，直到把车子的每一个部位都擦拭得锃光发亮，她才满意地喘了口气。

自行车就该是锃光明亮的，那样骑着才有精神，才舒服哩。

上官乐为她的出行做准备时，婆婆白拴蛾把谷天明数说得不知去了哪里，自己也从院子里消失了。上官乐懂得，她要出门是该给婆婆打声招呼的，可她在上房、偏厦和院子里到处找，都找不到婆婆的影子。上官乐找不见婆婆，还"妈，妈"地叫了两声，也没有叫应婆婆。上官乐心里奇怪着，但也没太在意，便放下自行车的支架，推着车，铮铮铮铮……轻声欢快地往头门口走了。

自行车的前轮都已探出头门了，再往前走两步，上官乐就会推着自行车到街巷里了，这时，她的公公谷大房和婆婆白拴蛾却迎面走来了。

婆婆白拴蛾不高兴了。

婆婆白拴蛾惊诧地问："哟！你推自行车弄啥去呀！"

上官乐看出了婆婆白拴蛾的不高兴，但她装傻充愣，没心没肺地笑着说："我到处找你找不着，不知你到哪里去了。"

婆婆白拴蛾的脸舒展了一点，知道媳妇上官乐的心里还是把她这个婆婆当回事儿哩，但她的问话还有几分严厉："你只说你弄啥去呀？"

上官乐把腰直了一下，说："我到绛帐火车站去一下。"

婆婆白拴蛾说："去哪儿有事吗？"

上官乐不笑了，说："有事。我刚写了一篇稿子，到绛帐火车站把它寄出去。"

婆婆白拴蛾拖长声"哦"了一下。她那颧骨突出的脸上，一道道的皱纹瞬间像有一只无形的手抻着，一下子都平了，一双小而圆的眼睛不停地眨动着，淡得几乎看不见的眉毛扬了起来……她拉开了架势，要说一说上官乐了。

婆婆白拴蛾说："好我的儿媳妇哩，写了稿子发稿子去呀！我儿媳妇可是不简单呢。不过，你得听我说，你进了咱屋里，就是咱屋里的媳妇儿，我就是你妈，妈说你，你可不要不爱听。你说是吗？"

婆媳站在头门口对立着，公公谷大房是走也不好，不走也不好。他静静地站在白拴蛾一边，一直没有张嘴，但他的眼睛盯着上官乐扶在手上的自行车，听白拴蛾数说上官乐。在谷大房的心里，他是乐意白拴蛾数说上官乐的。那一天，在惠杏爱的家门口，嫁到谷寡婆村才几天，人还没认熟呢，他这个儿媳妇就敢在千人百众面前充大拿，说大话，真是太把自己当人了。从那以后，谷大房面对儿媳上官乐，就再不给她好模样，别说是笑了，就是淡淡的一个清水模样也没有，脸色阴得总是特别重，像是阵雨天的云，只待一声雷吼，就会有瓢泼大雨砸下来。但实际上，谷大房对他的儿媳上官乐的观察，已经默默地进行了很久了。

今天可好，是谷大房又一次观察上官乐的机会呢。

但在他家的头门上，婆媳俩的对立，已经显出一点很不和谐的火花来了，谷大房虽然有心观察上官乐，却不能让事情失去控制，这不是谷大房想看到的，他怕村里人看见了笑话。谷大房觉得自己不张嘴是不行了，于是，他压低声音，但不失威严地说话了。

谷大房说："有话都回屋里说。"

谷大房说话时还从白拴蛾的身边往前跨了一步。他这一步是要拦住头门洞里的上官乐和自行车，让她怎么把自行车推出来的，就怎么推进院子里去。但谷大房没有料到的是，上官乐不仅没有往院子里退，还坚持着把自行车推着，擦着他的身子走出了头门，走到了街巷上……这可是太嚣张了！谷大房几乎忍无可忍了，但他不忍又能怎么样呢？和儿媳吵起来吗？啊啊……这可是万万不行的，吵起来的话，他是赢是输都是输——不仅在谷寡婆村，就是在整个关中西府也都是这个理儿呀！公公怎么能和儿媳妇吵嘴呢？这是不能的，公公千万不能和儿媳吵嘴闹矛盾。

谷大房的脸黑红黑红的，臊得像是抹了热猪血，他从上官乐腾开的头门口，很没面子地走了进去。

谷大房走进了头门，悻悻地继续朝里头走着，走了几步，他脑子一转，又悄悄地退到头门背后，站在那里，仔细地听头门外老伴白拴蛾和儿媳上官乐进一步的争辩。

老伴白拴蛾不负谷大房所望，她继续着对儿媳上官乐的数说。

婆婆白拴蛾说："你看你是咋对待你爹呢？嗯，你说！你爹可是谷寡婆村的支书、谷寡婆村的村主任哩！你知道吗？我给你说，你做了我家的儿媳，就和你念书的时候不一样了。那阵儿你是姑娘娃么，现在成了庄稼院里的媳妇，可不敢由着你的性子疯了！再者，你该知道，结婚三天，你是新人，妈我宠着你，让着你，叫你把新人当体面了，当光彩了。咱村一天进来了三房新娘子，满村人谁不说你是最体面、最光彩的新人啊！可是三天一过，你就要操持屋里的活路哩。不瞒你说，放到我和你爹结婚的那年月，我第二天就围着锅台转了，一天三顿饭要做好端到老人的手上哩。你看你，才来第三天，就跑到村西头，在全村人面前做报告了！现在三个月了，你说你眼里有活儿吗？手里有活儿吗？你还像个为人媳妇的样子吗？我说你呀，从今往后，你就把那些书咧、本子咧、钢笔咧，都拾掇了去。庄稼院子里没有诗，没有文章。"

上官乐啊上官乐……她听着婆婆白拴蛾的数说，在心里一遍遍地提醒着自己不要在意。她知道，她要不提醒自己，她是会与婆婆吵起来的。婆婆的话太不中听了，许多反驳的语言都涌到上官乐喉咙口了，是她内心的提醒让她坚决地把反驳的语言又咽回了肚子里。她必须装得毫不在意，必须装得毫不在乎，脸上呢，还要装出笑来，一点内容都没有的单纯无邪的笑。

上官乐笑着说："好我的妈哩！你说的可是没错，都对对对对对着哩。可是，你那都是过时的认识了。现在是啥时代？改革开放的年代了嘛！你先甭急，等我去绛帐火车站，把我的稿子寄了，回来再给你老人家好好讲一讲新的时代、新的观念、新的生活吧！"

会写文章、会写诗的上官乐，她的嘴显然要比婆婆白拴蛾的嘴快得多。她说毕，也不给婆婆再说话的机会，更不看婆婆脸上到底是个什么表情，就踩着自行车的脚踏，向前蹬踏滑行了两步，然后腿一抬，骑上自行车座，飞也似的走了。

才几天没到村外去，上官乐骑着自行车在阳光照耀下一出村子，就立即感受到了田野上的变化，此时的田野，是那样迷人。

上官乐嫁来谷寡婆村时，当县委宣传部部长的哥哥是反对的。哥哥的意见很明确，告诉她说："你还不适宜结婚。要知道，结婚不是玩过家家，是一种庸常的烦琐的生活。你还需要再长几年，长成熟你要嫁人，嫁给谁我都同意，我会把你体体面面、风风光光地嫁出去的。你现在的任务还是读书，一年考不上大学，你复习么，复习一年再考，我不相信我聪明的妹子坐不到大学的教室里去。爹娘去世早，把你托付给我了，我不能辜负了爹娘对我的信任。"

哥哥的话是语重心长的，带着父亲一样的诚心诚意，但上官乐让她哥碰钉子了，她给她哥说："我要写诗。大学教室里有诗歌吗？雪莱和拜伦，还有郭沫若和艾青，他们的诗歌是在大学的教室里写成的吗？诗歌在生活中，我要到生活中去体验，去体会，我要写出我的诗歌来。我相信广阔无垠的田野上有我的诗歌，一行麦子，一行玉米，一行黄瓜，一行花生……可都是种在田野上的诗行啊！"

上官乐可以让她哥哥碰一个钉子，但心里最爱的又还是她哥哥。

初嫁到谷寡婆村，她没有娘家爹娘家妈来看，但她也有遨娘家的权利，更有遨娘家的想法。于是，她就到县城，在哥哥家住了几天。遗憾的是，哥哥太忙了，她没见到他，只跟嫂子待了几天。

头一次去哥哥家时，上官乐像今天一样，骑着自行车在田野土路上颠簸，一路骑行，发现阳光是那么和煦、明媚，金红色的光线照射在辽阔的渭河滩上，使大地显得温暖而充满生机。当时，她强烈地感觉到，寒冷的冬天结束，温暖的、令人向往的春天到来了。一畦又一畦小麦地里，袅袅冉冉地蒸腾着淡淡的雾气，雾气笼罩下的麦田，似乎已开始泛绿，就像沉睡了一个冬天之后渐渐地苏醒了。大路上、小路边，还有渭河岸边的柳树，招招摇摇的，长出了新芽，使它们身上，似乎都罩上了淡绿色美丽的轻纱。

从南方迁徙回到北方来的小燕子，先是顺着地皮疾飞，"叽叽喳喳"地鸣叫着，是那么自由快乐，倏忽间，又像是获得了什么信息，齐刷刷向高空钻去……它们那美妙的鸣叫和灵动的姿态，使得田野更加生动，更加清爽了！

此一时刻，勤苦的庄稼人，在家里是待不住了，他们有的拉着架子车往地里送粪，有的荷着锄头去地里锄草……

哦，春天……春天啊！

这可不就是上官乐想要写的诗歌吗？

上官乐把她经历的生活，忠实地写进了她为自己准备的花红塑料皮笔记本里。她想，她积累得越多，她写出的诗歌会越好。上官乐不急，她一点儿都不急，生活不是急出来的，诗歌更不是急出来的……怀揣着梦想的上官乐，带着十万分的感情，又付出了十万分的激情，把关于惠杏爱的通讯报道写出来，骑着自行车往绛帐火车站去。她看到的田野，和前次看到的相比，又发生了非常大的变化，小麦起身长高了，油菜花抽薹开花了，田野变得花团锦簇，生机勃勃，似乎更有不可捉摸的气象和诗意了。

受了田园景色的影响，上官乐起先骑得不是很快，但不一会儿就把自行车踏得如飞一般了。

这就是上官乐呢，感情丰富，很少忧愁，极容易被外界的环境所感染。便是飞一般踩踏着自行车，她也还要左顾右盼，去看那泼了油似的麦田、涂了彩似的油菜地，以及飞去的燕子和明媚的阳光——这使她的心里生起一股无可名状的骚动，感觉自己身上，无一处不是痒酥酥的，刺激得她血管里的血液，似乎也流动得快起来了。为此她觉得，她不能辜负了这美好的春光哩。她应该干些什么？像婆婆白拴蛾说的那样，成为一个平庸的、可怜的农家媳妇吗？

笑话，那可不是她上官乐呢！她的人生不能太单调，不能太无味，不能太没色彩，那样的话，可是太对不起自己了。

前头就是渭河了。

上官乐骑车到了渭河边，入冬前，人们在河面上架了一座小木桥。这样的桥梁是简陋的，同时也是便于架设和拆卸的。村里的庄稼人联合起来，冬前在河水里楔下两溜儿木桩，架起圆木的长梁，于长梁上又铺上一排横木，然后抱来一捆一捆的玉米秆，垫在上面，拉来泥沙，把玉米秆均匀地压实，踩踏得硬硬的，这就是一座南北通畅的木桥了。这桥是季节性的，入冬河水枯瘦时架起，越过一个冬天，开春后头一场春水下来前，村里人又要把它拆下来，待到年尽冬至时再在河水里架起来。

这种季节性的小木桥，上官乐今日过了，明日想要再过，就不知道还有没有了。因此，她把自行车骑到漫漫沙堤上时，就从自行车上跳了下来，把车推着往前走。她以手遮眼，既好奇又珍惜地打量着还横在渭河上的小木桥，觉得那简陋得堪称寒碜的小木桥，似乎也特别有诗意。

上官乐正怜惜地观看着小木桥时，发现桥面上正有一个人急急地推着自行车在走。瞧那匆忙的背影，上官乐便觉得是惠杏爱哩。

咦，惠杏爱也过河去呀！

上官乐可不想一个人上绛帐火车站，有个伴儿多好。于是她冲着惠杏爱的背影喊起来了："嗷——杏爱吔！"

上官乐看得不错，果然是惠杏爱哩。她一声喊，惠杏爱站住了，眯起眼睛扭头往后瞧，瞧出喊她的是上官乐，便站在小木桥上等着上官乐来。

从沙堤上下来，宽宽展展的河滩上就没有路了，到处都是大大小小的沙坑，到处都是大大小小的石头。上官乐推着自行车往前走，自行车弹弹跳跳的，左拐右扭，简直难推极了。上官乐为了赶上去与惠杏爱结伴而行，又把自行车推得很快，于是走得踉踉跄跄，好不艰难。惠杏爱看着不忍，就劝起上官乐来了。

惠杏爱说："你慢点儿走，推慢了，就好走了。"

上官乐却不听劝，还是按着她的节奏往惠杏爱身边赶，一边赶一边说："我就不爱一个人上路，有个伴儿多好呀！这不，在渭河滩就遇上你了。你也是到绛帐火车站去吗？"

惠杏爱说："是哩，我是去绛帐火车站哩。"

上官乐就很高兴，说："刚好，咱俩是一路。"

惠杏爱等着上官乐赶上来，才又转过身，与上官乐一块儿往前走了。

惠杏爱老实地说："我想去给小四轮拖拉机配几个零件。"

上官乐的眼睛睁大了："咋？你想修门坎留给你的拖拉机？"

惠杏爱重重地"嗯"了一声。

上官乐不管惠杏爱怎么想的，她照着自己的想法说了："对着哩，总是一台拖拉机哩，修好了卖，肯定比坏着卖划算些。"

惠杏爱说："不，我不卖。"

上官乐有些不相信自己的耳朵，问："不卖，不卖你开着跑呀？"

惠杏爱说："我把驾驶小四轮的本本都已拿回来了。"

上官乐"哦"了一声，说："就说在村里见不着你，原来你是去县上考拖拉机驾驶证去了。"

惠杏爱又"嗯"了一声。

上官乐油然地对惠杏爱生出了更大的感动和敬佩。她觉出了自己的落伍，胸脯剧烈地起伏着，简直无法形容自己内心的惊异。她双眼瞪着与她并肩而行的惠杏爱，头一次发现，惠杏爱可不像她想的那么简单呀。惠杏爱的脸色是平静的，曾经的悲伤和忧戚都已消失不见了，完全恢复了她原来的神态。她的那双眼睛，虽然有些陷落，却依然又黑又亮，显得她是那么执拗而倔强，透出她的顽强和不屈。

上官乐深为感佩地说："我是服你了。"

惠杏爱低着头往前走，她平平静静地说："摊在我的头上了，你说我能怎么办，把自己愁死吗？我想过了，愁死也是死，倒不如自己振作起来，干自己的，到时候说不定还能把愁'帽子'摘下来扔了呢！"

要不是手里推着自行车，上官乐真想上去拥抱住惠杏爱哩。

都是嫁到谷寡婆村来的新人，说起话来容易投机，两人说着说着，惠杏爱也关心地问起上官乐来了，问她满头大汗地骑着自行车，是有啥急事。上官乐几乎要脱口而出，说自己为惠杏爱写了一篇通讯稿，要去绛帐火车站给省、市、县电台发稿去哩。可是话到嘴边，她又忍住了。

上官乐找着词儿回答惠杏爱："家里闷气，我去绛帐火车站逛一下。"

惠杏爱说："看把你心闲的……哎，我听说你写诗哩，回来让我看一下好吗？"

上官乐说："你也爱诗？"

惠杏爱说："说不上多么爱，欣赏欣赏，该是能解闷儿的吧。"

上官乐答应着惠杏爱，说回来让她看自己写的诗，可上官乐还想着揣在兜里的稿子——写惠杏爱的通讯报道，是有必要改一改了，要加上惠杏爱勇于承担责任，开拓新生活的这一点，这将会使通讯报道更完整，更有力度。她反省着自己：在此之前对惠杏爱的认识是不够的，是肤浅的，现在，她的认识更深一层了。到了绛帐火车站，她有必要找个地方把稿子再写一遍，她相信再写过，会把惠杏爱的形象塑造得更动人呢。

对，重写，一定要重写。

惠杏爱只见上官乐的嘴在动，却没听见她出声，刚想问她怎么了，她们身后不远处传来了一声呼唤："哎……杏爱！"

两人一起扭过头来，发现从后边赶来的竟是高高大大的任喜过——她也推着一辆自行车，因为跑得急，自行车在凹凸不平的河滩地上"喊夸喊夸"地乱响。直到跑到上官乐和惠杏爱的跟前，任喜过才站住了脚步，却只大口大口地喘气，半天没说出话来。

上官乐说："啥事吗，看把你急成这样！"

惠杏爱也说："你也去绛帐火车站呀？

任喜过丰满的胸脯还在起伏着，她说："我不去。"

上官乐和惠杏爱就很不解地打量着她。

任喜过努力地使自己的喘气匀了下来，这才对惠杏爱说："我爹我哥他们让我找你哩。他们说你屋里现在有困难，让我拿了三百块钱，要你把屋里好好安排一下。我刚才到你屋里去寻你，门环说你要过河到绛帐火车站买小四轮的配件，还说你打算先到火车站你的一个同学那里借钱。我听了，心里急哩，急忙跑回家，推了车子出来就追你。你骑得太快了，把我追得那个急，还以为追不上你了呢。"

任喜过说着，从她的内衣口袋里掏出一沓钱来，就往惠杏爱的手里塞。

任喜过说："我心里寻思，半路上追不上你的话，我就到火车站寻你去。好了，我把你追上了，你去火车站买你的拖拉机配件去。"

惠杏爱的心中一阵激动，半晌没有说出话来。是啊，任喜过说得对，她屋里困难，眼下太需要钱了，没有钱，她就买不回小四轮拖拉机所需的配件，小四轮就跑不起来。小四轮跑不起来，她考回拖拉机驾驶证又有啥用？给谷寡婆村乡亲们的承诺，又用什么去兑现？惠杏爱心里激动着，却没马上接住任喜过给她的钱，任喜过就用眼看着她的眼，拿钱蹭她的手，她看出了任喜过的真诚，慢慢地张开手，接过任喜过手上的钱，然后慢慢地塞进自己的里衣口袋。她的眼睛变得潮湿起来了，停了一阵儿，才感激不尽地跟任喜过说话。

惠杏爱说："喜过，你撵这么远给我送钱，我就收下了。你知道吗，你这是雪中送炭哩！我还是那句话，两年内一定还给你。"

任喜过说："我爹我哥说了，不急，你慢慢用，你若还有倒不过手的时候，我爹我哥说了，他们不会袖手旁观。"

惠杏爱潮湿的眼睛，差点儿流下眼泪来，她说："先替我谢谢你爹你哥……当然，还要谢谢你哩！"

任喜过的脸红成了灯笼罐儿，她摇着两只手说："咱不说谢，咱是一块儿嫁来谷寡婆村的媳妇哩，日后谁还没个要人帮的事情。"

上官乐在一旁看着，想她写出的通讯报道，也应加上任喜过家富了不忘穷乡亲，热心帮惠杏爱家渡难关的事迹哩。她正这么想着，听了任喜过的话，赶紧插进嘴来，表达了她的态度。

上官乐说："对对对，喜过说得对，咱们以后可是要互相帮助哩！"

任喜过灯笼罐儿一样的脸灿烂地笑了一下，她不想耽搁惠杏爱和上官乐的时间，就打发她们上路了，她说："你俩都要去绛帐火车站，你们就快走吧。我没事，我回呀！"惠杏爱和上官乐想想也是，就一起给任喜过挥了一下手，推着自行车往河对面的绛帐火车站去了。任喜过则调转车头，独自又往回村的路上而去。

小木桥在三个新娘子的脚下，微微地震颤着，桥下浑浊的渭河水，像欢畅的鸟儿歌唱般呜呜溅溅地流淌着。

第二十章

院子里燃着一堆柴火，劈开的干柴"毕毕剥剥"欢快地爆裂着。火苗通红通红，火苗的边沿上又燃着一圈儿金黄色。受了风的作用，抖动着往上蹿的火苗儿，发出"呼呼呼呼"的浅唱……在还微寒的天气里，那火可是十分鲜艳诱人的呢。在火堆的上边，支起了一个三角铁架子，三角铁架子上吊着一个豁了口的铁盒子，铁盒子里的水"咕嘟咕嘟"地响着，不断地翻着浪花儿。

孩子是最受火光吸引的了。谷门栓在火堆的旁边，跑过来，跑过去，一会儿添上两块劈碎了的干柴棒子，一会儿又添上两根干透了的玉米芯子……玉米芯子受了火的鼓舞，还会发出"嘭"的一声炸响，谷门栓就会高兴起来，拍着小手，又是跳又是喊，又是欢笑。

翻进北马坊沟里的小四轮拖拉机被大卸八块，拆得乱七八糟，又脏又黑的配件摊开在火堆一边，散散乱乱，没有一点儿条理。惠杏爱的同学陈增强被请来了。作为一个驾龄有四年多的拖拉机驾驶员，陈增强的技术是可以信赖的。但是，惠杏爱还是不甚放心地要问他。

惠杏爱说："这么多零件呀！你说，能给拾掇好吗？"

陈增强信心十足地告诉她："没麻达。保证让它跑起来和新车一个样。"

惠杏爱到绛帐火车站为小四轮购买配件，说是要找她的同学借钱，这个同学不是别人，就是帮助惠杏爱拖回小四轮拖拉机的陈增强。有任喜过半道赶来送她的借款，她要买所需的零配件就不成问题了。但要把小四轮拆开，再完整地修理好，刚刚拿到驾驶证的惠杏爱，显然还无法做到。她是必须求人的，她能求谁呢？陈增强是她的初中同学，她求他帮忙就是顺理成章的事了。

吊在火堆上的铁盒子里，煮着的就是惠杏爱从绛帐火车站买回来的零配件了。要把新配件安装到小四轮拖拉机上去，煮净新配件上的烤蜡是头一道工序。

惠杏爱听出了陈增强的信心，也看出了他的能力，就微笑着，用带了点儿调皮的语气问："你敢给我保证吗？"

陈增强用一把小锤子，"叮当叮当"地砸一块铁页子。他抬头望了惠杏爱一眼，又低下头去，忙着他手里的活。他心里没有因为惠杏爱一再问这样的问题而产生丝毫不快，他完全理解惠杏爱现在的心情。他深知，在这辆摔得几乎"残废"了的小四轮拖拉机上，寄托着惠杏爱对往后生活的多大希望啊！陈增强没有理由不为他的初中同学把小四轮拖拉机修理好。下了这样的决心，陈增强就以一种悠闲而轻松的口气安慰惠杏爱了。

陈增强说："不相信我是吧？"

惠杏爱说："不相信你？不相信你我请你来做啥呀？"

陈增强说："这不就对了。你要相信我哩，我是能给你保证的。如果国家的法律管这事，我还不敢以法律的名义给你负责哩。告诉你吧，经我手修好的拖拉机有多少，我自己都不记得了。那大大小小的拖拉机，排成队，在你们谷寡婆村怕能站一条街了。等着吧，天黑前，你的小四轮拖拉机就能吼起来了。"

是的呀！陈增强可是一点儿牛都没吹。他初中一毕业，没有考上高中，托人情，送礼情，进了绛帐火车站上的一支集体性质的建筑队。他先做了半年的小工，在工地上给人家拌灰浆、端砖头、送瓦，以及拉水管子接电线……后来就开上了手扶拖拉机。他这人是一根竹筒儿，打通了关节，就什么都是通的了。心灵手巧加上他对经手的活儿总是爱倒腾，琢磨不透就不丢手，所以有了四年的锻炼，他便成了建筑队里公认的"技术人员"了。对付这种小四轮拖拉机，就是找条布带子把他的眼睛蒙住了，他也能拆拆卸卸，安安装装，小菜一碟儿，全不当回事儿哩。

惠杏爱有些不好意思了。倒不是她不相信陈增强的手艺，只是由于她自己从来没有挖弄过机械东西，便总是担着一条心。现在，修好这台小四轮拖拉机，对于她和她的家庭来说，是太重要了啊！

在谷门坎的丧葬事务安顿完毕之后，一家人的生活，还有那些沉重地压在她肩上的债务，使她顿时陷入了一筹莫展的境地。仅仅二十一岁的她，才刚刚离开学校不久。像她这样的岁数，一般人家的女孩儿也可能还在父母面前撒娇哩，在衣食住行各个方面，也都完全有着充分的理由，赖在父母的身边，依靠父母。可是，可爱的惠杏爱，刚刚举行了她和谷门坎的婚礼，几天之内就成了寡妇！无情的生活，把她由幸福的峰巅上，恶狠狠地推进了痛苦的深渊。这一切，是怎样地折磨着她那颗姑娘家的心啊！现在，她已不仅仅是她一个人了。她还要代替谷门坎，负起敬养老人、抚育弟妹的责任哩！

在她经历了几个昼夜的思量之后，那一天晚上，她按照自己的心思，到公公的上房把全家人都叫齐了——也算是家庭会议吧，怎么说，公公谷敬勤也该是一家之长的。可是她却成了会议的真正主持者。她把自己的想法全部摊出来，摆在了全家人的面前。她说了："爹有伤哩，不叫爹做啥，对全家的事，只要想到的，爹指挥着大家办就行了。爹有经验，几时该种麦子了，几时该收大秋了，几时收碾，怎么贮藏，咱都要听爹的话呢。不管是谁，是一定要尊着老人家的哩。地里的庄稼活儿，除了收种大忙时节，全家要一起上，其他时候，我看就由门墩承担了。门墩兄弟今年二十岁啊，他完全能担起肩上的担子。他除了上学少，三年级以后回家，就一满在庄稼地里钻着哩，有他守在责任田里，相信咱屋的庄稼活落不到别人家的后边去。妹子门环，主要在家里操持家务，除了做饭和照顾老人之外，家里要再添一口猪，再往后还要养上奶山羊；家里的钱就让门环管上，进进出出都要经过她——她聪明，脑子灵，认真谨细，家里家外的事都知道，保证出不了错。门栓也不小了，该上他的学去了。家里再困难，也要让他上学哩，不能因为眼下的困难，把门栓一辈子都害了。往后的社会，没有文化知识，是啥事也弄不成的。我自己呢，我想好了，门坎留下的小四轮拖拉机，哪怕花上一点儿钱哩，也要把它修好。我给咱出去跑车，能拉啥拉啥，最好和一些机关单位挂上钩，咱就有来钱的门路了。咱全家人要一条心哩，要拧成一股劲儿地干，欠的钱很快就能还给人家了。把欠债还了后，咱家说不定还要富裕起来哩！"

公公谷敬勤赞赏地看着惠杏爱，他首先肯定了她的安排，说："甭说尊我的话。以后你们，都要尊你嫂子。你嫂子怎么指挥，你们就怎么转。"

谷门墩咧着大嘴笑起来了。可能他觉得自己的笑不合时宜吧，刚笑开了嘴，他就又迅速地闭上了，摇晃着拳头说："种庄稼我包了，谁不会种庄稼嘛！我哥在的那阵儿，种庄稼也靠我哩。嫂子啊，这你放下一百个心，那几亩责任田，我走着拿脚趾头就做了，保证要比别人家做得还好哩！"

谷门环拧过身子来，紧紧地搂住了惠杏爱。过去，她哥谷门坎和她妈贾桂仙在的时候，家里的一切收入和开销都是她妈贾桂仙掌握着，谷门环不闻不问。现在，嫂子惠杏爱把这么重要的责任交给她，她掂得来其中的分量，但她有信心做好。特别是嫂子提出增添猪羊的事，她是打心眼儿里赞成的，这才是正经过日子的路数哩。原来她就提出过多喂口猪，再养上羊的，只是她哥谷门坎不同意，不是嫌没钱，就是怕喂不好，反而赔了本钱。在庄稼院子里，锅上刷洗下来的泔水，放馊了的剩饭，不用来多喂口猪，都是可惜了。

谷门环声音细细地说："我听嫂子的。我会把猪喂得肥肥的，我会把羊喂得胖胖的。"

谷门环的回答避重就轻，惠杏爱听出来了。她把谷门环搂抱着自己的手拆开来，让谷门环站在自己的面前，站端了。惠杏爱说："你的责任主要是管钱，给咱家当好小掌柜。"

谷门环低头撕扯着衣角，声音依然细细地问："我能成吗？"

惠杏爱说："你能成，一定能成。"

公公谷敬勤也帮着惠杏爱说他女子谷门环了："你嫂子相信你，你还有啥说的，给你嫂子说你能成。"

谷门环的头抬起来，眼睛亮闪闪地看看惠杏爱的脸，再一次扑过去，搂抱住了惠杏爱，说："嫂子，我能成。"

公公谷敬勤仍有一件事不放心，那就是惠杏爱要跑小四轮拖拉机搞运输的事。儿子谷门坎的死，把他的胆吓破了，他一想起来，就心惊肉跳。可是如今，惠杏爱把门坎留下来的小四轮拖拉机当成了宝贝疙瘩，她要开上门坎的小四轮拖拉机继续跑……啊！啊！啊！谷敬勤在心里惊呼着，他想他有多么孝顺能干的一个儿媳妇呀！在儿子谷门坎遭遇横祸后，她不但不走，反而成了家里的顶梁柱。她把全家人召集在一起，说出了她的心里话，她想的办法虽然称不上什么高招，可都是实实在在，看得见，摸得着的，让他们这困苦的、充满了灾难的家庭，像是在昏暗的旷野里看到了灯火，大家一下子有了目标，知道该鼓上劲往哪儿奔了，这可是多么让人兴奋而昂扬的事啊！最主要的，全家人在这一刻都感到他们有了主心骨，感到这个家不会散伙，不会被困死了。谷敬勤这么想着，感动着，又忍不住幻想——幻想要是他的儿子谷门坎还在，他老伴贾桂仙还在，他们家该是多么美满呀——他由不得自己，禁不住撩起衣襟擦他的眼窝子了。他对惠杏爱的安排，样样都是赞成、拥护的，他恨不得自己的腰身能好起来，为惠杏爱给他们家描绘的蓝图，使出自己的全部力气。可他……他懊恼地举手捶着自己失去了知觉的腰和腿，高高低低，死死活活，坚决不同意惠杏爱驾驶小四轮拖拉机跑运输。

谷敬勤说："我不把你当媳妇儿，当我亲亲的女子哩！我不能允许你开着拖拉机跑运输！"

惠杏爱本就坐在炕沿上，她伸手拉住了公公谷敬勤捶打腰腿的手，很坚决地说："蛇就是蛇，绳就是绳。咱不能被蛇咬了一回，再见绳子也要躲开吧？"

如果被公公谷敬勤几句话动摇了自己的决心，那她就不是惠杏爱了。

惠杏爱没有听从公公谷敬勤的劝阻。她安慰他，让他好好保养自己，把自己养精神了，就是他们子女的福哩。她说跑小四轮不会出事的，绝对不会……惠杏爱说到做到。在那次家庭会议后的第二天，她就买了去县城的公共汽车票，到县城的农业机械培训学校，学习驾驶拖拉机并考取了拖拉机驾驶证。揣着红色塑料皮儿的拖拉机驾驶证回来，惠杏爱马不停蹄地又去绛帐火车站，买回了小四轮拖拉机必需的零配件，请来初中同学陈增强，帮助她修理趴了几个月窝的小四轮。

放心吧！天黑前小四轮就会活蹦乱跳了哩！

初中同学陈增强说得多有信心呀！惠杏爱去了她的新房子里，在一只大茶缸里放上茶叶，然后又挖了两勺红绵糖，搅在茶叶里，冲上滚滚的开水，端出来，端到陈增强的面前，让陈增强喝了。陈增强两手是油，没法接糖茶，惠杏爱就端着茶缸去喂陈增强，把陈增强臊得不好意思，低下头把脸别到一边去，说他不渴，一点儿都不渴。

惠杏爱是不依的，她说："看把你封建的！"

陈增强转过脸来，看了一眼真诚的惠杏爱，红着脸叼住大茶缸的杯口，牛饮似的连喝了几口，说："你放糖了。"

惠杏爱轻轻地点了点头，说："你肯帮忙，真是要感谢你哩。"

陈增强说："别老是感谢感谢的，咱不客气了成吗？"

惠杏爱果然就不客气了。她在陈增强的身边，接不上手，只有仔细地看，认真地学，嘴上呢，不停地请教着，问这一个配件叫什么，它的作用又是啥，那一个零件是干什么的，装在哪里。陈增强耐心地听她问，又毫不保留地给她说，她则默默地，一点一点地记在她的心里。今后，她自己要独立跑车了，要懂得车哩，要会修车哩，哪能大小毛病都去请人呀。有的时候，车坏在半道上，上不着天，下不着地，你就是想请教人，也没人好请教哩。机会来了，就要逮住机会多学。

陈增强把煮在铁盒里的活塞环取出来，用块相对白净的棉纱一个一个地擦着，再一个一个地套在活塞上……虽然春天已经活过来了，暖风轻轻地吹着，但在院子里用手擦抓这些带着油渍的铁玩意儿，依然是很冷的。陈增强的手冻得像是红萝卜，甚至有些爆翘，但他只在火堆上烤一下，两手搓一搓，就又认真地、卖力地干起来。惠杏爱几次让他把手洗了歇一会儿，暖一暖，可他嘴上是答应的，手上却不停，依然认真地、卖力地，忙着整修小四轮拖拉机。

惠杏爱的心里又是感激又是抱歉，她盯空跑到灶房里去，告诉妹子谷门环，把午饭稍稍开早些——吃饭就能歇一会儿，吃饭也能暖和起来。

这时，挂在房檐口的有线广播匣子，响起一阵"咯啦啦，咯啦啦"的嘈杂音，接着就有播音员声音清亮地开始播音了。

十一点三十分，这是县广播站播报新闻的时间。播音员广播完全县的简明新闻后，又播报专题新闻了。

应该说，一男一女两个播音员，他们的普通话讲得并不十分纯

254 |

正，但是播音时的感情却是充沛的、真诚的。

他们播报的声音突然大了起来，不再是播报简明新闻时的一板一眼，而有了人间的气息和生活的感情：

现在是我县《新人新风貌》节目时间。在这个时间里，我们以极大的热情，给全县人民介绍一位在横祸面前不退缩，全心全意为家人生活着想，自强不息、勇于开创生活的妇女新人——惠杏爱。下面，我们为您播送绛帐镇谷寨婆村上官乐同志写来的长篇感人报道。

刚刚走出灶房的惠杏爱，猛然听到广播匣子里播出自己的名字，不由得"呀"的一声，停住了脚步。她不知道这是怎么回事，心里充满了疑惑和惊讶。

陈增强也不由得停下了手里的活儿，凝神听着。

由于惠杏爱在家庭会议上宣布的计划里，是要送谷门栓上学的，因此谷门栓就更加喜欢这位刚到他们家里来不久的大姐了。少年不知愁滋味，如今，他是这个庄稼院里最欢乐的人。此刻，他刚又把几个玉米芯儿投进火里，那火苗蹿动得更欢实、更热烈了。他听见广播匣匣里说出了他大姐的名字，开始，他还有些不信，歪着头去瞅那个方方正正的广播匣匣。确定里边说的没错，就是他的大姐后，他便如欢欢实实、热热烈烈的火苗一样，一蹿一个高，一蹿一个高，还欢呼起来了。

谷门栓欢呼："大姐呀！广播匣匣里叫你的名字哩！你听着了没有？快听，快听，又说你的名字了！"

房檐口挂着的广播匣匣，对于年纪尚小的谷门栓来说，既是熟悉的，又是陌生的。因为那个方方正正的黑匣匣，每天除了咿咿呀呀地唱戏和叮叮咚咚地唱歌之外，就是播那些他根本听不懂的话。现在，这黑匣匣里说的可是他爱到骨头里的大姐哩！说的都是他知道的事，这一下子使他和那个小黑匣匣的距离拉近了。

"嗨嗨！广播匣匣里说我大姐哩！噢噢，说我杏爱大姐哩！"

谷门栓可是太兴奋了。他大喊大叫，生怕院子里没人听见似的。他先就近拉住大姐惠杏爱的手，问了他的大姐："你听见了吗？"接着又跑到陈增强跟前，和与他认识不久的增强大哥对了眼，问他："你听见了吗？"然后，又一蹦一跳地拍着手跑进灶房，把两手沾满面粉的姐姐谷门环拉到院子里来，让她听广播，问她："听见了吗？"最后又噔噔噔噔跑进了上房，把这消息告诉了在炕上躺着的他爹谷敬勤，问他："听见了吗？"

"噢……噢，广播匣匣里说我杏爱大姐哩！"

谷门栓在院子里追着每个人，兴奋地向他们报告着这一消息。他不需要他们的回答，他告诉他们，让他们知道，并仔细地倾听广播匣匣里的声音就成了。小小的农家院子，显然装不下谷门栓想大喊大叫的情绪。到后来，他像匹脱缰的小马驹，撒着欢跑出家门，跑进谷寡婆村的大街小巷，一路狂奔，一路大喊。因为他的狂奔，还因为他的大喊，有许多像他一样的碎娃娃，加入了他狂奔大喊的队伍，向全村人报告着这一令人新奇的消息。村子里是有几条狗的，狗儿们并不知道谷门栓他们一伙碎娃娃狂奔大喊些什么，但狗儿们是喜好热闹的，特别是谷门栓那样的碎娃娃们的热闹，它们"汪汪汪汪"地跟在狂奔大喊着的谷门栓们身后，狂吠乱跳。

不是很大的谷寡婆村，一时间都知道了广播匣匣在说村西头的新媳妇惠杏爱哩。而且，大家知道了写关于惠杏爱的通讯的作者，就是谷大房家二娃谷天明的新媳妇上官乐。

啊呀呀呀！谷寡婆村可是出名了！

出名是因为刚嫁到他们谷寡婆村的新娘子惠杏爱和写了惠杏爱的新媳妇上官乐。

在家里无所事事的谷冬梅，是有听广播新闻的习惯的。从县粮食局退休回家的局长呢，有几十年的官场经验，哪有不听新闻的理由？她既听县广播电台的新闻，也听市、省广播电台的新闻。她坐在家里，听罢广播匣匣里县广播电台播送关于惠杏爱的长篇通讯后，又拧开她须臾不离手的袖珍收音机，去听市、省广播电台的新闻。结果让她非常振奋，在中午的新闻播报时间里，市、省的广播电台，像商量好了似的，一前一后，都在他们的新闻专题节目里，播送了由上官乐采写的关于惠杏爱的长篇通讯报道。

对谷寡婆村抱有特殊感情的谷冬梅，可是太高兴了。她想与人交流关于惠杏爱的报道，但家里只有她一个人，她能和谁交流呢？她找不到人，由此及彼，又想起她的儿子谷铁柱。谷冬梅不知道他现在在哪儿，又弄些什么事，她在心里惦记着儿子，却嘴不由心地骂出了声。

谷冬梅骂："孽种呀！你是把你妈忘了吗？"

谷冬梅骂着儿子，再环顾就她孤身一人的家，觉得空空荡荡的。在家里待不住了，她从家里走出来，看见已改为谷寡婆宗祠的门房里，九先生谷正芳捐了两块木板，与一位本村的木匠，丈量着门两边的大柱子，欲把板子割得与大柱子一般宽、一般高，来做九先生新撰的一副楹联。

谷冬梅一眼就看懂了九先生谷正芳的用意，但她还是问了九先生："九哥，板子是你买的吗？"

九先生谷正芳回答说："我看老祖宗的宗祠太单调了，找了两块木板，给老祖宗雕刻上一副楹联。"

谷冬梅欣赏九先生谷正芳的这一做法。但在此一时刻，她更感动于广播里的报道，就又问九先生谷正芳："你刚听广播了没有？"

九先生谷正芳轻轻地摇了摇头。显然，他刚才叫了木匠往谷寡婆宗祠搬送木板，没注意听广播。但他听到谷门栓一伙碎娃的呐喊了，因此他说："得是说村西头的惠杏爱哩！"

谷冬梅把她的袖珍收音机往九先生谷正芳的耳朵边举了举，说："你听呀，省、市电台可都播着哩。"

九先生谷正芳招呼木匠停了手里的活儿，仔细地听起收音机来，才听了一段，就像谷冬梅一样兴奋起来了。他说："谁写的呀？写得好，太感人咧。"

谷冬梅告诉他说："大房家二娃谷天明的新媳妇上官乐写的。"

九先生谷正芳吃惊地反问谷冬梅："你说的属实？"

谷冬梅说："广播匣子里是这么说的，收音机里是这么说的，他们都这么说了，你说呢！"

九先生谷正芳便由衷地赞叹起来："咱们谷寡婆村有人才咧！"

同样，村支书兼村主任谷大房也听了广播里的通讯报道。报道惠杏爱的先进事迹他没怎么吃惊，几个月来，凭他对惠杏爱的观察和认识，他真切地认为，村西头已成寡妇的新娘子惠杏爱，的确与众不同。她对那个贫困家庭的责任心，以及所表现出来的胆识，让他心与口都极服气。他用惠杏爱做参照，反观自己二娃的新媳妇上官乐，就觉这个儿媳是不着调的，不是小不着调，而是大不着调：说话没轻没重，不分场合时间；做事没轻没重，不分曲直黑白……许多年了，一直为大娃谷天亮的媳妇云小兰头疼的谷大房，给二娃谷天明娶了媳妇，他难道又要为二娃的媳妇头疼了吗？

因此，谷大房不吃惊于对惠杏爱的报道，但对报道了惠杏爱的二娃媳妇上官乐，他是大大地吃惊了。

正是准备中午饭的时候，老伴白拴蛾早已入了灶房。上官乐还在她的新房里没出来。

她在干什么呢？是靠在被垛上读书呢，还是趴在写字台上又写她那不着调的诗歌？

谷大房想象不出来，就喊二娃谷天明到上房来。老妈白拴蛾喊谷天明，他是敢拧呲的，他爹谷大房喊他，他是连毛都不敢爹的，应声就从新房里出来，到他爹的上房里去了。

谷天明进了上房，说："爹，你喊我？"

谷大房说："广播匣子里说啥你听见了？"

谷天明老实地回答："我和乐乐在新房里正听收音机哩。是她写的通讯报道，分别寄给了省上、市上和县上的广播电台，想不到他们都采用了。咱家的广播匣子里是县台的播报，收音机还有市、省两级大电台的播报哩。爹你知道了吧，乐乐可是有才呢！"

谷大房正吃着他的四棱棒卷烟，听了二娃谷天明的话，他不知道是该高兴呢，还是该气愤，他把吃了半截的黑色四棱棒，一下在炕沿上戳灭了。

有才！庄户人家的媳妇，有才就是好的吗？

我的个瓜娃呀，别自己那个"有才"的媳妇，过些日子就不是你的了。"有才"的媳妇不好养，谷大房担心起他的二娃来了，怕他守不住上官乐，让她最后转投到别人的怀抱里。

正为二娃能不能守住媳妇上官乐伤着脑筋的谷大房，猛然听得院子里"咚咚咚咚"石锤子砸墙似的一阵响动。他从窗子上留着的玻璃格子看出去，制造出那么大声势的人，不是别人，正是害他一直伤着脑筋的大娃媳妇云小兰。

云小兰在院子里站定，像谷门栓在街巷上大喊大叫一样，声音很大地叫喊了起来。

云小兰喊："广播匣匣说西头的惠杏爱哩！"

云小兰喊："是咱家上官乐写的惠杏爱哩！"

这样的两句话，云小兰车轱辘似的转腾着，连说了好几遍，直到上官乐从新房里跑出来，把云小兰拉进新房里，安顿在沙发上，又把收音机端到她面前，让她听收音机里的报道，这才让癫狂痴傻的云小兰，渐渐地安静下来。

上官乐同情地注视着大嫂云小兰，觉得她真是太可怜了。大哥谷天亮当年被招了副业工——那时候，就是这不怎么起眼的副业工，也是打破头有人争哩。当时，大哥谷天亮突然就有了这样一个机会——一九七九年，秦岭山里要修一条公路，这么一个出门做工的机会，因为有做村支书的老爹走后门，大哥谷天亮便很"幸运"地去了。当时，大哥谷天亮和大嫂云小兰结婚不到半年，招工修路的机会来了，条件之一，却是要未婚的农村青年。谷寡婆村符合这个条件的青年多了去了，谁都想被招了去，把手伸进国家的馍笼里吃商品粮。大哥谷天亮也想去，老爹上下其手，使了不少手段，这就成功地把大哥谷天亮送进了秦岭。但没过几个月，噩耗传了来，炸山时，一块石头片子，隔着半架山飞了来，不偏不倚，正好砸在大哥谷天亮的眉心上，他连一声喊都没发出来，就悲惨地躺进秦岭山里的一座因公牺牲者的墓园里了，留下大嫂云小兰一个人，孤孤单单地过日子。

大嫂云小兰是要改嫁的，她为自己选择的人，是隔壁的谷劳劳。

右派分子九先生的大娃谷劳劳，村支书兼村主任谷大房是不会考虑的。他断然拒绝了云小兰改嫁谷劳劳的请求……谷大房心里是这么想的：我是谁？谷寡婆村的支部书记呀！谷寡婆村的村主任呀！他是谁？右派分子的娃！我怎么能把儿媳改嫁给他呢？不能，绝对不能。

"骚怪"谷中秋也看上了云小兰。他是贫苦家庭出身，进了门，自己吃饱，全家就都吃饱了。谷大房给云小兰选择了"骚怪"，原因不只是"骚怪"出身苦寒，光棍儿一根，最要紧的是，谷大房在谷寡婆村"执政"，"骚怪"是他说一不二的"棍子"。只要有人敢于多毛惹事，敢于向谷大房叫板，他给"骚怪"丢一个眼色，"骚怪"就会没事找事，把惹事叫板的人痛打一顿。挨打的人断了胳膊断了腿，谷大房拧着"骚怪"的耳朵，上门给断胳膊断腿的人赔礼道歉。他批评"骚怪"，安慰受害者，但是出了受害者的门，他会塞给"骚怪"一个烟盒，里面装着烟，也装着钱。"骚怪"拿了钱就到绛帐火车站去，大吃大喝一顿，再回到谷寡婆村来——工分不少他的，照样记在他的名下。可以说，谷大房在村里当头儿，欲为人上之人，没有打人的"棍子"是弄不成事的。但是，云小兰看不上"骚怪"，不仅看不上，还十分厌恶他。"骚怪"有谷大房撑腰，便要给云小兰来个霸王硬上弓。但心里起了这个念头，"骚怪"没敢立即实行，他还征求了谷大房的意见。谷大房当时没说什么，只拿眼睛把他仔细看了看，淡淡地笑了一下。"骚怪"是谁？谷大房的"棍子"呢！他懂得了谷大房的意思，转身就去尾随云小兰。云小兰发现了"骚怪"的不轨意图，在"骚怪"寻找机会尾随她的日子里，想办法躲着他，可是她总也躲不过。"骚怪"就像一摊粘在手背上的鼻涕，时时处处寻找能上手的机会。这个机会让他找着了。有一日，在生产队的大田里忙活了一天的云小兰，天黑收工时，从渭河的季节性小木桥上往河南边去了。河南边的集体养猪场里，只有谷劳劳一个人。云小兰要去那里找谷劳劳吗？云小兰和谷劳劳，他们读书的时候，在中学里当了几年同学，其中的两年，还是同桌哩。那时候，他俩没有表白过，但是谷劳劳的聪明上进，还有善良勤奋，很为云小兰所赏识。如果不是因为有戴着右派"帽子"的老爹九先生，谷劳劳靠着自己的学习，一定会从初中升到高中，从高中升到大学里去的……右派分子九先生影响了他的大娃谷劳劳，谷劳劳初中毕业后就回了村，成了一个"修理地球"的农民。云小兰学习成绩一般，她没有考上高中，经媒人两头一说，嫁给了谷大房的大娃谷天亮。云小兰嫁到谷寡婆村来，猛然见到谷劳劳，这才知道她的同桌谷劳劳，竟然是她的邻居呢。

女婿谷天亮死了，云小兰说死说活一句话，改嫁就嫁谷劳劳。

云小兰太同情谷劳劳了。她由同情继而生出爱，便不管公公谷大房的阻拦，要过河去给谷劳劳说，她爱谷劳劳，要谷劳劳一定娶了她。

尾随的"骚怪"是必须阻止云小兰接触谷劳劳的。他可不能让几乎到了嘴边的肉，让他人吃了去。尾随着云小兰，走过了渭河，走在河岸边的一片柳树林里，"骚怪"紧跑几步，冲上去，把云小兰扑倒在河滩地上，三把两把，就把云小兰的上衣撕扯掉了。"骚怪"接下来要脱云小兰的裤子了，但在云小兰的嘶喊声里，谷劳劳跑来了。他在"骚怪"的屁股上猛踹一脚，把"骚怪"踹得滚到一边的河滩地上，又怒不可遏地指斥起"骚怪"来。

谷劳劳说："你就不怕坐牢吗！"

谷劳劳说："你这是强奸你知道吗？"

谷劳劳说："监狱的门就是给你开的，我现在就扭送你进去你信不信？"

打断过村里人胳膊腿的"骚怪"谷中秋，在谷劳劳的严厉指斥下，软成了一堆泥。

大嫂云小兰改嫁的事就这么拖下来，拖到现在，大嫂都有点儿"神经"了。那点儿"神经"是因为谷劳劳——上官乐一点儿都不怀疑自己的判断。有情人终成眷属……上官乐觉得她有责任，也有义务，帮助她的大嫂云小兰和谷劳劳幸福地走到一起，幸福地生活。

上官乐倒了一杯开水，暖暖地塞进大嫂云小兰的手里……

第二十一章

准时准点的，到陈增强承诺的天擦黑的时间，小四轮拖拉机被装配起来了。加上了柴油，加上了水，陈增强手握摇把，猛烈地摇转了一阵，惯性轮画出一个个美丽圆圈，催着排气管向天喷出一串串黑色的烟雾，"突突突突，突突突突……"发动机颤动着，发出了令人欢欣的启动声。

应该说，陈增强为惠杏爱修理好的小四轮拖拉机堪称完美。

在小四轮欢快的轰鸣声里，陈增强收拾好自己拿来的修车工具，扎绑在自行车后架上，推着就要回绛帐火车站去了。他所在的建筑队，在那里承包了几幢大楼的建筑任务……陈增强推着自行车往头门外走着，他没有注意到，老同学惠杏爱送着他，惠杏爱的弟弟妹妹跟着也在送他。

小四轮拖拉机启动的"突突"声真是太美妙了。

谷门环听着拖拉机的"突突"声，她还没忘中午广播匣匣里播送嫂子惠杏爱事迹通讯报道的声音。她知道，傍黑的时候，广播匣匣还要重播写嫂子惠杏爱的那篇通讯报道的。果然，她跟着嫂子送陈增强，还没有走两步，广播匣匣里又开始播报关于嫂子惠杏爱的报道了。谷门环停下了脚步，她仰头看着挂在屋檐下的广播匣匣，听得入了神。其实，中午她就听清楚了，是村主任家那个和嫂子同一天嫁到谷寡婆村来的新娘子上官乐写的报道哩。上官乐可真是漂亮呀！文章又写得这么好！门环在心里感激起上官乐来了，觉得她是替自己说了心里话。像嫂子惠杏爱这样的人，就该表扬，就该叫人学习哩！

公公谷敬勤下不了炕，他拥被坐在炕上，隔着窗户的小玻璃片，目送陈增强。

他们走着，突然又驻足，站在院子里，是因为广播匣匣里又在播报惠杏爱的事迹通讯报道呢。过去，谷敬勤不咋关心广播匣匣里的声音。他一个字不识，又成天蜷在炕上，他听那没用的话做啥呀？这回说的是自家屋里的媳妇哩，他中午就听得非常认真，再听就更认真了，字字句句，像是铁打铜铸的铆钉一样，扎扎实实地铆在他的心里了。中午听，他就流了一回泪，再一次听，眼泪止不住又顺着脸颊流下来了。他心里思量，莫不是村里人议论的那样，自家的媳妇，又是老祖宗谷寡婆转世来的！

噢……慈祥的、仁德的、大悲大爱的谷寡婆啊！

在送陈增强的队列里，没有谷门墩。这个傻里傻气的愣头小伙子，中午吃饭时才从地里回来。他也听到了广播匣匣里播送嫂子惠杏爱事迹的通讯报道，听着就"嘿嘿嘿""嘿嘿嘿"笑个不停，笑了好一阵子。他是笑着去看埋头忙活着的陈增强的，他看着陈增强时，莫名其妙的，脸上的笑顿然消失殆尽。谷门墩不像他爹谷敬勤，也不像他妹谷门环、他弟谷门栓，他们都对陈增强抱有一种敬意，尊着他，爱着他。谷门墩不。他对嫂子请来的她的初中同学陈增强没有多少好感。早晨下地时，陈增强刚到，谷门墩没给他打招呼，中午回家吃饭时，谷门墩跟他还是没有话。谷门墩黑沉着显得板滞的脸，丢下锄头，去灶房端了个大老碗，钻进他爹的上房，圪蹴在脚地上，呼噜一口，呼噜一口，像是和饭生着气似的。惠杏爱看见了谷门墩的反常，她给陈增强解释了——如不解释，任谁都要多心呢。惠杏爱给陈增强说了，说她这位大兄弟缺着心眼儿哩。惠杏爱给陈增强解释了，就又招呼谷门墩来跟陈增强聊聊，可是缺心眼儿的谷门墩，像是听不见惠杏爱的话，依然不理陈增强，端着老碗记仇似的吞咽着饭菜。谷门墩吞咽着，却没忘侧耳聆听广播匣匣里的播报。

谷门墩在心里给自己说："对着哩，就是咱嫂子么！"

谷门墩在心里说着竟说出了声："对着哩，一点儿没错，是咱嫂子呀！"

谷门墩越是听着广播匣匣表扬他的嫂子惠杏爱，越是警惕在院子里给他嫂子惠杏爱帮忙修理小四轮拖拉机的陈增强。

好不容易要走了，走了几步都到头门口了，又站下来弄啥哩！

噢……是广播匣匣里重播嫂子惠杏爱的事迹哩。谷门墩便侧着一只耳朵聆听广播匣匣里的报道，又腾出一只耳朵，听院子里走走停停的陈增强的动静。

陈增强不知道自己是怎么了，心跳得特别慌。如果不是帮忙拖回出事的小四轮拖拉机，他今生可能永远都见不着初中同学惠杏爱了。偶然的事故，让他和惠杏爱重逢了，这样的重逢，让他实在是心潮难平。他同情惠杏爱初婚就遭遇灾祸，他敬重惠杏爱，面对灾祸时，她坚强乐观……做初中同学时与惠杏爱没有多少特殊交往的陈增强，现在被惠杏爱深深地感动着，也深深地敬佩着她。正是基于这样的感动和敬佩，他才勇敢地请了假，来到惠杏爱的家里，帮助她修理小四轮拖拉机。广播匣匣播送惠杏爱的事迹是突然的，陈增强突然地在中午听了一次，又突然地在天快黑时听到了，他尝到了另外一种滋味。

是个什么滋味呢？

陈增强一时还说不上来，他扭头去看送他的惠杏爱，惠杏爱却躲着似的低下了头。

陈增强的心乱了，从此是不会再平静下来了。他中午午听广播里的报道，抬眼去寻报道中的主人翁惠杏爱时，忘了自己正举着锤子，正往砸着的铁页子上砸，一下砸到了自己的手背上。手背变紫了，渐渐地渗出血来，他一声不吭，闷着头继续他的修理程序。

手背太疼了！真疼啊！

再听广播匣匣播送惠杏爱的事迹，陈增强觉得他的手背，比刚挨了砸的时候还要疼痛呢。

送出了头门口，谷门环和谷门栓站住了脚，惠杏爱却还随在陈增强的自行车一边，继续送着他，把他一直送到了村口上。按照情理，按照惠杏爱的心意，她真该把陈增强送出村外，送到渭河边上，再送到小木桥那里……可是惠杏爱在村口站住了脚，一步都不走了——她还摆脱不了那种沉旧的男女授受不亲的意识。

寡妇门前是非多……我，我惠杏爱现在可是个寡妇了！

陈增强似乎意识到了。他说："甭送了，回去吧。"

惠杏爱仿佛蚊子叫一样应着："嗯。"

西坠的太阳，这时候枕在遥远的渭河水里，曲曲弯弯的渭河水都因此变成橘红色的了。啼啭着的鸟儿们，在那美得迷人的霞彩中飞行着，寻找它们自己的巢。便是觅食的鸡儿们，也都收起了它们刨了一天虫子的脚爪，"咕咕""咕咕"互相关照着往自己的家门寻了去，进了门，便跃上它们该待着的棍架。

说不出为什么，此时此刻，惠杏爱和陈增强都感受到了一种压抑和沉闷。

好一会儿，陈增强说话了："等有机会，用喷漆把小四轮重喷一遍，就和新的一样了。"

惠杏爱应着陈增强，说："新的，新的……"

陈增强说："是的，和新的一样了呢！"

惠杏爱没再说话，她抬眼看着陈增强，亮晶晶的眼睛里，有太阳落霞扑进来的红光，正鲜鲜艳艳地燃烧着。

陈增强叮嘱惠杏爱："你把驾驶本本拿上了，但实际操作是另一回事了。你要按我给你说的操作方法，再熟悉几天——先甭上路，在空旷地方多转转，等你确实练熟了再跑车。老辈人怎么说来着？

磨镰不误割麦工，说的可就是这个理儿呢。这样保险，安全，还出活儿。"

惠杏爱"嗯嗯"着说："我记着哩。"

是该分手了。可是他俩都还隔着自行车站着，谁都没先迈开脚步，先拧过身子走开。

突然，惠杏爱看定了陈增强的双眼，问："你把媳妇寻下了没？"

惠杏爱把话问出来了，却心想，自己问得太唐突了，便怪自己问了个不该问的问题。可是，她心里就是这么想的，同学了几年，再次相见，陈增强帮了她的大忙了，她怎么就不能关心他呢！问一问怕啥呢？但她的脸还是不期然地微微泛起一抹红潮。

陈增强没敢看惠杏爱的脸，他轻轻地说："还没呢。"

西沉的太阳，帮助惠杏爱掩饰着她脸上的红晕，她说："那……你可是要抓紧哩。"

惠杏爱本来还想问一问陈增强为什么到现在还没把媳妇寻下，是眼高，还是就没认真寻——按照关中西府的风俗，到了陈增强这样的年纪，甭说是寻媳妇，就是娶媳妇，也该娶回家里来了，这是让惠杏爱疑惑的，但她没再往下问，她怕再问下去，惹出什么让她难堪的事情来。

陈增强也不想多说这个事情，他轻描淡写地应着惠杏爱："噢么。"

应了惠杏爱这一声后，陈增强迈动脚步，推着他的自行车往前走去了。但他只走出几步，做着姿态要跨上自行车时，又紧急刹住车闸，扭回头来了。

陈增强也有问题要问惠杏爱的。他问："你要跑车，寻下活儿了没有？"

这可是个问题呢！改革了，开放了，别说是私人买车跑运输，便是工厂，都由政府大力倡导着让私人开办了。但是，这带来的问题也不少，市场在哪儿？没有市场，办了厂也是倒闭。买了运输工具跑活儿，不和办厂一个样吗？没有活儿拉怎么办？

一问问出了惠杏爱眼前的大问题，她说："还没呢。"

陈增强就告诉她说："我们建筑队的沙石用量不小呢。你要愿意拉，我回去给你联系一下。这样，你跟上我跑一些日子，熟惯了，你再一个人去跑，你看咋样？"

陈增强太知道运输这一行的情况了。你有车是你的，你没有门路，没有熟人，不懂行情，不送礼，你就很难寻找到运输的活路。"出力挣钱"，话是这么说的，但出力却不一定挣得到钱。对此，老辈人是怎么说来着——"钱难挣，屎难吃"。眼下，更是这样。

惠杏爱听得欢喜，往前追了几步，把陈增强的自行车后架抓在手里，激动得声音都有些发颤。

惠杏爱说："你给我把啥都想到咧！"

老同学陈增强的帮助是尽力的。谷寡婆村有的是沙子和石头，原来就有出卖沙石挣钱的传统，而且这还是村里的一项主要收入来源。现在，惠杏爱开着小四轮拖拉机下到渭河河滩，她打眼望去，满渭河河滩可都是被河水冲刷了不知多少年的沙石啊！好像渭河有多长，有沙石的河滩就有多长。但是，真要让河滩里的原始沙石成为有用的商品沙石，却是要进行严格的筛选的。这难不倒惠杏爱。在陈增强的指导下，她买来了网眼大小适度的钢丝筛，把谷门墩叫到渭河滩上来，让他支起钢丝筛，在渭河滩上分筛建筑需要的沙子和石子。惠杏爱自己呢，则在陈增强的带动下，小心地，也大胆地往绛帐火车站上的建筑工地里运输沙子和石子了。

惠杏爱运输到工地里的沙子纯净，石子标准，很快就赢得了陈增强所在建筑队的信任，把他们在工地上要用的沙石，一股脑都交给她拉运了。

建筑队的头头，是陈增强的本家哥，叫陈增让，年龄顶多四十岁，却已掉毛掉得头顶上需要"地方"支援"中央"了呢——把四周的头发薄薄地梳上来，盖住他大得有点儿惊人的秃头顶。一次，秃头陈增让见到卸沙子的惠杏爱，发现她还是个年轻女子，就走近了她，和她搭讪了。

　　陈增让夸奖惠杏爱，说："你一个年轻女娃娃，倒吃得苦。"

　　惠杏爱装着糊涂说："有我这么大的女娃娃吗？"

　　陈增让捋着"地方"上的头发，往"中央"盖着，说："那就大姑娘吧。照你运输来的沙石标准一直给我拉，我让你有运输不完的活路呢。"

　　惠杏爱满意地笑了。

　　这是惠杏爱嫁到谷寡婆村以来，笑得最为开心、最为大方的一次。这时，陈增强就在惠杏爱的身边站着，惠杏爱开心地笑了时，他也开心地、大方地对着惠杏爱笑了起来。他对着惠杏爱一笑，就惹得他的堂兄陈增让要要笑他了。

　　陈增让虚眯着眼，看了一阵儿陈增强，说："我兄弟有福，能寻杏爱这样一个媳妇，他可就是烧了高香了。"

　　陈增强搡过去堵陈增让的嘴，说："你可不敢瞎说的，不敢瞎说的。"

　　不知为什么，堂兄陈增让要笑陈增强，陈增强自己是着急了，惠杏爱却依然是开心的。她依然开心地笑着，大方地笑着。

　　惠杏爱彻底走出了悲伤和忧愁的阴影，她可以开心、大方地笑了时，任喜过与上官乐两位新娘子却都开心不起来，也大方不起来了。

　　任喜过之所以不开心，是因为她大哥谷劳劳的养猪场遭遇了断电的事。上百头的猪，不要说检疫、治安等方面的事，仅仅一个吃，就是非常大的一个问题。没断电时，喂猪用的粗饲料、细饲料和青饲料，都是用电动粉碎机和切草机来粉碎的，断了电，就只有人工来做了。看看那一张张大得能够吃人的嘴巴，仅一张嘴，一天没有十来斤粗细饲料以及青饲料哪能打发？吃得饱，百余头猪可以吃了睡，睡了吃，不怎么趴墙撞门闹腾人。而如果吃得欠了，它们是一定要跳着跳着趴墙头，轰轰烈烈地撞门栅的，趴着撞着，还要"哼哼哼""哇哇哇"地吼叫抗议。一头猪抗议时影响不大，百头猪一起"哼哼哇哇"地嘶吼，"哐哐嘟嘟"上墙乱撞，形成的巨大声浪，是可以把养猪场的顶棚盖掀翻的。

为了保证猪儿们不被饿着，大哥谷劳劳那几天连家都没回，还有女婿谷梦梦、公公谷正芳也都到渭河南的养猪场里去了。他们和大哥谷劳劳一样，从天明忙到天黑，把人忙得散了骨头架子，都不能保证喂好猪。为此，任喜过心里也不由自主地焦急起来。娘家妈豆菊芳来看她，陪在她身边没见着因为在渭河南给他大哥帮着忙，住在养猪场几天了都没有回家的女婿娃谷梦梦，还以为任喜过他们初婚的小两口儿闹了矛盾，就小心地来问任喜过，关心地一问，这才知道养猪场断了电。麦禾营村还在生产队时期时，富农婆子豆菊芳，被安排在养猪场里干了几年，她知道断电对养猪场的影响，可是不敢小视呢。

豆菊芳当机立断，给任喜过说："咱还守在家里做啥哩？走，过河看看去。"

任喜过说："我爹说了，现在你一个人在家里窝着哩，你是孤单的。我爹说你来了我就陪着你说说话，要吃饭了，就做好的吃。"

豆菊芳说："把我当亲戚了！给你女子说哩，我咋都是你的妈。"

任喜过说："谁说你不是我妈了。"

豆菊芳笑了，说："麻野雀，尾巴长，嫁了女婿忘了娘。不错哩，我女子还知道我是妈。那就好，给妈带路，咱到渭河南边养猪场去，搭一把手是一把手，总不至于多了一把而乱一把吧。"

任喜过服气娘亲的地方就在这里——想问题都是从别人的角度去想的。娘亲说了去，那就去么。任喜过当即陪着她走出头门来，把两扇大门合起来，在门闩上挂了一把大锁，两手一捏，锁上锁扣，这就放心地走了……娘儿俩走出大门，娘亲却如梦方醒般抬手拍了一下自己的额头，说她真是老了，想一个事就是一个事，怎么就把旁的事给忘了呢。

娘亲怨了自己几句，就给任喜过说了。

娘亲说："三个大老爷儿们在河南边忙活着，咱就不能做点儿好吃的给他们送去？"

任喜过听娘亲这么一说，自己也懊悔起来了。她小声地附和着娘亲："还是我妈想得周到。"

娘亲说："甭给我戴高帽！"

任喜过说："我不敢，我只知道我娘昨天把黄豆都泡下了。"

刚锁在头门门闩上的大铁锁取下来了。推开门，娘儿俩就准备给河南边的三个大老爷儿们做好吃的了。娘亲做的豆腐可是一绝，做的豆腐脑、豆浆什么的，更是绝上加绝。她这一绝是家传下来的，传到这一辈，听说都有十几代了。任喜过的娘家以前之所以被算成富农，惹祸的还就是她家的豆腐手艺。庄稼人，大鱼大肉吃不起，不能经常吃，豆腐是吃得起的，而且也是可以经常吃的。因此，她家靠豆腐发财，置办下了一份不薄的家业。早年，家里管事的老人，以及任喜过的父亲，受不得"运动"那样的惊吓，前前后后辞了世，留下个年轻的豆菊芳，躲不过了，她就戴了富农分子的"帽子"。"帽子"压在头上，生产队里的干部让她干啥，她就得干啥。她有做豆腐的绝技，因此就要经常为集体磨豆腐。她为集体磨豆腐的好处显而易见，一来呢，能够满足村里灶房的需求，为口寡舌头淡的庄稼人添加一分滋味。二来呢，磨豆腐过滤下来的豆渣，可是喂猪的好饲料。一样的猪食，添加上一勺豆渣，猪吃食的嘴就张得更大，"嗵嗵嗵嗵"吃食的响声也就更大。豆菊芳是生产队的养猪员，喜欢猪吃食的那份馋相，爱听猪吃食的那种响声。昨天傍黑，豆菊芳问了任喜过，问她家里可有黄豆，任喜过就知道娘亲想在家里露一手了。不过今天，任喜过还是要开一下娘亲的玩笑的。

任喜过"嘻嘻"笑着说："手痒痒了？"

豆菊芳也笑着嗔怪道："有这样笑话亲妈的吗？"

任喜过似乎还不过瘾，依旧"嘻嘻"笑着说："放心我了？不怕我把妈的绝技偷学去咧？"

豆菊芳想要收住笑，却一时还收不住，她说："有本事你就学么。"

任喜过因此高兴起来了。在娘家时，任喜过就想学到她娘亲豆菊芳做豆腐的绝技呢，可是娘亲不让她学。娘亲的观点很鲜明："谁会的手艺多，谁会的手艺绝，谁吃苦就多，谁受累就多。天下的能人，可不都是吃苦受累在自己的手艺上吗！咱们家老先人不是传下做豆腐的绝技，咱们家也不至于排上富农，妈我也就不至于戴上富农分子的'高帽儿'。你娃应该看见了，一个富农婆子的大'帽子'，妈是戴怕了，妈是戴伤了，妈不想我女子成为有绝技的人。庸庸碌碌地过着，像牛一样吃，像猪一样睡，谁敢说那就不是幸福？"娘亲豆菊芳有这一套理论妨碍着，吃苦受累地给大集体磨豆腐时，从来都是防着女儿任喜过的，不让她靠近自己一步。娘亲知道，她们家族的人，似乎血管里就有这种基因：别人十遍百遍地看，看不清磨豆腐的绝技在哪儿，可是她们家族的人，跟着磨一次豆腐，就能揣摩到磨豆腐的绝技，并熟练地掌握。豆菊芳要在家里磨豆腐，分明是要把她原来不愿意留传给女儿的绝技教给女儿了。这是一个多么大的转变呀！任喜过跟娘亲开玩笑，心里却是幸福的、温暖的。于是，她还想和娘亲开几句玩笑。

任喜过说："把富农婆子的'帽子'脱了，是不是妈还想脱了'豆腐西施'的'帽子'？"

豆菊芳知道女儿耍笑她，话跟话地说："脱下来给谁呀？"

任喜过说："当然是给我了。我要顶了娘的名，当个'豆腐西施'呢。"

原来的"豆腐西施"……是的呢，在麦禾营村以及周边的一些村子，吃过任喜过娘亲豆腐坊磨下的豆腐的人，都愿意喊她"豆腐西施"。特别是在麦禾营村，大家都叫她"豆腐西施"，叫得久了，几乎把"豆菊芳"这个本名都忘了呢。此时，老一辈"豆腐西施"豆菊芳带着想成为新"豆腐西施"的女儿任喜过，在灶房里做起豆腐来了。

娘亲豆菊芳在大磨子上磨得了豆子，在小磨子上也是磨得了豆子的。

而且好像任喜过的娘亲豆菊芳在小磨子上磨下的豆子做的豆腐比在大磨子上磨的豆子做的豆腐还要细腻、劲道、好吃，更有黄豆独具的那股豆香味。在女儿任喜过家的灶房里，豆菊芳没有大磨磨豆子，她就只有用小磨磨豆子了。这个小磨子，是她从家里拿来的，直径九寸五的样子，分上扇和下扇，都不是很厚，大约有三寸三。不用的时候，推到案板里边，要用了时，拖出来一些，就能磨豆子了。大集体时期，豆菊芳给生产队喂猪，又给生产队磨豆腐，用的都是大磨子。大磨子有三尺多的直径，有五寸的厚度，所用的役力，不是骡子就是马，磨扇绕着磨道转圈子，转出"呼呼呼呼""呼呼呼呼"的巨响，在巨响声里，黄豆浆汁就从磨缝里流出来了。生产队散了伙，豆菊芳不给集体喂猪了，也就不给生产队磨豆腐了。回到了自己的家里，她可不想淡了自己和女儿任喜过的口味——她们母女俩把豆腐吃惯了，没了豆腐吃可不行。再说了，没了豆腐，谁还叫她"豆腐西施"呢！不在大磨子上磨豆子，她省心了，也省劲了，她从自家墙基下刨出这副小磨子，在灶上给她们娘儿俩磨小磨豆腐吃了。

据说，这样的小石磨可是有些年头了。

原来的小石磨，在娘家屋的历史上，是给自家怀孕的女人磨豆腐吃的，当然还可以做豆浆喝、做豆腐脑吃呢。这对孕妇是大有益处的，不仅能够增加孕妇的营养，而且可以保证胎儿健康成长。女儿任喜过嫁到谷寡婆村里去，保不住什么时候会怀上孩子，娘家妈豆菊芳没有别的方法想，但让女儿任喜过吃上家传的小磨豆腐总是不错的。于是，豆菊芳就把自家祖传的小石磨，用包袱包了，背到女儿任喜过家的灶房里了。

泡了一夜的黄豆又肥又胖，豆菊芳舀一勺泡好的黄豆，扣在小石磨上，用一只手拐着小石磨上扇顶上的一个木手柄，轻轻地摇一圈子，又一圈子。黄豆从磨眼里往下漏，磨缝里便有乳白色的黄豆浆汁，汩汩地涌流下来，收到一只葫芦切成两瓣做成的瓢儿里，再倾入一只马尾绷的箩儿中。磨完豆子，用一个木制的小圈坨，不断地挤压黄豆浆汁，最后，把过滤过的一点儿杂质都没有的黄豆汁倒进大铁锅里，这就要架火来烧了。

坐在灶窝里烧火的是任喜过。刚才，娘亲操弄小磨豆腐的那一套程序，让她看得不转眼睛，她觉得娘亲就该被人称为"豆腐西施"——老人家的一举一动，比起古时候潜伏在吴王夫差跟前的西施，还要让人心动哩。西施有的只是容貌，而自己的娘亲，容貌是没得说的，人长在北方的关中西府，却生了一副南方水乡女人的脸面，皮肤细白身子纤巧，哪里像个年纪过了半百的女人？任喜过自知没有娘亲长得好，"抓儿像姑姑"，她是随着老爹他们任家人的样子长的，黑一些，粗糙一些，为此她没少妒忌她的娘亲，甚至还问过她的娘亲："你咋不把我生得像你一样？"娘亲的指头戳在她的额头上，数说她："这能由得了我么？"任喜过这是成长的烦恼呢：人随着年纪的不断增长，长成了大人，步入中年、老年，就觉得年轻真好，年轻的姑娘水灵鲜活，年轻的小伙儿帅气阳刚。不过，在姑娘小伙儿的眼睛里，老奶奶、老爷爷才是最慈祥、最温暖、最迷人的呢！老奶奶、老爷爷的美可不是水灵鲜活，可不是帅气阳刚所能比的。那是经历了风霜、经历了雨雪后的沉稳和老到，就像深秋里的枫叶，是天地间的大美哩。任喜过看她的娘亲，就是这么看的，"豆腐西施"有西施姑娘有的容貌，更有西施姑娘所没有的持家绝技。

任喜过眼观心记，她把娘亲在小磨上磨豆子做豆腐的技巧，全都记在心里了。

不过任喜过懂得实践的重要。

以后再用小石磨磨豆子做豆腐，任喜过可是自己要上手了。做不好不要紧，娘亲在她身边哩，随时都会教导她、纠正她的。熟能生巧，任喜过相信她会很快继承下她娘亲的技艺的。眼下，任喜过的任务，就是拉着风箱烧火，把大锅里的黄豆汁烧沸了，煮沸了，由娘亲来点豆腐了。

便是烧水煮黄豆汁，可也要技艺哩。

娘亲指导着任喜过，先用大火攻，直把大铁锅里的黄豆汁煮得翻起了浪。然后，娘亲又要任喜过抽出一些柴棒，只用煴火，慢慢煨铁锅里的黄豆汁。

生黄豆汁就在大火的攻烧和小火的煨煮下，蒸腾出一股一股扑鼻的豆香味儿来，先是生生的、硬硬的那种味儿，后来就是绵绵的、厚厚的那种味儿了。到这时，娘亲舀出一罐子豆浆留着，然后便要使出她的撒手锏，在翻腾的豆浆锅里点豆腐了。

一点点的石膏汤。

一点点的老油根。

娘亲小心地比兑着，在翻滚着的豆浆锅里搅着。她是拿锅上的那把柳木勺来搅的，一边搅，还一边把翻滚着的豆浆舀在柳木勺里，扬起老高，又往豆浆锅里倾，"哗啦啦""哗啦啦"，眼睁眼望的，稀汤寡水的热豆浆迅速凝结，形成一块一块棉纱一般的块状物。这可是豆腐脑儿和豆腐的雏形物。娘亲手握柳木勺，稳准而迅速地打捞那些凝结起来的豆腐絮，一些盛在一只小盒子里，让其自然地化成豆腐脑；一些盛在一个方形的木范里，用一块新鲜的白布包了，不断地挤压，最后重压成一块完整的豆腐。

热的豆浆有了，热的豆腐脑有了，热的豆腐也有了……娘亲还用灶房里的油盐醋和辣椒面儿，配制了吃用这些豆制食品的料汁儿。准备好了这一切，豆菊芳就和女儿任喜过端着捧着，再次走出家门，向渭河南岸的养猪场里去了。

第二十二章

这里原来只是谷寡婆村的养猪场，大哥谷劳劳受了生产队的指派，就在这里做饲养员。那时候，谷劳劳不能有自己的主张，生产队决定怎么养，他就规规矩矩地怎么养。于是，养猪场办了许多年，到头来还只是个单纯的养猪场。现在，谷劳劳承包了这片养猪场，没有别人来给他指手画脚，他就能按照自己的思路来弄了。

从渭河季节性的小木桥上颤悠悠地走过河，再爬一道堤坡，就能看见一片茂密的柳树林，大哥谷劳劳改造过的养猪场就在柳树林的那一边。任喜过的眼儿亮，还没走出柳树林，就已看见刷在养猪场墙外一个木牌上的红漆大字，可是十分醒目哩：

良种猪饲养繁育基地

好啊！任喜过头一次到大哥的养猪场里来，看见围墙上的大字，便不由自主地在心里为大哥谷劳劳叫好了。什么养猪场，嗨，那可是太落伍了，一切为了科学，一切都要科学，养猪也不能例外的，是应该科学养猪了。大哥的良种猪饲养和繁育，不就是科学养猪的一种具体表现吗！

大锅饭，把人都吃瘦了。

大锅养猪呢？自然是没法科学的，更自然的是，没法养出肉质鲜美的大肥猪来。今与昔，任喜过不能说知道得有多全面，但她还是耳闻目睹了一些。仅此，也是够她对她的大哥谷劳劳感到敬佩了。

谷寡婆村在渭河的一个大转弯处，昔日的情况是，丰水季节，发一次大洪，河水直扑北岸的河堤，堤溃之时，便是渭河北移的时候。历史上，渭河北堤发生了多少次溃堤事故？没人认真统计。但一次一次的溃堤，在渭河南岸留下一片不大不小的空地。那些泥沙淤积形成的田地，土质可是不错哩，只要上饱了粪土，就真是个取之不尽的米面瓦缸。然而谷寡婆村人都住在北岸的村子里，要把村子里的粪土送到河的南岸，是件费力伤神却还几乎无法做到的事。渭河的水是肥是瘦，都一点儿面子都不给，很是坚决地隔离了两岸土地的联系。一九六九年，全国农业学大寨，号召养猪，要求"一人一猪，一亩一猪"，谷寡婆村召开动员大会，大家集思广益，想出了个一举两得的好办法——在渭河南边的飞地里盖一个养猪场，一来响应了号召，把猪养起来了；二来养猪积肥，正好就近施肥种飞地。养猪场初建起来时，选出的饲养员都是根正苗红的人，可人家既然根正苗红，又哪里受得了养猪场工作的辛苦与养猪场的恶臭？没有多长时间，这里便换了五六茬人。走马灯似的换着人，却换不了人的心，换来的人，谁都没在猪身上操心。这可苦了圈里猪，骨瘦毛长，养了一年长不出十来斤肉。后来，出身右派家庭的谷劳劳被指派到渭河南岸的养猪场里来了，初中毕业的他，对于命运的安排，是逆来顺受的。他不敢反抗，也不能反抗。因此，便心无旁骛地服侍着养猪场的猪儿们。

长久地服侍着养猪场里的猪，倒让谷劳劳对那些吃了睡、睡了吃的猪产生了兴趣和感情。在阳光很好的时候，他会蹲下身子，在猪的身上捉虱子、挠痒痒……他看到猪舒服享受的样子，自己会开心地笑起来。午饭后和晚饭后的空闲时间里，他就手捧着上级配发给养猪场的普及性养猪读物读。他读了一本又一本，读得没有可读的读物时，他的手还闲不下来，眼也闭不下来，就拜了绛帐镇的公社畜牧服务站的兽医师为老师，从他们那儿借来这样那样的牲畜饲养与繁殖等方面的书籍来认真研读。他一边研读，一边实践，时间一长，他就真的成了一名既有理论知识，又有实践经验的牲畜饲养和繁殖的土专家了。

土专家谷劳劳，承包下渭河南岸的飞地及养猪场，便自作主张地把养猪场改造成为现在的良种猪饲养繁育基地了。

和娘家妈豆菊芳端着捧着特制的豆制食品，任喜过来到渭河南岸头一眼所见的，就是养猪场的名称。任喜过相信，"良种猪饲养繁育基地"的红漆字牌，是大哥谷劳劳承包了养猪场后自己制作的，上面的字也是大哥自己写的呢。大哥大概是要把钱用在刀刃上吧，就没对生产队时期的养猪场做大的改造，土墙土舍，依然低矮简陋。便是土墙上用白灰刷写的"抓纲治国，再学大寨"的大字标语，还依稀看得见。因为端着豆制的食品，任喜过和娘家妈豆菊芳走路就走得特别小心，娘儿俩小心地穿过护堤的柳树林，慢慢地走近大哥谷劳劳承包的良种猪饲养繁育基地，就听到猪儿们的"哼哼"声从隐隐约约渐渐变得大声起来。再走近些，她们还从雄壮的猪的喧叫声里，听出了羊儿的"咩咩"叫声，悠长动听。任喜过心想，大哥莫不是增加了良种猪饲养繁育基地的项目？

还别说，任喜过想对了。

大哥谷劳劳的确是在良种猪的饲养和繁育的基础上，开始了良种羊的饲养和繁育。这几乎由不得谷劳劳自己，是周边十里的乡村的百姓逼得他进行这一新项目的拓展的。守着同一条渭河，河两岸的野草蓬蓬勃勃，是喂猪养羊用之不竭的饲料。庄户人家流传下来的习惯，使喂猪成了一种自然，养羊可不也是一种自然？谷劳劳苦心钻研良种猪的饲养和繁育，成功引进了德国的巴克夏种猪，以及加拿大的白毛精肉猪。这些良种猪的引进，使大哥谷劳劳承包的养猪场里猪的种群发生了根本性改变，他这里的猪苗，无一例外都是良种猪，生长快，出栏率高。特别关键的是，城里人食用猪肉的习惯在变化，过去是肥了好，而且是越肥越好；现在是瘦了好，瘦到一层薄薄的猪皮下，全都是筋筋道道的瘦肉更好。谷劳劳的良种猪，便都是这样的瘦猪肉，这恰到好处地迎合了城市人的消费观念，生猪出栏后的经济价值自然就高，获得的利润自然也就更为可观。

乡亲们冲着谷劳劳的良种猪而来，掏了钱，买他的猪苗子，拉了母猪来，与他的良种猪交配。

大家来到谷劳劳的良种猪饲养繁育基地，七嘴八舌地议论着，议论说咱渭河边咋就没人掏腾良种羊呢？渭河两岸有多少只奶羊和绵羊啊，可也需要良种羊来改造的。

说者无心，听者有意。大哥谷劳劳想他是有这个责任的，他应该满足乡亲们的需求，于是，就又引进了荷兰的莎能奶羊和澳大利亚的长毛绵羊。

端着豆制食品的任喜过，和她娘亲豆菊芳刚踏进谷劳劳的良种猪饲养繁育基地的白茬子栅栏门，猛然撞进她眼帘的场面，就使她的俏脸儿腾地羞红了起来。但见养猪场迎门的一块不算很大的空地上，围着七八个庄稼人。他们黑袄黑裤子，黑压压聚在一起，或是仰着头，或是弯着腰，都聚精会神地盯着空地中央。从他们的缝隙里看进去，可以看到被他们围起来的圈子正中央，有一头凶悍的大角猪，正要跟一头温驯的大牙猪交配。大牙猪四蹄粗壮，稳稳地撑开，显得特别期待。它轻轻地扇动着两只招风耳朵，回头来瞅努力与它交配的大角猪。它是快乐的。趴在牙猪背上的大角猪，一定是受了牙猪的鼓励，扬着它长而大的嘴巴，与牙猪呼应着。戴着眼镜的大哥谷劳劳，拱腰站在猪的旁边，看见机会到了，便伸手到牙猪的水门前，逮住角猪蚯蚓似的猪鞭，引导和扶助两头猪交配……角猪嘴角流出又黏又稠的白沫儿，糊了牙猪一脊梁，又一直挂到脚地上。它显得十分强悍，两只后蹄分开在两侧撑着，油黑发亮的身躯，有节奏地晃动着，嘴巴里发出猪儿们听得懂的欢呼声。

太突然了，任喜过丝毫没有思想准备。

任喜过生长在农村，但这样的场合，她是从来不去的，就是偶尔碰上了，也要红了脸跑开的。今天，她和娘亲豆菊芳到大哥谷劳劳的良种猪饲养繁育基地，迎门即遇上这个令人尴尬而害羞的场面，她是想躲开的，但没能躲开。她随在娘亲的身侧，脸面霎时红成了灯笼罐儿，热辣辣的。她急忙把头拧到一边，一眼也不敢往那地方看了。这时，她才看见旁边拴着的种公羊，高大威猛。离着种公羊不远的地方，又还有远近庄稼人牵来的大奶羊，等待着与大哥谷劳劳饲养的良种羊交配呢。

"喜过！喜过！"

两声亲热的招呼传来，任喜过听出来了，是云小兰。她才转过脸，云小兰却已紧跑了两步，站在了她的面前。

"骚怪"谷中秋为什么惧怕云小兰，而大哥谷劳劳为什么单身未娶，任喜过如今是心知肚明的了。她知道"骚怪"的单相思是可笑的，而大哥谷劳劳爱着云小兰，云小兰也爱着大哥谷劳劳，又是多么可贵而感动人啊！眼前，他俩要幸福地结合，可能还有一些困难，但什么困难能阻止他们相爱呢？任喜过坚定地以为，有情人终究会成为眷属的。大哥谷劳劳的良种猪饲养繁育基地被停了电，女婿谷梦梦、公公谷正芳放下自己的事，过河来给大哥帮忙，那是天经地义的，自己和娘家妈不在家里享清福，来这里帮忙，那也是合情合理的……云小兰却也过河来给大哥谷劳劳帮忙，就不能说天经地义，也不能说合情合理，只能说是出于两情相悦的自觉自愿。这就能解释任喜过见到云小兰时的感觉了，有一些意外，但又觉得十分正常。大哥谷劳劳遇到暂时的困难，人手拉不过来，爱着他的云小兰岂会袖手旁观而不来帮他一把呢！

站在任喜过面前的云小兰，刚才是在帮助大哥谷劳劳给猪食槽里添食的。她一手提着一桶猪食，另一只手里握着一把大木勺，挨着一个个猪圈往前走。云小兰个头不高，她提的猪食桶就显得既大又沉，所以她每挪动一步，都要稍稍地分开双腿，吃力地晃动胳膊，这样才能使猪食桶甩开来，向前移动一些。她纤细的腰上，扎着一条白布围裙。她太喜欢干净了，白布围裙上看不见一点污渍。但是天气热了，她的负累又那么重，这让她白皙的脸面上，很自然地浸出粒粒晶莹的汗珠，丰富着她饱满的额头和挺耸的鼻梁。不要说别的什么人看她，就是任喜过看了她，也为她怦然心动呢！她正忙着给猪圈里的猪喂食，猛然看见任喜过和她娘家妈豆菊芳来了，便就像见了自己的亲姐妹和亲妈妈一样，兴奋地呼叫着任喜过的名字，"扑通"一声把大木勺往猪食桶里一扔，再"咚"地把猪食桶墩在地上，就向任喜过和她娘家妈豆菊芳快步赶来了。

　　任喜过对赶到她面前的云小兰说："你也来了？"

　　云小兰没应任喜过的话，扭头看着任喜过的娘家妈豆菊芳，说："你是大姨吧？大姨好！"

　　娘家妈豆菊芳头一回见云小兰，对她是不熟悉的，却也被她的热情感动着，对她不停地点着头，同时又偏过头来，去看女儿任喜过。而任喜过这时想的是：什么"神经客"？那不就是对云小兰的污蔑和歧视吗！云小兰一点都不"神经"，她有她的追求！她有她的爱憎！一个人只有无法实现自己的理想，无法获得自己的所爱，才可能犯别人所说的"神经"。而一旦她能依据自己的好恶，实现自己的理想，她才不会是"神经客"呢！她该是勇敢的战士，她该是救赎自己的英雄。

　　任喜过热辣辣地叫了云小兰一声："嫂子！你也来了。"

　　云小兰高兴地，也大方地说："你哥这里缺人手，我能不来吗？

我还说，你要来了呢。结果，你真的来了哩。"

任喜过手里捧着一大瓦罐豆腐脑，她捧的时间久了，捧得两手有点累。云小兰敏锐地发现了，她伸了手去接，差不多都要碰着盛豆腐脑的瓦罐儿了，却又紧忙缩回手。爱干净的云小兰，知道她刚才喂食猪儿们时，手里是提着猪食桶，拿着大木勺的。她不洗手，是不好去接任喜过手里捧着的豆腐脑瓦罐儿的。于是，她在前头带着路，领着手捧豆制食品的任喜过和她娘家妈豆菊芳，往养猪场中间的那座简易土坯房走了去。

云小兰的鼻子可是尖哩，她在前头走，还要回头和任喜过以及她娘家妈豆菊芳说话。她问："是豆腐脑吧？"

云小兰准确地报出豆腐脑后，还没等任喜过和她娘家妈豆菊芳回答，就自己跟着又说了："还有些北豆腐和豆浆吧。"

她说得真是内行哩，所谓北豆腐，是用渭北高原上的一种做法做出来的豆腐，而做北豆腐也正是任喜过娘家妈豆菊芳的拿手戏。她做的北豆腐最为独特了：点卤用的是石膏粉，化在水里，配合着一点儿老油根来点。这样点出来的北豆腐，其特点是硬度大、韧性强，含水量较低，味道微甜，蛋白质最为丰富。这样的北豆腐，煎也行，炸也行，炒就更合适了。任喜过的娘家妈豆菊芳在麦禾营村为集体磨豆腐时，村里来过几个知青，其中一个，把她磨的北豆腐捎回城里的家，偏偏遇着个爱较真的家长，切了一点儿北豆腐到他工作的实验室做了化验。让家长喜出望外的是，任喜过娘家妈豆菊芳做的豆腐，比起普通豆腐，镁和钙的含量似乎更高一些，这更能帮助人们降低血压和血管的紧张度，预防心血管疾病的发生，还有强健骨骼和牙齿的作用。消息传回麦禾营村，大家不懂这些细微的化学分析，却也高兴豆菊芳的北豆腐磨得好，就喜笑颜开，说他们可不管什么镁含量、钙含量，他们就觉得北豆腐爽滑有嚼头，他们爱吃。

任喜过的娘家妈磨得了北豆腐，自然也磨得了南豆腐，也就是通常意义上的嫩豆腐。娘家妈豆菊芳点嫩豆腐所用材料也是石膏粉，别人怎么点卤任喜过不知道，她是看着她娘亲把生石膏塞在火中焙烤了的。焙烤的火候，是点南豆腐的关键，而豆菊芳没有仪器可以依赖，凭的就是眼力——她看着好了，把石膏从火里取出来，一点儿差池都没有。豆菊芳这样做出来的南豆腐质地细嫩，富有弹性，含水量很大，味道是香甜的，更是鲜美的。

尖鼻子的云小兰那么一夸，任喜过的娘家妈就高兴了，说："一会儿有吃有喝，吃个够，管饱。"

云小兰不好意思地说："我还就馋个豆腐、豆腐脑和豆浆哩。"

说话间就到了谷劳劳养猪场的三间偏厦前。这三间偏厦是低矮简陋的，当年修建时，生产队就不曾当作啥主要建筑来修，如今，一二十年过去了，风霜雨雪的，房子就更显得寒碜破败了。从屋脊上的盖瓦、山墙上的泥皮，一直到门窗上的油漆来看，谷劳劳前不久是做了修补的，可这也不能使偏厦焕然一新。三间偏厦，一字儿挑开，一间堆放猪的饲料，一间做了灶房，剩下的一间则做了谷劳劳住宿的房子。

作为灶房的这一间偏厦，屋子里锅是锅，案是案，水缸是水缸，碗碟是碗碟……一切都干净整洁，这让捧着豆制食品的任喜过不禁欢喜起来，觉得大哥谷劳劳真是不容易哩。他孤身在渭河南边的良种猪饲养繁育基地里，又要照顾那百余头的良种猪，又要照顾他自己的一日三餐，也太难为他了。而他还把自己生活的场地，收拾得如此好，不是热爱生活、懂得生活的男人，是万万做不到的。任喜过见识过一些单身男人，不敢说他们懒散无趣，家里脏乱得像猪窝一样，却也差不多就是那个样呢。大哥谷劳劳却不是，这让任喜过既感动，又同情着他，希望他能很快成个家，过上他该有的幸福的家庭生活。

任喜过这么想着时，偏脸把在灶房里端了盆水洗手的云小兰看了一眼。

爱干净的云小兰，虽然洗着手，却把任喜过投向她的眼光捕捉到了。她的脸红了，红得像是一页着了火的纸。

云小兰说："你别那么看人好吗？"

任喜过说："那我怎么看你好呢？"

云小兰洗净了手，端着水盆出了灶房，把水倒在灶房门前的一棵大柳树下，没再进灶房，而是放下水盆，站在大柳树下，招手让任喜过出去。任喜过看她神神秘秘的样子，心里好笑，就什么都不想地出了灶房门，走到云小兰的身边，看她有什么话说。可是，云小兰啥话都没说，等任喜过走近了，就拉起她的手进了谷劳劳存放猪饲料的那间偏厦，给她说，百十来头的张口货，一天要吃掉多少饲料啊！存放猪饲料的偏厦里，啥时候都该满满当当的，你看现在剩下多点儿了！再不来电，你大哥还不把猪的嘴扎起来，不给猪吃了呢。云小兰说这些话时，一脸的焦急和担心。任喜过安慰她，说车到山前必有路，从来就没有过不了的火焰山，只要咱们都来帮助大哥，就绝不会把猪嘴扎起来，不让猪吃食，不让猪哼哼。任喜过的话，对焦急担心的云小兰的安慰不小，她跷起大拇指，把任喜过夸了夸，就又拉着任喜过的手，去了谷劳劳住的偏厦里。

天壤之别！

任喜过站在大哥谷劳劳住的偏厦门口，大大地怀疑起自己的眼睛来了。她不相信这会是大哥栖身的地方——这里与一墙之隔的灶房比起来，她脑子跳出来的那个词儿，就只能是"天壤之别"了。灶房的整洁是惊人的，住的屋子却是脏乱得惊人。

任喜过睁大了眼睛，她有一个强烈的感觉，没有女人的家室，就不能成为家。

不是很大的偏厦里，人就找不到插脚的地方。屋顶是用报纸糊的，黑麻麻的，悬吊着一串串的尘网。土炕上，被子褥子胡乱地卷着，堆在一边，而在另一边，摞着高高低低一些简装和精装的书，几乎占去了小半截炕。任喜过一眼瞥过，全是《畜牧学》《猪的饲养》《奶羊的繁育和饲养》之类，炕前边的桌子上，是摊开的书、本子、报纸，吃毕了没洗的碗，一根筷子撂在碗沿上，另一根则掉在脚地上。洗脸盆放在了桌前的板凳上，毛巾还泡在洗脸水里。桌子的顶头、靠着窗子的是一个自制的木架子，堆着盆盆子、包包子、罐罐子等——看样子都是医治病猪、病羊的药品，在木架子上塞得满满的，都快往下掉了。布鞋、胶鞋、塑料鞋，东一只、西一只，散乱地扔着，不能成双，不能成对。换下来的衣服，随意地丢在一个老式银柜的盖子上，和不知装过什么的布口袋及破麻袋搅和在了一起。本来应该放在柜盖上的暖水瓶，却蹾在了地上，没有塞壶塞，半壶的水都冰冰凉了。脚地似乎从来没被笤帚扫过，废纸、烟蒂、泥星，什么都有，乱七八糟的，要多乱有多乱，要多脏有多脏。

这是咋过的嘛！任喜过的心里不由生出一股难以言表的酸楚来。

云小兰捕捉着任喜过的变化。她看出了任喜过心里的酸楚，便在任喜过的面前莞尔一笑，问："灶房还整洁吧？"

任喜过点头。

云小兰说："那是我刚收拾过的。"

任喜过拿眼去看云小兰。

云小兰脸上的红色褪下去了。她说："我还说腾出手来，就收拾你大哥的住房哩。"

任喜过听云小兰说话，虽然还有着两家人的那么一种生分，但仔细揣摩，又不难听出，云小兰已完全把她当成自家人来对待了。这叫任喜过喜不自胜！她进而深想，说云小兰是"神经客"的人，他们才是真正的"神经客"呢。云小兰有情有义，她爱大哥谷劳劳，爱得踏实大方，爱得甘愿受人辱骂，这样的女人，可是女人中的女人，她的心是大美的，她的人是可爱的。

任喜过心里感动着，一声热辣辣的称呼，也从她的嘴里涌出："嫂子，好嫂子哩！"

好嫂子云小兰就轻轻地应了任喜过一声："哎！"

那轻轻的一声"哎"还没落音，云小兰就又麻利地收拾起谷劳劳的住房了。任喜过自然不能旁观，她给云小兰搭着手，两个人两双手，收拾一间不大的房子就快多了。不一会儿，原来让人看不下去的房子里就有眉有眼了。一切东西，都放到应该归置的地方了。屋顶上烟熏火燎的黑虽不能改变，但悬吊的尘网都扫掉了，显出了房顶的高度。脚地上的纸团、烟把儿和泥星儿，扫出了房子，地面也就显得宽敞了。云小兰去拾掇土炕上的被褥和书籍，任喜过就把乱堆的脏衣服泡进了洗脸盆里，然后又去收拾踢腾得没法配对的布鞋、胶鞋和塑料鞋，鞋面上沾了泥土的，就把泥土刷干净，让它们一双一双地又都配成了对儿……谷劳劳什么时候站在偏厦门口的，任喜过不知道，云小兰也没注意。她俩收拾他的屋子，收拾得太认真、太仔细了，到她俩睁着眼睛，巡视干净整洁起来的房子，觉得里边再没可收拾的地方和东西时，她俩这才会心地笑了，轻轻地舒了一口气，同时觉得肚子也饿了。

拧过身来，任喜过和云小兰往房门外走，她俩看见了站在门口的谷劳劳，他的眼睛里有种水一样的东西在涌动。任喜过看见了，把云小兰往前推了一步。

任喜过热情地说："大哥……"

可是大哥谷劳劳截住了她的话头，说："喜过，你也来了。"

任喜过不受大哥谷劳劳干扰，又推了云小兰一下，把她推得差点儿撞上了大哥。任喜过说："都是嫂子给你收拾的哩。"

在灶房动着烟火的娘家妈豆菊芳，把豆浆和豆腐脑又热了一遍，还把北豆腐煎了、炸了，弄了好几样菜……灶房门口，有用几块渭河石支起的一块水泥预制板，任喜过和云小兰把预制板擦洗干净，然后进出厨房，一样一样地端出任喜过娘家妈做出来的豆腐菜，并且招呼忙了半天的公公谷正芳和女婿谷梦梦回到灶房门口，洗手入座，来分享娘家妈豆菊芳拿手的豆腐菜了。

大哥谷劳劳和云小兰，因为任喜过的举动，一时都有些不好意思。云小兰配合任喜过安排好水泥预制板上的豆腐菜，又不好意思地退在一边，脸红红地僵着，拿眼去看大哥谷劳劳。任喜过发现了，就又过去推着云小兰，把她从大哥的身边推到灶房门口的水泥预制板前，按坐在一块光溜溜的大石头上，接着喊叫起她的大哥谷劳劳了。

任喜过说："大哥，你洗洗手过来，我妈做的豆腐菜可是一绝哩！这几天停电，把大家都紧张着了，多吃些豆腐菜，可是提精神呢！"

任喜过的娘家妈豆菊芳还要在灶上热蒸馍，其他人齐齐地围坐在了水泥预制板周边，任喜过抓了一把筷子，分给坐在一起的公公谷正芳、大哥谷劳劳、女婿谷梦梦和她已经亲亲热热叫了"嫂子"的云小兰。任喜过发现公公谷正芳和女婿谷梦梦洗了的手依然绿得像染了彩似的，就笑着问了。

任喜过问女婿谷梦梦："梦梦，你把手洗干净了吗? 咋还这么绿?"

谷梦梦看看他的手，说："整天剁猪草，别说手染绿了，就是脸，怕也绿了呢。"

话从染绿了的手说起，很快就说到谷大楼和"骚怪"谷中秋身上了。公公谷正芳唉声叹气，说："这人是怎么了? 笑人家穷，又恨人家富。改革开放，咱家过了几天舒心日子，就被人盯上了。以前我戴着'帽子'，是被批判的对象，咱谷寡婆村人批斗我，也都是掌握着分寸的——迫于形势，他们组织会议批判我，批判得清汤寡水，可是给我把面子给大了。我把'帽子'脱了，公家给我补发了一些钱，劳劳承包下养猪场，又挣下一点钱，咱们家倒遭上罪了，好像咱家亏着谁似的。你说谷大楼，他哥谷大房当着村里的支书和村主任，把电闸的钥匙给了他，他是该给村里人服务的，可他把这当成了害人的权力，动不动就拉人家的电闸，给人家脸色看，他这还给他哥谷大房面子吗？"

公公谷正芳叹了一口气，说："都是来咱家借钱咱没给人家借惹的祸么。"

任喜过听了气不顺，说："那咱不会给他哥谷大房说去？"

公公谷正芳说："说……说了也只怕是白说呢。他们是兄弟呀，说不定拉咱电闸还是谷大房拿的主意哩！"

香香地吃着豆腐菜的云小兰停下了嘴里的咀嚼，她抬眼望着渭河北岸的谷寡婆村，眼里像有要燃烧一切的火在喷射！

第二十三章

　　设宴容易请客难……九先生经过半天紧张的筹备，一桌丰富的宴席便弄了出来。肉是去绛帐火车站割回来的五花肉，一半爁了做肉臊子，一半上笼做了蒸碗子；酒是西府凤翔的红西凤酒、商洛丹凤的白葡萄酒，全是整瓶精装的；还有任喜过的娘家妈豆菊芳做的北豆腐。各样菜红是红，白是白，青是青，黄是黄，七碟八碗的，可是热闹呢！但到酒瓶上的盖子拧开，把酒满满地斟到桌上的细瓷酒杯里时，却突然有人传话进来，九先生谷正芳要请的客人谷大房来不了了。

　　传话给九先生谷正芳的是他的二娃谷梦梦。

　　谷梦梦是九先生谷正芳派去隔壁请谷大房的。昨日，九先生谷正芳专意请了村支书兼村主任谷大房，说他有瓶好酒，自己喝糟蹋了，要谷大房来，他们哥儿们一块儿喝，才有滋味哩。九先生谷正芳没给谷大房说喝酒的用意，他知道说明了，人家会拒绝入席哩，因此，他就把目的压着没说，想着等谷大房来喝酒，几杯热烫烫的烧酒下了肚子，再说出来也是不迟的，解决起问题来也方便一些。谷大房很痛快地答应了，也没问九先生谷正芳请他喝酒的用意。九先生谷正芳设好了宴，让谷梦梦去谷大房家请他，他却不在，问他家里的人，也说不清他到哪儿去了。

　　说不清谷大房到哪儿去了的人，是他老伴白拴蛾。

　　白拴蛾对来请谷大房的谷梦梦爱搭不理，并且捎话带信说："天下没有好吃的宴席，你家没事，能请我家喝酒吗？我家人的嘴贱，可是吃不起你家的酒哩。停电……电工拉了你家猪厂的电闸，你家找电工喝酒去。我给你家的人说，你家的人还不要不高兴，现在的事不好办喀！这阵儿的村支书和村主任就是应个名儿而已，都是光架架，和生产队那时比不成了。一不能随便取消谁家承包的什么，二没有工分给谁。我家谷大房的手里，现在只捏着自己的手指头，有什么办法呢？我可不想让谁把我家谷大房手指头掰了去，手指连着心哩，我家谷大房肉疼，我是心里疼呢。去吧，找电工去，电工上的事如今都由镇上统管着哩。谷大楼把他大哥当哥时，他大哥谷大房说话他听着哩，不把他哥当哥了，他哥说的话就像放屁一样。这号事，谁弄的找谁最有用，我家谷大房不好出面，他给谷大楼说了，谷大楼一口咬定是技术问题，谁能把谷大楼咋？可别把没有的事，弄成粪堆上狗拉屎，屎（事）上撂屎（事），那就太不划算了……忍忍吧，多找找大楼，两句好话当钱使哩。"

一大堆的话，全都装在谷梦梦的肚子里，他不能给老爹九先生都说出来，就只说了句："我看，咱把酒菜都摆上了，没人来吃，咱自己享用算了。"

九先生谷正芳两眼瞪着谷梦梦，说："小心酒菜烧了你娃的肠子。"

老爹九先生的语气不好，二娃谷梦梦却还要说他："咱要请人，人家躲么。"

九先生谷正芳自知这事不能怪他二娃谷梦梦，但他心里不好受，丧气着，又着急渭河南岸大娃养猪场里的停电问题，一时不能解忧，便闷着头，取下他的二胡，很是沉闷地拉扯着，拉得一点儿调调都没有，扯得一点儿样样都不见……正没心没绪地拉扯着，"骚怪"谷中秋从头门口进来了，他踩着谷正芳的二胡声，顺着墙根子往谷正芳的跟前溜。

九先生谷正芳还沉浸在痛苦中，没注意溜进门的"骚怪"。"骚怪"溜到谷正芳跟前了，也不管谷正芳正痛苦地拉扯着二胡，站了一小会儿，就揶揄起谷正芳来了。他说："兴致不错啊！"

听到"骚怪"的揶揄，谷正芳抬起头来，茫然地看着他，竟然有种不知今夕是何夕的感觉。

"骚怪"看到谷正芳的神情，用刚才揶揄谷正芳时的口气，接着说："好酒好菜的，没人来吃吧？好了，我们来了，我们吃。"

"骚怪"怪声怪气说着时，还不忘回头往后看，招呼着门外的一个人："往进走哇。人家好心好意地设宴摆席，还不是因为你？"

被"骚怪"招呼的人进门来了。嗨，正是拉了养猪场电闸的电工谷大楼。谷梦梦看见他，一脸的鄙视与不屑。可是他老爹九先生，却像溺水的人抓住了一撮蓑草，立刻把他刚才给二娃谷梦梦置气的黑脸藏起来，热情地招呼"骚怪"和谷大楼了。

九先生谷正芳急煎煎地朝"骚怪"和谷大楼跑了过去，拉着他俩的胳膊就往上房摆开的席桌上走，嘴里一个劲儿地说："正说要找你们兄弟哩。好，好，都来了好。"

九先生谷正芳对这两个绝非善茬的东西挤出一脸的笑，招呼他俩好吃好喝，原因只有一个，就是操心大娃谷劳劳在渭河南岸养的百十来头良种猪。断电的这些天，他们全家人齐上阵，加上任喜过的娘家妈和隔壁的云小兰，却怎么在养猪场里忙，都不能满足那百十头张口货的胃口。他没与大娃谷劳劳商量，就让谷梦梦去绛帐火车站割肉买酒，请村支书兼村主任谷大房喝酒，就是看着养猪场的良种猪就要断顿了，他想用好酒好菜，香了谷大房的嘴，求谷大房给谷大楼发话，给养猪场供上电，使养猪场的草料粉碎机转起来，全是张口货的良种猪就不愁没吃没喝了。

电……看不见，不敢摸的一个电，把无辜的九先生谷正芳实实在在地伤着了。

又不是公家的电网上没有电！如今，公家还怕哪里没通上电，正想着办法，要"村村通电，户户通电"哩。而且，现在各家种各家的地，各家过各家的日子，席包里装满了麦子和玉米，张开口袋，装多装少无所谓，随便拉着走，拉到哪家电磨坊里，磨了面给人吃，剩下的麸皮喂猪喂羊，一点儿麻达都没有。但这到了九先生谷正芳这里，却成了一道跃不过去的坎。他知道病害在哪里，打发谷劳劳去请谷大房的时候，自己怀里是揣了三千块钱的，谷大房要再提说钱的话，他会立即拿出来借给他的。可是谷梦梦没见着谷大房，只见谷大房的婆娘像是一只把门的母老虎，一只手拿着鞋底子，一只手拽着线绳儿，靠在她家门框上，说她当家的不在，还把他数落了一顿。

谷大楼能当上电工，还不是借的他哥谷大房的势。

谷大房的婆娘白拴蛾数说谷梦梦时还说了一句话，她说："谷大楼是电工哩，你家名义上请我家的谷大房，其实是请电工谷大楼呢，这我知道，不知哪儿的酒腥味，把他早就牵着去了。"应该承认，谷大房的婆娘白拴蛾说的话有一定的道理：电工承揽了偌大一个村子所有用电的事，谁家又能离开他？因而，请吃请喝的事，对他来说，就是普通而常见的。谷梦梦请不动谷大房，九先生谷正芳训斥他，是想着让他去请谷大楼的。如果谷梦梦不去，九先生都想好了，拉下老脸自己去请。这下倒好，谷大房没有来，谷大房的弟弟谷大楼却未请自来了，这让刚才还很憋气的九先生谷正芳既感到莫名其妙，又觉得喜出望外，感觉整件事像谜一样。

"坐，坐坐。"

让九先生谷正芳莫名其妙，又喜出望外的谜底，在他把"骚怪"和谷大楼安顿在酒桌上，让着他俩喝了三杯酒后，由"骚怪"自己说出来了。

"骚怪"谷中秋说："听说你亲家母豆菊芳的北豆腐做得可是一绝？"

九先生谷正芳说："刚磨了。是小磨磨的呢，一会儿煎、炸、炒，有你们享的口福哩。"

"骚怪"说："可不是么，我就把大楼兄弟硬拽来了。"

九先生谷正芳好酒好菜讨好着谷大楼和"骚怪"的时候，却不知道，大娃谷劳劳养猪场因为停电造成的困难，已经得到了初步的解决。养猪场持续多日的停电，谷寡婆村的人差不多都知道了。可以肯定的是，有人知道了会幸灾乐祸，这从那些人的问候里是听得出来的。他们说了——常常是当着九先生谷正芳的家里人说的，当着谷正芳也说了好几次——"停电？为什么停电？"不等九先生谷正芳的家里人或者九先生谷正芳回答，旁边就一定有人抢着回答："哪有那么多为什么？停电就停电了喀！歇一歇，全当给忙人放假哩。"这种双簧式的问与答，不是幸灾乐祸是什么？九先生谷正芳和他的家里人，遇到了这样的人，听到了这些话，心里就只会酸苦咸辣，牙根儿打战战，腿肚子摇晃晃，却不能怎么样，连看人家半眼都不能，只有咬碎了牙往腔子里咽。村西头的惠杏爱也听说了谷劳劳的养猪场停电的事，但她与他人的感受是不一样的，她为谷劳劳的良种猪饲养繁育基地的停电困难操心焦急了。

为陈增强所在的建筑队拉运沙石，惠杏爱可是最上心了。她让大兄弟谷门墩在渭河滩筛选沙石，建筑工地要什么规格的，她就毫不马虎地让谷门墩筛选什么规格的，然后，她开着小四轮拖拉机，一趟趟地把沙石拉到建筑工地上去。

惠杏爱守信誉，重质量，从陈增强所在的建筑工程队做起，迅速地将生意扩大到了相邻的几个工地上。她和她的小四轮拖拉机仿佛是一种令人信赖的品牌，大家口口相传，使她迅速成为沙石市场的一个标志性人物而受到了尊重。

惠杏爱太忙了，忙得恨不能把一天分成三日过。可她听说了任喜过大哥养猪场的事，就把她做得风生水起的沙石生意停了下来，开着小四轮拖拉机去了渭河南，以小四轮拖拉机上的柴油发动机为动力，驱动了养猪场的饲料粉碎机，为百十来头几乎断顿的良种猪粉碎着糠粉和食料。

当时，任喜过就在大哥谷劳劳的养猪场里。她为惠杏爱开着小四轮拖拉机来帮忙，感到特别激动，说："我可是要替我大哥感谢你哩！"

惠杏爱说："感谢的话咱不说了。谁都有个要人帮的事，你家里帮我的时候，我感谢了吗？"

任喜过说："你感谢了。"

惠杏爱用话堵着任喜过的嘴，说："好了好了。你谢我，我谢你的话就不说了。咱们抓紧时间，给张口货的猪们多粉碎一些糠和料，大嘴猪是最不扛饿的，肚子空一点儿，就哼哼哼哼抗议哩。"

惠杏爱说得不错，偌大的一片养猪场，正有饿着肚子的猪儿们一阵紧似一阵地哼哼乱叫呢！但是，带动粉碎机粉碎糠料的小四轮拖拉机的吼叫声，比起猪儿的哼哼声要大得多，完全把猪儿们的哼哼声掩盖起来了。

在家里设宴摆酒讨好谷大楼和"骚怪"谷中秋的九先生谷正芳却不知道，为了养猪场停电的事，村支书兼村主任谷大房的家里，几天了，竟和养猪场一样，一点都不太平。

首先挑起事端的，是寡居在家的大娃媳妇云小兰。

村支书兼村主任谷大房，心头没法好的那块伤疤就是他大娃谷天亮了。他利用手里的权力，好不容易为大娃弄个做副业工的机会，本指望大娃抓住机会，来个农转非，吃上公家粮，月月有钱领，旱涝保收，大娃再把钱交给他，他花起来也方便。但人算不如天算，大娃谷天亮还只是个副业工，还没能实现农转非的理想目标，就遭遇事故，丢了性命，留下媳妇云小兰，孤苦伶仃地生活在家里。长此以往，终归不是个事呢！云小兰想改嫁，谷大房也同意她改嫁。可她谁不能嫁，偏偏要嫁隔壁的谷劳劳。谷劳劳他爹是什么？是被人民监督着进行改造的右派分子！你改嫁他们家，那不是自己往火坑里跳吗？谷大房没同意云小兰嫁谷劳劳，他想让云小兰改嫁"骚怪"谷中秋。"骚怪"在别人眼里可能不是个啥好东西，但在他谷大房的眼睛里，却是个少不了的角色。在村里当干部，没有两个戳撑的人是不行的。什么是戳撑的人？也就是人们常说的打手，或者说狗腿子。村里的工作不好做，做不动时，有那么两个戳撑的人就要好一些。谷大房自以为他有两个戳撑的人，一个是他的亲兄弟谷大楼，一个就是"骚怪"谷中秋。谷寡婆村的庄稼汉背地里骂这俩人，说他俩是谷大房的"棍子"。对此，谷大房心知肚明。谷大楼和"骚怪"也心知肚明，但他俩不以做"棍子"为耻，相反还以此为荣，忠实地做着谷大房的"棍子"，让谷大房使唤起来得心应手。就因为有这一层关系，谷大房便想着把大娃谷天亮寡居在家的媳妇云小兰，改嫁给"骚怪"。可是云小兰死活不依，事情就这样拖下来了。这一日，云小兰又向他这个当着村支书兼村主任的公公叫板了。

很爱干净的云小兰，前天从渭河南边谷劳劳的养猪场回到家里，身上不像以往那么干净，甚至还沾了些猪食和泥点儿，却少有地与公公和婆婆拉起了家常。云小兰是找到公公谷大房和婆婆白拴蛾的上房里和二位老人说话的。她先说隔壁任喜过的娘家妈豆菊芳，说人家磨的北豆腐可是一绝哩！太好吃了，煎着好吃，炸着好吃，炒着也好吃……还有豆腐脑和豆浆，也都特别对胃口，嫩嫩的，香香的。"你们信吗？不信你们闻呀。"云小兰也不避儿媳与公公婆婆的忌讳，说着就把她的嘴大张开来，往公公谷大房和婆婆白拴蛾的鼻子底下凑，要他们现场即闻，吓得公公婆婆把他们的鼻子直往一边躲。

婆婆白拴蛾躲着问："一天不见你的影子，你到哪里去了？啊，得是到河南边的养猪场去咧！"

云小兰是不避讳的，说："他那里缺人手。"

婆婆白拴蛾气愤起来了，说："他是谁？"

云小兰没有示弱，说："你问咱家人么。把人家的电闸拉下来，你让人家猪场还怎么弄？还喂不喂猪了？"

婆婆白拴蛾依然气愤地说："你给谁说话呢？啊，我看你越来越不像话了，你那么顾人家，你咋不住到他家里去！"

瞌睡遇到了枕头，云小兰笑了，说："婆婆哎，这可是你说的话哩，我还真就要住到河南边去哩。"

婆婆白拴蛾自知失言，气得脸色白了，她不再和云小兰吵嘴，偷眼去看谷大房，却见他黑沉着一张脸，并不搭理她们婆媳的论争。这可正是谷大房与众不同的地方，他太沉得住气了，别说是婆媳俩的吵闹，就是再加进来几个人，一起闹，一起吵，他身在现场，也能保持不闻不问的态度，放开了让他们吵闹。他相信再激烈的吵闹，都不会把天吵闹得塌下来。他会在别人的吵闹声里，冷静地想他的心事。谷大房不接老伴白拴蛾给他投来的求援的目光，他在想，谷寡婆村再不是过去的谷寡婆村了。在改革开放以前，他就是村里的天，他的一抬手、一举步，可就是全村人的行动指南了。这一改革开放，谁还能听他的话？谁还能看他的眼色？他把村里人挨个儿往过数，好像只有他的亲兄弟谷大楼，以及唯他马首是瞻的"骚怪"谷中秋，还像过去一样，甘愿做他手里的"棍子"。谷大房示意谷大楼向九先生谷正芳借钱，并不是谷大楼缺钱，如果真的缺钱，他是大哥，他会给谷大楼钱使的。他让谷大楼向谷正芳借钱，就是想撇谷正芳的火。谷正芳不是有钱吗？咱就造他个"爱钱不要脸"，再加上个"为富不仁"的名声，让他还像戴着右派"帽子"时那么臭。谷正芳上当了，没给谷大楼借钱，谷大房就继续指示谷大楼到处传九先生谷正芳的恶名，并借机拉了他大娃谷劳劳养猪场的电闸，让他的养猪场难办下去。应该说，谷大房的谋划产生了很是不错的作用，他满意着自己的谋划，因此，就进一步地谋划着。这进一步的谋划，是他多年前就确定的目标，他要"骚怪"谷中秋娶了守寡在家的大娃媳妇云小兰。当年，这个计划硬是让这个"骚怪"弄砸了，偷鸡不成，反蚀了一把米——"骚怪"霸王硬上弓，没有把云小兰拿下来，还把一个孤苦的人吓成了"神经客"。经过几年的养息，犯了"神经"的云小兰在逐渐好转，谷大房以为时机差不多成熟了，就又唆使"骚怪"向守寡在家的儿媳云小兰出手，采取什么办法他不管，只要能顺顺当当地把云小兰改嫁到"骚怪"的炕上去。

"骚怪"是不安分的，他在绛帐火车站混着，行情钻眼，化肥紧缺了倒腾化肥，木材紧缺了倒腾木材……也不知他倒腾得可有眉目。谷大房去绛帐火车站寻他，是在一个小饭馆寻见的。当时，他和几个像他一样的人，围着个脏兮兮的小饭桌喝酒吃菜。桌子上是塑料桶装着的散啤酒和几个粗瓷盘子盛着的小菜，谁的啤酒碗里喝空了，就自己提起塑料桶，给自己的酒碗里倒上啤酒，和同桌人碰了喝。他们每人的面前，都撂了一双竹筷，却都不用，喝了啤酒后，就伸手在小菜盘子里捏了菜来吃，油炸花生、腌酸萝卜什么的，捏起来放进嘴里，咔吧咔吧嚼得倒很带劲，仿佛他们吃着高档的山珍和海味。

谷大房偷偷地笑了一下，走进小饭馆，从一边的饭桌上摸了一只碗，"咣"地蹾在"骚怪"他们的饭桌上，也给自己倒啤酒。"骚怪"惊异于谷大房的到来，嗐得站起来，按住谷大房倾倒啤酒的手。因为失急和慌乱，他一时竟把脸憋得通红。

"骚怪"说："我的神呀！您可不能喝这烂烂酒。"

谷大房没被"骚怪"拦挡住，还是给自己倒了半碗啤酒，端起来，一口喝干，说："味道不错嘛！"

"骚怪"是鲁莽的，是流里流气的，可他摸得清谷大房的心思，知道谷大房是有事要他出面了，便不再贪恋本不美好的酒桌，推着谷大房往小饭馆门外走。坐在酒桌上的其他人不知来者是谁，眼睁睁看着他们快要走出小饭馆了，其中一个干瘦的家伙嚷嚷起来，说："'骚怪'又玩什么'怪招'？你是请我们来喝酒的，你要走，就留下酒钱走。""骚怪"回头去看嚷嚷的瘦家伙，并没有往出掏酒钱的意思。谷大房就很大气地从自己身上摸出两张新发行的五十元人民币，往小饭馆门口的收款台上一拍，说："不够了，你几位补上，要是多了，就自己拿着。""骚怪"眼疾手快，从两张绿色的五十元人民币中抢出一张，重新塞到谷大房的口袋里，说五十元都多了呢。

　　从小饭馆门里一出来，"骚怪"就殷勤地问谷大房："啥事吗？还用支书您来绛帐火车站。"

　　谷大房说："好事。"

　　"骚怪"问："啥好事？"

　　谷大房就小声唆使"骚怪"说："你龟孙子倒真装得住！我给你说了多年咧，让你把我家大娃那口子给你婆到炕上去，你看你的本事么？头一回就把人吓得'神经'了。我再给你一次机会，我家大娃那口子的'神经'快好了，你抓紧，别让自己嘴边的肉，叫别人吃了去。听我说，生米做成了熟饭，就啥麻达都没有了。"

　　"骚怪"嘴上的涎水，在谷大房的唆使下都流出口唇了。他伸出舌头，在口唇上刮了一圈子，说："支书总是记着我。"

　　多么精密细致的谋划呀！但从绛帐火车站回到谷寡婆村的"骚怪"，又一次把事办砸了。他听说渭河南边谷劳劳的养猪场停电，云小兰每天都去那边给谷劳劳帮忙，心里想着，这可是个好机会哩。因此，他就又一次把"生米做成熟饭"的地方，选择在渭河南边的柳树林里。"骚怪"鬼鬼祟祟地在柳树林里守了两天多，他发现云小兰清早走过柳树林，到渭河南边的养猪场去，傍黑又走过柳树林，回到村里去，来来去去，云小兰一直没有单身过，总是和九先生谷正芳他们家里人同来同去……"骚怪"等得都快没有耐心了，终于十分难得地撞到一个机会，那是云小兰吃过任喜过娘家妈豆菊芳做的豆腐菜后的那个下午，她两眼喷着火，自个儿提前回村，打算找她公公谷大房理论，于是"骚怪"见机把云小兰截在柳树林里了。

曾经有过的失败，像是一团湿重的阴云，压迫着"骚怪"谷中秋，让气势汹汹的他见到云小兰后，心慌得像个小蟊贼一样，没敢如谷大房教唆他的"霸王硬上弓"，强硬地与云小兰"生米做熟饭"，而是可怜巴巴地截住云小兰，给云小兰可怜巴巴地说他在这里等候她多日了。

云小兰真是"神经客"吗？她这时面对着"骚怪"谷中秋，似乎一点儿都不胆怯。她歪头看着他，还有心情捉住垂在她眼前的一枝柳枝，把它折下来，拧了拧，抽出柳枝的薄皮儿，做了一支柳哨，噙在嘴唇上，悠扬婉转地吹了起来。

云小兰的柳哨吹得真好听呀！她吹的是关中西府流行的秦腔小戏《柜中缘》中的一段：

> 许翠莲来好羞惭，
> 悔不该门外做针线。
> 相公进门人瞧见，
> 难免背后说闲言。
> 说奴长来道奴短，
> 谁人与我辩屈怨。
> 这才是手不逗红红自染，

蚕儿作茧自己拴。

剧中人物许翠莲的咿咿呀呀，被云小兰用柳哨吹出来，真是别有味道。她吹着柳哨，朝"骚怪"一步一步地逼上来。云小兰表面的镇定，糊弄住了"骚怪"，他不知道，云小兰的心里其实是吃惊的，也是恐惧的。

然而奇怪的是，云小兰头一次被"骚怪"拦截在柳树林里，吓得"神经"有些错乱，成了被人数说的"神经客"。而这一次，被"骚怪"拦截在柳树林里，受了惊吓的云小兰，像有万千神针扎在她的身上，竟把她错乱了的"神经"刺激得又都恢复了正常。

云小兰没有失慌地惊叫，也没有惊惧地乱跑。她镇定地吹着她的柳哨，反把"骚怪"吹得心虚发毛。云小兰敏锐地发现了"骚怪"的心虚发毛，就把柳哨吹得更是抑扬顿挫，有腔有调，那张美丽的脸庞，亦笑得像朵花儿一样。

正是云小兰花儿一般灿烂的脸，把"骚怪"吓得不轻。云小兰向前逼近一步，他就往后退却一步。退着退着，不知因为什么，他像是受了天大的惊吓，竟然掉转身子，像小偷没偷着东西反而被发现了似的，一溜烟儿跑出柳树林，跑得没有了影儿。

云小兰望着一溜烟儿跑得没有了踪影的"骚怪"跑开的方向，笑了，是多年来从没有过的大笑。她"哈哈哈哈""嗬嗬嗬嗬"，直把柳树林里的每一棵柳树，都笑得"哗啦哗啦""哗啦哗啦"地摇起来。

云小兰精神饱满地回到家里，这就和公公婆婆有了那一场拉家常似的争吵。

争吵中，公公谷大房不接云小兰的话茬，也不接老伴白拴蛾的话茬，他静静地想着心事，不免要想，"神经客"云小兰，似乎不怎么"神经"了。这让谷大房既惊讶又难受，预感到他是不能再控制这个寡居在家的大娃媳妇了。

谷大房控制不了大娃的媳妇云小兰，更控制不了二娃的媳妇上官乐。

天下的事就是这么怪，你越是忌惮谁，谁越会冷不丁地出现在你的面前，让你措手不及。谷大房没有理拾老伴白拴蛾和大娃媳妇云小兰婆媳之间的争吵，独自安静地想着心事。他从胸口的衣兜里掏出他吃惯了的黑色四棱棒，又习惯地剥着黑色四棱棒上那层包皮，准备点着来吃的时候，没防顾上官乐也站在了他的面前。

村支书兼村主任谷大房，可以不忌惮二娃媳妇上官乐，但她哥毕竟是县委常委、县宣传部部长呢！路子顺了，再走一步，可不就是县长、书记了吗。何况，对二娃媳妇上官乐，他是一点儿都不敢小看的——这东西性子愣，才华更是掩饰不住，她采写的通讯报道真是好啊！在省、市、县三级广播电台播出后，她娘家哥肯定听到了。她哥不为别人想，也会为妹子想，能不做进一步的打算？很有些政治头脑的谷大房，不能不想到这一层。而且他隐隐约约听到一些消息，县上和镇上要组织人员，到谷寡婆村里来，对惠杏爱的事迹做进一步的挖掘，切实把惠杏爱作为改革开放的新农村青年典型树立起来，这是时代的需要，也是县委工作的需要。

唉，该怎么弄呢？想着心事的谷大房，剥除了黑色四棱棒的外皮，送进嘴里咬着，又擦了一根火柴把四棱棒点着，猛地吃一上口，徐徐吐着烟气。他看见站在他面前的上官乐，正硬邦邦地对着他，似乎有话要说。

云小兰和婆婆白拴蛾呛了荏，拧转身要从公公婆婆的上房往出走，但上官乐把她拉住了。

上官乐说："把话说开了好。嫂子，你先甭走，我还有话要和二老说哩。"

驴槽里伸出个马嘴来了！婆婆白拴蛾没觉得太难堪，公公谷大房吃着黑色的四棱棒，却牙痛似的咧了咧嘴，心里叽咕道："狗嘴里吐不出象牙的。"

果如公公谷大房所料，上官乐开口就说："咱家咋能这么对待我嫂子呢？婚姻是个人的自由，她守寡多少年了，她该做自己的主，想嫁给谁就是谁！咱家应该高高兴兴送我嫂子改嫁的，咱们说是不是？"

被上官乐拉在手里的云小兰，听上官乐把话说完，竟不由自主地伏在她的肩头上，嘤嘤地啜泣起来。

啜泣着的云小兰，仍不忘为谷劳劳的养猪场说话："咱不能停了养猪场的电！"

上官乐也给云小兰帮着腔："村民信任咱们，让咱家里人当干部，咱就要一碗水端平，咱可不敢站在村民的对立面，成了改革开放的绊脚石。"

反了！反了！

公公谷大房和婆婆白拴蛾心里咆哮着这两个字。但是面子上，公公谷大房倒还忍得住。不过婆婆白拴蛾就忍不住了，她心里咆哮着，嘴里也立刻喝令她的两个儿媳妇："出去，你们两个……你们两个都出去。"

上官乐拉着云小兰，没有出去，倒是公公谷大房把咬在牙齿上的黑色四棱棒吃得火星四溅。他狠劲地吃着，心里有火不好受，便从炕头上下来，趿着鞋，"扑踏""扑踏"走出上房门，走到谷寡婆村的街巷里去了。

谷大房不想把云小兰改嫁给谷劳劳，绝对不想……他过去不想，原因是说得清的，九先生谷正芳的头上戴着"帽子"，是右派，他不想云小兰嫁到一个右派家里去受罪。现在不想，原因他却是糊涂的，是因为他们家里太有钱吗？钱多又不烧手……唉唉，谷大房摇头，他想，莫不是自己有些失势？

谷大房想到这里，差点把自己吓了一跳。他不想了，不敢往下想了。

谷大房和他家的乱象，九先生谷正芳一点儿都不知道。他大娃谷劳劳的养猪场没了电，把他们一家忙得晕了头，他一心想的，就是能请谷大房吃一顿酒，让他出面说说，赶快给养猪场通上电。九先生谷正芳想得简单，可他没能请来谷大房，谷大楼和"骚怪"却来了。谷大房这两根"棍子"，不就是拉闸停电的当事人吗，把他俩灌饱酒，吃饱菜，说不定也能解决养猪场的用电问题哩。

什么技术上的故障？九先生谷正芳不信，他只相信这就是谷大房和他这两根"棍子"思想上的故障呢！

谷大楼和"骚怪"，酒喝得可是尽兴哩，吱溜一口又一口，喝着喝着，就把舌头喝大了。大了舌头的他俩，还一口一口吱溜着，大夸灶上豆腐菜煎的油香，炸的焦香，炒的嫩香，不是一般意义的香，是太香了，特殊的香啊！肉算什么？肉不如这一道一道的豆腐菜喀！

任喜过就在这时从渭河南边的养猪场里回来了。

在院子里，任喜过看见娘亲豆菊芳端着她烧的豆浆蛋花从灶房里出来，便迎上去，从她娘亲的手里接过来，往公公谷正芳上房里送了。中午宴请谷大房，任喜过是知道的。村子里谁家有事，请支书、村主任一顿酒，任喜过没有什么不习惯。可她端着娘亲豆菊芳烧的这最后一道汤菜，掀开门帘走进去，发现坐在公公谷正芳炕上享受宴请的不是支书兼村主任谷大房，而是谷大房的两根"棍子"谷大楼和"骚怪"谷中秋，她的心咯噔了一下，就觉得不是味道了。

偏偏酒喝了、菜吃了的谷大楼和"骚怪"还不自觉，满嘴是油，打着饱嗝的他俩，舌头大着，脑袋大着，正晕晕乎乎不知他俩是谁的时候，迷迷瞪瞪看见端汤进来的任喜过，就都冲着她龇牙笑了起来。

谷大楼说："喜过呀，你娘家妈的手艺啊！啊，啊，啊，啊……"

"啊"了半天，"啊"不出个准确表述词儿的谷大楼，把"骚怪""啊啊"得发急，接过话头说："天下一绝！"

谷大楼呼应着："对对对对，是天下一绝！"

谷大楼夸着任喜过娘家妈豆菊芳，夸过了，又"啊啊啊啊"了几声，依然没有"啊"出一句什么像样的话来，就伸了手去捉斟了酒的酒杯。但"骚怪"谷中秋是不同的，任喜过的洞房花烛夜，他赌博赢下了她的处女身子，虽然他没能得手，但他忘不了，一直想着……这会儿，酒壮尿人胆，他眼珠子不转地盯着任喜过看，他看她的头发油黑发亮，他看她的脸蛋儿红润娇嫩，他看她的腰肢柔弱细巧，他看她的小手白净纤长……看着看着就把他的眼睛看得发直，看得要冒火星星。最后，他那些不守规矩、纷纷乱乱、闪闪灼灼的火苗儿，都烧到了任喜过饱满酥软的胸脯上了。任喜过厌恶"骚怪"谷中秋的眼神，但她忍着，端着满是豆浆蛋花的碗盘，小心地往谷大楼和"骚怪"谷中秋吃酒的炕桌上放，刚放好，手还没来得及从盘沿上抽回来，"骚怪"谷中秋即已往前扑了去，一只手压在任喜过的手上，另一只手捏着一根烟，就往任喜过的嘴里送……任喜过能怎么办呢？她只有躲着他了。

满嘴酒气的"骚怪"真是太过分了，竟然说："来，来么……不要躲，给……给我把烟吃着。"

如果只是吃烟，心里有气的任喜过还忍得下。可是"骚怪"谷中秋说起洞房花烛夜里的事了，任喜过便无论如何都不能忍了。

"骚怪"谷中秋说："你……你还……还欠了我一个……一个初

夜哩！"

"啪！"任喜过抬手打掉了"骚怪"谷中秋欲往她嘴里塞的那根烟。

羞愤……无以复加的羞愤让任喜过的脸涨得通红，她气极了，忍无可忍了，她不能想象，世上竟有如此无耻和丑恶的人！她的身躯在发抖，她猛劲地从"骚怪"谷中秋的手里抽出她的另一只手，圆睁着的眼睛，像是战争中的火焰喷射器，不断地喷射出愤怒的火花……"太欺负人了！太霸道了！太卑鄙了！你是谷大房的'棍子'又怎么样？你抢过头了，如今不兴你抢了！还有谷大楼，好，你是谷大房的亲兄弟，你掌握着那点儿用电的权力，你随便拉人电闸，你想一手遮天，但我倒要看看你的手有多大？"十多天停电给任喜过带来的委屈、痛苦、愤怒，这一刻，和她受到的侮辱搅起来，一起在她的胸腔里翻流。人善被人欺，马善被人骑，这话可是老辈子的人说的哩，你越是怕事，越是怕罪人，你就越难活！阎王爷怕的是难缠的鬼，咱今儿个就豁出去了，扳倒葫芦洒了油，我倒要看看，你们有多大的道行？

任喜过在心里鼓励着自己："我就不相信，这世道真就是恶人的了？"

任喜过大喝着："走！不要脸的，给我走！"

嘴硬尻子松，"骚怪"被任喜过这么一吼，竟像遭了棒打的狗一样，扑通坐回炕面上，红烂的眼睛惊恐地瞪着任喜过，不知所措了。

公公谷正芳也愣住了。他愣怔得不知是该夸他的儿媳妇任喜过呢，还是该责备儿媳妇任喜过。公公谷正芳实在不想让大娃谷劳劳的养猪场再停电了。

同时愣怔的还有谷大楼，他觉得"骚怪"玩过火了。

任喜过却还不依不饶，她拧身指着门外，朝着"骚怪"谷中秋吼喊："下来呀！本事大的，咱一块儿走，我不把你的东西割了喂狗我就不是我。"

公公谷正芳清楚是怎么回事了。他在心里叫起了苦，啊呀呀，啊呀呀，这下把锅砸得碎碎的了。咱请人家喝酒，是为了平事，这下事平不了，大概还会立起来呢！坐在炕上的他，连鞋都没顾上穿，赤脚下了地，把任喜过往屋外推着，用几乎是哀求的口气说："好媳妇哩！你快甭说了。"

压在心里的怒火，遇着合适的机会冲出来了，这就像决堤的水，收是收不住了。任喜过天不顾，地不顾，她一伸胳膊，把公公谷正芳拨到一边，继续冲着"骚怪"大叫大嚷："你没尿泡尿把你照一照，你是啥东西？你还有脸到我家吃喝，你只是别人的一根'棍子'你知道吗？往好里说你，你还是条狗，吃别人舍饭养的一条没人气的狗！你觉得别人都怕你，都不敢惹你，都得把你当爷敬着？你想错了，你知道吗？姑奶奶今日给你说呢，你毒你有种，你干扰改革开放，让我家的日子过不顺当！好么，我到镇上告去呀。镇上告不了，我到县上去；县上告不了，我就上省里、上北京！就只你勒索群众、聚众赌博这两条，我就要让你吃不了兜着走！再给你说呢，你甭欺人太甚，兔子急了也咬人哩。"

娘家妈豆菊芳不知是啥时候站在任喜过身边的，她用两手紧紧抱着浑身颤抖的女儿——如果没有她用力地抱着女儿任喜过，向前扑着的任喜过真要扑上去和烂了眼睛的"骚怪"拼命了。

谷大楼扫兴地下了炕来，他听到了，任喜过也是骂了他的，但他吃了人家的，而且还拿了人家的，他就不好发作了。他灰溜溜地往出走着，走了没两步，却把怀里揣着的一个红包儿，不小心跌落在地上了。他看见了，想要弯腰捡的，不承想任喜过也看见了，她厌恶地"哼"了一声，谷大楼便不好捡了，讪讪地独自往出走了。

红包是九先生谷正芳在喝酒前塞给谷大楼的，不薄不厚。谷大楼当时还想，向你借钱你不给，这时候送给我了！为此，他可是在心里得意着哩。

"骚怪"是和谷大楼一起来的，九先生谷正芳给谷大楼塞了，自然也少不得给他塞。此时，"骚怪"谷中秋被任喜过一通怒斥，酒醒了大半。他见谷大楼灰溜溜地走了，就从炕上下来，跟着也往出溜着。出了上房的门，他走了两步，耳朵里却传来任喜过对他毫不留情的喝斥。

任喜过冷冷地说："把你不该拿的东西给我放下来。"

"骚怪"没敢迟疑，从他的口袋里掏出红包儿，掂了掂，很不情愿地塞回跟在他身边的九先生谷正芳的怀里。

撵走了谷大楼和"骚怪"，任喜过拧身抱住娘亲豆菊芳，"哇"的一声大哭起来。她哭着问她的娘亲，她这是怎么了，怎么会变成这样，这不成了农村人嘴里说的泼妇吗。

娘亲爱怜地拥着女儿任喜过，把她拥进了她的房子里，和她说着悄悄话……院子里，公公谷正芳不知什么时候又一次取出他的二胡，坐在上房门口，有一下没一下地拉扯了起来，拉扯得二胡上的两根丝弦，悠悠地颤抖着，发出如泣如诉的声音……

不论怎么样，到了天黑的时节，谷劳劳渭河南岸的良种猪饲养繁育基地里，电灯亮起来了。

站在谷寡婆村里，九先生谷正芳、任喜过娘家妈和任喜过，猛然看见养猪场那边的灯光，脸上的忧愁和苦闷顿时消失，换上了他们该有的喜悦。

否极泰来……九先生谷正芳一时心情大变，他想，可能他的酒菜没有打动谷大楼和"骚怪"，可是儿媳妇任喜过的一通火气，把那两个惹是生非的家伙治服了。九先生谷正芳感激她的好儿媳，把他下午拉扯得难受的二胡再一次取出来，操在怀里，开心地拉扯起来了。

九先生谷正芳拉扯的是一曲秦腔，他开心地拉扯出一个过门，陪在女儿任喜过身边的亲家妈豆菊芳，突然也来了情绪，跟着九先生谷正芳的丝弦声，拿腔拿调地唱起《小姑贤》的戏词儿来：

> 我嫂嫂受冤屈泪流两行，
> 我只得请哥哥另想良方。
> 在那边他装个厉害模样，
> 却怎么一出门下马投降。
> 劝哥哥和嫂嫂互爱互让，
> 他二人真个是并头鸳鸯。
> 最可叹我的娘不加体谅，
> 常打骂失和气所为哪桩？

第二十四章

"杏爱！杏爱！"

驾驶着小四轮拖拉机的惠杏爱，在绛帐火车站卸了沙子，沿着回谷寡婆村的那条沙石路，蹦蹦跳跳地奔驰着，猛然听见背后有人喊她，她便放慢了车速，扭头去看，这就看见村支书兼村主任谷大房，骑着自行车从后面赶上来了。

惠杏爱停住了小四轮，但她没有熄火，使得停了下来的小四轮仍然颤颤悠悠的……掐指算来，惠杏爱跟着陈增强给建筑工地上拉运沙石已有一百多天了。现在的她，也已不是初婚到谷寡婆村的新娘子的形象了——一身鲜艳的衣服早已脱掉，换上了她读中学时的蓝布衣裳，头上戴了一顶蓝色的工作服帽子，囵囵地裹严了她的长发，让人乍看上去，倒会以为她是个黑黑的俊俏的年轻小伙儿呢。

在建筑队，陈增强因为他的工作成绩，还因为他堂哥陈增让而被提拔了，成了他们建筑队有职有权的项目经理了。陈增强高兴，惠杏爱也高兴，俩人便相约着下了一回馆子。菜是陈增强点的，酒是惠杏爱要的。惠杏爱从来没有喝过酒，她之所以要了酒，是想以此感谢陈增强。他热心热肠地帮助她，谢他两杯酒是应该的。而且人家又提了职——项目经理呢，以后帮助她就更有力量了，她祝贺他不是顺理成章的吗？没喝过酒的惠杏爱，满满地斟了两杯酒。她端起一杯酒，和陈增强碰了一下，也不管陈增强喝了没有，先仰起脖子，让满满的一杯酒慢慢地滑入喉咙，再慢慢地滑入胃肠……那纯净的酒液，仿佛流体的火焰，让惠杏爱觉得她的身体被点着了似的，热辣辣地燃烧了。燃烧着的她，也不知怎么就咳嗽了起来，剧烈地、无法停止地咳嗽！

陈增强用筷子夹起一块猪头肉，放到惠杏爱面前的小碟里，给她说，吃口菜压一压。惠杏爱听话地把那块猪头肉吃了，效果真是不错，她被酒激发起来的咳嗽，当下便压了下来。

但她的身上还是热，被大火烧烤着似的热！

然而不论怎样，有了头一口酒填底，下来再喝就不怎么困难了。一来二去，瓶装的一斤西凤酒，竟然下去了半斤多。惠杏爱一再地感谢陈增强，说："你老同学义气，对我不是帮忙了，而是救下命了。不瞒你说，我家欠下村里人的债，我不知天高地厚，在谷门坎遭遇不幸时，我满碟子满碗背到了自己身上，我原不知道怎么还的。现在好了，有你老同学的帮助，我都已还了十来家了。照此下去，小四轮拖拉机嘟嘟嘟跑着，不停地跑，再跑两年我会把欠账都还了呢。"惠杏爱感谢陈增强，陈增强却不同意，说："咱俩打个颠倒，我是你，你是我，我遇到了你那样的事，你也会全力帮助我的。"陈增强这么说了后，进一步给惠杏爱出主意，说："你一个人开着小四轮拖拉机跑，那可是太累人了。你听我说，咱可以成立一个联合车队，谁愿意加盟都行，有钱的出钱，有力的出力。你们在谷寡婆村的渭河滩上，租一片河床地，再建一个有规模的沙石场，咱们一条线作业，你当联合车队和沙石场的总经理，我在绛帐火车站找市场。你不知道，现在的建筑市场不断扩大，可是太活跃了！我相信，今后的建筑市场还会更活跃。改革开放，哪里都在大建设、大发展，联合车队和沙石场，就不只是绛帐火车站这一个市场了，向北有咱们岐阳县的县城，向西有咱们宝鸡市的城市建设，向南有新开辟的杨凌农业示范区的新区……另外，你听说了么，有一种叫高速公路的新东西，马上就要开建了，横贯八百里秦川，咱们的联合车队和沙石场，到时不吃不喝不打瞌睡，怕都满足不了工程建设十之一二的需求哩！"

陈增强最后给惠杏爱说："你要做好准备呢，准备当咱的总经理。"

啊！总经理……这是一个多么大的头衔呀！

惠杏爱三杯酒喝得头昏脑胀，她看着陈增强的脸，上面写满了自信和决心，她被震撼了，更被感动了。

菜吃罢了，酒喝毕了，陈增强和惠杏爱从馆子里走出来，走到门口时，俩人无意识地碰触了一下，却都像触电似的愣住了。惠杏爱抬眼去看陈增强，而陈增强也正向惠杏爱看过来，两人的目光碰在了一起，有种火光的热烈……陈增强躲了一下，像是突然记起来什么似的，从他衣服口袋里掏出一卷钱来，往惠杏爱的手里递着，说："这十天的沙石账给你结了，你数一数，看还合适不。"

能有什么不合适的呢？陈增强总是十天帮她结一次账，她相信他只会给她结多，不会给她结少。她怀里揣着陈增强结她的沙石款，驾驶着小四轮拖拉机一路往回颠，总能感受到陈增强碰触了她一下，给她身上留下的体温。

太阳迅速地向远处的渭河沉落着，太阳余晖把西边的天空染得一片金红，像是天公用它舒广的袖袍沾了五色的油彩，横着涂抹上去的……天空太绚丽壮观了，紫莹莹的薄云，一团团的刚刚隐去，一团团的又跟上来……谷大房满脸油汗地骑着自行车，叫喊着，赶到金色彩霞笼罩下的惠杏爱的身边。

谷大房喘气不匀地说："杏爱呀，你让你叔撵得好苦啊！"

惠杏爱从小四轮拖拉机的驾驶座上下来，面对着谷大房，很是不解地说："支书叔，你早叫我呀，看把你……"

谷大房一笑，说："我撵你有话给你说哩。"

惠杏爱对这位当着村支书又兼着村主任的老叔是有好感的，在安葬门坎和婆婆贾桂仙的事情上，他是出了大力的。他在大路上骑着自行车撵她，还说有话要说，他有啥话说呢？

惠杏爱小心地问了："啥话呀？支书叔，你说么。"

　　谷大房就说开了……他说镇政府的领导找他有事，他骑车到镇上来了，"你猜猜看，镇领导找我说啥事呢？"惠杏爱没有猜，镇政府领导给谷大房说的事，惠杏爱想，她是不该猜的，也难猜出来。惠杏爱就摇了摇头，给了谷大房一个笑脸，等着他往出说。谷大房还了惠杏爱一个笑脸，又笑着给惠杏爱说，镇政府领导给他说的事可是不小哩，他当时听完，感到事大，没敢耽搁，从镇政府出来就找惠杏爱了。"我在绛帐街上倒是看见你的小四轮了，却不见你的人。我没敢往远处走，就在附近等着你，不巧碰上一个熟人，我就转身和熟人说了两句，再转回身来，便看见你发动了小四轮，开着就往前颠。你的小四轮颠得可是快哩，我骑着自行车撵，赶急撵不上。"谷大房这一大堆的话序子说完了，他又停顿了片刻，习惯地在他中山装的大口袋里掏着，掏出他爱吃的黑色四棱棒，才又给惠杏爱说："你先甭急，让叔把烟吃上一口再给你细说。"惠杏爱敬重谷大房，他要吃烟，她便想帮他，但她伸了手去，却不知怎么帮，就看着他仔细地剥去黑色四棱棒的干皮，把四棱棒咬在唇齿间，又咔咔地打着火，点着了黑色四棱棒，美美地过了一口瘾，这才又往下说话。谷大房可是真高兴哩，他说："你还不知道吧？杏爱呀，你的事迹影响大了！咱县广播电台和市广播电台、省广播电台把你的事迹报道了后，县上领导可重视了。叔惭愧呢，觉悟低，当时听了没怎么上心，上级领导一重视，我就想，可不是吗，谁能像你一样，有了困难不怕困难，面对困难解决困难？你可真是给咱谷寡婆村争气了！长脸了！叔实话实说，上个县广播电台倒没啥，叔当年也上过，但上了市广播电台、省广播电台可就不一样哩！叔工作了一辈辈，也可以说为党的事业鞍前马后跑了一辈辈，你说我为了个啥，不就是一个名吗？好了，杏爱呀，你给咱把名挣回来咧！叔为你高兴哩……叔……叔也为叔自己高兴哩。镇上领导叫我去，通知的就这事，说是县上领导对你的评价很高，指示说要抓好你这个典型哩。"

黑色四棱棒容易熄火，谷大房说话时忘了吃烟，黑色四棱棒的烟头就灭了。谷大房举起来再吃时，没吃出烟，就又咬在唇齿间，打火点着了，吃一口烟，让烟在他嘴里盘旋好一阵，才从嘴角徐徐地泄出去。这时，他两眼看定惠杏爱，像是给知心人说悄悄话一样，给惠杏爱轻轻地、一字一句地说话。

谷大房说："明天，就是明天呢，县上领导要亲自来咱谷寡婆村看望你哩！"

惠杏爱的心剧烈地跳起来，"咚咚咚咚""咚咚咚咚"……像擂鼓一样。不知为什么，一种巨大的惶恐感控制了她，她红着脸，满眼都是哀求。她对谷大房说："支书叔，千万不敢哩！"

谷大房却浅浅地笑着说："这有啥不敢呢？上边的领导要来，那是你的事迹感人，吸引了领导，这是你的光荣呢。"

惠杏爱依然惶恐着，说："不敢，真的不敢。支书叔哩，我求你了，你给上边的领导说说，千万不敢这么弄。"

惠杏爱惶恐着说了那一堆话，还不放心，又说："这是我的真心话，甭来了，甭来了。"

谷大房原想，他给惠杏爱把这些话一说，她不知要多高兴哩！没承想……她，她听了不仅不高兴，还慌得跟什么似的。为了做好明日的接待工作，谷大房想，他有必要开导开导惠杏爱，让她在思想上高度重视，以一个正确的态度对待这件事。此时，谷大房的一只手还扶着自行车，一只脚还踩在自行车脚踏板上。为了开导惠杏爱，他把脚从自行车脚踏上落到路上，并把自行车支好，腾出扶着自行车的那只手。他向惠杏爱走近了些，说："不是叔要批评你，你的这个态度可不好！你想嘛，县委领导定了的事，我挡得住吗？我只是村上的一个小支书，我的原则是，上级领导怎么安排，我就怎么落实。我不落实是我的问题，落实不好更是我的问题，你说呢？你可不能只站在你的立场想问题，你要站在叔的立场想问题，更要站在上级领导的立场上想问题。县上领导要来看你，说明领导有眼光。不是我瞎猜，我以我的党龄和基层工作的经验理解，上级领导来看你，是从精神文明的高度出发的。现在的青年媳妇，有几个像你一样的？苦难面前不弯腰，有责任，有担当，尊敬老的，爱护小的，大家睁着眼睛看着哩。"谷大房自觉他说得很有水平，也很有道理，就又说："你是高中生哩，你不会看不见，与你形成鲜明对照的，是一些年轻媳妇，她们只看自己好，把自己当成了电影电视里的明星了，好吃懒做，一味地追求小资产阶级的生活方式，这不仅害己，而且害人。县上领导来看你，就是要宣传你的精神哩。"

许多的大道理，从谷大房的嘴里一疙瘩一疙瘩地砸出来，把惶恐着的惠杏爱砸得愣住了。她觉得谷大房说得真是有水平、有道理，可她还是觉得有欠妥当，就酝酿着准备再说两句话，谷大房却赶在她话前又说话了。

谷大房说："你听懂我的话了吗？你不能把县上领导看你当成你一个人的事，要看成一项重要的政治任务哩。"

心跳慢下来了，头脑却胀了起来，脑子里像有无数乱飞的蜜蜂，嗡嗡地响，惠杏爱努力地让自己镇定下来，说："大房叔，我不是那样的。"

谷大房似乎看得透惠杏爱的心理，知道她下来还会说什么。因此，他逮住她的话头，进一步严肃地开导她了。他说："这就好了，我想你也不会不懂县上领导的苦心。啊，这我就算通知你咧，明天你就不要再去跑车了，在家里准备着，把屋里拾掇一下。我明天要陪领导的，你一眼就看得见我，有啥事，先给叔说，叔给你定下调调了，你再说话。啊，这你可是一定要记牢，别不知轻重，说瞎一句话，那就把领导惹下了。把领导惹下的后果你知道吗？我给你说哩，你就有小鞋穿，有罪受了。"

一字一句，谷大房把话说得既严肃又认真。他说完了，把他吃剩下一截的黑色四棱棒，咬在嘴里，双手扶着自行车，一脚踏上脚踏，往前滑了两步，又跷起了另一条腿。都快骑上自行车了，他又停下来，拧回头来看着依然愣在原地的惠杏爱，很是关切地问她话。

谷大房问："惠杏爱，你是团员吧？"

惠杏爱点了点头。

谷大房说："好，好，那你听叔说，你写个入党申请书给叔拿过来，叔要介绍你入党哩。"

惠杏爱没有点头，也没有摇头，她依然呆愣愣的，不知如何是好。

谷大房就更加温暖更加关切地说："你仔细想想吧，我就头里走咧。"

通知惠杏爱准备明天迎接县委领导的事，在半路上就很好地落实了，谷大房是高兴的，也是满意的。土地承包到户后，谷大房很少有这样的机会，去通知一个人，去做他的工作，给他讲政策，讲思想，讲意义。他知道自己有这方面的才能——过去他经常给人通知事情，给人讲这些道理。对此，他骄傲着，自赏着，也享受着……好长时间没机会说了，他真怕自己忘了那些他喜爱的词句。结果不错，他说起来还是那么溜，这可是比他大块吃肉、大口喝酒还要过瘾的呢！心里滋润着，谷大房跨上自行车，骑行起来就很自在，而且也很快。风在他的耳畔嗖嗖响着，也像什么好听的音乐一样……谷大房飞快地蹬着自行车，心里还在考虑明天的事情，他不知道县上会来哪些领导，领头的又是谁，想来想去，怎么都想不出来，他也就不想了。他告诫自己，不管来的是谁，做好接待是必须的。在哪儿接待呢？在惠杏爱的家里吗？是的，县上领导来看惠杏爱，自然是要去她家的。她家的环境和条件，由于她的到来，比以前是有了大的改善了，但还难说有多么好。因此他想，他该像个电影导演一样，来主导明天的接待。他要引导县上领导，去惠杏爱的家里走一走，给惠杏爱说一些鼓舞的话，看望一下瘫痪在炕上的谷敬勤，这大概就可以了，可不能在他们家多停，多停会给他们家造成负担，他不能因为县上领导来看望惠杏爱，而给他们家添负担。人同此心，心同此理，县上领导应该也是这么想的吧。那么，让县上领导休息、抽烟、喝茶，甚至吃一顿饭，就得放在自己家里了。自己的家，镇上的干部们是常来的，吃喝也都在这里。可这一回，来的是县上领导呢！人多人少无所谓，他们怎么说都比镇上的干部高级一些吧，咱可不敢怠慢了人家。谷大房在思想上，把在自己家招待上级领导，看成一种荣誉，还看成一种权力和象征。他懂得，这在谷寡婆村的庄稼人眼中，那就是他谷某人地位巩固和不容侵犯的象征！现在的人，势利着哩，最会察言观色看风头了！所以，他觉得县上领导来看惠杏爱，稍微重视点就够了，而他家里的招待，是要非常经心和认真的呢！骑在自行车上，谷大房的心里盘算着，村里财务买下的金丝猴带把儿的烟，就在自己家里放着，是现成的，缺少的是肉。明天早上，让儿子谷天明早早地起来，骑上自行车，早早地到绛帐火车站，割一吊子新鲜猪肉，割一吊子新鲜羊肉，再买几样蔬菜，差不多就行了。

好吃好喝的有了，还要好招待呢。谷大房相信他的笑脸，更相信他的嘴巴，是一定能把县上领导招待好的。

噢，对了，听说隔壁任喜过的娘家妈豆菊芳，前一段来看女儿，回她们麦禾营村没几天，昨天又来了。她这一次来，几乎把在麦禾营村的家都搬来咧。任喜过的娘家妈豆菊芳可是不简单呢，她在谷劳劳渭河南岸上的良种猪饲养繁育基地帮了几天忙，这就看出商机来了，在她的建议下，谷劳劳在他的养猪场里又增设了一项经营项目——做豆腐。任喜过的娘家妈豆菊芳，是此道中的高手，在她的指导下，谷劳劳的豆腐坊一开张，就赢得了一片赞誉声。

做下豆腐了，销路是一个问题，但这难不住豆菊芳他们。谷梦梦和他哥谷劳劳，以及九先生谷正芳，打着豆菊芳的旗号，到绛帐火车站去走了一圈子，也没怎么给人说话，就把销路找下了。送货的问题呢？谷劳劳有他良种猪饲养繁育基地的活绊着腿，九先生谷正芳年事高了，都不是跑腿运销豆腐的人。那么该谁来跑腿呢？自然是谷梦梦了。他的丈母娘豆菊芳连夜做出的北豆腐、南豆腐，用木制的范模装载着，一层摞一层，天明时他就用自行车驮了，驮到绛帐火车站去，都不用在菜市场上摆摊子，径直到几家生意好的酒楼饭店的门首去，这家一坨，那家一坨，一手交豆腐，一手拿钱，不受多大麻烦，就把豆腐脱手了。

任喜过的娘家妈豆菊芳建议在良种猪饲养繁育基地里开办豆腐坊，往绛帐火车站销售豆腐，这是一桩生意。但这还不是最关键的，她建议的最关键处是，猪的饲料里，必不可少的黄豆可以利用起来，一举两得，做了豆腐卖了是一份收入；磨豆腐余下的豆渣，可就是饲养猪的好饲料了。过去的情况是，谷劳劳把黄豆原料磨碎了，直接添加进猪饲料里喂猪吃，但那样的干饲料，猪儿们还不爱吃。现在好了，磨豆腐余下的水水的黄豆渣，拌在猪食槽里，猪儿们吃得似乎更馋一些，长膘也快一些。

九先生谷正芳家里的人是人精，猪是猪精！谷大房想着明天如何接待县委领导时，想到了任喜过的娘家妈，不由得要在心里把九先生谷正芳骂一句了。他暗骂九先生谷正芳："结了一门亲，有了一个亲家母，你光杆杆还能把人家'豆腐西施'弄到你炕上去不成？"

哼……"豆腐西施"啊!

谷大房的眉头皱了皱,不过他想,明日待承县上来的领导,"豆腐西施"的豆腐也是应该弄一坨的。

…………

不知是身上的劲儿卸了,还是小四轮拖拉机的动力出了问题,惠杏爱坐到了驾驶座上,挂了挡,踩了油门,四个轮子的拖拉机"突突突突""突突突突"地跑着,却就是跑不过谷大房的两轮自行车,渐渐地越落越后,落后得惠杏爱都看不到前头骑着自行车的谷大房了。这可是太奇怪了,啥时候自行车倒比小四轮拖拉机还要跑得快?惠杏爱痛苦地想着这个问题,怎么也想不明白,便干脆不想了。她又想起谷大房给她通知的事情来了,这个事情让她切切实实地有了负担。她糊涂着,但知道谷大房给她通知的事情,按着常理来说,该是一件令人高兴的事呢。而且,她在内心一直感激的支书兼村主任谷大房,给她通知这件事情时是高兴的,他高兴,她也应该高兴起来,像谷大房吩咐的那样,切实地做好县上领导看望她的准备。然而,她高兴不起来,不仅高兴不起来,还像她刚从谷大房嘴里听到那事时一样,感到恐慌甚至害怕。惠杏爱弄不懂自己了,她想咱做的事是实的,上官乐的报道也是实的,对实事又为什么要恐慌呢?为什么要害怕呢?小心把握着方向盘的惠杏爱,想不明白,更想不具体……在陈增强来她家里帮助她修理小四轮拖拉机时,县上的广播电台报道她的事迹,她在心里就埋怨上官乐了,埋怨上官乐不该把这件事捅到县广播电台去;紧跟着,市、省广播电台也相继播报了她的事迹,她就更埋怨上官乐了。她的心慌和害怕,差不多从那时起就有了,在她的心里头一点一点地浮现,一点一点地突出着。这一回县上的领导竟要来看她了,她更加心慌和害怕了。是的,支书谷大房高兴县上领导到谷寡婆村来,还有很多很多的人,也都乐意县上的领导到谷寡婆村来，乐意县上领导来了能看望她……惠杏爱却不，她不喜欢县上领导来看望她。她知道，她是有私心的。与女婿谷门坎拜了一回天地，入了一回洞房，睡了一个晚上，但她还是她，原来做姑娘时的她。可是不论怎样，有了一次做新娘的经历，被村里人夹枪带炮，荤荤素素地一场耍闹，她的身体醒来了。她能像传统社会里的节妇烈女一样，死守在谷寡婆村的家里，为那一家人牺牲自己吗？

恐慌！害怕！

惠杏爱静下心来细想，自己产生这样的情绪，原因大概就在此了。

贞节烈女，别人想做做去好了，惠杏爱不要做贞节烈女……颠颠闪闪的小四轮拖拉机，把驾驶着它的惠杏爱颠闪得腰像柳枝儿一样，扭过来，扭过去。她想着立了贞节牌坊的贞节烈女，苦守上一辈子，冷炕孤灯，到头来连个名字都落不下——譬如谷寡婆村的老祖宗，她享有自己的祠堂，生生不息地有了一个谷姓村子，后辈儿孙们敬奉她，怀念她，可谁知道老祖宗的名讳呢？不知道吧！一个偷吃了禁果，孤身逃跑到渭河边上，苦守了一辈子孤寡的人，大家都只叫她谷寡婆。这么想着，惠杏爱不禁为谷寡婆难过起来了，她不要做谷寡婆，更不要做贞节烈女。做个贞节烈女，那比做一个妓女还不如呢！

惠杏爱的脚从油门上抬起来，猛地踩在刹车上，把奔跑着的小四轮拖拉机刹得后面的拖箱差点立了起来。

不如妓女！

啊啊啊……惠杏爱被她这突然的想法吓得心惊肉跳。她把小四轮拖拉机紧急刹住，赤红着脸向前路后路仔细看了几眼，她怕路上的行人，窥见她内心这个可怕的想法，那她就活不成人了。不过还好，前路和后路，这时一个人都没有。惠杏爱抬手摸着她的心口，渐渐地平静下来了。可她还不能摆脱刚才的想法，她想着她阅读过的文学作品，其中不少描写妓女的篇章，典型如写杜十娘、董小宛、李香君等的，是那么酣畅淋漓、荡气回肠。如果说，她们埋在历史的尘埃里已太深太深的话，还有一个小凤仙，在推翻封建帝制的大革命中，掩护蔡锷将军逃出北京，成就了护国倒袁（世凯）大业。小凤仙的这份情，这份义，用一个"妓女"的称谓抹杀得了吗？惠杏爱想到这里，赤红的脸恢复了正常，还露出一抹不易觉察的笑意来。

惠杏爱之所以还笑得出来，是因为她心想，自己才不会做妓女，当然也绝不做贞节烈女。

惠杏爱有她自己的爱，是渐渐地，从她心里滋生出来的对陈增强的爱啊！陈增强对她的无私帮助，以及他对她表现出来的那一份情意，惠杏爱不是傻子，她敏感地觉出来了。惠杏爱想，她是需要陈增强的帮助的，更需要陈增强对她的那份情和意。

"我的老同学啊……"惠杏爱在心里叫了一声，又启动了她的小四轮拖拉机，向着渭河边上的谷寡婆村去了。

谷寡婆村此刻笼罩在一片朦朦胧胧的烟色之中。

第二十五章

惠杏爱把小四轮拖拉机开回家的时候，天已完全黑了下来……整整一个晚上，她闭着眼睛，却怎么也睡不着，老同学陈增强的身影，变幻着姿态，直往她的脑子里涌来。

小弟谷门栓仍然跟着惠杏爱睡觉，他偎在惠杏爱的一边，小眼儿是闭着的，"呼哧呼哧"已是睡着的样子，但惠杏爱稍一动弹，他的眼睛就睁开了。他是人小鬼大呀，从他偎在惠杏爱的身边时，就已看出惠杏爱有心事。他当时装着睡觉，没有问她，是不好意思开口，但眼睛一旦睁开，他就要问他亲爱的大姐了。

谷门栓小心地问："大姐呀，你想啥呢？"

惠杏爱以为谷门栓睡觉哩，没防顾他醒着，还问她话，她偏过脸，在小家伙的脑门上亲了一口，说："睡你的觉。"

谷门栓却不依，继续问："大姐就是想事哩吗？"

惠杏爱便背过身去，佯装她累了，要睡了，这才堵住小家伙的嘴，没让他往下问。

第二天，惠杏爱难得天明还赖在炕上多睡了一会儿，也头一次没有出车。惠杏爱不起床、不出车，家里是没有人催促她的。可她心里有事，赖又能赖出什么呢？一点儿用处都没有。因此，赖了一会儿，她就爬起来了。她整理着炕上的被褥，心里还在想着，县上领导来看她的事，给不给瘫在炕上的公公说呢？惠杏爱左考虑，右思量，犹豫了很久，还是在太阳在渭河流水上升起时，去了上房，告诉了公公。

公公谷敬勤一辈子不理事，刚听说时，还以为自己听错了，就问了惠杏爱一句："你说县上……县上领导要来咱们家看你？"

惠杏爱肯定地说："大房叔昨儿下午通知我的。"

啊哈！瘫痪在炕上好几年的谷敬勤，得到儿媳妇惠杏爱肯定的回答后，简直惊呆了，也欢喜糊涂了。他挣扎着挪到炕边，伸出一只手，原本是要拉扯惠杏爱的，但又觉得不妥，就又把手缩了回去，仰头看着站在炕跟脚的惠杏爱，花白了头发的脑袋颤抖起来，满脸的核桃纹都在他喜悦的颤抖中一起舒展开来。他高声地吆喝着，把谷门墩、谷门环、谷门栓全都叫到他的身边来，好像县上的领导要来，就是一针威力巨大的强心剂，让他往日萎靡的精神，陡然振奋起来，说话的声音也变得响亮而清晰了。这段日子里，家里的安排都听惠杏爱的，他从来都不插手，但今天，他和惠杏爱连商量都不打，就果断地决定，门墩就不到河滩筛沙石去了，还有门环、门栓，都听嫂子的，一起动手把屋里屋外拾掇一遍，该擦的擦净，该洗的洗净，该扫的扫净……清扫罢了，都把干净衣裳换上。门栓自然也是高兴的，他一高兴，就又跳了起来，吩咐事情的谷敬勤就又见缝插针地指斥他，要他懂得礼数，甭胡跑乱喊叫。把谷门栓教训得安静下来了，谷敬勤又指派门环，把开水烧上，茶壶、茶碗，都用开水烫一烫，再用碱水泡一泡——"寻出咱家的茶叶来，放在手边上，到时候取用方便……噢，对了，带把儿的金丝猴烟家里还有没有？没有就快去买。这么大的事——咱省惜一百天，省惜一千天都对着哩，但今天就不能省惜喀。"

一件件的安排，一桩桩的叮嘱，谷敬勤不歇气地全说了出来。说完这些，他松了一口气，就又看着儿媳妇惠杏爱，十分抱歉、十分伤心地给她又说了一句话。

谷敬勤说："我娃进门来，新衣服连三天都没穿够，就脱下来，换成旧衣服，我心里有亏呢！都是狗日的门坎没福，他把我娃独独撇在世上受苦哩。"

惠杏爱不想听公公说这话，她扶住公公的身子，让他躺平整了，说："爹，咱不说那话。"

谷敬勤应着惠杏爱，说："爹整日这么瘫在炕上，心里想的就是这话。你不让说我就不说了，但县上领导要登门看望你，这是天大的荣耀，天大的恩德！老天爷睁开了眼咧，看见咱家的好儿媳了。"

还有什么比县上领导上门的事大？没有了，这成了谷敬勤心中最为神圣的事。从他落生在这个庄稼院门里，快六十年过去了，哪一个大领导来过呢？庄稼人嘛，谷敬勤别说瘫在了炕上，就是活蹦乱跳着时，也没有这样向往过。可是，县上的领导突然要来了，要来看望儿媳妇惠杏爱，他嘴里指派这，指派那，心里还一个劲地惊讶着："啊！啊！啊！"腿软的他，心怦怦地跳着，满脸又是雨幕一样的眼泪了。

谷敬勤流着泪，轻声地给惠杏爱说："把我的新衣服也找出来，就是你进门时我穿的那件，我要把我穿得精精神神的。"

惠杏爱听了公公的话，去给他找衣服。她本来想给公公说，说咱没必要这么忙活。可她面对公公的那一脸兴奋，她说不出来了，她就像泪眼婆娑的公公谷敬勤一样，也快满眼窝的泪水了。

是吃早饭的时辰了，一家人按照谷敬勤的要求，总算把院子和门上，全都拾掇出来了。下来该吃早饭了，准备好的早饭，有黏糊糊的玉米糁子，有暄腾腾的热蒸馍，还有一碟儿咸萝卜丝和一碟儿油泼辣子。惠杏爱端着饭往上房走，头门口走来了任喜过。

任喜过进门就喊惠杏爱："杏爱，杏爱，我还说帮你一把哩，你自己倒把院里院外都拾掇整齐了。"

惠杏爱闻声转回头来，说："耽搁我跑一天车。"

任喜过不同意惠杏爱说的，说："你这说的啥话嘛？你不知道，我隔墙的大支书，清早派他二娃来我家要豆腐，北豆腐要了小半坨，南豆腐要了小半坨，说是县上领导要来看望你，我听了不知有多高兴呢！我等我娘家妈的豆腐一出锅，先给你割了一坨子。你要小心哩，小心没大差，到时候县上的领导留下来吃饭，咱也不至于慌了手脚。"

尽管惠杏爱把该想的都想了，公公谷敬勤也尽着他的经验，帮她详细地做了安排补充，却还是没有把县上领导吃饭的事情考虑进去。任喜过赶过来，把这个事提起来，惠杏爱甭提有多感激了。

感激着任喜过的惠杏爱把端在手里的早饭盘子送进上房里，又回头出来，牵起任喜过的一只手，说："谢谢你哩。"

任喜过的手里是提着豆腐的，被惠杏爱牵起了一只手，另一只手提着就不得劲，她说："小心把豆腐弄碎了。"

惠杏爱这才笑了，从任喜过的手里接过豆腐，说："这么多呀！"

任喜过却不接惠杏爱的话茬，问她："你刚才说啥哩？啊，谢谢我。亏你说得出这句话，咱们俩，谁和谁呀！我大哥的养猪场停电，不是你开着小四轮来帮忙，还不知道会把我们家难场成啥样子哩。"

惠杏爱截住了任喜过的话，说："客气了不是？咱俩都别客气了好么。"

上房炕上的谷敬勤听出了任喜过的声音，也听到了任喜过说的话，老人就隔着窗子表示了感谢。大家相互客气着，却突然地被一阵空油桶子滚动的巨大声响打断了。那"轰隆隆，轰隆隆"的声响，从谷寡婆村的街巷里滚过来，滚到惠杏爱的家门口，短暂停了一下。随后，"骚怪"谷中秋翻着个大柴油桶，把它跟斗趔趄地掀进惠杏爱家院子去了。

这是弄啥呢？

院子里的惠杏爱和任喜过，还有上房里的公公谷敬勤，弟弟谷门墩、谷门栓和妹妹谷门环，都盯着"骚怪"或者他来的方向，不知他又要演一出什么样的戏。

"骚怪"在谷门坎和他妈贾桂仙下葬的那天，来滚柴油桶以物顶债，被村支书谷大房拦着，没能滚走，但过了两天，他还是硬着心肠来把柴油桶滚走了。今天，没人招呼他往回滚柴油桶，他自己把它滚回来了。他的记性不错，还记得柴油桶原本所在的地方，他没问惠杏爱，也没问惠杏爱家里的其他人，直接把大大的柴油桶滚到原来栽着的地方，掀着立起来，这才回头给惠杏爱说话。

"骚怪"说："我把柴油桶给你还回来了。"

惠杏爱盯着"骚怪"，没有话好说，只是觉得非常好笑。她这么想着，没忍住，笑了起来。

"骚怪"不知惠杏爱是不是嘲讽他，无可奈何地说："大油桶原来就在这地方栽着吧？我记得的，没有错。"

"骚怪"讪讪地说过那句话，又说："今天大清早，支书还说要我过来给你屋里帮忙哩。支书说了，他说我有眼色，知道怎么接待上级领导。看来我来迟了，你把院子都拾掇整齐了。"

"骚怪"不这么说话倒还好，他这么一说，惠杏爱就十分地厌恶他。她说："我可劳驾不起你。听我说，欠债是要还的，我家原来欠着你，但我的这个大柴油桶，顶债绰绰有余，你要拿油桶顶债，你顶去好了，我有了装油的新桶子了。你把你的柴油桶咋滚来的，就给我咋滚回去。"

"骚怪"的脸皮子厚呢。惠杏爱数说着他，他却不以为意，看见任喜过站在惠杏爱身边，就又不知羞耻地和任喜过搭讪了。

"骚怪"说："哟！喜过也在这儿哩！你还别不信，你娘家妈的豆腐菜，我吃了一回，没出息的嘴巴，就还时常想二回呢。"

谷门墩从上房屋里冲了出来，跟在他身后的还有谷门环、谷门栓，他们冲到院子里来，把"骚怪"立起的大柴油桶又扳倒了，"轰隆隆""轰隆隆"……不由分说地又往头门外边滚。"骚怪"慌得扑过去挡，他说："有错咱就改么，坚决地改。我又不是不懂道理的人，支书也把我批评拾掇了几场。是他要我把大柴油桶还回来的，你们说，我能不尊重支书的指示吗？"谷门墩在自己的家里，有时连他爹谷敬勤的话都不听，却死心塌地地向着嫂子惠杏爱。她说一句话，是比皇上下圣旨还要起作用的，谷门墩是要一丝一毫不走样地执行的。他听惠杏爱让"骚怪"把柴油桶滚回去，"骚怪"自己不滚，他就冲出上房替"骚怪"滚了。"骚怪"说软话了，他不为所动，依然强硬地把柴油桶往头门外滚。谷门墩头脑简单，四肢却特别发达，"骚怪"的力气小，挡不住谷门墩，就又转回身来，跑到惠杏爱的身边，向她求援。

"骚怪"说："杏爱啊，这事怪我，怪我错了。我原来只当门坎殁了，这柴油桶你屋里也就用不上了，用它把债一顶，咱就两清了。我想不到，你是个能行人哩，你也能开小四轮，为了不影响你跑车，我是该把柴油桶还给你呢。"

惠杏爱已经懒得和"骚怪"说话了，她顺手拉了一把任喜过，去了她的房子，留下谷门墩、谷门环和谷门栓，像撵一条狗似的，把"骚怪"谷中秋撵出了头门口。撵跑了"骚怪"，谷门墩、谷门环和谷门栓像打了一场胜仗凯旋的英雄，先跑到惠杏爱的房子里，高高兴兴地给惠杏爱汇报了一下，然后又跑到上房他们爹谷敬勤的炕上，去端惠杏爱的糁子碗。谷门栓先端到的，端着走了两步，被谷门环抢到了手上。谷门环端着刚走了两步，就又被谷门墩抢到了手上。谷门墩端着碗一进惠杏爱的房子，就"嘿嘿"傻笑着说上话了。

谷门墩说："嫂子，还是你治得了人，他'骚怪'都不敢惹你咧。"

对于这样的变化，谷门墩他们兄妹高兴，惠杏爱自然也是高兴的，不过她没有谷门墩兄妹那么喜形于色，只淡淡地朝他们笑了一下，让他们再端一碗糁子来。

惠杏爱说："没看见你喜过嫂子来了？去，再端一碗糁子来，我俩一块儿吃。"

对此，任喜过是要推辞的，她来送点儿豆腐，就吃人家一顿饭，理上不通呀。任喜过推辞着往门外走，迎面碰上了支书兼村主任谷大房。他在家里吃过早饭了，在县上领导没来之前，他想他是应该来一下的。他不想惠杏爱的准备有什么瑕疵，给县上领导留下不好的印象，到时吃亏的只能是他，而不会是别人。因此，他趔了一下，把莽莽撞撞退着走的任喜过让过去，这才像个下基层打前站的干部一样，睁大了眼睛，在惠杏爱家前院后院、屋里屋外地转着看了……先看的时候，谷大房还有一些喜色。他之所以心喜，是惠杏爱听了他的话，今日没有出车，领着家里的兄弟妹子，把家里的卫生搞得不错。而且，包括瘫在炕上的谷敬勤在内，惠杏爱一家大小都穿得很显眼，有模有样的。这很好啊，咱要叫县上领导一来，就有个好印象哩。

谷大房十分高兴地看着，给跟着他转的惠杏爱叮咛着要注意的事，看到后来，却突然发现了一个问题。这个问题说大不大，说小不小，偏偏出在了惠杏爱的身上。谷大房的眉头皱了一下，毫不客气地把问题指出来了。

谷大房说："杏爱，叔说你你不要见怪，你今日可不能穿得这么新鲜。"

惠杏爱不解谷大房的意思，睁眼愣愣地看着他。

谷大房就很认真地给她说道起来了。他说："大庆的王铁人你知道吧？大寨的陈永贵你知道吧？他们一个是工业战线上的典型，一个是农业战线的典型。我想你该见过宣传他们的图片呢，王铁人是钻井工人，他穿的就是工人阶级的服装，头上戴安全帽，手里握铁榔头；陈永贵是'修理地球'的农民，他穿的就是农民的服装，头上扎的羊肚子毛巾，手里握着的是镰刀。我敢保证，县上的领导来，是有记者陪同的……你也要成典型了，你开的是小四轮拖拉机，那它就是你今日表演的工具呢。我看你昨天穿的那身蓝布衣服，戴的劳动布帽子，就与小四轮拖拉机很配。记者跟着县上领导来了，要给你照相，你就站在小四轮拖拉机跟前让他们照，照出来在报纸上一登，你就有个典型的模样了不是？"

惠杏爱被谷大房说得不好意思了，她轻声地为自己辩解："是我公公要我们换的。"

谷大房说："你公公说得对，他们都要穿新鲜。但你不能，你不能和他们一样，你该有你的形象。你昨天的那一身行头，旧是旧了，还这里一点儿油渍，那里一点儿油渍，但这是不要紧的，而且可能正是因为旧，因为有点点油渍，才能在一家人的新鲜衣服里把你突显出来哩。"

谷大房说到这里，极为关切地冲惠杏爱浅笑了一下，就说他到村外看着去，小心县上领导的车队来了，没把领导接上。他说着，拧过身子就从惠杏爱家走出去了。

惠杏爱目送着谷大房走出头门，不由得对这个村支书兼村主任，又尊敬了一成，觉得他这人太有经验了。心里感激着谷大房，惠杏爱便回到她的房子里，把公公谷敬勤让她换上的新衣服脱下来，又把她穿惯了的蓝布衣服穿上身。也不知为什么，这身沾染了点点油渍的衣服，刚穿上身，她便没来由地想起了陈增强，这使她本来就不平静的心，一下又烦躁起来了。昨天，她和陈增强约好了，今日要给他的工地上送沙子，但她现在去不成了，一时又没法捎话给他，不知道可会耽误人家建筑队的施工？

因为陈增强，惠杏爱的心里愧疚着。

碎兄弟谷门栓哪里知道他大姐的心里事，还欢天喜地的，他穿着大哥娶惠杏爱进门那天穿的新衣服，跑出跑进，一刻都歇不下来，好像比那天还高兴。小小年纪的他，虽然不能完全理解这种事，可他知道这是表扬他的大姐哩！谷门栓现在只认这一条理，谁夸他的大姐，说他的大姐好，他就高兴，他就喜欢夸赞、表扬他大姐的人。村支书谷大房的二媳妇上官乐，是把他大姐惠杏爱报道出去的人，他就特别喜欢上官乐，偶然地碰上了，他是一定要跑到她的跟前去，很深很深地给上官乐鞠一躬的！

　　上官乐这时在家里，她对公公谷大房昨天晚上回家来，以及今天早上出门去的种种表现，感到了一丝疑惑。她心里疑惑着，就很注意公公的一举一动，还有他的面部变化……公公谷大房去惠杏爱的家里了，上官乐便敏感地意识到，她给惠杏爱所写的通讯报道起作用了。

　　是上级领导要来考察吗？

　　上官乐在县城中学读书时，住在身为县委宣传部部长的大哥家里，她看惯了宣传部部长大哥的工作方法——差不多总是跟着新闻宣传走——广播听完了读报纸，报纸看完了听广播，仔细地分辨广播里的新闻信息，认真地琢磨报纸上的新闻内容，然后决定他的工作方向及工作重点。

　　省、市、县三级广播电台播报了上官乐采写的关于惠杏爱的事迹通讯，当县委宣传部部长的大哥会听不到？上官乐才不相信呢。她几乎可以断定，公公谷大房的反常表现，就是为了这件事。她甚至能猜测到，她的大哥要到谷寡婆村里来了。

　　做事风风火火的上官乐，想到这里，在家里一刻也待不住了。她攥着公公谷大房的脚后跟，也往惠杏爱的家里去了。上官乐为自己的通讯稿顺利播出而开心，同时也为她所报道的惠杏爱高兴。她高兴着，却也有点儿遗憾，几级广播电台在播放她的通讯稿时，都把她写的关于谷寡婆祠堂的那一段删去了。

蹦蹦跳跳的谷门栓，眼睛是尖的，眼睛是亮的，他看见了上官乐……嫁到谷寡婆村里来的三个新娘子，在谷门栓的眼里，惠杏爱是他大姐，他尾巴一样缠着她，就没把她当作新娘子看；九先生谷正芳的二娃媳妇任喜过，因为她的质朴和厚道，以及她的穿衣风格总是那么传统，谷门栓也几乎不把她当作新娘子看；倒是这个上官乐，结婚那天便穿得新颖鲜亮，往后的日子里也穿得十分靓丽、别致，譬如今天，从她家头门里走出来的她，身上就是一袭农村人还很少穿的粉红色的连衣裙，谷门栓觉得她什么时候都是个新娘子。谷门栓是乐于见上官乐穿得漂亮，穿得新鲜的，于是蹦蹦跳跳高兴着的他，突然看见街巷远处走来的上官乐时，便按捺不住喜悦的心情，撒着脚丫子就往上官乐的跟前跑去了。

谷门栓跑得可是太急了，就在他兔子一样又跳又蹿，快要跑到上官乐跟前时，没小心踩在一堆牛粪上，滑得扑爬在了地上。上官乐急忙上前，把跌倒在地的小家伙扶起来，一叠声地问他跌疼了没有。上官乐万万没有料到，龇牙咧嘴的谷门栓，在她把他扶起来后，摇摇晃晃后退了一步，又向她深深地、深深地鞠了一躬。

上官乐以为谷门栓给她鞠了躬后，又会迅速地跑掉，便猛地上前一步，抓住了谷门栓的一条胳膊，问他："村里那么多人，谁让你给我鞠躬的？"

谷门栓没有挣扎没有跑，他答非所问地说："你看你穿得多漂亮，你才像新娘子哩！"

上官乐被谷门栓的话逗乐了，她知道小家伙把惠杏爱是叫大姐的，就说："那你大姐呢？她就不像新娘子了？"

谷门栓斩钉截铁地说："她是我大姐哩。大姐不做新娘子。"

上官乐和谷门栓在街巷上逗着嘴巴的时候，村外的沙石路上传来了几声汽车好听的鸣笛声。谷门栓闻声一个蹦高，嘴里快活地大喊起来。

谷门栓喊："来了，来了，县上领导看我大姐来了！"

谷门栓喊着就要从上官乐的身边跑开，但他的一条胳膊还在上官乐的手里抓着，想跑没跑离，就挣扎起来了。上官乐任凭谷门栓挣扎，不仅不松手，还把抓着小家伙胳膊的手又用了些劲。

上官乐说："你给我说，你刚才喊叫啥哩？"

谷门栓说："我喊叫说县上领导看我大姐来了。"

上官乐说："县上领导看你大姐？"

谷门栓说："你家公公给我大姐通知的。他现在正在村口迎接县上领导呢。"

上官乐把谷门栓的胳膊放开了。

解除了束缚的谷门栓，立即像一颗射出枪膛的子弹，飞也似的向汽车鸣笛的地方跑了过去。他跑出去都有三五丈远了，却还拧回头来对上官乐说："没你的报道，县上领导不会来看我大姐呢。"

汽车的鸣笛声，不仅吸引着谷门栓撒丫子往那里跑着，也让谷寡婆村一街两行头门里的人走出来，向着汽车鸣笛的方向去了。上官乐受着大势的影响，也向那个方向走了几步，本来还要继续走的，却想到县上领导前来看望惠杏爱，怎么说都是她起的头，她是应该到现场去的。可她朝惠杏爱家仅仅走了那么几步，就迟疑着不走了。公公谷大房怎么不给她说呢？他给惠杏爱通知了，要惠杏爱做准备，这是应该的，但他不能不给她说呀。给她说了，她还能帮助惠杏爱呢。而且从街巷上村里人的举动来看，公公谷大房应该是通知了大家的。上官乐想得明白，大家之所以撵着汽车的鸣笛声去，应该是去欢迎县上领导的，如不然，大家不会如此匆忙，不会这么兴奋。想到这里，上官乐听到她内心响起一声尖锐的叫喊，这一声叫喊，把她自己惊得站定了脚步，没再往前走一步。

公公谷大房没给上官乐通知这件事。

公公谷大房给村里人都通知了这件事，怎么就不给上官乐通知这件事呢？县上领导能来谷寡婆村看望惠杏爱，还是她上官乐的功劳呀！没她撰写的那篇报道，惠杏爱再怎么突出，再怎么与众不同，县上领导哪里知道呀！县上的领导……上官乐苦恼地想，不论是哪里的领导，端的都是新闻碗，吃的都是新闻饭，没有了报纸广播，他们会像聋子、瞎子一样，是找不着北的。上官乐的大哥是这样的，别的领导干部也是这样的。"一张报纸一杯茶"，上官乐亲眼看见，她哥回到家里，要吃饭了，手里还拿报纸读，开着收音机听。为此，她嫂子还说她大哥了，说："报纸抵得了吃？收音机抵得了喝？要抵得了吃喝，我以后就不做饭了，你吃报纸喝收音机去。"嫂子这么说，大哥还脾气很好地笑着说："你说得不错，我不读报，我不听收音机，我到哪里给咱家弄吃的喝的呀？"上官乐想着她的大哥，僵僵地站在街巷里，身旁不断地有人走过，有人走过时和她打招呼了，有人没和她打招呼。打了招呼的人问她站在街巷中做啥，说走呀，一块儿走，咱们一起欢迎县上的领导去。上官乐回答着大家，她说"走么走么"，却一步都没动，依然僵僵地站着。

上官乐还在想她大哥。她娘家哥是县委宣传部部长，县上来的领导肯定就是她的娘家哥呢。

上官乐想到这里，没往大家奔去的地方走，她转过僵硬的身子，回头往她家的头门走去了。

上官乐的猜想没有错，县上来的领导真就是她哥哩。三辆黑色的、红色的、银白色的"屎巴牛"小卧车，以及两辆帆布篷子的北京小吉普，鱼贯而行，从通向谷寡婆村的沙石路上开来了，路西边的白杨树，经不起车队驶过时刮起的风浪，鼓动着它们繁茂的叶子，发出一阵紧似一阵的轰响。这声音持续地传递着，传到了谷寡婆村的村口，又很自然地传递给了站成两行的庄稼人。他们在村支书兼村主任谷大房带领下，兴奋地欢快地为县上来的领导鼓着掌……驶在车队前头的是辆帆布篷子吉普车，它开过了谷大房，让跟着的那辆黑色"屎巴牛"小卧车，恰到好处地在与谷大房平肩齐身的地方停了下来。超过谷大房的那辆帆布篷子吉普车上，坐的是镇上的领导。镇领导眼尖手快，他迅速地推开吉普车的车门，跳下车来，小跑着跑到黑色"屎巴牛"小车一侧，拉开车门，把他的大手护在车门上沿，满脸媚笑地请出了车里的县领导，又招呼谷大房来和县上领导握手。

谷大房不认识下车来的县领导，但镇上的领导他是熟悉的，就是昨天通知他到镇上去，亲自给他布置任务的镇党委书记王大才。王大才不给谷大房介绍，谷大房也从他轻飘飘的那一跑，以及他轻飘飘拉开小卧车车门还有用手护着车门沿的那一串举动猜出，下车来的人该是来谷寡婆村看望惠杏爱的县上领导了。

察言观色是谷大房的强项呢，他急走两步，上前握住了县上领导的手，说："欢迎欢迎，欢迎领导来谷寡婆村指导工作。"

谷大房问候得非常得体，非常诚恳。一般情况下，下级去握上级领导的手，不能握着不放，要轻轻地握一下，然后很礼貌地迅速地抽手。谷大房本来是要这么做的，但下车来的县上领导握住他的手，却握了很长时间都没放。而且，县上领导也没有开口说话，只是把谷大房的手摇一下，握着停一阵子，然后再摇一下，再停一阵子。

是领导的热情吗？谷大房一时琢磨不透，镇党委书记王大才也琢磨不透。谷大房琢磨不透可以不说话，但王大才却不能不说话，他紧随在县上领导的一旁，给握着手的县上领导介绍谷大房了。王大才介绍说，谷大房是谷寡婆村的村支书，同时还兼着村主任，是村里真正的一把手。介绍过了谷大房，王大才又来介绍县上领导了。他给谷大房说，县上的上官副书记，是刚被组织提起来的呢！他当书记头一次下乡，就选择了你们谷寡婆村，选择了来看你们村的典型惠杏爱，你呀，你可是太有幸了。

王大才后面还有介绍，但是是怎么介绍的，谷大房听不进去了。他只听到"上官副书记"几个字，他那急速运转的脑神经，就像被斧子砍了一下，当即短了路，他迟疑地问着站在他面前的上官副书记。

谷大房说："您是？"

上官副书记笑了，说："猜着了吗？甭猜了，我给你说，上官乐是我妹子。"

谷大房手足无措起来，他把他的手从上官副书记的手里抽出来，惊诧地说："啊呀！是亲家哥呢！"

上官副书记说："可不是嘛。"

谷大房就说："快快，咱们屋里去。"

上官副书记说："我不是来走亲戚的。走吧，咱们先看惠杏爱去。"

惠杏爱这时就在欢迎上官副书记的人群里，离他只有几步远。惠杏爱原想，写了她报道的上官乐是该知道这件事的，知道了是会积极地撺来，陪着她，迎接县上的领导的。可她等着，一直没有等来上官乐，这让她心里有点儿慌，还有点儿虚。没奈何了，惠杏爱就只有拽着任喜过的手，站在谷大房的身后，迎接从县上下来看望她的领导——在谷寡婆村子里，惠杏爱觉得，初婚来到这里的她们仨，天然地有了一种联系，是情感的联系！大事当前，只要她们仨在一起，她就不会觉得孤单，她就能够勇敢地面对。拽着任喜过的手，惠杏爱听到来的县上领导是上官副书记，她就在心里把上官副书记认真地记下了。她想她该主动问候上官副书记的，但她还没有问候，上官副书记就先讲到了她。在这种情况下，惠杏爱没有低头，也没有退步，她很大方地向上官副书记走去了，她走着，把任喜过也拽了过去。

昨天还犹豫着见不见县上领导，过了一夜，当县上领导来到惠杏爱的面前，她"嗵嗵嗵嗵"虚跳的心，突然地踏实了。这是因为她在县上领导和村支书谷大房的礼节性对话中听出，来看她的县上领导是上官乐的大哥，这就给她多添了一分胆量。

惠杏爱拽着任喜过，走到上官副书记面前，向他鞠了一躬，说："谢谢书记百忙中来看我。"

任喜过被惠杏爱拽得趔趔趄趄，惠杏爱鞠躬，她也就跟上鞠躬，惠杏爱说话，她也就跟上说话，说的呢，还是同一句话："谢谢书记百忙中来看我。"

上官副书记搞不清楚她俩谁是惠杏爱，就疑惑地看着她俩，问："你们……你们谁是惠杏爱呀？"

任喜过被上官副书记问得醒过神来，把惠杏爱往前推了推，说："她就是。"

任喜过把惠杏爱明白无误地推给上官副书记后，又说："上官乐是你妹子呀！嗨，我们仨年关时一天进的谷寡婆村。你妹子有文采，惠杏爱最实干……"任喜过说着话，又在欢迎县上领导的人群里寻找着上官乐。在这一刻，不仅是任喜过，谷大房，还有上官副书记等，都在人群里寻找着上官乐，但遗憾的是，大家没找见上官乐。

别人找不见上官乐，虽然遗憾，倒也不怎么慌张，而谷大房就不同了。虽然多年当村支书兼村主任，培养出的遇事不慌的基本素质，让他表面上没有什么别的表现，依然热情周到地迎接着上官副书记一行，心里却慌得不行，乱得不行。他后悔自己没有通知写了惠杏爱事迹新闻通讯的二娃媳妇上官乐。昨晚，一家人喝汤的时候，谷大房本是准备给上官乐说的，可他一手拿着个软蒸馍，另一手掰下一块，在装油泼辣子的小碟里蘸了蘸，送到嘴里嚼着，刚要把这件事说出来时，上官乐却抢了先，说出了另一件事。

上官乐当时也拿着一个软蒸馍，也掰了一块吃着，她吃着说：

"爹，大嫂的事没给你提前说，主要是怕您生气，怕您不高兴。"

大嫂的啥事呢？谷大房吃馍的嘴停了下来，专注地听上官乐说。在一个锅里搅了几个月的勺把子，谷大房已经知道，上官乐的所思所想和自己太不一样了，他俩总是背道而驰，让他很伤脑筋。为了教导上官乐，更为了使上官乐跟上他的步调，谷大房在上官乐发表意见时，就不能不认真听。谷大房告诫自己，不能急，要掌握足够的材料，到他觉得时机成熟时，就一股脑端出来，让她娃娃去吃，吃不了就端上走。

谷大房自信他是个很好的庄稼把式。庄稼把式调教牛犊子，可不就是这个方子？打娃娃不如惯娃娃，先把初婚的上官乐惯一段时间再说。

上官乐哪里知道公公谷大房的心思，她没那么复杂，只把一切都照自己的想法说了。上官乐说得如此客气，如此平静，倒让谷大房有一点儿心慌，不知上官乐还会说出什么吓人的话。

云小兰的事，上官乐是和人商量过了。和她商量的人不是别人，正是让谷大房头痛的云小兰。早年，"骚怪"谷中秋吓过云小兰一次，那次的惊吓，刺激得云小兰"神经"紊乱。这一次，"骚怪"又把云下兰吓着了，可这一次惊吓，使云小兰有些紊乱的"神经"，倒有了根本性的恢复。她在柳树林里，就想大骂"骚怪"的，骂他就不是个人，也想回家来闹腾一下的，可她往回走着，渐渐地冷静了下来，她不想大骂"骚怪"谷中秋，也不想回家来闹腾了。这就是云小兰清醒过来的智慧了，她有过教训，不想她嫁谷劳劳的事没个准儿，就让公公谷大房和婆婆白拴蛾知道，那会把一切都弄砸的。云小兰瞅着空儿，去找任喜过了。对这个刚嫁到谷寡婆村的新娘子，云小兰是喜欢的，她有什么不好给人说的话，就给任喜过说。云小兰进了任喜过的房子，开门见山地给任喜过说，自己一定要嫁任喜过的大哥谷劳劳。任喜过早已知道了云小兰和大哥谷劳劳的事，云小兰这一说，任喜过当下就很高兴地鼓励她，说自己还就稀罕她这个大嫂子哩。云小兰喜欢听任喜过的话，听了就很高兴。她还连带着请求任喜过，要任喜过给大哥谷劳劳带话。任喜过答应了云小兰，很豪迈地给她打包票，说你主意定下了，我大哥那儿我去跟他说。和任喜过定下事，回过头来，云小兰又在家里瞅着空儿，把她的心里话给上官乐说了。云小兰心里非常明白，家里能帮她、敢帮她的人是弟媳妇上官乐，这是个天不怕、地不怕的主儿哩。云小兰欣赏上官乐，把她的心思给上官乐说了个开头，就获得了上官乐的夸赞，说她早该走这一步了。

上官乐当时说："好我的大嫂子哩，脚在你的身上长着呢，你走你的，谁还能拴住你的脚不成？"

上官乐真是为孤苦伶仃的大嫂子云小兰高兴呢。她鼓动着女婿谷天明，趁着公公谷大房不在家，偷出公公放在家里的村委会公章，为大嫂云小兰和谷劳劳开了一份结婚介绍信，让大嫂云小兰揣在怀里，约着谷劳劳，到镇上的民政所领了正式的结婚证。

这就是头一天上午的事儿。公公谷大房和婆婆白拴蛾听完上官乐的话，目光在上官乐的脸上烧灼着，烧得上官乐的脸几乎要皮开肉绽。她差不多要扛不住了，就岔开话题，让他们问二娃谷天明。公公谷大房和婆婆白拴蛾的眼光就又烧灼在谷天明的脸上了。

很听话的谷天明，这一次的表现是不错的，他之前低着头，一副十分难堪的样子，到爹妈的眼光烧到他脸上了，他抬起头来，和爹妈对视着说："咱不能再干涉大嫂的婚姻了，我给开的证明，大嫂和隔壁的谷劳劳领了结婚证，他们很快就要办婚礼了。"

软蒸馍抓在谷大房的手里，他也没有心情再吃了。旁边的白拴蛾，紧张地看着谷大房，他不再咀嚼软蒸馍，她也就跟着不再咀嚼，他把软蒸馍放回面前的雕漆盘子里，她也就把软蒸馍放回面前的雕漆盘子里……一顿本该吃得有滋有味的晚汤，就这么压抑沉闷地结束了。

结果呢？谷大房没有把县上领导下村来看望惠杏爱的事给上官乐说。

不说也就不说吧，能有多大事呢？嫁到家里来的上官乐，也太自以为是，也太不把他这个当着村支书又还兼着村主任的公公当回事了。谷大房心想，三番五次的，上官乐给他难看，让他下不了台，他是必须给她些颜色看了，不然她不知道马王爷有六只眼！为此，他还进一步想，上官乐这个二娃媳妇，是不是适合待在他们家，是不是适合他的二娃。这个问题在他的头脑里盘旋着，让他很是有些头疼呢！然而在他还没有想出头绪时，她的娘家哥来了，原来的县委宣传部部长，下到谷寡婆村里来，却已摇身一变，升到县委副书记的职位上了，按他的年龄和资历来看，他是一定能够升到县委书记，甚至比县委书记更高的职位上去的。

谷大房在人群里急急地寻找上官乐，没有找到她的影子，但他发现了二娃谷天明，就远远地给了谷天明一个眼色。谷天明接住了老爹的眼色，对此，他心领神会，立即转过身去，回家叫上官乐了。

县委上官副书记到谷寡婆村来看望的是惠杏爱，她自然就成了此一时刻的主角，而谷大房在上官副书记面前，就很自然地被晾到了一边。谷大房有这个自觉，他自觉地落后几步，跟着上官副书记和惠杏爱，往惠杏爱清早起来拾掇得清爽的院子走去了。

这是一支看似没有秩序，其实秩序井然的队伍哩。谷大房落后了上官副书记和惠杏爱几步，但在他的后面，又跟着镇上的领导，以及从另外几辆小卧车和吉普车上下来的县上领导。他们走在一街两行欢迎的人夹出的街道中，走得非常小心——原因非常简单，他们锃亮的皮鞋，可不能踩上稀泥和牛粪呀。左左右右地躲着稀泥牛粪，让看望惠杏爱的领导队伍很别扭，逶逶迤迤，像一条大花蛇……他们中的人，有到谷寡婆村来过的，也有没到谷寡婆村来过的，但是他们无一例外的，被好奇热情的谷寡婆村人，指指点点地认出来了。

"看么，看么，都是县上的大领导哩！"

"那个小伙儿，对对，就是脸色很白净，又戴了副近视眼镜的那位，不要看人家年轻，人家可是县里的团委书记呀！还有那个女的，很富态，很会笑的她，知道嘛，原来就在咱们的镇上工作过，那年回县里做了妇联主任……"陪同上官副书记来的干部，被欢迎的人一一指认着，他们也都很清晰地听见了。人们指认议论到谁，谁都不觉奇怪，还都开开心心、高高兴兴地举了手，和指认议论他们的人打着招呼。

脱离群众，是领导干部最怕的批评。

已经下到基层来，走在群众中间了，和大家亲密互动，是必要和自在的事呢。英俊年轻的县团委书记和貌美大方的县妇联主任，在和欢迎的群众招手致意的时候，上官副书记，也是频频地举手和大家打招呼。而且他举手和大家打招呼时，更热情、更亲切一些，也更频繁一些。这是因为，欢迎他们一行的谷寡婆村人，指认议论他的声音要更响亮一些，并且更多一些，甚至还带着惊慌和兴奋……"啊啊啊，就是前头那个高个子哩，人家是上官乐的娘家哥，县里的副书记哩！"

给欢迎他们的人们热情快乐地打着招呼，上官副书记也不忘和陪在他一边的惠杏爱说话的。他和惠杏爱说话，全都是一问一答，都是他问什么，惠杏爱回答什么。他除了没问惠杏爱的年龄，别的什么都问到了。这种说话方式，让他总在主动的位置上，而惠杏爱总是在被动的位置上，但惠杏爱不觉得有压力，她打心眼儿里因这位和蔼可亲的县委副书记而感动。因为，上官副书记不问她话，她还不知道怎么和这位大领导说话哩。

上官副书记问："你是高中毕业的吧？"

惠杏爱回答："绛帐高中是我的母校。"

上官副书记问："娘家在哪儿？"

惠杏爱回答："不远，就在渭河边上。"

上官副书记问："你的小四轮拖拉机是啥牌子的？"

惠杏爱回答："秦川牌的。"

上官副书记问："功能怎么样？还好使吧？"

惠杏爱回答："还可以吧。"

这么有一搭没一搭地说着，惠杏爱抓住一个空子，主动问了上官副书记一个问题。她问："你真是上官乐的娘家哥？"上官副书记就微微地笑着说："给人做哥，可是不好假冒的。"上官副书记这么半开玩笑地一说，把惠杏爱也说得微微地笑了起来。原因是，惠杏爱那么问上官副书记，并不是怀疑他是上官乐的娘家哥，而是有点儿眼红上官乐有这么一位待人亲切的领导哥哥。

惠杏爱说了："我要妒忌上官乐了呢！"

上官副书记听惠杏爱这一说，心里是受用的，嘴上却又岔开话题，站在主动的位置来问惠杏爱了。他说："你的事迹太感人了。我这次来，想知道你有什么困难，我又怎么来帮助你。"

惠杏爱顺着上官副书记的话想了想，觉得她是有困难的，而且困难还不少，可她又想不出有什么具体困难，就很干脆地说："我没有困难。"

上官副书记赞许地看着惠杏爱，说："那么，你说你还有一些啥想法。"

惠杏爱想起陈增强和她讨论的，成立一家沙石运销公司的设想，她便迎着上官副书记赞许的目光，有点儿不好意思，甚至有点畏怯地说："我想在渭河滩上建立一家沙石运销公司。"

上官副书记一听就说："好啊。我支持你。"

惠杏爱兴奋起来了，说："那我先谢谢书记。"

上官副书记说："先别忙着谢，到你公司挂牌时，我来给你剪彩揭牌怎么样？"

话跟话地说着，都特别体己……不论上官副书记，还是跟随他来的人，前前后后，都很好地保持着队形和秩序，也始终热情着、兴奋着，只有那位漂亮的妇联主任，跳舞似的躲着稀泥牛粪走，却还是没躲过去，一只脚踩着了牛粪，一下子把她的皮鞋糊得不成样子，惹得逶迤行进的队伍，忍无可忍地爆发出一阵哄笑……一街两行的谷寡婆村村民，也笑得东倒西歪，前仰后合，不亦乐乎。大家都笑着，只有上官副书记没有笑——一个人有没有修养，这时是最能看出来的——上官副书记心无旁骛地和惠杏爱说着话，继续往前走着。闹了个大红脸的妇联主任，对旁边哄笑的人们给着眼色，让大家停止了笑，这才跟着上官副书记，走进了惠杏爱的家。

　　谷门墩、谷门环和谷门栓全都一身新衣服，畏怯但又高兴地守在自家院子里，每人手上都捧着一杯冒着热气的茶水。见上官副书记他们从家门走进来，他们就都迎上来，把手里的茶水往上官副书记他们的手里送，嘴上还像小学生背诵课文似的，直说着"领导辛苦了，喝口茶，解解渴"。

　　跟来采访的记者，端着照相机，亮闪闪地拍着照，像闪电似的。院子的一角，停放着惠杏爱的秦川牌小四轮拖拉机，上官副书记走过去，像抚摸一件珍宝似的，在小四轮拖拉机的方向盘上摸了摸。他的每一个动作，都躲不过新闻记者的照相机，都被亮闪闪地拍了下来。热情亲切的上官副书记，还招手让惠杏爱也站到小四轮拖拉机的跟前，和他一起，让记者拍了照。

　　瘫卧在上房炕上的谷敬勤，挣扎着侧身起来，透过窗子上那方小小的玻璃，看着院子里的上官副书记他们，他本已干涸的眼睛，不能自禁地，蒙上了一层水雾……上官副书记就是在这个时候，随着惠杏爱走到上房来看他了。

　　"领导忙哩！"

"领导好！谢谢领导！"

谷敬勤一声连着一声，高声朗气地招呼着、感激着上官副书记，把他迎进上房。上官副书记一只手捉住他白得几乎无血色的手，一只手还在上面轻轻地拍着。上官副书记微笑着，那样的微笑，像是一缕春风，像是一束暖阳，吹拂着谷敬勤，温暖着谷敬勤。他温暖地询问着谷敬勤的病情，又夸着他的儿媳妇惠杏爱，说："你是有福哩，娶了那么好的儿媳妇。咱们党，咱们国家，从来都鼓励大家要尊老爱幼，要家庭和睦，要邻里和睦。如今改革了，开放了，又鼓励大家勤劳致富。惠杏爱不怕困难，不畏悲伤，勇做勤劳致富的带头人，我来看望她，就是要进一步挖掘她的先进事迹，表彰奖励她，让全县人民向她学习。"谷敬勤听着上官副书记极富情感的慰问和对惠杏爱极具高度的颂扬，他就只有不断点头了。他没有别的话会说，就一遍遍重复着他迎接上官副书记进屋时的那几句话。

"领导忙哩！"

"领导好！谢谢领导！"

上官副书记就在谷敬勤反反复复的致谢声里，结束了他对这个家庭的看望和慰问。最后，他从衣兜里掏出一个鼓鼓的牛皮纸信封，送到谷敬勤的手里，给谷敬勤说："钱不多，是县委、县政府和全县人民对你们家的关心。"手里拿着牛皮纸信封的谷敬勤，觉得喉咙像被塞了一团什么，他还想再说一遍他重复说了好多遍的那几句话，可他说不出来了。他眼睛盯着上官副书记，一眨不眨地看着他们从上房门里走出去，走过他窄小的院子，走到了头门口……纯朴善良的谷敬勤，觉得他的心这时候满满的，装着都是感激。

谷大房跟在上官副书记的身边，但他是心不在焉的，他操心着二娃谷天明去叫上官乐，怎么还没来。上官乐不能及时来，这使他心神不定，总要回头四处寻找，但他找不着上官乐，连谷天明也找不到了。这个不中用的东西！谷大房在心里骂着二娃谷天明，又想，他该说话邀请上官副书记去他家里坐了。

上官副书记是上官乐的娘家哥哩，作为上官乐的公公，她的娘家哥到了家门口，他不邀请他去家里坐，那就是他的失礼。

从惠杏爱家的头门走出来，谷大房觉得时机已到，就很大方地给上官副书记说："咱到家里去吧，你妹子在家等着你哩。"

上官副书记却不急，说："我还有两个人要看。"

谷大房不知道上官副书记在谷寡婆村还有谁要看，他疑惑地看着上官副书记，说："家里都准备好了。"

上官副书记"哦"了一声，却没有随谷大房走。

第二十六章

为了接待好县上入村调研的领导，谷大房是找了谷冬梅的。谷大房想，在县城当了多年粮食局局长的谷冬梅，对此是有心得的，他想让她给他参谋参谋，把接待办好办漂亮。谷大房这么想着，找了谷冬梅，谷冬梅还让他叫来了九先生谷正芳，三个人就在谷寡婆祠堂里，喝着茶说事了。他们把接待的事三言两语就议定了下来，谷冬梅和九先生答应谷大房，一定配合谷大房的工作，让接待工作圆满顺利。定下这件事后，谷大房一身轻松地就要走，谷冬梅和九先生却把谷大房叫住，说既然来祠堂议事，他们就还有些事情需要议一议。谷大房留了下来，听谷冬梅说，"骚怪"谷中秋在绛帐镇胡作非为，在村里也不学好，有必要给他在谷寡婆祠堂开个会，让他给老祖宗认个错。

九先生谷正芳跟着也说了话："过去的时候，咱谷姓一门，有谁不遵祖法，可是都要在祠堂议处的呢。"

谷大房一听是谷中秋的事，心里老大不乐意。他给谷中秋辩护说："中秋会把杏爱家的油桶子还给她们家的。"

谷冬梅和九先生谷正芳还想再说话的，谷大房又说："过去是过去，现在是现在，谁还兴在祠堂议事？再说了，县上领导要来，我先得把这件事安顿妥当吧。"

谷大房说完最后一句话，也不管谷冬梅和九先生什么态度，自个儿站起身来，径直走出了谷寡婆祠堂。

想说的事与谷大房没有说成，谷冬梅心里是不舒服的。她次日早晨起来，没有管谷大房接待县上领导的事，独自去看她的丈夫谷狗剩了。一路上，谷冬梅看见顶在草尖上的露珠，像是一粒一粒液态的钻石，晶莹、透亮。她抬起脚，每走一步，都要踏碎一片染着朝霞的露珠，这使她黑色的鞋面和裤角很快浸湿了。

谷冬梅在心里说："我把你欠下了。"

谷冬梅把谁欠下了呢？她不说，别人是不知道的，她要说呢，自然是死了好多年的丈夫谷狗剩了。过去，谷冬梅在村里当干部，她太忙了，忙着带领谷寡婆村的群众，兴修大寨田，兴修防洪堤，忙得真是不亦乐乎。不到清明和小寒这些上坟祭祖的日子，她是不会到坟地里来看谷狗剩的。有时即便到了清明和小寒，她也会因为疏忽，或者是忙得抽不开身而忽略了坟地里的谷狗剩，不给他烧纸化钱，不给他添衣换季。十八年前，谷冬梅因为思想进步，工作积极，被县上破格提拔为绛帐人民公社的党委书记，此后几番调动，直到当上县粮食局局长。她把全部的时间和精力，都扑到了工作上，不是夜深人静，她失眠睡不着的时候，她几乎想不起长眠在渭河堤畔的谷狗剩，即使忽然想起他了，她也只是披衣起床，在她住宿的房门口，给撞入她思绪的丈夫谷狗剩点一根香烟。

身为共产党员，谷冬梅是不信神不信鬼的，因此她也不相信地狱和天堂，她不认为烧纸就是给亡人烧钱，也不认为烧纸衣就是给亡人换季。可是她退休了，回到了谷寡婆村，又突然觉得她把丈夫谷狗剩欠下了。

有了这个认识，不逢节，也不逢时，只要她晚上睡得不好，天明起来，她就要跑一趟官坟，坐在谷狗剩的坟头上，给他烧几张纸，再给他点几根烟——背河汉子谷狗剩，生前最惬意的事，就是忙累过了，指头缝里夹根香烟，很过瘾地吃几口。

谷冬梅是想要谷狗剩在"那边"过得好一些的，她不知道自己这么做，是否可以达成这个心愿。

昨天晚上，谷冬梅就睡得不是很好，所以天刚扑明，她就收拾起一卷烧纸，并揣上一盒香烟，踏着晨露到渭河边的官坟里来了。

乡下人起得可是早哩……谷冬梅走在街巷上时，就有打扫门口、牵牲口拾粪的人不断地问候她。

"冬梅婶，又到坟上去呀？"

"哎呀，大书记，你是有心人呢，忘不了我二叔。"

"好我的个大局长，你那口子活值了！"

"二娘啊，早晨露水大哩！"

问候谷冬梅的人，亲切地把她叫"冬梅婶"，叫"大书记"，叫"大局长"，叫"二娘"，这是各自从自己的辈分和情感来称呼的。叫她"冬梅婶"或者"二娘"，那是因为她活到了这个辈分上。年轻时在村里，人们叫她叫得最多的称呼是"谷冬梅"和"二嫂"，自然也有叫她"支书"的，那是因为她在村里当了好长时间的支书。后来她提干当了比村支书还大的官儿，村里一些叫她"谷冬梅"或"二嫂"或"支书"的人，就高兴地叫她"大书记""大局长"了。这些称呼在村里人的嘴里叫习惯了，她退休回到村里来，他们依然叫着，没有改口。不过，有一个人想改一改口了，这个人不是别人，就是现在的村支书谷大房。他之所以要改口称"局长嫂"为"冬梅嫂"，可能是因为他觉得这么叫更家常、更亲和一些吧。

谷冬梅自己，就觉得谷大房叫她"冬梅嫂"，她要轻松自在一些。

在街巷里人们的声声问候里，谷冬梅走出村子，在村口碰到了谷大房。不论什么时候，谷大房碰到了谷冬梅，都会满面春风地撵到她面前，不叫"嫂子"不说话。过去是这样，谷冬梅退休了，回到村里，谷大房还是这样。但是，谷冬梅隐隐感觉到，谷大房现在的亲热有些变味儿，假情假意的，似乎只是做给她看的。可不是吗，谷大房看见了手拿一卷烧纸和一包香烟的谷冬梅，甚至有种要躲的意思，他左右看看，实在没有好躲的去处，这才迎着谷冬梅走来，亲热地招呼她了。

谷大房说："去看我狗剩老哥去呀。"

好啊，把"冬梅嫂"都免了！

谷大房心里有点儿不快活，他看着谷冬梅的脸，想从她的脸上看出些什么来，却什么都没看出来。他想，谷冬梅是谁呀？她当了那么多年干部，心里想什么，面上是不会流露的。谷大房这么想就对了，谷冬梅心里对他的确是有看法了，只是因为谷冬梅有涵养，她觉得不能让谷大房难堪，就什么也没表现出来，还朝他淡淡地笑了笑。

谷冬梅笑了笑说："雨季就要到了，我还想看看河堤哩。"

谷大房便有点儿惊讶地说："看河堤？啊呀，维护渭河大堤是咱们村里人的职责呢，是该看看的。噢，保护咱谷寡婆村的大堤，还是您当年带着村里人修筑起来的呢。"

不管怎么说，对谷冬梅表现得假情假意的谷大房的这句恭维话，可是一句谁都不能否认的大实话哩。发源于甘肃鸟鼠山的渭河，滔滔千里，于两山夹峙的宝鸡峡倾泻而出，流经陈仓、虢镇、眉坞等几大西府古镇，到了他们的谷寡婆村这里，因为地势的变化，形成了一道大弯，每遇洪水来袭，北岸的河堤一片片地坍塌，几乎都要坍塌到村口上来。这造成的结果是，谷寡婆村在千年历史中，面临着不断搬迁的危险。谷寡婆宗祠有个不薄的黄册，里面就记录了几次村庄搬迁的经历。从那简略的、模糊的字画上看得出来，每一次的搬迁，都是一次泪水覆面的苦难。谷寡婆村的人，祖祖辈辈与渭河纠缠，谁都不想受村庄搬迁那样的苦难，然而人们的期望，泡在渭河水里，像是一捧河沙那么脆弱松散，总是经不起洪水侵袭，于是人们总是在一次一次地搬迁……谷冬梅嫁给谷狗剩，落户在谷寡婆村，给谷狗剩生下儿子谷铁柱后的第三年，一场百年不遇的大洪水，再次威胁到了谷寡婆村的安全。谷冬梅忘记不了，持续不断的大雨，下了三天三夜，谷寡婆村平地起水尺半高，她家的房子，还有其他村民家的房子，在洪水的浸泡下，一栋一栋地塌下来……从渭河上游滚滚而来的洪涛，使这里的河水水位不仅迅速超过了警戒水位，而且还在不断攀升。谷寡婆村的壮劳力，全都上了河堤。白天的时候，大家眼睛亮，巡逻起来还方便一些；到了晚上，就只有挑着马灯巡逻，长长的渭河堤上，就是一条灯光串联起来的游龙……谷冬梅的怀里有个小小的谷铁柱缠着，她白天还能到河堤上走一走，看一看，顺便帮一帮巡逻人的忙，给他们系一系肩膀上的蓑衣带子，给他们送一送盛装着沙子的草袋……除此而外，她就像村里的其他女人一样，到谷寡婆宗祠里去烧香。烧香叩头，叩头烧香……洪水泛滥的日子，是谷寡婆宗祠香火最盛的时候，村子里的婆娘女子，争先恐后地朝谷寡婆村宗祠拥去，给老祖宗的灯碗里添油，给老祖宗的香炉里点香……谷寡婆村人相信，老祖宗镇得住狂悖不羁的洪水。天黑了，男人还留在河堤上巡逻，女人们就都回到家里，照顾家里的老小。谷冬梅没有老人，但她借住在别人家里，有锁在人屋里头的谷铁柱，她就从渭河大堤上撤下来，回去搂着她的谷铁柱睡觉了。预感像是一头吃人的怪兽，蓦然撞进了谷冬梅的梦境，她感觉她的心像被洪水拍激的河堤，剧烈地震颤了一下，惊得她从睡梦里醒了过来。她轻轻地把谷铁柱推到炕里边，起身披了一件油布，冲进大雨里，在黑沉沉的夜雨中，一步一滑，奋勇地向渭河堤上跑。

谷冬梅梦境里看到的是，她纯朴厚道的丈夫谷狗剩，落入洪水，被冲走了。

不知跌了多少跤，滑了多少爬扑，谷冬梅终于跑上了大雨瓢泼、灯影幢幢的河堤……她不想她的预感成为现实，然而事实残酷地摆在了她的面前。

谷狗剩英勇地牺牲了。

背河汉子谷狗剩，该是谷寡婆村最识水性的那个人。他在渭河大堤上挑灯巡逻，仔细地观察着汹涌的河水，猛然间，他发现河堤内的洪水，在堤脚处形成了一个不大的旋涡。不识水性的人，不会知道这个小小的旋涡将会造成怎样的危害。谷狗剩是知道的，他知道千里之堤毁于蚁穴的道理。因此，他挑着马灯，朝那个卷裹了树枝柴草的旋涡照着，仔细地观察了一阵。他坚定地认为，这个不大的旋涡极有可能是会造成决堤的一处管涌！

　　啊啊！要命的管涌啊！

　　谷狗剩敲响了他提在手上的那面铜锣，把附近巡逻的人迅速召集到他发现管涌的地方，对这一可能出现问题的隐患进行紧急处理。一袋一袋装满沙石的草袋，投进打着旋儿的洪水里，同时，一根一根的木桩，向打着旋儿的洪水里打进去。可是那个不大的旋涡没有变小，反而越来越大。谷狗剩在那一刻，挑着灯笼，向沙堤不远处的谷寡婆村照了照，他知道，这里的河堤一旦决口，他们的谷寡婆村就会变成一片泽国……后果不堪设想。谷狗剩鼓足了力气，奋勇地一跳，跳进了洪水里……他的带头一跳，引起了河堤上人们的一片惊呼。大家惊呼过后，一个一个……十多条汉子，像谷狗剩一样跃入了旋涡中。汉子们用他们的血肉之躯，抵挡着肆虐的洪水，为河堤上抢险的人们，争取到了十分可贵的时间和机会——大家更密集地在管涌处打木桩，更迅速地向木桩处投放沙袋。

　　管涌被成功地堵住了……跃入洪水中的汉子，一个一个爬上了河堤，可是却不见最先跳下去的谷狗剩。大家在河堤上，狂呼着谷狗剩的名字，希望能听到他的一声应答。可是没有，大家的狂呼和高喊，唤来的只是洪水滔滔不绝的轰响，这轰响很快就把大家的呼唤吸收了去，听不见了。但大家还在狂呼和高喊，狂呼着谷狗剩的名字，高喊着谷狗剩的名字。

谷冬梅就在这个时候，一身泥水地跑上了河堤。她没有像河堤上的人那样呼喊，她只是站在河堤上，让泪水和着雨水流了满面。她默默地站了一阵，弯下腰，搬起一个沙袋，奋勇地投进已不见了旋涡的洪水中。

　　洪水退去后，谷寡婆村的人，在发生管涌的河堤下，挖出了谷狗剩的遗体，这才知道，是谷狗剩用他的身体堵住了管涌！谷狗剩是谷寡婆村的英雄，是谷寡婆村救苦救难的恩人……安葬英雄恩人谷狗剩时，谷寡婆村满是泪水，满是哭声，大家把他光光鲜鲜地埋在了距离河堤不远的官坟里。

　　谷寡婆村的人记着谷狗剩的好，给他垒起来的坟堆是最大的，给他树立的碑石也是最高的。

　　谷冬梅在村口遇到谷大房，站着和他有盐没醋地说了几句话，就甩开他，朝着安葬谷狗剩的官坟的方向去了。清晨，种着玉米、黄豆、花生和红薯的田野，绿油油的一片，因为露水的滋润，那绿色像泼过了油似的深沉鲜亮、青翠欲滴……几只渭河流域特有的红嘴黑羽毛的鸟儿，擦着浓绿的庄稼地飞过，"啾啾啾啾"地啼啭着，钻上高远的天空，而那清脆的鸣叫声，还在谷冬梅的身边缭绕着，使她觉得越是接近官坟，周围越是寂静与空旷。空气清新得像过滤了似的，带着一种凉飕飕的酸苦味……一辈子都受共产党的教育，半辈子都做着党的基层领导干部，谷冬梅虽不能如以前那么大步快速地走了，可她依然走得很有气势。没用太多的时间，她就已经沿着田间小路走过田野，又穿过一片茂密的柳树林，来到距离渭河大堤不远的官坟里，蹲在丈夫谷狗剩的坟前，给他烧纸点烟了。

　　谷大房说得没错，保护着谷寡婆村的这段河堤，还真就是谷冬梅的功劳呢。不过，谷冬梅心里明白，她的这一功劳，有一多半该记在丈夫谷狗剩的身上。

长眠在官坟里的丈夫谷狗剩啊！没有他那壮烈的一死，谷冬梅纵然有三头六臂，也是无法完成那一堪称奇迹的渭河大堤加固工程的。丈夫谷狗剩死了，是为了保护渭河大堤死的，他的死就有了力量，一种超凡脱俗的力量！这成了谷冬梅成就事业的一份政治资本，她带着这份政治资本，就像带着一个强大的发光体，使她通体透亮发光，走到哪里，都会给哪里带来火一样的热情，让大家真诚地敬佩她，无私地支持她。

在那个时候，要做成一件事情，政治资本是很关键的一个因素。

谷冬梅决心继承丈夫谷狗剩的遗志。为谷寡婆村世代平安，不再受渭河水患的威胁，她出面动员村里人加固河堤，村里人没有不响应的。然而，人力上的充裕，不能解决物资上的匮乏。村里人都太穷了，勒紧了裤带，也只能勒出几个响屁，却勒不出几个银洋来。谷冬梅没有气馁，她抱着谷铁柱出门了，去了公社，去了县委，去了市委和省委，如果再不能解决问题，谷冬梅是会抱着谷狗剩的遗孤谷铁柱扒火车去北京找国务院的。情况真是不错，谷冬梅没到北京去，没找国务院，只在公社、县委、市委和省委跑了一圈。她见了人就说谷狗剩的事迹，就把谷铁柱抱到大家的面前，给大家说，这是谷狗剩的遗孤哩！他死了的爹，是保卫渭河大堤，保卫谷寡婆村死的；他爹死了，他还小，她就要顶上来，加固、修复谷寡婆村一带的渭河大堤，保证谷寡婆村不再受洪水的袭扰祸害。谷冬梅用自己的真诚和自己的毅力，说服并打动了她见到的各级领导，于是公社给一点儿，县上给一点儿，市上给一点儿，省上再给一点儿，你一点儿他一点儿的，就不是一点儿，而是许许多多了，汇聚起来，就有了购买坚固的钢丝网，购买紧缺的水泥和柴油，租拖拉机、推土机的资金了。人与机器一起上，在谷寡婆村那段渭河大堤上，扯旗放炮地展开了加固河堤的宏伟工程。

燃烧过后的纸灰，从谷狗剩的坟头上腾空而起，像是一只只凌空飞舞的鸟儿……谷冬梅没有抬头，她给躺在官坟里的谷狗剩点着烟，一根，两根……丈夫谷狗剩活着的时候，唯一过瘾的事，就是抽烟了，可他能抽什么好烟呢？无非是自己卷的喇叭筒。谷冬梅给他点在坟头上的烟，算不上是最好的，可也是谷狗剩生前想抽没钱抽的金丝猴哩。

　　谷冬梅把烟盒撕开来，抽出一根烟，叼在嘴上吸着了，再拿出来插在谷狗剩的坟头上，然后再抽出一根烟，叼在嘴上吸着了，拿出来挨着前一根香烟插起来……燃烧着的香烟，全都冒着淡淡的烟气，烟气一点点地上升着，纠结在一起，便成了一团浓浓的像是白纱一样的烟雾。谷冬梅自己是不抽烟的，她被烟雾呛得咳嗽起来，"咔咔咔""咔咔咔"……她剧烈地咳嗽着，透过飘荡在眼前的烟雾，她似乎还能看见当年修筑、加固河堤的盛大场面，那可真的是人山人海，红旗招展，锣鼓喧天啊！其中的一个场景，虽算不得筑堤工程的主场景，但让谷冬梅想起来，依然感触颇深呢！

　　男女老少都在渭河边上，人配合着机械，机械又配合着人，从秋天干到冬天，又从冬天干到春天。男人的问题要少一些，而女人的问题自然要多一些。最突出也最麻烦的是，女人一月一次的月经，谁避免得了？好像是集体化的生活和劳动，让谷寡婆村的女人，一个人来了月经，其他人也都先先后后地来了月经。谷冬梅来了月经是不下河堤的，其他的女人，来了月经也坚持着不下河堤。谷寡婆村的女人那时候还没有条件使用卫生巾、卫生纸，大家沿袭着老辈人的做法，把渭河滩上白沙晒干了，装在一个特制的布包里，垫在自己的身子下，接收着汩汩溢流的经血。干沙被血水湿透了，她们就到一旁用玉米秆扎起来的厕所里去，从身子下取出沙包，把染血的沙子倒出来，换上一个干爽的沙包……在女人们来月经的日子中，玉米秆围起来的厕所里，一堆一堆，都是她们倒掉的血沙。若不小心踩上去，蓄积在沙子里的经血泛上来，是要弄湿脚上的鞋的呢。

加宽加高的渭河大堤，在谷冬梅往河滩上的女厕所倒了不知多少血沙后，顺利地竣工了。她因此入了党，并被选举出来担任了村党支部书记，直到后来，她被破格提拔为脱产的国家干部，她何曾有一天忘得了那些个让她心潮澎湃的日子啊！

所以退休回到谷寡婆村，儿子谷铁柱不争气是一回事，谷冬梅怀念自己曾经有的艰苦岁月是另一回事。

谷冬梅到官坟里丈夫谷狗剩的坟头上来，给他燃纸点烟，是不张嘴说话的。但要知道，她是在心里和睡在地下的谷狗剩进行着语言交流的。前几次来，谷冬梅痛苦地向谷狗剩告赔她的不是，默默地说她太粗心了，吃上商品粮，当了那么小一点儿的官，就把睡在地下的谷狗剩欠下了。"我不会忘了你，我是真的忙，现在退下来了，牵挂的还就是一个你。你可要原谅我呢，我给你把娃没有带出来，说严重点儿，就是没有给你带好，他蔫种野马长缰绳，好好的书念不进去，好好的工作干不下去……唉唉唉，你说我该咋办呢？我现在日夜想的就是你娃，不知他能混个啥样子出来。"

一次次到谷狗剩的坟头上来，谷冬梅给埋在地下的谷狗剩说的全是儿子谷铁柱，她打心眼里放心不下她的这棵独苗儿子。

这一次到谷狗剩的坟头上，谷冬梅要给他说些啥话呢？说初婚到村里来的惠杏爱吗？噢噢噢，这个新娘子呀，被村里人说成是老祖宗谷寡婆转世来的，可她谷冬梅以为，惠杏爱干脆就是自己的延续。可怜的惠杏爱啊，谷冬梅的心里复杂着、矛盾着，有点儿拿不定主意——是该在村里支持帮助她呢，还是为她的以后另做打算？谷冬梅之所以这么矛盾，是因为她知道自己近来不断地到谷狗剩的坟头上来，给他烧纸点烟，是还有话要和睡在地下的他说的。

谷冬梅不仅要给谷狗剩说惠杏爱，还要给谷狗剩说说九先生谷正芳。

在谷寡婆村，谷冬梅现在感到能和她说在一起，支持她、关心她的人似乎只有一个九先生谷正芳。在村里担任支书的时候，对于戴着右派"帽子"的谷正芳，谷冬梅没少组织社员群众开他的批斗会。可他如今，摘了"帽子"忘了疼，全不记当年受的难了。她退休回到村里来，顿悟般地要把她带头拆掉的谷寡婆宗祠重新建立起来，最有力地支持她的人是谷正芳。谷正芳不仅献出他偷偷藏匿的谷寡婆画像，还出资买了上好的木板，为谷寡婆宗祠雕刻了两副他亲自撰书的楹联。近来，他甚至告诉她，要把他因多年来被划归"右派"所获得的国家赔偿，以及大娃谷劳劳在养猪场里的部分收益捐出来，按照谷寡婆宗祠旧有的建筑形式将其复建。为此，谷正芳根据自己的记忆，已把旧有的谷寡婆宗祠图样都描画出来了。

谷正芳感动了谷冬梅，她对他说："你是帮我赎罪呢。"

谷正芳在给谷冬梅讲说他的想法时，就在谷冬梅前院的石桌前。其时，谷冬梅随便种在墙脚下的指甲花、打破碗碗花开得正红正艳。谷正芳没有立即接谷冬梅的话茬，他偏着脸，认真地看着那一片一片烂漫的花儿，说："花无百日红哩，你说是不是？"

谷冬梅听得懂谷正芳的话，说："你安慰我吗？"

谷正芳说："安慰说不上。但我们总不能沉浸在过去的日子里不能自拔吧？我们要向前看哩，花红了会败，花败了还会再开，前头的日子还长着哩。"

谷冬梅笑了，说："可我心里还是觉得有愧。"

谷正芳说："愧什么愧？那是那个时候的形势么，咱们胳膊拧不过大腿，在运动中，我是运动员，你也是运动员，半斤八两，都一个样。"

话说得投机，谷冬梅起身沏了茶，和谷正芳就复建谷寡婆宗祠的事，详细地策划了一番，直把俩人策划得眉开眼笑，喜不自禁。到了最后，谷正芳说了一句话，让谷冬梅服气得很，也让她心头上的血泼泼涌流着，直往她的头顶冲，使她多年不曾红过的脸，竟像小姑娘一样热烫烫地红了。

谷正芳说："你说谷寡婆祠堂是什么？"

谷冬梅想了想，没话可说，就眼望着谷正芳听他解释。

谷正芳也不客气，说："就是咱谷寡婆村人心里的故乡，是咱谷寡婆村人精神的皈依地。"

"臭知识分子……"听着谷正芳的解释，谷冬梅突然蹦出这一个词儿来。"我是个大老粗"，多少年了，谷冬梅在稠人广众前讲话时，最自豪的就是这句话了。与"大老粗"相对应的，带着几分挖苦意味的，就是人们说的"臭知识分子"。嗬呀，知识分子真的就臭吗？在此时、在此刻，谷冬梅不觉得知识分子臭了。不仅不臭，还带着一股新鲜的香气。她把她沏的茶啜了一口，对着谷正芳，用带着些自嘲，更带着些钦佩的口气，把这句在社会上渐渐淡去的话，又说了一遍。

谷冬梅说："臭……知识分子。"

谷正芳乐了起来，说："我臭吗？"

谷冬梅说："你不臭，你香着哩。"

谷正芳因此得意了起来，就又有点卖弄似的说了一大堆话。他说："我们国家的历史源远流长，我们之所以生生不息，很关键的一个因素，就在于我们中国人都能找到自己的根，这个根就是我们自己的祠堂。我们老说社稷呀、社会呀，你说什么是社稷，什么是社会？社稷就是国，社会就是家。国在庙堂之上，家在祠堂之内。国有国法，家有家规，这是保证我们人民生活安定向上的两个重要方面，缺一就有问题。这就像个人一样，缺条胳膊缺条腿，那能行吗？那不行呀，拿不了东西走不了路。所以说，我们要把祠堂恢复起来，建设好，这是咱谷姓人家的根脉，是咱谷姓人家的荣耀。咱在村里长住着，不要犯法，犯了法法管着哩；不要犯浑，犯了浑就要由咱祠堂来办了。我是这么想的，咱这么做，不也是为国分忧吗！不要把啥事都往上推，你推我推大家推，小问题就推成大问题了不是？"

谷冬梅听着谷正芳的话，不由得对他产生了更深刻的敬重。她呼应着他，说："你说得对。"

受到谷冬梅的肯定，谷正芳就敞开胸怀继续说。他下来说的就是谷寡婆村里一些很具体的人和事情了。他说了"骚怪"谷中秋，还说了村主任谷大房的胞弟谷大楼，以及村里的另外一些人。他说有必要在祠堂里给"骚怪"一些教育，要让他警醒，不敢做得过了，再过一点，怕就触犯法律，要由法律去办他了！"我们都是谷姓本家人，我们不能看着本家人去犯法吧？还有谷大楼，仗着手里那点儿权力，想拉谁的电闸就拉谁的电闸！啊，我就直说了，我大娃谷劳劳的良种猪养殖场，就被他无端地拉了电闸！那是什么？就是不正之风，就是歪风邪气，谷寡婆祠堂就要出手管这些事，让损害村邻利益的人，得到应有的惩戒。再者说了，村里人现在传些是是非非，说是咱们村里的个别女人不知羞耻，晚上把自己好一番拾掇，悄悄地到绛帐火车站去做丢人的事！唉唉唉，这可怎么得了！"

谷冬梅对谷正芳说的事，不是看不见，不是不知道，但被他这么一说，还是感到很震惊。她听着谷正芳说，一会儿点头，一会儿摇头，觉得她和谷正芳把谷寡婆祠堂恢复起来，是太必要了——不管怎么说，都是对社会管理的一种补充。

他们交流得投机，交流得愉快。这种交流不啻疗治人心灵苦闷的一剂良药。谷冬梅把她退休的县粮食局局长的架子彻底放了下来，她觉得她就是九先生谷正芳的一个小学生，或者是他的一个小妹子，她无须提防，更不必有什么禁忌，她要给谷正芳敞开心扉，说一说她的苦乐、幻想与未来。谷冬梅把九先生谷正芳叫"大哥"了，她口无遮拦地说呀说，把她说得一会儿笑，一会儿又哭，说到最后，就说起了她不争气的儿子谷铁柱。

谷冬梅说："我那铁柱儿呀！"

谷正芳说："铁柱咋了？"

谷冬梅便把谷铁柱拿起书头疼，工作了身懒的事细说了一遍，还说："他自己大言不惭，口口声声地说要自己做生意闯市场，我看他不把自己饿着了就好。"谷冬梅说得忧心忡忡，说得好不伤感，谷正芳听了却不以为然，还说她咸吃萝卜淡操心——"做父母的，自有父母的福，做儿女的，也自有儿女的福，谁都代替不了谁。你大概还蒙在鼓里，你家谷铁柱，真在绛帐火车站把自己的生意做出来了。"九先生谷正芳把他知道的谷铁柱给谷冬梅一说，让谷冬梅大睁着眼睛说不出话来。九先生谷正芳看出了谷冬梅的疑惑，就继续给她说："我二娃梦梦，见天要到绛帐火车站去卖豆腐，他在火车站碰见谷铁柱了，他们碎兄弟一起吃了饭，还一起喝了酒。你知道你娃铁柱做啥生意吗？轻工产品出口。他原来工作的毛巾厂，生产的毛巾都被他包了，有多少要多少，打成包，既往日本出口，又往俄罗斯出口，把娃忙的，腾不出时间喀。你就消消停停地等着好了，到你娃铁柱回来看你的时候，他怕要开着自己的小卧车来哩。"

谷冬梅有点相信九先生谷正芳的话了。她喜得往前一倾身子，伸出手来，一把捉住九先生谷正芳的手，说："开不开自己的小卧车不当紧，当紧的是你让你家二娃梦梦捎个话，让我娃铁柱回来看看我么。"

谷正芳没从谷冬梅手上抽出他的手，说："我二娃梦梦说了，你娃铁柱怕他回来又遭你一顿臭骂。"

谷冬梅说："骂他！我还要打他狗日的呢！"

谷正芳知道谷冬梅说的反话，就不接她的话茬儿，只轻轻地抽了抽被谷冬梅紧紧攥着的手，说："骂不骂的都是你娃，打不打的也还是你娃，你……你把我的手先松开。"

…………

整整一盒的金丝猴烟，谷冬梅都给谷狗剩点着插在坟头上了。而且，她把她和九先生谷正芳拉手的事，也在心里坦白地给谷狗剩说了一遍。谷冬梅坦白地说了，不知地下的谷狗剩能不能听见，但她看见点燃的香烟，明明灭灭的，升腾着一股一股的烟气，纠结在一起。

要烧的纸烧过了，要点的烟点过了，要说的话也说过了，谷冬梅在谷狗剩的坟前又坐了好一阵子，坐得太阳升起老高，她的肚子都有些饿了时，才扶着身边的那棵柳树站了起来。这棵柳树可是真大呀！蓬蓬勃勃的树冠，把谷狗剩的坟堆全都罩住了。站起来的谷冬梅，扶着柳树粗壮的树干又站了一会儿，向长满了野草的坟堆，深深地鞠了一躬，这才转过身子，向村里走去了。

谷冬梅知道县委上官副书记下村来看望惠杏爱，但不知道通往她家的街巷里怎么又挤了那么多村里人。她在人群里询问，大家都兴高采烈地给她说，你快回家吧，回到家你就知道了。这让谷冬梅丈二和尚摸不着头脑，猜想，该不是她儿子谷铁柱回来了？他那样一个不争气的东西，真会像九先生谷正芳传话给她说的那样，有出息了？

浪子回头金不换……这可能吗？

谷冬梅脚下走得快了起来，离着她家门房改的谷寡婆宗祠还有一截路，她猛一张眼，就看见了儿子谷铁柱，同时还看见了和儿子并肩站在门房前的上官副书记，以及谷大房和九先生谷正芳。

九先生谷正芳刚又为谷寡婆宗祠做了一副雕漆楹联，他指挥着他的二娃谷梦梦爬着梯子，在谷寡婆宗祠的大门两侧，把黑得放光的木刻楹联，对称地悬挂着……唉唉唉，谷冬梅抬手在自己的脑门上拍了一巴掌。几天前，九先生谷正芳就给她说过了，要在这天上午给谷寡婆宗祠挂楹联的，她为此还买了炮仗和红绸布，计划在挂楹联时，给捐献了楹联的九先生谷正芳披红，并燃放炮仗。可是……可是她竟然把这么重要的一件事，忘得干干净净。

没能赶上给九先生谷正芳披红，也没有赶上为他给谷寡婆宗祠悬挂楹联燃放炮仗，谷冬梅遗憾地拍了自己的脑门。正是那用力的一拍，让儿子谷铁柱感觉到了她，他转眼过来，又小跑着，向她跟前跑来了。之前，因为九先生谷正芳正指挥他的二娃谷梦梦给谷寡婆宗祠挂楹联，谷铁柱是朝着楹联看的，上官副书记也是朝着楹联看的，谷铁柱转脸一跑，惊动了上官副书记，他也把关注的目光改变了方向，投注到谷冬梅的身上了。

谷铁柱因为还怕着娘亲谷冬梅，跑了几步，跑到谷冬梅的跟前了，却没敢挨上她，只站在离她还有几步的地方，轻轻地叫了一声："娘！"

上官副书记没有跑，一个县委副书记可是不好那样跑的，他必须走，走得像个县委副书记……怎样才算县委副书记的走法？宪法上没有规定，党章上没有规定，就全靠自己悟了。上官副书记觉悟到的是，哪怕头上下刀子，哪怕脚下烧大火，或者是屎憋到了屁眼上，就要拉在裤裆里了，也不能急，不能跑，只能一步一步、一步一步，稳稳当当地往前走……谷冬梅是他此次来谷寡婆村要看的一个人哩，他就按他觉悟到的应该迈的、也习惯迈的步子，朝谷冬梅走来了。他走到她的跟前，主动地握住她的手，亲切地问候她。

上官副书记说："谷大姐，您回来住得还习惯？"

谷冬梅说："没地方去了么，我不回来怎么办？"

上官副书记说："好我的老领导哩，您到哪儿，哪儿不是您的地方？"

谷冬梅笑了……她知道这位在她身边工作了些年头的县委副书记是很能说话的，便不再和他闲扯了。她问他："最近提的？好，你是该提了。这次你来……"

上官副书记截住谷冬梅的话头，说："我来看望惠杏爱的。您老人家和我的中学老师谷正芳都在村里，我不能到门口了，只看惠杏爱不看你们吧。"

谷冬梅说："老了，没啥好看的了。"

上官副书记说："我看您，是有话要和您说哩。您知道，出现一个典型不容易，惠杏爱还太年轻，我可不想她一露头就消失了。您老领导刚好在村里，您是有经验的，拜托您，今后还要多多关心惠杏爱。她也说了，您对她的帮助和支持是很大的，她感激着您呢。"

谷冬梅说："就你会说话，说得人爱听，让人像戴了二尺五的高帽子一样舒服。"

谷冬梅说的是实话，也是心里话。

有着大学学历的上官副书记曾在她的手下做过干事。没有多少文化的谷冬梅，当时是很器重上官副书记的。他来谷寡婆村看望惠杏爱，顺便来看她，她是高兴的。但她没有想到，他还提到了九先生谷正芳，说谷正芳是他中学的老师。对此，谷冬梅虽然一点儿都不怀疑，可她不知怎么就还是问了一句。

谷冬梅问："谷正芳……你说九先生谷正芳是你中学的老师！"

上官副书记肯定地说："谷老师把苦受了。什么右派？！他就是太出众，教学能力太强，太受同学们爱戴，就被有些心术不正的人恨上了。"

悬挂好楹联的九先生谷正芳，拍着手走了过来。他听上官副书记给谷冬梅说他，就插进来，说："过去的日子都是好日子……那些，那些个陈芝麻烂谷子的事，都过去了，咱不说了。"

在县委工作着的上官副书记，赶上了拨乱反正，改革开放的大环境，找他诉苦的人很多，找他给自己要岗位，给儿子、孙子要岗位的人多，此外，又还有这困难、那困难，一大堆的困难要他解决，把他逼得恨不得找个地缝躲起来。老师谷正芳倒好，上官副书记做了充分的准备，来看他，是要听他诉苦摆困难的，他却没有诉苦，没有摆困难，还说什么"过去的日子都是好日子"啊啊，啊啊……我的好老师啊！

上官副书记的眼眶湿润了。

上官副书记拉住九先生谷正芳的手，十分动情地说："您要给我讲一个困难的，让学生也好报答您呀。"

九先生谷正芳苦恼地笑了一下，说："我没啥困难，真的没有……不过，乡村文化的重树和建立，是我们不能忽视的，在这方面你能支持我们一下就太好了。"

上官副书记明白了九先生谷正芳说的话的意思，他依旧握着老师的手，眼光却盯在了老师刚刚挂在谷寡婆宗祠门旁的楹联上，他想给老师点头的，也想要开口给老师说话的，但他没能点头，也没能说出话来……复修谷寡婆宗祠，在他这个县委副书记的心里，是赞成的，但他吃不准这方面的政策精神，因而还不能表态。好在，谷冬梅的儿子谷铁柱就在上官副书记的身边站着，上官副书记把谷铁柱的胳膊捞在手里，往前拉了拉，拉到老领导谷冬梅的面前，自然地转换了话题，来给谷冬梅说话了。

上官副书记说："老领导啊，我不怕给你提意见，你对铁柱太严厉了。我今天路过绛帐，不拉他回家看你，他就不敢回来。你要听我说哩，谷铁柱是咱县上不可多得的人才呢！你老领导还不要不信，要不了许多日子，咱谷铁柱就是县上数一数二的大企业家，数一数二的大老板了呢！"

谷冬梅听上官副书记这一说，再看她的儿子谷铁柱，脸上就有了一层暖色。毕竟是自己的儿子呢，天下的娘亲，谁不盼望自己的儿子好。

娘亲脸上的暖色鼓励着谷铁柱，他又叫"娘"了，叫的声音比之前大了许多："娘。"

第二十七章

从老爹眼里捕获到指令的谷天明，一刻不停地跑回家来，告诉上官乐，说："你知道县上领导是谁吗？知道是谁来看望惠杏爱的吗？是咱大哥哩！大哥他被提拔为县委副书记了。你知道吗？跟咱大哥来的，是县上的团委书记和妇联主任。大哥坐的是小卧车，他们坐的是吉普车，一长串子，把村口的路都堵实了，快快，快快，你快起来，咱去看咱大哥去。"

上官乐躺在炕上，身上裹了一条大红绸的被子。她把头埋在被子里，任凭谷天明说破了嘴，也既不应他声，又不往起爬。

谷天明急了，他叫不应上官乐，就伸了手去扯她裹在身上的被子，但凭他怎么扯，却连一个被角都扯不出来，相反，还扯得被子里的上官乐压抑而伤心地哭了起来。

谷天明本来就不是个胆大的人，最怕的又还是上官乐的哭，她一流泪，他便手足无措，恭呆呆的什么也做不成了。不会安慰上官乐，不会劝说上官乐，他就只会任由上官乐自己哭。爱写诗的女孩子，是不是眼泪都多，谷天明不知道，但上官乐确实太能哭了。尤其是近些日子来，一言不合，她就要眼泪汪汪地哭一鼻子。她呀，可真让谷天明不知怎么对付了。要说呢，她原来哭鼻子，瞎好都有她哭的理由，这一次又有什么理由呢？到村里来的上官副书记是她亲哥哥啊，她是娘家大哥大嫂照看大的，娘家大哥来村里看望惠杏爱，娘家大哥提拔成了县委副书记，这可都是大喜事、大好事哩，作为妹子，她怎么就不高兴呢？怎么还哭了呢？谷天明就想，上官乐铁了心要嫁他时，她娘家大哥是不大同意的，便是他们成亲的日子，娘家大哥也连谷寡婆村他们家的门都没进。上官乐哭，该不是还记恨着她娘家大哥的这点儿仇？

想到这里，谷天明释然了。他说："还是你的办法大，写了一篇关于惠杏爱的通讯，就把县委大书记、你娘家大哥召来了。"

谷天明不说这句话，上官乐还哭得压抑伤心，说了这句话，上官乐就几乎是号啕了。她在被窝里把自己哭得像个患了寒热病的病人，剧烈地打着冷战。

打断骨头连着筋，说的是什么呀？是骨肉亲情。上官乐对她娘家哥有怨不假，但那又算个啥呢？她早就不怨了，更别说仇不仇的。谷天明把原因猜到她娘家大哥的身上，这是上官乐更为伤心的根本原因。上官乐近些时候，时不常地要反思，想她自己为自己做主，为自己选择婚姻，是不是一个错误呢？这么想，是要把她吓一跳的，她就告诫自己不要想。但不想又不能，因此就还要想，想的结果告诉她，她错了，完全错误地选择了自己的婚姻。

啊，错了吗？

上官乐想否认她得出的这个答案，但是身处这个家庭，公公谷大房，婆婆白拴蛾，女婿谷天明，他们是如何对待她的？什么事都瞒着她，什么事都不想让她知道。便是昨晚说大嫂云小兰改嫁谷劳劳的事，虽然没起多大冲突，但那不欢而散的晚饭和公公婆婆火光乱溅的眼神，都让上官乐敏感地意识到，这个家似乎难容她了！

其实呢，上官乐检讨自己，觉得自己似乎也不适合这个家庭。

人心隔肚皮。初婚半年多的时间，一对幸福的新人，已经很难进行心灵上的沟通，因此，也就没法知道对方的心事了。谷天明把上官乐从被窝里叫不起来，急得在炕脚团团乱转，有几次，他烦乱地转到炕跟前，把他的巴掌都举起来了，试探着要往下砸，砸在上官乐身上，把她砸起来，拉着她去迎接她的娘家哥。可他试了几次，终究没敢往下砸，他知道砸的结果，只能更糟，不会更好。没有办法，谷天明就只有软言轻语地哄劝了。

谷天明隔着被子小声地叫："我叫你姐哩！"

谷天明又甜甜地叫："乐乐姐呀，就算你帮我的忙哩，我求你了。"

过去的日子里，这是谷天明哄劝上官乐最有效的办法，不管他俩遇到多么不堪的事情，谷天明软下口来，叫上官乐一声"乐乐姐"，一切的不堪就都不是问题了。恼着的上官乐，就不恼了；哭着的上官乐，也会破涕为笑，甚至，上官乐还会扑在谷天明的怀里，捶打着他的胸脯，给他的脸上糊一坨鲜红的唇印呢。

他们两人同年同月出生，上官乐确实比谷天明长了一天。

谷天明的撒手锏没起作用，上官乐还把自己裹在被子里哭得一起一伏。这一办法的失效，让比热锅上的蚂蚁还急的谷天明再没有办法了。高中毕业，没有考上大学的谷天明，回到谷寡婆村的家里，他爹谷大房就总是不怎么待见他，嘴上虽然没怎么说他，行动上，对他还是有要求的。谷天明想要写小说，苦思冥想了一个写作提纲，摊开纸笔，刚要往出写，他爹就吼着叫他下地，说他："成什么精？念书写字的时候，你怎么弄都有道理，把书熬熟了吃了也行，把墨水煮开喝了也行。你回家来了，回家来就只有春种秋收一条路，把庄稼侍弄好了，仓里有了粮食，才算你娃有本事。"谷天明咋办呀？他不能咋办，他爹说得对，他是个农民了，他必须收心，下到地里侍弄他们家责任田里的玉米、黄豆、落花生……他没有时间在稿纸上的格子里爬了。

手上渐渐鼓起的老茧，为谷天明做着证明，他差不多是个称职的庄稼汉了。

上官乐不讲条件、不讲理由地嫁到谷寡婆村来，给谷天明做了新娘子。上溯八辈子，谷寡婆村也没有这么结婚的——自由恋爱，自由结合。老爹谷大房做了许多年的村支书和村主任，对此，他是接受的，而且也是赞赏的，甚至还有那么一些自豪——他的二娃本事不小呢，能给自己张罗媳妇儿。特别是结婚的那天，上官乐先是一身新潮婚纱打扮，来到谷寡婆村的街巷上，让村里人艳羡得眼里滴得出血；后来又是一身红绸的绣花旗袍，更让村里人恨不得找条地缝躲起来。谷天明充分享受着上官乐初婚到他家的荣耀，他爹谷大房也不例外，那些天，他爹谷大房像是喝了酒似的，脸上红堂堂、亮光光的，对谷天明说话，也比以前客气了许多。谷天明真想永远保持这样的美好局面，可是，这样美好的局面，却似草尖上的露珠，是晶莹的、纯洁的，但也是脆弱的，经不起风吹日晒，会迅速破碎消失，难以寻觅。

叫不动媳妇上官乐，谷天明想象得到他爹谷大房会有多不安。他跺脚转圈地还想再哄劝上官乐几句，院子里他妈白拴蛾就先尖着嗓子嚷嚷开了。

老爹谷大房一大早迎接县上领导去了，老妈白拴蛾守在家里，按照家里迎接上级领导的老例儿，紧张地准备着酒菜。上官乐没嫁进她家前，都是白拴蛾一个人弄，上官乐进了门，她一个人弄就怎么弄怎么心烦，怎么都不是滋味。上官乐进了她家的门，就是她家的媳妇儿，就该有媳妇儿的样子，做好媳妇儿的事情。可上官乐……是不着调的，也是不像话的，高兴了，偎在自己的身边，自己做什么，就伸手帮着做什么。如果不高兴，就甩脸子，言语上就顶撞人。今天倒好，谁惹她了，她竟埋头蒙被子往炕上一睡，儿子谷天明叫她，还叫不起来……她，她这是把自己当爷看了吗！

捎话带信的，白拴蛾喊叫着她儿子："天明，你出来。"

硬着头皮，谷天明又把上官乐叫了两声"乐乐姐"，然后应着他妈白拴蛾，揭开门帘，愁眉苦脸走出房门。

白拴蛾不想看谷天明那样的脸。她说："本事大得很么……把你大嫂推到人家屋里去，你来给我帮忙呀。县上领导来，又不是我引来的，我不稀罕他们来。酒呀菜呀，不到锅里走一走，能吃能喝吗？"

谷天明叫上官乐叫不起来，精神几乎崩溃。到院子里来，他妈白拴蛾再这么指鸡骂狗地一说，他是真的崩溃了，也不管他这么做对不对，伸出手来，很干脆地捂住了他妈白拴蛾的嘴。

谷天明说："妈呀！少说些话，没人把咱当哑巴。"

可能是谷天明把他妈白拴蛾的嘴捂得紧了，他妈后退了几步，翻着白眼，嘴里唔唔哝哝地报怨二娃谷天明："你……你这娃……这娃是要你妈的命呀？"

谷天明说："县上领导……妈你知道县上来的领导是谁吗？他是乐乐的大哥哩！"

很能喊叫的白拴蛾，被二娃谷天明的话噎得噤了声，她浑身一个激灵，一把拨开谷天明捂在她嘴上的手，朝上官乐横躺着的屋子撇了撇嘴，心不甘情不愿地转身慢腾腾地去了厨房。一边去，她一边抱怨着："我就说么，势大得呀！有个当县上领导的娘家大哥呢么！唉唉，唉唉，往后这日子呀，往后这日子呀……我看可咋过呀。"

谷天明跟在他妈白拴蛾的身后，小声地，一再地劝告他妈："甭说咧，甭说咧。"

谷天明把他妈的抱怨劝进了她的肚子里，但他轻松不起来。他自知把上官乐叫不起来了，就想，他爹谷大房这会儿不知是怎么个样子，肯定很难受、很不自在吧？谷天明猜对了。跟随在上官副书记，也就是刚认识的亲家哥身边，谷大房很难有插话的机会，因此，他把他的注意力，都放在谷天明回家叫上官乐的事上了。左等不来，右等不来，谷大房觉得他急得心都要从嘴里跳出来了。焦急着的谷大房，感觉他的嘴唇上，一时三刻便爆出了几个大大的燎泡。不过还好，有惠杏爱陪着上官副书记，他问什么，惠杏爱回答他什么。后来，年轻的团委书记也插进去问惠杏爱话了。

团委书记问："你是共青团员吧？"

惠杏爱点头，说："是，我在高中就入团了，现在说，我还是个老团员呢。"

上官副书记在一边听得开心，就也顺嘴说话了。

上官副书记说："你要再进步。乡村有一个问题，很突出——年轻人都不积极要求进步，总想着往出跑。你是一个特例，一个典型，我们会帮助你，让你迅速成长起来的。"

谷大房虽然操心着上官乐咋还不来，耳朵却也逮住了上官副书记的话，他不是个甘心被人边缘化的人，因此，他赶紧插话了。

谷大房说："我给惠杏爱说过了，让她写个申请上来，我们支部马上研究。"

后来，话题又从惠杏爱身上转移到了谷冬梅和九先生谷正芳身上。上官副书记不急着接受谷大房的盛情邀请，去他的家里，而要先去看望这两个人，对此，谷大房一点儿心理准备都没有。当然，谷冬梅退休回村前，是县里的粮食局局长，而且早先还当过上官副书记的领导，他到村里来了，顺道看看她是应该的。但另一个人，九先生谷正芳，他凭什么引得上官副书记先去看他呢，就因为他给上官副书记教过几天书吗？唉唉唉，谷大房在心里哀叹着，心不甘情不愿地随在上官副书记的身边。上官书记随意地走着，走到改建后的谷寡婆宗祠前，碰到扛着一对雕漆楹联过来的谷正芳，突然收起他随意散漫的姿态，迎着谷正芳快走了几步，帮他卸下肩上的木刻楹联，又向后退了两步，很是恭敬地对着谷正芳鞠了一个躬。

上官副书记深情地叫着："老师，谷老师。"

上官副书记这么深情地一叫，不仅让九先生谷正芳愣住了，也让陪着上官副书记下来看望惠杏爱的团委书记和县妇联主任，以及镇上的领导和谷大房他们，还有站得一街两行的谷寡妇村人，都惊愕了，大家圆睁着眼睛，看上官副书记和被他深情叫着老师的谷正芳。

雕漆的楹联可是用的好木材呢！谷正芳精心制作了出来，自己扛了一边，又叫二娃谷梦梦扛了一边。自己的一边被上官副书记突然卸下来，九先生谷正芳还有些不太适应，他失重似的摇晃了几下，才站稳身子，看看给他鞠躬、叫他老师的上官副书记，不知所措地恭立在一边，茫然地看着上官副书记，不知道他是谁，他为什么叫自己老师。

上官副书记发现了九先生谷正芳的窘态，就往谷正芳跟前走了几步，说："您大概不认识我了。您听我说，我初中时是您的学生，我姓上官呀。"

九先生谷正芳喃喃地说："上官……上官……噢呀，你就是痴迷音乐、痴迷秦腔的那个上官吗？"

上官副书记说："老师的记性真不错。"

九先生谷正芳说："老了老了，啥都记不住了，但你……我是记下了。"

上官副书记不知是啥原因，竟然哽咽了，说："师母要是不走，能活到今天就好了。"

这一说，把九先生谷正芳也说得眼睛一片迷蒙，他抬手抹了一把，说："过去了，不说了。你是个有心的人呢，老师我……哦哦……还有你长眠地下的师母，感谢你哩。"

谷大房的反应总比别人快一步，他虽然紧紧张张地等待着二娃谷天明叫儿媳妇上官乐来，但在要他出面说话的时候，他是一点儿都不耽误事的。他看见现在的脱帽老右派，也就是县城中学的老教师谷正芳，和他当年的学生上官副书记回忆往事，都很感伤的样子，就插话进来缓解他们的情绪了。谷大房先向九先生谷正芳介绍上官副书记，说："你的学生出息大了，是咱县上的副书记哩。当然，我不能瞒你，上官副书记还是我家二娃媳妇上官乐的娘家大哥哩。上官乐的娘家大哥这次来咱们村里，是看望惠杏爱的……"介绍罢上官副书记，谷大房又给上官副书记介绍谷正芳了，他说："我要给上官副书记说哩，九先生谷正芳在我们村里，我是要把他叫九哥的，他可是个富贵人哩！亲家哥你该知道，大难不死的人必然会有大福，这在你老师九先生谷正芳的身上又应验了一回。现如今，他可是我们谷寡婆村最富有的一家子呢！啥啥万元户，对他家可是不适用了，要翻了倍地说，才顶得上他家的富有哩。"

谷大房热气腾腾的一番介绍，产生了明显的效果，上官副书记和谷正芳师生俩再次见面的悲伤情绪，迅速地退下来了。上官副书记上前一步，很是关切地扶住谷正芳的一条胳膊，他们不约而同地笑了。

上官副书记注意到了谷正芳刚才扛着的楹联，他笑着问："老师，你这是……"

谷正芳没等上官副书记说出来，就告诉他，这是给谷寡婆宗祠捐的楹联。谷正芳说着话，还让二娃谷梦梦把一对雕漆楹联竖起来，让上官副书记来欣赏。

联曰：

横渠早归　总是福人居福地
绛帐缦悬　后来谷氏扶谷黄

身为县委副书记，上官不好对老师谷正芳他们重修谷寡婆宗祠表示什么，但他认真地读过谷正芳亲拟亲撰并亲自雕刻在两块木板上的这副楹联，对此还是非常欣赏的。他读得懂，上联是为下联做铺垫的。何谓"横渠"？就是北宋时的理学大家张载先生，他所创立的"气学"直追先贤孔子之学，对后来的儒学发展，起到了非常大的作用。张载的故居，就在离谷寡婆村不远的横渠村，因此，当地人常借"横渠"之名，以为他们成为张载先生的邻居，就是他们的大福气了。下联的"绛帐"二字，典出东汉时期的经学大家马融。马融开坛讲学，习惯在一高台之上，竖起两根木头，悬挂起一面纱帐，到晚上，帐后灯影绰绰，照得纱帐一片红亮，而他端坐绛帐之前，抑扬顿挫地向自愿而来的徒子们讲授学问。现在的绛帐火车站，便是马融悬帐点灯授业之地。谷正芳搬出"横渠""绛帐"两个本地最为脍炙人口的典故，只是为了颂扬他们村的老祖宗谷寡婆，"后来谷氏扶谷黄"，才是这副楹联的核心部分。谷正芳如此写，用意不言而喻，是要谷寡婆村的人，都感念老祖宗谷寡婆的恩德，树立正气，相互扶助，共创幸福美满的新生活。

在官坟看望丈夫谷狗剩花费了太多的时间，谷冬梅见到上官副书记时晚了一些，前面的经过她不知道，一来就见上官副书记端详着九先生谷正芳为谷寡婆宗祠悬挂的楹联，便偏脸看着他，想从他的脸上看出他对此事的态度来，但她什么也没看出来。于是，她也去看九先生谷正芳为谷寡婆宗祠特制的楹联，她一眼看过，只觉九先生谷正芳雕漆的楹联很好看，但她的文化知识有限，还不能搞懂楹联的意思，就来请教上官副书记了。

本来请教九先生谷正芳更方便一些，但谷冬梅的心理上有了些敏感的变化，因此，她就把请教楹联大意的人选定为上官副书记。

上官副书记忌讳对修复的谷寡婆宗祠说些什么，但他读过老师谷正芳拟写的这副楹联，还是有颇多感慨，还是有话要说的，他便在谷寡婆村人的簇拥下，字斟句酌地把楹联解释了一番。最后，还不失时机地号召谷寡婆村的人，都要如九先生谷正芳在楹联里所倡导的，互助友爱，创造未来。

掌声把上官副书记下面说的话湮没了。

人群中，把巴掌拍得最响的是谷冬梅的儿子谷铁柱，他热烈地鼓着掌，似乎还不能表达他的心情，间或还把食指曲着，塞进他的嘴里，吹出一声尖利的啸声。

太阳忽忽悠悠的，腆着它的红堂堂的脸盘，不偏不斜，照直挂在谷寡婆宗祠门前的那棵大皂角树上。谷大房等不来二娃媳妇上官乐，但他又不想把他村支部书记兼村主任的风头，都让退休回来的谷冬梅和脱帽右派谷正芳占了去，便不顾他们原来的上下级和师生关系，插进话来，再次邀请上官副书记去他家里。

谷大房说的是他前头说过的话："亲家哥呀，走到门口了，咱走，你妹子在家等着你哩。"

谷冬梅是上官副书记原来的老领导，谷正芳是上官副书记原来的恩师，但是这些关系，比之上官副书记和他妹子上官乐的兄妹关系来，总归有那么点儿差距。本来，谷冬梅和九先生谷正芳都有邀请上官副书记去他们家里坐坐，喝杯茶，吃顿饭的想法，听了谷大房的邀请，他俩相视而笑，就都不好意思再张口了，也都帮着谷大房说话了。

谷冬梅说："下次你要看我，就专门抽个时间来，我还真的有话和你说哩。"

九先生谷正芳说："你家妹子的文采不输你呢。好了，快看你妹子去。"

上官副书记把谷冬梅和谷正芳刚才那相视一笑尽收眼底。回想他俩刚才和他说话的神情，他突然蹦一个问题来，两位老人，一个长期寡居，一个长期鳏住，他们俩……啊啊！啊啊！上官副书记在心里叹息了两声，脸上即刻浮出一抹暖暖的色彩。他凑近老领导谷冬梅的耳朵，给她悄悄地说："我的中学老师有才吧？"谷冬梅还在愣愣地琢磨上官副书记的这句话，他又把他的嘴巴凑近了九先生谷正芳，也给他悄悄地说了一句话："我的老领导怎么样？有情有义的一个人哩！"

上官副书记分别给谷冬梅和谷正芳说了一句话后，也不等他们明白过来他说的什么，就向两位告别，转身跟谷大房向他家里走去，去看他的妹子上官乐了。

上官乐依然裹着被子，蒙头盖脸地躺在炕上。

上官乐起先这么躺着，只是觉得心里有气，只是觉得不舒坦，躺着躺着，竟躺出一种绝望来……绝望，为什么绝望？上官乐的脑子里盘旋着这两个字，就一直躺着，躺到后来，居然躺得头昏脑胀、胸闷气短，似乎真就躺出病来了。

在新房走出走进、团团乱转的谷天明，没能叫起上官乐，却又看见了从头门口走进来的妻哥上官副书记。谷天明大大地犯头痛了，他不知道是先迎上去，迎住妻哥上官副书记，还是返身蹿回他们的新房里，给上官乐通报她娘家哥来了——"快起来呀！真的来了！"

就在谷天明迟疑的时候，从头门里走进来的上官副书记，已气宇轩昂地走到他的跟前，问他话了："乐乐呢？她还好吧？"

谷天明个头并不比上官副书记矮，可他在上官副书记的问话声里，感觉自己越来越矮。他说："大哥来了。我和乐乐还说去看大哥的。"

上官副书记点了点头，说："我就是放心不下乐乐。"

谷天明偏过头来，看了看挂了大花门帘的新房，想说什么，却一时语塞，什么也说不出来。随在上官副书记身边的谷大房，只用他的眼睛，就已看出问题来了。他指派二娃谷天明回家来叫上官乐，二娃不仅没有叫动上官乐，很可能还叫出了麻烦，闹出了矛盾。上官副书记作为上官乐的娘家哥，头一次上他的家门，他可不想闹出不愉快，给这位有权有势的亲家哥留下不好的，甚至是坏的印象来，闹得不好，他可就是背着儿媳妇朝华山——后伤屁股前伤脸。谷大房必须争取时间，来阻止险情出现。

谷大房向前跨了一步，引导着上官副书记，又说："乐乐他哥，咱上房请。"

西府的礼数就是这样的呢，来了亲戚，怎么着都要先进一家之长的屋子，这是亲戚对这个家庭的尊重，也是这个家庭对上门亲戚的尊重。上官副书记不进谷大房的头门，他是堂堂正正的县委副书记；进了谷大房家的头门，他就是这个家里的亲戚了。谷大房热情引导他，他就不能不顺从谷大房的引导，跟着谷大房去上房。

谷天明殷勤地跑了两步，便站住不动了。他目送着他爹谷大房和妻哥上官副书记进了上房，便迅速转过身，又钻进他和上官乐的新房，来劝上官乐了。

谷天明隔着被子说："你听见了吧？啊，你听见你哥来了吗？"

上官乐也许是哭得累了，这时静静地躺在被子里，一动不动，仿佛没了呼吸。

谷天明说："起来吧，我求你了。"

上官乐还是一动不动，一言不发。

谷天明听起来很可怜，甚至扯出了伤心的泣声。他说："我可不敢让你哥起疑心，认为我怎么欺负你呢。你要知道，我头一回见你哥，我可不想他心里不开心，那样我……你知道的，我会更伤心的。"

上官乐是吃了秤砣铁了心的，任凭谷天明怎么劝说，她就是一动不动，一言不发，无动于衷。谷天明没法子了，他怕老爹谷大房和妻哥上官副书记在上房等久了还不见上官乐，那他的罪就大了。于是，他斗胆又一次伸手去扯上官乐裹在身上的被子，可他刚把被子一角拽在手里，裹在被子里的上官乐，便又一次不管不顾地哭出了声，吓得谷天明把他拽着被角的手，麻利地缩了回来。

在上房里，谷大房招呼上官乐的娘家哥往炕上坐，被上官乐的娘家哥婉言拒绝了。上官乐的娘家哥说他们来了一队人哩，不能自己做了亲戚，往炕上一坐，把大家都撂在日头下。谷大房就不好再请上官乐的娘家哥上炕了。他顺嘴说："我去把陪您来的人都请进来，我准备了的，大家在我这里吃饭，也算我把你这个贵客招待了呢。"上官乐的娘家哥又拒绝了，说："我们那么大一队人，还不把你吃穷了？听我说，我可不想我的妹子因此吃稀饭喝稀汤的。"谷大房笑了，他笑着反驳上官乐娘家哥的话："哪能呀，哪能呀。"谷大房虽然诚恳地反驳着，却也没有坚持出门去请同上官乐娘家哥一起来的人。谷大房原本是想留上官乐娘家哥吃一顿饭的，喝喝酒，吃吃菜，也好把他们的亲戚关系调和一下。但他已经清楚地感知到，二娃媳妇上官乐是存了心不给他这个公公和这个家面子了，既如此，再留上官乐的娘家哥吃饭，便是自讨没趣，倒不如说说话，人家大书记要走就让人走好了，甚至可以说，早走倒比晚走好。

谷大房想到这一层，就不把上官乐的娘家哥往炕上请了。屋脚地有两把做工粗陋但敦实的木椅，谷大房就做着手势，让上官乐的娘家哥坐上去，又一边给他递烟沏茶，一边说自己在谷寡婆村当支部书记和村主任的难场。

谷大房说了，说他在村里当支部书记有些年了，后来又兼了村委会的主任。他说他不说牢骚话，村里的干部就不是人干的，处理村民之间的那点儿事，要左手提一个泔水桶，右手提一桶花生油，该喝泔水了，就把泔水桶举起来自己喝，该给人平事了，就把花生油端着让别人喝。"唉，我是干够了，干烦了，干得没劲了。过去，我还想像谷冬梅一样，在村里好好干，喝泔水咱喝，送人花生油咱送，盼望着有朝一日，也能招了干，吃上商品粮，穿上四个兜，不说光宗耀祖，自己脸上也有光呀！现在我看要黄了，政策都变了嘛！变得我的眼前像有无数蛾子在飞，我不知道跟着哪只蛾子走才是对的。那些蛾子呀，全都花枝招展，全都随风起舞，我是实实地看不清了，弄不懂了，我怕要成为一个瞎子了呢！"

谷大房一直压抑着心里的苦闷，遇着了上官副书记，他像遇着了知音似的，喉咙口的闸一开，积累的满肚子的问题，便像渭河发了洪水，猛然间倾泻而出。他一口气说了那么多，似乎还不满足，就又说："农村干部就不是干部了？农村干部不少费唾沫，不少伤脑筋，而跑的腿、流的汗也不少，可农村干部是啥待遇？一碗水怎么就端不平呢？"

不论是作为县委副书记，还是作为谷大房二娃的娘家哥，上官的大哥都把谷大房的话都听进耳朵里了。但他并不爱听谷大房的话，他之所以进谷大房家的头门，就是来看妹子的。妹子上官乐躲着不见他，他还能坐在上房的椅子上喝茶听她公公谷大房倒委屈吗？

上官副书记没对谷大房的冤屈表示什么，他喝干了一杯茶水，站起来说："我看看乐乐去。"

谷大房拦挡着上官副书记说："你踏实坐着，乐乐一会儿就来了。"

上官副书记说："她结婚，我没来，给我记上仇了。"

谷大房听上官副书记这一说，也不拦挡了。他解脱了——要是上官副书记不这么想事，他就真的不知怎么收场了。有理不亏上门客，谷大房无可奈何地苦笑了一下，放下他的胳膊，让上官副书记走出上房门，朝挂着花红门帘的儿媳妇上官乐的屋子去了。

上官副书记叫着妹子的名字："乐乐，乐乐，你给哥把仇记到啥时候呀？啊，哥看你来了，你坐起来，让哥看看我妹子是胖了瘦了。"

上官乐可真是沉得住气，先前，女婿谷天明叫她她不起来，现在娘家哥站在她的炕跟前叫她，她还是不起来……县委副书记啊，她的娘家哥的脸在一点儿一点儿地变红，最后，他给裹在被子里的上官乐说："都是我把你惯出来的。"

上官副书记在妹子的炕跟前又站了一会儿，发现妹子上官乐实在没有起来的意思，这才往出退了。他退着说："好了，我走了，过两天让你嫂子来看你。"

红着脸的上官副书记退出妹子上官乐的新房，走到头门口了，忽然听见忙碌着的厨房里，正"滋啦滋啦"炒着菜，一种有着野味的菜香气，忽忽悠悠地飘荡出来，钻进了他的鼻孔。他顿了顿脚，给送他出来的谷大房和谷天明不无遗憾地说话。

上官副书记说："我闻到菜香味儿了。以后呢，我挑时间一个人来，尝尝亲家的手艺。"

第二十八章

天欲扑黑的时节，陈增强开着工地上的小四轮拖拉机来了。

与惠杏爱约好了的，今天，她拉一车沙子来，还要去另一家工地上签订供沙合同，可是惠杏爱没有来，这让陈增强一整天心神不安，猜想，惠杏爱是怎么了？她从来都没有爽约过的。陈增强太想往好处猜想了，可他想不出别的理由来，便很心慌地猜想，惠杏爱是病了吗？或者是小四轮拖拉机出了毛病？他百般猜想，甚至猜想惠杏爱出了车祸，把自己伤着了！这么痛苦地猜想着，他便赶在收工后的第一时间，驾驶着工地上的小四轮飞也似的到谷寡婆村来了。

陈增强没有下河滩，他驾驶着小四轮拖拉机直接去了惠杏爱的家。

一切都很正常，一切又似乎很不正常。

之所以说很正常，是因为事情并不像陈增强瞎猜想的那样。事实上，惠杏爱好好的，她自己没有生病，她心爱的秦川牌小四轮拖拉机也没有毛病，惠杏爱没有出事故，也没有伤着。之所以很不正常，那就是陈增强发现，这个农家小院是从来没有过的整洁有序，就是一把锄头一张锨，都放得非常讲究；院子光光亮亮，想找一根鸡毛杂草什么的，都找不着了；小四轮拖拉机擦得油光水滑，纤尘不染；便是家里的老小，也都像过年一样，穿着新衣新鞋……陈增强把他的小四轮拖拉机停在头门外，三步并作两步，闯进惠杏爱的家，看到的就是这样一幅情景。

惠杏爱迎着陈增强，她想要掩饰什么，却又无法掩饰，便冲着陈增强笑着说："县委上官副书记今天看望我来了。"

陈增强把心放下来了。

陈增强脸上便有了亮光，说："怪不得你违约了。"

惠杏爱依然明亮灿烂地笑着，说："对不起。"

陈增强说："这是好事哩。"

惠杏爱说："你说这是好事？"

陈增强说："难道说还是坏事？上官副书记能来看望你，那是你的大荣耀呢，同时，这也是对你的大力支持啊！"

惠杏爱就把上官副书记赞同他俩合伙开办沙石场的事给陈增强说了。她还说，看望她的上官副书记还建议他们，可以想得再多一些，干得再大一些，利用渭河河道用之不完的沙石以及渭河闲置的荒滩，办一个混凝土构件厂，向沙石的深加工发展，浇筑楼房预制板、水泥电杆和水泥桥梁什么的，经济价值要高得多，利润空间也要大得多。惠杏爱说到高兴处，忘乎所以地拉住了陈增强的手，很是恳切地问他话。

惠杏爱说："我就等你一句话哩，你说上官副书记说的弄得成弄不成？"

陈增强坚定地说："上官副书记支持弄，就没啥弄不成的。"

惠杏爱把陈增强的手拉得更紧了，说："技术上呢，技术上怎么样？"

陈增强说："技术上我想办法。"

陈增强说着话，一下一下挣着，想从惠杏爱的手里把手抽出来。不知惠杏爱是无意的，还是有意的，手攥得很紧，头一下，陈增强没能把手抽出来，最后一下用了力，才从惠杏爱的手里抽出了自己的手。抽出手的陈增强，建议惠杏爱说："我开着小四轮拖拉机来了，总不能空着开回去吧，咱到河滩上去，我装一车沙子拉回绛帐火车站，你也算有一车的收益哩。"惠杏爱答应着陈增强，但又操心陈增强来得匆忙，没有吃上晚饭，饿了肚子，就拦着他说："咱先不急，喝汤吃饭，吃饱了肚子咱俩再去。"

在工地上忙了一天的陈增强，不是惠杏爱这么说，他都没感觉肚子饿，惠杏爱这么一说，他还真的感到肚子饿了。嗨，都是惠杏爱的失约闹的。午饭时，热锅上的蚂蚁似的陈增强，端着碗也没能好好吃，而晚饭，他急着赶路，干脆连碗都没端。也不知是惠杏爱的话刺激了陈增强，还是他实在太饿，肚子恰在这时"咕咕"叫了起来。

惠杏爱听见了，有点得意地笑了起来。

陈增强就手捂着肚子说："我要说我肚子不饿，我的肚子可都不答应呢。"

菜都是为迎接县委上官副书记他们准备的，有任喜过送来的豆腐，还有家里准备的鸡蛋和菜蔬。惠杏爱要做饭，材料都是现成的。在妹子谷门环的帮助下，她很快炒出了四个菜，并且下了一锅长面条。惠杏爱把菜端进了公公谷敬勤的上房，搁在炕沿上，把公公扶起来坐好，又邀着陈增强，让他也上了炕，和公公坐在一起。她则坐在炕沿，招呼着公公和陈增强吃菜。这四样菜，有一盘是炒鸡蛋，黄黄的，嫩嫩的；有一盘是烧豆腐，白白的，鲜鲜的；另两盘，荤的是葱爆腊肉，素的是油煎茄子，都是红红的、绿绿的，很是夺人眼目。这些菜还没吃进嘴里，大家已馋得舌头上水淋淋的了。公公谷敬勤以主人的口气，招呼陈增强用饭了。陈增强的客人身份是明显的，但他是要推让的。推让中，公公谷敬勤和陈增强都动起了筷子，而在这时，惠杏爱才猛然想起，她忘了拿酒。惠杏爱让公公谷敬勤和陈增强先慢用着，她则从上房门里出去，到了厨房，取出她结婚和安埋婆婆贾桂仙、女婿谷门坎时余下来的酒，拿到上房屋里，给公公谷敬勤和陈增强都满满地斟了一杯酒……本来，她是不想给自己斟酒的，但她把给公公谷敬勤斟的酒端给他，回头给陈增强端酒时，她看见了陈增强冒着火花的眼睛，就也心慌意乱地给自己斟了一杯酒。

惠杏爱端起酒杯，她没看公公谷敬勤，也没看眼里冒火的陈增强，只说了一个字："喝。"

惠杏爱"喝"字刚吐出口，便仰脖子把一杯酒灌进了喉咙里。公公谷敬勤和陈增强看着惠杏爱，看她喝酒喝得那么大胆，就都有点儿愣，就都端着酒杯，没往嘴里倒。

说来奇怪，惠杏爱原来是不会喝酒的，沾一沾嘴唇，她都会咳嗽哮喘，把自己呛得脸红脖子粗，之前为答谢陈增强而请的那顿酒，她虽然喝了不少，也觉得呛辣。可今天傍黑，她把满满一杯酒喝了，却什么事儿都没有，反而还觉得，那烧烧辣辣的酒浆，从她的喉咙里往下滑，让她有一种说不出来的情意，让她想笑，同时又想哭。她回味着烈性白酒对她肠胃的刺激，又给自己斟了一杯酒。她端起酒来招呼公公谷敬勤和陈增强，劝他们喝时，才发现他俩没有喝酒，且都看着她，有点儿惊讶，还有点儿茫然。特别是公公谷敬勤，他看着惠杏爱，却还要时不时地瞥一眼陈增强。

惠杏爱不想理会公公谷敬勤和陈增强注视她的目光，她把斟给自己的第二杯酒端着，声音坚定地招呼他俩："喝呀！怎么不喝呢？"

惠杏爱说完，也不管公公谷敬勤和陈增强喝不喝，她自己又仰着脖子，把第二杯酒灌进了喉咙里。

进出端菜端饭的谷门环，这时端着捞在碗里的面条进来了。她一手端着一个面碗，先给炕上的老爹谷敬勤面前放了一碗，再给炕上的陈增强放了一碗。腾出手来，她便要去接嫂子惠杏爱手里的酒盅子，但惠杏爱挥了挥手，谷门环没能把她手里的酒盅子接过去。而惠杏爱又抓起酒壶，再次给自己斟了一杯酒。

这一杯酒，惠杏爱斟得快，喝得也快。她没再招呼还端着头一杯酒没喝的公公谷敬勤和陈增强，迅捷连贯地就把第三杯酒灌下了她的喉咙。

谷门环惊呼起来："嫂子！嫂子！"

谷门栓在姐姐谷门环的惊呼声里，像头小狮子一样，冲进上房屋里来，抱住了惠杏爱拿着酒盅子的手，也像他姐谷门环一样惊呼起来了："大姐！大姐！"

憨憨的谷门墩，把他显得有点儿大的脑袋，从上房的门口伸进来了。他先伸了一下头，缩回去，又很快地伸进来，然后又缩回去……坐在炕上的陈增强，僵僵地端着酒杯，他听得见没进上房门的谷门墩，在用他的拳头砸着土打的院墙，"咚——咚——咚——"他每砸一拳，院墙上都有被砸落的土屑"唰——唰——唰——"地落到地上。

陈增强想说什么的，踌躇了一阵子，却没能说出一句话来。倒是瘫痪在炕上的谷敬勤，自认为洞悉了惠杏爱的全部心事，他又一次地把注视着惠杏爱的目光，在陈增强的脸上扫了一下。

谷敬勤说了："杏爱，你心里不快活？"

惠杏爱没接公公谷敬勤的话。

谷敬勤又说了："上官副书记来看望你，支持你，你不高兴？"

惠杏爱依然沉默着，没接公公谷敬勤的话。

公公谷敬勤以为他说到惠杏爱的心里了。于是，他十分饶舌地劝说惠杏爱："这有啥不高兴的呢？都是你任劳任怨为咱家干出来的，上官副书记来看你，那是你的荣誉，也是他的荣誉……当官的嘛，不能只自己本事大，能说会道，他还要有别的人帮衬他哩！退休回到村子里的你冬梅婶，上官副书记看望她时，给她也说了，要她支持你、培养你……再有你大房叔，向上官副书记做了保证，要坚决听从县委的安排，把你树立起来！咱村人都说你是老祖宗谷寡婆转世的，要我说，你冬梅婶才是你的榜样呢，你现在像她当年一样了。上官副书记来看望，他说要支持你、培养你，你就等着么，你有你的好前程哩。"

公公谷敬勤的一大堆话，虽然饶舌，却不无道理，惠杏爱一句不落地全都听进了耳朵。她惊讶于平时闷葫芦般的公公谷敬勤，其实还是很能说话的，她几乎都要被公公谷敬勤说得放松心情，快乐起来了。但她的目光又接上了陈增强的目光，那双冒着火花的眼睛呀！惠杏爱苦恼极了，她恨不得把她被谷门栓抱住的手抽出来，再次斟满一杯酒，然后仰着脖子灌下去。

谷门栓把惠杏爱的手抱得太紧了，惠杏爱抽不出来，就对给她说了一堆话的公公谷敬勤说："爹的话我懂。"

公公谷敬勤便如释重负似的在他端着的酒盅子里小小地啜了一口，说："这就对了。杏爱呀，你可是要快活哩，高兴哩。"

陈增强在谷敬勤劝说惠杏爱的话语里，低头也把他端在手里的酒啜吸进了肚子里。

然而，惠杏爱并没有因为公公谷敬勤的劝说快活起来，高兴起来。当然，她也没有再喝酒，她强装欢颜，招呼着公公谷敬勤和陈增强吃了菜，吃了面，就和陈增强一起，驾驶着陈增强开来的小四轮拖拉机，到渭河滩上去装沙子去了。

在这个应该快活高兴的日子，像惠杏爱一样没能快活高兴起来的人，还有村支书兼村主任的谷大房。县上领导要来谷寡婆村看望惠杏爱，接到通知的谷大房是高兴的，他的准备工作，做得也可说是天衣无缝。惠杏爱作为本次活动的主角，配合得也算完美。好像一切都朝着谷大房的期待在发展。更让人惊喜的是，前来看望惠杏爱的上官副书记，竟然就是二娃媳妇上官乐的娘家哥！啊，这可是太好了呢。在最基层的村级组织中，当个支书、村主任什么的，"上边"没人也是不好当的。乡下人说得好，"朝里有人好做官，灶火有人吃干饭"，说的可不就是这个理儿吗。谷大房在谷寡婆村当着支部书记，又兼着村主任，他是谷冬梅在村里发现并提拔起来的，在过去，他可都是仰仗着谷冬梅的势哩。人民公社时，谷冬梅是绛帐人民公社的党委书记；撤销了人民公社，恢复了乡镇体制，她又做了好几年的绛帐镇党委书记；再往后，她就被提拔到县里当了粮食局局长，人不在绛帐镇工作，势还在绛帐镇扎着。因为有谷冬梅，谷大房就把谷寡婆村的权力抓得紧紧的，任谁想要和他较劲，最后的结果只能是两个字，失败。谷冬梅退休回了村子，一开始，谷大房敬着她、尊着她，还想披着她的老虎皮，在谷寡婆村吓人。可是渐渐的，谷大房发现，他这么想是错的，大错而特错了呢。退休回村的谷冬梅，再不是他可以依靠的靠山谷冬梅，而是专挑他的刺，要和他作对的谷冬梅了。这让谷大房苦恼极了，正日思夜想，要为自己寻找一个可与谷冬梅相抗衡的靠山时，县委的上官副书记到村里看望惠杏爱来了。上官副书记是二娃媳妇上官乐的娘家哥，是他亲亲的真米实曲的二娃谷天明的大舅子，他攀上这么一个亲戚，就是找到新的靠山了，在谷寡婆村，谷大房就还是谷大房，谷冬梅或是别的什么人，又能奈他何？

可是，二娃媳妇上官乐的不留情面，几乎把谷大房匆匆想象出来的美丽图景撕扯得粉碎了。

上官副书记见不上妹子的面，悻悻地，又不好意思地走了后，谷大房阴沉着个脸，在院子里走进走出，一直坐不下来……以往的日子里，谷大房在家里是很坐得住的。他有一把折叠式的躺椅，秋末收起来，春尽取出来，就放在上房的檐台上，他没事了，或是想事时，都要习惯性地躺在躺椅上。他躺着，手一伸，老伴儿白拴蛾就会把一个大有讲究的宜兴茶壶——泡了上好的陕青叶子——热乎乎地送到他的手上，他啜饮那么几口，手再一伸，老伴白拴蛾就会适时地接了去。然后，他就舒舒服服地靠在躺椅上，舒舒服服地吃他咋吃都吃不厌的黑色四棱棒，吐出来的烟，在他的脸面前不紧不慢地飘着……可是，他今天坐不下来。一把他时常用着的大蒲扇，占了他的位置，静静地卧在折叠式躺椅上。

家里静极了，没有狗出入，没有鸡飞腾，上官乐依然蒙头盖被地睡在炕上，女婿谷天明赔着小心坐在炕沿上，隔一会儿就在蒙头睡在被子里的上官乐身上拍一巴掌……只有谷大房，脚不停，腿不停，在院子里没头苍蝇似的兜着圈子。他的老伴白拴蛾，万般无奈地坐在上房炕上，透过窗子上那块不大的玻璃，看一眼院子里的谷大房，然后低下头去，没低多久，就又抬起来，透过窗玻璃去看谷大房……云小兰不在家，天未大亮的时候，她就悄没声息地出了院子，到渭河南岸谷劳劳的良种猪饲养繁育基地里去了。

生在谷寡婆村，在谷寡婆村长大的谷铁柱，难得回谷寡婆村来了。他今天回村来，看他妈谷冬梅是一回事，看上官乐是又一回事。

被娘亲谷冬梅瞧不起，伤透了心的谷铁柱，并不是娘亲谷冬梅想象的那样的。他读书读不进去，在工厂干活也干不下去，但他下海做生意，却做得风生水起，做得很是顺利。县毛巾厂生产的毛巾，积压了许多，有一些花色落伍的，堆在库房里，差不多就只有等着腐烂了。谷铁柱西去陈仓，东到西安，瞎跑瞎撞，跑得可谓口干舌燥，撞得可谓头破血流，几乎无路可走了，这时，他在西安街头遇着了一件事。几个贼眉鼠眼的家伙，跟踪着一位西装革履的人，这个人的胳膊窝里夹着个黑色的皮包，在西安街头旁若无人地走着。这人过马路，贼眉鼠眼的家伙们也过马路；这人顺着长街端直地走，贼眉鼠眼的家伙们也顺着长街端直地走……也是谷铁柱无事，无聊，他发现了街头上的这一幕，就很有兴趣地也跟着他们在西安的街头走。走到一个窄巷口上，贼眉鼠眼的跟踪者中，有个很瘦很瘦的家伙，小跑着上去，只把那西装革履的人撞了一下，就把那人夹在胳膊窝里的黑色皮包偷到了怀里。瘦家伙小心地抱着皮包，头也不回地拐进了窄巷子。谷铁柱想，那西装革履者应该知道他的黑色皮包被偷了。但没有，那人被撞过后，依然向前走着。谷铁柱急了，抢前几步，一边朝那西装革履者大喊大叫："你的黑皮包被人偷了！"一边撒开脚丫，朝窄巷里的瘦子追了去。四肢发达的谷铁柱，追个瘦子是太容易了——他在学校读书的时候，文化知识学得不怎么样，但体育课成绩却很突出，特别是长跑短跑，他拿了不少牌牌。现在，他追一个瘦猴小偷，还没真正跑起来，就追到了。他把瘦子扑到地上，从瘦子的手里夺过了黑色皮包。西装革履者听到了谷铁柱的大喊，回头又看见去追瘦子的谷铁柱，这才明白发生了什么事，就也不管自己的仪表了，跟着谷铁柱向偷了黑色皮包的瘦子追了去，就在边追边喊叫时，那西装革履者发现瘦子的四五个同伴正向谷铁柱围过去，其中一个家伙手里拿着一把弹簧刀，举刀就往谷铁柱的身上捅。从瘦子手里夺过黑色皮包的谷铁柱被捅了一刀后，回了一下头，嘴里呢，很自然地发出一声惨痛的呐喊，眼睁睁看着瘦子的同伴，架起瘦子落荒而逃。

谷铁柱就这么认识了那西装革履者。

躺在西安的医院里，西装革履者天天来看谷铁柱，他说谷铁柱见义勇为，是个时代英雄哩！他还给谷铁柱介绍，说自己是省里一家外贸公司的业务员，他被瘦子偷了的黑色皮包里，都是与外国公司签订的贸易合同。一来二去的，谷铁柱向西装革履者说了他的情况，并且说了他工作过的毛巾厂。他这一说，西装革履者从自己的黑色皮包里拽出一纸合同，让谷铁柱往合同上看，问他看清楚了没有，那是毛巾外贸合同呢！"县毛巾厂积压了多少过时毛巾，可都不是问题了，我全要了，打包发到国外去，有的钱赚哩！"

西装革履者感激谷铁柱，让他在当地成立一个公司，先把县毛巾厂的积压品全签下来，再让毛巾厂把生产中的毛巾，照着外商的要求印染出来。西装革履者说了："我打预付款，你把货往省城送，一条龙作业，不出一年半载，你谷铁柱就是大老板了！"

西装革履者信守诺言，和谷铁柱认真地做着毛巾外贸生意，一年半载的，谷铁柱果然就成了绛帐火车站上的大老板了。

上官乐偶然地认识谷铁柱，也就在绛帐火车站的街头上……那天，谷铁柱信心满满地陪客人喝了一场大酒，人有点儿飘。走在街道上，他不断地给过往的人打招呼，而过往的人也不断地给他打招呼……谷铁柱不再是原来读不了书，做不了工的他了，他幸运地成了大老板了，他有资格和条件，信心满满地与他认识的人在大街上打招呼了，他把这看成他获得成功的一种体现。谷铁柱不知道，给惠杏爱写下通讯稿的上官乐，到了绛帐火车站后，想着要对其中的一些情节做些修改，一时找不着合适的地方，就趴在邮电所的高柜台上，很是别扭地翻改着通讯稿，被晃荡在绛帐街上的"骚怪"谷中秋，不经意地看见了。谷中秋再怎么"骚怪"，也只可以在任喜过或别的人跟前发发骚、耍耍怪，在上官乐跟前，他是一点儿都不敢的——借他两个胆他都不敢。上官乐是支书兼村主任谷大房的二娃媳妇，而他是谷大房脚前的一只狗，怎么说，上官乐也算他的"主子"呢，"骚怪"岂敢在主子跟前发骚耍怪？但如果主人有了困难，就是狗奴才大显身手的机会呀——"骚怪"谷中秋碰上这样的机会了。他像贼娃一样，出溜到上官乐的身后，探头看了一眼，他就看出了上官乐的困难，就指胸跺脚地给上官乐说话了。

"骚怪"说："唉唉唉，你这是弄啥哩？看把你难场的，不就是需要一张桌子一把凳子吗，咱村谷铁柱把事弄大了，在绛帐街头开了公司，他那里的桌子大，凳子软，都是很美的，你去了，正好给他开光哩。"

"骚怪"说得天花乱坠，上官乐听得大感疑惑，但她还是在"骚怪"的引领下，去了谷铁柱的公司，在那里修改了她的通讯报道。

是日，上官乐还带了她写的几组诗，准备在投寄关于惠杏爱的通讯报道时，也把她的组诗装进信封寄出去。上官乐在修改通讯报道时，有人端了热茶，放到她的面前，看见她撂在一边的诗稿，就没有立即走开，而是俯下身来，细细地了读起来。

写了诗歌，就是让人读的。上官乐发现给她端来茶水的人很是在意她的诗歌，就把她的诗歌拿起来，交给那个人，说："想读就大方地读，猫着个腰，多累呀！"

上官乐不知猫腰读她诗歌的人就是开公司的谷铁柱。她把诗歌交给他后，就又埋头在写惠杏爱的通讯稿里，认真地修改着。她没有想到，开公司的谷铁柱，并不像他妈谷冬梅说的，拿起书就瞌睡——他学习偏科，数学和理化方面的书他看不进去，一看就犯困，可是文学类的书籍，比如小说、散文、诗歌，就不同了，他会看得如饥似渴，看得忘了自己呢！特别是诗歌，他似乎更喜欢一些，看着时，往往还会朗诵起来哩。

可不是吗？谷铁柱就站在上官乐的身边，举着她写的诗歌，很有磁性地朗读起来了。

他先朗读的是上官乐写的一首《坐在月光下的乡村》：

坐在月光下的乡村

和月亮般明净的乡村旧事对语

蜗牛，青蛙，蚂蚱，知了

牵牛花，喇叭花，野菊花，打破碗碗花

还有那颗草尖上的露珠

轻轻一碰

便凉津津碎在掌心

谷铁柱的朗读是深情的，他不仅打动了自己，也把写了诗歌的上官乐打动了。上官乐停下笔，抬起她的脑袋，偏过脸注视着朗读她诗歌的谷铁柱。

　　也是谷铁柱朗读得太投入了，他没有理会上官乐，把《坐在月光下的乡村》朗读完了后，没有停顿，他就又朗读起上官乐另一首名为《秋天来了》的诗了：

　　　　秋天来了，日子变得五彩缤纷

　　　　嫩黄嫩黄的是剥下的玉米

　　　　嫣红嫣红的是日晒的高粱

　　　　还有杂色的豆子，以及

　　　　　　白色的云朵

　　　　　　蓝色的天空，和

　　　　清脆的鸟鸣

　　　　浪漫的炊烟，我要说

　　　　　　我是你的爱人

　　朗读到这里，谷铁柱不再往下朗读了，他轻轻地合上上官乐写的诗页，将它慎重严肃地放在原来放着的地方，一句话都没说，转身从上官乐的身边走开了。

　　他是谁呢？上官乐望着他匆匆离去的背影，猜他可能就是做生意发达起来的谷铁柱。一个读起书来就瞌睡的人，能把生意做大没有什么奇怪，可他也那么热爱诗歌，而且还朗诵得那么动情，就不能不让上官乐奇怪了。

　　桌子上的茶水还热着，上官乐揣测着谷铁柱的为人，顺手端起茶来轻啜了一口，再次埋下头来，修改她快要修改出来了的通讯稿。或许是因为她兴奋着，她用过没用过的词，都像美丽的花儿一样，涌到了她的笔下，使她把关于惠杏爱的通讯修改得文采斐然。

上官乐满意自己的文笔，她修改完通讯稿的最后一个字，折叠了稿纸，正要到绛帐街上的邮政所去，谷铁柱一手端着一盘点心，一手端着一盘水果，走进来了。

谷铁柱把两个盘子放在桌子上，说："刚才没打扰你吧？"

上官乐莞尔一笑，说："我想我就不用猜了。"

谷铁柱说："你说得对，我们虽然没见过面，但我知道你，你是上官乐，你也知道我，我是谷铁柱。"

上官乐本就是个大方的女子，她见谷铁柱是坦率的，自己就也一点儿拘束都没有了，说："你妈在村里说你呢。"

谷铁柱说："我妈说我拿起书就睡觉吧？我妈说我把铁饭碗拿脚端是吧？我妈说我……"

上官乐不等谷铁柱继续说他妈如何说他，"哈哈"地乐了两声，截住谷铁柱的话头，说："你别说你妈怎么说你，你听听我说你好吗？"

谷铁柱说："你说我？"

上官乐说："我说你有情调，会逗人乐！我说你做得了大生意，是下海经商的弄潮儿！我说你……"

谷铁柱被上官乐的几句话说得不好意思起来了。他像上官乐刚才截断他的话头一样，横插进来，说："你把我的脸说红了。"

两个深具浪漫情怀，又都不守传统礼法，敢冲敢闯敢冒险的年轻人，就这么偶然地认识了。此后的日子里，上官乐写了诗歌，她不征求女婿谷天明的意见了，觉得和他谈话，差不多就是对牛弹琴——曾经那么热爱文学的人，回到谷寡婆村来，被他的父母几乎彻底地改造成一个标准的农民了。谷铁柱则不同，他做着他的外贸生意，却还矢志不渝地热爱着文学；虽然他写小说不成，写散文不成，写诗歌也不成，但他对上官乐的诗歌，却理解得很深，朗读起来，又是那么声情并茂……上官乐后来写下诗歌，自己觉得满意，就拿着到绛帐火车站谷铁柱的公司里，让他朗读，听他发表感言……最近的一次，谷铁柱朗读上官乐写的一首诗，把他自己都朗读得眼睛里闪出了泪花儿。

上官乐去谷铁柱的公司许多回了，谷铁柱却没回谷寡婆村找上官乐。

谷铁柱给上官乐说过，他怕他妈谷冬梅，他不干出个样儿来，就绝对不回谷寡婆村。现在，他干出样儿来了，回到谷寡婆村来了，和他妈谷冬梅拌了几句嘴，又和和睦睦地唠了许多家常，把他妈谷冬梅说得一惊一乍的。他妈谷冬梅不甚相信他，说他拿好听的话哄她，谷铁柱为了说服他妈，没奈何抬出了上官乐。

谷铁柱说："妈呀，你要不信可以问上官乐呀。她没少去我的贸易公司，她知道我公司的情况。"

谷铁柱有了这个借口，就从他妈谷冬梅身边离开，到上官乐的家里来找她了。

蒙头盖被睡在炕上的上官乐，女婿谷天明叫她不起来，娘家哥看她她还不起来，可是谷铁柱从她家头门里进来，只在院子里把谷大房热情地问候了一声，上官乐就把缠在身上的被子掀开，一骨碌爬起来，跳到脚地上，蹿到梳妆台前，取了梳子，匆忙地梳起妆来了。

和沮丧着的谷大房寒暄了几句，谷铁柱便直截了当地说，他是来找上官乐的。

上官乐听到了谷铁柱的话，她匆匆忙忙地把头上的乱发梳顺溜了，又拧了一把湿毛巾，把脸擦干净，便一挑门帘走到院子来了。

蒙在被子里使气的上官乐，站在谷铁柱的面前时，就又是个爽朗大方的她了。她笑盈盈地对谷铁柱说："你终于回谷寡婆村了！

终于回来看你妈了！"

谷铁柱说："只兴我回村看我妈，就不兴看别人了？"

上官乐不解地说："你看别人？看谁？"

谷铁柱说："是啊，我回村来还要看我大房叔哩。"

脸上青红难分的谷大房，被谷铁柱的话说得绽开一道缝隙，露出一缕喜色来。他说："难得铁柱有心。"

谷铁柱说："大房叔先甭夸我，我来看您，是有事和您商量哩。"

谷大房说："啥事呢？柱儿你说。"

谷铁柱说："我公司需要一个文案，我考察过了，上官乐是最胜任这个工作的呢。"

这不是欺侮人吗？谷大房脸上的那点儿喜色，让谷铁柱的一句话全都收了回去。他不拿眼看谷铁柱了，而是越过谷铁柱，去看从房子里出来的上官乐和他的二娃谷天明。谷大房心里发着恨地想，他的二娃应该拿起院子里顺墙立着的铁锨或是锄头，照谷铁柱的头上砸。

难堪，太难堪了！

村支书兼村主任谷大房，和他老伴白拴蛾以及二娃谷天明在他们的院子里难堪着。他们不知道，渭河滩上往小四轮拖拉机上装着沙子的惠杏爱和陈增强，心里也都难堪着。

一个小四轮拖拉机的沙子，要不了多少时间就能装满，可是惠杏爱和陈增强却有一锨没一锨地装了很长时间，才差不多装得冒了尖。沙子装满了，陈增强本可以发动起小四轮拖拉机，开上渭河大堤，沿着那条沙石路，把惠杏爱捎回谷寡婆村，放下惠杏爱，再开着小四轮拖拉机去绛帐火车站的工地上去的。然而，惠杏爱和陈增强似乎一点儿都不急——他们下到渭河滩上时，天色已经很暗了，到他们一锨一锨地往拖车里装着沙子，夜色也一点一点地更暗了。渭河水在夜色中不像白天时那么浑浊，而是变得清亮起来，蓝瓦瓦的像是流着一河的碎银子，还发出了银块儿互相撞击的清脆明亮的响声。

陈增强把他拿在手里的铁锨插进拖拉机拖斗中的沙子里，走向惠杏爱，把她手里的铁锨接过来，也插进拖斗中的沙子里。陈增强在做这些善后事情时，他听到了惠杏爱的喃喃细语。

惠杏爱说："增强，我怕。"

陈增强不知道惠杏爱怕什么，他循声看去，发现惠杏爱正看着他。暗夜中，惠杏爱的眼睛是那么亮，像是闪烁在渭河水里的碎银光点。陈增强的目光，和惠杏爱的目光碰在了一起，就也好似碎银相撞一样，发出了一片细碎的清脆的声音。

陈增强说："不怕，有我在哩。"

惠杏爱却还说："我是真的……真的怕哩。"

陈增强说："你怕啥呀？"

惠杏爱说："我不知道，我就是怕。"

陈增强不是木头人，他听懂了惠杏爱"怕"的内容，便一点点地向她靠近。他站在惠杏爱的背后，伸出他的手臂，把她的腰身环起来，轻轻地抱在了他的怀里。

惠杏爱呻吟了一下，说："抱紧我。"

陈增强便听话地使了使劲。他胳膊上用了些力气，把惠杏爱抱得感到了疼痛，她就不由自主地又呻吟起来了。

惠杏爱要求着陈增强："再抱紧点儿。"

他们搂抱着，惠杏爱扭过头来，用她热烫烫的嘴唇，在陈增强的脸庞上，轻轻地吻着，吻着……陈增强被惠杏爱吻得心里痒痒，身上火烧火燎，他情不自禁地低吼了一声，腾出一只手来，从惠杏爱的衣襟下伸了进去，颤抖着捉住了惠杏爱的一只乳房。陈增强叫了一声"杏爱"，惠杏爱也叫了一声"增强"，接着，两人身子一软，便翻倒在绵软的河滩上，你缠着我，我缠着你，紧紧地，紧紧地相互搂抱着滚在了一起。

啊！啊！啊！

河岸上的柳树林里，雷吼似的爆出三声惊天的呐喊。那是谷门墩的呐喊呢，他破命似的吼喊着，却没往滚翻在河滩上的惠杏爱和陈增强撵来，而是脚步声又急又响地朝着相反的，也就是谷寡婆村的方向跑了去。

第二十九章

　　头痛，发热，嗓子干……九先生谷正芳过去就时常会有这样的感觉，他知道这是感冒了，没什么大不了的，熬一碗姜汤喝了，捂上被子，出一身大汗可能就好了呢。亲家母豆菊芳却不答应，非得让他到绛帐火车站的地段医院去瞧瞧。豆菊芳说得十分诚恳，说你老大不小了，还把自己当小伙儿待吗？当小伙儿时，头痛脑热没啥可怕，你都是赶六十的年纪了，有病就不能不当病，就不能扛着不治。谷正芳听得懂豆菊芳对他的关心，他感激她的关心，但还是扛着不去绛帐火车站的地段医院去，这就惹得豆菊芳急了。她叫女儿任喜过找了惠杏爱，把小四轮拖拉机开到家门口，她抱了一抱麦秸秆，铺在拖斗里，然后又抱来一床棉被，铺在麦秸秆上，硬生生地连拉带拽，把谷正芳弄上拖斗，让惠杏爱开着车往绛帐火车站去了。

　　豆菊芳怕谷正芳半道儿跳车，她也就陪着坐在拖斗里，和谷正芳一起往绛帐去。

　　惠杏爱驾驶着小四轮拖拉机，因为拉的不是沙子，是人，她就驾驶得格外小心，开得格外慢。从九先生谷正芳的家门口起步，往村外走，到村口，过去眨眼的工夫就到了的，她这一回走了有小半天，走得像是大过年时要社火，小四轮拖拉机是载人的社火床子，而坐在小四轮拖斗里的谷正芳和豆菊芳，就是耍社火的人了。他们慢悠悠地在街上走，街巷里三三两两的谷寡婆村人，就都嘻嘻哈哈看热闹。在村里人的眼睛里，九先生谷正芳也许是感冒了，也许并不头痛发烧害着病，而是有意装出病来，给亲家母豆菊芳撒娇，以博得豆菊芳的同情，让她关心他，关照他，甚至是关"爱"他呢！

怎么了？九先生呀，你是头疼了吗？

什么什么？你头疼，还发烧？

哎哎，这就不对了，你不头疼，你不发烧，难道还让别人头疼发烧不成？

街巷里的人不是很多，却还是因为九先生谷正芳被亲家母豆菊芳拖着坐在小四轮拖拉机的拖斗里出村去瞧病，激发出许多热闹来。这是因为，西府农村的习惯是，做亲家的，有了困难和不测，私底下是可以互相帮衬和照顾的，怎么帮衬，怎么照顾，都不为过。但像九先生谷正芳的亲家母豆菊芳这样，在光天化日之下明目张胆地往来的，的确少见，太少见了。所以，看见他们双双坐在小四轮拖拉机的拖斗里，颤颤闪闪地，耍社火一样地从街巷里过，大家还能不起哄吗？

乡村中可以热闹的机会实在不多。

九先生谷正芳和豆菊芳让大家热闹了，亲家母豆菊芳倒没什么，配合着街巷上起哄的乡亲们，有笑了也笑，有乐了也乐，不时地还要关照头疼发热的九先生，问他，感觉怎么样，是不是头更疼了，是不是更烧了。豆菊芳之所以这么询问九先生，那是因为被村里人哄笑着，九先生谷正芳的脸上挂不住，他的眉头皱起来了，脸色也像染了彩，黑红黑红的，像关公一样。真是少见多怪，脸上挂不住的九先生谷正芳让亲家母豆菊芳生出了一些怨气。她想，他们一个脱帽富农婆子，一个脱帽右派，过去还少游街挨批斗了？啥场面没经过？到这时候了，还脸上染彩挂不住。豆菊芳心里埋怨着九先生谷正芳，忍不住就小声地说了出来。

豆菊芳说："甭脸红，咱不被游街批斗才几天？这比游街批斗还难堪吗？"

九先生谷正芳被豆菊芳这么一说，也就释然了，脸上的潮红也一点点地退却着，他怔怔地看着亲家母豆菊芳，眼光热辣辣的，里面都是感激和感动。

豆菊芳手里拿着条白色的湿毛巾，她关心九先生谷正芳，抱怨九先生谷正芳，九先生谷正芳不回答她，她就把湿毛巾往九先生谷正芳的手里递，九先生谷正芳欲接不接的，豆菊芳就不坚持给他递了，而是直截了当往他脸上擦了。九先生谷正芳害了急，想躲豆菊芳躲不过，便伸了手去挡，这就把豆菊芳拿着湿毛巾的手捉住了。

豆菊芳和九先生谷正芳的举动，恰巧被站在谷寡婆宗祠门前的谷冬梅看见了。

谷冬梅不能像街巷里的其他人，嘻嘻哈哈地哄笑，她惊奇地在心里问了一声："这是弄啥哩？"

谷冬梅在心里问过后，忽然想起，九先生谷正芳可能病了。就在昨天，谷正芳到谷寡婆宗祠来，找谷冬梅商量大娃谷劳劳和云小兰的婚事。如今的谷正芳，把他最多的心思都放在谷寡婆宗祠上了，他说要振兴谷寡婆村的精神，要团结谷寡婆村人的力量，要让谷寡婆村人知廉耻、修道德，尊老爱幼，少生是非，他说有必要倡扬老祖宗的恩德，不如此就不是谷寡婆的后辈儿孙。谷正芳真诚地宣扬老祖宗谷寡婆的德行，谷冬梅听来又顺耳又顺心，在这件事上，他俩是两只巴掌拍在了一起，成了一个响儿。因为这，九先生谷正芳来谷寡婆宗祠找谷冬梅商量大娃谷劳劳的婚事，前头就有了一个铺垫——他们又都真诚地颂扬了一阵谷寡婆的德行。谷正芳说了，说他和大娃谷劳劳、二娃谷梦梦都商量过了，把家里的收入拿出一大笔来，给老祖宗修上一座像模像样的宗祠。谷冬梅听了说，是啊，咱们用住家小户的房子改建的老祖宗宗祠，确实少了些气派，太低矮了，是该建个亮亮堂堂的谷寡婆宗祠了。说到这里，谷冬梅又自己悔了一程，说："都是我的错，当年带人破四旧，咋就敢把谷寡婆宗祠给拆了。现在好了，九哥你要拿钱重修老祖宗的宗祠，这是替我赎罪哩！我可不能袖手旁观。

我那不成器的铁柱儿，听说他也大发了，我给他传话，他也是要拿钱的。"掏心掏肺的话说到后来，谷正芳才说了大娃谷劳劳和云小兰的婚事，说他和娃们都商量好了，过些天就给他们合房。

谷冬梅赞成谷劳劳和云小兰结婚合房。她说："多么好的两个人，扛到现在，是该苦尽甜来了呢。"

谷正芳心里还有问题，说："你说得对，但就是……"

谷冬梅知道问题在哪里，说："谷大房吗？你不用理他。"

谷正芳说："不是我理不理他，是怕他不理这事。"

谷冬梅说："他不理不是更简单了吗？"

谷正芳说："我想在两个娃合房的日子，请他来吃席。毕竟，他是云小兰多年的公公，又是咱村的支书村主任，他不到场，事不周全。"

谷冬梅说："我听懂你的话了，你想让我去说谷大房。好么，我答应你，去给你跑这个腿。"

说过的话还在耳边响着，谷冬梅还没抽身去找谷大房，九先生谷正芳自己却病下了。看着豆菊芳陪着九先生谷正芳耍社火一样从谷寡婆宗祠前走过，谷冬梅说不清为了什么，心头紧了一下，竟还有些疼，两只脚也不由自主地交替抬着，朝开过去的小四轮拖拉机撵了几步。

谷冬梅独自心疼着撵了几步，本还想问谷正芳几句的，却不由自主地停住脚，噤了声。她心口依然疼着，站在谷寡婆宗祠前，看着豆菊芳和谷正芳耍社火一样，坐着小四轮拖拉机，"嘣嘣嘣嘣"地颠出了村子。

到了绛帐火车站的地段医院，医生给九先生谷正芳初步诊断了一下，就开了一份住院证，把谷正芳送进了病房，拿来了生理盐水，配上青链霉素，当下给他打起了点滴……医生说了，谷正芳扁桃体肿胀，导致他肺部严重感染，眼前要做的，就是全力以赴，把他身上的炎症先消除，然后再做进一步检查，再做进一步处理。

大娃谷劳劳太苦了，他妈在他老爸谷正芳戴上右派分子"帽子"后，并没有跟着他老爸回谷寡婆村。他妈是县剧团的演员，非常热爱她的演艺事业。可这件事对她的打击还是很大的，她不回谷寡婆村，也不让谷劳劳和谷梦梦回村里来，孤身带着两个儿子，在县剧团的院子里艰苦地熬着，她想熬到谷正芳摘了"帽子"，他们一家人还在县城和和气气地过日子。可是九先生谷正芳的"帽子"哪是那么容易摘掉的？为了她的工作，为了生活，她不能不跟剧团外出演出。一次，县东的菊村镇过大会，剧团要扎在镇上演三天三夜，她不好带着两个娃儿去菊村镇，就让大娃谷劳劳带着年幼的谷梦梦，留在剧团院子里。第二天晚上，她演罢戏，卸了妆，睡在临时搭的麦草铺上，刚闭上眼，就见大娃谷劳劳血头血脑地喊她，"妈妈，我怕！"她睁开眼，眼前没有大娃谷劳劳，她心知自己做梦了，但明知是梦，她也睡不着。她走了三十里夜路，赶回县剧团的院子，推开她的宿舍门，看见的情景和她梦里的几乎一样——大娃谷劳劳的头上、脸上有几道伤，他坐在床上，眼睛睁得大大的，腿上睡着弟弟谷梦梦。她扑上床去，把谷劳劳拥进怀里，脸偎着谷劳劳的脸，问他是怎么了。谷劳劳不说话也不流泪。谷梦梦醒来了，揉着他的小眼睛，对连夜回来的妈妈说："我爸爸是右派，大右派，我哥也是右派了，小右派。"

　　妈妈摇着头说："不是的，不是的。"

　　谷梦梦说："院子里的大娃娃小娃娃开我哥的批斗会，让我陪站着，说啥龙生龙，凤生凤，老鼠生儿会打洞。我爸是大右派，大右派的儿子是小右派。"

　　做妈妈的明白了，大娃谷劳劳头上脸上的伤，是院子里和他朝夕相处的孩子们暴打的结果。为了孩子的安全，妈妈决定辞去剧团演员的职业，回谷寡婆村与丈夫相依为命了。可她提出辞职不久，还没能等到权威的批复，就在接下来的一次下乡演出中，因为放心不下撂在剧团院子的谷劳劳和谷梦梦，赶夜路回县上，半道过一条大沟时，从沟坡上滑下沟底，摔在一块石头上，当即殒了命。

受苦的孩子早当家，也要看受的什么苦。只是受饥肠之苦，早当家就未必，若是受的心灵上的苦，这孩子一定会早懂事，早当家的。谷劳劳和谷梦梦回到谷寡婆村，和老爸谷正芳生活在一起，淘米做饭，洗衣服晒被子的事，谷劳劳首先自觉地承担了起来。同时，他还极具长兄的自觉，什么时候，什么情况下，都让着弟弟谷梦梦。大麦不黄小麦黄，谷梦梦迎娶任喜过时，谷正芳还担心谷劳劳的心理感受，可是他一点儿都不在意，一心一意地给谷梦梦操心着结婚的事情。

现在好了，大娃谷劳劳就要结婚了，谷正芳心里高兴着，却在这关键的时候，生病住在医院里，这让他怎么也住不安然。好在有豆菊芳陪着他，给他端吃端喝，说话聊天，让他很是受用的，又想起了他受苦受累，孤身一人拉扯谷劳劳和谷梦梦时的一次重感冒。当时，他发烧过了四十度，把他都烧昏迷了，也只有两个娃娃陪着他，让他真是吃罪不小。也是因为人在病中，当时他想，有个伴儿多好！可他那时候，想，也就是想一想，是不能真想的，他的身份和拖累明晃晃地摆在那里，没谁敢冒那个风险做他的伴儿。

豆菊芳在病房里陪着九先生谷正芳，谷正芳的大娃谷劳劳和云小兰来了，要换豆菊芳，豆菊芳拒绝了，说："你俩安心准备结婚的事，这里有我哩，我不会让你爸受罪的。"二娃谷梦梦和任喜过也到医院来，也要换下豆菊芳，被豆菊芳用同样的理由拒绝了，她说："你哥你嫂要结婚，正需要你俩出力呢。回去吧，回去帮你哥你嫂把他们的婚事办好了，就是孝敬你爸。"

理由太充分不过了，因而谷正芳住院三天，就都是亲家母豆菊芳照顾他，这使他有些过意不去，没话找话地要和豆菊芳拉话。

清晨起来，豆菊芳端来热水给九先生谷正芳洗了手和脸，正洗着，谷正芳说："你叫豆菊芳，我叫谷正芳，咱们两个老人的名字里都有个'芳'字，你说这是不是缘分？要我说，是大缘分哩，好像……好像……"

　　谷正芳"好像"了几下，都没说出"好像"后边的话，豆菊芳就替他说了："好像自家兄妹，你说是吧。"

　　豆菊芳的坦率，把九先生谷正芳的心烧得热乎乎的，他跟着重复了一遍豆菊芳的话，说："你说得对，咱可不就是自家兄妹吗！"

　　两亲家热热乎乎说着话，病房门口暗了一下，谷冬梅和她做出口生意的儿子谷铁柱走进来了。在病房门口，谷冬梅的耳朵一字不落地听到了九先生谷正芳和他亲家母豆菊芳的话。她对那样的话是敏感的，敏感到觉得原来的右派分子谷正芳，和原来的富农分子豆菊芳，因为儿女的婚事，走近了，走出感情来了，再往下发展，很可能会发展成一对幸福的黄昏恋人哩！这么敏感地想着，谷冬梅就感到她的心尖尖在颤抖，甚至隐隐作疼。她在心里问自己，这是为什么呢？难道……难道回到谷寡婆村来，她几乎干枯的感情神经，在与老右派谷正芳的接触中，又生发出勃勃的新芽来了？

　　心里酸苦着的谷冬梅，走进病房来，脸上却笑得暖暖的，不过呢，因为心里的酸苦，她走进病房的脚步不是很实，虚虚飘飘的，像是踩在了棉花垛上，让跟在她身后的谷铁柱，不得不伸出手来，扶住他的娘亲谷冬梅。

　　谷铁柱说："妈，你怎么了？"

　　对儿子的关心，谷冬梅一点儿情都不领，她甩开谷铁柱的搀扶，说："我能怎么了？我好着哩，我还不老，我不要你扶。"

　　谷铁柱就很小心地放开他妈，脸上挂着理解的微笑。

　　豆菊芳的脸红了，九先生谷正芳的脸也红了。他俩心里镜子似的，知道他俩刚才说的话，被这位刚强霸气的谷冬梅听去了。那样的话，两亲家之间说说是可以的，可以增进他们的感情，增加他们的了解，但绝对不可以让他俩之外的第三者听见。第三者听见了，会怎么想象他们呢？会怎么说他们呢？他们可是儿女亲家呀，传出去成何体统，他们又怎么做人？

掩饰，只能掩饰了。

九先生谷正芳和豆菊芳需要掩饰，同样的，谷冬梅也是需要掩饰的。

谷冬梅掩饰着往九先生谷正芳病床前又走了两步，望着脸色红亮的谷正芳，像她原来做县上的粮食局局长一般，很有势派地问："怎么，还发烧吗？"

九先生谷正芳说："不发烧了。"

谷冬梅说："不发烧咋脸还那么红？"

九先生谷正芳说："我脸红吗？"

谷冬梅说："你自己摸一摸。"

九先生谷正芳伸手摸了。他摸出自己的脸皮是烫着的，但他知道，那不是肺部发炎引起的高烧造成的，而是他和亲家母过于亲昵的话造成的。九先生谷正芳不得不承认，他的这位人称"豆腐西施"的亲家母，的确是太能干了，更重要的是，她还那么善解人意。她把女儿任喜过嫁过来，嫁给他的二娃谷梦梦做媳妇，从此，就像把她自己也嫁过来了一样，一门心思为了这个家操劳，几乎把她麦禾营的家都忘了。这样的一个亲家母，打着灯笼满世界找，找得出第二个吗？恐怕找不到了。九先生谷正芳心里暖暖地想着。但他是不能多想的，眼下最要紧的，是先把来看他的谷冬梅应付好。

九先生谷正芳避开了谷冬梅提起来的话题，望着站在谷冬梅背后的谷铁柱，说："铁柱呀，你总算不让你妈操心了。"

谷冬梅立刻被转移了注意力，她说："他不让我操心？哎哎，我给你说，他要不让我操心，除非我像他老子，被土埋了。"

九先生谷正芳挡着谷冬梅的话说："这就是你的问题了，孩子的肩膀硬了，你就该少操心，让孩子自己闯去。铁柱现在不是闯得很好吗，都闯出国去了。"

谷冬梅却另有话说："你就夸他么，现在都夸他哩。可你知道吗？他闯他的，我不拦他了，可他倒好，我退休了，回到谷寡婆村里了，他不回来看我，让我老婆子一个人为他日夜操心。好了，我把娃操心回来了，原来一年半载的，不见他的人影儿，现在他天天往咱谷寡婆村回。他回来看我是个借口，看人家谷大房的二娃媳妇上官乐是真。看了人家，还给人家说，要人家跟他走，去给他当女秘书。"

谷铁柱听他妈谷冬梅把话说多了，就插进来说："我的妈呀！你把话说清楚好么，上官乐的文笔好，我的公司规模大了，文案上没人顶，我是聘她做我的文案助理呢。"

谷冬梅说："助理就助理吧，你说人家答应了吗？"

谷铁柱说："没说答应，也没说不答应。刘备三顾茅庐请诸葛亮，我才两请人家呢。我相信只要心诚，三请是请得来上官乐的。"

谷冬梅斩钉截铁地说："你娃休想。我是你眼前的一座山，你搬不开我，就休想请上官乐给你做什么助理。"

病房需要的是安静，谷冬梅和儿子谷铁柱来看生病的谷正芳，却在谷正芳的病房里吵了起来，这让医生护士不能容忍，几个穿白衣、戴白帽、白口罩的人，来到病房，像赶鸭子一样，来赶谷冬梅和她儿子谷铁柱了。医生护士说了，这里是病房，不是吵闹的地方，要吵就都出去，到大街上去吵，那里人多，吵起来有人看。

做过县粮食局局长的谷冬梅，意识到了自己的失态，她不和儿子谷铁柱吵了，当然也没有被医生护士撵出去。她还有要紧的话给谷正芳说，便敷衍着医生护士，说她和儿子没有吵架，只是说话声音大了。然后，她指示她的儿子谷铁柱先从病房出去，并要求儿子以后要抽时间来看谷正芳，说谷正芳是谷寡婆村最有文化的人，要在以前，谷正芳要被人尊为地方绅士哩！

谷冬梅不愧做了一些年的干部，三言两语，就把眼前的一场尴尬平息了下去。到这时，她才对谷正芳说："你要我给谷大房说的话，我给他都说了。"

尽管身上有病，九先生谷正芳听谷冬梅说起大娃谷劳劳的婚事，他的精神还是一下子就上来了，说："他是啥态度？"

谷冬梅说："他答应了是他，不答应还是他。谷劳劳、云小兰，两个有情人互相答应了才是重要的呢！"

九先生谷正芳说："对对对，有你说话，我把心放下了。"

虽然谷劳劳和云小兰扯下了结婚证，一家人也紧锣密鼓地为他俩筹备着婚礼，可是谷正芳担心到了日子，谷大房要是不支持，站出来生事，谷劳劳和云小兰的一场喜事，可能会办得很不开心，甚至十分闹心。此前，二娃谷梦梦和任喜过的婚事，没能办得开心热闹，九先生谷正芳实在是怕了。

谷寡婆村，拿得住谷大房的，唯有谷冬梅。九先生谷正芳求了谷冬梅，谷冬梅按谷正芳说的，上门给谷大房说了，九先生谷正芳就再没什么顾虑了。一旦心里没了顾虑，九先生谷正芳还没好完全的肺，好像一下子就痊愈了，他从病床上下来，站到地上，嚷嚷着要马上出院，他要回到村里，盯着他大娃谷劳劳和云小兰结婚的事。

九先生谷正芳的决心既下，别说是豆菊芳和谷冬梅，连医生和护士都奈何不了他。他态度坚决地办了出院手续，回到谷寡婆村，大张旗鼓地操办起谷劳劳和云小兰的婚事了。

家里的房子是现成的，就找来裱糊匠，用心地裱糊了一遍。九先生谷正芳要求，大娃谷劳劳新房的顶棚，要用蓝色的花纸裱糊，四角还要粘上云彩图形，让人抬头看时，有一种生活在蓝天白云下的幸福和温暖……墙围子尽量弄得素净一点，可以用白底粉色碎花的纸张……裱糊匠心领神会，很是认真地给谷劳劳和云小兰把新房裱糊了出来。

但是，谷劳劳和云小兰结婚了，是不常住在家里的，他们还得长长久久地住在渭河南岸的良种猪饲养繁育基地里。想到这一层，谷正芳就又带着裱糊匠去了南岸，把大娃谷劳劳常住的那间房子腾出来，也让裱糊匠照着家中新房的样子，细致地裱糊了出来。

谷正芳忙着为大娃谷劳劳和云小兰裱糊新房时，豆菊芳也没有闲着。她好像比亲家公谷正芳还要忙，拉着女儿任喜过，到绛帐火车站去了两次，买了白布、网套和绸缎的被面子，红黄蓝绿的……给合房的谷劳劳和云小兰缝了八床全新的被子和褥子。此外，还给谷劳劳和云小兰各缝了两身棉衣和两身罩衣……无微不至的豆菊芳，在亲家公谷正芳的家里，俨然一位极负责任的女掌柜，在她眼里，任喜过是她的亲生女儿，谷梦梦是她的亲女婿，因为他俩，谷劳劳和云小兰也就是她要操心费神的亲儿亲女了。

喜日定下来了，就在农历八月十五日，天上的月圆了，地上的新人呢，也要团圆了。

赶着这个日子，九先生谷正芳把谷寡婆村的人都请了。他请大家到渭河南的良种猪饲养繁育基地里去，参加他大娃谷劳劳和云小兰的婚礼。

把大娃谷劳劳和云小兰的婚礼办在他们专心操持的良种猪饲养繁育基地，这是谷劳劳自己的主意。九先生谷正芳对大娃谷劳劳的这个提议，起先是反对的——添丁进口娶媳妇，家里有的是地方，为什么要在猪场里办呢？不行，绝对不行。九先生谷正芳坚持着自己的意见，但他扛不过大娃谷劳劳，更扛不过云小兰，他们像是商量过了，异口同声要在养猪场里办婚礼，还说在这里办婚礼别出心裁，太有新意了，又说咱们是有这个条件，放在别人身上，想要这么办还没这个机会哩！胡说的什么话？九先生谷正芳说不过谷劳劳和云小兰，想拉二娃谷梦梦给他帮腔，结果谷梦梦干脆不接他的茬。最后，他又去拉拢亲家母豆菊芳和二娃媳妇任喜过，那娘儿俩微笑着不搭腔。谷正芳不依不饶，追着豆菊芳和任喜过，要她俩劝说谷劳劳和云小兰，他是真的不想把一场喜事办在养猪场里，但他太急切了，倒把豆菊芳和二娃媳妇任喜过逼急了。任喜过在公公谷正芳劝说她和娘家妈时，被逼无奈，就把她妈喜咪咪的脸瞥了一眼，很是委婉地劝公公谷正芳了。

任喜过说："我妈把豆子都泡在缸里了，我们就在养猪场做豆腐杀猪，待承参加我哥我嫂婚礼的人。"

不情愿也没办法了。谷正芳心里暗想，幸亏他在家里和养猪场都给谷劳劳和云小兰裱糊了新房。

时间跟着人的屁股跑，再过一夜孤寂的寡妇日子，云小兰就要嫁给谷劳劳，开始一场新的夫妻生活了。早些天，豆菊芳和女儿任喜过，怀里各抱着一个方格土布的大包袱，代表谷劳劳，从一墙之隔的家里出来，进了谷大房的家里，给云小兰下了货。所谓"下货"，就是为云小兰准备结婚衣裳。那些新嫁衣，一套一套的，都是"豆腐西施"——任喜过的娘家妈巧手缝制出来的。云小兰当着任喜过和她娘家妈豆菊芳的面，把衣裳一一试了一遍，试得喜笑颜开——红的绿的衣裳，穿在云小兰的身上，掐尺等寸，多一分就肥了，少一分就瘦了，是太合身不过了。可是，就在云小兰听到头门外炮仗声大作，她自己一身红衫衫、红裙裙就要出门改嫁谷劳劳时，上官乐到她寡居了许多年的空房里来了。上官乐拿来了自己结婚时穿过的白色婚纱和红色旗袍，怂恿着云小兰，要她试着穿。

对这位弟媳妇上官乐，云小兰的心里除了感激就还是感激呢。

　　上官乐的大胆泼辣，上官乐的敢作敢为，鼓舞着云小兰。她终于能和心上人谷劳劳结婚，没有什么可遗憾的了。她忘不了上官乐初到家里时的光彩和美丽，那时，不仅村里的人羡慕上官乐，作为本家嫂子的云小兰，也一样羡慕……上官乐结婚的那一天，云小兰忍不住一次一次地往上官乐的身边凑，上官乐穿的是雪白的婚纱，她惊羡着伸手去摸婚纱，上官乐换穿上旗袍了，她又惊羡着去摸旗袍。那种滑滑的、柔柔的感觉，存留在云小兰的手上，她是永远都不会忘记了。当时的天气还是太冷，她摸着上官乐穿在身上的婚纱和旗袍，担心冻着新娘，便不由自主地问了上官乐几声："你冷不？啊，可别受冻感冒了。"云小兰可能是忘记了，也可能是没有感觉到过——新娘的身体就是一盆火，穿什么都不会觉得冷的。这么漂亮的婚纱，这么艳丽的旗袍，上官乐新婚穿过了，是该压在箱底，变成存留在梦里的一个永远美丽的记忆的，可上官乐却在云小兰改嫁时，翻出来要她穿，她能拒绝吗？

　　云小兰愣愣地看着上官乐，愣愣地看着上官乐翻出来拿到她面前的婚纱和旗袍，很是听话地在上官乐的帮助下，往自己身上穿了。

　　云小兰穿了上官乐的婚纱，在镜子前仔细地照了照，脱下来又换上了旗袍，又在镜子前仔细地照了照……啊啊，云小兰听到了她心里的叫喊，她没想到，已经不再青春的她，因为穿上了婚纱，因为穿上了旗袍，便仿佛减去了十岁，她又恢复青春时期的她了。

　　换穿着婚纱和旗袍的云小兰，跟上官乐一起待在她孤苦煎熬了许多年的房子里，偷偷地笑了两声，又都立即惊觉地透过挂在房门上的门帘，去看公公谷大房和婆婆白拴蛾住着的上房……几天了，也就是自打商定了云小兰改嫁的日期后，上房便静悄悄的，好像里边没有人似的。其实她们知道，村支书兼村主任的公公谷大房和爱计较的婆婆白拴蛾，都在上房里待着，不是因为尿急，不是因为屎急，两位老人就不从上房里出来，这使谷寡婆村原来最为讲究热闹的农家院落，显出从来没有过的压抑和清寂。毕竟在一口锅里吃饭，又吃了那么多日子，要改嫁的云小兰不敢表现得太喜悦。上官乐呢，配合着云小兰，表现得也极是收敛。她俩有一个共同的目的，就是不想惹得两位老人太生气。

穿着婚纱时，云小兰说了："这么薄、这么露的衣服我可穿不出门。"

穿着旗袍时，云小兰说了："这么红、这么艳的衣裳我可穿不出门。"

上官乐看着云小兰，说："我能穿，你就能穿。怕什么呢？你就不想把你该有的青春找补回来？"

云小兰说："咱不说过去的事了。我今天只想问你，你得是在我改嫁出去后，也要离开家，到绛帐火车站给谷铁柱当助理去？"

上官乐想不到云小兰在这个节骨眼上会问她这个问题。她说："你说呢？"

云小兰说："你可不能答应谷铁柱呢。"

上官乐收起她刚才还挂在脸上的喜气，说："我的事，你就甭操心了。眼下最要紧的，是把你的事办好。"

云小兰说："你听不进去我的话。"

第三十章

豆腐坊是在谷劳劳的良种猪饲养繁育基地新搭起来的。虽说只是一间小小的作坊，但因为能创造经济利益，因此还是在豆菊芳的指导监督下，盖成了砖木结构，红砖红瓦，码放整齐，房顶上，加盖了一个小亭子似的屋顶，天窗蒙着优质的窗纱，严防麻雀之类的飞禽出入，让人看去，倒像机关单位的住房了呢。作坊的脚地，都用水泥打了，干净清洁。一盘磨豆腐的电磨子，靠墙安在一边，是小巧的，可操作的；煮豆浆的锅灶，就盘在南窗下面，锅台和围墙都贴了白瓷砖，既明亮又好看；锅灶的后面，是一个高高吊起的铁梁，为的是好吊豆腐包子；在墙根，一溜儿放着三口大缸，旁边是摆放得整整齐齐的豆腐模箍……所有的一切，在这间不是很大的作坊里，都显得井井有条，洁净齐整。别人要问，这是谁操持的呢？得到的回答只有一个，是任喜过的娘家妈豆菊芳操持的哩。

很好地操持和经营着豆腐作坊的豆菊芳，在中秋节的日子，挨着煮豆浆的大锅，又盘起了几口小锅。谷劳劳迎娶云小兰，把话下到村里每一家每一户，大家都答应了要来的。豆菊芳负责婚宴的一应事务，大家高高兴兴地来，吃好吃不好，可就全在她了，她得负起她的责任，因此，她忙碌在豆腐坊里，连喘一口大气的工夫都没有。

女儿任喜过和女婿谷梦梦是豆菊芳的帮手，她指拨着他们小两口，让小两口忙碌得像她一样，也连喘口大气的工夫都没有。早晨的太阳，黄蜡蜡的，刚从渭河东流的泥汤水上爬出来，还没攀升到一竿子高，谷寡婆村的人，就三三两两地走到渭河岸边，上到河水里的一艘木船上，渡到河南，往猪哼哼、羊咩咩的良种猪饲养繁育基地里来了。季节到了深秋，渭河的水大起来了，没有了冬季水枯时的便桥，村民要到河南来，渡河工具就只有那一条木船了。当然，渡口上还有一条木船，这条木船被谷劳劳刻意装饰成了一条花船。在今日，这条装饰成花船的木船，只有一个功用，那就是接云小兰过河。因此，余下的那条木船，用来摆渡谷寡婆村参加谷劳劳和云小兰婚礼的人，就显得非常吃紧。木船来来回回的，直到日近中午，还有一大群人聚在河北岸，等着木船过河……正等着，云小兰在谷劳劳和上官乐等人的陪同下，红红亮亮地到了渭河北岸，在大家的起哄声里，娉娉婷婷地上了花船。云小兰的前脚刚踏上木船，船上的执事就点燃了炮仗，使得木船上爆竹齐鸣，悠悠荡荡地向着河南渡去……也是大家的心太热，河北岸的村里人都等不及了，他们中水性好的一些小伙儿，只怕错过了谷劳劳和云小兰拜天地的大热闹，就在渭河北岸脱了衣裤，举在头上，跑进河水，泅水过河了。有一人带头下水，跟着就有十人八人下了水，一时之间，水波荡漾的渭河水面上，扯开一溜长长的泅水过河的人。他们一边奋力地打着水，一边还"啊啊哦哦"地大叫着。炸响在花船上的爆竹声和飞荡在河水里的过河者的叫喊声交织在一起，把渭河都快抬起来了。

满脸堆笑的九先生谷正芳，清早起来就守在渭河南岸，手里拿着带把儿的金丝猴烟，嘴不停、手不停地招待着过河的村里人。

九先生谷正芳是真高兴哩！谷冬梅来了，她的儿子谷铁柱也来了……谷大房来了，谷大房的老伴白拴蛾也来了，谷寡婆村不落一户地都来了人。谷正芳感激着村里的人，但他没忘二娃谷梦梦结婚时的冷清，那一天太冷清太叫人难堪了！这才过去了多长时间，大娃谷劳劳结婚了，事情就翻了个个儿，变得如此地热闹，如此让人感慨！九先生谷正芳真是不敢想，一想便忍不住眼睛发热，就感觉到眼睛里水汪汪的，似有泪花儿涌动。

嘿，九先生谷正芳是个眼软的人……他不知道，在今日，眼软落泪的还不只他一个人。带着巨大伤感的谷大房，也少有地眼软了，眼软得落泪呢。他们都是当事人，但除了他们，过河来吃谷劳劳和云小兰喜宴的村里人，也有许多都像他们一样，眼软得落泪了。

　　大家湿润着眼睛，在渭河南岸的养猪场见证了这一对苦命人的婚礼后，在起脚回村的路上，又看见了另一个让他们眼软落泪的情景。

　　一起嫁到谷寡婆村的上官乐、惠杏爱和任喜过，不知什么时候走到了一起，站在渭河北岸的沙堤上，手牵着手，在说她们自己的话。顺着河道疾速旋进的一股秋风，蓦然卷起她们三人的头发，让黑黑的头发，像是在空中燃烧的三股黑色的火焰。距离她们不远的地方，停着一辆月白色的拉达进口小轿车，谷冬梅做着外贸生意的儿子谷铁柱，打开小轿车的一扇门，用手扶着那像是小轿车翅膀的车门，很有那么点儿春风得意的劲头。他双目炯炯有神，极为温暖地看着村里三个初婚的新娘子。

　　是的，上官乐要走了，惠杏爱和任喜过给她送行来了。

　　来送行的任喜过似乎还有所怀疑，她说："你真要舍下谷天明，去给谷铁柱当助理吗？"

　　任喜过怀疑着，惠杏爱却一点儿都不怀疑，她说："我们在一个村子里，才刚热乎，你却要走了。"

　　上官乐听得出任喜过的怀疑和惠杏爱的伤感，她把被风吹乱的头发理了理，大有诗人气概地说："也无风雨也无晴，要知道，我的心凉了。"

　　惠杏爱和任喜过吃惊地看着上官乐，异口同声地说："心凉了？"

　　说完这句话后，三个嫁到谷寡婆村的十分要好的新娘子，都不说话了，牵在一起的手，也渐渐地分了开来。上官乐往谷铁柱开来接她的拉达小轿车走了去，惠杏爱和任喜过跟了两步，最后站在渭河大堤上，目送着上官乐，见她在谷铁柱的照顾下，都已坐进小轿车里了，却又开车门钻出来，和惠杏爱、任喜过说话了。

她说了："你俩想了没有，咱们憧憬的爱情是多么脆弱呀！婚嫁婚嫁，咱们把身体嫁给一个人真是太容易了，衣服一脱，眼睛一闭，往被窝里一钻就嫁出去了，但咱要把自己的心、自己的情嫁出去，那可是太难了。有时候，咱以为把什么都嫁出去了，其实不然，转过身来想，可能一辈子都把自己的心和情嫁不出去呢。"

听着上官乐的话，惠杏爱的表现倒还平静，任喜过却感到特别慌乱和不安。她只觉得自己的腹腔里，正有一股她无法抑制的潮涌，翻江倒海地冲击着她的咽喉，她"啊哇"一声呕吐起来了。吐了几下，她也没有吐出多少食物，只是吐出几口苦苦的黄汤。

惠杏爱惊得问任喜过："喜过，喜过，你怎么了？你没事吧？"

任喜过手捂在胸口上，难受地摇着头，说："没什么，没什么。"

上官乐却似神仙一样，对着干呕的任喜过笑了一下，把她看了几眼，说："我想我是该恭喜你哩！"

恭喜？恭喜什么呀？上官乐把惠杏爱说糊涂了。她说："乐呀，你没看喜过都难受成啥了，你还笑话她。"

上官乐看了惠杏爱一眼，满脸狡黠地说："杏爱你装糊涂吗？"

惠杏爱说："我装什么糊涂？"

上官乐说："你看喜过吐哩，她为啥吐呀？你不知道，我告诉你，喜过有了！"

惠杏爱说："有了？"

上官乐说："有了！"

这句"有了"的话，惠杏爱听得明白，不知为什么，她也想如上官乐一样恭贺任喜过的，却不由自主地心酸起来。她想起了自己——同一天做的新娘，任喜过都已幸福地"有了"，可她……啊啊啊……

什么时候能有呢？惠杏爱心酸地望着任喜过，一时不知说什么好了。

任喜过吐不出什么结果，挺直身子不吐了。她捉住一脸茫然的惠杏爱，说起上官乐来。她说："就你眼尖就你能！"

得到了任喜过的证实，上官乐不耍眼尖不耍能了。本来，她是要回村走一走的，这时却不想了。不过她也并没有立即走，而是又盯着惠杏爱，给她说："咱们村级领导班子要改选了，你是村主任提名人，你可要留心呢。"上官乐在说了这些话后，才又加进一句话："我走了。"说完，她再次走到谷铁柱的小轿车旁，坐进副驾驶座，把头缩进车门，顺势把门关严，任由谷铁柱脚踩油门，让车轰轰隆隆，绝尘而去。

谷大房看到了河堤上的那一幕，他的二娃谷天明也看到了河堤上的那一幕，谷寡婆村来吃谷劳劳和云小兰喜宴的人差不多都看到了河堤上的那一幕。大家——特别是谷天明，看到河堤上那一幕时，心里都有一种说不明的苦痛，只有谷天明的老爸，村支书兼村主任谷大房，脸上却展露出一丝让人惊诧的笑意来。从云小兰决意改嫁，直到她真正改嫁到谷劳劳的良种猪饲养繁育基地来的今日，好多天了，谷大房的脸色持续地阴着，从来没有放晴，但在目睹上官乐坐上谷铁柱的拉达小轿车绝尘而去后，他阴沉的脸突然晴朗起来，还大概只有他说给二娃谷天明的那句话能说明问题。

此时，二娃谷天明刚好随在老爸谷大房的身边。

谷大房扭头对二娃谷天明说："听过老祖宗是咋说的吗？"

谷天明不知道老爸谷大房在这个让他难受的时刻想让他说老祖宗的啥话。他疑惑地看着老爹谷大房，摇了摇头。

谷大房说："走一个穿绿的，来一个穿红的。"

谷大房说了这句意味深长的话，他的二娃谷天明没能开心起来，只无意识地"嘿嘿嘿""嘿嘿嘿"了好几声。不管二娃谷天明怎么想，谷大房自己大步流星地走在回村的人群里，不断地和身边走过的人打着招呼，问候大家，说什么"天高着哩，塌不下来""日子长着哩，啥时候不都得一天一天过"。

谷大房走过了，听到他问候的人，还在小心地议论。

有人说了："看人家，不愧当着村支书村主任呀！"

还有人说了："是啊，人家可是没有白当家！"

熬在家里守寡的大娃媳妇云小兰，自作主张改嫁给谷劳劳，这原本是件让谷大房很不开心的事。在云小兰改嫁的这天，他却莫名其妙地有了点儿好心情，这是奇怪的。而且，各种迹象都在证明，二娃谷天明娶回家的媳妇上官乐，也有了与二娃过不下去的危险。谷大房的眼睛不瞎，耳朵不背，他心知肚明，他是不该高兴的，可他在到渭河南岸参加谷劳劳婚礼的时候，听到了一件事，这让他不由自主地高兴起来了。

是的，谷大房为什么就不能高兴一下呢？人不能躺在忧愁的棺材里，钻进坟墓里去躲着，而要积极地发现可乐的事，让自己在不如意，甚至是苦恼着时，高兴起来。何况这的确是个值得谷大房笑一知的事呢。

"卫生革命"！几个初到谷寡婆村里的碎媳妇要在村里干这件事，哈！她们弄得成吗？

谷大房要等着看惠杏爱在村里搞什么"卫生革命"。他认为这是好笑的。笑着的谷大房已经得知，村级干部改选，镇上把惠杏爱列为候选人。这对还想把持谷寡婆村权力的谷大房来说，可不是个好消息。但和他想到惠杏爱她们要在村里进行"卫生革命"一样，在得知那一消息后，他显得很兴奋。这是因为，谷大房永远都是个敢于迎接挑战的人。这样两件事情，突然地摆在谷大房的面前，他还能窝在家里吗？自然是不能了，他是要积极应对了呢。为此，他在心里为自己鼓着劲，并在心里灭着惠杏爱她们的威风。哼呀，不就是被提名，要站出来和咱竞选村主任吗，这就沉不住气了，要用行动博取村里人的信任，运用自己家的小四轮拖拉机，从渭河滩上拉来沙石，铺垫谷寡婆村的街道！好么，你舍得出柴油钱，你就往出舍么。但你知道我怎么接招吗？我只需扛一把锨，在村街上撒你拉的沙子，啥话都不说，就把你的功劳都夺到我身上了。

谷大房为他的想法得意着。又想，这件事表面上看是惠杏爱逞的头，背地里出主意的，应该又是二娃媳妇上官乐。

透过现象看本质，谷大房自信他的揣猜不会错。

就在惠杏爱烧腾着要在村子进行"卫生革命"的前头，二娃媳妇上官乐就在家里大做舆论准备了。她哥上官副书记来村里检查工作，上官乐没给她这个村支书兼村主任的公公面子，同时也没给升任县委副书记的她哥面子，事过之后，她竟像没事儿一样，蒙头盖被睡了一场，呜呜哇哇哭了一场，就从她房子里的炕上爬起来，说村子太脏了，又脏又乱，这不是社会主义新农村应该有的样子，说改革开放，不仅是土地承包，经济发展，还应该让人在思想上和精神面貌上有所改变，这才是改革开放要达到的目标哩。

上官乐在村支书兼村主任的公公面前碰了几个软钉子。她在家里制造舆论时，没有直接对公公谷大房说话，而是捎话带信地都说给了女婿谷天明。那不是他们小夫妻的悄悄话，说起来声音就特别大，无拘无束，无遮无拦，想怎么说就怎么说。当时，院子里，婆婆白拴蛾养的几只鸡，正靠墙根刨食虫子，把院子刨烂了不说，小屁股一摆，就是一摊鸡屎，上官乐就给女婿谷天明说了。

上官乐说："我听说县上来咱村的妇联主任，在村里的街道上踩了一脚牛粪，你看见了没？"

女婿谷天明是糊涂的，不知上官乐是在套他的话，就跟着上官乐说："我倒没有看见……都怪你，钻在被窝里使性子。"

上官乐引导着谷天明说："谁家女人不使性子？要我说，女人家还该蛮不讲理呢，十天半个月一次，才更像女人，你说是不是？蛮不讲理……天赋予女人的权力，你还不能不让我蛮不讲理使性子。不过，我今日心情好，不和你讨论这个问题，你只说你听没听说县上妇联主任踩了牛粪。"

女婿谷天明老实地说："听说了。我听说妇联主任的皮鞋明光锃亮，踩上牛粪后，就没一点儿光亮了。"

上官乐就高兴起来了，她说："看呀！咱还能让人家县上的妇联主任再来咱谷寡婆村踩一脚牛粪吗？"

女婿谷天明认真想着上官乐提出的问题，觉得是不应该再让人家妇联主任踩一脚牛粪的，就随口说："当然不能了。"

上官乐说："上次我哥他们来咱们村里我不知道，这一次我知道了，我哥他们还要来，来给惠杏爱的沙石运销公司揭牌，你说咱村该不该进行一次卫生革命？"

女婿谷天明从上官乐的嘴里听出一些别样的味道来了，他转脸寻找掌握着村子大权的老爹谷大房，他找到了——村支书兼村主任的老爹就在上房——谷天明没有看见他老爹的身影，但他感觉到他老爹的气息，穿透了上房厚厚的墙壁，正强劲地向他传递过来，他敏感地意识到老爹谷大房一字不落地听到了媳妇上官乐的话。"卫生革命"，老爹一定不会喜欢这个词儿，而且也不会支持这一行动的。觉察到老爹谷大房的心思后，谷天明给上官乐打起马虎眼儿了。

谷天明说："卫生革命？这话听起来太猛了。"

上官乐说："不猛，就不能解决问题。"

谷天明说："你说咱谷寡婆村脏，不卫生。你到别的村里去过了没有？基本一个样。农村嘛，就要是农村的样子，养牛养马，喂猪喂鸡。你说咱们养了牛和马，喂了猪和鸡，你还能把牛马猪鸡的屁眼都拿针缝了不成？"

院墙根上刨虫子吃的一只老母鸡，在谷天明把话说到这里时，像是要证明谷天明说得不谬，小屁股甩了甩，就又拉下一摊鸡屎。上官乐看在眼里，也因为听不惯谷天明的腔调，气得脱下鞋子，朝着拉下鸡屎的老母鸡扔了过去。鞋子没打着老母鸡，倒沾上了还冒着热气的鸡屎，并把老母鸡惊得飞了起来。没能飞上墙头，它便转向朝上官乐飞腾而来，和上官乐撞了个满怀，还弄了她一身鸡屎味儿。

上官乐慌慌乱乱地后退了几步，拿眼去剜女婿谷天明，却发现他还幸灾乐祸着，心一下凉得像跌进冰窖里，就没好气地瞪了谷天明一眼，单脚蹦着，捡起她打鸡扔出去的鞋子，穿在脚上，"蹬蹬蹬蹬"从大门里走出去了。

在谷寡婆村实行"卫生革命"的序幕，就从上官乐走出家门的时候正式拉开了。

自然，上官乐要找几个意气相投的人。她首先想到了惠杏爱。她找到惠杏爱的跟前，把她的想法说了一遍，惠杏爱同意上官乐的想法，带头来做"卫生革命"的事了……可惜惠杏爱还只是个被提名的村主任候选人，如果她已是谷寡婆村的村主任，她要带头进行村庄的"卫生革命"，结果就会不一样，她能凭借手里的职权，动员谷寡婆村里人，一起来"革命"，可她现在还不是名正言顺的村主任，她就没有那个职权，她就没法动员村里人，来跟她进行"卫生革命"。

不过，惠杏爱还是识相的，在进行"卫生革命"前，她找了村支书兼村主任谷大房，她想求得谷大房的支持。这一点，倒让谷大房没有想到。

季节从冬天走过了春天，从春天又进入夏天，现在呢，又入了秋天……季节的变化，也体现在谷大房的衣着上。冬天的时候，谷大房有九道弯的羊羔皮袄可披，秋天了，谷大房可以披什么呢？他披起了四个兜的中山装，这可是一个村级干部的基本装饰。在什么时候，都不能不在身上披件衣裳的谷大房，他的藏蓝色的、深灰色的中山装，是把他与普通村民区别开来的最基本的特征。惠杏爱不是上官乐，她接受了上官乐的建议，就想着到谷大房家里去找他，和他面对面商量，这么做会使谷大房觉得他有面子。再者呢，惠杏爱从上官乐和她拉话说事的片言只语里听得出来，这个和她一起嫁到谷寡婆村来的新媳妇，和女婿谷天明以及公公谷大房、婆婆白拴蛾一家人过得并不和谐。她这么想，不是想重了，而是想轻了。上官乐和家里人的矛盾与冲突，似乎已经到了一个不能调和的地步了。善良的惠杏爱，不能看着与她一同嫁到谷寡婆村的上官乐，走上一条与其初衷不一致的道路……初婚嫁来谷寡婆村的上官乐，是多么幸福啊！她和任喜过，一点儿都不敢跟上官乐比，可是……惠杏爱不敢想那个"可是"，也不愿多想那个"可是"。她此番登门请教谷大房，想在谷寡婆村进行"卫生革命"是一回事，有机会的话，她还想和她打心眼里尊敬、爱戴着的村支书兼村主任谷大房说说上官乐的事。她要告诉谷大房，上官乐真诚热情，大方泼辣，才华出众，是当代农村少有的知识女性，看待上官乐，可是不能用旧眼光，对上官乐，可用不能用旧风俗来要求……惠杏爱一路寻思，没注意到对面走来的谷大房，到她几乎要撞在谷大房身上时，这才猛地抬起头来，发现了披着中山装的谷大房。

惠杏爱的脸上堆满了笑，她说："支书叔，我还说到家里找您去哩。"

谷大房用肩膀挑了挑有些下滑的中山装，说："找我？找我还钱吗？信用社的贷款可是要到期了。"

惠杏爱说："支书叔的记性不错啊！我给叔说哩，信用社的贷款还望叔多担待，等我把村里人的欠款都还清了，一准儿还掉信用社的贷款。"

谷大房提起惠杏爱托他在信用社贷的款，完全是灵机一动想起来的，他想以此给惠杏爱点儿火色看，要她别在村主任选举前太出头。谷大房不知他的这个目的是否达到了，说出这个话后，就眯缝起眼睛打量惠杏爱。惠杏爱挡掉谷大房的话题，接着说："支书叔，我本来想去您家里请教个事呢，正好就碰见您了。村子里的环境不咋好，上次妇联主任来还踩了一脚牛粪，我想在村里搞个'卫生革命'，号召大家把村子搞干净，想跟您讨个主意，你看这能行吗？"谷大房没有得到他想要的效果，就再次用肩膀头挑了挑披着的中山装，绕过惠杏爱，往旁边的谷寡婆宗祠里去。他一边走一边说："到宗祠里去说吧。"

不是谷大房绕了一下，惠杏爱还没意识到她和谷大房说话的地方，刚好在大皂角树下，大皂角树的一边，不就是谷寡婆宗祠吗！

初婚到谷寡婆村来，惠杏爱、上官乐和任喜过是恢复了谷寡婆宗祠后，头一批进入宗祠里，按照旧有的礼俗祭拜了老祖宗谷寡婆的新娘子。可以说，惠杏爱对这位仁慈的谷寡婆虽不了解，却从心底对她产生了无限的崇敬之情。惠杏爱听人说了，而且不止一次地听人说，她就是谷寡婆转世来的。对此，她不敢相信，也不愿意相信，她不要做转世的谷寡婆，她做惠杏爱就好了。

恍恍惚惚，这些日子以来，惠杏爱感觉她一旦想起那位远去的老祖先谷寡婆，她就莫名地恍惚。为此她想了，这是不是与谷寡婆村人传说她是转世的谷寡婆有关？

惠杏爱想不明白其中的奥妙，她不想了，寻着绕开她，向谷寡婆宗祠里走去的谷大房，发现他的背可是真宽呀。这时，她听到了宗祠里拉响的二胡声。是谁在谷寡婆宗祠里拉二胡呢？不用猜，一定是九先生谷正芳了。有时候，他在自己家里拉，有时候他到谷寡婆宗祠里拉……总之，九先生谷正芳是热爱着二胡，喜欢着二胡的，他高兴了要拉，不高兴了要拉，高兴不高兴时更要拉，他拉的二胡可真是好听啊！

九先生谷正芳现在拉的就是一折很好听的秦腔。生于斯地，长于斯地的谷大房知道这是哪一折秦腔，惠杏爱亦不例外，她也知道这段是哪一折秦腔呢。此时，在谷寡婆宗祠里，九先生谷正芳自拉自唱，把那折《三上轿》里李老汉、李老婆两人的对唱戏，男一腔、女一调地哼唱了出来。

谷正芳哼唱得可是极其婉转与惆怅：

李老汉：眼巴巴难相留天昏地愁。

李老婆：闷悠悠抱姣儿心中凄楚。

李老汉：渺茫茫思前程怎度春秋。

李老婆：痛熬熬亲骨肉就要分手。

李老汉：颤巍巍扶灵柩伤心流泪。

李老婆：呜咽咽柔肠断泪滴衣透。

李老汉：气狠狠怎洗雪血海冤仇。

…………

就在九先生谷正芳拉着二胡哼唱到了高潮处时，谷大房在前，惠杏爱在后，两人脚跟脚地进了谷寡婆宗祠的门。宗祠里，有拉二胡哼唱秦腔的九先生谷正芳，还有手拿笤帚，拂扫着宗祠里尘土的谷冬梅。他们俩，如今把经营谷寡婆宗祠，当成了他们日常必做的一项功课，有事没事，都要来宗祠里，转一转，打扫卫生是一回事，说说话又是一回事。他俩在谷寡婆宗祠里，什么话都能说，什么事都能议，他俩愿意使谷寡婆宗祠成为村里的一个议事中心，使村里勤劳有道、品行端正的人得到颂扬，让大家学有榜样。与此相对应的，就是还要在这里对村上不守规矩，甚至是胡作非为的人，进行不留情面的批评和指导。不如此，不能端正村里的风气，不能教化村里的风俗——如果只发展经济，却忽视人们在精神道德上的教养，致使村里一些意志薄弱，或者个别恶习不改者，无法无天、胆大妄为，是不行的。需要给他们一个当头棒喝，叫他们醒悟过来，重新做人，做好人。就在谷大房和惠杏爱在大皂角树下碰面前，九先生谷正芳和退休回村的县粮食局局长谷冬梅，已对树立谷寡婆村正气的事做了一番讨论。他们耳闻，村里的锣鼓队出门给人过事，狮子大张口，向人家索要财物，影响很是不好；在分配财物时，既不透明，又不公道，为了得便宜、得好处，其中有些人连脸都不要了，不是夫妻，但别人抛一个眼风就跟着走，脱了裤子就上炕……唉唉，长此以往，这还得了！还有"骚怪"谷中秋，撂下家里八十岁的老娘亲不管，一个人在外边乱窜，不给家里弄吃弄喝，把他年迈的老娘亲逼得到街上来，见人就说她饿，就说她渴，枯草似的白发，就那么飘拂着，谁见了能不可怜她，谁见了又能不叹息一声……最近的一个消息是从绛帐火车站传来的，"骚怪"不知在哪儿弄了两个钱，他不拿回来孝敬他的老娘亲，却在绛帐火车站寻暗门子，找了个"破鞋"去搞，被派出所抓住了，罚他钱他掏不出多少，就被关进了四堵墙里，等着判刑呢！

九先生谷正芳和谷冬梅，说得胸闷心疼，说得都不愿意说了。于是，九先生摸过他带来的二胡，给谷冬梅说："我拉段曲子你听听。"谷冬梅是爱听九先生谷正芳拉二胡的，他拉的曲子，让谷冬梅怎么说呢？有时就如一条条柔长的丝线，在她的心上织着一个让她心软的丝网；有时呢，又如一根根的银针，往她柔软的心上戳，戳得她的心疼哩！

九先生谷正芳要给谷冬梅拉二胡，这一次，谷冬梅想得多了一点儿。她想到了九先生早死的演员婆娘,她叫个什么名字呢?唉唉唉,多么可怜的一个人啊,这些年过去,把人家的名字都忘了。谷冬梅一路想着,就又想起陪着九先生在医院看病的豆菊芳……谷冬梅想起这两个人,她就不由自主地摇起了头。

谷冬梅为那个县剧团的演员嫂子摇头,是遗憾和同情,而为九先生谷正芳的亲家母豆菊芳摇头,却有种没来由的妒忌和伤感……噢!妒忌,伤感?谷冬梅妒忌豆菊芳吗?是的呢。谷冬梅承认她是妒忌豆菊芳了。那么伤感呢,谷冬梅伤感什么?是为自己伤感吗?对了,她是为自己伤感呢。想到这里,谷冬梅不由自主地又摇了摇头。

九先生谷正芳看见谷冬梅摇头了,看见她摇了一下,又摇了一下,他就随口问起了谷冬梅。

九先生谷正芳问:"你摇头弄啥哩?"

没有九先生谷正芳的问,谷冬梅还不知道自己摇头了,被他这一问,才突然意识到了。但她没有直接承认自己摇头,而是跟着九先生谷正芳的问话说:"我摇头了吗?"

九先生谷正芳坚定地说:"你摇头了。"

谷冬梅被九先生谷正芳坚定的语气说得有点儿晕,同时还感到脸上发红发烫,她躲着九先生谷正芳的眼睛,顺手拿起一把笤帚,清扫着谷寡婆宗祠被她日日打扫,打扫得不见纤尘的地面……她打扫着,没头没脑地说出了这样一句话。

谷冬梅说:"把你可怜的,受了那么多年的孤单,现在好了,你在给你的两个娃娃安下家时,也该考虑自己的事了。我想你还有几十年好活哩!"

九先生谷正芳听得懂谷冬梅的话,知道她的话中是还有话的,但他没有接她的话,只借势操起二胡的弓弦,一板一眼地拉起二胡来了。谷正芳从二胡的两根丝弦上揉扯出来的音律,是沉郁感伤的,也是轻快欢乐的，那种沉郁搅和着轻快，轻快又搅和着沉郁的乐曲，顷刻间充斥在谷寡婆宗祠，缠绕着宗祠里的梁栋，直抵人的心窝……村支书兼村主任谷大房和惠杏爱，便是踩着九先生谷正芳绝妙的二胡乐曲，走进谷寡婆宗祠的。

他俩来得可不是时候，前脚踏进谷寡婆宗祠的门坎，后脚还没跟进来，就把九先生谷正芳的二胡曲子踏断了音，同时，谷冬梅也撂下了打扫谷寡婆宗祠的笤帚。

大大咧咧的谷大房，是不顾九先生谷正芳和谷冬梅的情绪的。他一跨进谷寡婆宗祠的门，就高喉咙大嗓门地说话了。

谷大房说："二位是咱谷寡婆村的贤达，惠杏爱要在咱谷寡婆村进行一次'卫生革命'，嘿嘿，我说不好，想听二位贤达的意见。二位说说，看这'卫生革命'搞得搞不得？"

"卫生革命"四个字，谷大房在说的时候，是做了些特殊处理的——把"卫生"两个字轻轻带过，把"革命"两字又加重了许多，说得既响亮，又激烈。正是他在语气上的这种处理，把他称为谷寡婆村"贤达"的九先生谷正芳和谷冬梅，说得愣了好一阵。显然，两位贤达对"革命"两字有些敏感，他俩张口结舌，一前一后地问了。

九先生谷正芳问："什么'卫生'？什么'革命'？"

谷冬梅问："啥个'卫生'？啥个'革命'？"

惠杏爱不是傻子，她听出谷大房在九先生谷正芳和谷冬梅跟前来说她说的"卫生革命"，其用意是不友好的，往重了说，简直就是险恶的。这让她突然对她尊敬着的村支书兼村主任谷大房，有些失望。她在心里惊叹起来了，啊呀呀！村一级干部改选，我惠杏爱不就是得到提名，要和你谷大房竞争一下么？唉唉唉，你呀你，我的大房叔哩，我才到谷寡婆村来了几天，我吃的啥饭端的啥碗，我是知道的，你至于吗？惠杏爱在心里迅速地把发生在眼前的事想了想，耐着性子，没和谷大房硬顶，而是顺着他的话，把她进行村庄"卫生革命"的设想，像给谷大房汇报时一样，给九先生谷正芳和谷冬梅说了一遍。

惠杏爱说到最后，强调了一句："上官乐和任喜过，还有云小兰等村里的人，都支持咱在谷寡婆村进行一次'卫生革命'。"

这个问题的提出，对于九先生谷正芳和谷冬梅来说，是突然的，没有预兆的。九先生谷正芳把他的二胡还像他刚才拉扯着时一样，拥在他的怀里，看了一眼惠杏爱，整个人像一尊雕像……谷冬梅亦如九先生谷正芳一样，站直了身子，拿眼去看惠杏爱，看一眼，又用目光去捕捉谷正芳……这时的她，太像挂在墙上的谷寡婆画像了。一个"雕塑"，一个"画像"，在谷寡婆宗祠里，用眼睛紧张地交换着意见，那投射过来，又投射过去的目光，是无声的，却让惠杏爱感到针刺似的不舒服。惠杏爱的眼前，现出了上官乐、任喜过、云小兰这些支持她在谷寡婆村进行"卫生革命"的人的影子，同时又现出了县妇联漂亮的女主任在谷寡婆村街巷里脚踩牛粪的尴尬场景，她给九先生谷正芳和谷冬梅又宣传上了。

惠杏爱说："脏乱差不是农村的特权，我们农民也该享受清新干净的新环境。"

九先生谷正芳和谷冬梅，对惠杏爱有着十分的好感，他俩从任何一个角度出发，都愿意支持和帮助她。过去的日子里，他俩就是这么做的，但在今日今时，他俩听出了惠杏爱话中的挑战意味，这种挑战不仅是针对村支书兼村主任的谷大房的，而且也是针对他俩的，这就使得他俩的心里有了一些不快。他俩没有说话，依然用目光交流着……谷大房猴精猴精的，惠杏爱也许读不懂九先生谷正芳和谷冬梅的沉默，但他全都看懂看明白了。看懂看明白了的谷大房，觉得这是一个机会，一个让惠杏爱丢脸失份儿，而让自己焕发精神的机会！他觉得他该向两位他称为谷寡婆村"贤达"的人表示他的意见了。

谷大房说了，他是说给谷冬梅听的："我的老支书哩，当年您领着我们，在咱村里也搞过卫生运动的……农村嘛，养牛养马，养猪养羊，你说咱能把牛马猪羊的屁眼拿针缝起来吗！"

谷大房把谷冬梅叫了个"老支书"，这使谷冬梅比谷大房称呼她"老书记""老局长"什么的还要高兴。回到谷寡婆村里来，她是希望村里人称呼她"老支书"的，她以为这是对她在村里地位的一种肯定。听了谷大房的话，谷冬梅的脸上现出一种喜色来，她对着谷大房轻轻地、不易让人觉察地点了点头。

谷大房看出了谷冬梅对他的肯定和承认，他就又说上了。这几句话，他转移了目标，是说给九先生谷正芳听的："那些年，真是难为您，让您在村里吃苦了，天天在村里义务收拾卫生。唉，我是不敢想，一想都觉着是我的罪过，我今日说出来，就算是给老哥您赔罪道歉了。"

谷大房说的是句大实话，那些年，九先生谷大房戴着右派"帽子"，在谷寡婆村接受改造，起得比鸡还早，睡得比狗还晚。他被严格地要求着，每天必须迟睡早起地把全村的街巷卫生搞一遍，哪怕冬天寒风呼号，哪怕夏天大雨倾盆……回想着从前，九先生谷正芳像谷冬梅一样，对谷大房点头了。

两个点头的、被谷大房称为谷寡婆村"贤达"的人，相互用目光交流，忽然又都不约而同地看谷大房了。他俩在把目光落在谷大房身上时，还都不约而同地开口说了话。

他俩说的话，像是商量过了似的："大房兄弟啊，你在村里当家，你说呢？"

谷大房受宠若惊地接过了九先生谷正芳和谷冬梅的话，他用带着商量的口气说："惠杏爱年轻，她要弄让她弄去……那次，上官副书记来咱们村，妇联主任亮光亮光的皮鞋踩在牛粪上，的确不太雅观。"

这样的结果，惠杏爱是没有想到的，但是总体说来，还算不错。此前，她满以为九先生谷正芳和谷冬梅会全力支持她搞"卫生革命"，但是，他们的态度却是那么暧昧。然而，她原来不怎么抱希望的谷大房，却支持了她，这让她丈二和尚摸不着头脑。可是不管怎么样，她既然提出"卫生革命"这一措施，她就不能不搞。所以，她在上官乐、任喜过，还有云小兰等个别热心村庄"卫生革命"者的无私相帮下，还是带头把"卫生革命"，在谷寡婆村很受大家注目地开展起来了。

注目，太惹人注目了……惠杏爱、上官乐、任喜过、云小兰她们手拿铁锨、扫帚，把街巷里的牛马粪便、猪羊屎尿和碎柴烂草，铲干扫净，又用小四轮拖拉机从河滩拉来干爽的沙子，铺垫在谷寡婆村的街巷里，使往日又脏又乱的街巷，的确有了种改头换面的清爽。然而她们几个人干得满头大汗，满身灰尘时，谷寡婆村的人，却只是不咸不淡地旁观着忙碌的她们，没有人响应她们，没有人帮助她们——谷冬梅没有，九先生没有，村里人都没有。有的只是一些人的嘻嘻哈哈，甚至幸灾乐祸。

不过，谷大房还是扛着一把铁锨出来，帮助她们在村街上撒了沙子。

惠杏爱她们开展的"卫生革命"的成果，在谷寡婆村只保持了一天不到的时间。不到一天，她们铺垫的干净河沙上面，就又是一堆堆的牛马粪便、一堆堆的猪羊屎尿和碎柴烂草了。惠杏爱她们的"卫生革命"，搞在云小兰改嫁谷劳劳之前的日子里。云小兰改嫁谷劳劳的那天，村支书兼村主任谷大房去渭河南岸参加他们的婚礼，他肩挑着一件标准样式的灰色中山装，从谷寡婆村的街巷上走过，盯视着那一堆堆的牛马粪便、猪羊屎尿和碎柴烂草，像盯视村里人给他的选票一样，开心惬意。他几乎要伸出手来，拥抱那散落在街巷上的牛马粪便、猪羊屎尿和碎柴烂草了。

谷大房在心里给自己说：谷寡婆村当家的人，除了我还是我。

第三十一章

云小兰改嫁谷劳劳，在渭河南岸的养猪场办了喜宴后，到了晚上，又很自然地在谷寡婆宗祠办了认祖仪式。是夜，谷大房、谷冬梅和九先生谷正芳，自然地又在祠堂里见了面。关于"骚怪"谷中秋的事，那一次他们三人没有说到一起，逮住这个机会，谷冬梅和谷正芳与谷大房再一次说了起来，但像那次一样，他们还是说不到一起。一只老鼠在村里，会扰乱村里的风气的，这是谷冬梅和谷正芳的观点，然而谷大房却不这么看。他说，没有那么严重吧。

谷大房依然为谷中秋做着辩护，这让谷冬梅和谷正芳一点儿办法都没有。到云小兰的认祖仪式结束后，大家都回了自己的家。夜半时分，谷冬梅在睡梦中被院子里的一声闷响惊醒过来，她披上衣服出来，看见月光下的院墙一角，有一只被人扔过墙来的死狗。与谷冬梅家的情况一样，九先生谷正芳的家里，半夜时分，也出现了一声闷响，谷正芳披衣出来看，在月光下看到的是一只死猫。谁干的龌龊事呢？不用太费神，谷冬梅想到了"骚怪"谷中秋，九先生谷正芳也想到了"骚怪"谷中秋。他俩各自站在自家的院子里，仰望着月光如水的天空，一时都有点儿无措与茫然。他俩以为，天明后就谷中秋的事，还得与谷大房继续说。

谷冬梅和谷正芳在这个晚上是睡不好了。他俩没有睡好，谷大房也像他俩一样，没有睡好。在谷寡婆村没有白当家的谷大房，在人前是一个样子，在家里是另一个样子。毕竟家里一下子走了云小兰和上官乐两个人，怎么说都显得非常空呢！正是这一种空，让谷大房吃饭不香，睡觉不香。而且，他接到了镇上的通知，过两天在谷寡婆村进行新一轮的村级干部选举。

这不是冲着我来的吗？谷大房初接通知，心里产生了那么一点儿不快。谷大房不怕挑战，但他想了，有些事可不是用挑战来解决的。他突然有一种预感，觉得在谷寡婆村，他一身兼着村支书和村主任的职务已经很长时间了，这样的状况，或许是上头想要改变的了。

谷大房顺着这个思路往下一想，他听到选举风声后，决心要和惠杏爱挑战一番的开心，当下就像被一股大风吹得没了踪影。

有此预感的谷大房，是不甘心的，他还不知道这是一种趋势，还想实现他的一肩挑。噢，一肩挑，在谷大房是习惯了，他不想别人分他的权，便幻想凭借他在谷寡婆村多年的经营，赢得村里的大选。当然，要说他没有一点困惑是不可能的。他自信着，又困惑着，却也是配合着镇上下到谷寡婆村指导选举的干部，发扬民主，开会推选村主任了。

按推选的程序，村里人先选出候选人。让谷大房颇为安慰的是，他依然获得了村民的推举，成为两名候选人中的一位。而另一位，不出意外地是惠杏爱。

啊哈，初婚守寡的惠杏爱，能和我谷大房竞选一村之主任吗？笑话，就是大家选她，她自己担当得起吗？谷大房把心放下了，彻底地放下了。

而且，换届选举这么大的事，惠杏爱似乎并不怎么当回事，她依然天不明就发动那台小四轮拖拉机，到渭河滩上装河沙，"突突突突"地驾驶着到绛帐火车站去，上午跑一趟，下午跑一趟，挣下钱了，拿回来，清还他们家欠村里人的钱。谷大房已有耳闻，惠杏爱差不多把欠村里人的钱都还上了。

就在谷大房把心放下后的一天傍晚，惠杏爱到他家找他来了。惠杏爱找他是给他还钱的。谷大房乐意惠杏爱把欠着他的钱还给他。

毕竟，他的钱不是偷来的，庄稼人，一分一厘，基本都是牙缝里省、指头缝里抠地攒下来的。但是谷大房必须客气一番，他担任着谷寡婆村的支部书记，同时又兼任着村主任，他爱钱，却也不能把钱看得太重，特别是面对惠杏爱这样的人——她太有志气了。谷大房客气着，却经不起惠杏爱的真诚相对，他就把惠杏爱还他的钱接到手里来了。把钱接到了手里，谷大房轻轻掂着，客气地说，这钱他不急用，让惠杏爱再用的时候，就来他这里拿。

谷大房想，惠杏爱给他还了钱后，是该走的，但她没急着走，而是和他面对面站着，一副欲言又止的模样，这让谷大房无法躲避地把惠杏爱多看了几眼……谷大房看着惠杏爱，想着的却是上官乐，这叫他的意识不由自主地错乱了。他想，如果惠杏爱是二娃谷天明娶回的媳妇该多好啊！贤淑懂事的惠杏爱，才是他二娃谷天明要娶的那种媳妇呢……命运捉弄人啊！谷大房这么想着，心里就有了些疼痛的感觉，对站在他面前的惠杏爱便多了一分疼爱。谷大房声音颤抖着问起惠杏爱话来了。

谷大房说："杏爱，你还有啥事吗？"

惠杏爱说："我想要支书叔帮我忙哩。"

谷大房说："啥事，你说。"

惠杏爱说："我都筹备好了，就在咱们的渭河滩上，成立一家沙石运销公司。渭河滩是咱村的一大经济资源，公司成立起来，先运销一阵沙石，等积累下一些资金了，咱们还可以开办一家水泥预制件厂，浇筑水泥楼板，浇筑工程梁柱……支书叔，我调查过了，这方面的市场大着哩，而且会越来越大。"

惠杏爱说到最后，还说县委上官副书记非常关心她创办沙石运销公司的事。那次来，说他要给公司成立揭牌，最近又捎话来，问公司的筹备情况。

不提上官副书记，谷大房会一直平静下去的。这一提起，他放下的心又提了起来。同时，他还想起了上官副书记关心惠杏爱政治进步的事，就顺嘴给惠杏爱说："你交上来的入党申请书，村支部研究了，就由我来做你的入党介绍人。"

　　谷大房再次提起的心，就像架在树梢上的鸟巢，乱糟糟的，想要落下来就难了。但他挡不住水一样流动的日子，确定好的选举时间呼啦啦就到了。这将是谷寡婆村的村史上一个不平凡的日子——镇上下村指导选举的干部，向谷大房传达镇上的意见，将在谷寡婆村的村级干部选举日，举行县团委授予惠杏爱"新长征突击手"和县妇联授予惠杏爱"三八红旗手"的称号的仪式。会后，县委上官副书记还将出席惠杏爱的沙石运销公司成立挂牌仪式，并亲自为公司揭牌。

　　陈增强从建筑工地拉来了一大堆架管和扣件，还有一大堆钢质架板，指挥着几个从工地借来的工人，在谷寡婆村最具代表性的谷寡婆宗祠前，精心地搭建一个大台子。县委上官副书记要来给惠杏爱的沙石运销公司揭牌，县团委和县妇联还要给惠杏爱授予荣誉称号，惠杏爱又要与谷大房竞选下一届村级班子领导，没有一个像样的台子怎么行呢？陈增强得知消息后，也不管惠杏爱乐意不乐意，更不管掌握着谷寡婆村大权的谷大房高兴不高兴，他自作主张，就利用他在建筑工地上的便利，组织几台加盟惠杏爱沙石运销公司的拖拉机，满载着架管、扣件和架板来了。那笔直挺拔的钢质架管、坚固牢靠的钢质扣件、规整平顺的钢质架板，"哗哗啦啦"卸在谷寡婆宗祠前时，正为重建谷寡婆宗祠而紧张筹措的谷冬梅和九先生谷正芳先围了上来，他们以为热心的陈增强是来帮他们忙的哩。围上来一问，原来陈增强是为来日的活动搭台子的，他们于是也有了更大的热情，忙抽出手来帮陈增强的忙。他俩一上手，带动村里的许多人，都来搭手帮忙了。惠杏爱哪里又能旁观，她虽不愿把事弄得太张扬，但是陈增强执意要弄，她能怎么办呢？只好随了他，也来搭手帮忙了。

都是标准件的钢质材料，台子搭得就很好看。搭起来后，陈增强还变戏法一般，从他驾驶来的拖拉机座位下，抽出一卷他准备好的红布对联在台子的两边悬挂起来，那黄漆喷涂上去的字，又鲜又亮，即使天色暗了下来，也能看清晰：

九韶新奏振兴乐

五彩精描改革春

陈增强领着人搭台子，谷大房看见了，他甚至还在搭台子的现场走了一个来回。但他没搭手，他有他要做的事。他思谋了几天，觉得他不能总处于被动，到了该出手的时候，他是必须出手的。他把他出手的目标定为惠杏爱的公公谷敬勤。这是个可怜人，更是个苦命人。他要和谷敬勤说说惠杏爱的事，这么好的儿媳妇，对他们家太重要了。谷敬勤应该清楚，他们家是不能失去惠杏爱的，失去惠杏爱，他们家不是塌半边天，而是要塌了整个儿的天呢！

谷大房从陈增强他们搭台子的现场往过走的时候，还不情不愿地和在现场忙碌着的谷冬梅和谷正芳他们打了招呼。然后，他径直去了谷敬勤的家。进了谷敬勤的上房门，坐在了炕边上，他抽搐着鼻子，像是一条好奇的狗一般，把房子里的气味嗅了又嗅。他没有嗅出异味，就跟谷敬勤说话了。

谷大房说："不错哩。真是不错哩。"

谷敬勤说："家里有他嫂子杏爱，就没我操心的了，她把啥啥都照顾到了。我瘫在炕上，她一回家就往我跟前来，接屎倒尿，端汤端药，你说我哪一世修下的福分，遇上这么个懂事的儿媳妇。就是亲女子，又能怎么样。"

谷大房说："可不是么，你听说了没有，咱村上人咋说惠杏爱呢？"

谷敬勤说："我听说了，村上人说她就是咱老祖宗谷寡婆转世来的。"

谷大房说："对呀，村上人就是这么说的哩。她就这么得村上人敬爱，你说你该咋办呢，该不是不想让她留在咱家里？"

谷敬勤说："这是哪里的话呢？我咋会那么想呀！"

谷大房说："这你可就要想办法了。"

谷敬勤说："想办法？这有啥办法想？"

谷大房把身子往谷敬勤靠了过去，嘴巴对着谷敬勤的耳朵，给他耳语起来。他说："那个陈增强你见过吧，啊，你见过的。你家惠杏爱可不敢被人家拐带走了。我想提醒你，你家里又不是没人，门坎死了，还有你二娃门墩哩。谷门墩憨厚老实，勤快听话，他哥殁了后，都是他跟着惠杏爱忙。他是地里的活要忙，河滩上筛沙子筛石头的活要忙……不是我多嘴多舌，他跟了惠杏爱那么些日子，怕也跟出感情来了。"

听着谷大房的耳语，谷敬勤的眼睛亮了，他说："你的意思？"

谷大房说："别说我的意思。你怎么想的，你拿主意。"

谷敬勤叫喊起二娃谷门墩来了。他喊谷门墩给他大房叔泡茶点烟。谷大房制止了谷敬勤，说自己眼下一河滩的事哩，县上的领导要来，给惠杏爱授予什么"新长征突击手""三八红旗手"等荣誉称号，而且还要选举新的村主任，给惠杏爱的沙石运销公司揭牌，忙着哩。谷大房说着，就从炕边上溜下地，再不回头看瘫在炕上的谷敬勤，径直出了上房门。

在门外，谷大房碰见了谷门墩，还有谷门环和谷门拴，他抬起手，慈爱地在他们的头上，摸了过去。谷大房意识到，他刚才给他们老爹说的话，他们三个都听见了。过去，谷大房是摸过他们的脑袋的，过去摸，他摸得潦草，摸得没有感情，他们不是躲开，就是要缩脖子。可是今天，他们都配合着谷大房，很是受活地接受着他的抚摸。

这一切，惠杏爱是不知道的，她在谷寡婆宗祠前，和九先生谷正芳、谷冬梅他们帮着陈增强搭好了第二天要用的台子，天黑才回到家里来。看到家里的谷门墩、谷门环和谷门栓几个弟弟妹妹，惠杏爱觉出了他们与往常的不一样，但她没有多想，一进家门，即在谷门环的帮助下，做好了晚汤，服侍公公谷敬勤吃用了后，就洗了手，看着公公睡好，就回到她的屋子里，拉开被子睡了。

惠杏爱在服侍公公谷敬勤睡觉时，发现公公的眼睛从来没有过的亮，她顺嘴说了一声："爹，你的眼睛好亮啊！"

公公谷敬勤是慌乱的，他说："亮吗？嘿嘿，我还能亮个啥嘛。"

惠杏爱还注意到了大弟谷门墩，发现他的眼睛像公公的眼睛一样，也是从来没有过的亮……也许是惠杏爱太累了，也许她就是个心里亮堂不装事的人，她很放松地睡在自己的屋子里，拉灭了灯，没有多长时间，就呼呼地睡了过去。她睡得可是太沉了，竟不知道谷门墩是什么时候摸进她的屋子，上了她的炕，把他自己脱得一丝不挂，光溜溜爬上了惠杏爱的身子……这时的惠杏爱，正好做着一个梦，她梦见了陈增强。老同学陈增强凭什么那么热心，那么热情，那么不计利害地帮助她呢？惠杏爱知道，没有别的，只有一种情况，那就是爱。陈增强爱她，那么她自己呢？她想过了，认真地想过了，她也是爱陈增强的。在渭河滩上的那一夜，如果不是谷门墩躲在堤岸上的柳树林里，狼一样号叫几声，惠杏爱都要把自己交给陈增强了呢！

上官乐说得对，结婚嫁汉，把自己的身体嫁出去是太容易了——新婚的晚上，把衣服脱了，钻进被窝里就行了。而把自己的心，自己的情感嫁出去，就不那么容易了，往往是等一辈子，到死了，都还不一定嫁得出去。惠杏爱不敢想上官乐说的这段话，她一想就想流泪，她像上官乐和任喜过一样，光明正大地结婚了，入了洞房，可她悲哀得连自己的身体都没嫁出去，更别说将自己的感情嫁出去了。幸好有老同学陈增强，他俩是相爱的，虽然她还没能把自己的身体嫁给陈增强，但她明白，像落在渭河水里的月亮一般明白，她把她的心，还有她的全部感情，都毫无保留地嫁给陈增强了。

疼！

很疼很疼！疼在惠杏爱的下身，在梦里，她觉得她的下身在撕裂，她已经不能忍受了，但她咬牙忍着，喉咙里痛苦又幸福地低声吼喊着："增强！啊！增强！"

蓦的，惠杏爱醒过来了。她看见了一双亮得喷火的眼睛，但那不是陈增强的眼睛，而是睡前从二弟谷门墩脸上看见的眼睛。对，是谷门墩，他的眼睛亮瓦瓦的，嘴角上还吊着一线哈喇子。他光裸着铁板一样的身子，跪伏在她的身上，快乐地向她的身体挺进着……她痛苦悲哀地哭喊起来了。

"猪！你个臭死猪！"

惠杏爱没有抬手打谷门墩，只是两声伤痛的哭喊，便使快活着的谷门墩落荒而逃，跌爬在炕脚地，跪着向惠杏爱哀求起来了。

谷门墩的声音是颤抖的："嫂子！嫂子！"

就在谷门墩跪求惠杏爱的那一刻，谷门环和谷门栓也从门外进来了。他俩一进惠杏爱的屋子，就挨着谷门墩跪了下来，哀哀地求着躺在炕上的惠杏爱。

谷门环说："嫂子！嫂子！"

谷门栓说："大姐！大姐！"

惠杏爱还听到了窗外瘫痪了的公公谷敬勤，压抑着的像是老牛一样的哀哀的哭泣声。怎么办？怎么办？漆黑的夜里，在惠杏爱的炕脚地，还有她的窗户外，都是哀哀的求告声，她不知道她该怎么办了。一时之间，她只觉得，她整个人像跌入了万丈深渊，迅速地下跌着，没有一个着落，她的心里，想着的只有陈增强，但她失去了自己，她怎么给陈增强说呀？

胡思乱想着的惠杏爱，蓦然想起天明后的活动——台子已经搭起来了，一切一切的活动，可都是为她准备的，她该怎么办？她能怎么办？

…………

痛苦着的惠杏爱不知道，她是被谷门墩在睡梦中弄醒过来的，而在九先生谷正芳的家里，任喜过也从睡梦中惊醒过来了。任喜过是被胸腔里一阵一阵往喉咙口冲击的呕吐物弄醒的，她捂着嘴，想要爬到炕边上呕吐，却没有做到，"哇"的一声，全都呕吐在躺在她身边睡着的女婿谷梦梦脸上了。谷梦梦遭此袭击，一下子也惊醒了过来，他用手抹着脸上的呕吐物，很是懵懂地问任喜过。

谷梦梦问："喜过，你怎么了？"

任喜过说："你傻呀，我能怎么？"

谷梦梦依然不解，还问："那你吐我一脸？"

任喜过说："吐你脸上是你活该！"

…………

惠杏爱不会想到，导演了这让她痛苦不堪的一幕的人，是她一直感激着的老村主任谷大房。她从她睡着的土炕上慢慢地爬起来，穿好衣服，也不管跪在脚地上的谷门墩、谷门栓和谷门环，一步一步，摇摇晃晃地走出她的房门，然后又走出家门，走到了黑洞洞的村街上，依然不停步地往前走。在她的身后，跟着谷门墩、谷门栓、谷门环。走到谷寡婆宗祠门前，惠杏爱看见黑影里有一个人，从身形看，正是"骚怪"谷中秋。谷中秋手里拿着一个玻璃瓶子，正往谷寡婆宗祠的门上泼着什么。尽管惠杏爱此刻心里特别乱，但她还是看得出来，那个玻璃瓶子是村长谷大房拿着从她那里灌了一瓶柴油，然后拿回家的，只是现在瓶子又怎么到了"骚怪"谷中秋的手里？到了他的手里也罢，他为什么要把柴油往谷寡婆宗祠的门上泼呢？

惠杏爱还正痛苦地想着，却见"骚怪"谷中秋敲燃打火机，往泼了柴油的谷寡婆宗祠的门上一扔，"腾"地一下，大门上就是一片火光，并迅速地蔓延着，向房檐上烧了去……

2012年10月18日　草于西安曲江
2013年7月5日　再改于扶风野河
2014年11月5日　再改于西安曲江

我想回家（代后记）

　　家在哪儿呢？我找不到家，找不到回家的路。这不是哪一个人的问题，而是横亘在我们每个人面前的大问题。当然，我在这里所说的家，不是我们今天普遍存在的三口之家，或大一点的四口之家。我说的是我们精神上的，有着明确姓氏标志的家。

　　我说的这个家，或者称为宗祠，或者称为祠堂，或者称为家祠。

　　近日去江西的婺源采风，连着走了李坑、汪口、江湾、严田几个被誉为最美乡村的地方，很是幸运地看了几家祠堂，其中有传承数百年而未毁的汪口的俞氏祠堂，也有毁了而新建的江湾的萧江祠堂。汪口的俞氏祠堂之所以未毁，盖因为后来成为村里的学校才被很好地保留了下来；江湾的萧江祠堂，得以毁后新建，是托了一位颇有建树者的福——他寻祖到此，花费巨资把毁坏的老祠堂新建起来。听导游讲，新建的萧江祠堂，比起毁弃的老祠堂，可是要阔气很多呢！

　　其实，我的出生地陕西省扶风县的闫村，也是有一座吴氏祠堂的。

　　那时我虽幼小，却也对村中的吴氏祠堂，有着较为深刻的印象。记得祠堂的门是村里最大的门，门槛也是村里最高的门槛，便是两厢对立的两个门墩石，也比我们小孩高出一头多，不是石狮子，也不是别的什么瑞兽，而是"抱鼓石"那种样式的。我听村里人说，祠堂门口的"抱鼓石"，不仅具有装饰、支撑门柱的作用，而且还有辟邪镇宅的大用，此外，也还有一种"遮羞"的巧用。识礼重乐的村里人，非常讲究辈分。辈分小的人，遇到辈分长的人要致礼问候，在祠堂前、祠堂里，礼节就更严。然而辈分这玩意，不能说谁的年龄大，谁的辈分就长，往往一把白胡子的老人，辈分反要输给几岁多的黄口小儿，见了面怎么办呢？抹不开面子时，白胡子的老人，就需要在"抱鼓石"的背后避一避，大家心照不宣，让双方都恰到好处地遮住难堪。

"抱鼓石"与门头上的门簪，在乡村还有一个"门当户对"的说法，而"抱鼓石"就是门当了——形似圆鼓的两块石刻构件，高高地托在门墩上，最能显示祠堂的尊严与威仪。

从"抱鼓石"夹峙的高门槛上跨进祠堂，雕梁画栋的头一座房子，称为前堂，再往里走，同样雕梁画栋的房子称为享堂，从享堂的壁龛侧后转进去，还有一座雕梁画栋的房子，称为寝堂。寝堂中，后墙面以及两侧墙面，错落有致地排列着数也数不清的小小壁龛，摆放着书写了姓名的过世先祖的牌位。而享堂中，在高大的壁龛上，悬挂着一幅据说为吴氏始祖的画像，与始祖同享祭拜的，是几位在历史上有卓越成就的吴氏祖宗。在这里回头，还会看见前堂的两根明柱上高挂的木刻对联。

我记得很清楚，对联是这样的：

堂号申明于此众议公断
室雅清寂借它鉴古观今

是的呢，这是前堂"申明堂"的对联。而前堂的横梁上，就有一面大匾。此外，享堂的横梁上有一面"乡贤堂"的大匾；寝堂横梁上有一面"思亲堂"的大匾，而且每一进堂室的明柱上，也都有木刻的对联。"乡贤堂""思亲堂"的木刻对联写的什么内容，我全忘了，唯独没有忘记"申明堂"明柱上的这一副木刻对联。这是因为，"申明堂"里发生的故事，我都听人说过。村里的吴姓人家中，有谁作奸犯科，触碰了国法，即由国法来办，而触碰了族规，就自然地要用族规来办了。怎么办呢？吴姓一族的长者，聚在"申明堂"里，"众议公断"，依凭的呢，就是张贴在"申明堂"墙壁上的"族规"和"祠规"了。

我便保存了我们吴氏祠堂里一份简刻油印的"族规"。

族规是：

一、笃忠贞：民生于三，而君成之，士既邀恩遴选，当思循良报效，即身为庶民，亦宜早完国课，踊跃赴公，毋干法纪。

二、孝父母：生我幼劳，昊天罔极，人予朝夕奉养无违，犹难酬于万一，况不孝不敬，罔识身从何来乎？族中倘有无知不顾天伦者，各房内必先严惩，如怙终不悛，公同禀究。

三、睦兄弟：同胞之爱如手如足，倘因一时嫌隙，遽尔骨肉参商，甚至争讼不休，仇雠相视，是以小忿而废懿亲，匪为士林所不齿，亦宗族合羞也。凡我族人，期敦式好之欢，无忘葛之庇。

四、敦唱随：闺门和顺，致祥之由，否则唯家之索，型于化之，篇什昭垂，倘妇不顾翁姑，不和姑嫂，本夫急宜严惩，或斥归母家，伺其悔悟。如母家不明大义，反纵与本夫为难者，族长公惩悍妇，抑或有本夫纵容者，族长公罚本夫。

五、全恩爱：无父何怙，无母何恃，故续娶后妻多为抚育前妻子女计也。近有悍女刻苦前妻子女，致伤天性之恩，族内有续弦者，本夫宜委屈开导，使母尽母道，恩斯勤斯，子亦尽子道，起敬起孝，庶慈母顺子，一门衍庆义也，而恩全矣。

六、修坟墓：神在室堂，形归宅穸，故祖宗坟墓无论远近，每岁清明挂扫，必须剪除荆棘，或有陷塌之处，急宜培补，若使枯骨暴露，惨目伤心。至七月中元焚包荐薪，又一报本追远之遗意耳。古人称挂山记处，烧包记名，良有益也。

七、勤生理：居家之法，耕种为先，其次工商末艺，亦足起家，必远虑深谋，庶可以仰事俯蓄。倘不务生理，闲游赌博，势必流为无赖，乃至一败涂地，岁月蹉跎，悔无及矣。故凡有父兄之责者，切不可任子弟日荒于嬉，毫无职业。

八、崇礼义：书曰"既富方谷"，又曰"资富能留"，盖以养与教两相宜也。族内有俊秀子弟资，固宜乐栽培，即资禀椎鲁者，亦必从师教训，令其识字明理，彬彬有儒雅风。古人称读而不耕，则衣食不足；耕而不读，则理义莫兴。尚徒务封殖，不事读书，是深为识者所鄙也。

九、恤贫困：鳏寡孤独四者至穷，情殊可悯。如族内贫困不给者，须分多润寡，以救其生，事变亦粹乘，又须竭力扶持，以解其厄。倘徒坐拥赢余，秦越相视，比之朋友通财之谊，且不如矣。合族其共知，相维相系，庶太和之气可坐续也。

十、安己分：富贵贫贱数定于天，倘不安分守己，借端滋事，以及酗酒逞凶，恃强凌弱，肆行无忌者，族众先以家法治之，俾知改过自新。如重蹈故辙，公同禀究，决莫构和，致滋后累。

十一、彰公道：于中之事责归户首，遇有事投称，不论贫富，不论亲疏，不可挟嫌而借以报复，不可图利而颠倒是非，务宜察实再三，平情劝谕，自然解散。一有偏袒，自然不服，闹到公庭，浪费家资，两败俱伤，是彼此皆为我所害矣。倘二比一，日后和睦，必以今日之是非尽归我一人之播弄，其怨我何极，有不黯事故报复于我者乎？故彰公道不独有玉于族人，并可免害于自己。

十二、敦俭朴：冠婚丧祭，称家有无，故田费必须酌量，若务以奢华，以壮观瞻，恐相沿为习，必不惜物力维艰。盖由俭入奢易，由奢入俭难，唯量入以为出焉，则财恒足矣。

十三、崇节孝：忠臣不事两主，烈女不更二夫。故族内有女能守节，冰清自持，兼以上事翁姑，下抚孙子，以继丈夫志，以为祖宗光，房族必须票清旌坊，以彰节孝。家计贫寒，合族亦宜捐金帮助，庶潜德无不发之光矣。

拉拉杂杂，计一十三项的族规，对本家族人的行为，极尽可能地做了规范，其中一些条规，确有浓重的封建色彩，而绝大部分，应该还是很积极、很有用处的，对教化族人崇仁守德、尊礼乐俭，不无益处。然而，我们吴氏祠堂，如全国各地大多祠堂一样，在那个特殊的历史时期，被毁弃了，同时被毁弃的还有祠规和族规。

我们村的吴氏祠堂，被我们吴氏后人，溜了房上的瓦，拆了墙上的砖，从此，我们吴姓一脉，虽都还在村里住着，却没有了祖先，没有了"家"，我们各过各的日子，直到今天，好像我们把那个大家的家忘记了，其实不然，那个大家的家依然顽强地根植在我们的记忆里，是我们无法忘却的精神家园。这是因为有几个词仿佛铜铸的钟从没间断地轰鸣在我们的耳际，那就是每个中华儿女念兹在兹的家国情怀、家国精神，如果有谁胆敢侵犯我们的家园，我们会毫不犹豫地奋起，以我们的血肉之躯，保家卫国。

家在我们的心里，大于一切，神圣不可侵犯。

小河里的涓涓细流，朝着大河里汇聚。被我们比作母亲河的黄河、长江，都是因为有成千上万条的支流，流进它们的怀抱，才成为浩浩荡荡的大河的。家就是那生生不息的小河，国就是那汇聚了无数小河的巨流，小河与巨流的关系，天然地就是这个样子。

不爱家的人，大言不惭地说他爱国，也许有他自己的道理，但我是不能认同的。我爱我的家，因此我也爱我的国。

问题就这么突兀地摆在了我们的面前，我们想回我们大家的家，但我们大家的家在哪里呢？

这就是我写《初婚》的初衷。

2014年11月16日　于西安曲江